国家社会科学基金资助项目（11CZW075）最终成果

杜传坤 / 著

20世纪中国幼儿文学史论

On the History of Chinese
Early Childhood Literature
in the 20th Century

北京大学出版社
PEKING UNIVERSITY PRESS

图书在版编目(CIP)数据

20世纪中国幼儿文学史论/杜传坤著. —北京:北京大学出版社,2020.11
ISBN 978-7-301-31796-9

Ⅰ. ①2… Ⅱ. ①杜… Ⅲ. ①儿童文学—文学史研究—中国—现代 ②儿童文学—文学史研究—中国—当代 Ⅳ. ①I207.8

中国版本图书馆CIP数据核字(2020)第203183号

书　　名	20世纪中国幼儿文学史论 20 SHIJI ZHONGGUO YOUER WENXUE SHILUN
著作责任者	杜传坤　著
责 任 编 辑	魏冬峰
标 准 书 号	ISBN 978-7-301-31796-9
出 版 发 行	北京大学出版社
地　　　址	北京市海淀区成府路205号　100871
网　　　址	http://www.pup.cn　新浪微博:@北京大学出版社
电 子 信 箱	weidf02@sina.com
电　　　话	邮购部 010-62752015　发行部 010-62750672 编辑部 010-62750673
印 刷 者	大厂回族自治县彩虹印刷有限公司
经 销 者	新华书店
	965毫米×1300毫米　16开本　28.75印张　347千字 2020年11月第1版　2020年11月第1次印刷
定　　　价	86.00元

未经许可,不得以任何方式复制或抄袭本书之部分或全部内容。
版权所有,侵权必究
举报电话: 010-62752024　电子信箱: fd@pup.pku.edu.cn
图书如有印装质量问题,请与出版部联系,电话: 010-62756370

序

曹文轩

这是一部纯正的学术专著。

论文和专著的区别很像短篇小说和长篇小说的区别。论文可能只需要一个有阐释价值的点的支撑，而专著需要的不只是点，它还需要线和面的全力支持。也许这还不算是两者之间最根本的区别——最根本的区别在于专著之结构——结构之谋划。结构才是一部专著不可或缺的根本，就如同一座立于天地之间的大型建筑的栋梁安排。那些被我们在心中认定的经典性专著，征服我们的原因之一就是它所拥有的结构——一个严谨、合理而完美的结构。黑格尔的观念当然是伟大的，但同时令我们仰视甚至更令我们仰视的是他强大的结构能力，那在文字底部所隐含着的叙述骨架。正是这种结构,保证了学术目标的实现。我们无从知晓《20世纪中国幼儿文学史论》的作者是如何看待这些学术大师们书写专著的"建筑美学"的,但从该专著的结构,可以推想她在动笔之前最处心积虑的当是谋篇布局。也许,为此她费尽了心思。因为她心里很清楚,这样一部以"20世纪"为时间框架、以"幼儿文学"为描述对象和论述对象、规模较为宏大的学术专著,必须先确定下它的结构模式,这个结构模式可以将她认定的所有重要史实和观念有条不紊地呈现。那些看似混乱如麻的线索以及众多的看似散落一地的观念,怎么被组织起来,按照它们背后的因果关系、逻辑关系加以归置,该在的都在,无一疏漏,但又都是在它们应有的位置上,点、线、面之关系严密、得当,一定是她再三考虑的。全书六章,大致以幼儿文学的纵向发展为线索,但因为此书既不是纯粹的史,又不是纯粹的论,而是"史论",既要呈现幼儿文学的创作史,还要呈现幼儿文学的批评史、理论史,既要说史,还要论史,因此就像复调长篇小说一样,它的线索并不是直通通大路一条,而是有至少两条线索在运行:创作的历史、理论的历史。它们时断时续,时分时合,而作者最终做到了纵横捭阖,又不着痕迹。这样一种看似自然,可一气呵成地阅读而实际上是颇费心机的安排,既避免了包罗万象、观念和现象一团散沙之乱局,又使20世纪的幼儿文学的创作史、批评史和理论史,乃至幼儿文学的学科史,都得到了条理分明的呈现。可以说,本书预定之学术目标的实现,在很大程度上得力于该专著在行文之前所确定下的一个适切的结构。

从另一个角度讲,合理的书写结构也就是实际存在的结构,它们可能是一种对应关系。

作为专著,《20世纪中国幼儿文学史论》必须要做的一件大事是:确定边界。

确定边界,是这个世界上非常重要的事情。古罗马时代,有一重要的甚至是神圣的职业,就是精确地测量土地,从而确定边界。卡夫卡《城堡》中的那位一直忙碌于确定城堡和村庄边界的土地测量员,其实是古代罗马土地测量员的化身。确定边界之所以如此重要,是因为这个世界上发生的许多重大事情都与边界有关,比如战争。人类历史上,大部分战争都与边界有关。至今,这个世界之所以总处在剑拔弩张甚至流血不断之状态,十有八九都是因为边界问题而引发的。与国之边界不同的是,一部学术专著在确定它的研究范畴、研究对象的边界时,恰恰不是战争意义上的,它不是一味扩张和侵略,有时可能相反,是后退,是尽量缩小范畴,而使其边界更加清晰,它的边界原则是自足,是绝不占领一寸不属于它的土地。从某种意义上说,《20世纪中国幼儿文学史论》要明确的边界,就是这样一种收缩性也更具有坚定性的确定。

它要追问的问题是:幼儿文学的边界究竟在哪里。

《20世纪中国幼儿文学史论》让我们看到的幼儿文学史,其实就是一部边界形成史和一部边界划分史。幼儿文学本来是没有的,它是在"人的发现""妇女和儿童的发现",特别是在认知心理学出现之后才慢慢得到确定的。其后,直到今天的漫长历史,它都处在看似无休止的边界确定过程中,只不过边界越来越明确、越来越清晰罢了。《20世纪中国幼儿文学史论》,在叙述幼儿文学之边界确定的过程中,向我们揭示了许多道理,比如:幼儿文学不只是一个生物学的概念,更是一个社会学、文化学的概念,一个历史性的概念;幼儿文学与儿童文学的边界,就像儿童文学与成人文学的边界一样,并不是固定的和泾渭分明的。

《20世纪中国幼儿文学史论》不仅详细地向我们描述了幼儿文

学边界的形成史、划分史,还通过思考和论证,对依然处在继续划分和确定过程中的边界做了它自己的划分和确定,十分果断地确定了它的学科边界和它的研究边界。本书对幼儿文学边界的确定,采用了与成人文学相比较、同时又与儿童文学内部其他层次的文学相比较的方法。边界的确定,使幼儿文学获得了合理性与合法性。"这就是我。""我的边界就在这儿。""因为你们的边界清楚了,我的边界也就自然清楚了。""我没有扩展,恰恰是缩小,缩小到一切只合乎于我。"……我们在看《20世纪中国幼儿文学史论》,回顾幼儿文学的边界史和确定它的研究边界时,犹如听到了诸如此类的文字表白。

边界的确定,从而保证了研究的有效性。

我们在阅读《20世纪中国幼儿文学史论》时,可能会经常想到一个词:知识面。

这里所说的知识面,不仅仅指作者对专业知识的全面掌握,更多是指对专业知识以外的开阔的知识视野。我们在这部叙述和论述幼儿文学的著作中,看到了哲学、心理学、人类学、社会学、叙事学、伦理学等其他学科知识的烛照与揭示现象、诠释内核的神奇力量。如果不是这些高屋建瓴的知识的驻扎与挥戈,我们很难想象这部著作还会是一部具有理性深度和浓厚学术性色彩的学术著作。

该书之所以能将一些现象明晰化,将一个个话题说深说透,就是因为这些知识的联合运用而做到的。

与古典、传统的做学问的路数相比,现代、现代化的做学问的路数发生了一个很大的变化。对此变化以及变化的意义,我们还很少论及。这就是,前者利用本专业的知识做本专业的学问,后者是既利用本专业的知识又利用本专业知识以外的知识联手做学问。我们倒不必对两者加以褒贬性的高下判断,因为前者有前者的辉煌与荣耀。

钱钟书的《管锥编》这样的经典以及他之前那些学术大师们的经典，其追根溯源、引经据典、广征博引的学术功力让后来人望尘莫及，那学问做得可谓"令人叹为观止"。后来，这样的学问路数依然有人追随、效法，但总觉得不如前人了，这可能与后来人的心境有关。前人做学问心无旁骛，耐得寒窗寂寞，而后来人因为生活节奏和社会风气的变化，要维持这样的心境已经非常困难。但新的学术路数开始显现其非同寻常的能耐，这就是调用一切可调用的其他学科的知识来做本专业的学问。这是学问史上的划时代变化。

《20世纪中国幼儿文学史论》成功地证明了这种新的学问路数在解读、阐释方面所显示出的"蛮荒之力"。它以因"他者"知识的运用而顺利实现本书的学术目标之事实，向我们证明了一个新的观念：研究对象犹如一座山头，而攻克这座山头的力量不只是存在于其内部，更来自周边的山头——周边山头屯兵百万，只有调集这些山头的力量，才能保证完胜。其实，该书对许多问题的解读以前已经有所进行，但此次再度涉及而令人耳目一新，并感深刻，就是因为它利用了其他知识。这些揭示存在本源和"背后""底部"奥秘的知识，犀利有力，直击要害与命门。这些知识，还直接为该书带来一个从前的研究往往不具有的态势：不仅回答了"是什么"，还往前推进了一步，回答了"为什么"。该书会使我们思考一个问题：难道这些知识——哲学的、心理学的、人类学的、叙事学的知识更具有这样的追问能力吗？这里是否有题目可做呢？

需要指出的是，也许这部著作更适合对其他知识的昵近。儿童的发现，幼儿的认知状态，儿童性的被认可，儿童观的演变，儿童伦理的确定，等等，可能更需要其他知识的解读——只有借助于这些知识的解读，问题才有望得到彻底的说明。我们之所以觉得该书运用其他知识的恰当，可能与它的研究对象的特殊性有关。我们可以再提上面已经提及的一个词:适切。

在史与论之间找到平衡,是这部著作必须考虑的,它很好地做到了。

该书既要呈现幼儿文学的创作史,还要呈现幼儿文学的批评史、理论史和幼儿文学的学科史。与一般描述性的文学史著作不同,它的任务不仅是呈现这方方面面的历史,还要随时谈论、议论和评论这方方面面的历史。这是一部"史论性"著作所面临的十分麻烦的地方。相对于描述性的一般文学史的写作,它更加考验作者的理论功底和理性思辨能力。随着阅读的深入,我们欣喜地看到,作者在她设定的叙述框架中,随时抛头露面,对其描述的对象加以恰到好处的评说,一副俯视现象和观念之众生、敲敲打打、指点迷津的驾轻就熟的姿态,给我们留下了深刻的印象。

所谓深度,我们可以通过揭示现象背后的因果关系、点出其历史成因,或辨析已有的论点以及各论点之间的异同,一语道破其本义,方可满意地获得。但《20世纪中国幼儿文学史论》未满足于此,作者的独立见解更加令人注目,比如关于狭义上的幼儿文学与广义上的儿童文学的分割与大同之关系的论述和判断,比如对文学性的历史主义解读和相对主义解读的区分以及对后者的疏离乃至批评,比如对幼儿文学的自动生成和积极修辞、主动性建构之辩证关系的阐释,在所有大是大非的问题上,作者都很睿智地表达了她个人的见解,而这些见解都很有说服力。从这个意义上讲,本书最值得我们称赞的也许不是别的,而是作者若干幼儿文学观的给出。

论著在"论"这一块所显示出的思辨能力,无疑是该书最出彩也最动人的地方。

对资料的大量占有、宏观梳理与微观解读之关系的把握,叙述节奏的控制……该书还有不少值得我们去谈论的话题,姑且留待他日吧。

《20世纪中国幼儿文学史论》对幼儿文学学科乃至对幼儿文学事业而言,无疑是一重要的学术成果。

2020年7月19日于橡树湾

目录

1	序　曹文轩
1	**第一章　幼儿·幼儿文学·幼儿文学史**
4	第一节　幼儿与年龄隐喻
14	第二节　定义幼儿文学
39	第三节　幼儿文学史的观念与尺度
62	**第二章　幼儿文学的源流与萌发**
63	第一节　民间文学与蒙学读物探源
71	第二节　幼稚教育对幼童文学的推波助澜
94	第三节　近现代儿童期刊与图画故事的幼童读者
146	第四节　现代儿童文学的确立对幼童之惠及
178	**第三章　走向黄金时代的幼儿文学**
179	第一节　当代幼儿文学概观
196	第二节　超越教育工具论的艺术尝试
225	第三节　艺术深度的开掘与文体形式的创新
240	第四节　图画书理论的多维探索
252	第五节　当代幼儿文学的理论突围
269	**第四章　透视与反思"教育幼儿的文学"**
270	第一节　对"洁净与肮脏"的现代性反思

282	第二节	对"骄傲"与"说谎"的"泛道德化"评判
296	第三节	对"不听话"与"不守纪律"的训诫
303	第四节	对"吃饭"与"分享"问题的理性教导
321	第五节	孩子的其他"缺点"及其"治疗"

340	**第五章**	**当代幼儿文学的译介与接受:三个案例**
342	第一节	民间童话译本的改编:以《三只小猪》为例
365	第二节	童话的解读及运用:以"彩虹鱼"故事为例
380	第三节	图画书中的爱与规训:以"违规—受罚"故事为例

395	**第六章**	**以新童年观引领幼儿文学**
396	第一节	幼儿文学对幼儿的建构
405	第二节	"捍卫童年":必要的界限与弱化差异
417	第三节	超越二元对立的思维方式:现代性与童年想象

433	**参考文献**
444	**后　记**

第一章

幼儿·幼儿文学·幼儿文学史

幼儿文学史的研究是儿童文学研究中的薄弱环节。20世纪80年代,当成人文学领域掀起"重写文学史"的热潮时,中国儿童文学史的研究与写作才刚刚起步。早在1957年,蒋风就提出当时开展儿童文学研究最迫切的两项工作,希望《儿童文学研究》期刊能开辟两个专栏,其一即为"儿童文学史料专栏"[①],该刊同期的"编后记"中也写道:蒋风同志的呼吁和意见很重

---

① 蒋风.我们迫切地需要我国儿童文学发展的史料及儿童文学作家论[J].儿童文学研究.1957(2).此刊由少年儿童出版社出版,1957年1月出第1期,最初的1—7期是内部刊物,1959年11月开始正式公开发行。1963年停刊,1979年复刊,2000年1月与《儿童文学选刊》(创刊于1981年)合并为《中国儿童文学》季刊,2009年改为月刊,其中每年发行两期"理论评论专刊",至2013年第1期共出9期,之后停刊。2009年1月起《儿童文学选刊》复刊。

要,"目前要编写一部儿童文学史,资料、人力都有困难。我们准备以后陆续组织一些这方面的文章发表"。然而,直到1980年该刊还在发出"呼吁":"系统地研究和介绍中国儿童文学史(包括古代、近代和现代)的专著,目前还未见到。……从目前已出版的各种文学史著来看,要么是附带提几笔,最多列上一节两节,或者是一字不提。这不能不说是一个很大的缺陷。"[1]因此,同期发布了"本刊征集儿童文学资料启事"。可见,此项工作自50年代提出之后进展缓慢。事实上,中国儿童文学史的研究与写作在80年代才正式启动。30多年过去了,我们总算有了几部儿童文学史著,但令人遗憾的是,迄今为止还没有一部中国幼儿文学史。

幼儿文学因其读者对象的低幼,成为儿童文学中最具特色的一个类别,是与成人文学差异性最为明显的幼童文学。既有的幼儿文学研究集中于幼儿文学阅读教学、作家作品、各文体的艺术特点以及幼儿文学对幼儿发展的价值等。对于幼儿文学史研究,仅有不多的数篇论文,以及散落在几本《幼儿文学教程》《幼儿文学原理》中的概述。中国自20世纪初就有了专门供给低幼儿童阅读或听赏的文学读物,比如旨在"供家庭教育及幼稚园之用"的《儿童教育画》(1909年创刊),其读者对象即为四五岁的儿童,内容涉及22门科目,其中最有特色的是历史故事和寓言。1922年创刊的《儿童世界》刊载过不少幼童也能看的"图画故事",并特意附送"小画报"——后来改为"图画故事增刊"。同年创办《小朋友》杂志的中华书局后来还专门发行过三岁孩子就能阅读的《小弟弟》和《小妹妹》期刊。此外,《儿童画报》(1922年创刊)、《小朋友画报》(1926年创刊)等,也都有明

---

[1] 乔台山.建议开展中国儿童文学史的研究和编写工作[J].儿童文学研究.1980(第五辑,"幼儿文艺专辑").

确的低幼读者意识。值得一提的是,随着民国时期幼稚园教育的发展,幼稚园教材及其辅助读物中都大量纳入了适合幼童的文学作品,客观上构成了那个时代"幼儿文学"阅读的实体内容。

新中国成立之后的五六十年代以及新时期以来,幼儿文学创作、译介、理论批评等越来越丰富,也出现了几本幼儿文学"概论"或"教程"。1989年出版的《中国幼儿文学集成》(10卷)和1998年出版的《中国新时期幼儿文学大系》(7卷),更是夯实了这一文类的独立地位。当代儿童文学学者黄云生、张美妮等亦曾关注过幼儿文学史问题,在世纪之交对幼儿文学的历史形态及演变做过初步梳理和论述。然而,我们始终没有一部幼儿文学史论著。

需要特别指出的是,本研究的主要意义并不仅限于作为第一部中国幼儿文学史论填补研究空白,更在于对以下问题作进一步思考与追问:

何谓幼儿?幼儿文学的概念何以产生?如何定义幼儿文学?幼儿文学与儿童文学及成人文学的关系隐含着怎样的童年假设?百年来幼儿文学在何种背景下经历了何种变化?其中是否隐含着某些恒定不变的内容?超越纯文学的框架,融入教育学、童年社会学等视野维度的幼儿文学解析将呈现怎样的文学史景观?百年来处在现代性话语中的幼童文学与现代性有着怎样的勾连?幼儿文学在表征成人的幼儿观、反映幼儿自我的同时,如何建构幼儿的自我身份认同?幼儿观与幼儿文学观预示着我们对文化精神抱持怎样的价值判断和追求?幼儿文学在适应和满足幼儿需要的同时,其本身如何作为现代性中"幼儿"的一种生产或建构方式?

第一节 幼儿与年龄隐喻

研究幼儿文学史,不能不先划定幼儿文学的边界,哪怕它的疆域是不太确定的或模糊的;而要厘清幼儿文学的内涵,又不得不首先回答何谓幼儿,或者作本质论的追问,或者只是描述它的大体范围。

一、作为年龄表征的"幼儿"

"幼儿"作为一个表征年龄的概念,是指多大的孩子呢?幼儿这一概念与现代教育学,尤其是学前教育的发展密切相关。"教育要适应儿童的年龄特点",这已成为近现代教育学的基本原则。儿童的年龄特点则基于现代生理学、心理学对个体生长发育阶段的划分。较有代表性的划分是:0—3岁婴儿期,3—6岁幼儿期,6—12岁儿童期,12—15岁少年期,15—18岁青年期。6—12岁通常是孩子进入小学接受正规基础教育的"学龄期",此前阶段的孩子便统称为学前儿童。我国当代幼儿园教育的对象主要就是3—6岁的孩子。

早期的科学研究中把不会说话的1岁前的孩子称作婴儿。20世纪70年代,人们倾向于把婴儿期规定在0—2岁。20世纪80年代以来,从多学科角度对婴儿的发展进行了研究,婴儿期扩展到0—3岁,"婴儿教育即是指对从出生到3岁婴儿的身心发展给予关心、干预和教育的过程"①。随着对3岁前婴儿期教育的重视,尤其是中产家庭的适龄儿童越来越多进入托幼机构接受教育,儿童教育表现出下延的趋势。学前教育的对象意指从出生到六七岁进入小学之前的儿童,这个阶段的孩子一般被称为幼儿、婴幼儿,或者学前儿童。

---

① 但菲.婴儿教育发展的历史、现状和反思[J].早期教育(教师版).2006(6).

基于此,当代诸多幼儿文学教材和理论著述在设定幼儿文学的对象时,不外乎几种年龄段的孩子。一种是指3—6岁的幼儿:

> 幼儿文学以3—6岁的儿童为读者对象,……①

一种是指出生到六七岁的学前儿童:

> 幼儿文学的欣赏者包括出生到2岁的婴儿,也包括3岁到6、7岁的幼儿。②
> 幼儿文学是以0岁到6岁的儿童为读者对象,……③
> 幼儿文学是指为六岁以下的学龄前期幼儿服务的文学。④

一种是指从出生到七八岁的儿童:

> 现实中的幼儿文学的接受对象往往也兼顾着小学7—8岁的低年级学生,并且包括了0—3岁的婴儿。这样也就形成了以幼儿为"中心区"并向上下扩展的接受群体。⑤

此外,还有的学者主张从2岁到8岁,比如:

> 本文幼儿文学中的幼儿,指二岁至六岁的儿童,亦有延长至八岁者。⑥

近代以来,"幼儿"的年龄愈来愈面临一个实际操作的问题。比如,清末民初中国开始引进西方的新式教育,创办了幼稚园,那么要

---

① 郑光中主编.幼儿文学教程[M].成都:四川民族出版社.1998:4.
② 章红,李标晶,罗梅孙.幼儿文学教程[M].杭州:浙江少年儿童出版社.1991:3.
③ 张美妮,巢扬.幼儿文学概论[M].重庆出版社.1996:2.
④ 蒋风主编.幼儿文学教程[M].南京:东南大学出版社.1999:11.
⑤ 黄云生.幼儿文学原理[M].南京:江苏教育出版社.1995:2.
⑥ 林文宝,陈正治等.幼儿文学[M].台北:五南图书出版股份有限公司.2010:4.

招收几岁的孩子入园？幼稚教育结束于几岁？这都需要对"幼稚生"做出明确的年龄限定。新中国成立之后，我们改"幼稚园"为"幼儿园"，"幼稚生"也就变为幼儿，同样需要划定幼儿的年龄。随着幼教思想的发展、学前教育的普及，"幼儿"逐渐从儿童中独立出来，成为一个专有称谓。

在更早的时候，中西方对于儿童年龄阶段的划分，往往也都与教育有关。例如，清代王筠(1784—1854)的《教童子法》系统论述了当时的童蒙教育，"八九岁时，神智渐开，……才高者十六岁可以学文，钝者二十岁不晚"。根据儿童的智愚高下，给予进程不一、内容目标各异的教学，对童子作出细致的分类、分级、分等，这"在明清倡议幼教者之间，是一个常见的主张，其实与背后近世中国教育日益普及，塾学学童之人数大增，年龄不断下降，塾师所接触学生之量增与分化的社会实情，很有关系"①。其实，幼学传统悠久的中国自古就对幼教有分级分段的考虑，明清以后的划分只是更为细致而已，划分教学内容与进度的维度有年龄，还有智力和兴趣。晚清应该是与西方心理学或称儿童学的年龄分段相对接，有着科学的名义，但并不意味着中国直到这时才有了分级、分班、分段的意识和做法。

古希腊的柏拉图、亚里士多德，罗马的昆体良，文艺复兴之后捷克的夸美纽斯，以及18世纪的法国启蒙思想家卢梭等，对个体皆有具体的年龄段划分，并分别配置他们认为适宜的教育内容和教育方式。近现代以来专门的幼教机构的创立与幼教学科的发展，进一步促成"幼儿"从儿童中分离出来。瑞士著名民主主义教育家裴斯泰洛齐(1746—1827)创办了孤儿院，为贫民开办招收6岁以下儿童的幼儿学校，其著作《幼儿教育书信》归纳了他的幼儿教育原理和方法。

---

① 熊秉真.童年忆往——中国孩子的历史[M].桂林：广西师范大学出版社.2008：150.

德国教育家福禄贝尔1837年在勃兰根堡创设了一所收托1—7岁儿童的教育机构,1840年命名为幼儿园(Kindergarten),成为世界上第一所幼儿园,他本人则被称为"幼儿园之父"。从19世纪中期到20世纪前半期,学前教育学从普通教育学中分化出来,开始形成一门独立的学科并逐步发展起来。皮亚杰为现代学前教育学的建立提供了认识论基础,他首次将数理逻辑作为衡量儿童思维发展的工具,把认知发展分为四个阶段:感知运动阶段(0—2岁左右)、前运算阶段(2—6、7岁)、具体运算阶段(6、7岁—11、12岁)、形式运算阶段(11、12岁及以后)。这些西方思想家、教育家的论述也成为我们一个世纪以来共享的教育财富。与幼教学科发展相伴行的,是学前教育的逐渐普及。很大程度上可以说,"幼儿"这一概念,其年龄范围的界定在现实层面深受幼教理论与实践的影响,逐渐成为一个约定俗成的、与年龄密切相关的专有概念。

约翰·萨默维尔曾将学生按年龄分级视为19世纪"童年标准化"的一部分,这种制度其实是要求生理年龄与智力和社会年龄的成长一致。"随着按年龄分级学校的传播扩散","儿童的年龄成了他们应当知道什么,应当去哪儿,以及应当做什么的一项严格指标"[①]。幼儿园的入园年龄以及园内按年龄分班不过是近现代以来逐渐普及的学校义务教育分级制度的向下延伸,实质是一样的。有意味的是,也恰恰是在19、20世纪之交,"童年进而被看作每个人与生俱来的权利,成为一个超越社会和经济阶级的理想。不可避免地,童年开始被定义为生物学的范畴,而不是文化的产物"[②]。晚清到五四时期,我们

---

① 〔美〕约书亚·梅罗维茨.消失的地域:电子媒介对社会行为的影响[M].肖志军译.北京:清华大学出版社.2002:225.
② 〔美〕尼尔·波兹曼.童年的消逝[M].吴燕莛译.桂林:广西师范大学出版社.2004:98.

主要是在西方儿童观的影响下,确立了以"儿童本位论"为基础的中国现代儿童文学,呼吁把儿童当作儿童看待,尊重、顺应并满足儿童的天性需要,其中就包括对独特文学的需要,不但不同于成人文学,而且在儿童内部不同年龄阶段需要不同类型的文学。

我国学者熊秉真从语言和文化的角度考察发现,中文常用的"儿童""孩子""子""童"或"幼",至少可由三个层面去理解:一是从生理学意义上,指的是人生阶段的起始,是刚出生几个月到几岁的"孩子",这层意义最接近近代以降幼教或儿童专家通常所关怀的对象;二是从社会地位上,处于从属位置的,通常以"子"称呼,不仅指年幼的孩子,如五伦中"父子"的"子",与年龄无关;三是从哲学和美学层面上,指的是抽象意义的"童心稚情",视"童心"与"纯真"为孩子"本质"的象征。① 事实上,这三种理解经常共存于我们的文化认同中,只是在近现代幼教背景下,"幼儿"由一个凝聚多维意义的概念逐渐聚焦于"年龄"这个层面。

随着对年龄问题认识的深化,人们逐渐意识到年龄的思想深意与方法论意义:"'年龄'不但是区别身份,思考问题上的一种主要眼光,一种概念上的利器(工具),而且从更基本的层面和正本清源的意义上说,'年龄'本身就是界定价值规范社会、形成人生经验的关键性因素之一。它在不少意义上,……规划了不同人群的行为方式、观念心态,也决定了整体的社会对某一种特殊年龄的人们,其处置与对待,其态度与期望。"②

二、"幼儿"观念的流动性与历史性

"幼儿"的字面意思当是指"年幼的儿童",它既与成人相异,又

---

① 熊秉真.童年忆往——中国孩子的历史[M].桂林:广西师范大学出版社.2008:17.
② 同上书.319.

与儿童中的年长者相区别。近现代以来,我们对于儿童的主流认知:天真、无知、单纯、快乐、非理性、情感上无价而经济上无用等,恰恰就集中体现在对幼儿的认知上。"幼儿"不是一个同质化的概念,不同的阶层、群体以及个体的幼年都千差万别。例如,曾经有这样一个记载:18、19世纪的欧洲,一个八岁女孩带着弟妹逃亡,守关的人问:"你是一个孩子吗?"当听到别人对儿童的描绘,诸如有成人照顾,可任意玩耍而不必担负家庭责任等,女孩理直气壮地表示,她并不是一个儿童。① 客观的生理年龄之外,幼儿之概念也涵括多样的文化意蕴。

幼童观念"古已有之"。

近现代之前,不管中国有没有"幼儿"这一称谓,都不能否认,当时社会对低幼孩子是有某些较为普遍的标准和看法的。比如关于早期儿童教育思想的论述自古就有,主要散见于哲学、政治学、医学、蒙学等著作中。南北朝时期的学者颜之推(531—595)著有《颜氏家训》一书,北宋时期的政治家、史学家司马光(1019—1086)著有《家范》一书,南宋时期的朱熹著有《童蒙须知》和《小学》,明代启蒙思想家王守仁写有《训蒙大意示教读刘伯颂等》《教约》等文,这些文献中都含有早期教育要适应儿童身心发展特点的教育主张。其后的王延相、吕得胜也有论述。透过诸多的"家训""家范"以及"童蒙""训蒙须知",我们很难想象那时的人们对于低幼儿童的身心特点一无所知,也难以想象古人对于幼童教育区别于成人教育的特殊性会毫不在意。

幼蒙材料之外,医药、法律以及某些艺术品中,也显示出古人早就知晓孩子异于成人,童年异于成年。以婴戏图为例,它也称"戏婴图",是中国人物画的一种,描绘儿童嬉戏玩耍的生活情景。魏晋时

---

① 熊秉真.童年忆往——中国孩子的历史[M].桂林:广西师范大学出版社.2008:31.

期儿童形象已在绘画中陆续出现,初唐时专门表现儿童生活的婴戏图产生,至北宋时期儿童真正成为画家描绘的主题,"出现抢夺食物、戏犬扑蝶、攀树爬垣、捉蟋蟀、放风筝等活动",在两宋时期描画出"儿童独有的一些行为和样貌特征","婴戏图中蕴藏着古代孩童的服饰、发式、配饰、游戏与玩具、神态与动作、儿童与成人的关系、生活环境等丰富的资料"[①]。通过对其细节的考察,可以发现古人对儿童的看法和态度,当时的孩子并未仅仅被当作"缩小的成人"来看待。所以说,近现代以前的中国并非对幼儿没有任何概念。这些并非主流的儿童观念,一方面表明中国古人对儿童性情的深入了解,另一方面也体现了我国文化传统中的"慈幼思想"[②],这与西方基督教传统中生来有罪的儿童观迥然有别,所以也导致对待儿童态度以及儿童教育方式的不同。

如果质疑中国古代没有儿童观念,或者没有幼儿观念,应是走入了以今衡古的窠臼。就像法国学者菲力浦·阿利埃斯曾试图证明西方中世纪不存在童年观念,一个孩子在7岁时童年期就结束了,但后人发现这不过是阿利埃斯用了现代的童年观去衡量评判中世纪的结果。中世纪的人们并非没有任何童年观念,中国近现代之前也并非缺乏婴幼儿的概念,充其量只是还没有发展出现代意义上的幼儿观或儿童观。

"幼儿"观念具有流动性。

从个体发展来看,没有一个人会永远处在幼儿阶段,他总要成长为成人;同时也没有一个成人不曾经历过幼儿阶段。这一点跟用以表征个人身份的性别、种族、阶级等截然不同。

---

① 曹慧.透视与反思:晚清之前婴戏图中的儿童观[D].山东师范大学.2015.
② 《周礼·地官·大司徒》中便已提出"慈幼"政策。

中国传统文化中对幼童与成人之关系的看法,也与西方不同。西方社会通常视成人、儿童为性质不同的两种存在,处在二元对立的关系之中;而中国古代,对二者之间的差异虽然也早有认识,但是很少将之视为彼此对立的矛盾两极,而是你中有我、我中有你、可以相互转化的关系。比如孟子的"四端说",认为孩子诞生之时,已有隐形的、具备仁义礼智的、完整的"人"的影子存在其中,婴幼儿的身上已经具备成人品性的雏形。再比如李贽,提出"夫童心者,真心也","夫童心者,绝假纯真,最初一念之本心也","童子者,人之初也;童心者,心之初也",认为成人的心性中也可保留着童心的质素,是谓拥有"赤子之心"。这些论说皆视幼童与成人之间并非单线直进之关系,而是相对、交错与连续的,二者之间主要在经验、心智、能力等方面存在程度上的差异。近现代西方的童年观则将孩子与成人之间程度上的差异变为种类上或性质上的差异,作为儿童中的低幼者,幼儿更是被作为二者之"异质性"的投射对象。

精神分析学大师弗洛伊德曾质疑现代"纯洁"幼童的观念:"小孩子应该是纯洁的、无邪的……只有孩子们没卷入这个传统;他们足够天真地坚持他们的动物本性,不懈地表明他们还没有学会他们的'纯洁'。"[1]美国当代绘本大师莫里斯·桑达克亦曾宣称:他能栩栩如生地回忆起自己的童年,他知道可怕的事情,但他知道一定不能让大人们知道他知道,因为那会让他们害怕的。而他自己创作的绘本《野兽国》等,刻画了具有愤怒、恐惧、压抑、无奈等强烈情绪情感的孩子,亦挑战了此前单纯快乐的儿童形象,展现了童年的深刻与丰富。这些观点显然和浪漫主义诗人眼中的孩子不尽相同,在后者看来,儿

---

[1] 〔加〕佩里·诺德曼.隐藏的成人:定义儿童文学[M].徐文丽译.北京:中国社会科学出版社,2014:扉页.

童是坠落凡间的纯真天使,"儿童是成人之父"。华兹华斯在其《永生颂》中把一个孩子正在形成的知识视为驱散了孩子"荣耀之云"的"监牢的阴影":

> 曳着荣耀之云,我们是
> 从上帝那边来的孩子:
> 天堂迤逦在我们的幼年!
> 而那监牢的阴影会慢慢
> 把少年人围拢……①

可见,"幼儿"不仅仅是一个与年龄相关的生物学概念,中西之间,不同的群体和思想派别之间,对幼儿的理解都不尽相同。

"幼儿"观念具有历史性。

不同历史时期人们心目中指称的幼儿的年岁不尽相同,就如同儿童期结束于7岁、13岁还是18岁,世界各国的认定在不同时期也不尽相同。仅从中国幼教历史看:由宋朝到清朝,随着科举之确立,市场经济之兴起,社会竞争日烈,期间大量家庭资料中记载,教小孩"数字""认字"或"耕作"等知识与技能的年龄,"自宋代以来,平均大约每百年就提前一岁。也就是说,宋代时九岁儿童所进行的活动,元代可能变成七岁儿童的功课,明代变六岁,清代竟可能成了四五岁孩子的日程。(到近现代是不是自然也就成了三岁天才班的内容?)"②

历史表明,"十五世纪以后,每过五十、一百年,中国士子启蒙就学的年龄就要提前一年、两年。到了明清,士人子弟中,六岁已开始

---

① 转引自〔澳〕郝思特·孔伯格. 故事的力量[M]. 薛跃文译. 西安:西安交通大学出版社. 2017:164.
② 熊秉真. 童年忆往——中国孩子的历史[M]. 桂林:广西师范大学出版社. 2008:22.

正式教育的颇不少见,甚至有在四岁、五岁之稚龄就被安排入塾从师就学者"①。这显示了近世以来幼教对象之年龄下降的趋势,而"幼学年龄下移,使得过去未必专以稚龄人口为对象的蒙学问题,益显棘手"②,以至于不少清代乡间塾师都承认教授幼童之不易,就算严罚酷惩也未必有明显效果。幼教年龄下移,反映出家长和社会的一种焦虑,希望尽早把某些必要的知识技能传授给孩子,使其尽快成长从而摆脱幼稚无知的状态;然而,有意思的是,与幼教年龄下移的趋势相悖逆的,却是童年期结束的延迟,也就是说童年期在不断延长。这与现代童年的制度化有关,后文将会再作论述。

20世纪60年代以来西方以法国学者菲力浦·阿利埃斯为代表的童年研究试图证明:童年期的出现是近代社会变迁的产物,尤其与近现代教育制度的确立直接相关,童年期是一个社会的、历史的概念。日本学者柄谷行人则将近现代"儿童的发现"称为一种"风景之发现",被当作"儿童"的儿童不是自古就客观存在的,而是在特定时期被发现的。

总之,"幼儿"既是一个与年龄有关的生物学概念,也是一个社会学、文化学概念,它的内涵具有流动性、历史性。"幼儿"是一个建构性的概念,这种建构又是有限度的,不能完全脱离幼儿的生物学基础和生活经验。近现代以来,幼儿文学与幼儿教育一起,都在反映并遵循幼儿年龄特征的同时,也在建构幼儿的年龄特征。鉴于此,书写幼儿文学史,不宜机械套用今天对于儿童年龄阶段的划定,年龄只应作为一个大体的参照框架。

---

① 熊秉真.童年忆往——中国孩子的历史[M].桂林:广西师范大学出版社.2008:97.
② 熊秉真.幼蒙、幼慧与幼学:近世中国童年论述之起伏[A]."文化传承与历史记忆学术讨论会论文集"[C].2007:21.

第二节　定义幼儿文学

"儿童文学不能是成人文学的附庸,而是具有主权和法则的一大独立国。"(高尔基)对儿童文学来说,这无疑是个令人欢欣鼓舞的宣言。某种意义上,儿童文学因其指涉对象和叙述艺术的特殊性而获得文学世界的独立主权。与儿童文学是否独立这一问题同等重要的,是儿童文学何以独立?幼儿文学又何以从儿童文学中独立出来?不把幼儿文学看成一个自足的或者本质性的概念,而是去考察它形成的过程,才有可能从根本上探明:这种独立性是绝对的、界限清晰的吗?抑或只是人为制造出来的某种幻觉?当一种文学样式必须依赖与成人文学的区别来定义自己,获取自身的合法性时,它能从根本上撇清与成人文学的关系吗?

一、双重异质性·影子文本·二元体

儿童文学作为成人提供给儿童的一种文学样式,其被生产的前提一般基于两个重要信念:首先,"所谓的儿童文学之所以存在,就是因为人们相信儿童与成人是不一样的——不一样到需要自己独特的文本"[①]。成人认为儿童足够特殊,有不同于成人的阅读兴趣与理解能力,因此需要阅读与成人不一样的文学。其次,成人相信儿童自己没有能力创作自身所需要的那种文学,因此成人有责任为儿童创作"适合"他们的独特文学。

进而言之,所谓的幼儿文学之所以存在,就是因为人们不但相信

---

① 〔加〕佩里·诺德曼,梅维丝·雷默.儿童文学的乐趣[M].陈中美译.上海:少年儿童出版社.2008:19.

儿童与成人不一样,而且不同年龄阶段的儿童也是不一样的,年幼儿童不同于年长儿童。相应地,儿童文学内部需要按照年龄高低划分出幼儿文学到青少年文学几个层次。就像现代心理学所试图证明的,儿童随年龄增长逐渐成人化或社会化,与成人的差异由大到小,到青春期二者的界限渐趋弥合。同理,儿童文学与成人文学之间的差异也随着读者年龄的增长而逐渐淡化,二者的差异必将典型体现于距离成年最遥远的那一端,即童年期初始的幼儿之文学。在这个意义上讲,当我们言说儿童文学与成人文学之差异性时,幼儿文学是其所指的典型载体。换句话说,幼儿文学是最能反映儿童文学特殊性的文学。那么,何谓幼儿文学?在儿童文学的疆域内,幼儿文学是否是一个拥有独立主权的文学王国?幼儿文学与儿童文学之差异,是否等同于儿童文学与成人文学之差异?这种差异是性质上的,还是程度上的?

在学术研究领域,"幼儿文学"这一名称大概出现于20世纪60年代初。1960年3月,蒋风发表了《幼儿文学和幼儿心理》,此文开篇写道:"我所谈的幼儿文学,指的是专门为学龄前期的儿童和学龄初期七八岁的儿童所创作的文学。"[①]1962年7月蒋风再次发文《幼儿文学的语言》。新中国成立后的前30年,幼儿文学研究中使用较多的是幼童文学、幼儿文艺、幼儿读物、低幼文学、低幼儿童读物、小娃娃的文学等名称。

1980年10月,朱庆坪发表《形象而有趣 浅显而美听——试谈幼儿文学的语言特色》(载《儿童文学研究》第5辑),同期鲁兵发表了《炉边琐语——和幼儿老师谈幼儿文学创作》。1981年在泰安召开全国第二次儿童读物出版会议,强调要发展低幼读物并规划了13套

---

① 蒋风.幼儿文学和幼儿心理[J].儿童文学研究.1960(1).

丛书。同年任溶溶、鲁兵、圣野主编的《幼儿文学选(1949—1979)》由人民文学出版社出版,似乎可以作为"幼儿文学"这一名称开始普遍化的标志。张美妮曾在其1996年出版的《幼儿文学概论》一书中称:《幼儿文学选》的出版,使得"幼儿文学"这一名目,开始正式独立出现于我国儿童文学之中。台湾的情况虽与大陆不完全相同,时间上却也比较接近,"儿童文学与幼儿文学,可说是一直到八〇年代,才逐渐完成分化。而'图画书'和'幼儿文学'这两个用语的普遍化则是分化完成的象征"①。当时,"图画书"尚未在大陆成为普遍用语。

新时期以来,除了从本体论的立场来给幼儿文学下定义,也有很多定义是带有策略性的,比如从其功能意义上说幼儿文学是什么。以下(按出版年份排序)是十种代表性定义:

> 幼儿文学是**教育幼儿的文学**。它是以教育为目的,以幼儿为对象,即具有一定的教育内容又符合幼儿年龄特点的文学。②
>
> 笼统地说,幼儿文学是儿童文学的一个分支,它是指那些既符合幼儿教育的需要、能促进幼儿身心健康成长,又适合幼儿听赏、受到幼儿喜爱的那些文学作品。……进一步作深入的考察,就可以说,幼儿文学是以三至六岁的幼儿**为读者对象**,以表现幼儿眼光中的现实世界或幼儿心灵中的幻想世界**为主要内容**,以再现幼儿的审美情趣**为重要美学特征**,以促进幼儿健康愉快地成长**为创作宗旨的文学**。③
>
> 幼儿文学是反映幼儿眼中的外在世界和他们自己的内心世界,并适合于他们接受和欣赏的文学,是为了培养他们**成为健全**

---

① 林文宝,陈正治等.幼儿文学[M].台北:五南图书出版股份有限公司.2010:19.
② 华东七省市,四川省幼儿园,教师进修教材协作编写委员会编.幼儿文学[M].上海教育出版.1987:6.
③ 郑光中编著.幼儿文学ABC[M].成都:四川少年儿童出版社.1988:3.

的社会人的启蒙的文学。①

顾名思义,幼儿文学的接受对象是幼儿。幼儿文学是供给幼儿欣赏,并**适合他们接受的文学**。②

幼儿文学是以 0 岁到 6 岁的儿童为读者对象,为促进他们的健康成长而**创作或改编的**、能为他们接受和欣赏的**启蒙的文学**。③

婴幼儿文学是适应学前儿童的**审美需要的文学**,它与适应学龄儿童审美需要的文学,尤其少年文学相比较,在审美形态上有明显的不同。④

幼儿文学是儿童文学的组成部分,主要是为满足学龄前儿童**审美需要**而创作的文学。⑤

幼儿文学是指为六岁以下的学龄前期幼儿服务的文学。它是**幼儿年龄特征、审美情趣、幼儿教育要求**在艺术形象中的有机结合。⑥

幼儿文学是指为 0—6 岁的学龄前儿童服务的文学,它的主要接受对象是 3—6 岁的幼儿,它是为适应这一阶段儿童的文学接受特点而**创作或改编的文学**。⑦

幼儿文学是**以幼儿为自觉服务对象、符合幼儿接受能力、体现了独特的幼儿美学的文学**。⑧

此外,还有人主张幼儿文学是"供给幼儿娱乐的文学",或者幼儿

---

① 章红,李标晶,罗梅孙.幼儿文学教程[M].杭州:浙江少年儿童出版社.1991:2.
② 黄云生.幼儿文学原理[M].南京:江苏教育出版社.1995:1.
③ 张美妮,巢扬.幼儿文学概论[M].重庆出版社.1996:2.
④ 黄云生.人之初文学解析[M].上海:少年儿童出版社.1997:3.
⑤ 郑光中主编.幼儿文学教程[M].成都:四川民族出版社.1998:3.
⑥ 蒋风主编.幼儿文学教程[M].南京:东南大学出版社.1999:11.
⑦ 高格褆主编.幼儿文学实用教程[M].北京:高等教育出版社.2006:3.
⑧ 方卫平主编.幼儿文学教程[M].北京:高等教育出版社.2012:14—15.

文学应当成为"幼儿生活的百科全书",以及强调幼儿文学是用来训练语言、提高语言能力的等。综上所述,这些定义基本都涉及了幼儿文学的读者对象、幼儿的可接受性、幼儿的审美需要,以及教育性等。然而如果深究,这些界定并没有确切的所指,或者外延并不甚周严。譬如:"以幼儿为读者对象",这显示了创作者对目标读者的自觉意识,但也有的作品创作时并没有非常明确具体的对象意识,只是幼儿恰好也能欣赏。"适合幼儿接受",怎样才算适合?其标准如何确定?历史地看,"适合"儿童阅读的标准常常处在变化之中。"接受能力"的含义又是什么,是理解力,还是审美感受力?定义最后的落脚点都是"文学",那么,对于幼儿文学的"文学性"而言,其区别于一般文学的独特性何在?从上述定义中无法获知更具体的答案。

中国现代儿童文学建立在崭新的儿童观基础上:儿童不是"缩小的成人"和"成人的预备",孩子的世界与成人截然不同,要把儿童当作儿童看待,尊重并满足其特有的身心需要,这被称作现代意义上儿童的发现。由此,儿童与成人之间的差异也有了新的内涵,本来"不同年龄的人,只有年幼与年长、年老的区分,他们是小的人、大的人或老的人,他们也因此可能有体能上的以及智能、经验上的差异,但是近现代以来有关儿童期的概念,将小孩子与成年人区分为不同种类的人"[①]。儿童与成人之间的差异由程度上的变成了种类上的,这也是古今儿童观的根本区别。正是基于足够大的种类差异或曰本质差异,儿童也才需要一种特殊的文学类型,借以体现特有的"儿童性",以此区别于"成人性"。不管"儿童性"的内涵如何界定,都必然是迥异于"成人性"的,二者的"异质性"构成现代儿童文学的理论基础。晚清以降,儿童的发现者们致力于把儿童与成人相分离,让童年越来

---

① 陈映芳.图像中的孩子——社会学的分析[M].济南:山东画报出版社.2003:2.

越远离成年,儿童文学不过是这种"二分法"在文学领域的产物。同理,幼儿文学也只是这种"二分法"在儿童文学内部延伸的结果。幼儿文学的合法性存在,取决于幼儿与成人及(年长)儿童皆有本质差异,幼儿文学与成人文学、儿童文学也皆有本质差异,因此幼儿文学具有双重的"异质性"。

幼儿文学被视为人之初文学,是儿童文学中低龄儿童的文学,不但相对于成人文学而言更为简单、短小、浅显,而且在儿童文学的范围之内,相对于其他更年长儿童的文学,也显示出更为低幼的特点。这些差异往往体现在篇幅更短、用语更简单直观、情节结构更单纯清晰、主题内涵更与幼儿经验切近等。"不管是婴幼儿书籍还是少年小说,所有被归属为儿童文学的各种不同类型的文本都有一个共同点,那就是作者与目标读者之间的鸿沟。"[1]某种程度上可以说,正是这一"鸿沟"的存在决定了幼儿文学的独特艺术样貌。

然而,在幼儿文学这一"浅语的艺术"背后,一定隐含着更多、更深层的东西。因为如果只是复现原生态的幼儿世界,幼儿自己就可以成为最真实的表现者,那些童言无忌的讲述和天马行空的想象就是幼儿世界的纯粹外在表现。事实却是,文学即使表现幼儿的天真无知,也需要具备超越天真无知的知识才能发现和欣赏这种天真。显然,幼儿自身"创造"的文学并没有被纳入"幼儿文学"的边界内加以讨论。正如朱丽叶·麦克马斯特所说:儿童创作的文学和为儿童创作的文学是两码事。这主要不是因为儿童创作的"作品"缺乏趣味或艺术性,而是因为无法保证它们"能稳妥地代表成年人对于什么可被接受为儿童读物的通常观点,其中可能没有令人满意地嵌入这一

---

[1] 〔加〕佩里·诺德曼,梅维丝·雷默. 儿童文学的乐趣[M]. 陈中美译. 上海:少年儿童出版社. 2008:19.

领域的价值观,因为它们是真正孩子式的,所以可能逾越儿童文学的界限。……儿童文学主要表征成人对童年的看法,而不是儿童们自己的看法。一个真正表现了儿童所体验的童年或儿童式思维的文本会缺乏儿童文学的一种基本界定性特质"[1]。这才是儿童自己创作的文学为何不被视为儿童文学的根本原因。幼儿文学所要表现的是成人眼中的幼儿,或者是成人眼中幼儿对其自身的理解和态度,表达的是成人的童年观念,而非幼儿自己的童年观念。因此,幼儿文学中必然会嵌入成人认同的某种价值观,使得"简单的文本暗含了一种未说出的、更为复杂的集合,相当于一个隐藏的第二文本——我把它称为'影子文本'"[2]。这就意味着,在幼儿文学中,作者说给读者的东西要远远少于作者所知道的东西。

幼儿文学也隐藏着第二文本,这一点既是必然的也是必要的。幼儿文学中表现天真与表现对天真的态度是相辅相成的,成人无法在幼儿文学中完全抽离自己,完全站在孩子的角度去表现童心。如果仅仅是"再现"与"还原"童心世界,那么没有比在自然状态下拍摄的幼儿生活最为真实,显然幼儿文学不应只是播放这样的摄像。成人在其中必须也必定会证明自己的存在,即使是以隐匿的方式,即使是以声称自己不在场的方式。马克思在论述希腊艺术时曾说过:"一个成人不能再变成儿童,否则就变得稚气了。但是,儿童的天真不使成人感到愉快吗?他自己不该努力在一个更高的阶梯上把儿童的真实再现出来吗?"[3]这意味着,成人是在"更高的阶梯上"再现儿童的天真,成人无法再复归儿童,哪怕最具有赤子之心的成人,对童年的

---

[1] 〔加〕佩里·诺德曼.隐藏的成人:定义儿童文学[M].徐文丽译.北京:中国社会科学出版社.2014:153.
[2] 同上书.9.
[3] 中共中央马克思恩格斯列宁斯大林著作编译局编译.马克思恩格斯选集·第二卷[M].北京:人民出版社.2012:711—712.

再现也无法与儿童处在同一阶梯。成人已知晓世界的更多秘密,他在儿童文学中不说出这些秘密仅仅因为他不想说或者认为不该说。成人不可能再完全复归儿童的状态。他无法完全撇清自己,即使他刻意隐藏自己,尽力避免自己或代言人在文本中现身,他的价值观、童年观也是内隐其中的,那是以不在场的方式来表现他的在场。

周作人曾表达过类似的观点。他在1921年翻译了日人柳泽健的《儿童的世界》,文中有如下的话:"大人的世界与儿童的世界的对立。从这事实说来,大人在本质上不能再还原为儿童,是当然的了。所以如北原白秋说明他作童谣时的用心,说完全变成了儿童的心而作歌这样的话,也只可看作一种绮语罢了。大人所见的儿童的世界必不会是儿童所见的儿童的世界。这样的纯粹的儿童的世界的事情,只一切交与儿童的睿智与灵性便好了;大人没有阑入其间的必要,也没有这个资格。大人对于儿童应做的事,并不是去完全变成儿童,却在于生出在儿童的世界与大人的世界的那边的'第三之世界'。"[①]一年之后,周作人在与赵景深的通信中就安徒生与王尔德的童话差别发表意见,指出"安徒生因了他异常的天性,能够复造出儿童的世界,但也只是很少数,他的多数作品大抵是属于第三的世界的,这可以说是超过成人与儿童的世界,也可以说是融合成人与儿童的世界"[②]。这类作品显然并非纯粹的"儿童的世界"的复现,但周作人却坚信"文学的童话到了安徒生而达到理想的境地,此外的人所作的都是童话式的一种讽刺或教训罢了"[③]。从这个意义上讲,"第三的世界"之于儿童文学就不仅是一种必然,而且是一种理想的境地。不难发现,"影子文本""更高的阶梯"与"第三的世界",其所指具有

---

① [日]柳泽健.儿童的世界[J].周作人译.诗.1922年1卷1期.
② 周作人.童话的讨论[N].晨报副镌.1922.4.9.
③ 同上.

同一性。

那么,看到幼儿文学中这一"隐藏的成人",发现其中的"影子文本",对幼儿文学有何意义?是否可以说,它提供了自觉反思隐藏的成人愿望的可能?既然这一隐藏是一种必然——只要存在"儿童文学"这一文类——是否只能期待一种"好的"隐藏?或者期待"隐藏得"更好?前者指文本的主题和内容(隐含成人的愿望),后者指文本形式和艺术性。接下来的问题是,成人为何要在儿童文学中有所隐瞒,对某些内容刻意保持缄默,从而使得儿童文学成为"一种受必要限制的文学"?"限制"意味着"排除",而什么应该被排除的依据又何在呢?现实中,这往往基于成人对儿童喜欢读/能够读/应该读什么的一种假设,根本上是要把"不适合"的排除在外。每个时代每种文化都有针对儿童的"适合"标准,而这些标准也始终处在变化之中。对儿童的现代发现(或者发明),或者说现代儿童观的确立,意味着对独立完整的"儿童世界"的发现、尊重与保护,要求把儿童当作"儿童"看待,而不是缩小的成人或成人的预备。在顺应并满足儿童独特需要的同时,现代儿童观也主张通过某些限制来保护儿童知识和经验方面的安全,清除儿童不应该了解的东西。儿童文学恰好可以作为对"儿童世界"进行建构、审查和保护的适宜方式。

在儿童与成人相区别而对立的框架下,对儿童的现代定义方式多是"非社会性的"或者说"前社会性的","童年在本质上一直被定义为一个排除性的问题。……它主要是从儿童不是什么与儿童不能做什么的观点来定义他们。儿童不是成人"[①]。儿童被描述为缺乏成人所拥有的成熟、品质、经历等,在本质上是欠缺某种素质的不完全的个体,这样建构出的"儿童样",重要的不是他们拥有的特点,而

---

① 〔英〕大卫·帕金翰.童年之死[M].张建中译.北京:华夏出版社.2005:12.

是他们缺少的特点。例如1924年国际联盟在日内瓦颁布了第一项国际协议,其中提出了对待儿童的普遍原则。现代童年概念在这一日内瓦宣言所呈现的儿童形象中得到完全体现,儿童被认为是不完善的、非社会的、软弱的和具有依赖性的,因此日内瓦宣言强调成人对儿童的责任。近现代以来,对待儿童的这种"缺乏",成人表现出的是矛盾态度:一方面从浪漫主义出发,把这种缺乏视为纯真的美好象征,另一方面又试图通过后天的教化清除这种欠缺。或者说,既赞美童年的无知,宣称要捍卫童年,同时又千方百计引导儿童走出童年,走向成年。这种矛盾也投射到儿童文学中,"成人既要防止儿童知道得更多,又相信他们有义务帮助儿童知道得更多——要教给他们能够知道和应该知道的东西。结果,儿童文学往往既是排斥性的、又是说教性的"①。由此也造成儿童文学中教育与娱乐、学习与乐趣之间永恒的冲突或平衡问题,在不同历史时期随着教育观与文学观的变化而不断调整其重心。

现代儿童文学这种内在的矛盾二元性,几乎是与生俱来的。儿童作为儿童虽然和成人不同,但他们毕竟也处于成为成人的过程中。既想让儿童更像成人,又想让儿童保持与成人的对立,由此儿童文学所建构的儿童很可能是分裂的,具有分裂的主体性,"它们似乎经常鼓励儿童既不要知道、又要知道得足够多以评价或摒弃他们的无知之价值"②。成人经常试图让儿童相信:你比我无知天真,这是好事。但是只有等到儿童不无知天真时,才能理解这是好事。当儿童天真可爱时,他不知道自己是天真可爱,当他能欣赏自己的天真可爱时,也就已经失去了天真可爱。另一方面,成人又通过文学文本邀请儿

---

① 〔加〕佩里·诺德曼.隐藏的成人:定义儿童文学[M].徐文丽译.北京:中国社会科学出版社.2014:163.
② 同上书.79.

童:你可以认同故事里的小主人公,因为你跟他一样天真无知;同时你又要比小主人公知道得多,超越他的孩子气,就如弗莱理论中的"讽刺模式",让读者觉得比文本中的主人公聪明,获得自身优越感之乐趣。因为只有足够不纯真,才能欣赏和评价纯真。这就是现代儿童文学悖论式的二元性。

还有另一种似乎相反的童年观,相对于"欠缺"的儿童想象,它假设儿童是"能干的",甚至在很多方面超越成人。当然这不仅仅是对曾经的浪漫主义童年观的简单重复,但它仍然建立在成人与儿童二分的、非此即彼的对立关系上:要么成人优越于儿童,要么儿童优越于成人,所以仍然是二元对立的思维模式。这样的文学并不意味着比此前发现的无能儿童与高明成人更真实揭示了儿童与成人的本质。这种文本中塑造并推崇的聪明能干品德高尚的儿童形象,可以给文本外的儿童读者提供榜样,而这样的榜样儿童往往也是符合成人价值观中的儿童想象。亦有学者提供了另一个角度:"想象儿童比成人优越、想象儿童文学在邀请儿童把自己视为比他们的长辈优越的人,……老练世故的成人经常赞美童年的明智纯真,将其作为攻击其他不太明智的成人的一种方法。"①这样的视角很新鲜且富有启发性,但仅仅归因于此似乎又把一个复杂问题简单化了,因为它拥有远比"攻击其他不太明智的成人"更重要的目的和作用,那无疑仍是"捕获书外的儿童"的一种方式。

既然儿童被认为是迥异于成人的独立自主的个体,儿童世界与成人世界的分离实属必然。相应地,现代儿童文学便常被要求致力于再现"儿童世界",要在主题、内容甚至写法上作出限制,以示与成

---

① 〔加〕佩里·诺德曼.隐藏的成人:定义儿童文学[M].徐文丽译.北京:中国社会科学出版社.2014:174—175.

人文学之区别,甚至将成人世界排除在外。然而,这虽然客观上照顾了儿童读者的特殊性,有其积极意义,但对差异性的过度强调和种种的限制所造成的儿童文学主题、内容与写法的匮乏,也不可避免会产生负面影响。后果之一或许在于,它将儿童文学逐渐变为一种只适用于儿童初学者的文学,变成只有儿童才阅读的文学,最后变成儿童唯一能够阅读的文学!

在二元对立的现代性话语框架之内,儿童文学在不断建构和维护一个有差异的、有界限的合法化身份时,总是通过与成人文学相比较来作为立论基础。或者说,儿童文学的存在和本质依赖于它所隐含的他者——成人文学来确立。可是成人文学却从不依赖儿童文学来界定自身:"研究主要写给成人的文学学者不会声称自己是成人文学学者,他们研究的东西就是文学,而且他们很少、甚至从来不会把它理解为成人文学——不像儿童文学的文学。"[1]从这个意义上讲,儿童文学既是独立的又是依附的。它越是强调自身的差异性,就越是无法摆脱对成人文学的依赖关系。同理,幼儿文学的合法性存在不但依赖于成人文学,还依赖于儿童文学,通过与儿童文学中其他层次文学的比较来定义自身。因此,幼儿文学具有双重的异质性,也具有双重的依赖性。

西方学者曾反思儿童文学中二元体的反复出现与压倒性存在,认为这与西方思想与文化的传统思维方式密切相关。其思维方式往往根据二元范畴来看世界,比如成人与儿童的二元对立,现代主义思潮的特点就是二元对立的扩散,但二元思维可能只是欧洲人,而且是父权制男性欧洲人思想的基础,而西方近现代儿童文学恰恰是在欧

---

[1] [加]佩里·诺德曼.隐藏的成人:定义儿童文学[M].徐文丽译.北京:中国社会科学出版社,2014:359.

洲父权制思想的背景下形成的。如前所述,古代中国对待成人与儿童之关系上,其思维方式并非二元对立非此即彼,而是你中有我、我中有你、相互循环转化的过程。然而中国近现代儿童文学的确立,却不仅仅源自传统儿童观与文学观之内部,而是在晚清民初西学东渐的背景下,深受西方现代童年观念之影响,将儿童视为与成人完全不同的个体,认同并强化儿童与成人、儿童文学与成人文学之间的差异对立。如果坚持以成人/儿童这两个群体之间所谓的本质差异为前提去定义儿童,结果就更容易强化这种对立性,将一种基于年龄的等级和二元对立变得制度化。

最近几十年,我们已看到另一种可能:"现代文学不再以儿童的身份捍卫儿童自主和儿童特殊世界的不可侵犯性,而是以人类的身份来捍卫儿童自主。儿童和成年人都扎根在唯一的和相同的世界里,这是后现代文学的特色。"[①]如果说后现代儿童文学自身的特殊性整体有所淡化,那么对于幼儿文学而言,其文学的表达手法还是有所顾忌的,仍然体现了对其目标读者生物学基础与生活经验、感受能力的考量。所以,即使在强调相似性而非差异性的后现代文学时代,儿童文学的特殊性仍然在幼儿文学中较为妥善地保存着。只是,幼儿文学与儿童文学的边界,就像儿童文学与成人文学的边界一样,并不是固定的和泾渭分明的。

二、层级分化·同质化

幼儿文学是儿童文学内部分化的结果,其根本动因在于对不同年龄儿童读者异质性的认同,进而引发了对儿童文学分层的关注。

---

① 〔意〕艾格勒·贝奇,〔法〕多米尼克·朱利亚主编.西方儿童史·下卷(自18世纪迄今)[M].卞晓平,申华明译.北京:商务印书馆,2016:494.

较早从理论上对儿童文学"分层"进行阐述的当属周作人,在 1920 年《儿童的文学》①一文中,他就借用儿童学上的分期,将未成年个体分作四期:婴儿期(1—3 岁)、幼儿期(3—10 岁)、少年期(10—15 岁)和青年期(15—20 岁);其中幼儿期又分作前后两期,3—6 岁为前期,亦称幼稚园时期,6—10 岁为后期,又称初等小学时期。根据分期,周作人将儿童文学作了划分,详细论述了各期儿童文学的体裁及其艺术特点。应该说,这已经把幼儿文学列入儿童文学的有机组成部分,但是对幼稚园时期的文学,当时并未在理论层面作更多研究,在现实创作层面也未见特别关注,五四时期儿童文学的重心是"小学校里的文学"。

1962 年,陈伯吹曾提出这样的疑问:"在儿童文学中,是否也还存在着'幼童文学'、'儿童文学'、'少年文学'的分野?从特定的教育对象的儿童年龄阶段上来看,是否有这样划分的必要?更从教育的任务上来看,这样划分了是否更有利于教育效果的丰收?这,当然是个人意见,有待于深入讨论。"②此文不但再次提出了儿童文学的分野问题,而且明确赋予了三者具体的名称,但同样未引起太多关注。值得一提的是,上述的儿童文学"分配"与"分野",都是基于心理学的年龄分期与教育学的考虑,而非幼儿文学本身的特性。20 年后,蒋风从儿童文学的特殊性角度,强调要研究不同年龄儿童的特点,否则"会导致教育的失败",同样着眼于"教育"的任务和作用。他把儿童划分为三个阶段,即幼儿期、儿童期、少年期,仔细分析了各年龄段的特点和对文学读物的特殊要求。其中,对于"幼儿期(学龄前期,三到六岁)"的读物,要求"篇幅简短,情节单纯,发展迅速,故事性强,想象

---

① 周作人于 1920 年 10 月 26 日在北京孔德学校做《儿童的文学》之演讲,本演讲发表在同年 12 月 1 日《新青年》8 卷 4 号上。
② 陈伯吹.幼童文学必须繁荣起来[J].儿童文学研究.1962(12 月,未标注卷期).

丰富,形象具体,人物性格鲜明,感情丰富,语言简洁、明快、富有韵律和节奏感"①。概而言之,内容上简单明白,形式上图文并茂或以图画为主,宜多采用童话和诗歌的形式表现。虽然主标题是"不同年龄阶段对儿童文学的特殊要求",但下面的次级标题却是"幼儿对儿童读物的特殊要求"和"幼儿读物的特点",改"文学"为"读物",也没有使用"幼儿文学"这一说法。

对儿童文学的层次划分作专门的深入系统论述、并且很快得到儿童文学界普遍认同,从而对儿童文学理论与创作产生切实影响的,是20世纪80年代中期王泉根提出的"三层次"说。王泉根主张把儿童文学"一分为三":幼年文学(或称"幼儿文学")、童年文学(或称狭义的"儿童文学")与少年文学。同时,他阐述了"三层次"划分的必要性:可以明确不同层次儿童文学的服务对象与思想艺术要求,使创作更有针对性;可以提高儿童文学的地位;可以回答和澄清儿童文学理论方面一些长期纠缠不清、混沌一团的问题。② 这无疑也是幼儿文学极有分量的又一份独立宣言。其中的幼年文学或"幼儿文学",是指服务三到六七岁幼儿的文学。

在儿童文学分层说被普遍接受之后,学界产生了新的困惑。因为如果仅仅按照儿童年龄特征的差异性进行划分,儿童文学自然还会有更细致的分层,包括幼儿文学内部的小层次,比如幼儿园小、中、大班,从0岁到3岁不等的婴儿。照此发展下去,是否还会出现按照月龄命名的文学呢?因为2岁1个月与2岁11个月的孩子相比,身心差异也是很大的。最终,儿童文学要被划分成什么样子,才算是最

---

① 蒋风.儿童文学概论[M].长沙:湖南少年儿童出版社.1982:13—14.
② 1985年8月,在大连召开的"全国儿童文学教育研究会第三届年会"上,王泉根宣读了论文《论少年儿童年龄特征的差异性与多层次的儿童文学分类》,该文后刊于《浙江师范大学学报》1986年"儿童文学研究专辑"。

合理、最科学的呢?"当人们将儿童年龄阶段的差异性愈分愈细、儿童文学层次愈划愈多之时,我觉得儿童文学变成了一排碎块。"①随着儿童心理学、儿童脑科学研究的发展,随着教育热情与经济实力的增长,我们有理由相信,儿童年龄甚至月龄的差异性将持续不断被挖掘出来,而教育要适应儿童年龄特征的信念也很难被动摇。那么,儿童文学应如何面对"碎块化"与"整体感"的关系?儿童文学的层次划分应不应该设置一个限度?

幼儿文学的层次划分问题更为严重,因为孩子在人生头六七年中的发展极为迅速,其一岁甚至半岁之差远甚于成年后。我们所担忧的无限细分,其实主要源自幼儿文学。不应否认儿童文学分层对于儿童文学理论研究与阅读实践的重要意义,"一个论点再经典,如果延伸、拓展过了头,也会变得荒唐、滑稽。这不是论点本身的罪过。但是一个论点经不起延伸和拓展,也有可能是其固有的弱点所致。思之再三,我发现拿'儿童年龄特征的针对性'作为儿童文学研究的基本论点,确有其先天性的缺陷。因为它一开始便不是从文学的立场,而是从教育的立场立论的。"②这一担忧是有道理的。它也呼应了当代学界对儿童心理学、尤其是皮亚杰的发生认识论作为儿童文学理论资源合理性的质疑。尽管文学阅读也必须具备相应的认知能力,但毕竟文学与教育所需的认识不完全对等。

西方儿童文学界也发现了类似现象:"大多数关于童书的评论都是用相反的假定来运作的,比如,大多数人都认为四岁孩子应该接触的书完全不同于写给八岁孩子的书。对发展心理学原则的信任使作家和批评家想象到的不是一种儿童文学,而是一系列越来越复杂的

---

① 黄云生.黄云生儿童文学论稿[M].桂林:漓江出版社.1996:210.
② 同上。

儿童文学,每一种都与一个特定的发展阶段或实际年龄捆绑在一起。"[1]可是,这种分层的儿童文学或幼儿文学,无论从科学的心理学角度还是现实的应用角度来看,好像都是很"正确"的,与客观事实也没有"违和"感。孩子的阅读实践表明,不但小学一年级与二年级在阅读上差异明显,幼儿园小班、中班、大班之间也存在明显的阅读差异,"分级阅读"似乎成为一种现实的需要,有着无可置疑的科学性。这又该如何解释呢?

"鉴于社会中童年建构的结构限制,特别是欧洲和北美社会中的结构限制,六岁或七岁的儿童的生活经验有着许多的相似性。这些经验同样可能和那些10岁儿童的经验明显相反,其原因只是因为这些社会通过具体的年龄阶段来控制了童年的制度化。"[2]这表明,随着义务教育的普及,社会以年龄阶段为依据,通过童年的制度化可以塑造儿童的经验。换言之,无论六七岁生活经验的相似性,还是六七岁与10岁生活经验的差异性,可能在很大程度上都是社会的有意建构。比如幼儿园和中小学校里,都是按照年龄分班,然后将成人认为适宜的知识技能分配给不同的年龄班,按照一个循序渐进的"课程表"施之以教育,儿童就随着年龄增长逐渐掌握迈入成人世界的知识序列。一年级孩子不知晓二年级孩子的知识秘密,二年级孩子也无法跨越三四年级孩子的知识鸿沟,所以同一年级的孩子知识经验可能是相似的,但与其他年级甚至相邻年级孩子的知识经验却有明显差异。这似乎已经成为客观的"事实"!

当儿童文学的层级越来越细化,就意味着在孩子的阅读世界中

---

[1] 〔加〕佩里·诺德曼.隐藏的成人:定义儿童文学[M].徐文丽译.北京:中国社会科学出版社.2014:98.

[2] 〔英〕艾莉森·詹姆斯,克里斯·简克斯,艾伦·普劳特.童年论[M].何芳译.上海社会科学院出版社.2014:155—156.

设立起越来越多的隔断,每个年龄甚至每个月龄的孩子都将有自己的书单。更加有年龄的针对性,也更加有年龄的限定性。而通过这样的阅读实践,孩子可能就会成为阅读观念最初假设的"正常"阅读者,达到"科学"书单预设的阅读水平。或许这是我们不得不接受的一个现实。它使得一个逻辑上未必严丝合缝的理论变成一个现实的真理。不可否认,分级阅读是一种引领和指导,也是一种规范,它避免了阅读选择中的无所适从,减少了走弯路和误入歧途带来的损失,它让成人的阅读指导也更加细致有针对性,拥有了一份循序渐进、清晰完整的图谱。但是如果将其推向极端,一份"标准"的书单和按部就班的阅读,也会限制阅读选择与过程实施更多的可能性。更大的危险还在于,分层的细化是否会让孩子们变得越来越同质化?

如前所述,现代儿童文学基于成人—儿童的异质性假设,成人为儿童创作文学文本时,会对某些内容保持缄默或隐瞒,同时将成人的价值观念内藏其中,从而形成影子文本。这种隐瞒和内藏会造成"一种有一套相当具体的典型步骤的讲故事风格,一种足够显著的、一直被用在足够多的为儿童所写的文本中的风格,所以这不仅仅是一种程度上的差异";"即使在成年人确实为儿童创作了体现程度差异的文学时,比如说,迎合他们据称的较短注意时限或理解复杂性的较差能力的文学,程度上的差异很快就变成了种类上的差异"[①]。儿童文学与成人文学由此成为不同种类的文学。同理,幼儿文学与儿童文学(狭义)、少年文学也必将成为不同种类的文学。每一种文学所建构的目标读者也将成为不同种类的读者,这势必会加剧不同年龄阶段儿童的差异。而阶段之间的过渡也将成为一个问题,导致我们必

---

① 〔加〕佩里·诺德曼.隐藏的成人:定义儿童文学[M].徐文丽译.北京:中国社会科学出版社.2014:146.

须去研究各种"衔接"和"桥梁"式的阅读。悖论在于,逐渐分层细化的文学阅读在强调尊重差异的同时,却可能使孩子们变得越来越相同。因为他们与同龄人在阅读相同的内容,而且会随年龄增长去重复年长儿童的阅读轨迹。

令人担忧的还有,忽略共性与连续性,片面强调差异与层次间的断裂,或将造成幼儿文学主题、内容与写法上的种种限制,比如篇幅更短小、用语更简单直观、情节结构更单纯、主题内涵更浅显等。幼儿文学若无限分化并将层次间的所谓差异绝对化,便可能导致幼儿文学僵化,成为心理学教科书的图解和佐证,使得"浅语的艺术"只留下浅语而失却艺术。贫乏的文学只能塑造贫乏的读者,这无疑应引起我们的警惕。

应该承认,儿童文学的层级分化是文学艺术不断发展进化的结果,也是一种必要的、毋庸置疑的历史趋势;而需要注意的问题是,在尊重差异的分层分级的同时,也应关注到所有层级文学的共性,从而确保应有的文学品质,即使再低幼的文学也不失艺术的基准。它们都是"人"的文学,不同年龄的人在差异的基础上也共享人性中某些普遍的东西。事实证明,能够打动孩子情感、激发想象、温暖心灵的富有艺术深度的幼儿文学,其艺术魅力往往诞生于那些模糊的边界之间,"逸出"年龄的刻板限定,从而也能够吸引年长儿童和成人。

三、听赏传统·视觉化阅读

幼儿文学有着独特的接受方式,因为幼儿通常不识字,无法独立阅读文字形态的文学,需要年长的家人或者教师等讲给自己听。因此黄云生提出,"听赏"是幼儿文学最基本的特点,从这个角度去探源幼儿文学之历史,可以发现:"幼儿文学并非一种新兴的文体,并非儿童文学发展到一定阶段派生出来的,而是最正宗的儿童文学,我们完全有理由把早期儿童文学当作幼儿文学来看待。最初的儿童文学确实是以幼儿文学的形态出现的。从儿童文学的源头看,在世代口耳相传的民间口头文学中,当原始人类有了诗歌和神话时,幼儿就有了儿歌和童话。"①从独特的阅读接受方式来考察幼儿文学的基本特征,确实是一个富有启发性的角度,值得细加辨析。

这种说法暗含的理论逻辑是:幼儿文学是口耳相传的"听赏"文学,所以口耳相传的民间文学也是幼儿文学。黄氏此说还征引了现代法国评论家马克·索里亚诺的观点为证,后者在其《儿童文学史话》中称《鹅妈妈的故事》"是我们中间每一个人在上学前就已经学过的唯一古典著作,是我们中间每一个人在识字前就已经读过的唯一古典著作"。以此标准衡量,格林童话、安徒生早期童话都是可以讲给孩子听的"幼儿文学";《水孩子》《爱丽丝漫游奇境记》《木偶奇遇记》《自私的巨人》等,"无一不是专为幼儿创作或适宜于幼儿听赏的传世佳作"。可问题在于,"幼儿能听赏的文学就是幼儿文学"？或者"能够被听赏的文学就是幼儿文学"？前者的问题在于,多大的孩子被界定为"幼儿"？后者的问题在于,古代很多成人也是不识字的,接受的也是口耳相传的文学,这样的文学是否可以被称为"幼儿文学",抑或说成人是在与"幼儿"共享一种文学更恰当？

近现代以来,随着绘画艺术的介入和现代印刷技术的发展,纸张考究、印刷装帧精美、图文并茂的图画书在亲子共读和师幼共读中扮演了愈来愈重要的角色,与传统"听赏"的纯文字文学形成鲜明对照。那么,这是否意味着"历史的发展又渐渐地把幼儿文学本来的面目变得模糊起来"②？首先,幼儿文学的"本来面目"并不是一个恰当准确

---

① 黄云生.人之初文学解析[M].上海:少年儿童出版社.1997:36.
② 同上书.41.

的说法,因为它意味着幼儿文学拥有唯一的、原本正当的样子,或者说是其本质,即听赏。然而,听赏只不过是其起源,或者说起源时期所具有的特点。特定时期的特点不应被视为普遍特点,起源亦不能等同于本质。例如,儿童文学很大程度上起源于儿童教育的需要,但在今天的语境下,"教育性"基本已不被视为幼儿文学的本质。

同时,将幼儿文学的这一变化归因于绘画艺术的介入似乎亦有不妥。"以图画为特色的幼儿文学观念,把幼儿文学的初始形态以及它的最基本的'听赏'的特点给掩盖起来了,以至于使人们普遍以为幼儿文学是靠现代科技催化出来的新生事物。这对幼儿文学的历史是不公平的。……幼儿文学作为文学,对幼儿来说,其最基本的接受途径永远只能是听赏!幼儿文学的本质始终是文学,是语言艺术。而图画、纸张、印刷、装帧等等只是它的形式。"[①]首先,这种观点体现了某种洞察力,既看到了现代科技对于幼儿文学的催化作用,又警惕其以偏概全造成对历史起源的无视。但准确地讲,现代科技并非催生了幼儿文学这一新生事物,而只是催生了幼儿文学的新形态。"幼儿文学作为文学",这种幼儿文学的本质观是近现代以来纯文学观的一种体现或者延伸。文学观念本身也是历史的。我们无意否定儿童文学或者幼儿文学的文学性、作为语言艺术的"本质特性",然而,它所说的图画、纸张、印刷、装帧是否只是幼儿文学的形式?是否只因被视为其形式就可以被排除在本质的属性之外?如果这样的话,讲故事的无字图画书是否还能算作幼儿的文学?需要文字和图画相互配合才能完整讲述故事的图画书是否属于幼儿文学?抑或仅仅图画书中的文字才是幼儿文学,而图画只是辅助性的非文学?语言文字是否幼儿文学的唯一合法表现形式?

---

① 黄云生.人之初文学解析[M].上海:少年儿童出版社.1997:44—45.

实际上,提供给幼儿的图画书,作为图文结合共同讲述完整故事的叙事形式,往往需要幼儿一边看图画,一边听大人讲文字,在头脑中将其整合为完整的故事,是视听结合的。即使无字图画书,也常常在成人与幼儿共读过程中赋予其文字,有声的或者无声的,外显的或者内隐的。因此,图画书并未放弃"听赏"。其次,图画书的图画作为一种空间艺术,确实是需要"看"的而非"听"的,这是否掩盖了幼儿文学作为"语言艺术"的本质特点呢? 非也。与单幅、静止的美术作品的图不同,图画书的图是多幅的、连贯的、动态的,最关键的在于它承担着叙事任务,或者配合文字一起,或者单纯靠自身,其价值并非只是或者说主要不是"看起来很美",而是叙事,其画面语言也是"文学的"。我们无意否定幼儿文学的文学性、作为语言艺术的"本质特性",但文字并非是幼儿文学的唯一合法表现形式。

无论"听赏"还是"图文并茂"决定的视听结合,甚至只是看图的阅读,都是幼儿文学在历史变迁中形成的接受形式,属于不同形态的存在,不存在图画"掩盖"了听赏特点的问题。因为,按照同样的逻辑,是否也可以反过来说,古代的"听赏"把"看"的特点给掩盖了呢? 显然,我们既不能简单地以今衡古,也不可武断地以古非今。

整体上看,"由于图画艺术的介入,幼儿文学叙写方式上向着更为具体、直观、单纯的方向发展。……文字浅显、情节单纯、结构精巧、篇幅短小,成了现代幼儿文学的显著特色。这在目前流行的中外幼儿文学选本中可以看出"[①]。但其中的因果关系恰恰相反。并不是由于图画艺术的介入,今天的幼儿文学才更为具体、直观、单纯,而是幼儿文学应具体、直观、单纯的观念,才导致了图画艺术在幼儿文学中的出现乃至成为主导。以捷克教育家夸美纽斯的《世界图解》

---

① 黄云生.人之初文学解析[M].上海:少年儿童出版社.1997:45.

(1658)为例,作为西方第一本配插图的儿童读物,它的诞生首先是由于作者认识观的转变。夸美纽斯认同英国唯物主义哲学家培根的感觉论,认为感觉是认识的起点和源泉,儿童教育的主要媒介应当是感官的知觉,其中最重要的是视觉,因此他才在童书里加入了直观形象的图画。图画的介入不过是幼儿观、教育观、幼儿文学观的变化导致的结果。当然,幼儿文学自身也常常参与、强化、甚至合理化这些观念的生成与存在。

近现代以来,随着对图画书艺术形式的深入探索,在阅读理念、教育观、彩色印刷技术、出版市场、消费群体等的合力作用下,图画书逐渐成为社会普遍接受的幼童阅读形式。那么,在视觉化的图画书大行其道之今日,幼儿文学是否可以抛弃单纯诉诸听赏的纯文字形式?历史地看,"绘画艺术的干预和渗透以及近现代印刷技术的进步使得幼儿文学演变为双线发展的轨迹:一条是视觉化了的图画书形式的轨迹,另一条是保持着听赏传统的语言形式的轨迹"[①]。这两条轨迹皆源于读者对象的同一个特点:幼儿不识字,无法独立阅读文字形式的文学。为此,出现了两种解决方式:其一,看图画;其二,听文字。不管是视觉化的图画形式,还是听赏传统的文字形式,都是应对幼儿无法独立阅读文字这一受限制的方案。而图文并茂的图画书,只不过是将两种应对方式融为一体。

然而,即使图画书已将视听集于一身,也仍然无法取代纯粹的听赏。幼儿文学应保留纯文字"听赏"的观念与形式,不仅仅因为耳朵的倾听更能迫近语言的本质,从中获得愉悦的语言体验,而且纯文字的听赏是一种时间性的、线性连贯的阅读,它与视听结合中的"听"不尽相同,后者需要"视觉"的融入,需要兼顾图画的空间性阅读,二者

---

① 黄云生.人之初文学解析[M].上海:少年儿童出版社.1997:47.

唤起想象的方式与需要的能力亦有不同。此外,纯文字的听赏还能阻止一种不良的趋势:"从幼儿文学的历史演变看,确有大量本来可以和应该属于适合幼儿听赏的作品不知从何时开始已经悄悄地转让给学龄儿童。"①这意味着一种阅读观念的转变,尤其在印刷文化成为主导之后,阅读容易被窄化为"文字阅读",误以为"看不懂的就听不懂",这可能适用于成人或者能够独立阅读的年长儿童,但不适用于幼儿。例如,对于10万字的卡洛·科洛迪的《木偶奇遇记》(1883),人们往往觉得要三四年级以上的小学生才能阅读,可事实上,这本书4—7岁的孩子就可以读,只是需要以听赏的方式。为了纪念作者,在意大利佛罗伦萨的科洛迪镇上,人们为本书的小主人公"匹诺曹"竖立了一个铜像,在台座上镌刻着这样两句话:"献给不朽的匹诺曹——满怀感激心情的四岁到七岁的小读者。"这意味着,孩子看不懂的,未必听不懂。尊重幼儿文学的"听赏"特点,孩子们就会得到一份更为丰富、更有挑战性的书单,也有助于避免孩子的阅读被进一步"弱智化"和"贫民窟化"。

行文至此,笔者仍然未对"幼儿文学"作出一个明确的界定。这种"逃避"可能出于对"先入之见"的担忧,本研究更希望从一种"无立场"的角度切入分析。"无立场分析不是要拒绝任何一种立场,而是强调,不要从观点去看问题,而要从问题去看观点";"一种观点就是一种想象,因此,没有一种观点是完全错误的,错误的只是对观点的错误使用,……因此,无立场拒绝任何一种立场的无条件权威和批评豁免权。"②以上对幼儿文学内涵特点的多重分析,其目的也并非要给出一个纯粹的、绝对准确的幼儿文学定义,然后以此去导航幼儿文

---

① 黄云生.人之初文学解析[M].上海:少年儿童出版社.1997:45.
② 赵汀阳.思维迷宫[M].北京:中国人民大学出版社.2010:84、86.

学作品的解读与幼儿文学史的写作。这就像胡塞尔所自嘲的,对纯粹性的固执追求有点儿像他小时候拼命磨一把小刀,想把它磨得绝对锋利,结果发现快把刀给磨没有了。对一个概念的纯粹性的执着,可能会把概念变成空洞的皮囊。可是反之,也会带来另外一个问题,诚如巴托所言:"逃避定义也许就是逃离'严格的'限制,但是起限制作用的东西也具有划界的作用。任何一种针对某个特殊读者群体的文学都必然是一种受限制的文学。如果它的限制得不到定义的话,写给儿童的文学将基本上仍是一个不被批评所知的、令人困惑的领域。"①从现实的角度出发,为了把幼儿文学看得更清楚,让围绕它的某些讨论更加聚焦,我们不得不对其做一个基本的限定,尽管这不代表它的纯粹本质。

幼儿文学包括这样一些基本内涵:它是成人为幼儿创作或改编的文学,基于成人不但相信儿童与成人有本质差异,而且不同年龄阶段的儿童也非常不同;幼儿文学是儿童文学中最低幼的层次,也最能反映儿童文学的特殊性,它与成人文学以及其他层次儿童文学之间的差异既是程度上的也可能是种类上的;其中的幼儿主要指学龄前的孩子,有时也延伸到七八岁的儿童;视觉化或视听结合是幼儿文学新的表现形态,但不可取代传统的纯文字听赏;成人不可避免会将自己的童年想象和价值观念镶嵌其中,幼儿文学常隐藏着矛盾的二元性:即使表现幼儿的天真,也需要具备超越天真的知识才能欣赏这种天真;既赞美童年的无知,又想要清除这种无知,引导童年走向成年。幼儿文学与儿童文学、成人文学之间的边界是必要的,却不是固定的和泾渭分明的,幼儿文学的艺术魅力往往存在于那些难以捉摸的边

---

① 〔加〕佩里·诺德曼.隐藏的成人:定义儿童文学[M].徐文丽译.北京:中国社会科学出版社.2014:142—143.

界之中。

正如法国哲学家冈奎莱姆对概念的位移和转换的分析所揭示的:"某种概念的历史并不总是,也不全是这个观念的逐步完善的历史以及它的合理性不断增加、它的抽象化渐进的历史,而是这个概念的多种多样的构成和有效范围的历史,这个概念的逐渐演变成为使用规律的历史。"[①]幼儿文学无疑也应是这样一种概念。

第三节 幼儿文学史的观念与尺度

迄今为止,虽然还没有一部完整、系统的中国幼儿文学史著作,但在部分幼儿文学教程、概论和理论专著中,已有对我国幼儿文学历史的概述。这些最初的"扫描"或"寻踪",勾勒了幼儿文学或短或长演变历程中作者认同的代表性作品,某种意义上开启了我国幼儿文学史书写的序幕。其中,用力最深、行文最多也更具原创性的当属黄云生的幼儿文学史研究。他有三部著作包含此方面的论述,内容多有重复交叉,基本观点未见变化:

> 1995年在江苏教育出版社出版《幼儿文学原理》,第二章"历史描述",所占篇幅为第48—100页,本章包含三节:第一节 幼儿文学的历史形成;第二节 世界幼儿文学主要作家作品;第三节 中国幼儿文学主要作家作品。
>
> 1996年在漓江出版社出版《黄云生儿童文学论稿》,中编为"幼儿文学论",其下设有题为"幼儿文学的历史形态及其演变之扫描"的内容,所占篇幅为第166—176页。

---

① 〔法〕米歇尔·福柯.知识考古学[M].谢强,马月译.北京:生活·读书·新知三联书店.2003:3.

1997年在少年儿童出版社出版《人之初文学解析》,其中"鼠篇/历史之迹",所占篇幅为第35—102页,包含三章内容:第一章 柳暗花明的历史轨迹;第二章 中国幼儿文学寻踪;第三章 世界幼儿文学扫描。

此外,张美妮、巢扬合著的《幼儿文学概论》,1996年由重庆出版社出版,第三编为"中国作家作品论",其中第一章即为"中国幼儿文学发展概述",所占篇幅为第185—220页。此部分内容收入1998年出版的"中国新时期幼儿文学大系"理论卷,署名张美妮。

蒋风主编的《幼儿文学教程》,1999年由东南大学出版社出版,第三章为"幼儿文学的历史发展",蒋风执笔,所占篇幅为第25—49页。

蒋风主编的《幼儿文学》,2013年郑州大学出版社出版,封面标注"学前教育新课标'十二五'重点规划系列教材专业基础课系列教材",第三章为"中外幼儿文学的发展",包括两节:第一节 世界幼儿文学史概述;第二节 中国幼儿文学历史发展概貌。杜传坤执笔,所占篇幅为第50—58页。

目前查到的更早的一部教材,是由华东七省市、四川省幼儿园、教师进修教材协作编写委员会编的《幼儿文学》,1987年由上海教育出版社出版,封面上标注着"幼儿园教师进修教材"的字样,其中第二章的第五节为"我国幼儿文学的历史和现状",但只有四页篇幅,为第16—19页。

上述对我国幼儿文学史的初步描述,为后来者的研究提供了可贵的参照,无论在作家作品的梳理上,还是在幼儿文学史观、视角选取和理论资源借鉴等方面的积极探索,都为该研究的进一步发展构筑了基础。

幼儿文学史写作的关键在于"史识"与"史观",而且无法回避价值尺度。如果没有基本的价值尺度,文学史书写将会陷入盲目;同时,"何谓好的幼儿文学",答案又不可能是一劳永逸的,因为"好"的标准从来都不是绝对的、超历史的、普遍化的。因此,确认什么是好的幼儿文学固然重要,但了解它为何被视为好的同样重要,亦如后现代思想家所主张的,我们应该关心的不是关于真理的绝对客观标准,而是真理建立在什么样的信念和愿望之上。本研究尝试从以下几个方面建构幼儿文学史的观念和价值尺度。

一、历史性:从史的角度发现幼儿文学的秘密

幼儿文学史的写作需要借助一种历史的眼光,将某一时期的幼儿文学放置到历史的脉络中进行考察,通过时间维度发现幼儿文学的成就与缺憾,在联系对比中寻找其规律并对作品作出中肯的评价和定位,"发现不写史、不从史的角度研究就无从看到的秘密"(刘绪源语),而且是有价值的"秘密"。某种意义上,这可以称为幼儿文学研究的"历史性"维度。

弗雷德里克·詹姆逊曾在其《政治无意识》中宣称,在脑力劳动包括以文学文本为对象的工作中总是必需的历史化,不仅需要包含"事物本身的历史渊源",还需包含"我们试图借以理解那些事物的概念和范畴更无形的历史性"。这意味着,我们不仅要把文学放到历史中去溯源,而且要小心某些今天已普遍化的概念和范畴,不能将其作本质化的、超历史的理解和使用。"幼儿""幼儿文学""儿童文学"等都是历史性的概念和范畴。"历史是对现在的寻求,寻求历史的人是为了得到现实的意义——这种意义塑造了历史所描述和发现的东西。我们总是处于重新想象过去以满足我们的现实需求的过程中,诀窍是要意识到这个事实和它的危险之处,要考虑这些需求的本质和正当性。"①这无疑是关于一切历史研究的洞见,所以才会有"一切历史都是当代史"的论断。而曼陀斯亦曾呼吁要认清"文本的历史性和历史的文本性"。

幼儿文学史的书写既是一种还原,也是一种建构。无论力求原生态的还原还是基于某种视角的建构,必定是源于现实的特定需要,这无可避免也无须避免,只是对这种需要所具有的意识形态性要保持一种自省。迈尔斯站在同样的立场甚至宣称:"'儿童'、'童年'以及'儿童文学'的概念都是偶然产生的,并非本质主义的;是对特定历史语境下的社会构建的具体体现;它们是用来反映现实同时也矫正现实的有用的虚构。"②但是,如果把文本的历史化与历史的文本化推向极端,就会陷入文本的相对主义和历史虚无主义。"我们不能够因为强调历史的'叙事性',而否认文本之外的现实的存在,认为'文本'就是一切,'话语'就是一切,文本之外的现实是我们虚构、想象出来的。即使我们承认,'历史'具有'修辞'的性质,我们仍然有必要知道,'哪些事是历史上实际发生过的,它们具有何种程度上的历史确切性。'"③

幼儿文学史的书写不仅要辨明哪些作品属于幼儿文学,而且还要探析被视为幼儿文学的作品在各个时期是如何被理解的,又是如何被表现的。一方面,为了尊重与还原幼儿文学在历史进程中的丰富性与复杂性,应尽量避免对其"文学性"做本质化的概括。这样做

---

① 〔加〕佩里·诺德曼.隐藏的成人:定义儿童文学[M].徐文丽译.北京:中国社会科学出版社.2014:101.
② 〔英〕托尼·瓦特金斯.空间·历史与文化[A].〔英〕彼得·亨特主编.理解儿童文学[M].郭建玲,周惠玲,代冬梅译.上海:少年儿童出版社.2010:101.
③ 洪子诚.问题与方法——中国当代文学史研究讲稿[M].北京:生活·读书·新知三联书店.2002:44.

意在避开审美本质主义的狭隘,后者往往通过语境抽离,把某些特定群体对于文学特征的理解、特定时空环境中出现的特定文学及文学特征普遍化为文学的"一般本质"或"永恒本质",没有看到"审美"本身亦是一种历史的、社会的和地方性的知识——文化建构。"幼儿文学既是建立在我们对于幼儿期个体共有的身心发展特征的认识基础上的一个文学门类,同时也是特定历史时期童年文化、社会文化建构的结果。"①应看到幼儿文学本身作为一种生产方式的建构性,看到其文学性自身的历史性。

同时,又要避免走向另一个极端,"我们如今的思维模式往往为了刻意避免本质化和一元论,而走向逆反,导致漫漶无边毫无重点的多元论,同样是非此即彼的刻板机械的思维方式在起作用。"②这种多元论意味着,如果仅仅认同文学一时代有一时代之文学性,彼此之间完全没有等级高下之分,就会把文学史变成纯粹相对主义的残编断简。把每个时期幼儿文学的价值扯平,等于取消了价值标准,这种做法会使幼儿文学沦为孤立的文本而不再具有文学史意义。

由此可见,本质化与多元论都需要有节制,应超越非此即彼二元对立的思维方式。"我们首先应该设身处地体会作者的意思,真正尊重文本的原意,探询当时读者对它的接受情况。……同时,一篇文学作品的意义,绝不仅仅止于,也不等同于作者的创作意图,更不仅仅限于对其所处时代读者的意义。我们完全可以在文本的重读中不断发现新意,这种古与今的'视界融合'体现了一种持续的对话关系:既显示出文学文本原有的意义,又显示着它在不同历史过程中的意义,将阐释视为对话而非独语,这样才能对其作出更为客观合理的价值

---

① 方卫平主编.幼儿文学教程[M].北京:高等教育出版社.2012:57.
② 吴晓东.文学性的命运[M].广州:广东人民出版社.2014:8.

判断。"①这也是解读与评价幼儿文学作品更为合理的方式。不可否认,幼儿文学文本的留存确实有一个非文学的历史选择问题,但真正的经典不可能永远靠外部因素来维系。让幼儿文学文本成为经典的是"一种对于适应的开放,而让它们在无穷尽的各种配置之下常保鲜活"②。这种"常保鲜活"的能力,是文本在不同历史文化语境下所具有的被重新诠释的能力,以及使其文学价值不断"增值"的能力。

近年来在文学史研究领域,"历史化"或"语境化"已经近乎共识,它的被提出是作为对"本质化"或"本质主义"研究方法和思维方式的反拨,在很大程度上改变了既往的文学史研究格局,取得了诸多突破性成就。然而,任何一种理论都有其限度和适用的条件,一旦被强调到极端,就可能导致有违初衷的后果。首先,"历史化"或"语境化"意在与"本质化"或"本质主义"划清界限,然而我们可以绕开"本质"的探讨吗?完全剥离了本质化的思考,能否谈清楚一个问题的本身?能否探明其决定性的秘密?洪子诚曾对此提出质疑,他说别尔嘉耶夫在其《自我认知:思想自传》一书中讲道,20世纪初俄国知识分子所进行的哲学、文学讨论在很高的、深刻的水平上进行,"主要的界限就在这里:在西欧,特别是在法国,所有的问题都不是按其本质去研究。例如,当提出孤独的问题时,那么,他们谈的是彼特拉克、卢梭或者尼采如何谈孤独,而不是谈孤独本身。论说者不是站在生活的决定性的秘密面前,而是站在文化面前。这里表现了过去的伟大文化的疲惫性,它不相信根据实质解决问题的可能"③。语境化或历史化能够取代对事物或问题的本质研究吗?在某种语境下,一部作

---

① 杜传坤.中国现代儿童文学史论[M].北京:中国社会科学出版社.2009:24.
② 柯尔摩德(Frank Kermode)之语.〔加〕培利·诺德曼.阅读儿童文学的乐趣[M].刘凤芯译.台北:天卫文化图书有限公司.2003:218.
③ 吴晓东.文学性的命运[M].广州:广东人民出版社.2014:8.

品的被理解和认同是否意味着一定具有文学史的意义?还有没有一种在根本上应遵循的文学准则和审美尺度?

此外,历史化或语境化在实践中也存在问题。吴晓东认为,有必要警惕"过度历史主义",或过度"语境化"倾向:"'过度历史主义',或过度'语境化',往往不是表现在回到历史原初面貌的追求,而是迷失在所谓历史的丰富材料中而失去自己的问题意识与独特诉求。这就是为了历史材料而忘却了研究目的。另一方面,我们的所谓'语境化',往往无法'在很高的、深刻的水平上进行',而总是处于一个低层次的历史材料堆积和复印机般的刻板复制过程中。在这个意义上说,浮浅的'历史化'、'语境化'与浮泛的'本质化'一样不可取。"①幼儿文学史研究需要丰富的史料,但是如何做到不被史料淹没,既能展现历史原初面貌,又能保持明确的问题意识,使得论述在很高的、深刻的水平上进行,是幼儿文学史写作要面对的挑战。

二、幼儿性:跨越年龄特征的边界

幼儿文学,顾名思义,既是"幼儿的"文学,又是幼儿的"文学",因此"幼儿性"与"文学性"是其题中应有之意,同时也是筛选与品鉴作品的重要参照。但以此作为幼儿文学价值尺度仍显笼统。"幼儿性"仅仅是幼儿的年龄阶段特征吗?"文学性"因为有了"幼儿的"限制,是否与成人文学的文学性不完全相同?事实上,二者在幼儿文学中不是简单相加的关系,而是融合之后会产生新的意义。

当文学加上限定语"幼儿",就进一步明确了它的目标读者。幼儿文学不但区别于"成人文学",而且区别于其他年龄层次的"儿童文学",区别就在于它的"幼儿性"。作为"幼儿的"文学,是否"适合"

---

① 吴晓东.文学性的命运[M].广州:广东人民出版社.2014:9.

幼儿也就成为评判的首要准则。那么,怎样才算"适合",或者说应该适合怎样的"幼儿性"呢?这主要取决于成人的幼儿观,认为幼儿是怎样的以及应该怎样,其中包括幼儿喜欢读、能够读且应该读的作品是怎样的。那么,是否越能凸显"幼儿性"或者尽可能反映幼儿与成人及年长儿童之差异性的文学就是好的幼儿文学呢?

幼儿文学中的"幼儿性",不应仅仅体现在对心理学所揭示的幼儿年龄特征的遵循。即使是尊重儿童的"最近发展区"①——儿童借成人的帮助所达到的解决问题的水平与在独立活动中所达到的解决问题的水平之间的差异,也可能仍是狭隘的,因为此概念仍需对孩子原有水平有一个假设,而这一假设是否"客观"却没有绝对客观的标准。近现代以来心理学和脑科学几乎垄断了我们对于儿童的全部认知,"越来越丰富的科学言论正在与文学言论争夺对人生第一时期认识的垄断。这种科学言论掩盖了每位儿童身上所包含的象征性现实、特别力量和潜能。儿童从小说家眼中的欲望对象变成了医学和人文科学学者眼中的研究对象"②。法国心理学家弗朗索瓦兹·多尔多如此"抱怨",针对的是此前科学话语所建构的以"欠缺"为特征的儿童形象。不止于此,近年来人们又发现了婴儿不同于成人的独特思维能力,儿童心理学家艾莉森·高普尼克认为:过去人们常把孩子看作不完整的人,但最近十年,科学家和哲学家研究发现,儿童并不像瑞士心理学家皮亚杰理解的那样,缺乏共情能力和道德知识,只拥有有限的感觉和知识。相反,他们不仅比成年人更善于学习,也充

---

① "最近发展区"意味着儿童发展的潜能或可能性。这是苏联心理学家维果斯基创立的一个概念。
② 〔法〕弗朗索瓦兹·多尔多.儿童的利益——学会如何尊重孩子[M].王文新译.上海社会科学院出版社.2009:前言.

满了创造力;他们在很小的时候就已经拥有一些道德意识了。①

然而,这些科学言论所建构的无论是"无能的"儿童还是"有能力的"儿童,都无法涵盖儿童身心的整全特征。从这个意义上讲,马修斯的观点是对的:"如果说皮亚杰,最伟大的,甚至可以说是唯一伟大的认知发展心理学家,对幼童哲学思维还缺少敏感性,那么还有谁是最敏感的呢?不,我不是意指其他的发展心理学家,我也不是想到教育理论家,我指的是谁呢?回答可能使人惊讶,是作家——至少是有些作家——他们是写儿童故事的。"②幼儿文学对幼儿的想象可以作为一种有益且必要的补充,它可以发现或发明儿童身上的"象征性现实、特别力量和潜能"。鉴于此,如果幼儿文学仅仅体现了教科书上幼儿的年龄特征,甚至完美地符合心理学等科学话语界定的幼儿身心特点,这种写作仍然是缺乏深度的,不过是将幼儿文学变成某种科学理论的形象化图解,而没有自己独到的发现与对幼童生命精神的真诚感悟。

从幼儿的阅读接受来看,幼儿性是否指"幼儿的理解能力"?以其作为幼儿文学艺术深度的标准,是否恰当?心理学上的理解能力主要属于认知范畴,更适合用来指导教育实践,它与文学的范畴不完全对等。早在19世纪60年代,俄国文学批评家尼·瓦·舍尔古诺夫就描述过小孩子读书的情景:

> 大家可以留心观察,有时候小孩子读起书来是何等的专心。双颊发烧,两耳发红,全神贯注——目不旁视,耳不旁听。你若问他——"好吗?""好!"——他回答说。"你懂吗?"——

---

① 〔美〕艾莉森·高普尼克.宝宝也是哲学家:学习与思考的惊奇发现[M].杨彦捷译.杭州:浙江人民出版社.2014.扉页.
② 〔美〕加雷斯·皮·马修斯.哲学与幼童[M].陈国荣译.北京:生活·读书·新知三联书店.1992:67.

"懂！"——"那你说说，你懂了些什么？"——小孩子什么也说不出来。

舍尔古诺夫认为："一本读物就只应去打动他们的感情，作用于他们的想象。它应当温暖他们的心灵，给他们打开那美好而又人道的感觉世界，激发他们心中温柔的、微妙的感受能力。"[①]"懂"与"不懂"只是认知理解的问题，由于年龄的限制，孩子有时候很难确切表达其对某一文学作品的理解。但是，当孩子被故事打动的时候，谁又能说他完全没懂呢？

学者朱庆坪表达过类似的看法，他以《去年的树》为例：树的结局意味着死亡，孩子是否能理解这种超越生死界限的友情呢？从给幼儿讲述的现场效果来看，孩子表现出深深的震撼与伤感，全班鸦雀无声。因此，"我觉得对幼儿来说，理解与感受并不完全是一回事，深刻的东西也会打动他们幼小的心灵，虽然他们并没有真正理解是什么打动了他们的心。当我们过分拘泥于所谓幼儿认识理解能力的局限时，我们却忘记了审美感受能力往往超越了逻辑和经验。当我们自以为幼儿不可能理解《去年的树》那种生死不渝的友情时，孩子们却已被那生死不渝的友情深深打动了"[②]。可见，认知理解能力与文学中的审美感受能力是不对等的，建立在心理科学基础上的认知理解力无法机械套用到幼儿对文学的审美接受上。

当代儿童文学理论批评家刘绪源也曾做过相似的"试验"。日本的佐野洋子的图画书《活了100万次的猫》被誉为"即使读100万次也不会厌倦的书"，其故事情节并不复杂，但内涵相当深刻，涉及了生与死、爱与被爱、驯养与自由、自恋与相爱、有限与无限等生命的、哲

[①] 黄云生.论幼儿文学的艺术深度[J].幼儿读物研究.1992(16).
[②] 朱庆坪.谈谈幼儿文学作品的艺术感染力[J].儿童文学研究.1991(12).

学的主题。这样一本书,小孩子能"懂"吗?绪源先生请一位母亲把它念给四岁的小女孩听,结果,她听得入了迷,捧着书反复地看。然后,母亲试图通过提问了解孩子对故事的理解:

> 母亲问她:"那猫为什么死了?"她果然说不清楚:"它伤心呀,它哭呀,哭呀,后来,就死了……"当问到:"你愿意像它先前那样,活了一次又一次;还是愿意和白猫一起,快快活活地只活一次?"她轻轻地说:"我只要活一次……"这轻轻的回答,让母亲感到震撼。①

如此有艺术深度的作品,恐怕成人也很难准确讲清楚它全部的内涵,按照一般的推测,这样的书四岁幼儿是无法"理解"的。可是小女孩的回答,表明她确实被感染、被打动了,这是一种审美情感的共鸣,虽然她无法说出她的"理解"。还有一位学者曾讲述自己的真实经历,他朗读安徒生的名作《卖火柴的小女孩》给三岁的女儿听:"她被深深地吸引住了,虽然泪流满面,但丝毫没有恐惧、沮丧的神情,一再央求我重复讲这个故事。"②这就是美的感染力,虽然孩子未必明白是什么感动了自己。

然而,我们不得不面对一个事实:"无论给予儿童何种'自由'或解放,儿童都不可能是成人。除了心理的成熟之外,还需要有多年的经验和社会交往才能完全发育成在社会中发挥作用的成员。"③同样,即使认为儿童文学是"一种专门为缺乏语言和生活经验的读者而写的文学",即使相信"好的儿童文学是假设读者缺乏经验,而不是假设

---

① 刘绪源. 极清浅而极深刻[A]. 刘绪源. 儿童文学思辨录[M]. 北京:海豚出版社. 2012:18.
② 郑明华. 探索儿童世界是我们的责任[J]. 幼儿读物研究. 1993(18).
③ 〔美〕约书亚·梅罗维茨. 消失的地域:电子媒介对社会行为的影响[M]. 肖志军译. 北京:清华大学出版社. 2002:202.

他们没有能力通过经验——包括文学经验在内——获得更强的理解能力"[1]，无论我们多么信任幼儿的理解力和审美感受力，不可否认的是，幼儿的文学理解力或审美感受力都有待提升。

因此，幼儿文学的艺术深度对幼儿审美感受力的挑战应该是有限度的。《去年的树》和《活了100万次的猫》等虽说是具有深度的作品，但这些作品的故事结构、语言表述和情感表达，整体来说还是与幼儿的经验相契合的。这样的作品可以从四岁读到80岁。这不意味着超越幼儿"认知理解能力"的作品都能激发幼儿的审美感受，幼儿文学的艺术深度、表现手法等，不能像成人文学那样无所顾忌。因为，我们虽然一直在反思和挑战皮亚杰为代表的认知发展阶段理论，但是"仍有明显的证据表明，在基于生物因素的儿童身体发展过程中确实存在着特定的普遍性"[2]，这些普遍性不仅存在于儿童的骨骼、肌肉生长等生理层面，也存在于思维和精神等层面。幼儿在生理和精神层面的共性特征，仍是幼儿文学应该遵循的限度，也是幼儿文学"幼儿性"的有机组成部分。

三、文学性：探寻审美与教化的关系

如果我们知道，"儿童文学也应该是一种文学"——这种说法曾引发儿童文学领域的一场革命，那么谈论幼儿文学的"文学性"无疑需要更大的勇气。这或许源自儿童文学领域一种较为普遍的理解：幼儿文学的实质或所担负的功能与成人文学不同，它不以审美为第一位，比如作为"教育的工具"，文学性只是教化的手段，远非这一文类的本质属性。甚至有西方学者更加直截了当地宣称："通过认定书

---

[1] 〔加〕佩里·诺德曼、梅维丝·雷默.儿童文学的乐趣[M].陈中美译.上海:少年儿童出版社.2008:155.

[2] 〔瑞典〕塞尔玛·西蒙斯坦.儿童观的后现代视角[J].幼儿教育.2007(2).

的目的、价值、类型和系统是为早期教育服务的,我们就定义这种文学为幼儿文学。"①

要正确认识这些不无偏激的功能决定论,就要正确认识幼儿文学的教化功能与其文学性的关系。从艺术史的角度考察,"在性质和功能上,早期艺术与幼儿文学都不是纯粹审美意义上的艺术作品。……幼儿文学从诞生至今,它所承担的功能也超出了一般的文学层面,指向知识、娱乐、教育、游戏等多个维度"②。这种历史概括是客观的。事实表明,"幼儿文学的诞生,首先不是为了满足幼儿文学阅读的需要,而是服从于对幼儿实施教化的需求"③。今天的幼儿文学也依然承担着多种教化任务。

问题在于,幼儿文学的起源能否一劳永逸地决定此种文类的性质?幼儿文学的文类性质与其起源之间确有重要关系,然而这种关系不是决定性的,也不是一以贯之的。起源只是幼儿文学在特定时期、特定社会处境中得以产生的原因,二者之间不构成一种"因果式"关系,如果只从作品产生的原因去评价和诠释作品,最后把它完全归结于它的起因,这属于"起因谬说"④。从艺术史的角度可能会看得更清楚,"原始民族的大半艺术作品都不是纯粹从审美的动机出发,而是同时想使它在实际的目的上有用的,而且后者往往还是主要的动机"⑤。可是这不意味着艺术的本质在于实用,更不意味着维持原有的创作动机就是坚守艺术的真谛,它无法阻止后人将艺术从实用目的中"解放"出来蜕变为纯粹审美的艺术。幼儿文学的起源与其文

---

① 〔美〕杰克曼.早期教育课程:架起儿童通往世界的桥梁[M].杨巍等译.北京:中国轻工业出版社.2002:73.
② 方卫平主编.幼儿文学教程[M].北京:高等教育出版社.2012:7.
③ 同上书.9.
④ 〔美〕勒内·韦勒克,奥斯汀·沃伦.文学理论[M].刘象愚等译.南京:江苏教育出版社.2005:73.
⑤ 〔德〕格罗塞.艺术的起源[M].蔡慕晖译.北京:商务印书馆.1984:234.

类性质之间的关系同样如此。

幼儿文学的教化功能与其文学性的关系,从历史与实践层面来看,二者是相辅相成的。幼儿文学诞生之初,其教化功能的发挥恰是此文类合法性存在的前提,有时一个仅仅好玩的作品也会标注上是为了儿童的教育而作,以教育性掩饰它的娱乐性。这种教化工具论的影响力有多大呢,不妨举一个有趣的例子:美国苏斯博士的第一本儿童书,那本不同寻常的《可我在墨尔博利大街看见它了》(1937年),至少被27家出版社拒绝过,编辑们批评它"里面没有任何道德教育和信息",对"把孩子培养成一个好公民"没有帮助。① 随着现代幼儿文学观念的确立与发展,文学性的丰满成为教化功能得以实现的有力保障,甚至在此基础上又延伸出娱乐与游戏等多种功能,而在现代教育理论看来,幼儿的娱乐和游戏也都是富有教育意义的。

尽管二者的关系如此密切,我们仍然不能将文学性与教化功能混为一谈,更不能置于同一个层面加以比较。无论如何,"幼儿文学"无法等同于"幼儿教育",即使幼儿文学是最有效的教育手段,那也必须置于"文学性"的框架下讨论和评价。但是,这不意味着要把幼儿文学处理成内部自足的东西,它必须和外部进行对话。或者说,教育性可以被幼儿文学吸收,作艺术化的加工,处理得当的话,它不但不会伤害文学性,反倒会提升幼儿文学的艺术性。就像米兰·昆德拉的《生命中不能承受之轻》,哲学思考没有给这部小说带来丝毫损伤,原因就是作者赋予了哲学思考以小说性,而这种内蕴的哲学思考无疑提升了小说的艺术深度和厚度。教育性与文学性也并非矛盾对立不能两全,教育性的思考是否有损于幼儿文学的文学性,关键在于是

---

① 〔美〕艾莉森·卢里.永远的男孩女孩——从灰姑娘到哈里·波特[M].晏向阳译.南京大学出版社.2008:100.

否赋予教育思考以文学性。

在中西儿童文学史上,教育性与娱乐性、教育性与想象力、教育性与审美性等,通常被视为儿童文学的两个基本特性、两种基本功能或者两种基本观念,虽然也有试图融合或兼顾两者的主张,但二者多数时候是对立的。正如萨默菲尔德所认为的,"儿童图书要么被理解为说教工具,要么被理解为娱乐工具,就这两种最有用。而这两种倾向之间形成的张力正是左右儿童图书发展的力量"[1]。事实上,很多成功的儿童文学作品都是既提供愉悦又提供教益的。那么,为何会出现二者的对立观念并且一直延续至今?"那个争论更多的是反映了一个持续存在的道德焦虑:我们人类一直以来总是沉浸在故事的情感里,这促使我们寻找可以投入似乎与棘手的日常生活无关的故事中去的正当性。"[2]这应是一种颇具说服力的解释。尤其当幼儿作为现代受教育者的身份得以确立,幼儿文学的道德焦虑也愈发明显。

然而,不管是从非文学性角度来肯定教育工具论的幼儿文学,还是从文学性角度来否定教育工具论的幼儿文学,都可能强化长期以来教育性与文学性的二元对立。这种二元对立的话语框架并不能完整准确描述每个时代幼儿文学实践的成果,或者说这些成果无法被非此即彼地归入两个极端之中。中国幼儿文学(包括儿童文学)较突出的问题恰恰在于:受文以载道传统观念的影响,重视教化功能,但往往又将教化的内涵狭隘化为政治、道德或知识的训诫,忽视对幼儿心智、情感、精神、心灵成长等多方面的熏染与浸润,忽视"美之教化"和"教化之美"。

---

[1] 〔英〕马修·格林拜.目录学:儿童文学的资源[A].〔英〕彼得·亨特主编.理解儿童文学[M].郭建玲,周惠玲,代冬梅译.上海:少年儿童出版社.2010:255.

[2] 〔澳〕休·克拉格.文本治疗:读书疗法与心理学[A].〔英〕彼得·亨特主编.理解儿童文学[M].郭建玲,周惠玲,代冬梅译.上海:少年儿童出版社.2010:328.

幼儿文学的"文学性"是否有其独特之处呢？某种意义上，幼儿文学与成人文学、其他年龄段的儿童文学之间都存在叙述差异，但这种差异不应被视为文学性的等级优劣。例如，低幼文学对故事性的强调，就像克拉戈所指出的，儿童文学"在某种意义上接管了小说主要是一种叙事体验这一传统"，而这表明"儿童文学不同于给成人看的主流严肃文学，因为它对叙事的聚焦表现了对成人小说（流行文学以外）曾经具有，但已远离的一种品质的保留"①。这就意味着，成人文学进化之后，把此前较低等的文学形式留给了儿童。同样的情况也发生在不同层级的儿童文学内部。其他诸如游戏、玩具、服装样式等往往也是如此。萨默维尔则从读写方式的角度指出，在读写传播前，各种年龄的人都喜欢听我们现在称为"哄小孩的故事"的东西。"而从那时起发生的变化是，成人'长大了'，并且将这些故事留给了儿童。这部分是读写产生的结果。"②类似这样的论述让人感觉，幼儿文学不但是与成人文学不同种类的文学，而且是一种较为低等的文学，它的文学性与成人文学有明显的高下之分，有原始与现代之分。

这种观点无疑是偏颇的。好的幼儿文学即使表现幼稚，也并非是幼稚地表现。幼儿文学的"文学性"并不原始低等，与其他文学类型之间存在的只是艺术差异而非艺术差距。同时，肯定幼儿文学的"文学性"，也并非如现代文学对"纯文学"的鼓吹那样，不惜抽空精神与道德去捍卫文学所谓的"纯粹性"，结果最后只剩下苍白的语言形式。"纯文学"的问题不在于对文学性的推崇，它对文学可能性的探索，增加了文学审美之维的分量；它的问题在于对文学性的推崇走

---

① 〔加〕佩里·诺德曼.隐藏的成人:定义儿童文学[M].徐文丽译.北京:中国社会科学出版社.2014:224.
② 〔美〕约书亚·梅罗维茨.消失的地域:电子媒介对社会行为的影响[M].肖志军译.北京:清华大学出版社.2002:228.

向极端,抽空文学性将其变成一个狭隘贫血的概念。"纯文学"在提升文学性的同时,也陷入了精神的虚空,并隐含着审美专制主义的陷阱。幼儿文学的"文学性"应该具有更为丰富的意义,好的幼儿文学首先应该是"好的文学",同时它还与幼儿的精神哲学、道德感、美学等相契合。这些都将体现在幼儿文学的情节、语言、角色、结构中,还将体现在它所隐含的童年观念里。

幼儿文学的文学性尺度往往也根据一些艺术上较为完美的伟大作品而建立起来,这样的作品堪称经典。它们是卡尔维诺所说的"每次重读都像初读那样带来发现的书,是即使我们初读也好像是在重温的书";是柯尔摩德所说的具有"一种对于适应的开放,而让它们在无穷尽的各种配置之下常保鲜活"的文本,能不断被读者以新的方式阅读并获取新的意义。因此,筛选与评价历史中的幼儿文学,对经典作品的关注将是很重要的一部分,经典本身就是一种尺度。

另外,值得一提的是杰姆逊的观点,他认为批评家或文学史家要处理的不单是所谓艺术上非常完美的作品,更要关注一些表面上艺术性有残缺的,它包含了更丰富的可能性,我们需要把这种潜力给挖掘出来。① 因此,去关注那些看起来不完美的、非经典的幼儿文学,挖掘其内在的丰富可能性,同样非常有必要。这些表面上艺术性有残缺的幼儿文学,可以列入"可分析性"的作品。"可分析性是一个长期工作中形成的美学上的反应"(洪子诚语)。而具有"可分析性"的文本往往是研究者更喜欢的文本,却不必然是"好作品"。"假如一个作品,它的艺术性非常完美,它自身的可能性也许反而被局限住。很多很好的作品都是有缺陷的,但其可能性也许就在其缺陷中。"② 这

---

① 吴晓东.文学性的命运(代序二)[M].广州:广东人民出版社.2014:44.
② 同上.

也是幼儿文学史写作的重要价值。当然,对于文本"丰富可能性"的分析同样需要论者保持审美判断力,对可分析性作品不能丧失或降低应有的文学性标准。

四、文化性:表现富于特色的现代文化精神

文化性,作为书写幼儿文学史的第四维度,是对幼儿文学中所隐含的文化精神内涵的考察。之所以重视幼儿文学的文化性,是因为"目前中国儿童文学与世界优秀儿童文学的最大艺术距离,不是文学的距离,而是文化的距离";"当代儿童文学的艺术发展已经走到了这样一个门槛上:如果不启动有关文化问题的思考,那么留给这一文类的艺术提升空间已经显得十分有限"[1]。这体现了一种远见卓识,一种敏锐的洞察力。由于缺乏有穿透力的文化思考和有厚度的文化内容,导致了当代儿童文学写作一系列的问题。"儿童文学的文化问题最关乎的不是文化的内容,而是文化的见识,这见识的深度决定了儿童文学写作的厚度。"[2]当代原创儿童文学并不缺乏种种文化符号,也不缺乏诸多文化表现手法,可是最能体现儿童文学作品文化底蕴的文化见识、大文化视野和情怀,却是有待提升的。

幼儿文学也必须面对这一"文化问题"。某种意义上可以说,幼儿文学的童年想象折射着现代文化精神,而从现代童年概念所透射出的对于"深度""伦理""人性"等现代文化精神的关切,具有某种文化警醒意义。幼儿文学乃至儿童文学,应该有这样的野心与追求,从而才可能成为给小孩子写的"大文学"。

需要指出的是,强调幼儿文学的文化精神,不是要将文化问题从

---

[1] 方卫平.童年写作的厚度与重量——当代儿童文学的文化问题[J].文艺争鸣.2012(10).

[2] 同上.

外部强加于幼儿文学,不意味着将幼儿文学的文化功能置于价值优先地位,也不意味着将文学性与文化性二元并立,作等价齐观。因为"诗情画意的文学本身包含了神话、宗教、历史、科学、伦理、道德、政治、哲学等文化涵蕴。在优秀的文学作品中,诗情画意与文化涵蕴是融为一体的,不能分离的"[1]。如果文本经不住文学性的检验,就不值得进行文化的研究批评。同理,如果能将二者完美结合,文化精神的反思不但不会妨碍幼儿文学的文学性,反倒会增益作品的艺术价值。文学性与文化性是一体两面的关系,文化精神是内在于文学本身的,这也是幼儿文学史写作所应遵循的"文化诗学"。

对于文化精神,可以从两个层面理解。第一个层面是指,幼儿文学塑造幼儿对本国本民族文化精神的认同。借用美国思想家理查德·罗蒂对美国文学的理解,他认为塑造了美国人的那些文学类经典并不旨在准确地再现现实,而是企图塑造一种精神认同,在一个个所谓的"美国故事"中,讲述美国人应该是什么样子,应该成为什么样的人。当今的中国儿童文学也在呼吁为孩子讲述"中国故事",书写"中国式童年",这无疑是从中华民族文化传承与精神认同的角度作出的选择。这种精神认同是孩子自我身份认同的核心,它通过文学的方式暗示孩子作为一个中国人应该是怎样的。第二个层面是指,跨越本国与本民族文化的范畴,同时超越童年亚文化的范畴,站在人类大文化的高度,去弘扬一种更具普遍性的关涉道义、情感、美感等的人类精神。讲述的仍然可以是中国故事,但主题是世界的,精神是人类的。

2016年获得国际安徒生奖的曹文轩,20世纪80年代曾提出"儿童文学作家是未来民族性格的塑造者",深刻影响了一个时代的儿童

---

[1] 童庆炳.文艺学与文化研究丛书·总序[M].北京大学出版社.2006.

文学理论与创作。进入新世纪后他对这一说法做出了修正:"儿童文学的使命在于为人类提供良好的人性基础。我现在更喜欢这一说法,因为它更广阔,也更能切合儿童文学的精神世界。"①他将儿童文学的使命从民族的立场拓展到人类的立场,主张儿童文学的目的是为人打"精神的底子",他将自己的写作永远建立在道义、审美、悲悯这三大基石之上。"显然,这是曹文轩站在更高的精神视野来看待儿童文学。这是超越了狭隘的民族语境,以一种人类文化大视野也即'全球意识'来重新解读儿童文学的价值意义。新世纪儿童文学需要的正是这样一种精神高度。人类在当今世界所遭遇的种种深层次困境和挑战……需要借助全人类的共同智慧和力量,包括通过文化与文学这种特殊的精神性力量来修复与拯救人类自身。童心是相通的,儿童文学是最能沟通人类共同的文化理想与利益诉求的。"②幼儿文学亦应具备这样的人类文化大视野,具备一种精神高度,去表达和构建一种值得追求的人类文化理想和文化精神。

此外,尼尔·波兹曼对"童年消逝"的研究也为我们从文化精神的层面理解幼儿文学提供了重要启示。而学者赵霞对其"童年消逝"说的重新辨析,则将这一启示更明澈地揭示出来。她认为波兹曼是以童年作为入口来谈论现代文化的危机,童年的消逝与现代文化精神的衰落密切联系在一起。波兹曼论说的童年不只是一个与儿童群体有关、归属于儿童主体的亚文化现象,而是"诠释着整个现代文明的应有之义及其最珍贵的那些价值内容。在现代童年的观念之上,寄托了现代文化内在的深度意识、伦理意识以及对人性应然图景的的信仰和追寻,而这三个方面,恰恰是日益屈从于电子媒介逻辑的现

---

① 曹文轩.文学应给孩子什么?[N].文艺报.2005.6.2.
② 王泉根,曹文轩."追随永恒"的意义[N].光明日报.2016.4.11.

代文明正在不断丢失的文化内涵"①。"童年消逝说"有三个核心概念,即"读写能力""秘密"与"纯真",也正是在这些概念的象征意义上,"童年的消逝"隐喻着文化深度的浅薄化,现代伦理底线的失守和人性土壤的贫瘠化。

毫不夸张地说,这些灾难性后果可能是我们难以想象也难以承受的。譬如,关于"秘密",它代表文化中需要儿童花费时间来学习的重要内容,比如成熟的理性,"羞耻"意识及其带来的"禁忌",而性秘密则是人类文化羞耻感的童年底线。当某种文化越来越不看重"秘密"的价值,而将没有秘密的世界展示给孩子,那么在羞耻感消失之后,"能取代孩子而成为人类社会道义资源的将是什么?换句话说,有什么是可以让人类社会有所顾忌、自设底线的?当'孩子'真的消失的时候,成年人既不必承担什么天然职责,也不必为什么'未来'担忧,那么还有什么是人们必得承担的?有什么是人们无法承受的?"②而作为现代文明符号之一的童年"纯真",如果它不再被承认,那么"大人们也就不再承认有超越于族群的人的存在。所有的人都只能是种族、民族、国家、阶级、阶层中的具体的、社会的人,这些群体间的差异、偏见、对立、冲突等等,有许多是人们难以超越、无法冲破的。是'孩子'给了人们换一种角度来思考的一个立场,它是人类社会接受普遍性原则的原因之一。当'孩子'不复存在时,还有可超越者存在吗?"③童年概念无疑是现代文明的一种发明,让我们最为担忧的是,"随着童年的'发明'而得到传递和建构的现代文化精神,却在今天的童年文化中不断流逝。这才是'童年消逝说'应该引起我们警惕

---

① 赵霞.童年的消逝与现代文化的危机——新媒介环境下当代童年文化问题的再反思[J].学术月刊.2014(4).
② 陈映芳.图像中的孩子——社会学的分析[M].济南:山东画报出版社.2003:130.
③ 同上书.131.

的最重要的原因"①。这是一种极为必要的提醒,也是一种高瞻远瞩的忧虑。

　　幼儿文学既是现代文化的一种发明,同时其本身也是现代文化的组成部分,它体现着也建构着社会的童年文化。幼儿文学对于童年观念或者童年文化的理解和表现,表征着一个时代或社会的文化精神。幼儿文学不是幼稚的文学,它应该有一种自觉的文化意识,去传递和构建现代文明最具价值的文化精神,或者去弥补被侵蚀的现代文化精神,去挑战被异化的现代文化精神,去引领在消费时代迷失方向的现代文化。幼儿文学应该以文学的方式去表现文化深度,塑造幼儿富有文化底蕴的主体性;幼儿文学应该坚守童年的伦理底线,既不让秘密的隐瞒成为对孩子权利的剥夺,又保护孩子对某些禁忌知识的不知情权,让富有价值的秘密成为孩子成长的助推力;幼儿文学应该珍惜与呵护孩子的纯真,同时相信纯真与复杂和丰富的并存,避免对孩子简单化、同质化的理解,并且避免把纯真作为实施规训的借口,而应在纯真所象征的人性土壤上播撒真善美的种子,为孩子,也为我们自己建造一座更美好的世界花园。因此,幼儿文学对现代文化精神的表现、传递与创新,在很大程度上代表了幼儿文学所能达到的思想高度与艺术深度,可以作为理解与衡量历史中幼儿文学的一种价值参照。

　　综上所述,本研究意在从历史性、幼儿性、文学性、文化性四个维度,架构幼儿文学史的观念和价值坐标。或许,对于"何谓好的幼儿文学",我们还需思考:"谁"在评价? 对"谁"而言是好的? 某种价值标准可能只是代表了某个时代和某个社会群体的一种审美趣味、伦

---

① 赵霞.童年的消逝与现代文化的危机——新媒介环境下当代童年文化问题的再反思[J].学术月刊.2014(4).

理模式和权力意志。把幼儿文学纳入到既定的意义系统,强加一种秩序,会让这种文学变得可控。可我们无法以一种价值标准评判来自不同意义系统的东西,所以对任何建立价值体系的企图都应保持充分的警觉。对何谓"好的幼儿文学"的讨论远没有终结。这不是一个可以完成的过程,我们应该永远保持一种批评的态度、一种怀疑的精神、一种开放的思维方式,如此"好的幼儿文学"才有无限的可能性。

最后,是关于幼儿文学史书写框架的一点说明。既有的儿童文学史写作,大体遵循历史的轨迹,通过解读每个时期最具代表性的作家作品,探寻较为普遍的儿童文学发展规律。在此基础上,本研究尝试换一种写法,追求更为灵活、更富有启发性的书写,更重视主题的框架而非面面俱到铺陈史料,但史的线索仍会做到尽量清晰。具体而言,就是要打破单一的按历史年代铺陈的文学史框架,根据幼儿文学的实际情况,灵活融入主题、文体、问题等新的结构性元素,但在某一个主题、文体或问题内部,仍尽力展现出历史脉络;同时突出问题意识,有些议题和主题可能将贯穿全书,以超越时间与文类的角度来审视中国幼儿文学史;在体现最新研究成果的同时,重视对理论的创造性使用,力求采用文学、哲学、教育学、童年社会学等跨学科的视野与方法,对幼儿文学史有新解读、新发现。此外,本研究力避框架前置的危险,这意味着不提前预设一个文学史框架,然后去填充材料和证据。本研究的实施步骤是,搜集文本—阅读文本—分析文本—归纳与发现问题—生成幼儿文学史基本框架—在写作中反复调整完善。

第二章
幼儿文学的源流与萌发

如果幼儿文学的定义是以满足幼儿的兴趣、想象力,以带给幼儿乐趣、美感为目的的文学,那么20世纪之前几乎没有可以被称为幼儿文学的东西。近现代以来,人们逐渐认识到幼儿不是"缩小的成人"或"成人的预备",也不同于年长儿童,幼儿被认为有其独特的兴趣和需求,应该予以尊重和满足,其中包括文学阅读的兴趣与需求,而现代幼儿文学就建立在这一现代幼儿观的基础上。

幼儿文学的发生是一个过程,虽然可以有其标志性的事件或作品,但绝不是在某一天突然诞生的,绝对的起点是不存在的。中国幼儿文学的真正独立与繁荣只有不长的历史,当然这是指印刷形式的幼儿文学,而在漫长的古老年代中,口耳相传的歌谣、神话、传说、民间童话、寓言等早已传入孩子的耳朵。不过,这些民间的歌谣和故事常常是面向所有人的,没有区分哪些是成人的哪些是孩子的。随着现代儿童观与儿童本位文学的确立,新式启蒙教育尤其幼稚教育的勃兴以及儿童书刊等出版市场的繁荣,幼儿文学不但从一般文学中独立出来,也逐渐从儿童文学中独立出来,成为具有双重"异质性"的文学类型。

第一节 民间文学与蒙学读物探源

西方儿童文学史家发现,直到 17 世纪末为止,专为儿童印制的书籍差不多全是教科书、祈祷书、礼仪书和道德书,古代没有专门为儿童写的故事,但儿童仍然接触到了大量的故事题材,尤其是口耳相传的民间故事。[①] 与世界儿童文学较为普遍的历史状况相似,我国幼儿文学的前史也大体分为两支:专门为幼童编写的书,多是蒙学教材而非文学故事,其中即使有文学的篇章,也往往意在教育而非文学;以及故事,但并非专为幼儿编写的。

一、民间文学与幼童的"听赏"

对于尚不识字没有独立阅读能力的幼童来说,"听赏"是其文学接受的重要方式,而民间文学在被文字记载下来之前就是口耳相传的文学,因此,民间口头文学天然地与幼儿相亲近。也正是在这个意义上,有学者提出,"幼儿文学并非一种新兴的文体,并非儿童文学发

---

① [英]约翰·洛威·汤森.英语儿童文学史纲[M].谢瑶玲译.台北:天卫文化图书有限公司.2003:11—13.

展到一定阶段派生出来的,而是最正宗的儿童文学,我们完全有理由把早期儿童文学当作幼儿文学来看待"①。如果单纯以文学的接受方式作为判断标准,这样说不无道理。即使到了印刷术普及的时代,儿童没有能力独立阅读的作品却有可能通过"听赏"阅读。简单说就是:看不懂的故事不一定听不懂,听懂的故事未必能看懂。树立"听赏"的幼儿文学观念,就可以把一些篇幅较长的、不那么浅显的、纯文字的儿童文学作品纳入幼儿文学的范围。然而,在图画书逐渐盛行的今天,阅读中的"看"却有了更丰富的含义,除了看文字,还可以看具有叙事功能的图画,文学阅读的接受方式更为多元,上述论断是否合适就另当别论了。

  人类的幼年时代最先拥有了歌谣和神话,尔后神话逐渐演化出传说和童话。歌谣又称孺子歌、婴儿谣、小儿语、儿歌,是人之初最先接触到的文学样式。明代吕得胜的《小儿语·序》(1558)中提到:"儿之有知而能言也,皆有歌谣以遂其乐,群相习,代相传。"其流传特点在于"一儿习之,可为诸儿流布;童时习之,可为终身体认"。被传唱了若干年代之后,有些歌谣才被慢慢记录下来,最早散见于《春秋》《左传》《国语》《战国策》《汉书》等古代典籍中,明清时期开始出现专门的歌谣集。当时民间流传着一些儿歌,如"盘却盘""东屋点灯西屋明"之类。吕得胜认为此类儿歌固然对儿童无害,但对其品德修养及后来的发展也无益,于是自编新儿歌《小儿语》两卷。如:"一切言动 都要安详 十差九错 只为慌张","要成好人 须寻好友"等。该书使用四言、六言、杂言(字数不等)的韵文形式写成,语言明白浅近,长期被视为对儿童进行道德教化和行为习惯培养的教材,在民间广为流行。

---

① 黄云生. 人之初文学解析[M]. 上海:少年儿童出版社. 1997:36.

吕坤受父命编《续小儿语》三卷,也是自作的格言,据说他写成后找小朋友来试读,发现他们读时昏昏欲睡,而读他父亲作的《小儿语》,因为和孩子们自己的话接近,就很高兴。于是吕坤悟到:拂逆小儿所好,而强迫他们读他们所不知的,沉闷自是必然。有鉴于此,他认为不必理会文还是俗,总之小儿讲他们的话就可以了。[①] 单从语言上看,吕得胜使用白话作蒙学书《小儿语》,是具有创新性的,在其序中也言及仿作小儿语,"如其鄙俚,使童子乐闻而易晓焉"。而五四现代儿童文学的确立,也与白话文的普遍使用密切相关。此外,吕坤还编写过一卷《演小儿语》(1593),却是我国第一部儿歌专集,内收山西、河南、陕西等地流传的儿歌46首。虽加以改作,但是每首儿歌的上半至少是原初的两句原语,保持了民间儿歌的原貌,下半改作意在"蒙以养正",重视教训的同时能够兼顾趣味,在当时来说已属难得。五四时期,周作人曾经从儿童文学历史发展的角度肯定《演小儿语》的价值:"中国向来缺少为儿童的文学。就是有了一点编纂的著述,也以教训为主,很少艺术的价值。吕新吾的这一卷《演小儿语》,虽然标语也在'蒙以养正',但是知道利用儿歌的歌词,能够趣味与教训并重,确是不可多得的。"[②]

此外,明代文学家杨慎编纂的《古今风谣》两卷(1543),收录了上古至明代嘉靖年间歌谣280余首,是中国较早的民间歌谣专集。此后常有采编的儿歌集问世,比如《天籁集》(1862,郑旭旦)、《广天籁集》(1869,悟痴生)、《北京儿歌》(1896,意大利人韦大利编选)等。1900年美国传教士泰勒·何德兰编的《孺子歌图》,内收150首北京流传的童谣,比如《风奶奶》:"风奶奶,送风来,俺家孩子好凉快。"歌

---

① 张倩仪. 另一种童年的告别——消逝的人文世界最后回眸[M]. 北京:商务印书馆. 2001:13—14.
② 周作人. 吕坤的《演小儿语》[J]. 歌谣.1923(12).

谣中英文对照,在美国纽约出版。该书为每一首童谣配上了当时用"洋相机"拍摄的民俗照片,堪称中国最早采用摄影图片形式为书籍配图的出版物。从这些满蕴生活气息的歌谣里,编者读出了国人对于幼者的深情:"有人认为中国人不喜欢儿童,持这种观点的人肯定对中国的儿歌非常无知。我敢打赌,世界上没有哪种语言能像中国的儿歌语言那样饱含着对儿童诚挚而温柔的情感。"①这有助于改变现代人的一种褊狭观念,即认为古代尤其是漫长的封建社会,儿童在父为子纲的伦理框架下都是可怜的"受虐者",而忽略了与此共存的"慈幼"思想与事实。

歌谣之外,老幼咸宜的听赏文学还有大量神话、传说、民间童话等。《山海经》和《淮南子》中记载了很多远古时代的神话故事,像"精卫填海""后羿射日""女娲补天""夸父逐日"等,与传说中的"牛郎织女""大禹治水"等都历代流传于大人与孩子之间。而唐代段成式的《酉阳杂俎》甚至被称为"中国第一部童话集",书中的《叶限》(又称《吴洞》)是"世界上最早用文字记载下来的'灰姑娘型'经典童话,比法国贝洛于1697年所搜集发表的《鹅妈妈的故事》中的《灰姑娘》要早830多年,比意大利巴西尔记载的灰姑娘故事也要早七八百年"②。《搜神后记》中的《白衣素女》以及《狼外婆》等民间童话故事也多为幼童熟知。《西游记》《聊斋》《封神演义》等成人文学中的部分章节也深受孩子喜欢。早在1914年,周作人的《古童话释义》一文中就已提出中国童话"古已有之"。

成人和儿童共赏的这些故事,有很多后来被不断地改编,越来越

---

① 〔美〕泰勒·何德兰,〔英〕坎贝尔·布朗士.孩提时代:两个传教士眼中的中国儿童生活[M].魏长保,黄一九,宣方译.北京:群言出版社.2000:13.
② 王泉根.百年中国儿童文学编年史(1900—2016)[M].长沙:湖南少年儿童出版社.2017:序言.

成为儿童专享的故事,进而成为幼儿专享的故事,并以文字或图文并茂的印刷版形式被传播开来。而改编的标准就是"儿童化"/"幼儿化"和"文学化",当然"标准"也在不断变化之中,因为时代的儿童观和文学观也在变。

二、蒙学读物与幼童文学的渊源

中国自古重视幼学,在老少咸宜的故事和歌谣之外,历朝历代几乎都为孩子们编写过大量的蒙学读物,而这些蒙学书中也隐含着幼儿文学最初的涓细源流。在中国传统社会,小孩看的故事书多是成人书,"中国没有安徒生为孩子创作童话故事,却有不少有心人为孩子写蒙学书,……这似乎是中国传统社会中文化心理上的一个未解之谜"[①]。不应否认这样一种可能,随着儿童观念、教育制度的变迁,蒙学读物中的内容逐渐与现代的儿童文学相接续,古时文配图的识字书或者启智书与现代的儿童图画书亦可联接。

据考证,我国早在周代已有教学童识字的课本《史籀篇》。大约在13世纪南宋末期出现了世界上最早的图文对照的识字课本,《对相识字》就是其中较早的一种,后经元、明、清的增删修改,又产生了一系列同类识字书。明正统元年刊行的《新编对相四言》(1436)刻本,共28页,388字,308图,图中每件物品都与其右边的汉字相对应。1972年4月2日台湾的《国语日报·儿童文学》周刊创刊号上,刊载了一篇《我国最早的看图识字》,提到胡慕尔博士在著录美国国会图书馆所藏的一本《新编对相四言》时,认为这可能是中国最早的一本"看图识字",并在《国会图书馆馆刊》上发文说:"这本书的排列是以

---

① 张倩仪.另一种童年的告别——消逝的人文世界最后回眸[M].北京:商务印书馆.2001:198.

意思相同的字连在一起,如在第一页中有'天云雷雨日月斗星,江山水石路井墙城',一字一图,和今日一些儿童图画字典相同。"①可见,古人很早就了解到图像对儿童所具有的教育意义。

民国前商务印书馆还出版过这种看图识字的卡片,称为五彩精图方字,共收一千字,并附教授法,当时很是流行。据鲁迅先生1934年记载,他去为五岁的儿子买《看图识字》,出版地为上海,前年(1932)新印,初版是在1908年,应该就是商务印书馆出的这一版。遗憾的是,鲁迅先生对其图画大为不满,说那色彩恶浊,图画死板,名物也和实物不符,还不如他自己幼时看过的《日用杂字》,"很活泼,也很像"②。

我国私学历史悠久,自春秋时期起一直延续到晚清,因此专为教化孩童所编写的启蒙读物非常多。其中较具代表性的如:南北朝时代的《千字文》,宋元时代的《三字经》《百家姓》《神童诗》《千家诗》,明清时代的《日记故事》《幼学琼林》《龙文鞭影》《唐诗三百首》《女儿经》《弟子规》等。学塾的学生绝大多数都是儿童,小者三四岁,大者十多岁。蒙书中即使有"文学",也主要是作为教化手段。比如王阳明在《训蒙大意》中讨论理想的幼教,希望对待孩子能"诱之以歌诗",用唱歌、跳舞和韵文来吸引孩童,使他们高兴,从而将心里的情意抒发出来。西方历史上,从柏拉图到亚里士多德,再到昆体良和夸美纽斯,也提出过对年幼儿童运用故事进行教育的主张。

很多蒙学读物虽不是以给儿童提供文学为目的,更不是为了娱乐孩子而准备,但与世界上早期的儿童教育读物一样,它们大都是用韵语写成的,句式简短,朗朗上口,易于记诵,涉及天文、史地、人伦、

---

① 林文宝.历代启蒙教材初探[M].台北:万卷楼图书有限公司.1997:133.
② 鲁迅.看图识字[J].文学季刊.1934(3).

博物等方方面面的知识,广为流传。例如,从南北朝到清末流行了一千四五百年,成为世界上现存最早、使用时间最长、影响最大的识字课本《千字文》:这一千个不重复的字吟出的是"金生丽水,玉出昆冈"这样美丽的文句,组成的是一篇文辞优雅、音节铿锵、条理分明、知识丰富、儿童读来朗朗上口的文章。① 而蒙书的这一特点影响深远,到1909年商务印书馆为初高等小学编国文教科书时,使用的仍是韵文,出版后获得一致好评。

蒙书中亦含有一些颇具文学色彩的故事。《书言故事》被认为是为儿童编写的最早的一类故事书,介绍常用典故、成语中所包含故事的出处等,意在帮助儿童学习辞藻典故,具有文学启蒙教学的性质,大致始于元明时期,具体时间与作者已不可考。"为幼龄儿童而准备的故事书,在传统中国应从简化、改写的历史说起。"②意即把历史简化成四字、五字韵语,以便于幼学者传诵。据熊秉真考证,明清时期仍然沿袭唐宋至元不断为儿童写史,以及力求用语浅白、用字简单的趋势,继续为蒙童编写历史,并附以讲解说明,名之为"故事",其中最有名的是由《幼学须知》改成的《幼学故事琼林》,以及由《蒙养故事》改成的《龙文鞭影》。

纯粹为儿童准备的故事书集在明代中叶(约1500年)以后出现,"这些故事集除了家中塾馆便蒙之用,也为近世说书卖艺者提供简易素材。……更重要的,是至此以后'故事'两字逐渐脱离历史掌故之说旧义,而衍为大家日后所熟知的撰说趣闻之意"③。"故事"一词含义的变迁意义重大,摆脱此前作为"历史掌故"的观念束缚,具有了更

---

① 张倩仪.另一种童年的告别——消逝的人文世界最后回眸[M].北京:商务印书馆.
2001:11—12.
② 熊秉真.童年忆往——中国孩子的历史[M].桂林:广西师范大学出版社.2008:157.
③ 同上书.159.

广阔的驰骋天地,在教化之外兼备了"娱乐"的功能。这比英国书商纽伯瑞为其出版的《美丽小书》(1744)所做的宣传语——为了孩子的"教育与娱乐",要早二百多年。而这套《美丽小书》通常被视为西方现代儿童文学的开端。从儿童文学历史看,从纯粹的教化转为教化与娱乐并重,甚至扬娱乐而抑教化,是现代儿童文学产生的重要条件之一。因此,"故事"词义的转变,对中国现代儿童文学的自觉也显得意味深长。

明末至清代,幼蒙故事渐增,"狭义的幼教读本已不能满足日常学习生活之需,各种教养并娱乐儿童的故事书,应运而生。至少由明而清,对编写幼儿故事书有兴趣,而有时间精力投入的人数显然有增而无减。这些为儿童编写故事的人,众口一词,均强调意在推广教化。而要推广蒙学,引人的故事之外,各种歌诀与图片是另两种有力的传播工具"①。以明代嘉靖二十一年(1542)熊大木校注本《日记故事》为例,它有168幅插图,每页上半截是图画,下半截是简要的文字说明,这不但是我国、也是世界上第一本有插图的儿童故事书。它记述了不少古代儿童的生活故事,多是可以启发儿童智慧的小故事,像"司马光砸缸救小儿""灌水浮球""曹冲称象"等,"大都是儿童自身的故事,所带的成人的成分并不浓厚,也不怎样趋重于教训。故相当的还近于儿童的兴趣"②。《日记故事》最初由元代建安人虞韶编写,到明清时期有多个版本,大都采用上图下文的格式,这一类的书之流行不亚于《三字经》《千字文》。一个世纪后捷克教育家夸美纽斯才出版《世界图解》(1658),而这本"世上所有主要事物和人类运用这些事物的图与命名集",作为西方第一本附有插图的儿童教科书,其

---

① 熊秉真.童年忆往——中国孩子的历史[M].桂林:广西师范大学出版社.2008:159.
② 郑振铎.中国儿童读物的分析·上篇 从三字经到千字文到历代蒙求[J].文学.1936年7卷1号.

目的也仅仅在于教导。

在漫长的幼学历史上,像《日记故事》这样上图下文且富有童趣的启蒙童书,毕竟只是昙花一现。仅从"图画"的地位来看,晚清之前对于大多数图文并茂的图书来说,均是由文字完成基本的"事实陈述"与"意义发掘",图像只起"以资观感"的辅助或点缀作用。① 这与图文平等、甚至图画占主导地位的现代儿童图画书还无法相提并论。尽管如此,《日记故事》与西方的《世界图解》一样,理当被视为现代儿童图画书的雏形。

第二节 幼稚教育对幼童文学的推波助澜

鸦片战争之后中国国门被打开,经洋务运动到戊戌维新运动前后,随着改良主义思潮的兴起,19世纪末以来的思想先驱开始关注文化启蒙。欲新文化必先"新民",欲"新民"必先新教育,而教育功缓,故先新一国之小说。晚清兴起了译介西方小说的热潮,文学的地位与功能得以凸显,意在以此开民智、新民德、鼓民力,塑造不同于传统社会"臣民"的新"国民"。以家庭和学塾幼教为主导的传统儿童教育逐渐变为一种社会议题,从"教子弟"到"教弟子",儿童首先在幼教蒙学中转变了身份。在清末民初的改良运动中,儿童从作为家庭中父之子、作为学塾中师长之弟子的偏私人化关系中走出来,成为民族国家之未来的"小国民",其崭新的社会身份被建构起来。儿童因此也被纳入"新民"的教育体系之中,进而出现了有意为儿童编写或翻译的文学作品。这股启蒙之风对"儿童文学"的关注一般都出于教育的目的,与民族国家的命运相连。

---

① 陈平原.以"图像"解说"晚清"——《图像晚清》导论[J].开放时代.2001(5).

晚清的儿童文学基本依附于教育,尤为重要的是,"各种不同类别幼教素材的增产,共同为近世中国的幼学文化开辟了一个广阔的空间,同时也在社会与家庭之间,为幼龄儿童制造出一个前所未有的心智与情感活动世界"[1]。这意味着,儿童将走出父兄主宰的家庭私领域,拥有更具公共性质的特殊文化空间。其实,从清代中叶之后,"此一发展更与急剧成长中的经世关怀及国家论述合流,幼学与其他的学校、社会教育一般,有走向国家化与特殊政治化之倾向。这整个由家庭而社会、由父兄而师长、由塾学而制度、由制度而入国家的发展过程,所涉意涵非一"[2]。儿童教育的国家化和制度化,使得儿童越来越普遍地被纳入某种教育体系,幼童入学的年龄整体趋势在下降,在幼稚园或中小学校接受教育的"适龄"儿童数量大增。作为社会体制的学校/幼稚园教育,也是借以将儿童分隔在成人世界之外的一种机制,教育通过按照年龄分级分班、设置与实施课程、评价评定学业等方式,进一步强化、自然化了关于儿童是什么、儿童应该是什么的特定假设,从而"有效地建构并界定了作为一个儿童——甚至是某个特定年龄的孩童——所具有的意义"[3]。

一、幼稚教育兴起为幼童文学提供的契机

鸦片战争之后中国遭遇了"数千年来未有之变局","学校与科举之争,新学与旧学之争,西学与中学之争"则构成了社会文化方面的重重勾斗。传统的封建统治体系行将崩溃,愈来愈显示出应对现实危机的力不从心。正是在这一社会文化语境中,教育变革被视为医治"千数百岁之痼疾"的良方,成了救国之急用。随着科举制度被

---

[1] 熊秉真.童年忆往——中国孩子的历史[M].桂林:广西师范大学出版社.2008:152.
[2] 同上书.164.
[3] 〔英〕大卫·帕金翰.童年之死[M].张建中译.北京:华夏出版社.2005:5.

废止,新学制设立,新式学堂开始发展。学校教育成为构建童年现代概念的主要条件之一。近代之前,"儿童"只是自然意义上的,正如欧内斯特·盖尔纳所说,前现代"荒野文化"中的人一代又一代复制着自身,无需有意识的计划、管理、监督或专门的供给;而现代性的"园艺文化"只有依靠"园丁"即专业知识阶层的存在才得以为继。"现代性的展开就是一个从荒野文化向园艺文化转变的过程。"①晚清之后以学校/幼稚教育为主要标志的"园艺文化"逐渐取代了传统的"荒野文化",儿童也就逐渐由自然成长走向被建构。在这一转变过程中,儿童/幼童文学或者作为教育之辅助,或者直接充当一种教育力量,得以进入专业知识阶层这一现代"立法者"的视野。幼稚园、蒙养院、新式学堂的设立,势必对教育的内容形式等提出新的要求,这也给幼童文学的发展提供了契机。晚清的新学制导致了幼稚园、小学、中学等的分隔,这必然促发人们在施行教育时,要考虑儿童不同年龄阶段的差别,虽然这一时期对儿童年龄特点的区分还比较笼统。

例如,晚清大为流行的"学堂乐歌",其歌词便是儿童诗歌。鼓吹"我手写吾口,古岂能拘牵"的晚清诗界革命的中坚人物黄遵宪,就曾以明白晓畅、活泼清新的笔调创作了数首学堂乐歌,其中《幼稚园上学歌》②就较适合幼童传唱。此诗共十节,现摘录第一节和第四节如下:

> 春风来,花满枝,儿手牵娘衣。儿今断乳儿不啼。娘去买枣梨,待儿读书归。上学去,莫迟迟!
>
> 大鱼语小鱼:"世间有江湖。"小鱼不肯信,自偕同队鱼,三三

---

① 〔英〕齐格蒙·鲍曼.立法者与阐释者:论现代性、后现代性与知识分子[M].洪涛译.上海人民出版社.2000:67.
② 黄遵宪.幼稚园上学歌.新小说[J].1902(3).

两两俱。可怜一尺水,一生困沟渠;大鱼化鹏鸟,小鱼饱鹈鹕。上学去,莫踟蹰。

整首诗情趣盎然。诗中还讲了不贪懒、不游惰逃学,以及邻家小儿偷懒受罚被同伴羞等情节,童真童趣跃然纸上,生动描摹了初上学堂幼童的新鲜愉悦之情。其劝喻之意极自然地融合在温婉的口气中,还借大鱼小鱼的"故事"进行形象譬喻,读来亲切易懂,全无生硬的说教味道。句式上不再是严格的几言对仗,每段也都长短不一,虽然仍保留了韵律,但又不拘泥于严格的韵脚;每节末的"上学去,莫迟疑""上学去,去上学""上学去,莫蹉跎""上学去,莫停留"等,又有一种音乐上的回还往复感,极适合年幼儿童的重复心理,也使全诗有一种一以贯之的整体感。周作人后来读到此诗,赞叹其为"百年内难得见的佳作","不愧为儿童诗之一大名篇"。

与黄遵宪同时代的曾志忞编创有《教育唱歌集》,收入从幼稚园至中学所用歌曲26首,其中含幼稚园用8首,初等小学用7首,高等小学用6首,中学用5首。这四个年龄段分别配以不同难度、不同主题侧重点、不同风格的诗歌,体现了随儿童年龄增长而循序渐进的特点。在此引录较具代表性的一首:

《老鸦》(幼稚园用)

老鸦老鸦对我叫,小鸦真正孝。老鸦老了不能飞,对着小鸦啼。小鸦朝朝打食归,打食归来先喂母,自己不吃犹是可,母亲从前喂过我。

这首乐歌无疑体现了曾志忞所倡儿童诗歌"浅而有味"的美学标准,即浅显而有深意。《老鸦》的语言基本是口语的白话,借助幼儿感兴趣而又容易理解的小鸦打食喂老鸦的形象比喻,对其进行了民族传统的美德教育,正是以"极浅"之文字而寄寓着"深意"。

另一位学堂乐歌的重要编创者为沈心工。他创作的儿童歌曲以"鼓吹新学思潮,标榜爱国主义"为主旨,多为爱国、民主、尚武、勉学等主题,思想启蒙倾向极为明显;同时其歌词又非常重视符合儿童心理特征,因此深受少年儿童欢迎,其中有一部分是适合幼童唱颂的,诸如以下二首:

《兵操》

男儿第一志气高,年纪不妨小。哥哥弟弟手相招,来做兵队操。兵官拿着指挥刀,小兵放枪炮。龙旗一面飘飘,铜鼓咚咚咚咚敲。一操再操日日操,操得身体好,将来打仗立功劳,男儿志气高。

《竹马》

小小儿童志气高,要想马上立功劳,两腿夹着一竿竹,洋洋得意跳也跳。

当时写作乐歌的人不在少数,而"学校唱歌集"的出版更是蔚为大观。在这些歌集的编辑大意、缘起、序言中,编者皆重点阐发了乐歌对于儿童陶铸性情、促其警醒、激发爱国心的感染启蒙之功用。比如 1904 年出版的《教育必用学生歌》,就在卷首的《学生歌编辑之起意》中宣称,文章中最能感人性情的,除了小说就是歌词了,东西教育家认识到这一点,因此都在幼稚园、大小学堂设立了唱歌科,藉此陶铸国民、激励学者。

民初,周作人对童话与儿歌的研究,亦是着眼于当时新兴的幼稚教育。根据儿童学上的知识,周作人指出童话最适用于 3—10 岁的幼儿期,因为这一时期"小儿最富空想,童话内容正与相合,用以长养其想象,使即于繁富,感受之力亦渐敏疾,为后日问学之基"①。童话的目的不是教给幼儿具体的知识学问,而是满足其对故事出自天然本性的需要,而童话内容的"空想"特性正好与幼稚儿童的心理相契合,可培养其想象力与感受力,为将来获取学问打下基础。此外,童话内容以单纯的叙述方式反映社会生活,并常言及常见的鸟兽草木等事物,儿童也可藉此了解人情世事、自然名物等,为将来进入社会积累经验。

基于幼儿期的身心特点,周作人还主张:"幼稚园者,即据此性施以教育,玩具与童话实为其主要学科。故儿歌、童话、玩具、游戏,在儿童研究中至为重要。"②他举德国人福禄贝尔对歌谣游戏的重视为例,提及后者曾集日耳曼歌谣游戏为一书,用诸幼稚园,自言曰:"孰能知此歌意者,即能通吾之隐衷。"1913年,在《绍兴县教育会月刊》的《书籍绍介》专栏中,周作人提到了商务印书馆出版、胡君复著的《幼稚唱歌》,指出此书短处在于著者不知儿童歌谣之性质,又好自造作,"儿歌之用,贵在自然,今率意造作,明著教训,斯失其旨"③,不客气地批评了时人对儿歌性质的误解,指出儿歌中若标注教训就失去了儿歌之本质。次年,周作人在《艺文杂话》中再次谈到了此唱歌书:"近人著《幼稚唱歌》序云,吾国童谣之佳者,乃有乐府遗意,看似俚浅,顾非大文学家弗能。殆指《城上乌》等而言,若醇粹之童谣,岂有文人所能造作,反不如里老村妪,随口讴吟,为犹能得童心也。"④他这里明确把儿歌童谣分成了"醇粹"的与"文人造作"的两种,并旗帜鲜明地认为前者更适合幼稚儿童。

---

① 周作人.童话略论[N].民兴日报.1912.6.7.教育部编纂处月刊.1913年1卷8期.
② 周作人.儿童研究导言[J].绍兴县教育会月刊.1913(3).
③ 周作人.书籍绍介:《幼稚唱歌》《幼稚游戏》[J].绍兴县教育会月刊.1913(3).
④ 周作人.艺文杂话[J].中华小说界.1914(2).

周作人还提出幼稚教育应该顺应自然,助长幼儿发达,歌谣游戏应是其主课。儿童学研究表明,出生半年的小儿听觉就很发达了,"闻有韵或有律之音,甚感愉快"。儿童初学语言时不成字句,却"自有节调",会说话之后,诵读歌词也较说平常语言容易,"盖儿歌学语,先音节而后词意,此儿歌之所由发生,其在幼稚教育上所以重要,亦正在此"①。"儿歌之诘屈,童话之荒唐",正好与此期小儿心思的诘屈、荒唐相适合;随着年龄渐增,智识经验丰富发达,儿童自然会厌儿歌之诘屈,童话之荒唐,"而更求其上者"。然而现实中,"今人多言幼稚教育,但徒有空言,而无实际,幼稚教育之资料,亦尚缺然,坊间所为儿歌童话,又芜谬不可用"。正是为了弥补幼稚教育的"空谈"与资料匮乏,他才略论儿歌、童话之性质,为研究幼稚教育者提供一点帮助。周作人于民初对于童话与儿歌的研究,是采用民俗学与儿童学的方法,研究其文学性与在教育上的应用,可谓空谷足音,可惜因为太超前而未能引起广泛关注。

晚清民初学制系统的确立与发展对幼童文学有一定影响,无论言教育者,还是言儿童之文学者,皆需要考虑儿童所处的教育阶段,结合儿童的身心特点论述其内容与形式。但是某种程度上,当时幼稚教育对于幼儿文学的意义主要限于观念层面,现实中实体的幼稚园设立和课程实施尚在起步阶段。学制系统最初确立于1902年,清政府指派管学大臣张百熙制定了《钦定学堂章程》,其中已有蒙学堂,但儿童入学年龄为6—10岁,所以仍属小学阶段,而且该章程未能实行。1903年,清政府又命张百熙、荣禄、张之洞以日本学制为蓝本,重定了《奏定学堂章程》(又称《癸卯学制》),这是我国第一个在全国颁布实施的学制。这时候才把幼稚园放进去,称为蒙养院,接收3—7

---

① 周作人. 儿歌之研究[J]. 绍兴县教育会月刊. 1914(4).

岁的儿童,但蒙养院附设在育婴堂内。每天教育时间不超过4小时,师资以女子师范生担任,保教科目主要为游戏、歌谣、谈话、手技四项。幼稚园的章则主要抄袭日本,当时来看"抄袭得很对",比如关于"歌谣"的条目内容:"歌谣俟幼儿在五六岁时渐有心喜歌唱之际,可使歌平和浅易之小诗,如古人短歌谣及五言绝句皆可。并可使幼儿之耳目喉舌运用舒畅,以助其发育;且使性情和悦,为德性涵养之资。"但修正的学制也只施行了一部分,幼稚园的部分就没有实行。当年9月,我国第一所官办的学前教育机构湖北幼稚园在武昌创办。

根据张宗麟对幼稚园演变史的考察,到1907年,全国蒙养院幼儿数只有4893人,而清末民间由基督教徒出于传教目的设立的幼稚园也只有6所,幼稚生仅有194人。民国成立,各项学制变更很多,但关于幼稚园除通令全国多设蒙养园外,所变极少。民国元年虽然在章则上有幼稚园的规定,然学制系统表上仍不列幼稚园。到了1916年,改订国民学校令施行细则里还是没有把幼稚园列入学校系统,只在该细则第六章的前半提及关于幼稚园的法规,第一条即为"蒙养园以保育三周岁至入国民学校年龄之幼儿为目的"。可见,"在整个学制系统上,幼稚园的地位是忽有忽无,若有若无的"①。

五四之后的学制改革与中小学课程标准的制定对幼童文学的影响更为直接。1922年教育部颁布新学制,幼稚园被纳入了正统:"幼稚园收受六岁以下的儿童。"但是仅此具文,而教育部一般统计都不另立幼稚园一项。1927年之后幼稚园数量才大增,"在民国十六年以前,幼稚园招生是一个极困难的问题,民国十六年以后,父母要送子女进幼稚园,好比代子女谋差"②。1929年全国教育会议通令全国各

---

① 张宗麟.幼稚园的演变史[M].上海:商务印书馆印行.1935.北京:海豚出版社(修订版).2012:31.
② 同上书.33.

省,凡实验小学必须设立幼稚园一所,更进而凡完全小学必须设立幼稚园一所,遇必要时各县可以单独设立幼稚园。全国中小学课程起草委员会成立后,将幼稚园课程列为专项,不再与小学课程混在一块儿。1930年,幼稚园与小学并立,"从此以后,全国人士对于幼稚教育的态度一变。所以各大学里都添设了幼稚教育的课程。各处幼稚师范也都闻风兴起"[①]。这在一定程度上也折射出了学制变革对幼童文学实际影响的程度。

1922年新学制的颁行虽然没有直接促发幼儿文学的崛起,但因为确定了小学课程纲要,引发了新小学国语读本、教科书以及儿童文学读本、丛书及儿童周刊的大量编印和出版,客观上均促进了儿童文学在初等教育学段地位的确立和巩固,这无疑也进一步强化了幼儿文学的合法化身份。1929年,教育部颁行中小学课程暂行标准,次年加以修订,"幼稚园方面,也有课程范围订出,虽其间所说不尽为儿童文学,然大部分确为儿童文学说话。……对于幼稚园儿童,也有识字课本,图画故事等之编纂"[②]。

由于幼稚教育对儿童文学的重视,儿童读物的出版数量剧增、质量提高,而且还具有了初步的"分级"阅读理念与实践——出版物上经常标出适用的年龄阶段。幼稚园儿童也有了自己的课本与文学读物,这无疑为幼儿文学的自觉提供了条件。而就这一点而言,专为幼稚园儿童编纂的图画故事等更是意义非凡。

二、幼稚园课程与教材中的幼童文学

幼儿文学本身就是幼稚教育的有机组成部分,幼稚教育领域对

[①] 张宗麟.幼稚园的演变史[M].上海:商务印书馆印行.1935.北京:海豚出版社(修订版).2012:35.
[②] 赵侣青,徐迥千.儿童文学研究[M].上海:中华书局印行.1933:15.

课程与教材的研究,也促进了幼儿文学的发展。1922年新学制的颁布,对儿童文学进入教育实践领域起到了巨大推动作用,儿童文学开始"课程化",教材的"儿童文学化"程度也越来越高,儿童文学在初等教育学段获得正式的地位。而在新学制系统中,幼稚园是作为初等教育的一个阶段存在的。中国现代儿童文学是与儿童教育紧密联系在一起的,某种程度上儿童文学正是通过进入中小学和幼稚园课程与教材而确立了自己的地位。可以说,幼教思想、幼教制度、幼教机构的发展都对幼儿文学的发展产生了重要影响。

幼稚园文学的目标与价值

20世纪20年代,陈鹤琴创办的南京鼓楼幼稚园,已将故事与儿歌作为课程内容,甚至将"故事教学"作为幼稚园主要科目。1929年他主持拟定的《幼稚园课程暂行标准》将"故事和儿歌"纳入了幼稚教育课程,1932年教育部将其作为正式的《幼稚园课程标准》公布实施。该课程标准规定语言教育目标完全以文学教育为主,可以说延续了五四时期儿童本位论文学的基本观念。具体而言,该课程标准规定的儿歌与故事的教学目标在于:

> (甲)引起对于文学的兴趣。(乙)发展想象。(丙)启发思想。(丁)练习说话,增进发表能力。(戊)发展对于故事的创作能力,培养快乐、高尚、和爱等的情感。

目标设定重视幼儿的兴趣和想象,强调文学对幼儿情感的熏陶作用,注重文学的教育、娱乐和审美功能,可以说是五四儿童本位文学观的体现。教育部在20世纪30年代编订的"幼稚园教育丛书"12册中,就有《幼稚园的故事教材及教学法》和《幼稚园的儿歌教材及教学法》两册,在遵循《幼稚园课程标准》的前提下,对幼稚园故事和儿歌的目标设定、价值探寻、内容选择标准等进行了深入细致的研究。张宗麟在一篇序言中曾指出:"反乎科学,反乎世界潮流的故事,以及只博得儿童哄堂一笑的故事,没有教育意义的宁可不取。……幼稚教师讲故事的对象,是不满六足岁的孩子。那么一切故事的内容,讲的方法,教师的神情,言语,服装,以及讲的时节,应用的物品,不但要有艺术的意义,并且还要有科学的根据;更要合乎不满六足岁的孩子口味。"①可见,当时业界对幼稚园故事坚持了艺术性与科学性的双重标准,即文学性与幼儿性。

陈鹤琴、钟昭华合编出版了《儿童故事》(1946),该书共有故事50则,其中部分曾发表于1927年的《幼稚教育》杂志及陈鹤琴、潘抑强编的"好故事"丛书(1930年出版)。陈鹤琴在其"卷头语"中写道:"故事,个个小孩都爱听的。六七岁以前的小孩喜欢动物故事。十来岁的小孩喜欢听冒险故事。十五六岁的小孩喜欢听英雄故事。这本小册子中的故事可说都是动物故事,这些故事大半是从欧美著名的儿童故事脱胎而来的,……没有一个是从原文直译出来的,个个都是重新写过、编过的。"②这意味着,编者是为了迎合六七岁以前的小孩子对故事的特别喜好而特意译编了这些"动物故事"。

陈鹤琴后来又创立了"活教育"理论,打破了习惯上按学科划分科目的课程体系,代之以能体现儿童生活整体性和连贯性的"五指"活动,即儿童健康活动、儿童社会活动、儿童科学活动、儿童艺术活动、儿童文学活动。他在实施大纲中详细列出了儿童文学活动的目标、范围、活动事项、实施程序等。其中儿童文学活动的目标在于,培养儿童对于文学的欣赏能力、发表能力和创造能力,以及对于中国文字和文法修辞的认识及运用。"儿童文学活动"作为不可或缺的"五

---

① 沈百英编.幼稚园的故事[M].上海:商务印书馆印行.1933.北京:海豚出版社(修订版).2012:序.
② 陈鹤琴,钟昭华合编.儿童故事[M].上海:华华书店.1946:卷头语.

指"之一,范围包括童话、诗歌、谜语、故事、剧本、演说、辩论等,成为幼稚园课程体系的重要组成部分。

梁士杰的《幼稚园教材研究》(1935),作为"幼稚园教育丛书"之一册,第三章题为"故事教材的研究",其故事目标概括为:

> 一、引起对于文学的兴趣;二、发展想象,启发思想;三、练习说话,增进发表能力;四、发展对于故事的创作能力;五、培养快乐高尚和蔼的情感。①

幼稚园儿歌的目标则设定为"增进儿童愉快的情绪"和"启发想象"。虽然条目稍作调整,但内容与1932年的《幼稚园课程标准》完全一致。

这一时期对幼稚园故事价值的研究,可谓与目标的设定相辅相成。例如沈百英在《幼稚园的故事》(1933)中提出,幼稚园"故事的价值"在于发展想象、发达思想、涵养感情、增加兴味、学习语言、增进知识、陶冶品性、陶冶嗜好、增进友谊、启导发表等。书中对这些价值所作的阐释,皆结合故事自身的特点,强调其对于幼稚园儿童的价值。例如,关于发展想象,书中指出,幼稚园儿童处在想象的黄金时代,"但是想象有利也有弊,如果任他们去胡思乱想,幻想过分,是非常危险的。一定要有一种有组织有教育价值的材料,供给他们作正当的想象资料,才可以使想象引入正途,有利而无弊。'故事'便是满足这一类的极好材料。它能发达各人的想象,而没有幻想太过的弊病"。再如,关于发达思想,书中指出"儿童的经验缺少,思想简单,要想扩展他们的思想,利用故事也是一种极好的方法"。关于涵养感

---

① 梁士杰.幼稚园教材研究[M].上海:商务印书馆印行.1935.北京:海豚出版社(修订版).2012:26—27.

情,书中指出"幼稚园中各种活动,最足以涵养感情的,要算故事了"。关于增加兴味,书中指出"'兴味是学习的紧要工具。'……儿童听讲故事时,全神贯注,目不转睛,显然是真正的兴味,我们应该竭力设法利用他的"。关于陶冶品性,书中指出"积极感化的方法很多,在幼稚园时代,最好能利用故事……费时少而收效大,建设强而不易破"①。

上述对幼稚园故事价值的论述也反映了当时幼稚教育的基本理念,体现了对幼稚生基本素质品性的培养要求,因此可以说,当时对幼童文学的关注是与幼稚教育的需要紧密相连的。同时,幼稚园文学的价值追求也是对五四儿童本位论内涵的继承和发扬。

幼稚园文学的选材要求

为了实现幼稚园设定的文学目标,实现其应有的价值,就要选择适宜的文学材料,对不同文学体裁提出相应的要求。

张圣瑜编著的《儿童文学研究》(1928),于第九章"儿童文学之教材"中指出,根据儿童心理上的"想象""好奇心""意志""记忆""注意"等特点,"幼稚园里的儿童,要想叫他们读什么文学的材料,是很困难的,并且不合心理的。但我们可利用其想象力,好奇心,及听觉的记忆力,将故事讲给他们,将诗歌唱给他们听。以养成文学的嗜好,发达文学的欣赏,预备做将来文学的起点"②。这里不但依据心理学上的年龄分期与儿童心理特点来选择文学教材,而且意识到了幼稚园儿童"读"文学的困难,主张通过"讲故事""唱诗歌"的方式诉诸幼童的听觉,藉此进行文学兴趣的培养、欣赏能力的提升,为将来的文学阅读打下好的底子。而诗歌与童话,也成为幼稚园儿童最重要的两种阅读材料,其中诗歌要求"声调要好听的,可合乐谱弹唱

---

① 沈百英编.幼稚园的故事[M].上海:商务印书馆.1933.北京:海豚出版社(修订版).2012:2—4.
② 张圣瑜编著.儿童文学研究[M].上海:商务印书馆.1928:93.

的……此外儿歌亦可用,但要简单一些的",例如申报《家庭周刊》所载的一首儿歌:

> 红鸡公,尾把拖,三岁孩儿会唱歌,不是爹娘教我的,是我自己聪明会唱歌。

童话则要求"神话及仙人故事多些,但神话不可过于离奇古怪,免致儿童恐怖"①。

沈百英所编《幼稚园的故事》(1933)对故事选材提出了更具体的要求,主要包括:要富于想象与感情,要合时代精神,还要合于儿童心理、儿童经验、儿童语气与儿童兴趣,故事的长短要合度,内容思想要纯正,夹杂的韵语其音节须自然而和谐等;反之,空想、妄想、幻想等材料,粗暴、残酷、恐怖、侵夺等材料,违背教育宗旨的,情节太长与内容太短的材料,都不能选用。② 这些标准大部分都是根据儿童学上所说的幼儿身心特点而设定的。

陈鹤琴主持拟定的《幼稚园课程标准》(1932)中,所列故事和儿歌的内容共有三大类:

> (甲)以下各种故事的欣赏演习(如口述、表演、创作等):童话、自然故事、历史故事、生活故事、民间传说、笑话、寓言。
> (乙)各种故事画片的阅览。
> (丙)各种有趣味而不恶劣的儿童歌谣、谜语的欣赏、吟唱和表演。

可见其种类还是很丰富的,并未仅限于五四时期鼓吹最力的儿

---

① 张圣瑜编著.儿童文学研究[M].上海:商务印书馆.1928:93.
② 沈百英编.幼稚园的故事[M].上海:商务印书馆.1933.北京:海豚出版社(修订版).2012:6.

歌和童话。在幼稚园教材中,类似的划分也较为普遍,且处处顾及幼儿心理,并指明各类故事在组织结构、内容、词句等方面具体的选择和使用标准。

之后的研究将各类别故事的要求作了更为详细的论述。沈百英《幼稚园的故事》采用广义的故事概念——包含物话、寓言、神话、传说、传记、谐谈、自然故事、卫生故事等13类散文体的儿童文学,并分类各举一例。其中关于"浅近寓言"的要求提到,幼稚园中适用的寓言应有显豁的真理、警惕的教训、浅显的叙述和积极的含义等几条标准,讲述寓言时,讲者大都喜欢和儿童说明寓意,此实大误,因为寓言的可贵在于:

> 要在唤起道德的意识,使儿童于不知不觉间感受德性的训导。一篇寓言,有时不一定只有一个寓意,……寓意浅显明了的,无须讲者说明,儿童自会明白;如果寓意很深的,照例便不该讲给儿童听。即使讲给儿童听,儿童也不能明白。所以说来话去,寓意总以不说明白为是。①

这几乎就是五四时期周作人对寓言运用于儿童教育之观点的翻版。此外,关于图画故事,沈百英解释为:"是将图画和故事混合组织的。每讲一句故事,把故事中的要点画出一笔,待全篇故事讲完,便成整个的图画。此类故事,对于幼稚儿童,极感兴趣。"②显然,这不是通常意义上所说的"图画故事",其重点不在故事,而更像绘画的一种方式,结合故事引导儿童绘画。梁士杰的《幼稚园教材研究》,则在"故事的种类"中使用了"故事画"这一概念:"故事画是儿童所喜欢

---

① 沈百英编.幼稚园的故事[M].上海:商务印书馆印行.1933.北京:海豚出版社(修订版).2012:28.
② 同上书.31.

看的。如会跳舞的猪,人化的水果,都是很有趣的。……不但儿童喜欢看,就是成人也喜欢看。"①但书中没有界定何谓故事画,也未涉及故事与图画的关系。

梁士杰将幼稚园故事分为童话、民间传说、历史故事、笑话、寓言、实际生活故事和故事画等七类,并且也处处顾及幼儿心理,指明了各类故事具体的选择和使用标准。比如,他把童话分为神话和物语两类,认为幻想性的神话、物语都不适用于幼稚园,民间传说中过于荒唐的剑仙等类故事,绝对不能采用。对于历史故事,由于幼稚生缺乏时间观念和空间观念,对他们讲这类故事,与其用事实的叙述报告,不如用滑稽奇异的体裁来描写,还要避免因讲述历史故事而养成儿童崇拜英雄的观念。寓言故事若道德训练的意义太显露,就会减少儿童的兴趣。在感叹"外国为幼稚园而编的故事和画图,真是数见不鲜;在我们中国则尚属少见"之余,他郑重地提出了幼稚园适用的故事的三个标准,同时又举出幼稚园不适用的故事作为参照,反对"软化儿童生活力的故事"和"迷惑儿童思想的故事"。例如,"消失儿童奋斗力的故事"——小山羊听见狼来了的喊声,跟着老山羊逃回家里;"消失儿童活动力的故事"——小兔子不听妈妈的话,独自出门去玩,遭到狗、狐狸的欺负,赶快逃到家里,扑通一声倒在地上,爬不起来。甚至《小人国》《三只熊》等,也被作者认为不科学,有迷信思想而被纳入反对之列。当然,这有点儿过于苛刻了。

陈鹤琴、钟昭华合编的《儿童故事》(1946),则仍然保持了明显的五四儿童本位论色彩。其卷头语说,这本册子里的故事有以下几种特点:

一、文字非常浅显,适合儿童的口吻。

---

① 梁士杰.幼稚园教材研究[M].上海:商务印书馆.1935.北京:海豚出版社(修订版).2012:29.

二、笔法别致,不敢说"活泼生动",断非呆板干燥者可比。

三、内容儿童化,以期适合中国幼儿的心理,所以幼稚园教师或低年级教师可以把这些故事直接讲给小孩子听,不必再重新编写。①

从故事的文字到笔法和内容,概括虽然简要,却处处遵循幼稚儿童的心理特点。所述既是这本册子里儿童故事的特点,也体现了编者对幼童文学的选择标准。

幼稚园故事的"教育性"

幼稚园的文学既然属于幼稚教育范围,关注它的教育性无可厚非。站在儿童文学角度谈论它的教育功能,与站在教育立场考虑文学的教化作用,是不完全一样的。以教育为出发点和立足点,文学自身可以是教育的内容,也可以是教育的手段。研究与创作儿童文学的人则更重视文学的美学趣味,着眼于儿童文学的本体论,比如它的儿童性与文学性问题。现代儿童文学作为一种文学类型,在五四时期以及20世纪30年代,主要遵循的还是儿童本位论,强调儿童文学的想象、审美、趣味等,教育功能只是它的副产品,尤其反对直接的教训。当儿童文学进入幼稚教育领域,意味着与教育的对接,如何平衡教育性、文学性和幼儿性,是客观存在的问题。在这个过程中,幼儿性是前提,对文学性或教育性的侧重则代表了幼稚园文学的两种价值取向。

民国时期的幼稚园文学中确实存在一些教训意味比较浓的。例如,沈百英编《幼稚园的故事》里提到有一类"卫生故事"。作者指出,它与自然故事相仿,目的在于借故事的形式,使儿童习得卫生的

---

① 陈鹤琴,钟昭华合编.儿童故事[M].上海:华华书店.1946:卷头语.

常识,采用时当注意下列各点:(1)讲述此类故事,须先观察儿童缺点,然后将适当的故事作矫正指导之用。(2)卫生故事讲述起来,可插加问题,共同讨论。(3)讲完故事,可指导儿童实践。接下来举了《汤妹》为例,其开头两段如下:

> 汤妹很不整洁。妈妈教他不要用手握饭,教他梳梳头发,洗洗面,教他衣服要清洁。但是汤妹都不管。
>
> 先生也告诉他注意清洁,他依旧要倒翻墨汁,书常跌落在地上,手上和脚上常常弄了许多的泥。

后面的大体情节是,有一天他更不好了,妈妈和先生都很生气,不管他了。他睡前看见三个不认识的人走过来,名字分别叫"清洁""整齐""帮助"。清洁要把他送到猪圈里,整齐要拿泥来把他盖着,帮助说要把他洗洗清洁,给他梳梳头发。他们就把他扛到河里又洗又擦又梳,有时还有些痛。最后一段是:

> 汤妹怕他们再来捉拿他,他就自己洗了,自己梳了,以后弄得很清清洁洁,不再像以前样的肮脏了。

在五四儿童本位论的深刻影响下,在体现儿童本位论的《幼稚园课程标准》的规约下,居然出现这类教训味道颇浓的"卫生故事",实在有点儿不可思议。《汤妹》的故事并不难解读,属于主题先行,先找出孩子存在的缺点"不讲卫生",然后编一个因为不讲卫生而吃苦头的故事,让孩子在为自身缺点而付出代价或受到惩罚后痛改前非,变成一个讲卫生的好孩子。故事将"清洁""整齐""帮助"等抽象概念变为拟人化形象,承担了帮助"汤妹"改正缺点的教育任务。故事本身没有趣味,无论语言、情节、细节、情感等,都很是粗糙,毫无艺术美感可言,自然也就难有心灵的共鸣与震撼。这类作品与新中国成立后的"糖衣药丸"式作品也颇为相似,后者是将教训当作药丸包裹在故事的糖衣之内,哄骗孩子吃掉药丸改正缺点。

由此看来,30年代的幼稚园文学是良莠不齐的。沈百英之所以举此《汤妹》为例,或许与其对故事价值的认识有关,譬如前面提到的价值之一"陶冶品性":"近今教育家对于训练儿童,都说用消极的防止,不如用积极的感化。……因为故事富于感情的产物,用以感化儿童,费时少而收效大,建设强而不易破。例如儿童不爱清洁,即讲一个卫生故事给他听;儿童喜残杀生物,即讲一个仁爱故事给他听。"① 这便是典型的"糖衣药丸"论,退一步讲,从教育的立场利用文学故事也无可厚非,只是选择的故事不能太过没有艺术性,因为即使是颗糖衣药丸,也应该把糖衣弄得好吃一些才能吸引孩子。

其实,即使如倡导儿童本位论的陈鹤琴,在其编选的幼稚园故事里,也不完全回避说教,例如选集中有一篇《三只小鸭子》,其部分段落如下:

鸭妈妈说:"小宝贝!**真听话**,妈妈很高兴呢!"

鸭妈妈说:"时候不早了,你们要快些到学校去,**在路上千万不要贪玩呀**!"

(红鸭子)他东玩玩、西玩玩,玩到池塘边又去喝喝水,他忘记了蓝鸭子和黄鸭子,忘记了上学,**忘记了妈妈的话**,他玩得真正快活极了。

鸭妈妈带着三个小鸭子走进屋里说:"今天红鸭子真危险,**我们希望他以后要记住妈妈的话,不要贪玩才好**。现在我们大

---

① 沈百英编.幼稚园的故事[M].上海:商务印书馆.1933.北京:海豚出版社(修订版).2012:4.

家肚子饿了,快去吃饭吧!"①

故事虽然有"听话""不要贪玩"之类的说教话,但是教训味道不浓,不但远少于《汤妹》,甚至比起金近的《小猫钓鱼》(1950)中对猫弟弟的惩罚和批评,这里的鸭妈妈也温和包容多了。当红鸭子不小心被锁在花园里哭起来,鸭妈妈不但来找他救他,而且并没有当面批评他,最后也只是轻描淡写地总结了一下教训,就让孩子们一起快快乐乐吃饭去了。

幼稚园故事还可从改编中看出对待教育性的观念。鉴于20世纪30年代仍没有多少专门供给幼儿的原创作品,因此"要找一大批的幼稚园故事,的确无从找得。不得已只能将原有的故事,加以改造"②。而据编者看来改造的方法可有三种:一是细节的改造,包括人名、地名、其他专名、物名、时间、动作、声音、话法等;二是局部改造,包括节约(删减)、敷畅(扩充)与合并,但编者发现,像"雌鼠和雄鼠"故事,缩减后只剩故事梗概,太无兴趣,因此主张非不得已还以不节短为是;三是全部改造,只采用原故事的人物、情节等,加以改造,甚至把原故事的意义也改掉。以"小猴做糕"的故事为例:小猴想做糕,依次问三位朋友谁愿意帮忙,三位朋友都不愿意。最后小猴自己把糕做好了,小猴问三位朋友谁愿意帮忙吃糕,大家都说愿意,小猴说"我倒不愿意了"。这篇故事源自国外民间故事《小红母鸡》,但编者认为这个故事意义消极,可以改为朋友们愿意帮忙,最后一起分享糕。可是在这样的"积极意义"导引下,为了强化所谓的道德教化,故事不但被改得面目全非,丧失了作为民间童话很多的隐喻意义,而且

---

① 陈鹤琴,钟昭华合编.儿童故事[M].上海:华华书店.1946.
② 沈百英编.幼稚园的故事[M].上海:商务印书馆.1933.北京:海豚出版社(修订版).2012:39.

也被改得平淡无趣了。

陈鹤琴与钟昭华合编的《儿童故事》也属改编之作,故事大半是从欧美著名的儿童故事脱胎而来。陈鹤琴在"卷头语"里声明:"故事的写法已与原文不同。这里的故事没有一个是从原文直译出来的,个个都是重新写过、编过的。有许多地方,故事的内容也常与原文不同。国外的情形与本国的不同,所以,为适应中国儿童的心理,故事中的人物、故事中的情节是特别选择,特别叙述的。"①也就是说,为了适应本国儿童心理,故事从写法到内容都作了改编,幼稚园老师可以把这些故事直接讲给小孩子听,不必再重新编写。从其改编中可以看出编者真实的幼童观与教育观,以下试以两例分析之:

《黑狼想吃小山羊》:源自格林童话中的《狼和七只小羊》。原故事中,狼把六只小羊吞到肚子里,羊妈妈趁狼熟睡用剪刀剪开狼肚皮,救出小羊们,再把狼肚子里装上石头,缝好,狼醒来口渴,去井边喝水,掉进井里淹死了。本故事则改为狼把六只小羊装到麻袋里扛走,后来羊妈妈解开麻袋,放出小羊,把石子装进麻袋,狼背起麻袋去河边喝水,不小心掉进河里,麻袋很重把黑狼压在了河底。

《红衣姑娘》:源自格林童话中的《小红帽》。改编后的故事里,妈妈对红衣姑娘出门不放心,增加了提醒的内容。编者将狼先跑去外婆家吃掉外婆的情节改为外婆不在家,狼就直接推门进去打扮成外婆的样子睡在床上。而吃掉小红帽的情节也改了:红衣姑娘问完几个问题后,狼还没有来得及吃掉她,刚"从床上跳起来向红衣姑娘扑过来",红衣姑娘连忙逃跑喊救命,正好有猎人经过,举枪就把狼打死了。而原故事是猎人剪开狼肚皮,救出小红帽和外婆,改编的故事则没有让狼把外婆和小红帽吞吃掉——外婆根本没出场,而小红帽

---

① 陈鹤琴,钟昭华合编.儿童故事[M].上海:华华书店.1946:卷头语.

被吃之前猎人就把狼打死了。

总体来看,改编之后故事的"暴力色彩"大大弱化,所有的吞吃、剪开肚皮等情节都没有了,故事似乎更为温和。这意味着,编者认为此类"暴力"情节不适合幼稚园的儿童,幼童的情感是脆弱的,容易被吓到。同时,改编版的情节更为简单,原有故事中的某些跌宕起伏和细节也都不复存在,更浅显更易于理解,但也更幼稚乏味。这固然是基于对幼儿年龄特点的遵循或某种假设,但毋庸讳言,改编后作品的艺术性也大大降低了。

在幼稚园课程与教材的研究中,论者主要以心理学上的年龄阶段特征作为幼儿文学的理论基础,其适用性也当存疑。因为心理学是现代教育学的方法论基础,它未必适合诉诸孩子想象、情感和审美趣味的儿童文学,这一点在当代确实遭到了批评,而文学性与教育性的关系摆置也始终是个问题。

民国幼稚园老课本一瞥

民国期间出版过的幼稚园读本,很多已经湮没在历史的长河之中,现谨选取其中有代表性的《幼稚读本》上、下两册,加以赏析品评,希望能收窥斑见豹之效。

这套《幼稚读本》的版权页上印着:"五彩绘图"幼稚读本(全二册),中华民国三十五年十一月(1946年11月)出版,编著人是朱翊新,由上海华成书局出版。上册为"新七版",下册则是"新六版",可见已经印行过五六版,算得上幼稚园经典教材了。每页均为彩色图画,文字竖排在图画空白处,疏密有致。由简到繁,每页既可相对独立成篇,又前后顺承呼应;主题丰富,涵盖自然知识、生活常识、行为习惯、品德修养、游戏活动等多方面内容;主题内容的转换自然流畅,形成一种结构上的内在节奏;语言琅琅上口,句式多变,且有对仗,有韵律鲜明的歌谣,也有画出谜底的谜语歌,很是富有趣味性。

上册第一页彩图只有一个字"花",然后像滚雪球一样逐渐增多:

　　花—看花—哥哥看花—姐姐看花—来来来/来看花—妹妹来/来看花—弟弟/来来来/来看花—哥哥/来来来/来看猫

然后主题内容很自然地由"花"转向了"猫",由植物转向动物:

　　小猫小/小猫跳—小白猫/跳跳跳—小狗小/小狗叫—小黄狗/走走走—黄狗走/走得快—白猫跳/跳得高

渗透大小、颜色、动作、快慢高低等知识,然后转向人和动物的关系,句式整饬对仗,而且都是儿童熟悉的日常生活:

　　姐姐抱白猫/白猫咪咪叫—弟弟捉黄狗/黄狗逃走
　　小鸡小/小鸡叫/叽叽叽—小小鸡/叽叽叽/来吃米
　　大鸟叫/小鸟叫/吱吱吱—园里小鸟叫/姐姐走来学/吱吱吱
　　姐姐唱歌/小猫走来学/咪咪咪—哥哥拍球/弟弟走来学/拍拍拍
　　姐姐唱歌/好听好听/哥哥拍球/好看好看

还有的具有唱和对歌的味道,音韵和谐,小朋友可作为游戏儿歌:

　　谁唱歌/我唱歌/你唱什么歌/我唱小鸡歌
　　谁拍球/他拍球/他拍什么球/他拍小皮球

《幼稚读本》下册延续了上述特点。有些融合了民歌的风格,配以现代儿童生活图画,将古风歌与新意境相结合,比如:

　　摇摇摇/摇摇摇/哥哥弟弟学摇船/摇过一座桥

摇过桥/外婆家里到/外婆笑/给我吃糕糕
我吃糕/不多也不少/多吃滋味少/少吃滋味好

还有谜语歌,本册一共三首,最后两页均为谜语,图画不仅用以呈现谜底,而且构图精巧,很有趣味与美感:

左一片/右一片/从小到老不见面(耳朵)
一个胖哥哥/两只大耳朵/只知道吃/不知道做(猪)
什么虫/像灯笼/照到西/照到东/照来照去在空中(萤火虫)

《幼稚读本》中的内容均为儿童熟悉的风物、生活、游戏、风俗等,不但具有"无意思之意思",而且还将多方面的知识融入其间,借助音韵自然、节奏活泼的儿歌形式唱诵出来。每册都有一定的识字任务,对幼稚儿童而言,可兼具文学艺术审美趣味的熏陶与启蒙教化之功。以今天的眼光来看,如果说有点儿美中不足的话,就是感觉偏"幼稚化"了,有点儿过于简单浅显,在丰富性、深度上似乎还可进一步拓展。如果考虑到五四时期给小学生的文学很多都适合幼稚园儿童听赏,那么编著更为浅显的幼稚园课本也就不难理解了。也或许,幼稚读本受容量的限制,不可能在一两本书中容纳过多过繁的内容,如果配合教材之外的辅助读物进行拓展,一定程度上当可弥补教材之缺。

第三节　近现代儿童期刊与图画故事的幼童读者

清末民初的童蒙教育改革过程中,除了蒙学书籍或教科书的编纂,蒙学报刊也对幼童文学的自觉发挥了重要作用。五四时期儿童文学在理论、创作、教学、演讲、出版等各个领域掀起了一场轰轰烈烈的"儿童文学运动",之后几十年"幼儿文学"之名虽尚未普遍使用,但现实中的幼童也得到许多适宜的文学读物,尽管经常是被兼顾在读者范围之内。尤其是现代儿童期刊的创办,为幼童文学的自觉提供了有利条件。其中,"图画故事"作为兼及幼童的一种新颖文学样式,上承蒙学教材、报刊读物中的图文叙事,后启当代的儿童图画书(或称绘本)创作,意义重大。20 世纪二三十年代,图画故事在幼稚园读本与报刊丛书中的大量涌现,以及图画故事理论研究的展开,对幼儿文学的发展具有筚路蓝缕、以启山林之功。然而不得不承认,在所有兼顾幼童的文学作品中,大多属于翻译、重述或改编之作,成熟的原创作品较少,幼童文学的创作实绩仍比较有限。

一、《小孩月报》·《蒙学报》·《儿童教育画》

美国教会学校清心书院于 1875 年创办发行的《小孩月报》,原是 1874 年美国传教士嘉约翰在广州创办,次年由传教士范约翰接办,移至上海出版。本刊面向知识水平较低的妇孺,文字浅白,插图均为精美的雕刻铜版,是中国最早的带插图的儿童期刊。1915 年改名《开风报》,1916 年出至 12 期后终刊,共出版约 40 年,应是我国近代历史上最悠久的儿童期刊。其办刊目的为:"一可渐悟天道,二可推广见闻,三可辟其灵机,四可长其文学",鉴于当时报刊种类繁多,"而要之皆无补于童年初基也"①,故创此报。其内容极为广泛,如诗歌、科学、博物、人物传记以及译介的童话寓言,"记古今奇闻轶事,皆以劝善为本,而其文理甚浅,凡稍识之无者皆能入于目而会于心,且其中有字义所不能达之处,则更绘精细各图以明之,尤为小孩所喜悦,诚启蒙

---

① 〔美〕范约翰. 小孩月报志异·序[J]. 小孩月报志异. 1875(1).《小孩月报》1875 年 5 月 5 日移至上海出版,新刊名为《小孩月报志异》,1876 年 5 月恢复原名《小孩月报》。参见简平. 上海少年儿童报刊简史[M]. 上海:少年儿童出版社. 2010:12.

之第一报也"①。从幼童文学角度看,最有价值的是它刊载的大量西洋儿童文学译作,其中最多的是伊索、拉封丹、莱辛等短小精悍的寓言,如《狐鹤赴宴》《狗的影》《农人救蛇》《鼠蛙相争》《狮鼠寓言》《蛙牛寓言》《鸦狐》等。兹引其中为人熟知的"狐狸和乌鸦"的故事,以体会其译笔的风采,译者名之《鸦狐》,部分译文如下:

> 老鸦的声音,本不甚好听,有一日他嘴里衔着一块吃食,树上蹲着;那时有一饿狐望见了,想骗他的吃食,说道:"久慕先生妙音,请教一曲,望勿推却。"老鸦信以为真,喜欢得很,张口就唱,不妨嘴里的吃食,掉在地上……

所选故事极具趣味性,文字浅近易读,译笔相当口语化,供给不识字的幼童"听赏"也是没问题的。且其图画和文字相互配合,或者图画说明文字,或者文字辅助图画,可视为五四时期图画故事的先声。戈公振认为《小孩月报》最值得称道的是刊登了少量原创文学作品,虽然有明显的模仿和雕琢痕迹,却是近代国人尝试创作儿童文艺作品的开端。② 但总的来看,此刊尚未树立明确的幼童读者意识。

1897年11月由上海蒙学公会创办的《蒙学报》周报,次年第8期改为上下编,有了具体的年龄阶段划分,上编注明供5—8岁儿童阅读,下编供9—13岁儿童阅读。1898年第26期起改为旬刊,分上、中、下三编,上编供3—10岁使用,中、下编分别供11—13岁、14—16岁使用,甚至某些卷期又将上编细化为3—4岁、5—7岁、8—10岁三个小阶段。《蒙学报》设有文学一类,发表了许多译介的外国童话、寓言故事,相当于当时新学堂的课外辅助读物。这也是国人自己创办

---

① 阅《小孩月报》记事[N].申报.1878.12.17.
② 戈公振.中国报学史[M].上海古籍出版社.2003:81—92.

的最早的儿童期刊,偏重爱国、修身等内容,强调中体西用,"务欲童幼男女,均沾教化为主"①。曾于1899年第43期后停刊,1901年续办,何时终刊不详。《蒙学报》中的"读本书"和"修身书"里常有寓言、童话、生活故事等,排除编者常用的"译者曰""可见""解曰"等引出一番人生要义或警世之言的"蛇足",有些还是蛮适合幼童听赏的。以第五期《读本书》栏目第十课的故事为例,其文字如下:

> 某童子持所自作小舟,某幼女持其母所与洋娃。同出游于池上。两小孩共将洋娃载于小舟,泛之于池中。池水汩汩,小舟将覆。有水已入舟中矣。幼女呼云:洋娃将沉,请救之请救之。某童在岸上,即执杖棹水,使舟届岸边。由是免洋娃覆溺。

故事讲述了两个幼童,男孩带着自己制作的小船,女孩带着母亲所送的洋娃娃,两个孩子一起到水池边去游玩。女孩将洋娃娃置于玩具小船上,小船浮在池中,当池水涌入小船将翻之时,女孩呼救,男孩忙持杖使其靠岸,从而"救了"洋娃娃。故事显然取材于幼童的日常生活。孩子还处于"万物有灵"的阶段,将玩具当成有生命的实体,把想象游戏当成现实,极富童趣。故事本身也隐现了一种新的童年想象——对孩子天真稚趣的欣赏本身就是现代儿童观的一部分。

在图文并茂的蒙学报刊中,幼童读者观念更为明确的,当属1909年1月商务印书馆创办的《儿童教育画》,初由戴克敦编纂,高梦旦校订;1912年始由朱元善、高梦旦编辑。停刊时间不详。该刊为32开,每期共16页,内插五彩图画8页,颜色鲜艳,印刷精美,是风行海内外的一份低幼儿童刊物。内容包括史地、动植物、卫生、算数等22门知识,"其中最有特色的是历史故事和寓言,都以彩图表现。……所

---

① 蒙学公会公启[N].时务报.1897.10.16.

选题材也常以爱国主义为主旨。……当然更多的是智识教育和神童故事",每期印行几千份,并多次再版重印,在创刊后两年间"销行已达二万以上"①。读者和作者遍及国内诸省和东南亚、美洲有华侨居住的地方。

高梦旦在本刊第一期"例言"中说明了创刊主旨:"本书藉图画之玩赏,引起儿童向学之观念,故所绘图画必与德育、智育、体育有关。""本书图画上端,标明科目,图中则以极简单之文字说明之,俾儿童既阅其图,更读其文,即知大概。其年太幼,不能识文字者,则可由年长者为之讲解。凡四五岁之儿童,各解图画者,即可阅之。""本书仅供家庭教育及幼稚园之用,并可为小学校之奖赏品。"②显然,编者主要着眼于启蒙教育,读者范围涵盖幼儿与小学生;同时突出图画的作用,并重视其与文字之关系。类似的编辑主旨在当时似乎很普遍,例如1914年1月中华书局创刊的《中华儿童画报》,亦有广告云:"本书深合儿童心理,将极有趣味之事,绘为图画。以极简单极浅显之文字说明之。内载关于家庭、历史、文字、联字、造句、手工等。观图即可通文,可益智慧。余如滑稽画、童话各门,阅之足以唤起兴趣。"③不难发现其表述上的相似性。以《儿童教育画》1914年第46期第9页《修身》栏目为例:图画一幅,小弟弟坐在椅子上,手捧一打开之书,兄站在其身后,姊站在其右侧,兄姊二人皆手指书页,似在教读,旁边桌上亮着一盏台灯。文字云:

　　兄姊二人。日间至学校上课。夜则在家。教其弟读儿童教育画。

---

① 盛巽昌.高梦旦和《儿童教育画》[J].儿童文学研究.1992(4).
② 高梦旦.《儿童教育画》例言[J].儿童教育画.1909(1).
③ 广告[J].中华童子界.1914(3).

这则图配文可视为《儿童教育画》办刊宗旨的形象写照,不识字的小弟弟,在已经上学的哥哥姐姐的讲解之下,亦能在家庭中阅读本刊,而且小弟弟神情专注面露微笑,想必是读得极有趣味。有学者认为,《儿童教育画》不但是我国最早的明确以学龄前儿童为对象的刊物,而且"是辛亥革命前中国唯一的幼儿刊物",甚至称"中国幼儿文学始于高梦旦的《儿童教育画》"①(盛巽昌语)。然而,更准确地讲,这不是一份专门供给"学龄前儿童"的刊物,"例言"中只是指出四五岁的儿童也可以阅读,但不意味着只是供给这个年龄的孩子,同时还包括"既阅其图,更读其文"的已识字的小学生,因此学龄前儿童只是被包含在其设定的读者对象之中。另外,"中国幼儿文学始于《儿童教育画》"这一断语,在更严谨的意义上是需要加限定条件的,如果只是因为在年长者的讲解下或者同时借助图画也能阅之,那么《蒙学报》和《小孩月报》比它更早,《蒙学报》亦有较明确的幼童读者意识,其上编即面向5—8岁或3—10岁儿童;而带插图的《小孩月报》通过大人念给孩子听,孩子看图,部分内容幼童也是可以阅读的。同时必须指出,《儿童教育画》以及这几份刊物虽有文学栏目,但并非旨在给幼童以文学,文学只是作为童蒙教育的有效手段,况且文学只占其中极少一部分,更多的是涉及德智体各方面教育的科目知识与能力训练。

　　《儿童教育画》的独特之处在于,针对幼童的对象意识更为明确,体现在其"例言"中有具体年龄的说明,而且完全以图画为主导,文字只是辅助说明,确实比其他刊物更适合低幼儿童,其适用范围横跨"家庭、幼稚园和小学校"。中国现代幼儿教育的奠基人陈鹤琴就曾说过,由于幼稚园没有专门的教科书,可以用《儿童教育画》等书刊作

---

① 张美妮.幼儿文学概论[M].重庆出版社.1996:192.

为教材。① 当时《教育杂志》记者的一篇专栏文章,亦谈及本刊的读者对象和主旨:"儿童未入学校以前,其智识德性,全恃家庭教育,默为主持。记者尝游历各处,默察近时一般家庭之教育,非失之过宽,而荒嬉无节,即失之过严,而性灵坐蔽,皆非也。是书寓教育于游戏之中,于儿童体育、智育、德育,极有关系。全册概用图画,以极简单之文字说明之。读书一二年之儿童,一见即能明瞭;未识字者,一经讲解,亦能领悟。且彩图鲜美,四周概用红边,极合儿童心理。"②可见读者对象应为未识字的学龄前儿童和小学一二年级的儿童,可用于家庭教育以及幼稚园和初级小学阶段的教育。本文后半甚至指出《儿童教育画》是"为七八岁儿童而作",虽不足全信,却可为"非纯学前儿童"的佐证。

与此类似的还有中华书局1914年7月创刊于上海的《中华儿童画报》,其办刊定位是:"本报就儿童天然审美之观念输入种种知识。家庭及幼儿均极适用。"③这份适用于"家庭及幼儿"的期刊于1917年2月停刊。此外,商务印书馆还出版了《家庭教育画》,并在《少年杂志》上广而告之:"文字浅白,图画精彩,与本馆出版之《儿童教育画》相辅而行,饶有趣味。幼童之新玩品,无形之良教师。"④此刊亦有明确的"幼童"对象意识,而且强调作为"玩品"的趣味性和"无形"的教育性,亦是寓教于乐的载体。突破单纯的"教育性",将"教育性"与"娱乐性"并重或者厚此薄彼,并围绕此问题展开争论,也是近现代儿童文学的特点之一。西方现代儿童文学被认为始于1744年英国童书出版商纽伯瑞的"精美小书",其扉页上首次出现了"娱乐"

---

① 陈鹤琴.陈鹤琴全集(第二卷)[M].南京:江苏教育出版社.2008:43.
② 此文刊于"绍介批评"专栏.教育杂志(创刊号).1909(1).
③ 中华八大杂志[J].中华学生界.1915年1卷6期.
④ 广告语.少年杂志.1914年4卷7期.

这一关键词,这是西方历史上首次公开宣称童书不只是为了"教导",将"娱乐"价值提到了同等重要的地位。

通过《儿童教育画》中几个与文学相关的栏目,即可窥其整体样貌。1912年第23期第10页的《智识》栏,讲了两只老鼠偷鸡蛋的故事,图画三幅(图1):

图1 两鼠相谋取蛋

(一)两鼠相谋取蛋。(二)两鼠合力将蛋捧起。(三)一鼠仰天。以胸盛蛋。更以四足捧之。又一鼠则负其尾于肩而行。

1915年第51期的滑稽画,是对不讲卫生孩子的讽刺教训,图画四幅(图2):

图2 某儿性劣

(一) 某儿性劣。鼻涕涂面。(二) 一猫见儿鼻上有涕。以舌舔之。(三) 儿怒。击猫。猫以爪搔其鼻。血流满面。(四) 儿大哭。狂呼其母。

1916 年第 65 期第 14 页的《滑稽》栏,图画三幅(图 3):

图 3　一狗见猫

（一）一狗见猫。追之不已。（二）小儿以一老虎衣。套入猫身。（三）猫扮做虎。狗即见之而逃。

1917年第81期第11页的《寓言》栏目,图画五幅(图4)：

图4 猴子自以为聪明

(1) 猴子自以为聪明无比竟将马戏弄 (2) 忽而跳在马身上 (3) 忽而藏在马腹下 (4) 忽又走到马后面 拔了无数马尾 (5) 马痛极 提起后脚 将猴子踢死

这些智识故事、滑稽故事、寓言故事等皆以图画为主,文字相当简洁明了,并不做过多文学化的渲染铺张描写。故事情节简单清晰,不枝不蔓,易于理解。其中,既有讽刺教育类的故事,如滑稽画和寓言栏目,同时有的故事也并没有"文以载道"的说教气,譬如两只老鼠偷鸡蛋,主要就是童趣,娱乐性,不含道德层面的深意,反倒对老鼠的行为透露出赞赏的态度,因为是当作"智识"故事来讲的。五四时期周作人批评儿童读物的政治化,还举过类似的例子,说小孩子并不关心"国货"还是"仇货",而更关心公鸡偷鸡卵的事,这才是合乎儿童性的文学。此外亦有民间歌谣如:

新年来到,糖瓜祭灶。姑娘要花,小子要炮。老头子要买新毡帽,老婆子要吃大花糕。

音乐栏有谱曲儿歌《小孩子》:

小孩儿,小孩儿,努力!车儿上山,一步步高,努力!小孩儿!

《儿童教育画》的内容与图画形象有些极富西方浪漫主义气息,比如 1921 年第 92 期有一幅跨页的彩色插图:一个小女孩身着绿色连衣裙,戴着圆边小帽子,手拿一本小册子坐在树墩上,面前十来个洁白如玉的小精灵,光着屁股,头顶花叶,其中一个还仰面摔倒两脚朝天,这些听故事的小精灵都有欢快调皮的表情,让人想起 19 世纪浪漫派诗人与画家笔下天真无邪的天使孩童。此图

(图5)配以童谣:

图5 小小儿童真顽皮

小小儿童真顽皮,露天坐着不穿衣,他们说:"我们爱听姊姊讲故事。"

有学者从图像叙事的角度指出《儿童教育画》的价值,称其图像叙事虽只是渐具雏形,尚不完备,然而对五四时期的儿童刊物《儿童世界》《小朋友》等影响深远,如《儿童世界》初创时期显然沿袭了《儿童教育画》上广受欢迎的《滑稽》或《滑稽画》栏目,此栏目虽然不是《儿童教育画》的首创,却是第一次在儿童期刊中运用,突出娱乐性,主角多为"顽童",生活气息浓厚。①

---

① 张梅.另一种现代性诉求——1875—1937儿童文学中的图像叙事[D].山东师范大学.2011.

报刊之外,也有专供儿童阅读的丛书,当时最具影响力的是商务印书馆出版的《童话》。"童话"丛书从1908年开始出版,一直到20年代初期,共出3集102册,其中影响最巨、流播最广的是起初孙毓修编写的那77册《童话》,曾被誉为"孩童时代唯一的恩物与好伴侣","我国校外读物之嚆矢"。然而,这套丛书虽名为"童话",却并非我们今天所指称的"童话"之意。这77种"童话"中的29种是"中国历史故事",其余48种则取材于"西洋民间故事和名著",选自希腊神话、《泰西五十轶事》《天方夜谭》、格林童话、贝洛童话、笛福小说、斯威夫特小说、寓言、安徒生童话等。

《童话》文字的浅易程度,篇幅长短,页码多少,都依儿童年龄而不同。其初集每本书限定字数五千字左右,每本16页,专供7—8岁儿童阅读。编者在丛书序言中提到,这些故事书也常作不识字幼儿之听赏材料:"即未尝问字之儿童,其父母亦乐购此书,灯前茶后,儿女团坐,为之照本风诵。听者已如坐狙邱而议稷下,诚家庭之乐事也。"①据说每次编完一册,就请高梦旦带回家讲给孩子们听,根据孩子们的反应再做修改。这些故事"都是极有趣味的。文字又明白,又顺利。每册中又插有许多图画。儿童拿来念念,不独有兴味,并且可以练习文字"②。可见从文字到图画,编者都考虑到了儿童的阅读兴趣与阅读能力。

编者在编写重述这些"童话"时,总是在其正文前加上一篇小故事作为楔子,借以表达自己的观点。由此可见,孙毓修是极为重视"童话"的教化功能的,然而儿童读者却未必买账。例如赵景深先生就说,自己幼时看孙毓修的《童话》,第一、二页总是不看的,那些圣经

---

① 孙毓修.《童话》序[J].教育杂志.1909(2).
② 《童话》的广告[J].儿童世界.1922(2).

贤传的大道理,不但看不懂,就是懂也不愿去看。赵景深在晚年所写《我的第一本书》中,回忆了儿时读《无猫国》的情形:最初是祖母念给自己听,过了一两年认识的字多了,就能自己看这本《无猫国》了。孙毓修所编那77册《童话》差不多有好几万小孩读过。这里提到,"最初是祖母念给自己听",说明本套丛书当时确实曾被尚未识字的幼童所"听赏"。张若谷也曾称:"我在孩童时代唯一的恩物与好伴侣,最使我感到深刻印象的,是孙毓修编的《大拇指》《三问答》《无猫国》《玻璃鞋》《红帽儿》《小人国》……等。"① 实际上,孙毓修编写的《童话》,也是晚清民初孩童们共同的"恩物与好伙伴"。

　　晚清民初蒙学报刊、丛书大量涌现,对幼童文学的萌发具有推波助澜之功。其共同点在于:立于开启童蒙的教育立场,依据儿童的心理特征,强调以趣味性吸引儿童,力主文字简单浅显,重视图画的直观作用,力求精美,文图配合或以图主导;一般都注明读者对象的具体年龄,即使标明给学龄儿童的书刊,往往也兼顾未入学的不识字的幼童,言明在年长者的帮助下,幼童亦能看图听赏。这一特点一直延续到五四时期,那时大量"小学校里的文学",尤其是对西方童话寓言的编译,很多也是适合幼童听赏的。从另一个角度看,这些蒙学报刊、丛书之所以会顾及小读者的兴趣、理解力等因素,至少部分是因为这也关乎出版市场的利润与成败,这在客观上也将对幼童文学的编译、创作产生影响。启蒙与商业的关联,二者对幼童文学之自觉所起的助力作用,在五四时期的现代儿童文学中得到了延续和新的发展。

二、现代儿童期刊对幼童读者的兼顾

　　创刊于1922年的两大著名儿童期刊《儿童世界》和《小朋友》,虽

---

① 赵景深.孙毓修童话的来源[J].大江月刊.1928(2).

然主要都以学龄儿童为对象,但其中很多童话、民间故事、传说、儿歌、图画故事等同时也能吸引幼儿。当时不少知名报刊都为儿童文学开辟空间,比如《晨报副刊》从1923年起开辟《儿童世界》专栏,《小说月报》1925年推出两期"安徒生号",《文学周报》《妇女杂志》等也都纷纷刊载儿童文学作品及评论文章,鼓吹儿童文学。

20世纪30年代中前期,以低龄儿童为对象的期刊和丛书出版亦呈现良好势头。1934年中华书局的《小朋友画报》创刊,文字浅显,以彩色图画为主,设有看图识字、儿歌、小诗、谜语、儿童自由画等栏目,其创刊号上就有"天上星 亮晶晶"的童谣,"屋子背着走 不会耕田也叫牛"的谜语,"铁杵磨成针"的小故事以及"顾老头打醋"的绕口令等,均配有彩色或黑白插图。1936年8月儿童书局创办《小小画报》半月刊,由陈伯吹、徐晋主编,也是图文并茂,设有看图识字拼音、儿童植物园、儿童动物院、滑稽故事、历史故事、公民图画故事等栏目。这两个低幼刊物都因抗日战争爆发而停刊。当时各大书局、印书馆也先后推出幼童丛书,比如商务印书馆出版的"幼童文库"(1934),号称中国第一套规模宏大的低幼儿童百科丛书,"适合刚识字的幼童或是小学低年级儿童阅读",其中文学读物占到三分之一,各种故事就有70种。上海北新书局出版的"小朋友丛书"(1930—1934),中华书局的"儿童艺术丛书"(1930—1934,明确为低龄儿童编写)和"小朋友文库"(1936—1937)等,都包含低幼儿童的图画故事读物。上海新华书局的"儿童万有文库"(1930—1935)图文并茂,其中含有儿童故事、歌谣、谜语、唱歌以及各种知识。主要出版于上海的这些儿童报刊、丛书,不管有意还是无意均惠及了幼儿。

《儿童世界》杂志1922年1月7日创刊于上海,商务印书馆发行,初为周刊,注重译述外国童话,欧化色彩较浓。从创刊号到第六期,主要由郑振铎一人撰写和译述,一年后转为徐应昶主编。1932年

"一·二八"事变期间,商务印书馆被炸毁,《儿童世界》杂志被迫停刊,同年10月复刊,改为半月刊,主编仍是徐应昶。1937年"八·一三"淞沪会战爆发,《儿童世界》杂志迁往香港,1941年6月终刊。这是我国最早的儿童文学类刊物,被誉为中国儿童文学史和少儿报刊史上的一座丰碑,当时畅销全中国,并远销日本和东南亚。1921年9月22日郑振铎写下《〈儿童世界〉宣言》,言明本刊的读者对象:"本志的程度和初小二、三年级及高小一、二年级的程度相当。但幼儿园及家庭也可以用来当作教师的参考书。"[①]按照当时的学制,本刊是面向9岁到13岁左右的小学儿童,但同时又指出幼儿园和家庭也可用,这就把学龄前的幼儿也涵括在内了。

《儿童世界》上的许多童话、儿歌、图画故事等,确实也是适合幼童欣赏的。有意味的是,这份创刊"宣言"并未登载在"创刊号"上,而是提前发表于《时事新报·学灯》《晨报副镌》和《妇女杂志》等成人报刊上。这说明,郑振铎意识到《儿童世界》的直接读者虽然是儿童,但首先需要获得家长、老师等成人的认同,通过其推荐和购买,最终才能到达孩子们手中。这里所反映出的也是儿童文学尤其是低幼文学的一个普遍特点,即"双重读者"问题。低幼儿童的读物一般都要经由成人为之创作、出版、购买,并且还要成人陪伴阅读,尤其是还无法独立阅读的幼童,必须借助亲子共读或者师幼共读的方式进行。因此,这也势必影响幼童文学的创作与出版——不能仅仅投合孩子的喜好,还要顾及师长们的接纳。

在《儿童世界》宣言中,郑振铎批评了以往注入式的儿童教育,儿童唯一的读物就是刻板庄严的教科书,儿童自动的读物极少。《儿童

---

① 郑振铎.《儿童世界》宣言[J]. 相继刊登在上海《时事新报·学灯》(1921.12.28)、北京《晨报副镌》(1921.12.30)和上海《妇女杂志》(1922.1.1)。

世界》意在弥补这一缺憾,拟定了十类主要内容,其中有"诗歌童谣""故事""童话""戏剧""寓言""小说"等六类,这几类作品是刊物的主体,包括了儿童文学的主要体裁;"插图""歌谱""格言""滑稽画"等四类只占少量,其余杂载、通信、征文等随时加入。以上内容的设定使得《儿童世界》具有了鲜明的儿童文学特色,得以与此前的蒙学报刊注重多学科知识的综合性特点相区别。然而创刊初期的"纯文学"定位,不久就进行了调整,1922年7月1日,《儿童世界》第2卷第13期刊登了《第三卷的本志》,提出编辑体例根据儿童们的需要稍作变更,"以前的本志是纯文学的",是"专门供给儿童读的,是欲养成他们自动的读书的兴趣与习惯的"①,在保存"文学的趣味"的前提下,以后会增加些自然科学及手工游戏材料等"做"的内容。此外,由以前多登长篇的文字,以后注重于短篇的材料,在字句上力求更合于"儿童的",图画也比以前加多,并且每期加彩色图画两幅以上。这几种变更无疑都是为了更有利于幼童的接受。

《儿童世界》宣言中还提到,当时许多人对儿童文学很有怀疑,"以为故事、童话中多荒唐怪异之言,于儿童无益而有害","童话中多言及皇帝、公主之事,恐与现在生活在共和国里的儿童不相宜"②。郑振铎认为"这都是过虑",因为人类儿童期的心理正是这样,儿童喜欢的正是这种"怪诞之言",这不过是"儿童期的爱好所在",对将来的心理"是没有什么影响的"。显然,这种辩驳的理由具有五四时期儿童本位论的典型特色。而所依据的儿童心理,正是处于相信与喜欢童话"怪诞之言"的幼儿期(幼儿前期3—6岁,幼儿后期6—10岁),由此也可从侧面表明,《儿童世界》所载童话、故事是适合幼稚儿童欣赏的。

---

① 郑振铎.第三卷的本志[J].儿童世界.1922年2卷13期.
② 郑振铎.《儿童世界》宣言[J].时事新报·学灯.1921.12.28.

徐应昶从《儿童世界》第5卷第2期开始担任主编,明确提出《儿童世界》杂志"适合小学中高年级儿童的程度和兴趣",并始终坚持"儿童本位"的办刊理念:要增进儿童的智慧,并满足他们精神上的要求。这与此前郑振铎提出的"'知识'的涵养与'趣味'的涵养,是同样的重要的"有异曲同工之处。徐应昶任主编期间继续刊发大量富有童趣的图画故事。1923年,《儿童世界》第6卷第12期、第13期连续刊出编者启事《请看儿童世界的新计划》,宣布"自七卷一期起,每期附赠小册子一本。这是送给你和你的弟弟妹妹们看的"。第7卷第1期的目录页打出横条形边框,框内写道:"本期附送《小画报》一册,名字叫做《兔子国》,这是送给你和你的弟弟妹妹们看的。"后来杂志社嫌每期琐碎,改为每月一厚册,单独印制,很精美,"可以说与现代图画书的形制愈发接近了"①。"小画报"发行了一年左右,邮政局不再允许夹在《儿童世界》里邮寄,杂志社就把"小画报"改作"图画故事增刊",每隔四期一次,和《儿童世界》一起钉印,内容仍和从前一样,只是版式不同罢了,"就这样图画故事发展成为现代图画书的一种可能性被压制了"②,不能不说是一种遗憾。显然,这些多次出版送给小读者及其"弟弟妹妹"看的"图画故事增刊",确是兼及幼童的图画故事。

1922年4月6日《小朋友》周刊创刊,由上海中华书局出版,以"陶冶儿童性情,增进儿童智慧"为办刊宗旨,先后由黎锦晖、吴翰云主编,其读者对象是十岁左右的小学中高年级学生,出版后也是风行全国。1937年上海沦陷后被迫停刊。1945年在重庆复刊,陈伯吹任主编,随后《小朋友》回上海出版。1947年10月,陈伯吹于《小朋友》

---

① 张梅.晚清五四时期儿童读物上的图像叙事[M].北京:中国社会科学出版社.2016:360.
② 同上书.361.

第 836 期上明确了新的办刊方针:"用故事和图画,启发儿童智慧;语文思想并重,养成健全国民。"刊物内容转变为倚重故事和图画,加强了文学性。1949 年新中国成立后,该刊改由上海的少年儿童出版社编辑出版,同时改为半月刊。

《小朋友》第 1 期便开设《滑稽画》栏目,第 2 期更名为"故事画",以文字为主,请专业画师为之配画。20 年代每期能有两三篇图画故事,30 年代以后每期通常只有一篇。与《儿童世界》的欧化色彩相比,《小朋友》相对侧重民间故事的挖掘,同时也刊登童话、儿童诗歌等作品,但文学类作品总体上所占篇幅较少。周作人在看了《儿童世界》和《小朋友》之后,也认为"《儿童世界》的倾向稍近于文学的,《小朋友》却稍近于儿童的"[①]。1922 年 5 月 20 日,中华书局又推出《小弟弟》《小妹妹》画刊,均为旬刊,算是《小朋友》的姊妹刊。《小朋友》曾为之做广告:

> 小朋友们!你爱小弟弟吗?你爱小妹妹吗?现在中华书局,有许多小弟弟,小妹妹,要上你的家里来,和你的小弟弟,小妹妹,在一块玩。你也愿意和他一块玩吗?
>
> 《小弟弟》,《小妹妹》,每十天各出一本(每月出《小弟弟》三本,《小妹妹》三本)。每本上的故事、儿歌、笑话、谜语、歌曲,全是彩色的图画。三岁的小弟弟,小妹妹,也看得懂;并且加上很有趣的说明,一律注明国音字母,五岁以上的小朋友,更看得很明白了。(准五月二十日发行)[②]

由此可见,《小弟弟》《小妹妹》是"三岁"的孩子也能看懂的,其

---

① 周作人.关于儿童的书[N].晨报副镌.1923.8.17.
② 封底广告[J].小朋友.1922 年第 1 卷第 5 期.

读者定位比之《儿童教育画》更为低幼。而且这两份刊物的故事、儿歌、笑话、谜语、歌曲等内容更具有文学性,再辅之彩色图画,无疑比《小朋友》更适合低幼儿童。

1926年6月,《小朋友》第221期发表《〈小朋友〉的弟弟快要出世啦》,向读者宣告《小朋友画报》即将出版的信息。同年8月,中华书局创刊《小朋友画报》半月刊,王人路、吴启瑞、许达年、沈子丞先后任编辑。后因诸多原因停刊,1934年7月复刊,由许达年、沈子丞编辑。该刊32开,以彩色图画为主,辅以浅近的文字,设有《故事画》《看图识字》《童谣》《小诗》《谜语》和《儿童自由画》等栏目,1937年抗战爆发后停刊。《少年周报》发刊词曾说,《小朋友画报》被"小小朋友多引为好朋友"[①]。说明《小朋友画报》是比《小朋友》更为低幼的期刊。

商务印书馆于1922年8月1日创办发行《儿童画报》半月刊,主编为朱天民。在第1期上,于《儿童爱读的杂志》栏目里标明《儿童画报》为"小学一二年生用",而区别于《儿童世界》为"小学三四年生用"。其投稿规则言明:"本报以图画为主,各种有趣味的材料,都极欢迎。"《儿童世界》曾在1923年第6卷第13期与第7卷第1期,连续介绍此刊:

现在社会上对于适合儿童心理的读物的要求,已极迫切了。前此我们出的《儿童世界》是对准了十岁左右的儿童程度编的。现在又出这部《儿童画报》,是用图画做主体,收罗在儿童理想中的游戏、故事等,统统用图画表出,稍微加些极浅近的文字的说明,**所以极适合七八岁儿童阅读**(原文此处为黑粗字体——引者注)。

---

① 少年周报发刊叙例[N].少年周报.1937(1).

其读者对象明确为小学低年级、七八岁的儿童,内容注重图画和趣味。1931 年该刊调整了其读者定位:"这是专供五六岁到八九岁的儿童阅读的唯一画报。"1932 年 10 月改为"新"字号,由徐应昶主编,32 开本彩印,半月刊,共出一百多期。所有栏目都采用图画形式,"代表着那个年代儿童画报发展的最高阶段"。1940 年终刊。兹举几例以观两画报之风采:

1. 袋鼠爱他的孩子,把小袋鼠装在自己的袋里。2. 母猪爱他的孩子,喂奶给小猪吃。3. 黑熊爱他的孩子,背了小黑熊,到树上去玩。①(图 6)

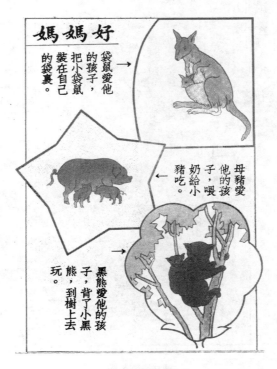

图 6　好妈妈

---

① 好妈妈[J]. 小朋友画报. 1934 年第 1 卷第 3 期.

内容是关于动物如何爱自己的宝宝,不同的动物有不同的爱的方式,这种爱也是人之初的幼童最先、最容易体验到的一种情感,既可产生情感的共鸣,又增加了粗浅的知识。下面是两个关于老鼠吃苹果的图画故事,各有妙处:

1. 鼠大和鼠二都想吃这个苹果。2. 他们争吵起来了!3. 鼠三走来吃了苹果。4. 鼠大和鼠二悔恨不应该争吵。① (图7)

图7 争苹果

---

① 争苹果[J].儿童画报.1933(新13).

图 7 争苹果(续)

1. 老鼠说:"那是一只很好的苹果。怎样可以吃着它呢?"
2. 老鼠念头一转,便去叫了许多小鼠来。帮助他上去。3. 哈哈,这个时候,苹果上忽有一只大黄蜂跑出来。老鼠见了,吓得倒跌下来。① (图8)

---

① 老鼠吃苹果[J].儿童画报.1922(1).

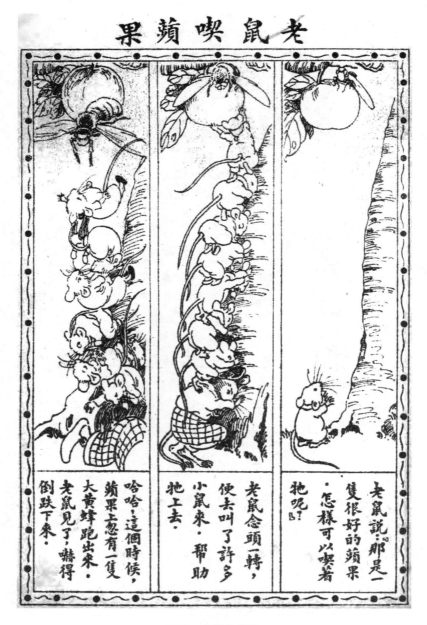

图8 老鼠吃苹果

两则故事情节都较为简单,第一则还有"鹬蚌相争,渔翁得利"的寓意,第二则更多纯粹的童趣,没有明显直接的教化,语言口语化,生动简洁,从其"哈哈"中,亦可感受到作者的审美态度。

1933年,王人路所编《儿童读物的研究》一书出版,在其"儿童读物的介绍和批评"中提到:"《小朋友》,《儿童世界》,《小朋友画报》,《儿童画报》,以上这四种刊物,比较的在中国的儿童群众里占很大的位置。"[①]如果说《儿童世界》和《小朋友》主要是针对小学中高年级读者的,那么《儿童画报》和《小朋友画报》则主要针对小学低年级读者和学前儿童。

以上提到的几种儿童刊物都不同程度兼顾了幼童读者,其内容类别、文字与图画均表现出对幼童年龄特点的尊重,这无疑为幼儿文学的发展作了重要的积淀。

二、图画故事的艺术样貌

晚清以新学为背景,在传统的"左图右史"、插图等的基础上,意识到"图"在现代文化转型中的重要性,视觉启蒙也催生了中国现代儿童文学"图像叙事"的萌芽。以五四时期现代儿童期刊为依托,"图画故事"渐成一种新颖的儿童文学样式。然而遗憾的是,此后30年间的图画故事大都属于翻译或重述。

郑振铎在《儿童世界》中沿用了《儿童教育画》中的《滑稽画》栏目,与后者相比,其文字叙述上更讲究,更具文学性;同时,文字不只是对图画的简单说明,文字与图画两种媒介发挥各自优势,取长补短,初步形成文图合奏讲述故事,已经具有现代图画书的雏形。郑振铎在《儿童世界》第1卷第1—6期以"滑稽画"为名连载《两个小猴

---

① 王人路编.儿童读物的研究[M].上海:中华书局.1933:119.

子的冒险记》,分别是:(一)鳄鱼毁屋;(二)肥猪告状;(三)偷吃鸟卵;(四)和老虎游戏;(五)大战蟒蛇;(六)市游归来。这六段"冒险记"均是图配文可以独立成篇的童话故事,每个小故事7—8幅图画。开篇第一句便讲:"两个最会淘气的小猴子,同一只塘鹅住在一起。小猴子常常地闹出许多过失,都是塘鹅来矫正它们。"两个小猴子就是两个"顽童",到处淘气闯祸,遇到危险时多靠塘鹅相救。

"鳄鱼毁屋"中,小猴子偷走人类做阴沟用的瓦筒当房子住,塘鹅给它们做饭吃,鳄鱼想要把猴子当早饭,危急之中塘鹅把两只猴子背在背上飞上天,救了它们的性命。如果说这个故事中的小猴子还有点儿"无辜"的话——毕竟是鳄鱼先来挑衅,猴子的过错只在"偷"瓦筒,与鳄鱼没有直接关系,那么后边几则冒险除了"和老虎游戏",却都是由小猴子淘气甚至是恶作剧使坏而引发的。"肥猪告状"中,猴子设计让肥猪跌跤把苹果倒在地上,然后趁机把苹果藏在塘鹅的嘴里;巡警把小猴子和塘鹅都捉去审问,还把它们三个锁起来,"就用它们偷来的苹果来打它们。现在它们却恨苹果太多了!"故事就在它们仨的受罚中结束了。"偷吃鸟卵"中,猴子因偷吃鸵鸟夫人的卵而被踢,跌在一丛仙人掌上,弄得满身都是刺,狼狈地回到家后,又被塘鹅训斥了一顿:"你们真是教不好的坏孩子。伸出手来!"文字到此结束,图画中塘鹅翅膀下夹着根棍子,公猴伸出左手,看来是要打手以示惩罚,表现出图文配合说故事的特点。"大战蟒蛇"讲两只猴子想取蟒蛇的皮做晚礼服,主动开战,一个拿住蛇头,一个拿着蛇尾,只作有趣的好戏,不料被蟒蛇吞下肚子;塘鹅于是把蛇吞了,以此要挟蟒蛇吐出猴子,最终救了猴子的命。结尾是三位朋友回家吃饭了,蟒蛇独自一个在那里哭。使坏的猴子最后没有被惩罚,被欺负的蟒蛇反倒结局凄凉,似乎有点儿不合乎道德观念。这部冒险记中的塘鹅是一个复杂有趣的角色,前后性格不太一致,可谓是亦师亦友亦父母。

有时像长者的角色,拯救或者教训淘气惹祸的猴子,有时却又与猴子合谋一起恶作剧,甚至不分是非曲直袒护猴子。如此看来,故事主要追求滑稽有趣,并不在意道德教化,这在某种意义上固然是一种优点,但不得不说,纯粹的"滑稽"也使得故事缺乏一种深层的蕴藉。

"图画故事"这一名称在第 1 卷第 9 期首次出现,是由"滑稽画"更名而来,本期郑振铎的《鸡之冒险记》就使用了这一新名称。之后他以"图画故事"之名陆续刊出多篇作品,例如第 1 卷第 11 期的《报纸之游行》,第 2 卷第 11 期的《青蛙寻食记》,第 2 卷第 12 期的《狗之故事》,第 2 卷第 13 期的《鹦鹉与贼》,第 3 卷第 2 期的《熊与鹿》,第 3 卷第 3 期的《蜻蜓与青蛙》等,其中,由郑振铎编译的长篇连载童话《河马幼稚园》,由几十幅图组成,共 11 期,约一万字,最后一期刊载于 12 月 16 日的第 4 卷第 13 期上。这大概是国内见到的第一部讲述幼稚园生活的系列童话故事,它比《两个小猴子的冒险记》篇幅更长,文字相对于图画的比重更大。比如其中第七个小故事名为"上山下山",总共只有两幅图画,却有九百来字,应该算是完整的童话故事配了两幅插图。《河马幼稚园》讲述河马夫人办了一所幼稚园,小象、小虎和猴儿等动物以及牛、猪、羊、鸭子等"农场上的兄弟"都来求学,这是一群顽皮的孩子,经常做些淘气的事情。比如河马夫人安排去打棒球,它们却偷偷去钓鱼,还把"指路牌"换个方向,让河马夫人找不到。

与《两个小猴子的冒险记》相比,长篇图画故事《河马幼稚园》里的内容不但更充实丰富,情节更复杂更完整,语言更文学化,而且各种人物的性格前后也更具一致性。尤为可贵的是,它突破了早期"滑稽画"以"滑稽"为主导的指向,开始重视人物的情感和心理。某种程度上,《河马幼稚园》也塑造了较早的一批幼稚园儿童形象。全文由"钓鱼、猴儿买果、玩具店、野游、漆匠、上山下山、请医生、捉迷藏、圣诞前夜、毋妄之灾"10个独立的小故事组成,在《儿童世界》上连载10期。

　　故事以河马夫人开办的幼稚园为背景,刻画了虎儿、猴儿、猪儿、象儿、鹦鹉等小动物形象,讲述了他们在幼稚园内外的各种趣事。河马夫人的性格也很鲜明,既像权威的老师,又像孩子们的母亲或保姆,对学生们怀有深深的爱。反过来,这些学生虽然顽皮,还时常惹些麻烦闯点儿祸,但是他们也爱着河马夫人,师幼之间的温情令人感动。比如孩子们偷着去钓鱼,河马夫人十分生气,正想惩戒他们,忽见墙上挂了许多鱼,旁粘一纸道:"将这些好鱼,送给亲爱的先生。"她便回嗔作喜,一声不响地去睡了。再如"玩具店"故事,河马夫人用自己兄弟寄来的钱给孩子们买了许多玩具,孩子们很感动,就趁河马夫人睡着时把玩具都搬回玩具店,给河马夫人换了一件好看的外套拿回来。在故事结尾:河马夫人叹了一口气,摸摸虎儿的头道:"唉!你们这些孩子!"故事中师生之间温暖的情意很打动人。还有"请医生"故事,孩子们得知河马夫人不舒服,就匆匆把饭吃完,把房间收拾好,然后飞跑到医院请医生和看护妇,并拉回来一车药。路上医生问明情况后,不禁感叹道:"唉!一个人病了,要三个看护妇,一车药!"从中可以感受到孩子们对河马夫人的关爱之情。《河马幼稚园》赢得了小读者的喜爱,当时就产生了广泛影响。

　　当时的《儿童世界》刊载了大量"图画故事","这些为故事所配的图画,画风质朴简洁,具备良好的说故事能力,我把这看为中国儿童图画书的萌芽"[①]。尽管这些图画很多属于翻印,而非原创,但它们至少在客观上为我国原创图画书的萌芽奠定了基础,起到了促发

---

　　① 周翔.中国原创图画书的成长历程.首届海峡两岸图画书研讨会发言.2007.吴雯莉.中国图画书研究[M].武汉:湖北少年儿童出版社.2012:27.

作用。

像《两个小猴子的冒险记》《河马幼稚园》这样长篇幅的系列图画故事,在当时毕竟还是少数,二三十年代的很多图画故事都比较短小,甚至就像是一个故事的部分片段,比如这篇《狗追兔子》,共三幅图(图9):

图9 狗追兔子①

---

① 狗追兔子[J]. 儿童画报. 1929(113).

（一）狗追兔子，兔子想："哎哟，叫我怎么能够逃得脱呢！"（二）兔子看见路上有个跷跷板，便走到板上去。（三）狗扑的一跳，把小兔子弹到墙上。

故事就这样结束了，不知道兔子被弹到墙上以后怎样了，它能从墙上下来吗，狗还会追它吗，兔子最后是否逃脱了？狗为什么追兔子？这些都不得而知。故事似乎没有开端，也没有结局，缺乏完整感。此外，也有一些单篇的、但情节内容较丰满的图画故事。比如王人路的系列童话《胡闹的小乌鸦》，共7期48幅图画（图10），塑造了一只非常顽皮但又极有个性的小乌鸦形象，表情神态活灵活现，而且文字多为节奏鲜明、句式错落有致的韵语。故事讲述瑞哥儿用帽子"捉乌鸦"，然后"送给姑妈"，姑妈的赞美刚出口，乌鸦飞上去啄了她的手。接下来是"抢骨头"：

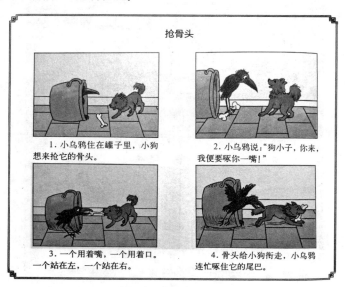

图10　胡闹的小乌鸦①

---

①　名家散失作品集——王人路故事画[M]．北京：海豚出版社．2012：108．

小乌鸦住在罐子里,小狗想来抢它的骨头。小乌鸦说:"狗小子,你来,我便要啄你一嘴!"……

到临了,弄得两败俱伤,却是便宜了小猫。

在"小心地把守"中,乌鸦和小狗联手对付罐子里的猫,小猫战胜了小狗,而乌鸦又打败了小猫,小猫小狗都败走了,小乌鸦昂首挺胸站在罐子上,爪子下面摁着失而复得的骨头,表情非常冷傲神气,令人叫绝。接下来,小乌鸦在姑妈家里各种捣乱闯祸,弄得一片狼藉,"没有捉着小乌鸦","姑妈恼啦":

姑妈说:"小鸦!小鸦!请你吃我一叉!"

小乌鸦和姑妈的语言都十分生动幽默。最后是"顽皮的结果",小乌鸦因喝多了葡萄酒,酒性发作,头重脚轻瞎撞胡行,结果弄得自己绒线缠满身,跌下来悬空挂着。如此有趣、曲折而完整的故事,结尾却落入教训的窠臼:

姑妈向瑞哥儿说:"孩子!记着!这是顽皮的结果。"

故事归结于这样的主题,不能不说是美中不足,或曰蛇足。其实总体上看,二三十年代的图画故事一方面表现出滑稽幽默,一方面也表现出教训色彩。或者说,有时对"顽童"的淘气行为表现得无动于衷,旁观者看热闹一般置身事外,完全没有评判态度,有时又以赞赏的口气肯定那些小聪明小智慧甚至小运气,但有时又使那些淘气行为得到严厉的教训。由此可见,当时对待"顽童",对待淘气或者恶作剧等,成人的态度是多元的,甚至是暧昧的。再比如郑振铎的《小鱼遇险记》[1]，就是典型的说教式故事，其情节相当简单，共有图画6幅（图11）：

图11 小鱼遇险记

---

[1] 郑振铎.小鱼遇险记[J].儿童世界.1922年3卷9期.

1. 钓鱼。2. 小鱼道:"妈妈,我要吃这个东西。"他母亲阻止,它不听。3. 上钩了! 4. "唉,悔不听妈妈的话!"5. 小鱼被释放了。6. 母亲向小鱼道:"你现在听话了吗?"

故事旨在传达要"听话"的教训,而且其传达方式是直白的。它的图画也有些怪诞,小鱼和其母亲的头是完整的一条鱼的样子,身体和手脚却都是人的样子,像是人戴了鱼的面具。甚至到了40年代后期,这类教训惨痛的图画故事仍不时出现,比如仇重的寓言《肮脏的小猪》,共四幅图(图12),文字如下:

图12　肮脏的小猪[①]

---

① 仇重.肮脏的小猪[J].儿童知识.1947(15).

1. 小猪在烂泥里打滚,全身弄得很肮脏。2. 花猫劝小猪去洗澡,小猪不听。3. 白鹅劝小猪去洗澡,小猪不听。4. 屠夫杀了小猪,才把小猪洗干净了。

最后一幅图,小猪躺在案板上,血从小猪身上滴下来,地上已积起两滩血,旁边是一盆冒着热气的水,花猫和白鹅在一边掉眼泪。真是一个很悲惨的故事,小猪为它的肮脏不洗澡,为它的不听劝告,付出了生命的代价,劝诫故事已几乎变成恫吓故事了。

20 世纪二三十年代的"图画故事"以及纯文字的童话,很多都属于翻译或者重述,并非原创。"我们对于童话的兴趣是很高的,但在现在的工作环境里,引不起创作的欲望,所以只好向译述这条路走去。这是我们现在所能贡献给中国的最可爱最有望的第二代的了。"①于是,本着"一切世界各国里的儿童文学材料,如果是适合儿童的,我们都要尽量采用"的原则,大量译介外国儿童文学作品。图画故事亦然。译介时,"我们的采用是重述,不是翻译,所以有时不免与原文稍有出入。这是因为求合于乡土的兴趣的原故,读者当不会有所误会。又因为这是儿童杂志的原故,原著的书名及原著者的姓名也都不大注出"②。

其实,也并不完全都是"重述",当时的翻译方法大体有两种,"我们以为童话为求于儿童的易于阅读计,不妨用重述的方法来移植世界重要的作品到我们中国来,所以本书中对于日本、北欧、英国以及其他各地的传说、神话以及寓言,都是用这个方法。至于安徒生、梭罗古勃诸人的作品,具有不朽的文学的趣味的,则亦采用翻译的方

---

① 郑振铎.《天鹅童话集》序.写于 1924.11.26.上海:商务印书馆.1925.
② 郑振铎.《儿童世界》宣言[J].相继刊登在上海《时事新报·学灯》(1921.12.28)、北京《晨报副镌》(1921.12.30)和上海《妇女杂志》(1922.1.1)。

法"①。也就是说,对于一般童话采用重述的方法,改编会较多,对于安徒生等的不朽经典童话,则尽量直译,保持作品内容及其文字的原貌。

郑振铎译述《河马幼稚园》之后,又由守一、叔蕴、郢生(叶圣陶)等人续写了近300期,到1930年12月止,全文共约10万字,只是将河马夫人改为熊夫人,题目改成《熊夫人幼稚园》。郑振铎曾在《插图之话》上明确指出《熊夫人幼稚园》"是从一部给英美儿童看的杂志里选出的……,我们的《儿童世界》曾介绍进来过"②。由此证明,无论是《河马幼稚园》还是《熊夫人幼稚园》,都只是翻译或者编译。而当时很多儿童杂志对于原著的书名及原著者的姓名都不大注出,署名往往只是翻译者或者改编者。

这种署名上的随意,不注明原作者、原画者以及原书名的做法,给我们判断作品出处及其原创性带来一些困难。有些图画故事现在已经很确定不是原创,而且知晓其原作出处,例如《儿童世界》刊出的署名郑振铎的图画故事《方儿与狗》(第3卷第4期)、《方儿落水记》(第3卷第6期)、《费儿之厄运》(第3卷第8期)等几篇,都是截取自德国图画书《蓬头彼得》(有的译为《邋遢鬼彼得》)。这本图画书是德国的精神科医师海因里希·霍夫曼自写自画的一本书,出版于1845年,里面包含10个独立的小故事,幽默而夸张,都是野性十足的孩子的顽皮与恶作剧,其结局都很悲惨,他们因为违规而被狠狠修理,得到惨痛的教训,甚至丢了性命。这本图画书自出版问世以来,受到家长和孩子的欢迎,迄今已被译成100多种语言,堪称世界儿童图画书的经典之作。文字用韵语写成,每个故事都配有插图。郑振

---

① 郑振铎.《天鹅童话集》序.写于1924.11.26.上海:商务印书馆.1925.
② 郑振铎.插图之话[J].小说月报.1927年18卷1期.

铎选取了其中的几个故事和画面，并根据原文重新调整了文字。本书在大陆的完整中译本初版于 2011 年 9 月，由卫茂平翻译，武汉出版社出版。从中也可窥见，郑振铎等人当时对西方儿童文学的译介是何等及时与广泛！这些图画故事的编译也为我国原创图画书的发展积累了可贵经验。

  类似这种"截取式"的翻译当时应该比较普遍，有些图画故事改编程度很高，与原作相比甚至"面目全非"，而且也不够完整，比如 1926 年《儿童画报》刊载的《三羊过桥》。讲小羊、中羊、大羊要过桥去朋友家吃酒，有一只狼守在桥边。小羊走过，狼要吃它，小羊说我的身体很小，你吃中羊吧。中羊过桥，说我的身体不大，你吃大羊吧。大羊过桥，说我还不很肥壮，等我吃壮了回来再给你吃吧。狼到底有没有答应，有没有吃羊，都不做交代。这则故事源自挪威的民间故事《三只山羊嘎啦嘎啦》（2007 年该图画书的中译本由 21 世纪出版社出版），大意是三只山羊要到对面的山坡吃青草，必须经过一座桥，桥下住着一只大山怪，要吃掉羊，可前两只羊分别过桥时都说自己还很小，后面那一只更肥，山怪就放过了前两只。第三只山羊很强壮，它不怕山怪，勇敢地战胜了山怪。三只羊过了桥到山坡上美美地吃草，变得越来越胖。改编之后，吃草改成了吃酒，山怪改成了狼，而且羊和山怪之间的对话也删减大半，狼从头至尾一言未发。最后大山羊与山怪搏斗获胜的高潮部分也都删掉了，显得很不完整，也在一定程度上改变了原故事的主题。

  还有的是对同一图画故事的不同改编。例如，郑振铎的《青蛙寻食记》与王人路的《淘气的阔嘴先生》（二）非常相似，两人都单独署名发表过，两个故事的四幅图画（图 13、14）都完全一样，只是人物的

青蛙尋食記 （圖畫故事） 振鐸

有一隻青蛙，因為沒有早飯吃，想去打一根棒子，藏。

一隻蝴蝶，飛過青蛙頭上，青蛙使手用力打棒子去

蝴蝶打不著，青蛙倒被石塊絆了一交。

青蛙的右腿跌斷了。

图 13 青蛙寻食记

图 14　淘气的阔嘴先生①

左右方向作了调换,②情节也几乎一致,只是语言表达不一样。由此推测,两人或许取自同一图画故事,然后进行了不同的译述或改编。试对其情节做简单对照:

  1. 有一只青蛙,因为没有早饭吃,拿了一根棒子想去打猎。2. 一只蝴蝶,飞过青蛙头上。青蛙手使棒子用力打去。3. 蝴蝶打不着,青蛙倒被石块绊了一跤。4. 青蛙的右腿跌断了。——郑振铎《青蛙寻食记》

---

①　名家散失作品集——王人路故事画[M].北京:海豚出版社.2012:3.
②　郑振铎的图画不知是否印刷有误,因为第四幅图的文字说右腿跌断了,可青蛙却抱着左腿,而王人路的第四幅图是抱着右腿,后者应是正确的。

1. 前天脑袋肿才消。2. 现在又到外面来胡闹。3. 它想捉一只美丽的蝴蝶。4. 绊着石头跌伤了右腿。——王人路《淘气的阔嘴先生》(二)

四幅图完全一样:图一是青蛙有气无力拄着棍子,图二是青蛙举棍子打蝴蝶,图三是被石头绊倒,图四是抱着一条腿坐在地上。《青蛙寻食记》与《淘气的阔嘴先生》(二)都有图画16幅,上面对照的是前4幅。后者的语言更为简短,是接续其(一)讲的,而且还有续集(三),但每一期都可相对独立成篇。

也有的图画故事是对晚清民初报刊上童话或寓言故事的再改编。比如《启蒙画报》(编印发行于1902—1904年间)中的故事《才各有用》[①],郑振铎在1922年3月29日的《儿童世界》第3卷第4期《图画故事》栏中,以《象与猴子》为名重新进行了改编。图画六幅(图15),情节与《才各有用》大体一致,只是语言更为浅白,更加儿童化。单从题目看,"象与猴子"就比"才各有用"更具体形象,更像童话,也更适合幼童理解,而后者更抽象,就像寓言故事的寓意。再看最后猫头鹰的总结:

猫头鹰道:"猴子没有象,不能渡河;象没有猴子,采不到果子。所以谁也不能说谁的本领大,只要把自己的本领用在适宜的地方便好了。"

而《才各有用》中猫头鹰最后说的是:你二人无优无劣,才各有用,不必争长较短。语言上显然不如前者更幼童化。

---

① 彭望苏.文采风流今尚存——百年之前的儿童刊物《启蒙画报》[J].贵州文史丛刊.2000(5).

图 15　象与猴子

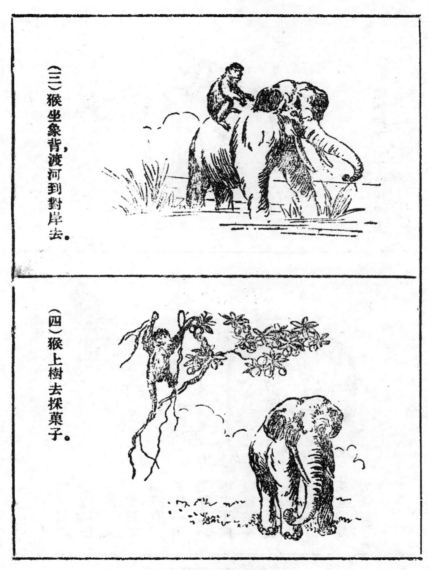

图15　象与猴子(续)

（五）他們採了菓子，渡河回去。

（六）猫頭鳥道：「猴子沒有象，不能渡河。象沒有猴子，所以菓子採不到。誰也不能說誰的本領大。祇要把自己的本領用在適宜的地方便好了。」

图15　象与猴子(续)

总体来看,20世纪二三十年代的图画故事情节还略显单薄,一则故事两幅、四幅或者七八幅图就结束,细节来不及展开,内容也只是概述主要情节。这既与当时的图画故事叙事特点有关,也与故事本身的"小"有关,类似一些情节片段,即使文学手法丰富,有些也不适合拉长篇幅。很多故事欠缺完整性,还带有晚清民初"滑稽画"的特点,只满足于展示一个滑稽的事件或者场面,不在乎故事的来龙去脉以及内在的因果关系与情感逻辑,也不在意故事的内涵意义,因此显得仓促粗糙,艺术性不高,甚至有的滑稽趣味略显低俗。

20世纪三四十年代的儿童文学还不应忘记一个人物:张乐平。他创作了不朽的"三毛",为中国创造了自己的儿童形象,在世界漫画偶像中也获得了一席之地。这个大脑袋、圆鼻子、头上长着三根毛的流浪儿形象深入人心,那个时代的很多人是看着三毛的漫画故事长大的。从1935年至1992年,张乐平先后创作了多部三毛连环漫画书。《早期三毛》(1935—1937)、《三毛从军记》(1946)、《三毛外传》(1946—1947)、《三毛流浪记》(1947—1949)等几乎家喻户晓。这些无字的漫画同样受低幼儿童喜爱。贫穷可怜、滑稽可笑、不通世故同时又正直、乐观、倔强的三毛,是那个灾难重重的年代送给孩子们的一份特别礼物。最早的三毛漫画刊登在1935年7月28日的《晨报》副刊《图画晨报》上,早期三毛"是上海普通人家的小顽童","最初只是一个插科打诨的谐趣漫画人物,天真幼稚,调皮捣蛋,没有从军,也没有流浪"[①]。1946年《三毛从军记》连载于《申报》(5.12—10.4),随后《三毛外传》连载于《申报》(11.4—1947.1.9),风格接近早期的顽童"三毛",但艺术上更为成熟了。

真正塑造不朽的流浪儿形象的是1947年6月15日开始在《大

---

① 一可,未名,王军编著.小人书的历史[M].重庆出版社.2008:41.

公报》连载的《三毛流浪记》。夏衍在为《三毛流浪记选本》写的叙言中说:"三毛是上海市民最熟悉的一个人物,不仅孩子们熟悉他、欢喜他、同情他,连孩子们的家长、老师,提起三毛也似乎已经不是一个艺术家笔下塑造出来的假想人物,而真像一个实际存在的惹人同情和欢喜的苦孩子了。"①流浪儿三毛的故事引起社会轰动,据说每天清晨许多人抢购《大公报》就是为了尽早知道三毛的遭遇,街头的贴报栏也总是会吸引许多读者,"就是不识字的老人和小孩,也要把报上的三毛多看上几眼"。总之,这些"三毛"故事"以精致独到的笔触,扎实的生活素材,合理又不失夸张的故事情节,诙谐幽默的艺术感染力赢得了广大读者的喜爱,社会反响很大"②。也正因为在漫画中融入了深广的社会内容,塑造了典型的儿童形象,"三毛"系列才以其震撼人心的艺术感染力,超越了此前流行于儿童期刊上的搞笑滑稽画,提升了漫画作为一种独立艺术样式的地位。新中国成立后,张乐平继续创作了《三毛翻身记》《三毛迎解放》《三毛学雷锋》《三毛爱科学》《三毛日记》等,影响力似乎都不及此前。

四、图画书的早期研究

对图画书的早期探索,是伴随着五四时期图画故事的翻译和编创兴起的。晚清以新学为背景,在传统的"左图右史"、插图等的基础上,意识到"图"在现代文化转型中的重要性,进而也催生了中国现代儿童文学"图像叙事"的萌芽。五四时期"图画故事"渐成一种新颖的儿童文学样式,但此后30年间的图画故事大都属于翻译或重述,成熟的原创作品并不多。人们在译述编创的同时,也开始了图画书

---

① 阿英原著.王稼句整理.中国连环图画史话[M].北京:中国古典艺术出版社.1957年初版.济南:山东画报出版社.2009:325.
② 一可,未名,王军编著.小人书的历史[M].重庆出版社.2008:41.

理论的探索,二者相互倚重相互助推。20世纪二三十年代对图画故事的理论研究,起始于对图画与故事之于儿童重要价值的肯定,毕竟无论是启蒙教育,还是儿童文学,都离不开图画和故事。

关于图画故事对儿童有何价值的论述,一开始就建立在儿童年龄特征的基础上,并且侧重图画的意义。一方面,是从儿童教育的角度强调图画的必要性。早在1904年,商务印书馆发行的《最新教科书》已透露出一种儿童读物的新观念,即儿童年龄越小,越需要图画。其中的修身教科书,每篇课文内都有精细的插图,每册还附有五彩图画二三幅,图画精美生动,并且与文字相融合,甚至做到了"凡图画与文字,皆同在全幅之内,不牵涉后页",并照顾到儿童的年龄差异:"初等小学之第一年,因儿童识字无多,故第一册全用图画,二册以下,始用格言,三册则引用古事之可为模范者。"[1]可见,教材编者认为儿童年龄越小,越倚重图画,这与当代的儿童读物观念是很接近的,学前儿童以图画书为主,然后经桥梁书过渡,最后是纯文字书的阅读。从图画的精美,到图文有机融合,再到遵循不同年龄段儿童身心特点,如此开风气之先的一套小学教科书,第一册出版发行后,"三日即售罄",也就不足为怪了。再比如,关于儿童读物为何以及如何使用图画,当时有论者指出:"儿童心理,最爱图画;所以用图画来启发他的智识,是最为相宜。"[2]根据儿童年龄分级,三四岁儿童应使用"幼稚画片"。当然,这主要还是从智识启蒙的角度来利用图画,并非单指文学读物的图画使用。

儿童读物插图的标准,也依据儿童的年龄特点逐渐细化:"普通

---

[1] 蒋维乔.编辑小学教科书之回忆(1897—1905)[A].1897—1987 商务印书馆九十年:我和商务印书馆[M].北京:商务印书馆.1987:56—59.
[2] 丁锡纶.儿童读物的研究[J].妇女杂志.1920年6卷1期. 另:续儿童读物的研究[J].妇女杂志.1920年6卷7期.署名丁叔言(丁锡纶,字叔言).

在七岁以内儿童的读物,全书的插图,都是有轮廓的线条画,而且加上彩色。到十岁以内的读物,才减少彩色,十岁以上才渐渐地由轮廓的线条画而增进到无轮廓的加阴影的插图。……在中国,因为许多的人不知道这是应该有区别的,一本书能有插图,已是很了不得了,谁还有功夫替插图去定年龄呢!插图的主要价值是在增进儿童的注意和兴趣的,可以表现文字的意义,而在美育上有很大的关系,欧美诸国,对于儿童读物上插图的绘画者,他的姓名常是与著者平列的,可见他们对于插图的重视了。"①对于儿童读物的选择标准,不但关注到文字内容的深浅、用词和插图的精美,对不同种类插图所适宜的年龄细加区分,而且认识到插图对儿童注意力与兴趣的激发作用,尤其还指明了其美育价值,实属难能可贵。同时,论者还附了各年龄儿童所用插图17幅,其中7岁以内儿童看的图画包括:《麻雀弟弟,你不要逃啊!》《鼠伯英请客》《树林中》《笑和生气》《吃饱了吗?》《风雨之夜》,以及三幅组图"兔子钓鱼"(案:此名称为笔者加)等。

此外,大力提倡并身体力行编撰图画故事的赵景深,在1934年所撰《儿童图画故事论》一文中提出:"近几年来,才有人注意到这一点,出版专给儿童看的图画故事,这真是儿童的福音!我觉得这些图画故事的出版,无形中代替了那些纸张恶劣、字画粗俗的连环图画,实在是一件功德无量的事情。"②该文论述了儿童图画故事的"发端""溯源""型式""详例""稽古""评论""价值"等七大方面。其中,论及图画故事在教育上的价值时,作者指出,除了弥补低年级这个阶段的无课外书可读,最显著的价值还有三点:"重复生字""多识名物"

---

① 王人路编.儿童读物的研究[M].上海:中华书局.1933:72.
② 赵景深.儿童图画故事论[A].王泉根评选.中国现代儿童文学文论选[M].南宁:广西人民出版社.1989:654.

和"灌输常识","此外如给予教训之类当然也是价值之一"①。显然,赵景深对图画故事的价值定位,不是纯粹文学的,而是包含了教育实用的,甚至是教训的。

另一方面,是从儿童文学角度强调图画的价值。周作人非常重视故事与画本,并提出"童话绘"的概念:"这儿童所需要的是什么呢,我从经验上代答一句,便是故事与画本。……这样日常的景物还画不好,更不必说纯凭想象的童话绘了,——然这童话绘却正是儿童画本的中心。"②童话绘,顾名思义,就是配插图的童话故事,属于图画故事的一种。换言之,当图画故事的故事为童话,就是童话绘。童话是非写实的想象艺术,周作人认为为其绘制图画难度更大,因为更需要想象力。他批评当时的教科书插画以及各种"教育画"是"不中不西,毫无生气的傀儡画",想必与他所期待的插画还有不小的距离。周作人是五四时期儿童本位论的代表,他从民俗学、文化人类学角度论证童话和儿歌是原始人的文学,又根据"复演"学说,指出儿童相当于人类的童年期,是"小野蛮",因此儿童的文学就是原始人的文学,最主要的便是童话和儿歌。"童话绘"可视为对此儿童文学观的补充。

儿童本位论的拥趸郑振铎亦强调:"童话的书,图画是不可省略的。"③因此,他和夫人高君箴编译的《天鹅童话集》中配了许多图画。其实,不仅是童话书的图画被认为不可省略,儿童书皆如此,其重要性甚至超过文字:"插图在儿童书中,是一种生命,也许较之文字更为重要。因为儿童是喜欢图画,比之文字更甚些,往往可以由图画而诱

---

① 赵景深.儿童图画故事论[A].王泉根评选.中国现代儿童文学文论选[M].南宁:广西人民出版社.1989:663.
② 周作人.读《童谣大观》[J].歌谣.1923(10).
③ 郑振铎.《天鹅童话集》序.写于1924.11.26.上海:商务印书馆.1925.

引起要看文字的需要。几个刚学会说话的儿童,往往把一本图画书翻了又翻,看了又看,不忍释手。……所以儿童书中的插图,是占极重要地位的。无论哪一国的儿童书,差不多没有无插图,那些插图差不多没有不是异常可爱的,不仅可以迷惑了少年和儿童,抑且可以迷惑了老年人。"①这是从儿童的兴趣出发,将图画誉为童书之生命,强调对图画的喜爱还可导向对文字的阅读。其中特别提到了"刚学会说话的儿童"对于图画书的爱不释手。郑氏对图画的强调,是在五四时期重视童话与儿歌基础上的进一步拓展。

亦有学者主张,图画对儿童文学具有辅助作用:"书本形式,足以助儿童文学兴趣","且图画实为儿童文学辅佐要件,若故事画,若谜画,若剧幕画,甚至童谣儿歌,……无不宜画。于儿童幼期文学读本,更不可少。故有画无字之图画故事,与有腔无字之乳歌,同为儿童元始文学之主要材料也"②。这里不但将图画视为文学的"辅佐要件",强调对"儿童幼期"的"文学读本"必不可少,而且关注到"无字图画故事"一类,将其比作"有腔无字"之乳歌,实在是妙喻,非深谙此类图画故事之于幼童之独特意义者不能言。

然而,当时对图画故事的理解也不尽相同。张雪门为幼稚师范生编写过一套《儿童文学讲义》,这套教材共三册,分上、中、下编,中编第九章就是讲"图画故事"。书中充分肯定了这一文学样式对培养儿童阅读、审美与创作能力的价值,并将图画故事分为"故事画"和"绘图故事"。"故事画"是指图画上方写有故事名称,但图画内没有任何文字,如其所附故事画《堆雪和尚》,为单幅图画,画面是三个孩子在雪地里堆一个雪人和尚。"绘图故事"则图文分页编排,正面是

---

① 郑振铎.插图之话[J].小说月报.1927年18卷1期.
② 张圣瑜.儿童文学研究[M].上海:商务印书馆.1928:86.

图画,背面是与图画相对应的文字,使用时让儿童先看图画,根据自己对图画的理解写出文字,然后再翻看背面,检查自己写的是否相符,最后自选相类似的作品绘作"故事画"。这类似于今天小学生的看图写话,而不是幼儿园孩子的"看图说话",因为需要会书写。"故事画"与"绘图故事"跟五四时期郑振铎在《儿童世界》刊出的《两个小猴子的冒险记》《河马幼稚园》等"图画故事"也相当不同。

虽然图画之于幼童的意义在理论上被认可,但在儿童读物的实际编辑出版中,图画的地位似乎仍无法与文字相比。1937年商务印书馆出版了《俄国图画故事全集》,董任坚编译并为其作了一篇序——"贡献给父母和教师们的几句话"。序中写道:"我们觉得:'编辑儿童读物的人,往往对于图画加以歧视,估价太低,没有充分的利用,实则文字、图画都是一种传达意义的符号。在代表某种事物时,图画比文字更加具体,编辑一本书,图画、文字是同样的重要。'特别在低年级儿童,与其说他在看一本书的文字,不如说他在看一本书的图画。它不但能够补充文字的说明,还能够引起读者的兴趣……'没有图画的那些书是不好看的',儿童这样想,许多成人,也未始不是这样的想。"[①]序言重申了图画对于童书的重要性,提出图画与文字同是传达意义的符号,体现了一种深刻的见解与新颖的视角;进而言明图画对于文字还有所助益,相对于文字,幼童更为喜欢和依赖图画。而这部《俄国图画故事全集》就是以图画为主体的,文字只作为图画的一种说明和补充,是"给父母和教师们的一点方便"。

新中国成立后的五六十年代,对图画书之于儿童意义的论述沿用了此前的儿童年龄阶段理论,并且出现了将图画故事划归到幼儿文学的新趋势。其理由一般有二,一是图画的直观形象与幼童思维

---

① 董任坚编译.《俄国图画故事全集》[M].上海:商务印书馆.1937:序言.

特点相契合。因为个体思维的发展是从具体到抽象,"直觉可视的具体形象,特别使幼年的孩子容易感受和理解"①。有的甚至辅以图画的教育功能进行论述,"直观教育对幼儿特别重要,而图画则是教育的重要手段,它对于儿童智力的开发、道德的培养、审美能力的提高具有不可忽视的作用,它是幼儿的好友和启蒙老师"②。显然,图画的意义已经超出文学审美的层面。此外,"这种用图画构成的故事,不可能像电影一样把全部过程完全显示给幼儿看,但是我认为好处也正在这里,从一个画面到第二个画面之间的'空隙',就要幼儿用自己的联想去连接起来。这正达到了训练和提高幼儿思维能力的目的"③。这是结合图画书的画面与画面之间既连贯又留白的关系特点来肯定图画故事对于幼儿的价值。二是在现实层面,幼儿不识字或识字不多,读不懂文字却可能看得懂图画,图画易引起幼儿兴趣。"孩子的书是离不开图画的,它们应该有出色的插图和装帧,使孩子看了一眼就被吸引住。……它们和文学作品结合在一起,相得益彰,使孩子的书产生更大的感染力量,发挥更大的教育价值。"④这是说孩子的书因为图画的介入而更易懂,更富有吸引力和感染力。

  图画书的图画对儿童如此重要,当代原创图画书却因缺乏"童性"而屡遭批评。20世纪80年代多次召开过全国性的儿童美术座谈会,以及低幼图书儿童美术作品展览等,"多年来,不论国际比赛交流,或是外国专家来访,对中国儿童图书美术的评价是惊人的一致,那就是'中国的儿童读物,画得不错,但是中国的画家们不太理解儿童'"⑤。这一评价应该是中肯的。表现在画风上,有几种不良倾向:

---

① 丁深.关于儿童画[J].儿童文学研究.1963(第1辑).
② 张连瑞.浅议幼儿读物美术的特点[J].幼儿读物研究.1989(9).
③ 蒋风.幼儿文学和幼儿心理[J].儿童文学研究.1960(1).
④ 鲁兵.读画有感[J].儿童文学研究.1959(第1辑).
⑤ 杨永青.在第二次幼儿读物美术研讨会上的发言[J].幼儿读物研究.1988(6).

"大人自以为是的对儿童的模拟,以为便是童心童趣,一时间流行胖胖乎乎、甜腻腻的可爱,一时间又追求丑、怪的所谓稚拙,然而并不使孩子感动。""盲目追求变形。""缺乏个性,忽视塑造自己的独特形象。"[1]出现这一问题,主要由于画家没有站在孩子的立场,从孩子的视角去观察和感受,得不到孩子的共鸣。同时期,图画书还盛行改编民间故事、风物传说,"但从已经出来的许多书中看,无论是题材、文字还是画,都不是儿童的,这使我产生一种疑惑,我们到底是为谁而出书?是为了引起外国人对我们的欣赏和注视,还是为了我们的孩子,为了给孩子们提供使他们童年快乐的、成长中需要的精神产品"[2]。这些书的绘画作者大都是享有盛名的美术家,出版之后往往引起国外、港台同行们的关注,然而得到的评论却是"画得好、水平高","但不能称之为以儿童为对象"[3]。上述疑问与评价确实引人深思,因为这个问题不但当时存在,在新世纪以来的原创图画书中也没有被很好地克服。今天的原创图画书不缺中国传统文化元素,更不缺绘画的技法,但一定程度上还是缺少儿童情趣,图画不够吸引孩子。

除了强调图画与幼童之间的亲和关系,民国时期亦开始关注图画书的分类和"身份性质"。它属于"艺术"还是"文学"?当时的观点似有分歧。对于这一问题,新中国成立之后的几十年中,仍有断续的争议。对此,后文会有详细论说,在此不再赘述。

无论如何,以上有关图画故事、图文关系、图画叙事功能、图画书的性质、图画书之于幼童意义的初步思考等,对于幼儿文学的发展无疑具有开创性意义。

---

[1] 季颖. 关于日本儿童读物出版的情况介绍及其他[J]. 幼儿读物研究. 1992(15).
[2] 同上.
[3] 陈中耀. 儿童读物图画散论[J]. 幼儿读物研究. 1992(15).

第四节　现代儿童文学的确立对幼童之惠及

晚清民初指明给学龄儿童阅读的许多图文并茂的书刊,普遍追求图画精美和文字浅显,往往也适合年长者讲给不识字的学龄前幼童,这一特点也体现在五四时期的儿童文学作品中。正是在这个意义上,黄云生认为:"'五四'时期让学龄儿童阅读那些本来最适宜于学前儿童听赏的文学作品,是一定程度的理论错位。对此,周作人是这样解释的:'前期读过还可以重读,前回听他的音,现在认他的文字和意义,别有一种兴趣。'这是说,让学龄儿童重温学前的人之初文学也是一种赏心乐事。"①这似乎暗示着,五四时期的儿童文学在幼儿与学龄儿童之间的界限并不分明,幼稚园阶段的孩子不识字,可以"看图听文字";小学阶段的儿童已经识字,可以"看图读文字"。因此,一本书、一份报刊或一个故事,经常能够同时被幼儿和小学生阅读。只是有的书刊上注明不识字者亦可听赏,而有的书刊上没有注明罢了。所以说,五四时期现代儿童文学的确立只是惠及了幼儿,幼儿文学并没有通过丰硕的创作实绩和自觉的读者对象意识实现自身作为一种文类的现代性质变。现代儿童文学的确立对幼儿文学的意义,主要体现在儿童本位论为幼儿文学的发展奠定了理论基础,以及童话、儿歌、儿童戏剧等的创作和编译对幼童的兼顾。

如果说晚清的"儿童发现"是将儿童从父权束缚下解放出来,提升到与成人同等社会地位的"国民"身份,那么伴随着新文化运动对封建"三纲五常"的批判,作为"人的发现深入展开的必然结果",儿童不但被视为与成人一样的"独立之个人",而且是与成人不同的

---

①　黄云生.人之初文学解析[M].上海:少年儿童出版社.1997:8.

"儿童",在现代性视野中这被视为儿童的真正发现。如果说晚清民初认为二者之间的差异主要还是程度上的,就像对待学堂乐歌以及书刊上的文字一样,只是要求比成人文学更为简单浅显,五四时期则借助儿童学、文化人类学等理论将二者的距离日益扩大,开始强调二者质的差别。它将儿童期看作人类进化史上的原始阶段,儿童便是"小野蛮",具有不同于文明阶段成人的特点和需要,包括不同于成人的文学需要。五四时期重在建构儿童文学区别于成人文学的异质性,从而确立儿童文学的独立存在价值。

现代儿童文学理论的核心是儿童本位论。周作人于1920年10月26日在北京孔德学校做《儿童的文学》之演讲,同年12月1日发表在《新青年》第8卷第4号上,由此迅速传遍全国,其中隐含的"以儿童为本位"的文学观很快成为全社会的共识,成为中国现代儿童文学确立的标志。需要特别指出的是,周作人重新借鉴儿童学上的分期来分配儿童文学,其中:3—6岁为幼儿前期,6—10岁为幼儿后期;幼儿前期对应幼稚园阶段,幼儿后期对应初级小学阶段。他主张幼儿前期或者说幼稚园阶段的文学应为诗歌、寓言和天然故事。具体而言,诗歌最好是古代流传下来的儿歌,最重要的是声调而非意义;寓言相当于略为简短的童话,重心在故事本身,教训可有可无;天然故事即民间童话。就现有资料考察,这应是我国首次对儿童文学进行分层、从而划分出"幼儿文学"这一文学类别,并对其体裁及艺术特点进行的最早论述。

五四时期发现的儿童主要是极富想象力、处于泛灵论阶段的幼童,而其主体又进一步聚焦于小学阶段,儿童文学也被称为"小学校里的文学"。既然从民俗学、儿童学的角度确认了童话、歌谣是"原人之文学",儿童从身心方面"复演"了人类的童年时代,儿童的精神生活和"原人"相似,他的文学也便是儿歌、童话。提供给儿童以儿歌和童话,这本身就体现了儿童本位的文学观念。但是,当时对于儿童文学内部各层次之间的区别,只有理论上的笼统阐述,在文学创作、编译中并未着意严格区分,更未深入系统探讨"幼儿的文学"。

一、童话创作对幼童的兼顾

五四时期的童话,大部分仍是西方童话的译作。而等到叶圣陶的童话《稻草人》诞生,才"给中国的童话开了一条自己创作的路"(鲁迅语)。他早期的几篇童话较富有童心诗意,尤其值得称道的,是其纯熟的白话语言不但远远超越了晚清"文界革命"时半文半白的生涩"白话",而且超越了新文化运动初期"话怎么说就怎么写"的粗糙白话,大大提升了白话语言的表现功能,透露出浓浓的"诗趣"。换言之,不仅仅体现为"白话",而且是"美感的白话",同时还是"儿童化的美感的白话"。确如郑振铎所说,在描写一方面,《稻草人》这部童话集中几乎没有一篇不是成功之作。生动细腻、充满童真童趣的描写,似乎一下子就把我们带进了一个美丽的童话境界。或许因此,叶氏早期的童话有时被认为也适合幼童阅读。然而这些童话仍存在"不近于童"的遗憾,即使在初期的《小白船》《芳儿的梦》《傻子》等篇中,较抽象的爱、美、同情等理想及其在童话中的呈现方式,也已使作者关注社会人生、急切传达某种主题意旨的功利意识初露端倪。更有甚者,有时不是将这爱与美融入童话的故事情节,自然而然流露出来,而是借稍显造作的情节编织,刻意营造的诗意氛围,甚至直白的"点题"之语揭示出来,不能不说具有概念化说教的嫌疑。[①] 所以某种程度上,《稻草人》集子的前几篇也并不能算作幼儿童话,不适合幼

---

① 杜传坤.生活的太"真"与艺术的太"假"——重读叶圣陶童话[J].中国现代文学研究丛刊.2006(2).

童欣赏。

只写"美丽童话"而不涉"苦难人生"的,当推徐志摩的几篇作品。虽然可能是无心插柳,但堪称儿童本位文学之代表作,其突出特色就是"小儿说话一样的语言"和那"无意思之意思"。其中,《小赌婆儿的话》和《香水》是典型的童话。《小赌婆儿的话》①讲一只小雀因轻信诨号为"小赌婆儿"的土蝼,把天变黑误认为是妖怪所为,虚惊一场。这是一篇有着完整童话之境的作品,塑造了一只胆小、轻信而又对家庭充满爱心与责任心的小雀儿形象,写景状物都颇为形象生动,涉笔成趣,比如开头部分的风景描写:

> 方才天上有一块云,白灰色的,在那盒子形的山峰上的顶上,像是睡熟了,他的影子盖住了那山上一大片的草坪,像是架空的一个大天篷,不让暖和的太阳下来。

寥寥几笔,有比喻有拟人,具体形象又充满童趣。再比如写"小赌婆儿"的几个动作,也相当简练传神:

> 小赌婆儿说完了话就拱起了他的腿弯子,捺下了他的尖肚子,仰起了他的小青嘴儿,扑的一跳,就是三五尺路,拐一个弯又一跳,又一跳,就瞧不见了。

《香水》②是一篇未完稿,但想象极为奇特,以现实中对一个小女孩"阿英"讲故事的形式展开,讲述一个公主被心眼不坏的妖精带回山洞,取名叫"香水",还教给她做香水,女孩一年四季忙着用花做各种颜色的香水,非常快乐。而这个妖精也很有趣,他的名字叫"碧豹

---

① 徐志摩.小赌婆儿的话[J].小说月报.1924 年 15 卷 9 号.后收入茅盾选编的《中国新文学大系·小说一集》.
② 徐志摩.香水[N].晨报副刊.1925.2.24.

儿匡匡",长得像猪像牛又像大象,爱吃素菜,一点儿也不可怕,还顶疼爱这女孩。女孩把用不完的香水随便使,自己的脸上、头发里、床上、小白猫的身上,"连碧豹儿匡匡的大胡子上他睡着的时候也偷偷的给洒上了!"这些"幼稚荒唐""荒诞不经"的故事蕴含着"小野蛮"的思想,而在儿童的眼中都可以变成真的,他们的"原始人"心理使其独能欣赏这些"无意思之意思"的作品。

《吹胰子泡》[1]记叙了"小粲"脸挂泪痕对他妈妈讲的一段"伤心事",除了开头一句,全文都是"小粲"的讲述:"我"和大哥吹胰子泡,并把那些好看的泡泡想象成各种有趣的东西,然而美妙的情景却被那只不知趣的燕子给破坏了:

> 早不飞,晚不飞,谁都不愿意他飞,他到(倒)飞了出来,一飞呀就捣乱,……一撞呀,什么球呀,蛋呀,蝴蝶呀,画呀,仙女呀,笑呀,全没了,全不见了,全让那白燕的贪嘴吞了下去,连仙女都吞了! 妈呀,你看可气不可气,我就哭了。

《童话一则》[2]则讲了"宝宝"带她的弟弟去看一只碰巧关进屋子的雀儿,大部分也是"宝宝"的直接讲述,其中一段如下:

> 他呀,不进门儿着急,一进门儿更着急;只听得他豁拉豁拉的飞个不停,一会儿往东,一会儿往西,一会儿往南,一会儿往北,我忙的尽转着身,瞧着他飞,转得我头都晕了,他可不怕头晕,飞,飞,飞,飞个不停。……有时他拐着头不动,像想什么心事似的。对了,他准是听了窗外树上他的也不知是表姊妹,也不知是好朋友,在那儿"奇怪,奇怪"的找他,可怜他也说不出话,要

---

[1] 徐志摩.吹胰子泡[J].努力.1923(48).
[2] 徐志摩.童话一则[J].努力.1923(58).

是我,我就大声的哭叫,说"快来救我呀,我让人家关在屋子里出不来哩!快来救我呀!"

这两篇都是以孩子的口吻讲述他们日常生活中的经历,考虑到当时适逢白话文写作初期,儿童文学也存在成人化的语言倾向,这种纯熟、美感、儿童化的白话语言就更显得弥足珍贵了。而且,无论是吹胰子泡,还是雀儿被关在屋子里,这种没有任何"实用价值"的"无意思"之内容,也只有作为"小野蛮"的儿童才会在意,会为了胰子泡的破碎而哭泣,将雀儿的命运看得和自己的一般重要,甚至于为它的不幸"真快哭了"。客观地说,这两篇都是幼童生活故事,严格意义上不应算作童话,这也体现了当时童话概念的模糊。

总之,徐志摩这几则童话或生活故事在"儿童性"与"文学性"上都比较出色,他用小儿说话一样的文体,构筑起一个神奇美妙的、精致空灵的童话般的世界,把"童年的心的秘密"展示出来,也是对周作人等儿童本位文学观的较完美阐释,很适合幼童听赏。但总起来看,此类用优美白话纯粹描写童心童趣、有那"无意思之意思"的作品,在五四时期还比较少,它更多体现在郑振铎等人译述改编的一些西方童话故事中。

值得一提的是,《吹胰子泡》和《童话一则》采用了儿童第一人称叙事,这不独在幼儿文学史上,而且对儿童文学史而言,都是意义非凡的。它们不仅展现了童心童趣,而且是以儿童"我"作为主角,通过儿童自己的思想、自身的体验和自己的语言,建构出一个较为完整的"儿童的世界"。成人不再是权威的叙事人,而是退居次要位置,甚至根本不在故事中露面。成人作为隐藏的旁观者,注视着儿童的童真,同时也隐性地表达了自己对待童真的欣赏态度。在西方儿童文学史上,保拉·德默尔的作品《森吉内的故事》(1903)被视为儿童第一人称叙事出现的标志,在这样的叙事故事中,"儿童的'我'成为整个作品感知和评判的中心,这种角度与成年人的权威没有一丝一毫的关联(哪怕儿童错误的表现没有得到纠正)"①。此类作品的出版,某种程度上意味着"一种完全现代化的文学——这种文学以儿童的体验为中心并且认可他们的未来"的诞生。这也是儿童第一人称叙事的儿童文学史意义。

五四时期刘半农的散文诗《雨》(1920.8)也是一个较为典型的例子,是模拟五岁的女儿小惠的口吻讲述的。他在这篇作品的小序里写着:"我不过替他做个速记,替他连贯了一下便了","全是小惠的话"。全诗共5节,节选部分如下:

> 妈,我要睡了!那不怕野狗野猫的雨,还在墨黑的草地上,叮叮咚咚的响。它为什么不回去呢?它为什么不靠着它的妈,早些睡呢?
>
> 妈,你为什么笑?你说它没有家么?——昨天不下雨的时候,草地上全是月光,它到那里去了呢?你说它没有妈么?——不是你前天说,天上的黑云,便是它的妈么?
>
> 妈!我要睡了!你就关上了窗,不要让雨来打湿了我们的床。

这首散文完全采用孩子般的声音,或者说以纯熟的"小儿语",栩栩如生地营造出孩童般的情绪,这在以第一人称进行叙述的儿童诗中,是极少见的佳作。诗中透过孩子的眼睛,将"雨"拟人化了,它有"它的妈",也应该回去"早些睡"。当妈妈"纠正"孩子,说雨没有家

---

① 〔意〕艾格勒·贝奇,〔法〕多米尼克·朱利亚主编.西方儿童史·下卷(自18世纪迄今)[M].卞晓平,申华明译.北京:商务印书馆.2016:487.

时,孩子发出了一连串的疑问,那份认真与执著将孩童的"自我中心性"思维或说"泛灵论"思想展现得一览无余。最妙的还有结尾那句:"你就把我的小雨衣借给雨,不要让雨打湿了雨的衣裳。"在孩子的心中,"雨"既然也有妈妈,也是个孩子,那肯定也是穿着衣服的;"雨"既然能打湿我们的床,又怎么可能不打湿它自己的衣服呢?善良的孩子于是要把自己的小雨衣借给雨,免得雨打湿了雨的衣裳。真是神来之笔偶然天成,奇思妙想不可方物,也只有真正入于童心的深处,才能奏出这般美妙的天籁之音。

此外,贺宜 20 世纪 40 年代出版的《野旋的童话》,记录四五岁儿子讲的 33 个小童话故事,每个故事约 200 字,也属于儿童第一人称叙事。

随之而起的革命与抗战影响了童话的主题和叙写方式,无论 30 年代意在揭示"真世界中的真道理"的政治教育童话,还是 40 年代的社会寓言式童话,都鲜有适合学前儿童听赏的佳作。然而从战前到战后,还有一部分比较"边缘化"的童话,其题材或主题与现实的抗战、内战有所疏离,政治教育色彩比较淡薄,而在艺术上各有特色,客观上幼童也可以听赏。这部分作品在大一统的政治童话、社会寓言式童话之外,描绘出一道清新亮丽的风景,犹如于严肃的主旋律中奏出的美妙插曲,丰富了战争年代的童话版图。其代表人物有米星如、凌叔华、严文井等。

米星如的童话以其"浪漫的传奇色彩"和"浓烈的民族风格"[1],在 20 年代末、30 年代初的儿童文坛独树一帜。此阶段他出版了三部童话集:《吹箫人》《仙蟹》和《石狮》。《吹箫人》中的《仙笔王良》被视为其代表作,题材与中国民间传说中"神笔"的故事相似,画出的东

---

[1] 蒋风,韩进.中国儿童文学史[M].合肥:安徽教育出版社.1998:366.

西能够成真,但不像大家所熟悉的《神笔马良》那样富有政治色彩。其他如《鸢儿》《蚯蚓的复活》《阿黄》《慈善的张勇》《青郎》《枯树开花》《孔雀衣》《八客》《什么最有权力》等篇,也多采用民间传说中常见的故事模式,如两兄弟式、老虎外婆式等,想象奇幻瑰丽,故事情节质朴迷人,人物性格单纯、类型化,散发出浓郁的民族民间风味。

米星如的个别童话形象或环境的细节刻画,与民间传说的单纯注重故事性相比,有了叙事上的超越与创新。有论者将米星如比作"中国的豪夫",称赞他"在民间童话传说的沃土中培植童话艺术的花枝,在传统的艺术继承和大胆的艺术创造之间往还自如,显示了作家用童话艺术呼唤真善美的非凡才能。作家的童话想象沿着传奇文学的艺术思路展开,强大的故事诱惑力牢牢牵引着读者的注意,想象纵肆合理、情感丰沛自然……"①这些都是切中肯綮的评价。然而米星如童话也存在不足,他没有超越民间童话传说的既有模式,尤其是没有体现出现代思想意识,仍拘囿于一些善恶观念、因果报应等陈旧主题。但在当时政治教育童话独霸童话领地,题材与主题都显得单一、单调时,他的童话以内容和风格的独特,也为这单调涂上了丰富的一笔,在时代的边缘吹起了一股清风,其价值不容抹煞。

凌叔华发表于1929年的《小蛤蟆》,是一篇没有现实政治味道的童话佳作,似乎与五四时期所推崇的有那"无意思之意思"的童话一脉相通。作品通过蛤蟆母子的眼睛来看"人",由此产生"陌生化"效果,制造出一连串趣味横生的故事情节与细节,蛤蟆母子的可爱形象也被刻画得生动活泼。尤其对小蛤蟆冒险接近人类的一次经历的描写,展示了他从盲目崇拜人到盲目崇拜自己的有趣性格。小蛤蟆的

---

① 韦苇主编.世界经典童话全集(第20卷·中国分册)[M].济南:明天出版社.2000:前言.

典型形象中,含蕴着"儿童"的本真精神状态,他对未知世界充满好奇,渴望去见世面,但知识经验有限,却又争强好胜,只鼓着一腔自以为是的信心和热烈的希望。作品轻松的笔调中虽也流露出几许善意的讽刺,但主要还是对童心的欣赏,丝毫没有说教的姿态。在整个三四十年代的童话创作中,《小蛤蟆》都属于一篇绝无仅有的"非功利性"杰作。

30年代《小朋友》等儿童杂志发表的童话有些也很适合低幼儿童,兹举两例。魏丽敏的《三只小猫》①,讲三只小猫想骑大象,大象不愿意,猫大设计说树上的果子熟了,要爬到大象背上摘果子,大象想吃果子就答应了。三只小猫爬上象背,说:"象大哥,奇怪啦!我们爬在你的背上,树上的果子却变得没有了;还是让我们骑一会吧!"象大哥发现上当了,"我现在也要用个计策,使你们立刻爬下来。"大象用鼻子吸水想淋湿小猫,猫大恰巧带着伞,象大哥的头上倒淋得很湿。猫大笑着说:"象大哥,我知道今天要下雨,所以带着一把伞,现在果真下雨了。你说,我的预料准不准?"象大哥听了这话,才没法可想,只好由它们骑一回。这则童话里的三只小猫就是"顽童"的典型,作品也突出了猫大的智慧,但丝毫没有说教,没有将小猫和大象之间的斗智赋予道德意义,而仅仅作为儿童之间的顽皮游戏,一点小聪明以及好运气,幽默滑稽。而且,无论是叙述语言还是对话语言,皆符合幼童特点,艺术化、儿童化的纯熟口语运用恰到好处。如果与50年代金近的《小猫钓鱼》、严文井《三只骄傲的小猫》相对照,就会发现其儿童观与美学追求的差异是相当明显的。

鲍维湘的《智龟》②以两则小故事展示了乌龟的聪明,其中第二

---

① 魏丽敏.三只小猫[J].小朋友.1930(439).
② 鲍维湘.智龟[J].小朋友.1930(441).

则可视为"龟兔赛跑"的另一版本。鹿平时看不起乌龟,取笑他走路慢。比赛时,乌龟叫拢他的同族分散躲在沿路的丛林里,隔几步躲一只。比赛时鹿每跑一段就以嘲笑的口吻喊:"喂,喂,龟大哥!你怎么啦?"躲在最近的乌龟就答应他一句:"我在这里,和你离开不远啦。"鹿又惊慌又奇怪,最后累得气喘流汗倒在地上跑不动了,以失败告终。"到了现在,乌龟想起这桩故事时,总要忍不住笑。但是,他告诉他的同族们,不要把这秘密宣布出来。"该作也是极富童趣而毫无说教气,乌龟的智慧被表现得淋漓尽致,大胆奇妙的创意情节很有吸引力。

然而也有些给幼童的故事是含着教训的,例如秦文启《倔强的小兔子》,①妈妈嘱咐小兔子"你出去玩的时候,不要只是离开我",因为这里有一个坏东西名字叫猫,时常要来欺侮我们。小兔子说:你说的话不对,它昨天看见我很称赞我,说"妙!妙!妙!"妈妈告诉小兔子:你别不听妈妈的话!它不是在夸你,这是它的叫声。小兔子很不服气,说自己跑得更快。"兔妈妈见小兔子这般倔强,老是不听话,由它去了。"后来小兔子受伤回来,妈妈流着泪说:"我的爱儿啊!你不听妈妈的话,终究吃苦了,愿你以后不要倔强才好哩!这四五天来,妈妈真是担心啊!"小兔子忏悔道:"妈妈,你别伤心了,以后我再也不倔强了,我要听从妈妈的话了。""从此,它只是听从妈妈的话,所以妈妈也很喜欢它。"显然,这里的教训味比较浓,主旨就是教育孩子要听话。小兔子不听妈妈的话,吃了苦头非常后悔,从此改正不听话的"缺点",获得妈妈的喜欢。这是典型的"糖衣药丸"式作品,露骨的说教削弱了其艺术性。这类作品在三四十年代有一定数量,五六十年代更为普遍,体裁有童话也有儿童生活故事。或许可以理解为,这是五四儿童本位论中偏重教育功能一脉的儿童文学走向极端化而导

---

① 秦文启. 倔强的小兔子[J]. 小朋友. 1930(443).

致的结果。

战时身处解放区的严文井,40年代初写下了9篇童话,其中8篇结集为《南南同胡子伯伯》于1941年出版,新中国成立前夕又创作了风格相似的《丁丁的一次奇怪旅行》。相对于当时普遍性的抗日救亡主题,他的童话独辟蹊径,显示出鲜明的创作个性,没有简单配合政治形势,而是侧重以有趣动人的故事对儿童进行品德教育,上承"寓教于乐"的童话风格,下启五六十年代的"教育童话"特色。其不足在于部分作品有说教倾向。其中,《风机》讲了"小面人"驾驶着机器师改造成的"风机",带着三只老鼠飞到外面找吃的,先后遇到了萤火虫和蚯蚓,吃了人家的东西却不肯帮忙,最后"小面人"被鸵鸟吃掉,三只老鼠也留在了沙漠里,四个自私自利的坏家伙都受到了惩罚。《胆小的青蛙》写一只青蛙在癞蛤蟆的捉弄下,变得极其胆小怕人,总想找个最安全的藏身处,最后钻进了一只破鼓,不料鼓却落到一群小孩子手里,更受了一番惊吓,脱险后他终于不再胆小了。《小松鼠》写一只特别调皮的小松鼠,拔掉了爸爸种的三棵白菜,看到小鸡落水却幸灾乐祸,后来改正了这些"缺点",才拥有了美丽的茸毛和大花尾巴。《大雁和鸭子》歌颂勤劳和自由,让懒惰者由大雁变成了鸭子。这些童话的情节和细节大都较有趣味,语言也相当生动和儿童化,比如写癞蛤蟆吓唬青蛙:

> 人的脾气很坏,可厉害啦!他们一看见我们,喝!那就不得了!——听!他已经来了,我们赶快躲起来吧。

但是,其中有的童话"教训味"颇浓,主题没有很好地寓于情节之中。例如,青蛙由胆小变成胆大就没有一个"过程",他从破鼓里跳入水中摆脱了危险,接着就是"后来",他胆子反而变大了一些,其中的"道理"竟是"作者"直接说出来的:"因为世界上并没有那么多可怕的事情,而且对付可怕的事情,尽藏躲也不是办法呀!癞蛤蟆的话是听不得的。"更具"说教化"的一个例子是小松鼠的"转变",促使他变成"好孩子"的竟是几次经历中都忽然想起"妈妈的话",既缺少趣味也不可信。《丁丁的一次奇怪旅行》情节更为丰富曲折,也不乏奇妙的想象与有趣的细节,虚构了一个由"胆小"变得"勇敢"的小姑娘的故事,仍具有"演绎"教育主题的味道,后文将另作详述。

最能代表严文井此期童话水平的是《南南同胡子伯伯》这一篇。它的成功表现在:光怪陆离的想象、别出心裁的构思、游戏性的情节、新奇有趣的形象和生动幽默的语言,这几方面较好地结合在一起,冲淡了主题的说教气息,使得"教训"与"道理"都退隐到故事背后。即使完全略去寄寓其中的"教育性",故事仍然能独立存在,而其艺术魅力不减丝毫。作品以南南梦境的形式展开故事,他骑着一只漂亮的蝙蝠,连同一只又胖又大又笨的蛾子,一同去看戏。蛾子飞得慢,老在后面"哎呀哎呀"的喊叫,南南被他逗得忍不住笑,结果弄得蝙蝠很痒痒,南南就从他脖子上摔下来,砸在了一棵柳树上:

> 这一下很重,柳树大声一喊:"哎哟!压坏我了,讨厌!"他用力一弹,就把南南扔到地上去了。

这里的形象、细节及语言都相当幽默生动。没想到这一摔,南南把人家的胡子当成了藏身的草堆,被扯痛的胡子伯伯就以这种奇特的方式"出场"了。接下来是"大故事套小故事"的结构,胡子伯伯讲了他的长胡子的故事,这也是本童话唯一体现"教育性"主题,即不要"调皮"的部分:他小时候很调皮,向往有吃有玩的快乐谷,却被谷口的巨人拒绝:"你是一个调皮的小孩,不懂礼貌,还专门欺负小鸟,专门戏弄狗和猫的坏小孩,我不能随便让你进去";后来,他经过"磨麦子"的考验终于进入了快乐谷,可那时他已经长满胡子变成了"胡子伯伯",且不太喜欢好吃好玩的东西了,常把点心糖果送给小孩子们。这段故事讲完后,又接续了"看戏"的情节,富有戏剧性、游戏性和趣味性:原来戏院就在胡子伯伯的大袍子里,掏出来对着它的大门吹口气,戏院就胀大起来,南南他们就走进戏院。里面还有一群女孩子,并让南南上台演戏,她们边跳舞边唱儿歌:"南南没有胡子,南南是一头驴子。"胡子伯伯从大袍子里掏出各种好吃的糖果撒给大家,又取出许多喇叭给大家吹。最后南南困了,睡着后被胡子伯伯送回家,醒来时发现自己睡在小床上。可以说,除了胡子伯伯穿插的那个小故事,童话中没有任何教训,完全是神奇美妙的幻想,满蕴着儿童的游戏精神。

上述这些或隐或显、或多或少蕴含品德教育主题的童话,往往是劝诫孩子们要讲礼貌、勤劳、勇敢、自信,不要淘气、自私、骄傲、懒惰、胆小等,都是使孩子"变好"的教育。其前提必然是孩子的"不完美",认为孩子有诸多"缺点",有待成人对其进行"改造"。这种儿童假设,明显不同于五四时期儿童本位的儿童观:在儿童本位的文学中,童心是受到崇拜和赞美的,"调皮""淘气"等也是作为儿童的"天性"而被"欣赏"的,有时童心与童性还成为映衬成人及成人社会"缺陷"的一面镜子。这种三四十年代的童话风格及其隐含的儿童观,在新中国成立之后"教育工具论"主导下的儿童文学中得到了继承和发展。

二、儿童诗歌的搜集创编对幼童的意义

五四时期儿童文学重视儿歌,也开始关注诗人自创的儿童诗,其中不乏适合幼童唱诵听赏的佳作。当时重要的儿童期刊《儿童世界》刊载的"诗歌童谣"一类,其来源就是"采集各地的歌谣,并翻译或自作诗歌"[1]。翻译、采集与创作,都是当时儿歌童诗的重要来源。与晚

---

[1] 郑振铎.《儿童世界》·宣言[J].写于1921.9.22.时事新报·学灯.1922.12.28.

清民初相比,五四时期的儿童诗歌不再仅仅作为"学堂乐歌"的歌词形式而存在,而是一种独立的儿童文学体裁。诗歌的内容和形式也发生了明显变化,学堂乐歌深受当时"诗界革命"的影响,内容上重视"爱国""尚武""革命""勉学"等"新意境"的营造,表现出浓厚的爱国及道德启蒙的色彩,形式上则强调保留古典诗词的音韵格律,追求"古风格"。

五四时期的儿童诗歌则是在"白话文"及"白话诗"的运动中产生,浸染着"诗体大解放"的时代特色,语言上更趋于口语白话的"小儿语",形式上不拘格律,讲求自然的音节、音韵。同时在很大程度上放弃了借儿童诗歌鼓吹爱国、尚武等的现实功利性追求,呈现出娱乐与游戏的特色,多以一颗童心来抒写合于儿童的想象与趣味的、有着"无意思之意思"的诗歌作品。然而,有些儿童诗歌的语言过于直白,诗体上过于"自由",呈现出"散文化"倾向,造成诗意诗味的寡淡,并疏离了儿童对于诗歌音韵和谐等方面的欣赏要求,导致有些儿童新诗反不如晚清部分"浅而有味"的诗歌,从而影响了在儿童读者中的传播。

此时期不但翻译诗歌明显增多,而且采集、整理、出版古代民间歌谣也蔚然成风。民初时周作人曾在《绍兴县教育会月刊》上发出"采集儿歌童话"的启事,一年内却只收到一件投稿,因为"那时候大家还不注意到这些东西,成绩不好也是不足怪的"[①];五四时期的歌谣征集却在全国范围内引起很大反响,不但北京大学《歌谣周刊》征得了一万三千多首歌谣,各地还出版了本省本地的歌谣集若干。鉴于儿童文学与原人文学的亲缘关系,人们特别重视古代儿歌童谣的采编,而新创作的儿童诗歌反倒极少汇集出版,后者主要散见于当时的

---

① 周作人. 潮州畲歌集·序[J]. 语丝. 1927(126).

儿童报刊,如《儿童世界》几乎每期都刊出几首儿歌或儿童诗,《小朋友》周刊也常发表,但是往往都不注明是创作、仿作、翻译还是采集。歌谣的征集出版为研究提供了充足的材料,带动了儿童诗歌理论的探讨,一时涌现出了周作人的《读〈童谣大观〉》《读〈各省童谣集〉》,和加白的《童谣的艺术价值》,冯国华的《儿歌的研究》,褚东郊的《中国儿歌的研究》等文章。这些论说大都是以搜集整理的古代歌谣为材料,对儿歌童谣的形式、内容、分类、价值等诸方面作出阐释,表达观点。

根据五四时期儿童诗歌形式及内容上的特点,可以大体将其分为几个类别,其中较适合幼童的有两类。一类是比较儿童化的原创诗歌,无论语言、体式、立意等都较适合儿童吟诵的,如严既澄、胡怀琛、沈志坚、郑振铎、俞平伯等人的部分儿童诗歌。

严既澄的诗歌多取材于儿童熟悉的日常生活,仅从1922年6月到9月三个多月的时间里,他就在《儿童世界》发表了《胰子泡》《竹马》《小鸭子》《早晨》《蝉》《黄牛儿》《玫瑰花》《地球》《我的世界》《海的风》《雀儿飞》等儿童诗歌。兹举《早晨》为例:

  鸡呵鸡!请你早些啼。
  唤起小弟弟,/同看月儿落到西。
  月儿落到西,/太阳东边起。
  鸦也啼,雀也啼;
  啼醒小蝴蝶,/黄黄白白一齐飞。

《早晨》以活泼的笔触勾画了一幅"晨景"图,画面是孩子们极为熟识的清晨鸡啼、月落日出、鸟雀啼飞,而且并未引申出"早起读书"、勉励"勤学"等功利性主题。语言上无生涩的字词,不但"言文一致",而且是浅显的儿童化语言。形式上不拘格律,却切自然的音节押脚韵"啼""弟""西""起",读来琅琅上口,悦耳和谐,很适合低幼儿童的唱诵。

胡怀琛是此时期创作儿童诗歌最多的作家之一,其最为人称道的是两首童话诗《大人国》和《小人国》:

<table>
<tr><td>《大人国》</td><td>《小人国》</td></tr>
<tr><td>门铃丁丁大门开,</td><td>门铃丁丁大门开,</td></tr>
<tr><td>绿衣邮差送信来。</td><td>黄衣邮差送信来。</td></tr>
<tr><td>信从哪里来?</td><td>信从哪里来?</td></tr>
<tr><td>信从大人国里来。</td><td>信从小人国里来。</td></tr>
<tr><td>信纸方方一丈四,</td><td>接着信瞧一瞧。</td></tr>
<tr><td>写了三十六个字。</td><td>大字还比蚂蚁小。</td></tr>
<tr><td>约我去,去游玩。</td><td>快拿显微镜子来照,</td></tr>
<tr><td>算算路,多少远。</td><td>照一照,说得甚么话?</td></tr>
<tr><td>飞机要走一年半。</td><td>请我找个鸽子笼,</td></tr>
<tr><td></td><td>他要到这里来过夏。</td></tr>
</table>

两首童话诗借用了斯威夫特小说《格列佛游记》中的"大人国""小人国"之名,但内容却是全新的。两首诗均通过夸张的手法和大胆奇特的想象,虚构出简单有趣的情节,使"大人国"之"大"与"小人国"之"小"两相对照,相映成趣。结尾处更是运思奇妙,说"大人国"之远,不直言抽象的公里数,却用一句极符合儿童具体形象思维的"飞机要走一年半"形容;言"小人国"的人之"小",也用了一个"鸽子笼"的形象化构思,既易于理解又富有童趣。两首诗的语言皆是纯熟的白话,近乎"小儿语",形式自由,每行字数不一,韵脚相当自然,而且非一韵到底,完全依据诗歌的情节内容生成自然的音韵,毫无生硬做作之感,读来铿锵和谐且情趣盎然,如同天籁。

郑振铎作为《儿童世界》的创办者与主编,五四时期也曾力倡"儿童本位"的文学,他不但身体力行为孩子们译写了大量的西方童话、寓言,编创了许多儿童喜闻乐见的图画故事,还创作了一定数量的儿童诗歌。比如以小动物为主角的就有《两只小鼠》《谁杀了知更雀》《小鱼》《雀子说的》《蝇子》《麻雀》等。他曾经在《雪潮》的《短序》中表达过自己的诗歌理念:"诗歌的声韵格律及其他种种形式上的束缚,我们要一概打破";"我们要求'真率',有什么话便说什么话,不隐匿,也不虚冒。我们要求'质朴',只是把我们心里所感到的坦白无饰地表现出来,雕琢与粉饰不过是'虚伪'的遁逃所,与'真率'的残害者"。① 这显然是五四时期"自由体诗"的代表性宣言,他的儿童诗歌亦体现了这一艺术追求,例如1922年发表的《两只小鼠》:

两只小鼠,/夜夜叫吱吱。

他们同住在小洞里,/同出同入不分离。

他们两个都有尾,/尾巴长长很美丽。

他们很爱吃东西,/不问咸甜总欢喜。

他们常跑出洞来,/有时偷吃,有时游戏;

……

像《两只小鼠》这类以小动物为叙写对象的,因多用拟人手法,或者有简单的情节,故常带有童话诗的味道,读来颇为活泼有趣。《两只小鼠》中间部分的句式较为规整,每行音节数相同,押脚韵,但总起来看仍属音节自然的自由体新诗。全诗的格调及形式都已脱尽文言窠臼,情节意境也是全新的,不雕琢不做作,"真率""质朴"地抒发了

---

① 陆耀东.中国新诗史(1916—1949)第一卷[M].武汉:长江文艺出版社.2005:150.

对两只小鼠的喜爱之情。两只小鼠就像两个小孩子,结伴出入自己的小家,既贪吃又爱游戏,有时还很胆小,这些拟人化的描写应该极易唤起孩子们的情感共鸣,或者说它们本身就是透过孩子们的眼睛去"发现"的。可以说,怀着一颗纯真的童心,以赞赏的眼光,或记叙或描写孩子们"幼稚"的想象与思想,甚至于一些"淘气"的行为,这在"父为子纲"的文化背景中是不多见的。只有在现代儿童观的烛照之下,深刻体察到儿童的精神世界,理解并充分尊重其身心特点,这样的诗篇才有可能应运而生。因此,这种抒写本身也体现着"儿童本位"的精神。此外,经常在《儿童世界》发表儿童诗歌的还有沈志坚、吴研因、徐鲁光、李方谟、张时方、赵光荣等。

另一类是搜集的既有儿歌,或仿民歌民谣、传统儿歌所作的,虽未必是专门为儿童所写,但因内容颇富趣味,音韵自然和谐,儿童乐于唱诵、易于理解,故而广受欢迎。顾颉刚的《吃果果》《老鸦哑哑叫》,胡绳的《儿歌(外一首)——游火虫》等,似乎皆为采集的既有儿歌,并发表在当时的《儿童世界》周刊上:

《吃果果》

排排坐,吃果果,
爹爹转来割耳朵。
称称看,二斤半;
烧烧看,两大碗。
吃一碗,盛一碗。
门角落里斋罗汉。
罗汉不吃荤,
豆腐面筋囫囵吞。

《老鸦哑哑叫》

老鸦哑哑叫,
爹爹赚元宝;
妈妈添弟弟。
哥哥讨嫂嫂,
姐姐坐花轿。
弟弟喜酒吃不了!

《儿歌》(外一首)

——游火虫

游火虫(即萤),
夜夜红,
红绿带,
水罗裙,
公公挑水贩黄葱,
婆婆织布糊灯笼,
儿子打铁做郎中(即医生),
媳妇背包捉牙虫。

这些儿歌近乎"无意思"的趁韵歌,反映儿童熟悉的日常生活,音节自然,声调铿锵,语句组织也很简单,合乎儿童口语,用字也不生。这类儿歌较适合低龄儿童唱诵,因为对于幼童而言,诗歌最注重的是声调、好听,"至于有没有作意,倒是次要的,有作意而有趣味,固然很好,就是没有作意,而音节铿锵,儿童喜欢唱的也很好"①。

刘半农于五四早期就注意搜集民间歌谣,他曾模仿民歌体创作了民歌总集《瓦釜集》,还模仿儿歌和山歌,用方言创作了一些山歌和儿歌。陶行知的诗歌则不仅继承了歌谣尤其是民歌中的优秀传统,而且吸收了五四以后明白如话、通俗易懂的自由诗体的优点。与刘半农齐名的民歌体诗倡导者刘大白,亦是从民间歌谣中吸取养料,作品带有民歌风。他的儿童诗《两个老鼠抬了一个梦》(1920)堪称佳作,以儿童的口吻抒写了有趣的梦境,展现了儿童式的想象。"'两个老鼠抬一个梦'是流传于浙江绍兴地区的一句俗话。儿童常常有一些有趣的梦境,而且喜欢向人描述自己的梦境,但又迷迷糊糊说不清,于是成人就用这句话来逗趣。"②此诗第一节记叙了孩子向母亲说梦,母亲以这句话跟他逗趣的情景;第二节是这句话引起了孩子的一连串疑问:"老鼠怎么能抬梦?梦怎么抬法?老鼠抬了梦去做什么?这不是梦中说梦的梦话?"第三节是对孩子疑问的回答,解释得极富儿童情趣,最后一节写孩子终于"恍然大悟",童心童趣跃然纸上。后两节如下:

> 那老鼠刚抬了梦跑,
> 蓦地里来了一头猫;
> 那老鼠吓了一跳,

---

① 冯国华.儿歌底研究[J].民国日报.副刊《觉悟》.1923年11月23、27、29日.
② 韩进.中国儿童文学源流[M].长沙:湖南少年儿童出版社.1999:192.

>　这梦就跌得粉碎的没处找。
>
>　哦，我知道了！
>　我们做过的梦，都上哪儿去了！
>　原来都被猫儿吓跑了抬夫，
>　跌碎得没处找了！

这种民歌体的诗，或者以民间歌谣传说为题材的诗，在五四时期还不是特别多。但到了40年代"大众化"诗歌运动掀起后，民歌诗派却成了解放区最主要的诗歌流派。然而，两者之间在提倡的出发点、趣味的旨归方面皆有本质不同。

总之，五四时期的儿童诗歌与晚清的学堂乐歌相比，无论形式上还是内容上都有了诸多变化。诗人们怀着一颗纯真的童心，真诚地来描写、赞美儿童的情态、儿童的生活和游戏，从儿童自身的特点出发，迎合儿童的审美心理，供给他们诗歌。上面提到的两类低幼诗歌，有许多并非"专门"为儿童而作，但这并不影响其作为优秀童诗的地位，正如英国当代对童诗卓有贡献的查尔斯·考斯利（Charles Causley）所言："为儿童写诗如果有最好的方式，我想可能是先想办法努力写一首'诗'，然后再决定这首诗适合哪些读者。一首好'童'诗的测试，必然是它对儿童和成人而言都一样成功。"[1]五四儿童诗歌的许多"无心插柳"或许正因此成就了"柳成荫"的丰硕实绩。此外，五四儿童诗歌从形式到内容，都呈现出浓郁的童真童趣，而现实政治的、教育的功利色彩极淡。

这种"超功利"的儿童诗歌不但在晚清民初较为少见，即便在五四之后的几十年中，由于革命、抗战、阶级斗争、政治教育等成为社会

---

[1] ［英］约翰·洛威·汤森．英语儿童文学史纲[M]．谢瑶玲译．台北：天卫文化图书有限公司．2003：320．

以及文学的"关键词",也很难听到此类从童心中自然流淌出的天籁之音。正是在这个意义上,三四十年代于时代的边缘与夹缝中产生的部分抒写童心童趣之作,就显得弥足珍贵。比如以下几首登在《小朋友》周刊上的儿歌:

飞,飞,飞,/满天的飞。/哪儿来这些蝴蝶?/原来是红叶。——《红叶》

说你呆,/你很呆,/胡子一把,/样子像小孩。

说你呆,/你不呆。/把你一推你一歪。/要你睡下去,/你又站起来。——《不倒翁》①

草青青,水青青;/蜻蜓,蜻蜓,/飞个不停。

飞到这里,飞到那里,/忽高忽低做游戏,/好像一架小飞机。——《蜻蜓》②

跷跷板,很好玩。/你一高,我一低;/你一落,我一起。/一高,一低,/一落,一起,/大家玩得笑嘻嘻。——《跷跷板》③

风来了,树叶飘飘;/风去了,树叶悄悄。

我爱这些树叶,/有时飘飘,有时悄悄。——《树叶》④

小小蜻蜓,/爱在水上飞行。/小虾儿蹦蹦跳跳,/见了非常高兴,说:

"来啊,来啊,/快来看这水上的小飞艇!"——《小小蜻蜓》⑤

---

① 《红叶》与《不倒翁》是陶行知分别写于1929年、1935年的童诗。
② 壮飞.蜻蜓[J].小朋友.1930(418).
③ 启秀.跷跷板[J].小朋友.1930(433).
④ 启秀.树叶[J].小朋友.1930(432).
⑤ 陈醉云.小小蜻蜓[J].小朋友.1932(514).

这几首儿歌都极富童趣,不含教训意味,而且能透过幼童的眼睛去看,红叶如蝴蝶,蜻蜓像飞机,风来风去时树叶不同的样子,玩跷跷板游戏的开心,完全站在孩子的立场去感受,重现了孩子的独特世界。同时,这些诗作还超越了对民间歌谣的模拟,作为原创儿歌在艺术上愈发成熟,其韵律、节奏、句式、语言以及意境等,都近乎完美。30 年代前期叶圣陶创作的《萤火虫》《蜗牛看花》《蜘蛛和蜻蜓》《北边冷地方》等童诗,40 年代后期圣野和郭风的童话诗,皆追求一种"无意思之意思"的诗歌情趣,是"用无邪的童心在歌唱",极适合幼童吟唱听赏。例如《萤火虫》,采用简约的儿歌体,共八行,每两行字数相同,全诗押同一韵脚,前四行如下:

> 萤火虫,点灯笼,/飞到西,飞到东。
> 飞到河边上,小鱼在做梦。/飞到树林里,小鸟睡正浓。

《蜗牛看花》是 12 行的童话诗:

> 墙顶开朵小红花,/墙下蜗牛去看花。
> 这条路程并不短,/背着壳儿向上爬。
> 壳儿虽小好藏身,/不怕风吹和雨打。
> 爬得累了歇一会儿,/抬头不动好像傻。
> 爬爬歇歇三天半,/才到墙顶看到花。
> 无数花开朵朵红,/一齐笑脸欢迎它。

不但每行字数相等,而且基本是隔行押脚韵,蜗牛不怕风吹雨打去看花的情节也颇具童趣。而另一首童话诗《蜘蛛和蜻蜓》,情节更具戏剧性,开始一节写道:

> 墙角蜘蛛把网张,/自己坐在网中央,

看见蜻蜓飞过来,/他就开口很大方:

"蜻蜓先生,请到这儿,/随便谈谈,坐一会儿。"

中间两节写蜻蜓没有疑心,差点儿上当,后来脱身飞走,最后一节如下:

蜘蛛一场大没趣,/眼看蜻蜓正飞去。

网上还穿一个洞,/偷鸡不着蚀把粞。

"新鲜东西,实在可惜!/补这破洞,却要费力。"

童话情节极具吸引力,语言也很幽默风趣。形式上,诗分四节,每节六行,且每节末两行皆为对话,音韵也较自然和谐。

从抗战全面爆发到新中国成立,儿童诗歌统一于抗战的时代主题下,风格上延续了革命儿童诗歌的"战歌"特色,具有强烈的时代性、鼓动性和写实性。童诗中除了讽喻现实政治、寄寓教育主题的一类外,还有淡化现实功利、单纯注重童心童趣的一类。后者以圣野和郭风的童话诗最为典型。圣野此期的很多儿童诗发表在报刊上,并于1948年出版过儿童诗集《小灯笼》,其诗歌往往充满幼童的情趣。如代表作《欢迎小雨点》,就营造出了一个完整而温馨的童话诗境,使得诗意与童趣完美结合在一起。该诗共六小节,每二行一节,结构单纯,语言清新素雅,准确生动,并在反复的吟咏之中透出一种稚拙之美:

来一点,不要太多。

来一点,不要太少。

来一点,小菊们撑着小伞等。

来一点,荷叶站出水面来等。

小水塘笑了,一点一个笑涡。

> 小野菊笑了,一点敬一个礼。

诗中的荷叶、小水塘、小野菊等都被拟人化了,只有真正沉浸在童心的世界里,用幼童的眼睛去观察体味,才能发现自然界的这等美妙诗意。

郭风堪称抒情童话诗的圣手,他的童话诗大都写于抗战后期,犹如时代夹缝中的一缕清风,在炮火硝烟中为孩子们开辟出一片温馨静谧的天地,具有田园交响诗的抒情风格。其代表作《油菜花的童话》在"春天点亮了,春天亮得像一支花烛"的背景中展开:害羞的油菜花告诉那只歌唱得很好而且还会做工的小蜜蜂:"真的,我们可以做很好的朋友。"蜜蜂却把"做很好的朋友"误以为"要结婚",油菜花不同意。最后,旁边的豌豆花想了一下说:"结婚!不,/那是大人们的事!""'真的吗?'蜜蜂马上问道,/'那么,我们不要结婚了!'""这时,田野的风,吹着风笛走过了",伴着这好听的音乐,大家跳起舞来。再如《蝴蝶·豌豆花》:

> 一只蝴蝶从竹篱外飞进来,
> 豌豆花问蝴蝶:
> "你是一朵飞起来的花吗?"

将蝴蝶喻为一朵"飞起来的花",意象生动,诗的意境呼之欲出,简直是妙不可言的想象和神来之笔!时任改进出版社社长的黎烈文在为郭风的童话诗集《木偶戏》所写的序言中说:"郭风先生的童话诗,给中国新诗开拓了一个新境界,成为新诗坛的一朵新花;以一个可贵的童稚心灵,给我们眼目所见的万事万物、一草一木,赋予了一种纯真的生命,写来自然而亲切,充满着蓬勃的清新气息。"①的确,郭风的诗为我们展示了一个奇妙而温馨的世界,那是油菜花、小野菊、蒲公英们的世界,是蜜蜂、喜鹊、小麻雀、斑鸠的世界。诗人以一颗纤尘不染的童心打量这一切,以质朴优美的语言、自由匀称的结构和音乐般的旋律表现这一切,以热烈纯真的情感歌唱自然界一切美好的事物。这些童诗沉浸在童心的世界里,用幼童的眼睛去观察体味自然界的美妙诗意,不含政治讽刺意味与教育性主题,多用拟人化手法塑造形象,可谓童趣盎然。

三、儿童歌舞剧带给幼童的观赏乐趣

儿歌和童话之外,五四时期的幼童文学还有一大收获,即儿童剧。周作人不但鼓吹儿歌、童话,而且热心倡导儿童剧,认为"儿童剧于幼稚教育当然很有效用,不过这应当是广义的,决不可限于道德或教训的意义"②。周作人主张作儿童剧之目的当在于让孩子们"悦乐",而不是出于"道德或教训",要具有童话的境界,作者要复活自己的童心。这些主张与他的"儿童本位论"是一脉相承的。他还身体力行地翻译了日本作家坪内逍遥和美国的斯更那等人的六个童话剧:《老鼠会议》《乡间的老鼠和京城的老鼠》《卖纱帽的与猴子》《乡鼠和城鼠》《青蛙教授的讲演》《公鸡与母鸡》等。这些剧本情节有趣,符合孩子喜欢故事的特点。但周作人并不满意自己的译作:"我所最不满意的是,原本句句是意思明白文句自然,一经我写出来便往往变成生硬别扭的句子,无论怎样总弄不好,这是十分对不起小朋友的事。"③因此,他希望天下有经验的父师帮忙"加以斧削",使得儿童更

---

① 黎烈文.《木偶戏》序言[J].改进.1945年11卷3期.
② 周作人.儿童剧[N].晨报副镌.1923.3.8.
③ 周作人.儿童剧[M].上海:儿童书局.1932:序二.

易了解,也希望有胜任的"大雅君子"出来创作朴素优良的儿童剧,以"更可适切的应用"。

黎锦晖的儿童歌舞剧一定程度上实现了周氏的这一期望。其歌舞剧的内容多为童话,亦可称为童话歌舞剧。这些歌舞剧以儿童为接受对象,也以儿童为演出者,全剧不用对白,从头唱到尾,且边歌边舞。黎锦晖于 1922 年至 1929 年间在《小朋友》杂志上发表了 10 个较具代表性的儿童歌舞剧,主要面向学龄儿童,其中《麻雀与小孩》(1922)、《三蝴蝶》(1924)、《葡萄仙子》(1922)、《小羊救母》(1927)等,也适合幼童欣赏。这些歌舞剧的戏剧动作完全舞蹈化,其歌词多采用白话诗的形式写成,富有节奏与韵律,既有精练的叙事性,又有强烈的抒情性,对儿童极富情绪感染力。而戏剧内容多是想象丰富、构思奇妙的童话故事,结构单纯紧凑,线索明朗清晰,适合孩子的欣赏趣味和接受能力。

黎锦晖儿童歌舞剧的主调,就是表现爱与美。但因为将这爱与美融入了相应的音韵、节奏、意境、意象、结构之中,只在剧情达到高潮之后,水到渠成地唱出这些画龙点睛之语,所以自然和谐,没有抽象生硬的"说教"之气。《麻雀与小孩》[①]是他的第一部儿童歌舞剧,分"教学""引诱""悲伤""慰问""忏悔""团圆"六场,情节性较强。"教学"中老麻雀教小麻雀学飞,唱词为:

要上去就要把头抬,要转弯尾巴摆一摆,要下来斜着飞下来,照这样子飞到这里来!

伴随着动作,小麻雀唱和道:

---

① 黎锦晖. 麻雀与小孩[J]. 小朋友.1922(2—7).

照这样抬头向上飞,照这样转弯摆摆尾,照这样斜着向下飞,这个样子飞得对不对?

语言通俗浅显,句式较规整,音韵声调自然谐和,并在略有变化的句式中进行反复。随后,老麻雀还叮嘱了小麻雀需要注意防范的一些危险。第三场"悲哀",写老麻雀寻女不见,演出提示中写着"先惊疑,再恐慌,后悲伤,一层一层地表示出感情来";而当小孩询问老麻雀悲伤的缘由之后,不由得将心比心:"假如我不见了,我的母亲怎么样?"并想象自己被关在屋子里的着急,于是"忏悔",演出提示中写道:"起先还是表现一种无关痛痒之情,渐渐地为慈母的悲声所动,渐渐地由羞怯变成悔恨,接唱下歌时,须慨然顿足,表示即刻悔改之意。"情感表现极为细腻丰富。最后,以麻雀母女"团圆"为结局。可见,此剧从开端、发展到高潮、尾声,情节编排上层次清晰,结构单纯紧凑,唱词生动而富有节奏韵律,人物心理真实而细腻,态度转变也合乎情感逻辑,因此虽是歌颂"仁爱心,诚实话,品格很可嘉"的教育性主题,却全然没有说教味道。其中的"爱",既体现在麻雀母女之间的亲子之爱,也体现在小孩与麻雀之间的同情友爱,这两种爱都是儿童最先体会、最容易体会的。在《麻雀与小孩》发表半个多世纪以后,当时的小读者许杰曾回忆说:"我至今90岁了,还能哼出:'小麻雀呀,你的母亲哪里去了?'和'我的母亲打食去了,还不回来,饿得真难过'的歌词。"[1]足见它对当时儿童的感染之深,影响之大。

《三只蝴蝶》的故事情节相对淡化,唱词更为简短、口语化,舞式却较为丰富。三只蝴蝶在美妙的情境中舞蹈,与三朵菊花相互唱和,接下来"风儿吹着""云儿飞着""雨纷纷",三场均以舞蹈为主,叙事

---

[1] 许杰.有趣的回忆[J].新民晚报"夜光杯".1991.5.29.

为辅,唱词简单;然后"电掣雷奔",三只蝴蝶请求三朵菊花容她们躲一躲,但每朵菊花都不能同时容下三只蝴蝶,蝴蝶们又"不愿分离";最后太阳出来了,大家在"温和的晴光"中"欢乐的舞蹈"。此剧主要通过美妙的情境与舞蹈,歌颂蝴蝶们的友爱之情,以及蝴蝶与菊花、风儿、云儿、雨儿等的友谊,美与爱相互交融。其中,三只蝴蝶的唱词,和三朵菊花的唱词,往往都是相同的句式反复,并且红白黄蝴蝶分别对应红白黄菊花的唱词,呈现出"三段式"的特点。比如第一场中三只蝴蝶的一段唱词:

红蝶唱:青天高高,太阳照照,云儿缈缈,风儿飘飘,今天天气很好。

白蝶唱:青山高高,绿水滔滔,草儿萧萧,花儿娇娇,这里景致很好。

黄蝶唱:清风飘飘,树枝摇摇,鸟儿叫叫,虫儿闹闹,这里音乐很好。

从四字句式到双叠音,甚至三蝶唱词的韵脚都是相同的,相当的整饬,均齐。下面三朵菊花的唱词有同样的特色:

红菊唱:我爱红蝴蝶,脸也红,衣也红,红花一样的红,我爱红蝴蝶,同我一般的红!红蝴蝶,飞飞飞,红的花蜜饮一杯。

白菊唱:我爱白蝴蝶,脸也白,衣也白,白花一样的白,我爱白蝴蝶,同我一般的白!白蝴蝶,飞飞飞,白的花蜜饮一杯。

黄菊唱:我爱黄蝴蝶,脸也黄,衣也黄,黄花一样的黄,我爱黄蝴蝶,同我一般的黄!黄蝴蝶,飞飞飞,黄的花蜜饮一杯。

《三只蝴蝶》直到今天还常见于幼儿园的表演,或被改编为童话故事讲给幼儿听。

总的看来,黎锦晖的儿童歌舞剧,大多是歌颂爱与美的抒情剧,并将这美与爱融于自然的音韵节奏之中,融于和谐美妙的童话境界之中,融于规律性反复的句式及单纯而整饬的结构之中;它主要不是凭借紧张激烈的戏剧冲突吸引观众或读者,而是将戏剧动作舞蹈化,将台词变成富有节奏与韵律的歌唱,将戏剧冲突转化为叙事精炼而又抒情色彩极浓的故事情节。这一切都很适合孩子的审美趣味和接受能力。黎锦晖曾对儿童歌舞剧的创作提出四点要求:"一,意义如何地浅显,小朋友才能领会?二,辞句应如何地浅显,小朋友才能了解?三,乐曲如何地简单,小朋友才能实演?四,内容如何地表现,小朋友才能激动?"[①]他的创作很好地实践了这些"要求",这四点要求也足以证实黎锦晖创作儿童歌舞剧的"儿童本位"观念,从意义、辞句、乐曲到表现方式,都完全以"小朋友"的领会、理解、表演、激动为标准,这也是他的儿童歌舞剧能够获得巨大成功的主要原因。

在当时的中国,"最能使一般人尤其是儿童所欢迎的就是黎锦晖的歌剧了","他这些歌剧之所以能够在儿童群众里占到这样普遍而且广泛的地位,就是因为这些歌剧是儿童化,国语化,艺术化。……正合乎儿童心理的活动性、模仿心和好奇心,而实际上这些歌剧的内容和那些死板的教科书比较,也真有天渊之别。他们是多么的活泼自然,情感丰富,趣味浓厚,和音调动人呢"[②]。作为面向儿童的一种文学体裁,黎氏的剧作不同于当时严肃沉重的、"专靠思想出风头"的"社会问题剧",他是"用'美的知识美的心,美的人格美的情',用温馨、谐和、优美的童话氛围,在儿童心灵里唤起诗情画意,唤起洋溢爱和美的想象,唤起高尚的精神境界"[③]。

[①] 金燕玉.中国童话史[M].南京:江苏少年儿童出版社.1992:219.
[②] 王人路.儿童读物的研究[M].上海:中华书局.1933:116—117.
[③] 韦苇主编.世界经典童话全集(第20卷·中国分册)[M].济南:明天出版社.2000:前言.

随着革命与抗战的硝烟升起,阶级矛盾与民族矛盾变得空前激烈,前一时期以黎锦晖为代表的体现"儿童本位"观念的儿童歌舞剧显得"不合时宜"了,它所歌颂的"爱"与"美"变得苍白无力,戏剧中美丽的童话境界更是与现实境况格格不入。在文学思潮回应时代主题的嬗变过程中,儿童戏剧观念也在发生逆转,黎锦晖的剧作被重新评价:"这些剧多半是童话式的,剧情多半是美丽、圆满的,中国的穷苦的小孩子们看了之后,只觉得好玩,并没有多大教育意义。"①其中,孩子们"觉得好玩",曾经是五四儿童本位文学之追躅,现在却让渡于"教育意义"了——"戏剧在儿童的面前将是一个保姆。"由是对孩子们进行革命与抗战的教育,成为三四十年代儿童戏剧的价值追求,戏剧题材也相应变为"现实的事件","都能使儿童直接的了解到国家现在的危亡,国难之严重"②。而在表现形式上,"童话歌舞剧"也基本被以现实手法反映时代主题的"话剧"所取代。虽然其中也常穿插"歌曲",但无论在主题、内容还是风格、目的上,都迥异于此前歌舞剧中的歌曲,多以昂扬或愤懑的激情实现政治宣传鼓动的现实效果,或借以强化戏剧的现实性主题。

40年代后期出现的儿童剧,在题旨风格上也有别于五四时期的同类剧作,多是借童话剧的形式讽喻现实社会,具有浓厚的政治色彩。总之,曾经以儿童想象与趣味为价值理想的儿童戏剧,在这一时期逐渐转变成了"最好的宣传工具",犹如"大时代的小战鼓",体现出鲜明的政治倾向性和强烈的现实功利性。这也导致儿童戏剧中出现了很多"急就章"式的粗糙之作,存在一定程度的概念化、模式化、成人化倾向。但同时,革命与抗战也促进了儿童戏剧的发展,不但扩

---

① 新安旅行团集体讨论,张早执笔.抗战中的儿童戏剧[J].戏剧春秋.1940(1).
② 同上.

大了它的题材表现领域,也开拓更新了它的主题范畴,使其逐渐走向成熟与深化。其中,对环境、人物、性格的刻画是其取得的突破性艺术成就,这在抗战中后期及新中国成立前夕的剧作中表现突出。和儿童诗歌等体裁一样,儿童剧凭借艺术方式对现实政治的自觉性介入,也极大增强了其在特殊历史情境中的生命力。然而必须指出的是,这类儿童戏剧大多不适合学龄前的幼童欣赏。

第三章
走向黄金时代的幼儿文学

新中国成立之后,幼儿文学迎来了新的发展契机。然而在一个时期"左"倾思潮影响下,这一时期的幼儿文学乃至整个文学都不同程度存在政治化倾向,儿童文学成为"教育儿童的文学",幼儿文学同样难以摆脱"教育工具论"的束缚。但是,仔细阅读那个时代的大量幼儿文学作品,可以发现仍然有一些尽管戴着工具论的"镣铐"也能把舞跳得很好看的作品。在主流幼儿文学之外,还是有不少毫无教训意味、满蕴童趣与诗意的佳作。

新时期伊始,儿童文学界展开了对"教育工具论"的反思与批判,在"儿童文学是文学"的新观念下,幼儿文学也逐渐超越"工具论"的藩篱。80年代中后期尤其是90年代,幼儿文学对"文学性"与"幼儿性"的理解与表现都有突破,在理论与创作方面都取得了重要成就。可以说,20世纪下半叶幼儿文学从独立走向繁荣,对于童趣与诗意的追求,具有开创性的艺术形象塑造,悲剧意识的渗入,艺术深度的开掘,现实与幻想融合的文体创新,幼儿图画书的探索等,都预示着幼儿文学一个黄金时代即将到来。本章将在阐述当代幼儿文学整体状况的基础上,考察幼儿文学在艺术和理论方面的主要成就与缺憾。

第一节 当代幼儿文学概观

一、"教育工具论"主导下的幼儿文学

"教育性"问题是当代整个儿童文学都无法绕开的问题,它那么深刻地影响了一个时代儿童文学的精神气质与艺术品格,有些争论甚至延续到今天。"教育工具论"主导下的幼儿文学,往往将孩子视为有各种"缺点"的个体,需要接受成人的教导,改正"缺点"变成"好孩子"。这种观念脉络上承40年代严文井的童话创作,关注孩子的"思想品德",相对于当时普遍的"抗日救亡"主题与题材,确实有其新意。新中国成立后的幼儿文学中,孩子的某些"缺点"往往被视作这种或那种"病",需要成人的"治疗"。鉴于现代教育已经将"体罚"排除在正当教育方式之外,可如果仅仅是"讲道理",孩子又不爱听,"治疗"也就没效果。但孩子大都爱听故事,若把这个道理的苦"药丸"裹上故事的"糖衣",那么孩子在津津有味听故事的同时就能不知不觉把药丸吃下去,从而达到"治病"即改正缺点的目的。因此,这类文学作品有一个形象的比喻,即"糖衣药丸"。

也正由于过度强调教育功利性,许多幼儿文学作品在艺术性上存在这样那样的欠缺,甚至有些颇具寓言的气质。其中也不乏"寓教于乐"的作品,但其着眼点仍然是教育,只是使用了不那么枯燥的方式实现教育功能,趣味只是一种手段,为某种教育目标服务,自身并不具有独立价值。正如刘绪源曾经批评的,"我们的幼儿文学界也强调尊重儿童,但有时仅停留在300年前洛克的水平上,即仅仅从教育方法上注意到儿童的特点,仅仅将一些说教的内容用比较巧妙的方式传递给儿童"①。此外,保罗·阿扎尔在批判启蒙时代的儿童读物时也指出,寓教于乐这种理念听起来确实不错,"只是,教育很快就把扼杀娱乐变成了自己的义务。人们摆到孩子面前的,始终是那些掺了一点点蜂蜜的汤药。……想象力和敏感心灵其本身将不再被认为是一种价值,而变成了一个家庭教师用来更有效地令儿童把知识吞咽下肚的手段和方法"②。显然,这"掺了蜂蜜的汤药"如同"糖衣药丸"一样,目的在于"治病",蜂蜜不过是哄孩子顺利吃"药"的辅助手段。文学的"想象力""敏感心灵"之类"美"的东西,其本身并不被认为是有价值的。

这一时期的文艺与教育活动几乎都染有较浓的政治色彩,幼儿文学很大程度上也成为"教育的工具",但在彩色印刷、出版、理论探讨、创作等诸方面,幼儿文学也都有新的收获。截止到20世纪40年代末,我国的彩色印刷品还极少,随着印刷技术的进步,到50年代不仅可以印刷大量图画书、画册、挂图,也能出版彩印的低幼儿童画刊。1951年末,陈伯吹主编的《小朋友》决定改版,读者对象由原来的小学中高年级学生为主,改为以小学低年级学生为主并兼顾学前幼儿,

---

① 刘绪源.近现代教育的发展对于幼儿文学的启迪[J].幼儿读物研究.1992(16).
② 〔法〕保罗·阿扎尔.书,儿童与成人[M].梅思繁译.长沙:湖南少年儿童出版社.2014:15—16.

其编辑方针为:"图画为主,文字为辅,健康游戏,用手用脑,多样照顾,彩色精印,美丽丰富。"①这份彩色画刊是新中国成立后第一份低幼儿童文艺刊物。1955年,《人民日报》发表社论《大量创作、出版、发行少年儿童读物》,随后两年儿童读物奇缺的现象有了改观。值得一提的是,两个专业少年儿童出版社先后成立:一是上海的少年儿童出版社,出版了"好孩子的故事丛书"(1964—1965),图文并茂;一是北京的中国少年儿童出版社,出版了"学前儿童文艺丛书"(1957—1960),包括诗歌、童话、寓言、民间故事、无字图画书等各类作品三十余种,也是图文并茂,并以图为主,读者对象是幼儿园小朋友。据统计,"十七年"期间我国共出版各种有插图的低幼读物五百余种,其中童话、寓言、民间故事等占一半以上。但总体来看,幼儿读物还很不丰富。

60年代初,陈伯吹曾发表一篇在当时很有代表性的理论长文,探讨了幼童文学与儿童文学、少年文学的分野问题,以及幼童文学的特点特色、与教育科学的关系、幼童文学创作上的问题等,呼吁大力发展幼童文学。② 20多年后,陈伯吹这样回忆此文发表时的幼童读物情形:那时的儿童文学工作者,很少注意到幼儿的文学读物,有的家长和老师也认为这是一种可有可无的篇页,在儿童文学的园地里,被注目的只是较高深的儿童文学与少年文学,幼儿文学几乎是一个"弃儿",撇在一旁没人管。③ 黄衣青的文章《为幼童创作》(1955),也发出了同样的呼吁。该文以《小朋友》这份全国唯一的低幼期刊为例指出:"按《小朋友》杂志来稿统计(每月平均一千多件),三年来作家为它写作的只占百分之零点六六。而优秀的画家为《小朋友》绘画的

---

① 1951年4月《小朋友》1008期介绍改版后的编辑方针。
② 陈伯吹.幼童文学必须繁荣起来[J].儿童文学研究.1962(12月,未标注卷期).
③ 陈伯吹.幼儿文学漫谈[J].儿童文学研究.1986(24).

在一千一百五十二件中也只占了百分之二点三。这很具体地说明了文艺界对幼童读物不够重视的现象。"①所以,号称中国儿童文学"第一个黄金时期"的五六十年代,幼儿文学的进展其实很有限。当时甚至还很少使用"幼儿文学"这个概念,大都以"幼童文学"来指称,意指"给低年级和幼儿园里的儿童们看的"(黄衣青语)读物。

50年代我国全面照搬苏联的幼儿园课程,幼儿文学的价值取向也受到影响,一直到60年代,给孩子们的文学作品大都扮演着"糖衣药丸"的角色。然而,"十七年"期间也不乏教训味相对淡薄或并不简单说教,而是富有童趣与想象力的低幼文学佳作。如冰心的小诗《雨后》(1959),写小妹妹跟着泥地上摔过一跤的小哥哥:

> 小妹妹撅着两条短粗的小辫,/紧紧地跟在这泥裤子后面,
> 她咬着唇儿/提着裙儿/轻轻地小心地跑,
> 心里却希望自己,/也摔这么痛快的一跤!

这首诗生活气息浓郁而丝毫没有教化色彩,小妹妹内心怀着隐秘的愿望,伴随"咬着唇儿/提着裙儿/轻轻地小心地跑"几个动作,其乖巧中"野性"的一面跃然纸上,像是一幅写意画,寥寥几笔便勾勒出了形神兼备的"小妹妹"形象,真实而丰满。

这一时期较优秀的童话作品有:方轶群的《萝卜回来了》、洪汛涛的《神笔马良》、方慧珍和盛璐德的《小蝌蚪找妈妈》、任溶溶的《"没头脑"和"不高兴"》、金近的《狐狸打猎人》、彭文席的《小马过河》、孙幼军的《小布头奇遇记》、孙幼忱的《"小伞兵"和"小刺猬"》等。幼儿诗歌也成就斐然,像叶圣陶的《小小的船》、柯岩的《小弟和小猫》、鲁兵的《太阳公公起得早》、蒋应武的童话诗《小熊过桥》、张继楼的《夏

---

① 黄衣青.为幼童创作[N].光明日报.1955.12.

天到来虫虫飞》《小蚱蜢》、任溶溶的谜语诗《你们说我爸爸是干什么的》等。儿童小说方面,如杲向真的《小胖和小松》。童话剧方面,如包蕾的《小熊请客》、柯岩的《小熊拔牙》、张天翼的《大灰狼》等,也都堪称幼儿文学的代表作。这一时期还译介了大量苏联的儿童文学,其中亦有一些精彩的低幼作品。然而接下来的"文化大革命"十年,终使幼儿文学的园地几近荒芜。

五六十年代的图画故事也有了飞跃式发展。1954年6月1日,《人民日报》刊登《关于四年来全国儿童创作评奖的公告》(1949—1953),公告将文学和美术并置,而将连环画和图画故事作为美术类的两个组成部分,这不但意味着认同了图画在童书中的地位,而且也肯定了图画故事在美术中的独立地位,无疑对幼儿图画书的发展意义重大。当时有许多艺术界的名家为低幼童书配插画,"这些作品以传统风格的水墨画、工笔重彩为主,人物形象已经有所突破,吸收了苏俄的风格,带有解剖学的理论基础和素描的功底,构图也有一些透视法的规律性。这些50年代的插画,与欧美、日本同期的作品相比并不逊色,甚至色彩上更为丰富,线条技法也更为流畅。……当时的创作者已经将传统文化中的水墨山水、工笔人物、绣像、衣纹刺绣、版刻、敦煌壁画的色彩和形态移植在童书插画中了"[1]。可见,由于诸多艺术名家的加入,当时的低幼童书插画既能媲美世界优秀童书插画作品,又继承或凸显了我国的传统文化特色,在新中国成立之初就达到了相当高的艺术水准。

当时出版了大量少儿图画故事书,据吴雯莉的搜集梳理,大体可分作两类[2]:一类是无字图画书,例如《大家爱清洁》《马和狼》《不怕

---

[1] 丁志英.试以当代读者的眼光来追寻世界童书插画发展的历史轨迹. http://www.hongniba.com.cn/BBS/article.aspx? board=@__2&id=1256.

[2] 吴雯莉.中国图画书研究[M].武汉:湖北少年儿童出版社.2012:42—63.

狼的小青蛙》《兔子搬家》《玲玲和小花猫》《大象救火》《捉黑猫》等；一类是图文结合的图画书，可分为表现孩子生活的和根据民间故事与童话改编的两种，前者如《新手套》《想吃糖》《自己的事情自己做》《照镜子》《从小锻炼身体好》《布娃娃的新衣服》《小医生》等，后者如《小青蛙去旅行》《想飞的猫》《不听话的小狗熊》《急性子的小熊》《乱出主意的兔子》《会跳舞的梅花鹿》等。以今天的眼光看，这些儿童图画书的插图艺术并不逊色，只是对图文关系的认识与处理上还有较大的提升空间。

二、新时期以来幼儿文学的新进展

80年代之后，我国幼儿文学迎来了新发展。幼儿文学从整个儿童文学中分化出来，这被视为新时期儿童文学发展的重大成就之一。台湾有学者提出：我国的儿童文学与幼儿文学，一直到80年代才逐渐完成分化，而"图画书"和"幼儿文学"这两个用语的普遍化则是分化完成的象征。[①] 从作品数量和质量的提升、学术团体的成立、专业少儿出版社的剧增、幼儿刊物及丛书的涌现、幼儿理论研究的深入、幼儿读物评奖活动的展开、图画书的流行等各个方面来看，新时期以来的20年确实是中国幼儿文学走向独立并创造辉煌的重要时期。

"文化大革命"结束后，有关部门对幼儿读物出版工作的重视直接促进了幼儿文学的发展。国家出版局在五年之内举行了三次座谈会，研讨幼儿读物问题。1978年10月，第一届"全国少年儿童读物出版工作座谈会"在庐山召开，提出少儿读物出版要适应不同年龄、入学后和入学前儿童的不同需要、年龄特征和阅读理解能力。会议上由鲁兵提议组编的《1949—1979幼儿文学选》于1981年4月出版，

---

① 林文宝,陈正治等.幼儿文学[M].台北:五南图书出版股份有限公司.2010:19.

"'幼儿文学'这一名目,由是独立出现于儿童文学之中"。第二届会议于1981年在泰安召开,会上胡德华呼吁"为小娃娃们出书",鲁兵则作了《为幼儿文学讲几句话》的发言,倡议编辑出版低幼读物。1983年第三届专题性的幼儿读物出版工作座谈会在郑州召开,提出不但要丰富幼儿读物品种,而且要提高质量,强调幼儿读物的年龄阶段性,并呼吁也要重视给0—3岁的婴儿出书。

经过这三次会议的积蓄与筹备,"中国幼儿读物研究会"于1986年在石家庄成立,鲁兵被选为会长。本次会议把"幼儿"概念明确界定为学龄期之前的幼童,幼儿文学和幼儿读物的对象是6岁以下的婴幼儿。此研究会是隶属于中国出版工作者协会的学术文化团体,也是我国第一个专门研究幼儿读物的创作、编写、编辑与出版的群众组织,其成立标志着我国幼儿读物进入独立发展阶段。研究会于1987年举办了"1982—1985"首届全国幼儿读物评奖活动(1990年举行第二届),并创办了《幼儿读物研究》(图16-1、图16-2),编辑出版

图16-1 《幼儿读物研究》
第1期封面,1986.11

图16-2 《幼儿读物研究》
第27期封面,2003.01,最后一期

了《幼儿文学探索》一书(收录15篇论文)。研究会又于1988和1992年分别召开了专门的"幼儿文学研讨会"。

从70年代末开始,各省相继成立少儿出版社,并设立低幼读物编辑室,各种低幼文学丛书相继面世。80年代初,鲁兵主编出版了面向幼儿家庭的《365夜》上、下册(1980、1981)。1986年,少年儿童出版社将其修订改称为《365夜故事》,是文字形式的故事书,基本上没有插图,专供4—6岁幼儿听赏。本书引起的反响十分强烈,在前八年间重印21次,发行量达430万套。后来出版社还配套出版了《365夜儿歌》《365夜谜语》。较早的儿歌选集还有金波选编的《儿歌三百首》(1983)。80年代的儿歌选本繁多,另有冬木主编的《娃娃歌谣200首》(1984)、樊发稼选编的《最佳儿歌100首》(1987)、尹世霖选编的《中国儿歌一千首》(1988)、冬木和冯幽君选编的《中国童话儿歌选》(1990)等。较有影响力的幼儿文学丛书与选本还有:洪汛涛主编的《1949—1979上海儿童文学选·低幼文学卷》(1979);张美妮、刘振宇主编的《中国幼儿文学精华》(1985),所选是新中国成立以来历次获奖的幼儿文学佳作;洪汛涛主编的《中国童话界·低幼童话选》(1985),汇集了新中国成立以来100篇低幼童话代表作;葛翠琳、古斯涌主编的《低幼童话佳作选》(1988);安徽少年儿童出版社于1989—1995年间陆续出版的"中国著名作家幼儿文学作品选"丛书,包括杲向真、葛翠琳、贺宜、黄庆云、金近、柯岩、鲁兵、严文井、金波等作家的多本幼儿文学作品;明天出版社出版的《中国幼儿文学精华》(1992)等。

鲁兵、张美妮主编的《中国幼儿文学集成1919—1989》(1991),共6编10卷,其中收1978年之后10年的作品相当于此前60年的总量,这套丛书影响极大。张美妮、巢扬主编的《中国新时期幼儿文学大系》(7卷),主要编选了1978—1995年间的幼儿文学各体裁作品及理论,并侧重于90年代发表的作品。这两套"集成"与"大系"均包括了幼儿文学的理论及童话、故事、散文、诗及儿歌,"集成"中还有戏剧一卷,可以说涵盖了我国20世纪除中长篇与图画书作品之外的最有代表性的幼儿文学短篇佳作,具有极高的文献价值。

　　幼儿文学和作家的成长,需要一定数量的幼儿文学报刊作为平台。从1979年开始创办的低幼文学报刊主要有《看图说话》(3—6岁)、《幼儿园》(3—6岁)、《婴儿画报》(1—3岁)、《娃娃画报》(2—4岁)、《幼儿智力世界》(3—6岁)、《幼儿画报》(4—6岁)、《咪咪画报》(4—6岁)、《大灰狼画报》(3—7岁)、《幼儿文学报》(1985年创刊,1995年改名为《小青蛙报》,面向幼儿园和小学低年级)、《幼儿故事大王》(1994年创刊,面向3—7岁儿童)、各地晚报及日报中开辟的低幼文学专栏等。据统计,90年代中期以幼儿为主要对象的画报就有12家,每期发行200多万份,相较于五六十年代全国仅有《小朋友》杂志把低幼儿童作为读者对象,低幼报刊的发展可谓是跨越式的。

　　同时,读物的制作方式与印刷也在与时俱进,1990年代"幼儿读物的一大变迁,就是幼儿读物的电脑制作及铜版纸印刷勃然兴起,自90年代中期至今的四五年已形成了一个可观的图书市场和阅读群落"①。例如,中国美术出版总社朝花少儿社出版的"红蜻蜓"丛书,曾被认为"犹如燎原之火,点燃了高档幼儿读物市场的熊熊烈火",是90年代后期最受欢迎的低幼读物之一。本套书精选古今中外40个经典童话故事,用电脑做图,人物造型及绘画方面都对小读者有极大吸引力,在图书市场上引发了一股强劲的跟风潮。印刷精美的精装版图书也日益增加,而1987年第一次幼儿读物评奖时,上千本图书

---

① 梅咏.红蜻蜓飞入寻常百姓家[J].幼儿读物研究.2000(25).

中精装的只有一本湖南少年儿童出版社出的《小蛋壳历险记》(冰子著,吴儆庐画)。到20世纪末,印刷精美的低幼读物已大量涌现。

理论研究阵地除了《幼儿读物研究》,还有《小朋友》杂志开设的"笔谈会"园地、《儿童文学研究》以及1987年1月《文艺报》始创的"儿童文学评论"专版。《浙江师范大学学报》自80年代中期开始,几乎每年都会出版一期"儿童文学专辑"。这些报刊的发行激发了幼儿文学的创作,培养起一支幼儿文学作家队伍,也带动了幼儿文学理论的研究。总之,80年代之后,儿童文学包含"幼儿文学""儿童文学"(狭义)和"少年文学"三个相对独立又相互联系的部分已成为共识,而"幼儿文学"是其中最具儿童文学特色的门类。

幼儿文学的成就最终体现在优秀的原创作品上。老一辈作家如郭风、圣野、任溶溶、金波、张继楼、柯岩等陆续推出新作,像黄庆云的《摇篮》、鲁兵的《小猪奴尼》、包蕾的《三个和尚》、金近的《小老鼠吹哨子》、孙幼军的《小狗的小房子》、沈百英的《六个矮儿子》、圣野的组诗《春娃娃》、张继楼的《东家西家蒸馍馍》等。金波是一位在中国当代儿童文学史上具有重要地位的儿童文学作家,他的幼儿文学创作和理论批评都成就卓著,他在八九十年代不但出版了《果园儿歌》《小妞妞》《快乐的节日》等多部儿歌集、幼儿诗集,以及《尖尖的草帽》《等待好朋友》等幼儿散文集,还创作了多部(篇)幼儿童话,结集出版的就有《小树叶童话》《窗外飘来一朵云》《穿皮鞋的胖熊》等,这些童话大都充满爱与美的诗情画意。同期,还涌现了一批幼儿文学新秀,佳作迭出,如郑春华的《圈圈和圆圆》《紫罗兰幼儿园》、李其美的《鸟树》、罗佳的《乡下来的丹丹》、任霞苓的《野猫真的来过了》、野军的《小火炉》、胡莲娟的《狮子烫发》、杨红樱的《寻找快活林》等。另有实力派儿童文学作家的新作,如嵇鸿的《雪孩子》、张秋生的《小巴掌童话》、方圆的《"妙乎"回春》、郑渊洁的《小老虎进城》、冰波的《桃树下的小白兔》、谢华的《岩石上的小蝌蚪》等。只是,在八九十年代之交,幼儿文学创作曾出现滑坡之势,主要原因在于"出版社的兴趣转向引进外国的和改编古典的一类读物上面去了,据说,《变形金刚》就先后出了8个版本,中国神话、古代寓言之类也出了不少雷同的本子"①。可见,平衡本土原创与引进借鉴西方、改编古典的关系至关重要,这是直到21世纪的今天我们仍需面对的问题。

幼儿文学中最低幼的婴儿文学也逐渐受到重视。1983年第三届幼儿读物出版工作座谈会上,有学者呼吁给0—3岁的婴儿出书。1985年,中国少年儿童出版社创办了《婴儿画报》月刊(2000年改为半月刊),这是我国第一家以1—3岁(后改为0—4岁)孩子为读者对象的画报,直到1998年一直是我国唯一的婴儿画报,也是发表婴儿文学作品的重要园地,截止到2000年共发表近200篇图画故事,还有儿歌、睡前故事等。1993年举办的"全国婴儿读物研讨会",可视为婴儿文学正式崛起的标志。据论者于90年代初期对出版市场的考察,"尽管今日图书销售情况颇令人不满,但低幼读物的销售却始终是稳步上升,尤其是0—3岁婴幼儿读物。如前几年出版的《宝宝乖》(0—2岁)和《婴幼儿小百科》(1—3岁)很受欢迎,多次重版;再如《婴儿画报》《娃娃画报》,发行量每月都在几十万册以上"②。

随着出版市场的扩大,对婴儿文学艺术形式的探索也逐渐展开。例如,张美妮曾以我国传统儿歌《小耗子》和俄罗斯民间童话《大萝卜》为例,指出婴儿文学的情趣往往表现于:稚拙活泼的形象的勾勒,生动有趣的情节构思,富于动感的情境,欢快的格调和亲切温馨的氛

---

① 鲁兵.幼儿读物随想[J].幼儿读物研究.1990(11).
② 陈玲.研究0—3岁婴幼儿心理 编好0—3岁婴幼儿读物[J].幼儿读物研究.1990(11).

围以及富于音乐美的语言。[①] 胡建中则概括出了婴儿文学的五大特点:婴儿文学是声音、图像和文字相结合的文学;艺术魅力在于"情"和"趣";要有一个浓烈的氛围;既要"浅",也要"深",要讲究"深度",要"深入浅出";婴儿欣赏文学作品重在参与,大体有说儿歌、游戏儿歌、故事表演、编故事等几种参与形式。[②] 但总体来说,当时婴儿读物的品种还很有限,质量也有待提升。据统计,在"98'幼儿读物展"上展出的婴儿读物只有24种、216册,而这就是1978—1998年20年间全国出版的有代表性的婴幼儿读物的全部。显然,婴儿文学的创作和研究还有很长的路要走。

八九十年代幼儿文学的艺术成就还体现在中长篇作品的创作。1961年孙幼军发表的《小布头奇遇记》是我国第一部长篇幼儿童话,获得了巨大成功,可是在其后的二十多年中"完全没有继承和发展"。对此,日本的石田稔曾经发出疑问:"究竟是什么原因呢?即使把反右派斗争和'文革'这些因素考虑进去,我也仍然感到这是个谜。"[③] 1987年7月,在少年儿童出版社主办的童话创作研讨会上,孙幼军曾提出给幼儿写中长篇的问题,指出新时期以来这样的童话不能说没有,但这种样式一直被忽视,而对广大幼儿读者(听众)来说是非常需要的。孙幼军谈到自己的长篇童话创作经历:"我个人浅尝即止,是由于出书伊始便有童话名家批评,说给小孩子不能写得这么长,至今白纸黑字,起着作用。石田先生两次来信,都在篇幅上加以肯定,是

---

① 张美妮.追求高的艺术品位——兼评《婴儿画报》近期某些作品[J].幼儿读物研究.1994(20).
② 胡建中.让婴儿在快乐中成长——婴儿文学探索[J].幼儿读物研究.2000(25).
③ 孙幼军.关于幼儿童话的篇幅问题——日本石田稔先生来信摘译[J].幼儿读物研究.1990(11)译者附记:石田稔,其时为中国儿童文学研究会事务局局长,日中儿童文学美术交流中心理事,多年来在中国儿童文学的研究与翻译介绍方面做了大量工作.

一种不同的见解,或者可供参考。"①

幼儿中长篇尤其长篇作品所遭遇的忽视或反对,不能否认与特定的社会政治环境有关,但它更是一个幼儿文学观念的问题,即认为幼儿不宜阅读(听)长篇作品。这便是石田稔说的那个谜的谜底。这种观点确实在很长时期内限制了幼儿文学中长篇的发展。石田稔回忆说,日本当时也只有乾富子的《好长好长的企鹅的故事》(1957),这有力地回答了幼儿是否也喜欢读(听)中长篇作品这个问题。八九十年代我国的幼儿中长篇代表作有任溶溶的《丁丁探案》、冰子的《小蛋壳历险记》、冰波的《胖小猪和小白兔》、孙幼军的《贝贝流浪记》《唏哩呼噜历险记》、周锐的《鸡毛鸭》、汤素兰的《笨狼的故事》和郑春华的《大头儿子和小头爸爸》等。

90年代以来,我国的图画书创作和出版也有了新发展,在幼儿读物中所占比例越来越大,渐成为幼儿文学界和出版界普遍关注的读物形式。学者黄云生指出,如果说《365夜》之类文字读本反映了80年代我国幼儿文学传达的"媒介人"所特有的文本形式的特征,那么愈来愈精美的图画书则已成了90年代中后期以来的幼儿读本主要形式。另外,对于图画问题,80年代人们关注的重点还是读物的"插图"而非图画书的"图画",幼儿读物中的插图常以"漂亮"为评价标准,这一倾向导致当时的"幼儿美术形成甜美化、女性化、千人一面的通病"②,低幼读物插图整体质量不高,"造型简单、图解文字、人物没有个性、色彩千篇一律的作品,仍然占不小的比例"③。90年代这一状况有了很大改观,出版的代表性图画书有"黑眼睛丛书""小鳄

---

① 孙幼军.关于幼儿童话的篇幅问题——日本石田稔先生来信摘译[J].幼儿读物研究.1990(11).
② 薛雪.对幼儿美术的一些看法[J].幼儿读物研究.1987(2).
③ 刘德璋.浅谈漫画在低幼读物中的地位[J].幼儿读物研究.1987(2).

鱼丛书""绿帆船丛书""动物日记""好阿姨新童话"以及"李拉尔故事系列"等。

1995年,国际儿童读物联盟中国分会在北京举行了国际儿童图书与插图研讨会暨"小松树"儿童图画书奖颁奖仪式,这也是首届"小松树"儿童图画书奖评奖,评奖对象为1991—1994年间出版的儿童图画书,共有四部作品获奖:《贝加的樱桃班》(郑春华文,沈苑苑绘画)、《贝贝流浪记》(孙幼军文,周翔绘画)、《袋猫妈妈》(何艳荣文图)、《小兔小小兔当了大侦探》(俞理文图)。但与西方相比,八九十年代我国的原创图画书还不同程度地存在"画配文"、插图化、图解化、文画割裂等问题,原创图画书尚在起步阶段。

1990年和1992年,我国有4位幼儿文学作家和美术家荣获国际儿童读物联盟颁发的国际安徒生奖提名奖,这是幼儿文学领域了不起的艺术成就。

新世纪以来,幼儿文学有了更为自觉的发展,尤其是图画书领域,虽然引进的图画书仍占到十之八九,但一些原创图画书也开始崭露头角,显示了潜在的力量。而全国优秀幼儿读物评选活动以及信谊图画书奖、丰子恺图画书奖等奖项的设立,也推动了原创幼儿文学及图画书的发展。儿童图画书的兴起与当下轰轰烈烈的"儿童阅读推广"运动紧密相关,加之近年来亲子教育观念日益普及,亲子阅读备受推崇,图画书则被视为亲子共读的最好材料,这些都刺激了幼儿文学读物和图画书的创作与出版。有些幼儿文学读物的编纂颇具规模,例如中国作协儿童文学委员会选编出版的"幼儿文学60年经典"(2009)和"幼儿文学百年经典"(2011),就各有30册之多,而且邀请了一批优秀儿童插画家为之绘制图画。

新世纪幼儿文学原创佳作很多,例如冰波的《阿笨猫全传》、王一梅的《鼹鼠的月亮河》《袋鼠的袋袋里住了一窝鸟》、周锐的《男孩阿威的故事和女孩希儿的故事》、王蔚的《马公鸡传奇》、安武林的《马大哈熊爸爸》《葡萄牙小熊》、肖定丽的《小狮子毛尔冬》、滕毓旭的《童谣开心果》、杨红樱的《小怪物》、汤素兰的《小灰兔找朋友》、熊磊的《小鼹鼠的土豆》、郑春华的"卷毛头"系列幼儿故事、高洪波的《小猪波波飞》、吕丽娜的《波比的老爸》、李珊珊的《丘奥德》等,在幼儿观与文学性上,开创了幼儿文学新的艺术空间。

三、幼教改革影响下的幼儿文学

新中国成立后历次制定的幼教纲领,也可从侧面反映幼儿文学的状况。50 年代后,幼稚园改称幼儿园,幼稚生也改称幼儿,然而幼儿文学的名称并没有随之普及,有一段时期还是以幼童文学等称之。当时我国全面照搬苏联幼儿园课程,1952 年制定的《幼儿园暂行工作纲要》中,规定文学教育的目标在于"培养幼儿爱好文学的兴趣,诚实、勇敢以及五爱等优良品质",强调文学作为幼儿思想道德教育的工具,文学性要求明显降低。到 60 年代后,幼儿园文学教育更是日益淹没在道德教育和政治教育之中。这和其时儿童文学的"教育工具论"是完全统一的。

新时期伊始,在反思"工具论"的基础上,教育部制定了《幼儿园教育纲要(试行草案)》(1981),文学目标定位于"初步培养幼儿对文学的兴趣",要求"懂得、理解、记住、朗诵、复述"作品,突出了文学的认知功能,以语言学习工具论取代了先前的思想道德教育工具论,而幼儿文学的审美价值仍然被悬置。截止到 80 年代中期前后,幼儿文学的美学风格与"十七年"相比,并没有实质性的突破。以一份实地调查为例,据 90 年代初北京一些幼儿园老师反映:"对于《语言》课本上的故事,孩子们最爱听的是《阿里巴巴与四十大盗》和《木偶奇遇记》,尤其是后者,由于课本上把它分成了上下两篇,他们常常是刚听完上篇就急不可耐地要听下篇。"然而,"幼儿园使用的《语言》课本有126篇故事,除前文提及的两篇(即《阿里巴巴与四十大盗》和《木偶奇遇记》——引者注)外,几乎每篇都有一个明确的教育主题,且往往缺少寓教于乐的技巧。这或许是教育工作者的选择标准使然"[①]。因为教材的编写相对于文学创作是滞后的,这反映出当时幼教工作者的教育观与幼儿文学观仍然未脱教育工具论的窠臼。

对早期教育的重视以及幼教改革,"把幼儿文学推到了当代幼儿教育和幼儿精神生活的一个重要位置上,幼儿文学也成了亲子阅读的最重要的文学选材"[②]。经过1989年《幼儿园工作规程》的过渡,终于在2001年的《幼儿园教育指导纲要(试行)》中,实现了幼儿文学向文学性的回归。《纲要》规定教师要"引导幼儿接触优秀的儿童文学作品,使之感受语言的丰富和优美,并通过多种活动帮助幼儿加深对作品的体验和理解",同时培养幼儿"喜欢听故事、看图书",引发幼儿"对书籍、阅读和书写的兴趣"等。显然新纲要突出了文学作品的审美功能,将欣赏文学作品和感受其中语言的丰富与优美作为主要教育目标,进一步弱化了其工具色彩。同时强调文学教育的途径在于让幼儿去"感受"和"体验",这其实也正是文学欣赏的独特方式。

不难发现,新纲要关于文学教育的理念在某些方面与陈鹤琴的相关理论很接近。但曾经作为幼儿园课程"五指"之一的"儿童文学活动"已经被"儿童语言活动"所取代,目前的幼儿文学教育是被列于幼儿语言教育框架之下的,是幼儿园课程中语言教育领域的一部分。然而,无论在理论层面还是具体操作层面,儿童文学与语言教育并不完全等同。归根到底,审美性与教育性的矛盾依然存在。新纲

---

① 张美妮. 调查后的思索——幼儿文学创作随笔[J]. 幼儿读物研究. 1993(18).
② 方卫平. 幼儿文学:可能的艺术空间——当代外国幼儿文学给我们的启示[J]. 浙江师范大学学报. 2004(6).

要还借鉴了西方的早期阅读理念,首次将"早期阅读"纳入幼儿园语言教育目标,并提出了具体要求,这对幼儿文学的发展必将起到进一步推动的作用。以1985年创刊的《婴儿画报》为例,从1996年开始,此画报的发行量逐年上升,"开始看画报的读者年龄越来越早,据去年(即2002年——引者注)的一次调查,周岁以前开始看书的孩子占44%。这说明早期阅读的重要性越来越深入人心"①。

总起来看,新时期之后幼教改革确实为幼儿文学创作注入了活力,各类幼儿文学作品越来越多地进入幼儿园课程,尤其是90年代后期,幼儿园语言教育领域逐渐"文学化",这也是一种国际趋势。虽然早期教育的某些观念有时会对幼儿文学造成某种束缚,但幼儿文学也有其自身的存在方式和特有魅力,它绝不只是跟在教育后面亦步亦趋。教育总是相对稳定的、保守的、滞后的,而文学往往是敏感的、新锐的、超前的,因此幼儿文学可以走在幼儿教育的前面,起到一种引领作用。幼儿文学应该有这样一种气魄与自觉。幼儿园教育为我们研究幼儿文学提供了一个独特而富有意义的视角。幼儿文学将成为新世纪儿童文学中备受关注的一个门类,而图画书将成为新世纪幼儿读物中最重要的图书形式。幼儿文学不是肤浅的文学,它具有自己独特的哲学与美学气质,它的发展不但勾连于时代的儿童观、儿童文学观,更与当时的社会制度、幼教发展状况、印刷出版及传媒技术相关。

中国幼儿文学从20世纪80年代崛起,在90年代走向繁荣,21世纪的幼儿文学再创佳绩。幼儿文学创作及理论批评界、幼儿读物出版界和幼儿教育界的联系逐渐密切,这也是幼儿文学继续创造辉煌的重要保障。诚如金波所言:"在我看来,文学进步的标志之一是

---

① 胡建中.阅读——早期教育的重要方式[J].幼儿读物研究.2003(27).

儿童文学的繁荣,儿童文学进步的标志之一是幼儿文学的繁荣。这是已经被世界上诸多国家的事实所证明了的。"①随着文学与儿童文学的发展,幼儿文学必将迎来新的繁荣;同时,幼儿文学的繁荣也将带动整个儿童文学的发展。

第二节 超越教育工具论的艺术尝试

在教育工具论主导之下,幼儿文学曾在相当程度上扮演了"糖衣药丸"的角色,承担着展示与"治疗"孩子各种"缺点"的教育任务。除了前文中提到的那些"戴着镣铐跳舞"也能跳得比较好看的,其实还有一些作品,不管有意还是无意,更大程度地摆脱了"说教"或"教训"的枷锁,从而在客观上构成对主流幼儿文学的反拨或弥补,并凭借其艺术魅力为当代幼儿文学提供了另一种艺术空间。那么,这些作品是如何在教育工具论的束缚中突围的?或许可从以下几个方面寻找答案。

一、摆脱教化枷锁的幽默童趣

在幼儿文学中,满蕴童趣的作品并不少见,尤其是20世纪八九十年代。这些童趣不是为某种教育主题服务,不是"寓教于乐"的手段,而是作品本身艺术价值的体现。这样的作品不再着眼于孩子的"缺点",甚至主题意旨也不那么鲜明,更不会说教和点题,但却丝毫不影响作品的意蕴之丰富。

孙幼军《小狗的小房子》②,是篇八千多字的幼儿童话,其最大的

---

① 金波.关于幼儿文学的思考[J].幼儿读物研究.2003(27).
② 孙幼军.小狗的小房子[J].儿童文学.1981(12).

特点在于,全篇几乎完全用对话构成,并以对话推动情节的发展。更难能可贵的是,这些对话都是符合角色性格特点的语言,是幼儿式的、口语化的、个性化的语言。对话之外,还有少量的角色行为。可以说,这篇童话用近乎白描的手法,只写小狗小猫说了什么,做了什么,通过对话与行为塑造了两个天真可爱的幼儿形象。小猫小狗要到小河边玩,小猫担心这担心那,最后小狗只好扛着小房子去。一路上小猫追蝴蝶、捉小鱼、让小狗讲故事、用尾巴钓鱼、玩过家家、修小椅子、上树捉蚂蚱,直到小狗被摔晕,小猫吓坏了,帮小狗包扎、克服困难把小狗和小房子推回家。这些都像是小孩子的日常生活和游戏,没有什么"大事"。虽然没有扣人心弦的故事情节,但故事的线索仍然是清晰的,小猫小狗扛着房子去河边又返回家的过程是一个完整的故事。就在这些看似微不足道的小事中,小猫的娇气、聪明、任性甚至小小的不讲理,小狗的活泼、善良、憨厚等都跃然纸上。而正是对人物性格的成功刻画,让整个故事活色生香。比如小猫说了个小狗用尾巴钓鱼的故事,小狗说你讲错啦,我也听过这个故事,根本不是小狗,是小猫,故事就叫"小猫钓鱼"。然后它俩就争执起来:

小猫说:"小狗钓鱼!"

小狗说:"小猫钓鱼!"

小猫说:"就是小狗钓鱼!小狗钓鱼!小狗钓鱼!"

小狗说:"让我想一想……啊,对啦,我想起来啦!有一个故事,叫'小猫钓鱼',可是还有一个故事,就叫'小狗钓鱼',就是你讲的那个。"

小猫说:"不对!没有两个故事,只有一个,叫'小狗钓鱼'!"

小狗说:"嗯——对啦,我想起来了,没有两个故事。只有一个,叫'小狗钓鱼',那——那个会钓鱼的小狗是什么颜色的?"

此处借用家喻户晓的《小猫钓鱼》的故事,在对话中展示了小猫和小狗截然不同的性格特征。故事中还有人物心理描写,甚至是"大量的心理描写(此为幼儿童话创作最忌讳者)"[1]。通常认为,低幼儿童的作品不适合大量使用抽象的、不可见的"心理描写",因为不符合孩子直观形象的思维特点,比如民间童话一般都是把心理外化为可见的行为。然而,本篇童话的心理描写大都通过角色的语言说出来,相当于把内在的心理外化了,例如:

小狗躺在那儿看,心里想:"我要帮小猫抓……可是我得先去喝水!小河的水真好喝,又甜又凉,我要喝好多好多!"过了一会儿,小狗又想:"对啦,我要去喝水!我喝呀喝呀,把小河的水都喝光,把肚子喝得鼓鼓的!"

小狗想啊想,想了好半天,可就是躺在那儿,一动也不动。

小狗的心理被外化为可以听到的语言,而且是小狗的第一人称讲述,所以毫不抽象,也不难想象和理解。这个故事的主题似乎并不明确,很难说是批评了孩子的什么缺点,教育孩子要怎样怎样,可是分明又让人感受到了同伴交往中的快乐、小麻烦和感动。

黄庆云的幼儿文学作品大都富有童趣。例如《犀牛吞了针》[2],以夸张滑稽的情节和细节,讲述了一个大惊小怪、虚惊一场的有趣故事。犀牛和大象一起吃茶点,大象吃蛋糕,犀牛吃饺子。忽然犀牛从凳子上跳起来,跳得一尺多高,说自己吞下了一根针。大象说那就非

---

[1] 巢扬.可供借鉴的一篇幼儿童话——浅析《小狗的小房子》[J].幼儿读物研究.1989(9).
[2] 黄庆云.犀牛吞了针[A].黄庆云.蟋蟀哥俩[M].合肥:安徽少年儿童出版社.1991.

打你不可了,你一面咳,我一面拍你的背,就可以把针咳出来了。结果使劲拍了两分钟也没咳出来,大象又回到桌边吃它的蛋糕。犀牛大哭大嚷,因为背脊给大象打得很痛,心里又急得慌,它哭着说:

> 象弟弟呀,我更糟了,你把那根针越拍越深入了!呜!呜!呜!我都不吃饺子了,你快别吃蛋糕,得给我想办法呀。

刚巧鸵鸟太太路过,看到了犀牛那副急相,不禁哈哈大笑,说这点儿小事何必大惊小怪,我每天都吞半磅铁呢,还把他们教训了一阵,说磁石可以吸铁。大象去向松鼠小姐借磁石,因为她用针线缝饺子,一定有磁石去吸针,可松鼠小姐说她用的是松树叶子——松针,吞一千根也没问题:

> 犀牛一听,连忙抹干眼泪,又坐到桌子边上吃起来,说:"松鼠小姐,为什么你不早说呢?"

此处犀牛的表现实在令人叫绝。松鼠小姐慢条斯理说了一通观察和学习的道理后,结尾最是精彩:

> "是的,是的!"大象连声叫,它这时真想看看饺子里面包些什么,可惜,最后一只都给犀牛吃光了。

这个故事的主题也不好总结,虽与孩子的贪吃有关,却一个字的教训也没有,松鼠小姐和鸵鸟太太的说教都不是针对读者的,那只是她们性格特点的真实写照。其中每个人物都塑造得活灵活现。故事没有让人感觉到在受教育,反倒很"享受地"看着犀牛夸张的担惊受怕,看着犀牛和大象两个"吃货"一门心思地贪吃。那是每个孩子都会有的真切体验,当他们在犀牛和大象的身上看到自己的影子,定会发出心有灵犀的大笑。

呆向真的《小胖和小松》①是写于50年代的幼儿生活故事,通过幼儿心理的细节刻画人物性格形象,令人赞叹。比如小松摔倒被人扶起来后:

> "我自己,我自己会起来。"小松说着,又照原先的姿势倒在地上,然后自己爬起来,拍拍身上的泥土又往前跑了。

这段话在相关的研究文章中经常被引用,小松的逞强认真与乐观可爱透过这一细节被充分表现出来。但是还有一段,笔者认为更加精彩:

> 小松不愿意让蜘蛛看见自己淌眼泪,可是他觉得大肚子蜘蛛已经看见他流泪了,要不它怎么停止结网,一动也不动地看他呢。小松气恼地从地下拣起一块土坷垃,对准大肚子蜘蛛扔了去……

这里完全从小松的视角去看待大肚子蜘蛛,幼儿的诗性思维表露无遗,孩子一方面因为弱小受挫而忍不住淌眼泪,但同时又觉得淌眼泪"没面子",于是气恼地对付发现自己淌眼泪的蜘蛛,这是孩子对自己小小自尊心的维护。更妙的是,断定蜘蛛发现这一"秘密"的理由,也是基于小松的心理认知角度。可土块没有打中蜘蛛,反而落到了小松自己的肩上,小松没有就此罢休,而是艰难地掀起长外衣,从腰带上费力地抽出手枪——那块三角形的小木板,举起来眯着眼睛瞄准大肚子蜘蛛,嘴里"啪"地叫了一声,那只大肚子蜘蛛被他"枪毙"了。这种假想式的、游戏化的解决方式也是幼儿特有的,童趣十

---

① 呆向真.小胖和小松[J].人民文学.1954(1).

足。再如,当穿蓝裤的胖女孩对小松说:"可别跑远了,我们一会儿就结束了。"小松愣了一下:

> 他从来没有见过"结束"这种游戏,那一定是更好玩的。他要等着看"结束"。

对不懂的语词作出自以为是的理解,真实再现了小松知识经验的有限。对于小胖的塑造也很重视心理细节的真实,当警察叔叔向小胖了解情况,问她"弟弟长得像不像你"时:

> 小胖难为情地红了脸,她平常就喜欢听人说她比弟弟漂亮,但是现在,她却觉得弟弟比谁都漂亮,比谁都乖。她的眼泪又哗哗地流出来了。

这是一个丢了弟弟的小姐姐此时此刻真实的心理感受。正因为有这些精彩的细节,有这些对童心童趣的真实刻画,所以即使故事里有些时代当下的明显符号或者标志,比如"解放军叔叔""红领巾"等,以及对新旧社会的二元化修辞式的点评,也没有使这篇故事堕入当时大量概念化叙事的窠臼。

张彦的《一双伤脑筋的鞋》①写一个孩子与不喜欢的鞋子之间的有趣故事,在一波三折的情节反复中揭示了孩子真实而丰富的心理,与美国经典绘本《哈利的花毛衣》有异曲同工之妙。小宁的阿姨送了他一双鞋,没想到惹来了别的小朋友的笑话,因为这鞋很像是女孩子穿的,于是小宁就想办法丢掉它。先是在爸爸骑自行车接他时,在后座上偷偷蹭掉一只,可是被两位"好心的"小朋友发现,捡起来还给了他;第二次是把鞋埋在楼下的黄沙里,又被人家问到失主送还回来;

---

① 张彦.一双伤脑筋的鞋[A].山湖妈妈的孩子[M].杭州:浙江少年儿童出版社.1996.

第三次他要丢得远一点儿,将鞋子偷偷塞进远道而来的玲玲的书包里,可四天后还是被寄还回来了。小宁花了这么多脑筋还是丢不掉鞋,气得哭了起来。这个故事以简洁生动的笔触讲述了孩子内心丰富的情绪变化,高兴、沮丧、得意、失望、愤怒,都真实可信。而且,故事没有把这些当作缺点去教训,当爸爸妈妈弄清楚事情的来龙去脉后哈哈大笑,随即去跟小红换了一双鞋。故事以两个孩子的皆大欢喜而告终。这无疑也体现了作品儿童观念的变化,站在孩子的角度,去理解和接纳孩子的情感和想法,而不是一味把孩子按嵌在成人世界的标准里。

汤素兰的长篇童话《笨狼的故事》尤为值得一提,某种程度上它代表了90年代低幼童话的艺术高度。1994年,《半小时爸爸》《笨狼上学》等六篇笨狼故事获得第七届"信谊幼儿文学奖"入围作品奖。两年后在《小学生导刊》连载,持续三年共载33个故事,1998年由浙江少儿出版社结集出版《笨狼的故事》,作为"中国幽默儿童文学创作丛书"之一种。1999年《笨狼的故事》被改编成卡通脚本,在《好儿童画报》连载,这份以文艺性为主的综合性少儿画刊,其读者对象设定为2—8岁的儿童。

《笨狼的故事》最显著的特点是幽默,集中体现在"笨狼"这一艺术形象的塑造上。传统童话、寓言里的狼常常是凶残可怕的,而"笨狼"却是一只笨得可爱的小狼,由此造成的"陌生化"挑战了读者原有的阅读期待视野,对具有原型意味的固化形象的反叛,其本身就带来一种"颠覆"的乐趣。笨狼可爱的原因就在于他的"笨",这一典型特征通过故事中有趣的情节和语言得到了充分表现。

因为没人喊笨狼的名字,笨狼就把自己"弄丢了"(《笨狼是谁》);笨狼把晾尾巴的想法当成了现实,误以为尾巴晾丢了,还想出挖个坑把屁股埋进去浇水施肥的办法,让尾巴重新长出来(《晾尾巴》);因为凳子太矮,笨狼腿伸不直,他就不断地把凳子往高处放,从沙发到桌子最后一直到了屋顶上(《坐到屋顶上》);笨狼给绿色的小蚱蜢画像,因为把背景草地都画成了绿色,纸上就看不出画像,便以为小蚱蜢从图画纸上跑下去了,竟扯根狗尾巴草把真的小蚱蜢拴在了图画纸上(《画画》);此外,冰冻太阳光、孵太阳、煮雪糕之类,也都是笨狼好心好意的"杰作"。

从成人的角度看,笨狼的这些行为和想法不无"荒唐",却又觉得这就是真实的笨狼,真实的孩子。这种真实感源自作者对个体生命早期特有的思维方式的洞察与独到表现。笨狼的精彩,全赖于体现这些思维特点的故事情节的编构——这需要非凡的想象力。而情节又都是由笨狼的性格推动或决定的,换言之,那些事,那些话,那些想法,只有笨狼能做得出,说得出,想得出。因此性格的内在驱动使故事情节获得了真实的质感,反过来情节的质地又成全了人物性格的塑造。

有趣的情节还要靠有趣的语言去讲述,笨狼的叙事语言彰显出极具辨识性的、灵动俏皮的风格。试看其中几个小片段:笨狼被冤枉入狱,警犬阿黄克扣其他动物的伙食,把笨狼喂得胖胖的,刑满释放那天,监狱长拿着花名册站在院子里大声喊:

"长颈鹿!"
一根竹竿长着四条腿,颠儿颠儿跑出来了。
"大象!"
走出来一架风车,风车叶子还哗啦啦哗啦啦响。
"老虎!"
刺溜刺溜钻出来一只小花猫。
"怎么回事?"惊得监狱长两颗眼珠跳出眼眶。

"饿的呀!"长颈鹿、大象、老虎一边回答,一边吭哧吭哧啃掉了监狱的半堵墙。①

生动的形象一个个呼之欲出。作者将夸张手法运用得如此不动声色而又令人捧腹,实在令人叹服。即使描写静态的事物,也能写出动感的趣味:

> 笨狼整天忙呀忙的,把南瓜子的事儿忘了。
> 但是,种在地里的南瓜子,却没忘了自己是一颗南瓜子。它发了芽,两片翠绿的小叶子小巴掌一样在风里轻轻地拍呀拍。②

幽默中还透着一股诗意和哲理的味道,让人笑过之后,总能留下些余音袅袅的回味。作者还善于从孩子的角度理直气壮地"罔顾事实",制造幽默效果。比如笨狼想当个发明家:

> 发明什么东西好呢?电灯已经有了,指南针也有了。总之,容易发明的东西,别人早已抢先发明了,谁也没想到应该留一点机会给笨狼。③

当笨狼照着书里写的方法学习游泳失败,却"不讲道理"地归咎于书,把书扔进游泳池,"我要让你们这些骗子也尝尝肚子里灌冷水的滋味",那些书却一本一本像小船一样浮在水面上:

> 笨狼看傻了眼:"原来你们是一些只会自己游,不会教别人游的书。"④

---

① 汤素兰.神速减肥[A].笨狼的故事[M].杭州:浙江少年儿童出版社.1998.
② 同上.
③ 汤素兰.糟糕的发明[A].笨狼的故事[M].杭州:浙江少年儿童出版社.1998.
④ 汤素兰.学游泳[A].笨狼的故事[M].杭州:浙江少年儿童出版社.1998.

诸如此类的语言叙述,使得故事中的每一处细节都散发着迷人的闪光。读者一边被情节吸引着要急急地往前赶,一边又被这些细节描写牵绊着目光,不舍得跳过去,行进在这种急缓交替节奏中的阅读必是愉悦的。

"笨,为什么可爱",这是一个童年美学的问题。笨狼的"笨"是儿童原始思维或曰诗性思维的表现,而"笨"所产生的"可爱"也要在超越了原始思维的人的眼中才能被欣赏。这种"笨",很大程度上可以称之为"无知",是对科学事理、文明秩序的无知。换言之,是人生伊始缺乏生活经验的无知,是无法借助概念、判断、推理进行逻辑思维的无知,是尚未被充分社会化的"自然人"的无知。历史地看,对待儿童的"无知",成人的态度是相当不同的。自柏拉图以降的理性主义传统规定了:生活问题完全出于对生活原则的悖逆,即无知;相反,知识即美德。直到1697年,法国的夏尔·贝洛所编写的《小红帽》里,主人公还因为无知而被狼吃掉,付出生命的代价;19世纪上半叶,德国的格林童话更新了这一观念:孩子是无知的,但无知不要紧,只要听大人的话,小红帽的妈妈提前告知她应注意的危险,她是因为不听大人的话而被狼吃掉;现如今,儿童的无知已经成为一种"美德",孩子知道得太多会被视为"成人化",被认为不可爱。在这个历史脉络里考察,笨狼"笨得可爱"显然属于现代童年美学的范畴。

笨狼没有因为"无知"而吃苦头、被规训,也没有以其无知去反衬成人成熟理性的正确伟大,负面对照的只有胖棕熊、尖嘴狐狸、警犬阿黄等所代表的世故、贪婪和狡诈,但这些"坏"得不彻底的家伙身上仍有儿童般的幼稚可笑,所以每每聪明反被聪明误,去成全笨狼的因笨得福,而笨狼的爸爸妈妈更是具有孩子般的性格特点。这些都使得故事少了严肃的讽刺而多了轻松诙谐的喜剧色彩。

对于笨狼的笨或无知,故事并未在二元对立的道德框架里作评判,或者说是超越了狭隘的道德评判,使其具有了更为丰富的象征意义。笨狼的笨,隐喻着生命最初未经雕琢的本然状态,蕴含着天真、善良、诚实、勇敢、好奇、活力、乐观、同情、希望、正义感等人性的基本品质。试想一下,如果与这些品质无关,笨狼只是纯粹的"笨",还会让人觉得可爱吗?而这些品质,"不是任何只具有观赏性的审美对象,而是我们自己以及我们的文化从中生长起来的那片最初的人性土壤"[①]。故事后面有作者深刻的人生思考、生命体验以及对生活的独特发现。它们不只是让孩子发笑的故事,同时也在暗示孩子们一种看待人生的精神、智慧和态度。

可以说,笨狼的故事实现了两个超越:一是超越了此前的教育工具论,童趣不再是达成教育目的的手段,其本身就是目的;同时也超越了为幽默而幽默的肤浅搞笑,塑造了具有灵魂、富有生命力的人物形象。笨狼即使放在世界经典低幼童话中,和小熊维尼·普、青蛙和蟾蜍站在一起,也是不逊色的。

以幽默童趣见长的幼儿故事还有很多。如幼儿生活故事有:黄庆云的《做爸爸》,罗佳的《乡下来的丹丹》,梅子涵的《东东西西打电话》,匆匆的《船船的爸爸》,李想的《借生日》,任霞苓的《老蓬的故事》《野猫真的来过了》,陆弘的《吉吉打电话》等。幼儿童话则更多:如季颖的《青蛙卖泥塘》,金波的《穿皮鞋的胖熊》,郑允钦的《好蛇索索米》,黄庆云的《邦邦上学的第一天》《脱了壳的乌龟》《想做大王的大熊》《三只小猪找出路》,蔺力的《会打喷嚏的帽子》,刘翠林的《两只小松鼠》,胡木仁的《三只小狗叠罗汉》,刘丙钧的《老鼠探险记》,皮朝晖的《两个月亮》,葛冰的《紧急电话》,李少白的《蓝十字诊所》,

---

① 赵霞.童年的消逝与现代文化的危机——新媒介环境下当代童年文化问题的再反思[J].学术月刊.2014(4).

任东升的《小胖熊和他的木箱子》,任大霖的《蹦蹦跳的绿汽车》,武玉桂的《公主的猫》,周锐的《草地上的罐头盒》《你没忘记我》,倪闻的《小野猪的故事》,任霞苓的《客人》,辛勤的《蚁王》,李建树的《会笑的猫》,经绍珍的《小熊找音符》,林颂英的《红房子 绿房子 黄房子》,方轶群的《鹿忍不住哈哈大笑》王一梅的《尖嘴巴和短尾巴》等。

幼儿诗歌中也有不少富有童趣的佳作,如樊发稼的儿歌《小蘑菇》(1981):

  小蘑菇,你真傻!/太阳,没晒。/大雨,没下。/你老撑着小伞,干啥?①

儿歌从一个孩子的视角,将小蘑菇拟人化,以孩子的"浅语"表达了孩子真实的想法,三言两语便塑造出一个充满稚气、好奇而又颇为自信的幼儿形象,在"真傻"的小蘑菇面前显示了满满的"优越感"。

当代幼儿诗歌涌现出了大量风趣幽默的作品,如:唐鲁峰的《小树叶》、圣野的《小狗熊》、张继楼的《翻跟头》、程宏明的《比尾巴》、郑春华的《吃饼干》、鲁兵的《小刺猬理发》、张秋生的《蛤蟆大姐穿新衣》、徐焕云的《数猫猫》、薛卫民的《蘑菇出来戴草帽》、吴珹的《板凳谣》、冯幽君的《小狗吓一跳》、滕毓旭的《老鼠坐上火箭炮》、胡木仁的《搬蛋》、常瑞的《小小鸡》、瞿永明的《秋天到》等。此外还有童话诗,是童话和诗歌融合的新形式。其中鲁兵的童话诗颇有成就,堪称独具一格,正如鲁兵自己所言:"为小娃娃写的童话诗,我向儿歌靠拢,但又不是纯粹的儿歌,而是介于儿歌和诗之间的一种形式。"②他用儿歌的形式给小娃娃们讲的故事大都富有趣味,是"以美听的语言

---

① 樊发稼.小娃娃的歌[M].天津人民美术出版社.1985.
② 金波.论鲁兵的童话诗[J].幼儿读物研究.1997(23).

歌唱故事",如《老虎外婆》《雪狮子》《袋鼠妈妈没口袋》《小老鼠变大老虎》《小豆豆》等。

然而,"80年代中期以来,刻意追求意境美似渐渐成为儿歌创作的一种趋势,近两三年,报刊发表的描写静志的抒情短诗,数量大大超出儿歌(这种情况前所未见)"①。像五六十年代金近的《数字歌》、唐鲁峰的《谁的耳朵》、刘燕及的《我的小鼓响咚咚》、葛翠琳的《到哪里找馍呢?》、圣野的《扮老公公》之类的游戏歌、绕口令、颠倒歌、数数歌、谜语歌等风趣幽默的儿歌都很少了。诗人高洪波曾在80年代末指出,"当前中国儿童文学比较匮乏的是快乐与幽默"②,1985年他在自己的儿童诗集《喊泉的秘密》的后记中,就表达了想要通过诗歌"给孩子们一点快乐"的艺术追求。他所创作的《我喜欢你,狐狸》《鹅、鹅、鹅……》等,都是反"常规"的幽默童诗,深受孩子们的喜爱。这种快乐与幽默,既是"教育工具论"的幼儿文学所欠缺的,也是80年代探索型儿童文学所欠缺的。

二、追求爱与美的童真诗意

文学中的诗意,天生跟"说教"是不相容的,因此满蕴诗情画意的幼儿文学,必然是对"教育工具论"的一种消解。80年代中期,作家冰波曾经提出"抒情童话"这一概念,他发现当时的童话创作中"情节曲折离奇、想象奇特、富有哲理的可说占多数",这类童话"豪放、洒脱""情节性强",给人以动的、刚的美;"而能给人以淡泊、恬静的印象的童话,或是注重感觉和情绪的童话,目前比较少"③。这两种童话

---

① 张美妮.调查后的思索——幼儿文学创作随笔[J].幼儿读物研究.1993(18).
② 高洪波.幽默化,一个迫在眉睫的命题[J].儿童文学研究.1989(4).
③ 冰波.不妨"文气"一点——《夏夜的梦》和《窗下的树皮小屋》创作点滴[J].儿童文学选刊.1985(3).

都是需要的,他自己就想要写点"给人以静的、柔的美"的"文气"的童话。冰波确实以自己的创作实力奠定了"抒情童话"的地位,与当时盛行的"热闹派"童话相并立。

《梨子小提琴》①是冰波的一篇代表作。小松鼠把捡到的大黄梨对半切开,吃剩的半个做成了一把小提琴,琴声不但好听,还带着一股淡淡的香味。这样好听的音乐,森林里从来没有过,它很快就改变了动物们的生活和命运:狐狸在追赶小鸡,好听的音乐传进狐狸的耳朵,他对小鸡说:"喂,你别跑啦,我不捉你了,我要去听音乐。"同样,狮子不再捉兔子。动物们都悄悄地来到松树下,优美的音乐好像都流到动物们的心里去了,大家都觉得甜蜜蜜的。甚至,狐狸让小鸡躺在他的大尾巴上,狮子让小兔子躺在他的怀里。小提琴里的一个小音符掉到地上,长出了小绿芽,在小松鼠每天的琴声中又长成了一棵大树,结出很多梨子,这些梨子都送给动物们做成了提琴。于是:

  动物们不再追来打去了,他们每天学拉提琴,到了有月亮的晚上,就都到松树下来开音乐会。

一个到处可以听到音乐、到处都有快乐的森林世界,也是抒情童话所创造的诗意世界。冰波的另一篇童话《竖琴网》,不但富有诗意,而且构思巧妙,幽默风趣。蟋蟀拉琴,昆虫们静听。蜘蛛悄悄地爬过来:"如果我现在就去吃蟋蟀的话,被大家看见了,可不好……"蜘蛛决定先来织一张网,"等蟋蟀的演奏结束了,大家都走光了,再下手……"蜘蛛用脚勾了一下织好的网,"嘣……"大家听到这个声音都抬头看着蜘蛛。蜘蛛急中生智地说:"这个,这个……我是想,想给

---

① 冰波.梨子小提琴[J].娃娃画报.1987(11).

蟋蟀伴奏……"昆虫们都拍起手来。于是,当蟋蟀演奏起另一支曲子时,蜘蛛就用脚拨着网伴奏。越来越多的昆虫都赶来听音乐会。蜘蛛太惊讶了:"天哪,我的网还能发出这么好听的声音,我以前怎么没有注意到呢?"蜘蛛越来越陶醉在自己弹奏的音乐里了。昆虫们也都夸奖蜘蛛:"没想到,蜘蛛你还是一个艺术家!"天慢慢亮了,昆虫们开始三三两两回去了,蟋蟀也收拾起琴盒走了。蜘蛛看着蟋蟀离去的背影,忽然觉得,自己一点儿也不想吃蟋蟀了。童话不但营造出一个令人陶醉的音乐世界,而且悬念迭出,蜘蛛先是弄巧成拙,又弄拙成巧,很有戏剧性。故事成功塑造了一个有点儿心机、有点儿善良、又喜欢自我陶醉的蜘蛛形象。冰波的很多低幼童话都具有这样的艺术特点,其他如《桃树下的小白兔》《秋千、秋千……》《窗下的树皮小屋》《小青虫的梦》《露珠项链》等,都较好地展示了音乐的魅力,爱与美的力量。

张秋生的"小巴掌童话"中,也有很多属于抒情童话,具有诗的韵味和意境。比如《躲在树上的雨》,小鼹鼠天天盼望着第一阵夏雨的到来,可是因为熟睡而错过了,他伤心得快要哭了。小黑熊问清原因后,领着小鼹鼠来到一棵梧桐树下,"准备着吧,鼹鼠先生,今年的第一场夏雨来了!"小黑熊使劲地摇着梧桐树,停在树叶上的水珠儿"淅沥沙啦"地落下来,就跟密密麻麻的雨点儿一样。开心的小鼹鼠对小黑熊说:

  "谢谢你,小黑熊先生。你送给了我一阵雨,一阵躲在树上的夏雨!"

一个"躲"字,赋予了雨后树叶上的水珠以新的生命,以及无限的情趣。作者抓取了日常生活中的一个场景,一种自然现象,加以想象,将它构思成了一篇温馨美妙的童话。另一篇《变成小虫子也要在一起》①,体现了对微妙童心的把捉,诗意与童趣双美齐聚。"一只田鼠和一只鼹鼠闹翻了。"开篇一句不但开门见山,而且"闹翻了"一词用得无比生动,幽默与悬念顿出。两个好朋友为了一点儿小事吵架,谁也不理谁了,没多久就都憋得难受,但糟糕的是,吵架时他们说过:"谁再上谁的家,谁就是树叶上的小虫子。"他们都不想当虫子。孩子小小的自尊心和爱面子,表现得真切又有分寸。后来,经历一番可笑的谈判,两只小鼠拥抱在一起唱起了歌:

两个好朋友,/难分又难离,/就是变成小虫子,/也要在一起……

将一个"吵架"故事写得如此一波三折却又温馨感人,毫无教训意味,确实体现了作者对一种"精短的,既有诗的意境和韵味,又有散文的飘逸、随意和童话的想象、夸张的作品"的艺术追求。作者本人将这种糅合了诗歌、散文和童话多种文体特点的作品命名为"小巴掌童话",在当代童话文学中独树一帜。其他如《小花瓣》《铺满金色巴掌的小路》《几张飘落的红叶》等,也都是"像诗一样美"、令读者回味无穷的童话佳作。

安武林的低幼童话在90年代后期已引人注目,他的短篇童话集《一朵花,两朵花,三朵花》②标注为"0—7岁亲子共读"读物,收录了此前发表于《幼儿画报》《娃娃画报》《幼儿故事大王》《小朋友》等期刊上的代表性童话,其中包括《一朵花,两朵花,三朵花》《打碗碗花》《老蜘蛛的一百张床》等至今备受好评的作品。安武林的童话被认为"充满大自然的音籁,充满爱与美的情思"(金波),他"用心营造了一

---

① 张秋生.变成小虫子也要在一起[J].娃娃画报.1992(1).
② 安武林.一朵花,两朵花,三朵花[M].广州:广东教育出版社.2002.

个童心世界,其中浪漫的童话纯真童稚,切中天性,它的美妙在于为人们找回梦想和感情、以及极易丢失的赤子之心"(秦文君)。安武林的童话常有着诗歌般跳跃的节奏,绝不拖泥带水,轻盈而富有诗意。来看这篇《一朵花,两朵花,三朵花》:

> 小狐狸院子里的迎春花开了,小狐狸一边数一边唱:一朵花,两朵花,三朵花。
> 小田鼠听着小狐狸的歌儿,心里好羡慕哟。
> 小狐狸不在家的时候,小田鼠偷了三朵花。
> 小狐狸数啊数,咦,怎么缺三朵花呢?
> 突然,小狐狸听见小田鼠在洞里唱歌:一朵花,两朵花,三朵花。噢,小田鼠偷走了。
> 小狐狸再唱的时候,歌儿就变成了:四朵花,五朵花,六朵花。

童话并不以紧张激烈的戏剧冲突为重心,对小老鼠"偷花"的前因后果、小狐狸获知真相的过程等皆不作细节上的描写,只是轻描淡写地勾勒出情节轮廓,将重心放在纯真情感的表现和浪漫意境的营造上,很有画面感。对于小田鼠的"偷花"行为,也并未进行简单的道德训诫,避免了陷入"糖衣药丸"式的俗套。当小田鼠钻出洞口,想趁小狐狸不在家"再偷他三朵花"时,却迎面看到小狐狸笑眯眯地望着自己:

> 小田鼠脸红了,哦哦哦,哦了半天也说不出一句话来。
> ——给,三朵花。小狐狸从身后拿出三朵花。
> 小田鼠高兴地说:谢谢你。
> 小田鼠回到洞里,唱四五六朵花去啦。

没有义正辞严的谴责,也没有语重心长的讲道理,甚至没有个郑重其事的道歉和知错就改的举动,一切都是小孩子之间透明的单纯,不拐弯抹角。故事明明有着确切的道德立场,却丝毫没有教训的味道,蜻蜓点水式的叙事尽显"轻逸"美学的神韵。

富有诗情画意的幼儿童话还有很多,如鲁兵的《老爷爷和老奶奶》(1986)、杜虹的《捉迷藏》(1988)、王晓明的《花生米一样的云》(1993)、金波的《踢拖踢拖小红鞋》(1994)、王芸美的《小甜饼》(1995,风格类似美国洛贝尔"青蛙和蟾蜍"的故事,温馨诗意而有趣)、汤素兰的《红鞋子》(2000,其中的小老鼠极有个性,超越了甜腻完美小天使的刻板形象,性格真实,内蕴丰富,令人印象深刻)等。诗意的幼儿散文则有楼飞甫的《春雨的色彩》(1983)、陈秋影的《冬天,在小河边》(1985)、邓小秋的《小树叶》(1988)、林颂英的《等妈妈》(1988)、李沐明的《爱打听的木耳娃娃》(1990)、郭风的《夏夜》(1991)、林颂英的《热闹的大山》(1992)、李少白的《看不完的画册》(1995)、冯幽君的《小河》(1995)等。

三、科学童话以知识绕开道德训诫

科学童话也叫知识童话,是采用童话的形式讲述科学知识的一种体裁。作为文学与科学的结合体,它可以凭借文学性与科学性——而非思想品德教育主题的"正确性"——成为优秀的童话作品,从而在一定程度上避开以道德教化为主的"教育工具论"的束缚。

整体上看,科普读物是幼儿读物中的薄弱环节。一方面固然是由于这种艺术形式的难度,要求作者既要具备科学的知识,又要具备适合幼儿读者的文学表现能力,另一方面也与人们对幼儿是否适合阅读科学文艺的观念有关。早在五四时期,童话和儿歌就被认为更适合低幼儿童,而科学知识适合更年长的儿童。新时期以来,人们越来越认同:"幼儿文学多一些知识性,知识读物多一些文学性,这是幼儿读物应当特别予以重视的原则。"①80年代初出版过一套20多册的"爱科学图画丛书",是以故事形式介绍科学知识;90年代初的《幼儿知识百科》则以知识为主,插图多为摄影图片,虽然畅销但非文学性读物;90年代中期中国少年儿童出版社出版的"世界优秀科学图画书"系列是从日本翻译过来的,有20多册,比如《脚丫的故事》《血的故事》《放屁》《大家来大便》等。总起来看,"现在的幼儿读物,……不足的是科学知识读物不多,这和社会发展的需要很不相称"②。

原创低幼科学童话中,鲁克的《谁丢了尾巴?》③是一篇优秀之作:小猴子捡到一条小尾巴,先是"吃了一惊,以为自己的尾巴摔断了,连忙摸摸自己的红屁股,尾巴好端端的,一点也没有短少";然后"他翘起尾巴来使劲摇了几摇,尾巴摆来摆去,像先前一样灵活。小猴子这才放心"。细节充分表现了小猴子的担心。他决定把这条尾巴送还失主,先后问了蜻蜓、小鲤鱼、啄木鸟、小松鼠、灰兔、袋鼠妈妈,虽然他们都没有丢尾巴,但小猴子却由此知道了这些动物尾巴的用处。最后小猴子才弄明白,捡到的是小蜥蜴的尾巴。此处还借助小猴子回顾还尾巴的过程,又简单明了地总结了不同动物的尾巴的作用,从而使得知识更有完整性。本篇科学童话与林颂英的《小壁虎借尾巴》有异曲同工之妙,只是情节更复杂,细节更丰满。

刘兴诗的《小哈桑和"黄风怪"》④则属科学童话中的翘楚。情节结构采用了三段式的循环重复,层层递进。作者将沙尘暴拟人化为

---

① 金波.试谈幼儿文学的特殊性[N].文艺报.1987.7.11.
② 鲁兵.幼儿读物呼唤科学知识[J].幼儿读物研究.1997(23).
③ 鲁克.谁丢了尾巴?[J].儿童文学.1964(4).
④ 刘兴诗.小哈桑和"黄风怪"[M].上海:少年儿童出版社.1979.

"黄风怪",把防风林比喻为关"黄风怪"的笼子。小哈桑使用缓兵之计,约定三天后比试,"黄风怪"不知是计答应下来,然后又等不得三天,一夜都没有睡:

> 天刚亮,就耐不住了,一路翻着跟头,冲到小哈桑的门口,大叫大嚷。

被小哈桑责问之后,也不耍赖:

> 只得又飞回沙窝子。它气得在沙地上直打滚,搅起了更大的黄沙。

但即使这样,它还是很守信用。接下来:

> 又是一个通宵没有睡觉,好不容易挨到天亮,它一跺脚,又气冲冲地飞到小哈桑家的门口,大声喊叫起来。

这回却又中了小哈桑的激将法:

> 只好又憋了一肚子气,一溜烟回去了。它气呼呼地在沙地上又踢又打,弄得到处都是黄沙滚滚。

至此已是第二次情节结构的重复。在"黄风怪"窜来窜去、耍威风、发脾气的三天里,防风林已经准备好。"黄风怪"这个忍不住两次要提前的急性子却呼噜呼噜睡着了,还做了胜利的美梦,太阳爬得老高了它才一咕噜爬起来,想起今天要比赛,多像个孩子啊!前后的急缓对比也形成叙事的张力。它用沙哑的嗓子唱着歌:

> "我是沙漠里的霸王,谁也不能把我阻挡。今天我要去比赛,一口吞掉小哈桑!"

刚跑几步就被防护林绊了一跤,跌得鼻青脸肿,可爱的"黄风怪"被收服了。生动的比喻,拟人化的形象,"黄风怪"被塑造成一个神气活现、气势汹汹、急性子、爱逞强、守信用而又丝毫没有城府的可爱儿童形象,性格鲜明,童趣盎然,同时也很符合沙尘暴的自然特点。语言非常符合人物性格,生动真实。本书出版后大受欢迎,"据说,低幼知识读物《小哈桑和"黄风怪"》在陕西一个偏僻地区的新华书店里,一下子卖掉了150本,我们听了,立即引起了一场议论"①。

黄庆云的《友谊第一》②借助一场躲藏比赛,把多种动物的特性自然而然地融入其中,故事非常完整,趣味十足,对话生动。试看其中两段:

> 乌龟说:"哈!哈!哈!我当然有缩头术呀。你以为跟我的头说话,其实你只不过在跟我的尾巴说话。那就请你尝尝我尾巴的厉害吧。"

这是乌龟在捉弄壁虎,后来壁虎又用自己的本领捉弄了乌龟,而且让看热闹的小刺猬笑得松开了身体,像个老公公一样咳嗽起来。

> 狐狸说:"乌龟可厉害呢。连兔子也不是它的对手啊!你不快跑,也会给它捉住的。"

这里竟然使用了后现代的艺术手法,把龟兔赛跑的故事戏仿了一下。最后,黄鼠狼的臭屁威力实在大,甚至:

> 把壁虎吓出了一条新的尾巴,赶快爬回墙上最远最远的地方。

---

① 纪家秀.畅销书有道理[J].儿童文学研究.1980(第五辑,"幼儿文艺专辑").
② 黄庆云.友谊第一[A].黄庆云.蟋蟀哥俩[M].合肥:安徽少年儿童出版社.1989.

小木叶蝶一直在树上装枯叶,一动不动的。此刻,也给那臭屁弹到半空中去了。

大家都生气了,黄鼠狼感觉很无辜:"我不是故意惹你们嫌的,我还以为这样可以逗你们笑,这才够友谊呢。"乌龟这才探头出来说:"友谊,友谊!友谊是香喷喷的,不能靠这臭烘烘的、不文明的行为得来呀。"结尾对品德教育的融入非常自然。

武玉桂的《公主的猫》[①]构思也相当巧妙,故事的趣味性远远压倒知识性,看似不以传达知识为目的,但还是以谜语的形式把猫的特点传达了。故事发生在没有猫的国家,一位外国老太太送给国王一只小猫,公主太喜欢这只小猫了,"反正,你就是把太阳和月亮加在一起和她换小猫,她也肯定不乐意"。这里对"喜欢"的形象化表达特别适合低幼儿童。有一天小猫不见了,公主很伤心,哭声惊动了整个王宫,国王派人连夜张贴《寻猫布告》:

"别看年纪小,胡子可不少!"

结果有人送来一只小山羊。国王只得下令张贴第二张《寻猫布告》:

"大眼睛,会上树,还会捉老鼠!"

结果有人送来猫头鹰。于是第三张布告换成了一幅画,上面写道:"瞧见了吗——这就是猫!"结果人们抬来了一个大铁笼子,里面是虎大王。就在公主两眼哭得又红又肿坐在镜子前发呆时,窗外传来奇怪的声音:"喵!"小猫出现在窗台上。国王在一旁拍着脑瓜自言

---

① 武玉桂.公主的猫[J].娃娃画报.1993(7).

自语地说:

"我怎么就没想到呢?'喵喵'叫才是猫的特点呀!"

通过三张布告加上叫声,层层推进,才总算讲清了猫的特点,猜谜的过程以及三次猜错动物的情节也极为有趣。

此外,方慧珍、盛璐德的《小蝌蚪找妈妈》(1959)、路展的《小苹果树请医生》(1960)、迟叔昌的《请各位蚂蚁注意》(1961)、罗亚的《要下雨了》(1975)、彭万洲的《小鲫鱼参加联欢会》(1980)、张友珊的《太阳娃娃和蓝天妈妈》(1983)、方轶群的《老公公的玩具店》(1992)、沈百英的《夏天到来捉虫虫》(1991)、胡霜的《河边发现一个蛋》(1994)等,也都是非常优秀的幼儿知识童话。

四、文本中儿童观和教育观的转变

儿童观和教育观都会影响幼儿文学样貌,包括题材选择、主题导向、人物形象塑造、叙事方式等。分析儿童观与教育观转变的表现、差异及其原因,可从一个侧面看出教育工具论对幼儿文学的控制逐渐式微。

首先,启发孩子自己总结道理。

教育工具论主导下的幼儿文学,很多是直接说教、点题讲明道理的,然而在另一些作品中,出现了启发孩子自己总结道理的叙事。如孙幼军的《萤火虫找朋友》(1963),讲萤火虫很想要朋友,他提着小灯笼到处去找,先后遇到小蚂蚱、小蚂蚁,可每次萤火虫都说"我不能给你照路。我要去找朋友!"童话最后一段写道:

聪明的小朋友,你们都知道怎样才能找到朋友,你们快告诉萤火虫吧! 要不,他老是提着灯笼飞来飞去,多累呀!

可见,作者不是自己跳出来告诉小读者"道理",而是让读者参与进来,启发"聪明"的小读者自己想明白"道理",再教导故事里的小主人公,从而获得一种优越感。

又如鲁克的《上夜班的动物》(1977),这篇科学童话的结尾也留了一个小问题:"小朋友,想一想,小青蛙为什么不再去找癞蛤蟆了呢?"而答案就在故事所附的小黑板报上,在对上夜班动物的介绍中,也包括对癞蛤蟆的介绍:"能捉蝗虫、苍蝇和蟋蟀。"但是需要孩子自己去发现。孙幼忱的《狗熊种地》(1978),讲述了狗熊种地时老是见异思迁没主见,结果最后什么也没得到,结尾是:

  狗熊从春天忙到秋天,为什么白忙了呢?小朋友,请你说说这个道理吧。

再如杨向红的《小喜鹊说得对》(1983):

  小熊想:小喜鹊哪儿说得对呢?想来想去,想不出来。小朋友,你能帮助小熊想出来吗?

在张泸的《三只小猪》(1988)里,老大不爱干净,老二不肯好好吃饭,只有老三,每天起来自己洗脸洗手,吃饭也不挑食,长得又高又胖,十分漂亮,还跟妈妈学会了很多本领。后来三只小猪去报名当交通警,老大老二都失败了,只有老三被录取了:

  老大、老二回到家哇哇直哭。老三说:别哭,别哭。他悄悄地告诉他俩该怎么办。
  小朋友,你知道老三对他俩说了什么?

以上这些童话故事,"道理"几乎就摆在那里,根本不需要读者费多少脑筋去思考,而且那道理一两句话就可以说清楚,但毕竟不再像寓言故事那样,以后缀格言的方式直接讲明某个道理、教训或者哲理,所以说是叙事方式上的一种转变。这种"启发"孩子自己总结道理的叙事方式,或许与当时教育界对皮亚杰提出的"主动发现现实的教育"的认同有关:"如果我们想造就有创造力和能推动未来社会前进的个人——这是越来越感到的一种需要,那么,主动地发现现实的教育显然要比要求学生按照既定的意志行事,简单地接受现成的真理的那种教育优越得多。"①从这一点上看,"启发"孩子自己说出"道理",毕竟比此前作者直接"灌输"道理有进步——无论从教育观还是从文学性上来看都是如此。

然而这进步实在很有限,可能更多只是一种姿态。考察上述故事所要"启发"孩子思考的问题,可以发现那些问题的正确答案都是"唯一"的,而且从情节发展来看也"大势已定",答案基本已由故事"内定",即使"启发"孩子也不可能得出其他答案,更不用说得出其他的"正确"答案了。因此,虽然形式上貌似开放,实质上仍然是封闭式的,与其说是"主动发现现实",毋宁说是"主动发现预设的、既定的现实",孩子并没有获得多少真正的"主动"权。这也表明,教育观并未发生实质性的转变,幼儿文学所表现出的观念转变也尚停留于表层,故事仍然是成人权威主导的,将孩子视为应该接受既定正确教导的个体。在很大程度上,这也是幼儿文学长期存在的、直到今天仍需认真面对的问题。

其次,肯定孩子违反"常规"的个性化表达。

呆向真的《七个太阳》②有了一些新变化。老师在教孩子们画小

---

① 〔瑞士〕让·皮亚杰.皮亚杰教育论著选[M].卢濬译.北京:人民教育出版社.1990:137.

② 呆向真.七个太阳[J].小朋友.1991(1).

鸭子,盼盼"瞧了瞧黑板上老师画的鸭子,和真鸭子一模一样。鸭子挺着脖子一动也不动,端端正正地像是蹲在水里,不是在戏水……嗯,没劲儿。"盼盼画画时,让小鸭子把脖子弯进水中,扁嘴上添了两道细短、弯弯扭扭的线,是一条小鱼在鸭子嘴里扭来扭去挣扎;盼盼害怕小鸭子冷,还画了一排七个太阳。当老师问他为什么是七个太阳时,盼盼"说着说着脸红了起来,眼眶里也满是泪水,他怕自己没有照黑板上画会受批评呢",结果他的画却在"优秀作业栏窗"里贴出来了。而家长们看到后,有的惊奇,有的迷惑,有的欢喜,有的在沉思。"黑板上的鸭子"就如同此前作品中那些"正确的答案",孩子们只需照着画下来。然而在这篇童话中,老师画的鸭子不再是"唯一正确"的答案,它允许孩子去画不一样的鸭子,而且还肯定了孩子的自我表达和创造。不过,对孩子的解放与尊重也才刚刚起步,老师事先并没有交代或鼓励"可以跟老师画的不一样",否则盼盼就不至于"怕自己没有照黑板上画会受批评";家长们的"惊奇、迷惑、欢喜、沉思",也反映出整个社会文化中人们对待孩子突破"唯一正确"答案的态度,显然还混杂着困惑与矛盾。

相比之下,20年之后吕丽娜的《好奇小女巫》[①]则体现了儿童观和教育观的更大突破。童话中的小女巫要从魔法学校毕业了,必须完成考试题目:用魔法修一条路。她就举起自己的小魔杖,说声"小路小路跟上来",她走到哪儿身后的鹅卵石小路就跟着修到哪儿。可是,好奇小女巫太好奇了,中途忍不住去看了树林里新搬来的金翅鸟一家子,去湖边看了水精先生钓鱼,还去花田里看谁躲在那里吹笛子,所以她和她的小路拐了许多个弯,等她终于到达终点——魔法学校门口时,天都快黑了。几天后,魔法学校公布了毕业成绩,好奇小

---

① 吕丽娜.好奇小女巫.荣获2013年上海作协第九届幼儿文学奖.

女巫修的那条弯弯曲曲的小路竟然得了第一名！评委们的理由是，在这个魔法小镇，稀奇古怪的路大家都见得多了，但是没有一条路比好奇小女巫那条拐来拐去的小路更适合自在地散步，可以看到最多的风景，得到最多的乐趣。这个童话令人想到《小猫钓鱼》之类的故事，按照教育工具论的模式，小女巫肯定要为她的不专心受到批评或者惩罚，比如毕业成绩倒数第一名，就像钓鱼时因为追蝴蝶追蜻蜓钓不到鱼的小猫一样，要为自己的"三心二意"吃点儿苦头。但是小女巫获得了完全相反的结果，她的不专心被肯定被奖赏，而且也不再像《七个太阳》中有那种担心和困惑。因此，有学者甚至将《好奇小女巫》称为儿童观的一次"哥白尼式的突破"，同时也"预示着一场儿童文学与儿童文化上哥白尼式的革命"①。

再者，出现了"比成人优越的孩子"。

这类作品中的成人形象发生了变化，不再总是高大上的正确面孔，也有各种缺点和问题，同时将家庭或社会问题融入其中。张微的《笔筒上开满牵牛花》(1992)，写孩子解决大人之间的矛盾；马光复的《雪花飘》(1993)中的妈妈不孝敬爷爷，也是孩子解决了问题；丁曲的《打电话》(1994)中的妈妈占小便宜省自家电话费，而孩子则比大人更有美德；张微的《爸爸哭了》(1994)是关于孩子阻止爸爸赌博的故事；许培奋的《拉拉勾》(1996)写爸爸搓麻将，爸妈吵架，孩子借自己生病的契机让爸爸悔改。暂且不论这些作品的艺术价值，它们至少改变了以往孩子在故事中千篇一律的"犯错误者""被教育者"形象，为幼儿形象的塑造开辟了另一种可能的空间。其中所隐含的新儿童观，也必然会影响作品的气质和风格。

---

① 刘绪源.儿童观：一次哥白尼式的突破——吕丽娜童话《好奇小女巫》价值评估[N].文学报.2014.1.9.

最后,对待淘气孩子的态度发生转变。

教育工具论统治下的幼儿文学作品,孩子经常会因为淘气、不听话而犯错误并被惩罚。对待孩子的这种态度,也逐渐发生了转变。胡木仁写过一篇童话《三只小狗叠罗汉》:三只小狗爱玩叠罗汉的游戏,鸟妈妈看见了摇着头说:"真淘气!真淘气!"一只鸟娃娃从窝里掉下来,三只小狗叠罗汉把鸟娃娃送回窝里,鸟妈妈非常感激,再看见小狗在大树下叠罗汉就点着头笑嘻嘻地说"真有趣!真有趣!"后来,因为门被锁上了,小狗们通过叠罗汉才从窗口爬进家里。最后,它们都成了马戏团的著名演员。这篇童话深受孩子们喜欢。作者曾提出过一个问题,即我们应该怎样看待爱蹦爱跳、爱淘气的幼儿?小狗"滑稽"但没做坏事,小狗的"爱好"表现出他们的才能,"然而,我们的很多家长、老师,却把幼儿这种天真的、美的'本性',当成一种疾病——好动症来诊治"①。把孩子的淘气视为一种"病",这是很多"糖衣药丸"式作品要帮孩子"治疗"的,此类作品开始挑战这种观点了。

在 1992 年的幼儿文学研讨会上,林八提出的"幼儿文学应多一些阳刚之气",引起与会者的很大兴趣。他认为,不少"虎虎有生气"的孩子被视为"顽童",甚至被判为"多动症";提起幼儿文学,往往会想到"童心",提起"童心",人们谈得较多的是纯真的情感、赤诚的爱心、稚拙的言行,那么"童心"除了阴柔之美以外,有没有阳刚之美呢?② 林八认为是有的,并举例说鲁兵的《独立行动》一书中就颇有些童稚的阳刚之气,例如其中的《一个小帐篷在移动》。鲁兵回应赞同林八的观点,并说自己的《虎娃》《顶顶小人》等作品都体现了这一

---

① 胡木仁.滑稽·幽默·童趣·其他[J].幼儿读物研究.1989(8).
② 林八.建议幼儿文学多一些阳刚之气[J].幼儿读物研究.1992(16).

思想,批评"幼儿文学表现勇敢精神、冒险精神太少"。刘绪源更是高屋建瓴地指出:"中国的儿童文学基本上是母爱性的作品。小孩对做'坏事'特别高兴。林格伦写的所有儿童是顽童,整个儿童世界中,她非常欣赏儿童的捣蛋。顽童做'坏事',是打破常规,是当作一种游戏。"①这或许是幼儿文学理论界第一次如此正式地讨论孩子的"淘气"问题,而且提出了不同于以往的新观点,肯定并呼吁幼儿文学中的"顽童"。可以推测的是,没有这种新儿童观的出现与认同,就不会有后来《好奇小女巫》这样的作品获奖。被赞赏的"顽童"由此成为消解教育工具论的重要力量。

在这次研讨会之前的1987年,一份幼儿期刊的创办或许已经预示了这一儿童观的转变。作为全国第一家童话画报,《大灰狼画报》以"给孩子以快乐和想象"为宗旨,特别是采用素来担当儿童文学反面角色的"大灰狼"为刊名,表明了它对某些传统观念的挑战:"动物形象中好人坏人的区分也已形成简单固定的模式。孩子们从小生活在这种故事氛围中,将会给他们带来潜在的心理危机:阶级斗争的心态易使他们缺乏同情和爱心;崇拜弱者的心态将弱化未来一代的民族性格;形而上学的思维定势会使他们长大后无法适应不断变化、评价标准多元的现代社会。"②这也隐含着对此前幼儿文学中乖巧听话、柔弱无知的"好孩子"形象的反叛。它每期设有"大灰狼罗克"的连载故事,这只机智、勇敢、活泼、顽皮的大灰狼完全颠覆了传统故事中单纯的"坏蛋"形象,创造了一系列天马行空、新奇有趣的故事。无论是作为"顽童"的大灰狼形象的反转,还是以想象力与童趣为价值取向的故事,都是对教育工具论主导下的幼儿文学的巨大冲击。

---

① 圣野整理.讨论发言纪要[J].幼儿读物研究.1992(16).
② 《大灰狼画报》编辑部.更新观念 面向未来[J].幼儿读物研究.1987(5).

第三节　艺术深度的开掘与文体形式的创新

一、悲剧美带来的艺术感染力

教育工具论主导下的幼儿文学,意在传达某种"道理",需要依赖孩子的认知理解能力,因重在教育主题的明确,甚至不惜直接现身说教,往往缺乏超越逻辑与经验的审美表达,故而很难产生强烈的艺术感染力。其中的孩子经常会因各种"缺点"而犯错误,吃苦头,甚至受到很严厉的惩罚,但其结局或下场却常常只让人觉得悲惨,而无法唤起一种悲剧快感,情感很难被深深地打动。即使从正面描写"好孩子"的作品,也大都简单明快,缺乏深层的心灵触动。总体看来,无论批评"缺点"还是表扬"优点",这类作品或者笼罩在几丝苦味中,或者飘拂在几缕甜味中,唯独缺乏令人久久回味的感动。

由艺术感染力引发的是幼儿文学的艺术深度问题,80年代之后陆续有多位学者关注,如刘厚明的《导思·染情·益智·添趣》(1981)、鲁兵的《适度·浓度·广度》(1987)、方卫平的《略论儿童文学的深度及其实现方式》(1990)、鲁兵和刘绪源的《"深度"引出的对话》(1991)、孙建江和冰波的《儿童文学的"深"与"浅"——〈花背小乌龟〉引发的对话》(1995)等。黄云生就此指出:"凡是优秀的作品都应该有艺术深度","艺术深度,可以有难度,也可以没有难度";"在文学创作中,人们追求的往往是深度和难度的反向统一,即作品的艺术含蕴要有深度,而表达形态上应摒弃难度,也就是通常所说的'深入浅出'";而要实现幼儿文学的艺术深度,则"必须有成人作者深刻的审美意识参与"。①

对幼儿文学而言,浅,不是肤浅,而是一种"深入浅出"的艺术,借用台湾儿童文学作家林良的话说,即幼儿文学应为"浅语的艺术",语言的浅近和艺术的深度应是有机的统一。如何让作品的艺术难度控制在孩子能接受的范围,同时又以艺术深度去触动孩子隐秘微妙的情感,激发孩子的想象,增进孩子的艺术感受力,是幼儿文学的重要命题。

大约从70年代末期开始,浸润着"悲剧美"的幼儿文学作品逐渐出现。它们刚发表或出版时,有的还引起了很大的争议,而争议的焦点在于是否适合年龄低幼的孩子。随着时间推移,这类作品凭借其独有的审美品格,对当时以及此前的幼儿文学都构成了很大冲击。"分析我国近年来出现的耐看、耐听的作品,可以发现,它们也都从某种程度上表现了人类共同的美好情感。……其中流溢着的摇荡读者心旌的'悲剧美'突破了当代幼儿文学作品从总体上说偏于乐观、纯净的审美品格。"②

嵇鸿的《雪孩子》③曾被拍成动画片,是个感人至深的童话故事。兔妈妈要出门,给小兔子堆了个雪孩子当小伙伴,小兔子给雪孩子唱歌跳舞,玩累了回屋睡觉,却不小心引起了大火。雪孩子冒着呛人的烟、烫人的火,冲进屋子救出了小兔子,自己却融化了。等到大家要谢谢他时,雪孩子不见了,他已经化成了水。故事结尾写得诗意轻灵:

不,雪孩子还在呢,瞧,太阳晒着晒着,他就变成很轻很轻的

---

① 黄云生.论幼儿文学的艺术深度[J].幼儿读物研究.1992(16).
② 巢扬.创作有生命力的幼儿童话[J].幼儿读物研究.1989(8).
③ 嵇鸿.雪孩子[M].上海:少年儿童出版社.1979.

水气,飞呀,飞呀,飞到天空里去,变成了一朵白云,一朵美丽的白云。

就像《海的女儿》中小美人鱼变成泡沫升到空中,获得了不灭的灵魂,善良的雪孩子变成了一朵白云,生命永恒而美丽,在淡淡的伤感中给人以温暖的安慰,心灵的净化。

李其美的《鸟树》①也写到了死亡。幼儿园的冬冬和扬扬捉住了一只小鸟,他们喂小鸟吃东西,帮小鸟找妈妈,当解开绳子放小鸟自己去找妈妈时,小鸟却已经死了。他们很难过,想不通为什么自己对小鸟那么好,小鸟还是死了。后来他们挖了个坑把小鸟埋了,折了一根葡萄枝条插在那儿。春天枝条长出了绿芽,他们告诉小朋友:这就是鸟树,鸟树长大了会开很多鸟花,结很多鸟果,鸟果熟了裂开就会跳出很多小鸟,到那时小鸟就每天从树上飞下来和我们玩。后来"鸟树"和孩子们都长大了,冬冬和扬扬已经知道那不是"鸟树"而是葡萄树,"可是,瞧!真的有一群小鸟停在树上,在快乐地唱歌呢!"小鸟的死亡确实让人难过,而孩子的纯真、善良和美好的想象与期待,却将这小小生命的逝去升华为一首真挚感人的诗,有着淡淡的悲伤,更有暖暖的感动。应该说,是无邪的童心赋予了"鸟树"以生命。

谢华的《岩石上的小蝌蚪》②同样写到了死亡,而且更为可悲,连"光明的尾巴"都没有。从艺术的真实性上来看,也并非无可挑剔,但它确实是一个很有开拓意义的作品。它再次挑战了幼儿文学的"边界"甚至"禁忌"。据阅读教学实践的反馈,幼儿听后较普遍的反应是"小蝌蚪真可怜",他们不责怪小男孩忘却诺言,比如"小哥哥真坏";也不嘲笑轻率和无益的信任,比如"小蝌蚪真傻"。孩子们表现

---

① 李其美.鸟树[M].上海:少年儿童出版社.1980.
② 谢华.岩石上的小蝌蚪[N].幼儿文学.1988.6.3.

出的,"是对善良美好事物遭到毁灭的深切同情:'小蝌蚪真可怜。'这正是作品强烈的艺术感染力之所在"①。孩子或许还无法理解信任与诺言的意义,但这不妨碍他们生出深深的同情和伤感,因为理解和感受并不完全是一回事。谢华的另一篇童话《小猫达达和想织五角星的小蜘蛛》(1994),也具有悲剧色彩。

孙幼军的《冰小鸭的春天》②是一篇非常具有感染力的童话。在冰城的一个角落里,一个小哥哥用一块冰雕家们丢弃的冰,雕了一只冰小鸭,把她摆在高高的石天鹅脚下。冰小鸭听石天鹅说到春天,她非常欢喜:"啊,那真好!白雪上开满一朵朵小红花,一定漂亮极了!"石天鹅为她难过:春天来了,你就会融化。冰小鸭太渴望春天了,说:"要是能看到春天,一下子化掉也可以!"石天鹅于是带着冰小鸭飞到南方春天最喧闹的地方,一个非常美丽的小村庄,冰小鸭终于看到了真正的春天!"她亲眼看到的,比她想象的更美得多!"她跳到小河里,跟小鸭们一起游泳,玩得很开心。可是快乐的时光很短,冰小鸭觉得自己的身体变得软软的,她知道自己正在融化。但是她觉得非常幸福,她喊道:"我看到春天了,春天真好!"这篇童话内蕴丰富,它涉及了关于生命的长度与意义这样重大的人生哲学问题。小孩子或许理解不了这么深,但完全可能为冰小鸭而感动,因为"对于幼儿来说,幼儿文学的功能是作用于感性的,而不是作用于理性的。……这好比吃苹果,幼儿感觉到了苹果的香甜可口,于是津津有味地把它吃下去了,但幼儿并不意识到苹果有多种营养成分,而那些营养成分却已经被他们的肠胃所吸收"③。这里将优秀的幼儿文学比作营养丰富又香甜可口的苹果,而非糖衣药丸,也表明了幼儿文学观的转变。

---

① 朱庆坪.谈谈低幼文学作品的艺术感染力[J].幼儿读物研究.1991(12).
② 孙幼军.冰小鸭的春天[J].人民文学.1990(7,8期合刊).
③ 黄云生.幼儿文学原理[M].南京:江苏教育出版社.1995:46.

刘兴诗的《风的握手》①是一篇悲凄中透露着乐观、具有浪漫诗意的童话，"风"的形象很特别，也很有美感。风最后吹起一只手套，跟双目失明的小姑娘握手，感人至深。黄水清的《美啊，霓虹灯》②，写了一只为了美而丢掉性命的青蛙。青蛙赞美萤火虫的美，萤火虫说城里的霓虹灯才美呢，青蛙因为要去看霓虹灯却被毒蛇咬伤。萤火虫叫来成千上万的伙伴，点点绿光组成各式各样的图案给青蛙看。

"美啊，霓虹灯！"青蛙惊喜地叫起来，"我看到了最美的霓虹灯！……"青蛙带着微笑，闭上了眼睛。

上述作品都有一定的艺术深度，而且无一例外都带有悲剧色彩。那么，"这些作品的情感是幼儿情感吗？我将回答：是，又不是。……出现在幼儿文学中的幼儿情感却是这样地富于道德感、美感和理智感！"③正是这样的道德感、美感和理智感水乳交融在一起，让作品具有了打动人心的力量，能够深深地感染低幼的小读者。就如曹文轩所说，儿童文学不仅仅是给孩子带来快乐的文学，也是给孩子带来快感的文学，这里的快感包括喜剧快感和悲剧快感。童年只拥有单纯的快乐是不完整的。美国心理学家海姆·金诺特亦称："我们不应该剥夺孩子忧愁和哀伤的权利，在他所爱的生命死亡时，他应该悲伤。这样，孩子的道义感才可以加深，品格才可以提高。"④把悲伤的权利还给孩子，童年的生命才更有质量。

---

① 刘兴诗.风的握手[N].幼儿文学.1993.3.3.
② 黄水清.美啊,霓虹灯[J].幼儿故事大王.1993(1).
③ 黄云生.论幼儿文学的艺术深度[J].幼儿读物研究.1992(16).
④ [美]海姆·金诺特.孩子的心理[M].伍江,刘恕译.北京:生活·读书·新知三联书店.1987:135.

二、现实与幻想融合的文体创新

传统观点认为,童话是幻想的艺术,而小说是写实的艺术。然而两种文体的界限有时并不那么清晰,以至于出现了"小说童话"和"童话小说"这样的名称。同时,两种文体的融合或者说艺术手法的相互借鉴,必然涉及幻想与现实的关系问题。文体之间艺术手法的借取,并不是一个新现象,像童话诗、散文诗等都是两种文体交织的产物。在创作实践中,童话与小说艺术的融合其实很早就存在,甚至也有理论层面的关注,但直到80年代西方大量此类作品涌入,尤其随着先锋实验小说的兴起,它才逐渐成为一种自觉的理论与创作实践。

自20世纪初期开始,穆木天、赵景深、贺玉波、叶圣陶、周作人、鲁迅、袁珂等人都不同程度地关注过这个问题。穆木天在他选译的《王尔德童话》中曾说,王尔德这九篇作品只是"童话体的小说"。贺玉波在《叶绍钧的童话》一文中提出,童话集《稻草人》"虽还保存着童话的形式,却具有小说的内容,它们是介于童话和小说之间的一种文学作品,而且带有浓烈的成人的悲哀。所以我们与其把它们当作童话读,倒不如把它们当作小说读为好"①。赵景深也明确将《稻草人》列为"童话体小说",称虽然是"文学的童话",但不是"儿童的"文学。赵景深与周作人在《童话的讨论》中曾谈到,近代将童话应用于儿童教育应当别立一个教育童话的名字,因为说"儿童童话"似乎有点儿"不词"。这表明时人并没有把童话的阅读对象仅仅限定于儿童,或者说认为并非全部童话都适合儿童,同时也纠结于童话与小说的文体区别。

---

① 刘增人,冯光廉编.叶圣陶研究资料[M].北京:十月文艺出版社.1988:445.

《稻草人》中"童话"与"小说"交织的文体特征,与当代的童话体小说或小说化童话有所不同,后者是两种文体发展到较为成熟的阶段后文学品种间的互相借鉴与横向渗透,而《稻草人》中的"美丽童话"与"现实人生"的交织,却不是一种自觉的、成熟的文体追求。叶圣陶在 1936 年曾写下这样的话:"童话本是儿童的小说,'文学概论'的编者固然要严定区别,但是实际上未尝不可和小说'并家'。"①因此他把两篇童话收在了小说集《四三集》中。同年,徐子蓉在《从表演法上研究童话的特殊性》中提出,童话的特殊性在于神话特点与儿童小说特点的糅合,是一种介于神话和儿童小说之间的"边缘"文体。

周作人于 1950 年曾提出,《西游记》八十一难的故事差不多都是"童话"的分子,中印之外的各国恐怕没有这样的"长篇童话小说"。②而此前两年,袁圣时(笔名袁珂)1948 年在《台湾文化》(第 3 卷第 1、2 期)上发表的《〈西游记〉研究》一文,通过考察神话小说与童话小说之区别,亦称《西游记》为世界的一部绝大"童话小说"。③由是观之,民国时期的童话研究还是相当前沿的,也是与西方接轨的。童话后来出现的问题实在与这个命名没有根本关系,主要在于后人对于"儿童"的低幼化认定,对于童话文学的矮化理解,导致非低幼化童话文学淡出儿童文学研究和创作的视界,同时也游离于成人文学的视界之外,成了一个盲区。

儿童文学界曾于 1956—1958 年间进行过一场关于童话幻想与现实问题的讨论。起因是欧阳山发表在 1956 年 1 月号《作品》上的《慧眼》,作者本人并未称其为童话,但因为运用了幻想的手法,当时被视为童话。作品写农业合作社生产队长的孩子周邦天生有一双慧

---

① 刘增人,冯光廉编.叶圣陶研究资料[M].北京:十月文艺出版社.1988:243.
② 刘绪源辑笺.周作人论儿童文学[M].北京:海豚出版社.2012:400.
③ 刘荫柏编.西游记研究资料[M].上海古籍出版社.1990:766.

眼,能看透别人的心是什么样子,帮合作社做了很多好事,后来因为骄傲自大被懒汉欺骗利用,失去了神奇本领,又在大家的教育帮助下恢复了慧眼的力量。人们普遍认为这篇童话的失败在于"幻想和现实结合上的不协调,不谐和"。当时有多篇评论就这个问题展开讨论,比如贺宜的《目前童话创作中的一些问题》(1956)、萧平的《童话中的幻想和美》(1958)、刘守华《现代童话创作中幻想与现实的结合问题》(1962),甚至80年代末期孙建江的《空间意识的重要性和我们童话理论缺乏空间意识的原因》(1989)还提到这篇作品及其在当时引发的论争。

1961年,孙幼军的《小布头奇遇记》①出版。当时围绕这部作品的评论也不少,其中就涉及现实与幻想的关系问题。此书九万字左右,是我国第一部长篇幼儿童话,出版后不但受到小学中低年级孩子的欢迎,而且经中央人民广播电台在《小喇叭》节目里广播后,也大受幼儿园小听众的喜欢。童话的主题很鲜明,一是怎样才算真正的勇敢,二是为什么要爱惜粮食。故事中表现了两个世界:一个是由小布头、布猴子、小芦花鸡、老鼠、小麦苗之类的"物"组成的幻想世界,一个是由苹苹、老郭爷爷等"人"组成的现实世界。小布头们能听见"人"说话,能观察"人"的行动,"物"之间能彼此交谈,可是它们不跟"人"说话,"人"也无法知道这些"物"的内心想法。因此有人发生疑问:"像这样童话世界与现实世界划分开,交替写述,这作品算不算童话呢?"对此,叶圣陶的看法是:"依我想,算童话是不成问题的,用同样写法写的童话有的是,……再说,写法哪有一定。"②叶圣陶接下去论述了这种写法对孩子们有什么好处,指出该童话作者能按照"物"

---

① 孙幼军.小布头奇遇记[M].北京:中国少年儿童出版社.1961.
② 叶圣陶.谈谈《小布头奇遇记》[J].文艺报.1962(9).

的本性和经历去以已"度"物,符合生活的真实,给孩子们展示了一个想象的世界,不仅使他们感到满足,还能启发孩子们的想象。

　　30 年后有学者进一步指出,作品中幻想情境与现实情境并存,是一种较新的创作方法,反映了世界童话学的新趋势,具体可分为两种类型,其一是"幻想情境与现实情境平行存在",可以《小布头奇遇记》的幻想结构为例;其二是"幻想情境与现实情境有机交融",可以中川李枝子的《不不园》和孙幼军的《亭亭的童话》为例。不得不说,"童话的假定性在这里受到了挑战。然而,这又确确实实是童话,是儿童生活故事和传统童话联姻而产生的新型童话"①。针对低幼儿童的小说通常被称为生活故事,因此说的还是小说和童话的联姻,但是仍列入童话范畴,名为新型童话。这就不但承认了现实与幻想融合的童话手法,还进一步将其视为具有文体创新价值的"新型童话"了。

　　这在很大程度上受益于 80 年代人们对西方童话及其理论的了解。80 年代初期,在对西方当代童话充分考察分析的基础上,理论界开始肯定童话与小说两种文体融合的创新精神,呼吁在我们自己的童话创作中也"让生活扑进童话",宣称"《白雪公主》统治的时代结束了";而这类似幻似真的童话故事,"有时像童话,有时又不像童话;有时像小说,然而又很难说它就是小说。从整体上看,它更像一种童话和小说的混合体。在幻想中有现实的内容,在现实中又有幻想的色彩"②。周小波则系统归纳分析了当代外国童话"双线结构"的几种组合形态,论述了这种结构如何巧妙利用了儿童心理特征,丰富了童话的艺术结构,对小说表现手法的借鉴又如何丰富了童话的艺术

---

① 巢扬.低幼童话中的幻想[J].幼儿读物研究.1991(12).
② 陈丹燕.让生活扑进童话:西方现代童话创作的一个新倾向[J].未来.1983(5).

手段。① 这样的分析与判断在当时的儿童文学界是很前沿的。

后来彭懿、朱自强、吴其南、舒伟等人的研究继续深入。彭懿认为"幻想文学"与童话是两个不同的概念,分水岭是"小说",童话不是小说,童话是一次元性的,而幻想文学是多元的。朱自强在1992年就将"小说童话"视为一种新的文学体裁,后来改称"幻想文学"。再后来二人发现"幻想文学"遭到了"童话"这一概念前所未有的抵制,幻想文学的译法容易使人产生"幻想类作品总称"的感觉,于是两人又提出"幻想小说"的概念。吴其南则指出,"童话小说化,小说也在童话化。不同艺术间的借鉴以至融合是艺术发展中的正常现象,但这并不意味着不同的艺术要淡化和放弃自己的特点。童话小说化的结果应该是丰富童话,而不是取消童话。"②他反对将童话艺术小说化、写实化的倾向推向极端,从而使童话的美学个性逐渐消失。舒伟则认同西方新马克思主义批评家杰克·齐普斯和英国文学批评家C.N.曼洛夫提出的"童话小说"概念,认为它比"现代幻想文学""儿童幻想文学"或"现代幻想小说"更为准确,因为它可以体现出根植于传统童话而又超越传统童话、童趣性、双重读者等根本特征。

通过以上对童话与小说、幻想与现实的交织融合问题的历史梳理,可以更全面地了解两种文体相互缠绕的关系脉络:它并不是新时期之后受西方现代文学思潮影响的新产物。下面仅以数篇幼儿文学作品为例,考察现实与幻想的融合在低幼文学中的体现及其特点。严文井的《丁丁的一次奇怪旅行》写于新中国成立前夕,1951年由启明书局出版,一直是作为童话被阅读和讨论的。但它跟传统的《小红帽》以及当代《三只骄傲的小猫》之类童话有很大不同。故事的开头

---

① 周小波.当代外国童话"双线结构"的新发展[J].浙江师范大学学报.1985(总第26期,儿童文学专辑).

② 吴其南.中国童话发展史[M].上海:少年儿童出版社.2007:370.

和结尾构成一个完整的现实框架,以故事套故事的结构方法,把中间的童话幻想世界镶嵌在了现实世界的框架之中,虚实相生,很符合当代"幻想小说"的概念。故事的主题前文提到过,是关于"勇敢"的,是在寻找勇气的过程中获得勇气的故事。开篇写道:我认识一个叫丁丁的小姑娘,是二年级的学生,她什么都不错,可是就有一点,胆小;跟着就还有一点,好哭。大家都没办法帮她变得胆大,后来倒是丁丁自己改变了,这简直不能叫人相信。她说:有一次她和一只蚂蚁一起出去旅行,看见了许多奇奇怪怪的事情,得到了好多好多朋友的帮助,后来她就变得不那么胆小了。

我很喜欢那个故事,就问她:"是真的吗?"她很狡猾地看了我一眼,笑了笑说:"谁还骗你,当然是真的呀!"

现在,我们就来听丁丁讲她自己的这次奇怪旅行吧,事情是这样的。

到这里为止,完全是写实的小说,是发生在现实中的第一世界的故事。后面的"奇怪旅行"故事仍然采用第三人称全知视角,很快就跨越了第一世界:

奇怪的事情发生了。蚂蚁抬起脑袋来,对丁丁点了点头,而且对丁丁说话了。真像故事书里写的那样,不过声音很小。

故事已经从现实世界进入了幻想世界,可叙事者却提醒读者"真像故事书里写的那样",这意味着叙事者还未相信这是"真的",这种事只存在于"故事书"中,藉此表达了对超现实事物的"惊奇",而这一点就说明,这已不是传统童话的一次元时空,因为小红帽不会对狼开口说话感觉惊奇。但这也不是传统的小说,因为写实小说里的蚂蚁不会对人说话。可以说,这是现实和幻想相融合的童话小说或小说童话。

丁丁请教这只名叫"红眉毛"的蚂蚁怎么才能把胆子变大一些，红眉毛建议她去问"什么都能知道"老师，丁丁要戴上一顶蚂蚁的帽子，才能跟他一起去。红眉毛不知从什么地方拿出来一顶很小很小的帽子，只有小米粒那么大，给丁丁戴上之后：

> 马上她的个子就一点点缩小起来；越缩越小，一直小到和一个蚂蚁一样大才不缩了。

这是丁丁真正进入幻想王国的"魔法帽"，而在传统童话里根本不需要，从现实世界进入幻想世界，只有幻想小说才需要一个跨越的理由，就像哈利·波特进入魔法世界的9¾站台。现在丁丁自己变小了，她看到的东西就好像都变大了。比如小草就像一棵棵大树，沙粒就像一块块圆石头等，蚂蚁的粮食仓库里面的柱子是火柴杆儿，每一粒粮食就像一个大南瓜，让人想起《格列佛游记》和《爱丽丝漫游奇境记》中的类似情节。蚁王告诉他们，那个长着白眉毛、白胡子的小老人"真是一个聪明人，你们去吧。不过他有些淘气，他欢喜到处乱跑，有时候他坐在树顶上，有时候他睡在草叶上"。悬念一下子吊起了读者的好奇心。接下来是三段式反复，丁丁连续找了三个蜗牛壳里的小老人，可他们不是小老人的哥哥就是弟弟，直到第四次才找到小老人本人，情节曲折，趣味横生。比如蜗牛的语言就很生动：

> 真有趣，真有趣！我还不知道怎样才能把我自己的胆子变大一些呢，你真能想，真会问！去吧，小傻瓜！

丁丁第二次找到的小老人的大哥，名字居然叫作"知道得很少"。而她第三次找到的是"知道得很少"的弟弟，"什么都能知道"的哥哥，叫做"什么都知道一点儿却不算多"。这些有趣的名字很像张天翼《大林和小林》里的人物名字。这个小老人给他们解释什么是勇气:"'勇气'大概是一种气体吧……'勇气'有点儿像'发脾气'的'气',也有点儿像'生气'的'气',明白了吧?"最后丁丁终于找到了那个"什么都能知道"老师,可这小老人却唱着歌告诉丁丁她已经是勇敢的孩子,因为她在寻找的过程中已经获得了勇气。

> 讲到这里,丁丁就不往下讲了,她也不说讲完了没有。……
> 我想,应该把丁丁这次奇怪的旅行讲给旁的孩子们听听,我就照她讲的写了这么一个故事。

最后的两段又回到现实世界,那么中间丁丁讲的奇怪旅行是不是真的呢? 故事的叙事结构很巧妙,既真又假,虚虚实实,但细节和情感都是真实的。现实与幻想的双线结构让故事变得扑朔迷离、引人入胜,童趣十足而又隐含着丰富的哲理。

黄庆云的《邦邦上学的第一天》,讲述了一只叫邦邦的小狗的故事,完全从小狗的视角出发,以小狗的口吻讲述,以非常个性化的语言,塑造了一只有个性的小狗。故事充满喜剧色彩,开篇就是邦邦的自信宣言:"我的大名是邦邦,是一头英雄的小狗,是三宝心爱的、一刻也不能离开的小狗。"邦邦能听懂人话,人却不懂狗的话,二者之间无法对话,现实与幻想两条线索时而并行时而交织,区别于传统童话和小说。"作者将邦邦这一拟人童话人物形象直接置放于生活的真情实景之中,并以它的第一人称进行叙述,使真幻虚实相织交融,使童话弥漫着现代生活的气息。"[①]童话人物走进现实生活,和现实人物进入童话世界,是两种不同的幻想方式。

---

① 张美妮. 慈爱温馨 睿智幽默——论黄庆云的幼儿文学创作[J]. 幼儿读物研究. 1998(24).

野军的《荷叶船》①通篇闪烁着一种亦真亦幻之美。放鹅的小女孩帮了一只小青蛙,要回家时听见有谁在喊:"小姐姐,你别走!"回头一看,是个系着绿肚兜的小娃娃,划着一只绿色的小船。他邀小女孩上船一块采红菱,小娃娃还挖了藕,采了大荷叶把藕和菱都装进去,送给小女孩带回家。故事结尾写道:

> 小船划走了,小女孩突然惊喜地看见:一只小青蛙握着一支荷梗,坐在一片绿色的荷叶上,朝着荷花丛里划去,划去……

小娃娃是小青蛙变的吗?现实中这不可能;可如果不是,那小娃娃哪儿来的?最后划小船走的,到底是小青蛙还是小娃娃?这样的故事已无法用传统的幻想与现实去判定"真"与"假"。或许,真假已不重要,抒情诗般奇妙的意境、神秘的氛围和动人的情感所带来的审美快感才是最真实而重要的。

任霞苓的《客人》②运用了传统的三段式结构,充满童趣。三个守林人,酒喝完了,故事讲完了,希望有客人来。三只熊、三只羊、三只狐狸分别假扮成小姑娘、老太婆、中年妇女来作客,他们又是跳舞又是讲故事,玩得非常开心,可每次都会露馅,然后只得慌忙逃走。最后,当狐狸捂着掉出来的尾巴说"哦,对不起,我们得回家上趟厕所了"时,三个守林人禁不住哈哈大笑,说:"没关系,狐狸女士,尾巴不碍事。你们来做客,我们太高兴了。还有小熊和羊,再来呀!"后来守林人的小屋常有客人来玩,而且它们不用化装就来啦。这个故事貌似揭穿了动物们的伪装还原了现实,但整个故事却是一个更大的伪

---

① 野军.荷叶船[N].幼儿文学.1991.7.18.
② 任霞苓.客人[J].幼儿故事大王.杭州:浙江少年儿童出版社.1994;本篇故事另选入:任霞苓幼儿文学作品选·小萝卜头儿[M].杭州:浙江少年儿童出版社.1996.但后者的自序落款时间是1993年1月,两个版本内容不完全一致,此处引文选用前者。

装,因为守林人和动物们本身就处在同一个幻想世界里。所以这是一个童话故事包裹了另一个童话故事,它一面说那个故事是假的,一面却像故事里的狐狸女士一样想要掩藏起自己的尾巴,让读者获得了双重的"揭穿"乐趣。

郑春华的系列幼儿故事《大头儿子和小头爸爸》,在90年代初就已风靡儿童文学界。"大头儿子,小头爸爸,一对好朋友,快乐父子俩"——正如其同名动画片的主题曲一样,故事再现了当代幼儿的家庭生活,展示了幼儿在温馨与爱的环境中的成长。故事幽默风趣,对幼儿心理与语言的把握非常到位。同时,它又在现实生活中融入了幼儿式的幻想,或者说让幻想进入了现实生活。比如在《熊妈妈旅馆》中,天黑之后父子俩带着三只小狗在小树林里住下,各自靠着一棵树睡着了。这时从远处走来一只熊,发现三只小狗之后,"熊低下头,轻轻亲吻着它们,还抬起前脚,慢慢抚摸着它们。……然后伸出前爪,抱起三只小狗朝来时的路走去……"第二天父子俩醒来,循着大熊的脚印去找小狗,小狗在呼唤声中跑下山腰,他们在山脚下一把抱起三只小狗,"抬头却看见了半山腰上站着的大熊,大熊好像在送别三只小狗"。类似这样的情节在现实中似乎不太可能,它之所以作为"生活故事"仍然"可信",或许在于作品切中了故事里小主人公与故事外小读者的特殊心理。幼儿有时幻想与现实不分,把想象与愿望当作已发生的现实,而且可以自由出入于现实与幻想两个世界,幼儿的想象特点与游戏化心理,使得他们可以对这类情节"信以为真"。不管怎样,《大头儿子和小头爸爸》突破了一般幼儿小说完全写实的艺术风格,为这一体裁开掘出了更广阔的艺术想象空间。

第四节　图画书理论的多维探索

现代意义上的图画书概念,中国大陆是在20世纪90年代起才逐渐普及。21世纪以来更是引进了上万种国外图画书,"我们大致用了十年时间,几乎把西方上百年出版的优秀图画书'一网打尽'"①。伴随着西方图画书的大量涌进,我国原创图画书的数量和质量也在提升。当代图画书的理论探讨,除了延续并深化民国时期图画书对儿童价值的论述,批评我国原创图画书"儿童性"的不足,还重点探讨了图画书的名称与身份归属,图画书的图文关系等问题。很大程度上,当代图画书理论的建构,是对图画书这一儿童文学样式的本质、可能与边界的探索,大大促进了我国原创图画书艺术的进一步发展。

一、图画书的名称与身份归属

关于图画书的名称,看似一个小问题,实则关系到这种艺术形式的自觉。较早正式使用"图画书"这一名称的大概是葛承训,他在1934年就曾写下:"幼年儿童不能阅读书籍,可以看图画书。……图画书可分两类,一类是完全图画不附文字的,一类是图画和文字兼有的。"②这里除了强调图画与幼童之间的亲和关系,还明确划分了"无字图画书"与"图文结合"的两种类型。但是,这一称呼当时并未流行开来。

这个问题搁置了半个世纪后依然存在:"给幼儿读的书,大多以

---

① 〔美〕丹尼丝·I.马图卡.图画书宝典[M].王志庚译.北京联合出版公司.2017:译者序.
② 葛承训.新儿童文学[M].上海:儿童书局.1934:14.

画为主,有的人把它叫画册,有的叫连环画,有的叫图画故事,也有的叫小人书。……我想,是不是借鉴一下国外,把它叫作'画书'?"①直到90年代初,这种以图画为主的书籍,虽然在儿童读物中占的比重越来越大,但一直没有获得正式的学名,这个现象"说明我们还没有把这类图书当做一个门类,一种独特的儿童文学形式来对待和加以研究",因此"首先需做的一件重要工作是给这种以图画为主的幼儿图书定名,定一个正式的、全国统一的学术名称"②。考虑到"画书"讲起来不太上口,"图画故事书"又不确切,该文作者暂且把这种以图画为主的幼儿读物叫做"图画书"。几乎在"图画书"被命名的同时,"绘本"之名也出现了:"这类读物在我国目前尚无明确的界定,为避免同连环画和以文字为主的低幼读物相混淆,我们借用了'绘本'这个词,以下均称为低幼绘本文学。"③而"绘本"一词借用自日本。

　　图画书是否是儿童文学,围绕这一问题的论争持续了大半个世纪之久。这是对于图画书本质属性的讨论,也是幼儿文学无法回避的内涵与外延问题。"图画有时也能连续不断地构成一个故事,如连环故事图画,及电影图画等,就完全能与文字有同样的效用。……图画故事也可说是一种儿童文学。"④1934年提出的这一观点,暗示了两个意味深长的问题,一是图画本身具有连贯"叙事"的功能,一是对图画故事作为"儿童文学"这一身份的辩护。这恰恰反映了当时或之前人们可能存在的质疑:图画故事是儿童文学吗?

　　这是一个极为核心的问题。新中国成立之后的几十年中,观点仍存在明显分歧。一方不承认图画书是文学,当然也不是幼儿文学。

---

① 安伟邦.画书初议[J].幼儿读物研究.1987(3).
② 季颖.图画书——作为一种艺术[J].幼儿读物研究.1991(12).
③ 王晓明,彭雁飞.低幼绘本文学的视觉美[J].幼儿读物研究.1991(13).
④ 黎正甫.编制公教儿童文学读物的商榷[J].磐石.1934年2卷4期.

一部分学者以"文学是语言的艺术"为依据,否认图画书是儿童文学。例如,"根据文学作品绘制、附以简单的文字说明的图画书,是不完全的文学读物,严格地说,不是文学读物。用线条、色彩构成形象的绘画艺术,自有其不容低估的审美价值,但它不是语言艺术,因而也不是文学"[1]。这里将语言艺术作为判定文学身份的唯一条件,明确反对把文学和绘画混为一谈。但同时又承认,对幼儿文学来说融合图画是非常必要的,因此主张把"幼儿文学"改称"幼儿文艺"。鉴于新时期以来儿童文学根据读者年龄划分为三个层次:幼儿文学、儿童文学(狭义)、少年文学,因此下文中的讨论不管涉及哪个层次,皆属于儿童文学门类。

有的从图文地位的角度进行评判,不承认图画书是文学:"给小学低年级和幼儿园小朋友阅读的书籍素来被误认为只是那些注上几个说明文字的图画书。这类似连环画形式的图画故事书确实不是文学作品。因为在这类幼儿读物中文字仅是图画的附庸,离开图画,文字不能独立存在。这与幼儿文学无关,是另外一种幼儿读物。"[2]因为文字离开图画不能独立存在,处于较次要的地位,所以就断定其不是幼儿文学,其标准本质上仍是"文学是语言文字的艺术"。这里没有说图画离开文字能否独立存在,或许表明,即使文字对图画有一定作用,也不足以决定图画故事的文学归属。

片面强调图画书的文字,就会导致忽略它的绘画性。80年代我们曾翻译过不少外国图画书,但"多数是将文字译出,或单用文字发表,或重新划分段落篇章,由中国画家重新配画,这种现象说明了什么呢?说明我们是把图画书当作文学作品来对待,只看到了它的文

---

[1] 黄云生.幼儿文学原理[M].南京:江苏教育出版社.1995:3.
[2] 方轶群.这是一种乐趣[J].幼儿读物研究.1987(5).

学性,而忽略了它的更重要的实质性的特点——绘画性,不,更确切地说,是用绘画来表达、描绘事物,用绘画来讲故事的特性"①。客观地讲,"把图画书当作文学作品"对待并没有错,强调图画书的文学性也没错,问题在于文学性不应仅仅体现在图画书中的文字。此种译法表明译者仍未认识到或充分重视图画用以叙事的"文学性"。表现在我们的图画书创作中,就是大量的"插图"式作品,这些图画基本不讲故事,只是说明文字。少年儿童出版社出版过一套"中国各族民间故事"丛书,是以5—10岁左右的孩子为读者对象的11本儿童画书,日本的松居直曾为此写过一篇读后感。他谈到其中的某些画书是连环画式的画法,孩子难以通过图画感受到故事世界,"图画只起到说明的作用","画没有讲故事,没有向孩子诉说故事内容的力量";而"图画和孩子的心声相应,具有与孩子对话的力量"②,才是图画书的生命力所在。这甚至是今天我们的原创图画书仍需面对的重要问题。某种程度上,当代原创图画书的短板之一,不是画家的绘画水平低,而是不重视或不擅长图画的叙事性的问题。

如果说,"文学是语言文字的艺术"是一条绝对真理,那么由此判定图画书不是文学并无逻辑错误,即使图画书也有文字,但因为有图画的介入,至少是不那么纯粹的文学了。然而即使是传统的文学本质观,其核心表述也是"文学是语言的艺术",而非"语言文字的艺术"。问题在于,这"语言的艺术"中的"语言",是否仅仅限于"文字"? 图画是否也可能成为一种"语言"? 因为图画书的"图画"与美术的"图画"是不同的,两者之间至少存在多幅/单幅、流动/静止、连贯/孤立等区别。"一本好的图画书,是一首优美的短曲,我们经营的

---

① 季颖.图画书——作为一种艺术[J].幼儿读物研究.1991(12).
② 〔日〕松居直.《中国各族民间故事》丛书读后感[J].幼儿读物研究.1990(10).

图画不能只单张地孤立地设计。要把每幅图作为组成一首完美的短曲中的一个音符、一个乐段。"①一本图画书中多幅图画彼此之间应有机联系,共同组成一首"完美的短曲",即图画书中的故事。恰恰是这些区别,赋予了图画书之图不同于美术之图的独有叙事功能。图画书的图画可以和文字一样承担文学的"叙事"任务,以其特有的"图画语言"。而无字图画书,没有文字,只凭借图画讲故事,也以最极端的方式证明了图画的强大叙事功能,以此将自己与一般的美术之图的差异性表现得淋漓尽致。

对于图画书的归属问题,另一种针锋相对的观点认为,图画书是文学,是幼儿文学。20 世纪 50 年代有学者提出:"图画故事是以学龄前和学龄初期(3—10 岁)儿童为读者对象、以图画为主的一种儿童文学形式。"②即使图画故事是以图为主,也仍被视为儿童文学。然而,30 年后论者本人却否定了自己这一看法,反省说当初是"因为见不多识不广,误认为图画故事即是幼儿文学读物",实在令人匪夷所思。这也从一个侧面反映出,80 年代学界对于图画故事的文学属性远未达成共识。

20 世纪 60 年代,陈伯吹亦提出过"超前"的看法:"图画只是文学凭借它来作为一种表现的形式,正像凭借文字来作为表现的形式一样,它的实质是个有目的、有组织、有思想、有艺术,经过精心构思的文学故事……图画在幼童文学书籍中当然并不是'装点门面',也不仅是帮助'说明内容',而是作为主体来表达思想的,它比文字更形象地直接诉诸于幼童的感官。"③不仅认识到幼童文学中的图画不是文字的附庸,甚至洞察了图画书的图画之本质,即它是文学的一种表

---

① 陈中耀. 儿童读物图画散论[J]. 幼儿读物研究. 1992(15).
② 方轶群. 谈谈图画故事[J]. 儿童文学研究. 1957(3).
③ 陈伯吹. 幼童文学必须繁荣起来[J]. 儿童文学研究. 1962(12 月,未标注卷期).

现形式,与文字一样其实质在于讲述文学故事,因此都是幼童文学藉以表达思想的"主体"。这一空谷足音到90年代才开始被普遍接受。这之后图画书被称为"幼儿文学的现代形式","它突破了传统观念上的幼儿文学含义。文学用语言文字表情达意,图画书用图画抒情叙事。图画书是视觉化的幼儿文学"[①]。这不仅是对图画书图画的真知灼见,同时也更新了传统的幼儿文学观念。幼儿文学不再仅仅是传统意义上完全凭语言文字诉诸孩子听觉的艺术,而是变成了借助文字和图画两种媒介进行叙事的新文学门类。

综上可见,凡是认同图画书是儿童文学的,也大都认同图画书中图画的重要地位和它的叙事功能。而无字图画书,只凭借图画讲故事,恰以最极端的方式证明了图画的强大叙事能力,以此将自己与一般美术之图的差异性表现得淋漓尽致。对图画书的身份归属问题,在我国讨论了大半个世纪,这是对于图画书本质属性的讨论,也是儿童文学无法回避的内涵与外延问题。事实表明,"对于国内读者来说,图画书是从20世纪90年代起才逐渐被人们普遍熟悉和接受的新兴儿童文学门类"[②]。至此,图画书或绘本的名称得以普及,同时也被公认为是儿童文学。

二、图画书的图文关系

关于图画书的图文关系问题,在20世纪上半叶基本没有触及,下半叶也只是偶有提及。新世纪以来,在图画书翻译大潮的冲击下,对于原创图画书的焦虑渐增,对图画书叙事艺术的理论探索也逐渐深入,而图文关系是其核心。

---

① 柯南.图画书:幼儿文学的现代形式[J].浙江师大学报.1994(6).
② 方卫平主编.幼儿文学教程[M].北京:高等教育出版社.2012:160—161.

对图画书图文关系的较早论述大约出现在20世纪50年代:"文字与图画应该做到浑然一体地互相结合;图画不应成为文字的附属,文字也不应成为图画的说明。两者犹如一件丝织品中的经和纬。"①将图文关系比喻为一件丝织品中的经纬线,既不可相互取代,又有机统一于同一件"丝织品"即故事中。这一观点与今天对图画书的主流看法如出一辙,而方轶群在半个世纪前就表述得如此清晰准确,实在令人感叹。八九十年代,亦有少数学者论及图文关系:"幼儿在阅读一本图文并茂的读物时,也绝不是按图索骥式地去理解文学作品的内容,文与图是互相补充,相得益彰地启发着小读者领会作品的内容和艺术性。"②此处提出了"文图互补"这一重要观点。再如,"图画书应该是文和图都在说话,用不同的方式说话,用不同的方式来共同表现一个主题",图画书是"文学和美术的完美结合"③。这里则强调了文与图是图画书的两种表现方式,相互配合共同服务于同一个主题。此外,大陆地区较早介绍图画书的译著《图画书创作的ABC》,在其开篇写道:"现代被称为'图画书'的读物,是一种文学与美术之间独特关系的儿童少年读物。"④但此书对文图之间"独特关系"的阐释尚显初步。以上论述都未深入展开,只是对文图关系进行了简要的说明。

进入21世纪以来,学界对图画书图文关系的探讨日益向深层拓展,而这与越来越丰富的图画书文本的细读密切相关,同时也得益于人们对西方图画书理论的译介与接受。当代西方图画书研究者一直在尝试对图文关系进行归纳,想要阐明图文之间到底是如何"交互作用"的。比如借用音乐术语,将图文关系类比为"交织""二重唱""协

---

① 方轶群. 谈谈图画故事[J]. 儿童文学研究. 1957(3).
② 金波. 从幼儿读物评奖想到的几个问题[J]. 幼儿读物研究. 1987(4).
③ 郑绪梁. 图画书的品格特征[J]. 幼儿读物研究. 1993(18).
④ 周宪彻译著. 图画书创作的ABC[M]. 武汉:湖北少年儿童出版社. 1994:编者的话.

同互增""轮唱""合奏""对位"等。此外,还有图文"相互活化"、图文"对称"、图文"矛盾"等说法。然而,最终却发现"无论列出多少种类别,都无法穷尽纷繁复杂的图文交互作用"①。虽然上述具体的命名不同,但内在的指涉有些是一致或接近的。

我国当代图画书理论深受西方影响,其中被引用最多的当属以下两位学者的观点。首先是日本学者松居直,他用两个数学公式表明图画书区别于插图书的特质:

$$文+画=有插图的书;文×画=图画书②$$

松居直的图画书概念正是通过独特的图文关系更新了此前的"图解故事"模式,强调了图与文水乳交融的密切关系,表达了图文的有机结合(相乘)产生的故事意义大于图文简单相加的意义,从而实现了故事意义的增殖,突出了文图完美合奏的最大可能性。在松居直的公式之外,加拿大学者佩里·诺德曼的一段经典表述也常被引用:"一本图画书就至少包含着三个故事:一个是文字讲述的故事,一个是图画暗示的故事,还有一个是文字与图画相结合而产生的故事。"③这种说法表达了图与文既相互独立又有机融合的复杂关系,而文图结合产生的新故事,就相当于超出文与图简单相加的意义增殖部分。

国内对图画书图文关系的代表性阐释,尽管与上述表达不尽相同,但对其基本观点大都是认同的,例如:

图画书是用图画与文字共同叙述一个完整的故事,是图文

---

① 阿甲.帮助孩子爱上阅读——儿童阅读推广手册[M].上海:少年儿童出版社.2007:68—71.
② 〔日〕松居直.我的图画书论[M].郭雪霞,徐小洁译.上海人民美术出版社.2008:217.
③ 〔加〕佩里·诺德曼,梅维丝·雷默.儿童文学的乐趣[M].陈中美译.上海:少年儿童出版社.2008:484.

合奏。①

松居直用乘法关系的数学算式说明图画书的图文关系的观点,……他的这一独特而精炼的阐释,揭示了"真正的图画书"图文关系的普遍规律。②

在被加拿大学者佩里·诺德曼称为"最成功的图画书"的那部分作品中,图画与文字之间彼此依靠而又互相激发,……这样的作品,在图画与文字的配合方面达到了日本图画书研究者松居直所说的"图×文"的效果,也是最耐人寻味的图画书作品。③

此外值得一提的是,2008 年曹文轩提出了"无边的绘本"这一概念,将图文关系的思考引向更为开放的空间。鉴于图画书与绘本所指是同一类图书,现实中两种称呼通用,因此下文也不再作区分。

"无边的绘本",从其字面意义来说,问题在于:一个概念,如果没有了边界,还能存在吗?这个从文学概论角度看并不十分"严谨"的概念,却是在特定语境中提出的一个具有特殊意义的命题。它主要是针对 21 世纪以来理论界将图画书"神圣化""神秘化"的倾向,表达对由此导致的原创图画书在起步阶段就面临画地为牢、作茧自缚困境的担忧。"无边的绘本"并非反对文图的互补叙事,只是反对将这一种文图关系视作图画书唯一正当的图文关系,甚至是至高无上的价值标准。"无边的绘本"所追求的是图画书"无限的可能性"。

这里不妨借用西方学者阿葛斯特(Denise E. Agosto)对图文关系的分类。他把图文一致的称为"平行法说故事"(或"平行叙事"),图

---

① 彭懿编著. 图画书:阅读与经典[M]. 南昌:二十一世纪出版社. 2006:6.
② 朱自强. 亲近图画书[M]. 济南:明天出版社. 2011:25.
③ 方卫平. 享受图画书——图画书的艺术与鉴赏[M]. 济南:明天出版社. 2011:23.

文不一致的称为"相互依存法说故事"(或"互补叙事")。平行法说故事是指:同一个故事被图像说一次,又被文字讲述一次,这类书是"两次叙述的故事",通过不一样的表现手段来凸显故事的艺术感染力。而相互依存法说故事是指读者必须同时注意图画和文字才能更好地了解故事。① 这两种图文关系都是客观存在的,而前者在我国原创图画书中比较常见,也是"无边的绘本"这一概念所认同的图文关系之一种,即"画与文可以平行前行"。

例如,太阳升起来了,这是在陈述一个事实,但我们不必因为画出了太阳升起这个情景,就一定要省略"太阳升起来了"这一陈述句,也不要因为太阳在画面上显出是金色的,就不再使用"金色"这一形容词。对于"金色的太阳冉冉升起来了"这句文字,画家可以画各种各样的太阳,各种升起的方式,仍有艺术创造的空间。② 这与洪汛涛在80年代提出的观点有相似之处:"低幼文学,不管图画上已经画了没有,都不可删,要保持这篇作品的完整性。譬如,文字中写着:'她穿条花裙子。'我们不能因为图画中已经画了她穿条花裙子,而删去这段文字。"③其隐含之意是,图画不是"文学的""语言的",图画如果进入低幼文学,就只能做文字的附庸,即使图画画了的内容,文字仍然要写出来,否则就不是文学。曹文轩与其区别在于,他将这"不可删"变为"可不删",具有了更大的包容性。或者说,有些图画书删去与图画对应的文字,也没什么不好;问题是,如果不删,是否就绝对不好? 很多经典绘本证明,不删,也可以很好。

这并非是要否定松居直先生的"图×文"公式,也不是否认诺德

---

① 吴雯莉. 中国图画书研究[M]. 武汉:湖北少年儿童出版社. 2012:16.
② 曹文轩. 无边的绘本[A]. 曹文轩论儿童文学[M]. 北京:海豚出版社. 2014:392—393.
③ 洪汛涛. 低幼文学种种[A]. 鲁兵主编. 中国幼儿文学集成(理论编·第一卷)[M]. 重庆出版社. 1991:187.

曼的"三种故事",他们的图画书概念之意义在于突出了图文完美合奏的最大可能性,而"无边的绘本"观念则为各种图文关系的共存提供了最大可能。前者是从深度上,后者是从广度上,为图画书构建了发展的立体空间,都具有不可替代的价值。尤其当2008年凯迪克图画书金奖颁给《造梦的雨果》这本拥有533个页码、结合了绘本与小说双重特性的"非典型"图画书之后,我们就更不必纠结于图文关系的加减乘除,哪一种才体现了图画书的"本质"。我们更需要关注如何写出好故事,如何让图画更好地叙事,更富有儿童情趣。

那么,图画书有边界吗? 边界在哪里? 打个未必恰当的比喻:当我们说"无边无际的草原",那是从我们的眼睛看过去的视野范围,但实际上我们的理性知道,草原无论多么辽阔,它仍是有边际的;但在边际之内,却蕴含着无穷多的可能性。这片可能性的草原是我们可以驰骋的广阔空间。边际既客观存在,也可以被拓展和建构。从这个意义上讲,图画书的边界即可能性,图画书的可能性到哪里,边界就延伸到哪里。边界是图画与文字不断协商划定的。就如同"一千个观众就有一千个哈姆雷特",图画书的边界就是:它仍是哈姆雷特,不是哈利·波特或其他。"无边的绘本"恰如无边的草原,仍有区别于"非绘本"的限定性,以及好绘本与一般绘本的区别。

现代图画书理论往往更多关注图画的叙事性,以此区别传统的图配文,但是对图画书文字的研究也不应忽视。众所周知,当今日本的图画书创作与研究水平都是不低的,而被誉为日本图画书之父的松居直近年提出这样的看法:"今后,对绘本的文章的钻研,要超过对绘画的钻研,否则,就无法肩负起将日语传递给下一代这一重大责任。我之所以说这是重大责任,是因为美好的日语会在孩子们的内心,培养起对自我的认同。"①这是一种着眼于民族未来命运的深谋远虑。反观我国,我们的现代图画书理论建构刚刚起步,图画自然应该研究,但对其文字或者说"美好的汉语"的关注也不能怠慢。语言文字不仅仅是一种交际工具,它还是文化的物质外壳,承载着文化的核心价值,失去对民族语言或者说对母语的美好感觉与敏感性,也就动摇了民族文化的认同根基。儿童的阅读固然可以超越国界,但是如果没有深埋于自己文化土壤中的强大根系,又如何可能吸收来自他者的文化营养?严重缺乏母语文化的阅读如何能给孩子留下本民族原汁原味的文化记忆?从我们的文化语言中生成的图画书作品,民族文化不应仅仅是些表层的道具符号、民俗风物,更应是蕴含在底层的文化精神和意义追求。

总之,20世纪90年代以来,随着对幼儿读物插图的本体化研究,对外国图画书发展历程的了解,对相关图画书理论的译介学习,以及中外图画书学术交流的增多,我国的原创图画书理论与创作也在摸索中前行。1997年王晓明自编自绘的《花生米样的云》出版,获得中国作家协会幼儿文学奖,这是中国幼儿文学创作的最高奖项。同年,松居直《我的图画书论》中译本出版,成为国内图画书理论界的启蒙之书,影响深远。松居直从1983年起多次访问中国,还曾用自己的稿费创立了首届中国儿童图画书"小松树奖",可谓对中国图画书的发展贡献卓著。而就在世纪之交,梅子涵推出了原创图画书"李拉尔故事"系列,以及"大拇指图书"系列,无论从故事的构思立意、语言表达,还是对童心童性的理解,以及崭新的图文关系,都预示着在漫长的探索之后,我们的原创图画书有了一个新起点。同样是在20世纪

---

① 〔日〕河合隼雄,松居直,柳田邦男.绘本之力[M].朱自强译.贵阳:贵州人民出版社. 2011:152.

末最后的那个秋天，中国儿童文学界五位著名学者、作家受新蕾出版社邀请，进行了一场为期五天的现场讨论，其中"图画书"位列12个议题之一。① 该讨论的热情与深度同样预示着，我们将迎来新世纪原创图画书的大发展。

正如图画书在有限的边界中拥有无限的可能性一样，我国百年图画书理论的多维探索与建构，并不是一个已经完结的过程，而是蕴含着可以继续对话的多种可能性。

第五节　当代幼儿文学的理论突围

一、教育工具·教育性·教育功能

20世纪50年代之后的近半个世纪，儿童文学界始终无法回避一个关键词，即教育性。或者在它的指导下创作，或者以它为尺度评价创作；或者成为主题层面的宏观标识，或者与儿童年龄特点一起作为理论研究的方法论基础。教育工具论从出现，到获得支配地位，再到式微，某种意义上折射出了当代儿童文学发展的一幅剪影。其影响的广度和深度，甚至逼迫理论界提出"儿童文学是文学"的口号作为突围的宣言——就相当于说"哺乳动物是动物"一样。为什么看起来如此"多余"的定义都能成为一个时代旗帜性的呐喊？因为到了不"过正"就无以"矫枉"的程度。为此，儿童文学甚至连"儿童"都暂且放到了一边。或许，关键不在于得出何种结论以及结论的正确与否，这场论争的发生及激烈程度，或者说它何以成为一个论题，其本身所折射出的问题更耐人寻味。

---

① 梅子涵,曹文轩等.中国儿童文学5人谈[M].天津:新蕾出版社.2001.

新中国成立后强调儿童文学的教育性。1955年《人民日报》发表社论,开宗明义指出:"优良的少年儿童读物是向少年儿童进行共产主义教育的有力工具。"①这基本上就规定了儿童文学的性质和方向。中国作家协会很快作出响应:"少年儿童文学是培养年轻一代成为优秀的社会主义事业接班人的强有力的工具……内容应当是以共产主义精神教育少年儿童,培养他们新的品德",但同时也认为,"文学作品的思想性和政治性是通过活生生的艺术形象表现出来的。不要在作品中千篇一律地对孩子进行说教、训诫"②。这个时期,作家们一方面认同儿童文学应该具有明确的"教育意义",同时也在思考儿童文学该如何进行这种教育,反对将文学作品的教育意义作"狭隘的和错误的理解",主张"不应该在作品里只见议论,不见形象,不该用概念代替形象",认为枯燥说教的倾向"限制了、缩小了文学作品的教育作用",容易忽略"少年儿童的精神品质成长的一些比较大的或比较根本的问题",会错误地以为"直接有关改善他们(儿童)某一项行为的教训才算有教育意义"③。

应该说,当时作家们还是比较辩证地看待"教育工具论"的。陈伯吹甚至直言"儿童文学并不是教育学的一部分",在强调儿童文学思想性与教育意义的同时,"也要反对忽视和轻视它的艺术性,不把它看做艺术品的错误观点"④。由此可见,当时儿童文学界并未把儿童文学视为纯粹的"教育工具",而是兼顾了其文学性。据考证,"儿童文学是教育的工具"这个口号来自苏联,是列宁夫人克鲁普斯卡娅讲过的一句话,"教育儿童的文学"这个口号实际是根据克鲁普斯卡

---

① 大量创作、出版、发行少年儿童读物[N].人民日报(社论).1955.9.16.
② 中国作家协会关于发展少年儿童文学的指示[J].文艺报.1955(22).
③ 严文井.1954—1955儿童文学选[M].北京:人民文学出版社.1956:序言.
④ 陈伯吹.谈儿童文学创作上的几个问题[J].文艺月报.1956(6).

娅的"工具论"发挥出来的。① 其实,当时的教育学几乎就是苏联教育学的翻版,大量的苏联儿童文学作品被译介进来,"新式小人书"的内容采自苏联作品的在80%以上。对此,郭沫若曾发出呼吁,请中国作家重视为孩子们写作。当时亦有学者关注到3—7岁的学龄前儿童:"他们也非常迫切要求有适合他们年龄的特点,能够哺育他们成长的文学作品",但其理由却是出自教育的需要,"主要的教育是在5岁之前完成的,这就是整个教育过程的90%。以后,教育人、改造人的工作,不过是教育过程的继续罢了"②。而这是苏联教育家马卡连柯的名言。

然而,这种带有辩证色彩的教育工具论很快就在"左"倾政治的影响下,变得越来越脱离文学性了,而且逐渐抛弃了对教育意义丰富内涵的解读,转而将其窄化为政治教育、思想品德教育了。儿童文学作品动不动就被上纲上线,遭到政治批判,幼儿文学更是难逃厄运。1956年8月在北京举行的第一届全国音乐周上,黎锦晖的经典童话歌舞剧《麻雀与小孩》竟然被改名为《喜鹊与小孩》。这或许是一个明显的信号,次年因为"老鼠"而惹起一场风波也就不足为奇了。童话中的小动物惨遭不幸,仅仅源于现实中的一场"灭四害""灭七害"运动。当时就连俄罗斯的著名童话《大萝卜》中那只象征力量很小却很重要的小老鼠也被删掉了。

1957年鲁兵任主编的《小朋友》杂志第21期发表了一组童话连环画《老鼠的一家》,由拓林(即孙铭勋)设计、詹同绘制。故事没有把老鼠作为有害动物去写,而是描绘了它们的可爱。结果12月23

---

① 陈子君.儿童文学理论需要更多地注意典型问题的研究[A].陈子君.儿童文学论[M].石家庄:河北少年儿童出版社.1985.
② 袁鹰.关于少年儿童文学创作的一些问题——在全国青年文学创作者会议上的发言[A].儿童文学论文选[C].武汉:长江文艺出版社.1956.

日上海《新闻日报》刊出了读者来信"这是什么画",指责该作品美化传播瘟疫的老鼠,连环画的内容有违全国各地正在轰轰烈烈开展的灭鼠运动。这是把童话中的拟人化形象与现实动物等同,完全不顾文学艺术的特殊属性。鲁兵为此写了一篇反驳文章。次年,《儿童文学研究》杂志发表文章,批评鲁兵的反驳文章"代表了当前儿童文学作者中一种不健康的思想倾向",进一步强化了"文艺作品必须坚持以社会主义教育儿童的原则"。"古人动物满天飞,可怜寂寞工农兵"成了当时一次展览会上的流行口号。愈演愈烈的政治批判首先导致以"鸟言兽语"为特色的童话遭受重创,儿歌虽然也受到很大影响,但是对故事类文体的伤害更大。

"文化大革命"结束后,儿童文学界开始反思:"解放以后,从事儿童文学者都特别注重于作品的教育意义,而又把所谓'教育意义'者看得太狭太窄,把政治性和教育意义等同起来,于是就觉得可写的东西不多了,这真是作茧自缚。"①但是思想的解放并非一蹴而就,对此问题的反思也经历了一个比较漫长的过程,甚至是一个否定与自我否定的艰难过程。

以鲁兵为例,作为一个懂得孩子、尊重孩子、作品极富童趣的作家,他的诸多理论思考极有深度,但是他也经历了一个自我否定的阶段。他在1978年还坚持"儿童文学是教育儿童的文学",认为儿童文学区别于一般文学的特点在于"是以儿童读者为对象的,教育儿童的文学"②。两年之后,他自省道:"我在《教育儿童的文学》一文中说'儿童文学要求主题的鲜明性',现在感到这样的说法简单了些,强调小读者对作品的理解是对的,但忽视了作品对小读者的感染——亦

---

① 茅盾. 中国儿童文学是大有希望的[N]. 人民日报. 1979.3.26.
② 鲁兵. 教育儿童的文学[A]. 小百花[C]. 上海:少年报社. 1979.

即潜移默化的作用。"对于幼儿园老师重视作品教育意义和教育针对性的现象,他指出这是着眼于规范,而忽视了生活,注意了主题的表达,而忽视了艺术形象的描写,"在文学作品中,就得运用曲折而委婉的方法,让他们自己去领会了。……这就避免了作者自己站出来讲话,或者借作品中的某一人物之口来讲话"①。1983年10月在郑州举行的幼儿读物出版工作座谈会上,鲁兵又主动宣布他的"教育儿童的文学"这个提法不够妥当,表示已经放弃这个口号。1984年6月在石家庄召开的"全国儿童文学理论座谈会"上,鲁兵进一步表示他的"教育儿童的文学"这七个字,应当改成"教育、儿童、文学"这六个字,这就由此前的"教育"独尊变为新型的三者关系:"文学是本质,儿童是对象,教育是功能。……文学并非教育的附庸,而文学具有教育的属性。"②这是相当深刻的理解。

但是,鲁兵最终并未走向彻底否定教育性的另一个极端,而是从更具包容性、更为宏大的视野提出一个很有创见的观点。他针对"把文学和教育对立起来,似乎一提教育,就妨碍了文学创作"这一看法,坚持所有作品都具有不可抹煞的教育性,幼儿文学、幼儿读物也不例外,只是"不可把文学和教育混同起来",把文学当作教育的工具。这意味着把"教育工具"与"教育性"作了区分,认识到了二者的差异无疑是非常重要的。更难能可贵的是,他特别提到,教育读物中有不少采用文学形式的,《自己的事情自己做》就属于这一类读物,"我们不宜拿文学的尺子去量出它们的短处,更不可因为它们不是文学作品而鄙薄它们。一些读物,从教育要求出发,即从主题出发,编得生动一些,让幼儿听起来更顺耳一些,念起来更顺口一些,这不是很好

---

① 鲁兵.炉边琐语——和幼儿老师谈幼儿文学创作[J].儿童文学研究.1980(5).
② 鲁兵.温故知新 开拓未来[J].幼儿读物研究.1997(23).

吗？"①这其实是换了一个角度去看姓"教"的读物，指出它是教育对文学形式的借用，而有了这种文学形式的教育读物更为生动有趣，对于教育而言，这没有什么不好，对这类读物不宜采用文学的标准去抹煞和禁止。就像糖衣药丸，对于患了病需要吃药的孩子来说，它总比让孩子直接去吞苦药丸要好。在这个意义上讲，对糖衣药丸的评价应放在药物中去评，而不应放在糖果中去评。

当然，对于大量具有"糖衣药丸"特点的作品而言，其文学性固然很成问题，甚至有的就是"伪文学"，而更重要的问题在于，这些作品意在治疗的孩子的"毛病"。那些所谓的"缺点"，是否真的属于孩子品性上的缺点？从更深层的角度看，还是个悬而未决的问题。当然有些教育类内容完全可以写成真正称得上文学的作品，比如某些优秀的知识童话，但"这不是说文学可以包打天下，有朝一日要把《自己的事情自己做》之类统统挤掉，这是办不到的"，因为"作家不可能按照教学大纲来创作系统性的作品"②。换言之，并非所有的教育内容都能被充分地、完美地文学化，但教育还是需要一些"糖衣"来包裹——而不是文学需要教育的"药丸"，因此应该承认这类读物存在的合理性。

80年代初期，有学者指出："低幼读物要有教育意义，要有教益，这不会有争议。而对什么是教育意义、如何体现教益的理解却是大相径庭的。"③这表明学界对于教育性与文学表现形式的思考愈来愈细化和深入。其中，探讨的重点之一就是儿童文学的教育功能。刘厚明以"导思·染情·益智·添趣"四个词置换了此前简单的"教育

---

① 鲁兵.为小娃娃写好书编好书出好书[J].幼儿读物研究.1986(1).
② 同上.
③ 梅沙,叶穗.从《小红帽》的改编谈起（外一则）[J].儿童文学研究.1980（第五辑，"幼儿文艺专辑"）.

工具"说,指出儿童文学的这四种功能是相互渗透的,并强调了"儿童文学是塑造新生一代的灵魂的文学,是教育的文学,娱乐的文学,最富感情和最有想象力的文学"①。此后,理论界对儿童文学艺术功能的提法,就从一条变成了三条或四条,即教育作用、认识作用、审美作用,有的还提到娱乐作用:"幼儿文学是文学。文学都应具有认识功能、教育功能、审美功能和娱乐功能。认识、教育、审美、娱乐都是教育,从这个意义上讲,幼儿文学就是教育幼儿的文学。"②这就意味着,或者将儿童文学的功能拓展到多个方面,或者拓宽"教育功能"的内涵,这两种方式都突破了此前把"教育工具"狭隘化为政治教育或思想品德教育工具的樊笼。整体观之,"文革"之后十年是儿童文学的恢复期,工具化、成人化、图解化,仍是儿童文学必须面对的理论难题。③

在"多功能"说基础上的进一步深入,则是对几种功能之间关系或者地位的论争,最关键的是审美与其他功能的关系问题。有的将艺术视为教育的手段,有的称艺术既是手段也是目的,还有的认为艺术审美是最高目的,其他的功能只是"副产品"。其中最具冲击力的是最后一种观点,它集中体现在两位学者提出的新口号,一是曹文轩提出的"儿童文学是文学",一是刘绪源提出的"儿童文学是供儿童审美的文学",二者强调的都是文学的艺术审美本质,与此前"儿童文学是教育儿童的文学"针锋相对。这也是新时期以来最具震撼力的儿童文学新观念,它以决绝的姿态冲决此前的教育工具论,很快引发了儿童文学界的一场革命。曹文轩之所以重申这个"简单的,无需重

---

① 刘厚明. 导思·染情·益智·添趣——试探儿童文学的功能[J]. 文艺研究. 1981(4).
② 冯幽君. 幼儿文学教育性琐谈[J]. 幼儿读物研究. 1992(16).
③ 《中国儿童文学十年》编委会. 迎接儿童文学的新十年——儿童文学从恢复走向探索的思考[A]. 洪汛涛主编. 中国儿童文学十年(1976—1986)[M]. 郑州:海燕出版社. 1988.

申的,更不需争论的问题",是因为长期以来我们在理论与实践上"严重地忽略和冷淡了它的文学的基本属性";这不是否认文学具有教育作用,只是反对过去"把教育作用强调到了绝对化的程度,将教育性提到了高于一切的位置,甚至将教育性看成是儿童文学的唯一属性"[①]。儿童文学是文学,只能把文学的全部属性作为自己的属性,因此他呼吁儿童文学"从艺术的歧路回归艺术的正道"[②]。

刘绪源与曹文轩的观点遥相呼应。针对此前流行的儿童文学多功能并列之说,他明确提出相反意见:"文学的审美作用与教育作用、认识作用,其实并不处在同一个平面上,三者决不是并列的。文学的作用,首先必然是审美作用(甚至可以说,文学的作用只能是审美的作用)。只有经历了审美的过程,只有在审美过程中获得了内心的悸动和愉悦,这种心理的变化才有可能转化为其他,……只有以审美作用为中介,文学的教育作用与认识作用才有可能实现。"因此他称儿童文学为"供儿童审美的文学"[③]。两位学者都充分肯定了儿童文学的审美本质。这种对儿童文学本质问题的追问,无疑极大深化了当代儿童文学的理论思考。

在此基础上,"幼儿文学是文学"的说法也开始见诸报刊。另一方面,关于儿童文学的"教育性"问题,也逐渐尘埃落定:"作为一种功能,儿童文学的教育性是客观存在的,因此讨论儿童文学是否具有教育性已没有必要,真正有讨论价值的是儿童文学的'教育'属于何种意义、什么层次的教育。……儿童文学的'教育'应该是大写的教育,它由于具有超越家庭、学校、社会教育的自主性,而走在了这些教育

---

① 曹文轩.觉醒、嬗变、困惑:儿童文学[A].曹文轩.中国八十年代文学现象研究[M].北京:北京大学出版社.1988.
② 曹文轩.回归艺术的正道[A]."新潮儿童文学丛书"总序[M].南昌:江西少年儿童出版社.1987.
③ 刘绪源.对一种传统的儿童文学观的批评[J].儿童文学研究.1988(4).

的前面。"①至此,关于儿童文学"教育性"的讨论暂且告一段落,学界在某种程度上达成了共识。儿童文学的审美本质与教育功能成为两个问题,审美不再是教育的手段,教育性不再是文学的本质,教育性的内涵也超越了单一与狭隘。儿童文学包括幼儿文学由此逐渐走向更深层的解放与创新。

与教育功能、儿童文学本质的理论探讨同时展开的,还有对作品自身文学价值的重新定位,它从另一维度也对"教育性"的唯一、绝对、至高标准构成了消解。20世纪八九十年代幼儿文学界对"稚拙美""悲剧美""艺术深度""艺术感染力"等问题的探讨,也为超越"教育工具论"提供了方向与途径。比如,经由"趣"与"味"的思考而引出的对"童韵美"的价值重估。韦苇认为,倘若忽视了"趣",儿童文学在语言、形象的中阶层就会发生阻隔,文学接受者就会被挡在"意味层"之外,再深刻、再有启示意义的"意味"也等于不存在。这种观点似乎仍存在将"趣"手段化的倾向,但他进而以苏联当时刚出版的谢·柯兹洛夫的一部幼儿童话集中一篇题为《熊树》的童话为例,指出这篇小童话的"味"就很够,然后提出有力的反问:"一定要析出一种'哲理'才算有'味'吗?就说是一种美感,一种贮蕴了诗的浓情的'童韵美',滋味无穷,不行吗?"②疑问的句式既显示出作者执著的可爱,也透露出几分犹疑:美感、童韵美,可以作为儿童文学的目的而非仅仅是手段吗?两年之后,作者对此就相当自信了,他在肯定中国幼儿文学理论建设终于发展到能出版两本教材的水准的同时,也指出问题所在,"即幼儿文学的美学特征问题,这两本书要么概括得不够准确,要么没有作概括","优秀的幼儿文学作品的美学特征虽然不是

---

① 朱自强.儿童文学的本质[M].上海:少年儿童出版社.1997:333.
② 韦苇.植根于趣味土壤里的常青树——关于儿童文学艺术内容的思考[J].浙江师范大学学报(总第38期.儿童文学研究专辑).1987.

唯一,却主要是稚拙美";并以苏联谢·柯兹洛夫的童话《小溪边》为例,对这篇不以故事情节见长、没有明显道德哲理意蕴甚至没有直接教育目的、"几乎纯粹是一种稚拙美的诗性表现"①的童话给予了高度评价,从而也宣告了幼儿文学"诗性美"的价值尺度。

对这种没有明确教育意义的"稚拙美""童韵美"的推崇,令人想起五四时期周作人的儿童文学观。当年周氏在谈论《阿丽思漫游奇境记》的一篇文章中写道:"这部书的特色,正如译者序里所说,是在于他的有意味的'没有意思'。英国政治家辟特(Pitt)曾说,'你不要告诉我说一个人能够讲得有意思;各人都能够讲得有意思。但是他能够讲得没有意思么?'文学家特坤西也说,只是有异常才能的人,才能写没有意思的作品。儿童大抵是天才的诗人,所以他们独能鉴赏这样的东西。"②显然,这里说的"没有意思"绝不是"没有价值",只是很难概括出某种具体的教育主题,不属于某种有形的"教育意义",但恰恰是这种"有意味的没有意思"被视为儿童文学的最高价值。在当代对教育工具论的反思中,我们再次看到了对五四时期儿童文学价值标准的呼应。

二、对"年龄特征"的差异性解读

当代幼儿文学理论研究与创作中,另一个避不开的关键词就是幼儿的"年龄特征",或者说心理特点。是否符合幼儿的年龄特征,不但是理论批评的重要尺度,也是创作的科学依据。五四时期儿童文学也强调要尊重儿童身心特点,但最主要的是源自"复演说"的儿童心理与原始人心理的类比,儿童被视为"小野蛮",童话与歌谣是原始

---

① 韦苇.关于用大字印刷的文学——幼儿文学散论[J].浙江师范大学学报.1989(3).
② 周作人.《阿丽思漫游奇境记》[N].晨报副镌.1922.3.12.

人的文学,因此也是儿童的文学。对儿童心理特征的关注主要集中在空想或想象力的发达,原始思维中的"拜物教"思想,即相信猫狗能说话,因此充满幻想的"鸟言兽语"童话是童年时期特别需要的文学。

  当代幼儿文学所遵循的年龄特征或心理特点,则更多植根于皮亚杰认知心理学或现代发展心理学。而且对儿童心理特点的强调与"教育性"问题直接相关。众所周知,现代教育学建立在心理学的方法论基础之上,相应地,如果儿童文学被认为是"教育儿童的文学",是教育的工具,那么儿童文学也就必然要以心理学为方法论。即使在五四时期,尊重儿童心理特点也是儿童本位文学的题中应有之义,有着毋庸置疑的积极意义。可想而知,在阶级斗争为纲的"左"倾思潮中,文学已沦为政治意识形态的工具,如果儿童文学再没有对孩子年龄特点的顾及,儿童文学何以成为"儿童的""文学",就更是个问题。当时高尔基的一句名言被反复引用:"写作儿童文学,假使不研究儿童文学的年龄特征,这个儿童文学一定是空的。"

  整体上看,当代幼儿文学对幼儿年龄特点的重视是全方位的,理论、创作、出版、批评等,都在关注"心理特点"。比如,"儿童文学的语言,尤其是幼儿文学的语言,必须按照儿童的特点,写得更纯洁,更明确,更精炼,更形象,更生动"①。这是当代较早从幼儿心理特点角度谈文学语言的代表性文章,作者蒋风将二者的关联具体化,对于创作的指导更具有可操作性。而在此前的1960年,蒋风就在《儿童文学研究》第1期发表了《幼儿文学和幼儿心理》一文。再如1980年《儿童文学研究》第5辑发表的几篇文章,祝士媛的《熟悉幼儿生活的特点》,提出作家仅仅有文学创作的经验和技巧是不够的,还必须熟悉幼儿心理的特点;吴风岚的《儿童心理和低幼儿童读物》,基于心理学

---

① 蒋风.幼儿文学的语言[J].儿童文学研究.1962(7).

理论探讨了低幼儿童读物的色彩、音响、动作、言语、时间和空间、情感、形象等;《给孩子们的一束繁花——〈365夜〉前言》则指出"为了适应四岁至六岁的孩子的年龄特点,便于年青的父母口述,这本集子里的故事大多作了修改,或者经过改编,情节简化了,语言口语化了"等。1983年10月在郑州召开的幼儿读物座谈会上,与会者特别强调了幼儿读物的"年龄阶段性",并呼吁要给0—3岁的婴儿出一点儿书。对幼儿童话、幼儿生活故事、儿歌等各种文体作品的批评,也避不开"幼儿特点"的参照系,主张要有鲜明的幼儿/儿童特点,还有的要求明确是写给哪个年龄阶段孩子的。

八九十年代以来,幼儿文学界愈来愈认识到自身与儿童教育学、心理学的密切关系,甚至对作家提出了这样的要求:"作为幼儿文学的作者应当熟悉在教育学、心理学研究方面的新成果。一个儿童文学作家同时也应当是一个教育家、心理学家。他既要有教育家的敏感性,又要有文学家的艺术性。"[①]1987年出版的《幼儿读物研究》第4期,是全国第一届幼儿图书评奖专辑,其中提到参评作品存在的不足主要表现在对"幼儿的心理特点"研究不够。

鲁兵的思考似乎更深一层,他既认同"作者和编辑掌握孩子的年龄特点,无疑是一本(或一套)幼儿读物取得成功的前提",但同时又指出:"文学读物的读者容量要大一些。比如给四岁孩子的童话,三岁孩子也能接受,五岁的孩子也还喜欢。决没有两头切一刀的事。"[②]在大家都强调儿童年龄阶段细化的背景下,能够拥有这样的视野和眼光着实难能可贵。他甚至无意中"提前"回应了后来出现的"儿童分级阅读"问题。

---

① 金波.幼儿文学探索三题[J].幼儿读物研究.1987(3).
② 鲁兵.评奖的启示[J].幼儿读物研究.1987(4).

同年,洪汛涛主编的《中国童话界·低幼童话选》出版。这是当代很有代表性的童话选集,在其序言中便强调了"年龄阶段"的细分:"现在,'低幼童话'已成为一个专门名词了。其实,幼儿园里的孩子,和小学低年级的儿童,是两个具有不同特点的年龄阶段。……自然,还是划成幼儿园童话和小学低年级童话较为适宜。"①这也不无道理,只是细分到什么程度才算最"适宜",当时似乎没有进一步研究,或许是因为"大体"的划分还没有很好实现,更细化的分级还为时尚早。

在那个特殊的年代,甚至谈论"童心""儿童特点"都是对政治的一种冒犯,陈伯吹就因此受到批判。不可思议的是,陈氏的"童心"说与其他人对于"童心论"的批判,根本上竟存在较为一致的对儿童心理特点或年龄特征的认同。早在1956年陈伯吹就提出,"即使在儿童文学自身中,也由于儿童年龄特征的关系,各个不同年龄阶段的儿童,各有他们不同的心理状态和社会环境,从而产生不同的特殊的需要";因此他主张:"一个有成就的作家,愿意和儿童站在一起,善于从儿童的角度出发,以儿童的耳朵去听,以儿童的眼睛去看,特别以儿童的心灵去体会,就必然会写出儿童能看得懂、喜欢看的作品来。"②这就是著名的"童心"说的提出。在两年后发表的另一文章中,陈伯吹强调编辑要拥有一颗"童心",审读儿童文学作品要从"儿童观点"出发,在"儿童情趣"上体会,怀着一颗"童心"去欣赏鉴别。③ 结果由此引发了一场旷日持久的对"童心论"的大讨论和大批判。20多年后,陈伯吹再撰《"童心"与"童心论"》,难掩无限感慨,遂于篇首附诗四行:

---

① 洪汛涛.低幼儿童的一宗财富(序言).中国童话界·低幼童话选[M].南昌:江西少年儿童出版社.1987.
② 陈伯吹.谈儿童文学创作上的几个问题[J].文艺月报.1956(6).
③ 陈伯吹.漫谈当前儿童文学问题[J].儿童文学研究.1958(4).

在儿童文学创作道路上:/童心啊,童心啊,/你是一只拦路虎?/还是一匹千里马?

文中指出,"童心"与"童心论"是两个不同的概念,他要的是"童心",不要"童心论","实实在在说,要的是'儿童特点'"①。这四个字,可以视为陈氏当年"童心"说的核心。当时著名作家冰心也表达过类似的观点:一个儿童文学作者除了和一般文学的作者一样,必须有很高的思想水平、艺术水平之外,还必须有一颗"童心",而"所谓'童心',就是儿童的心理特征"②。她进而阐释说,"童心"不只是天真活泼,还包括强烈的正义感,深厚的同情心,对于比自己能力高、年纪大、经验多的人的羡慕和钦佩等。

批判主要针对所谓的"童心论"展开,说其鼓吹儿童文学的特殊性,抹煞了儿童文学的阶级性,但是对于儿童文学的"儿童特点",又表现出与陈伯吹基本一致的看法,兹举两段批判文章中的原文:

> 对于一个儿童文学作者重要的是善于了解不同年龄的儿童的阅读兴趣。只有这样,才可以使作品更儿童化,更吸引小读者。——贺宜
>
> 作者就应当努力了解儿童的心理、儿童的思想感情,了解他们的生活,熟悉他们的语言。——左林

由此可见,当时人们对儿童文学应该遵循"儿童特点"是有共识的。这是避免"成人化"的最根本方式,是为了进一步捍卫儿童文学这一独立王国的"主权"和"法则",这与五四时期对"儿童世界"的认同是内在相通的,都是对儿童区别于成人的"特殊性"的强调,是儿童

---

① 陈伯吹."童心"与"童心论"[J].儿童文学研究.1980(3).
② 冰心.《1956儿童文学选》序言[M].北京:人民文学出版社.1957.

文学建构独立的"儿童世界"的必然反映。

然而,对儿童"特殊性"内涵的理解,在儿童文学创作与研究中的把握却千差万别,比如有些主题、题材或艺术手法被认为是"不适合"的,有些则恰恰相反。如前所言,如果将儿童的"特殊性"推向极端,就可能限制儿童文学的丰富性与深刻性,将其变为儿童唯一可以阅读的以及只有儿童才阅读的"贫民窟"文学。对于这一点,80年代已有学者敏锐地意识到:儿童在精神上的确有一个他们自己的"孩子世界",但"孩子世界"始终存在于和成人共同生活的人类社会中,受到"成人世界"的制约、支配和影响,没有脱离"成人世界"而存在的"纯粹的孩子世界",主张把"孩子世界""如实际生活中那样让它回到整个人类社会中来写,把儿童作为人类社会生活中当之无愧的重要成员来写,作品才能忠实地反映社会生活;也只有这样,作品才能赋予一定的深意"[①]。作者在强调儿童及其文学的特殊性的同时,能洞察儿童世界与成人世界及人类社会的深刻关系,看到这种关系对儿童文学艺术深度的影响,此般见识实属可贵,只是在当时并未引起足够的重视。

以今天的眼光来看,当时幼儿文学、儿童文学对儿童心理特点仅仅是或者主要是"反映"或"符合",这跟"教育要遵循儿童的年龄特征"这一现代教育学的常识观点没有本质区别。值得一提的是,茅盾对"年龄特征"说产生的疑问:据说有人把少年、儿童的特点理解为年龄特征,应不应当进一步追问:"所谓年龄特征,究竟意味着少年只是缩小了的成年人,而儿童又是缩小了的少年呢?还是儿童的想象、情感和趣味与少年确有不同,而少年的想象、情感与趣味又与成人确有

---

① 任大星.儿童生活和成人生活[J].儿童文学研究.1987(25).

不同?"①在对儿童年龄特征具体内涵的追问中,其实隐含着两种儿童观的差异问题:如果只是把儿童视为无知的、非理性的、不成熟的有待变为成人的个体,那么这就是传统社会作为"缩小的成人"或"成人的预备"的旧式儿童观;如果将儿童与成人之间的差异不仅仅看作成熟的量与程度的差异,而是"想象、情感、趣味"等种类方面的差异,那么成人就未必在所有方面都"优越"于儿童,儿童更多的可能只是"不同"于成人。同时,茅盾的追问中,还隐含了对儿童文学作为文学艺术的特殊性的关注:儿童文学与儿童的想象、情感、趣味有关,而不仅仅是或主要不是与儿童的理性"认知"有关。遗憾的是,这样的追问,在那个时代只能如惊鸿一瞥,难以引起共鸣和呼应。

对于年龄特征问题,也有与普遍的"符合论"相反的观点:"成功的低幼读物插图,必然成功地借助于儿童视心理","为什么说'借助',而不是说'符合'?这是为了避免框得过死的嫌疑。说'儿童画必须符合儿童视心理',这容易使人误以为我们把幼儿期视心理看成凝固状态,况且完全'符合'也是很难做到的"②。这是儿童文学作家兼儿童画画家王晓明的看法,他对低幼读物插图与儿童视心理关系的论断,颇具启示意义。同样地,当幼儿文学把"符合幼儿年龄特征"当作金科玉律,也有把幼儿文学"框得过死"的可能。而且把幼儿年龄特征视为固化的、绝对的状态,是一种极不可靠的前提假设,不但存在把个别误作一般的危险,也容易将概念化的幼儿当作真实,而对活生生的孩子视而不见,这样的文学是缺乏真生命的。至于幼儿文学能否做到"完全"符合的问题,倒还在其次。应该说,能对"符合论"这一近乎常识性的观点提出异议,体现了论者深刻的洞察力。

---

① 茅盾.六〇年少年儿童文学漫谈[J].上海文学.1961(8).
② 王晓明.审度低幼读物插图的三角形模式[J].幼儿读物研究.1987(2).

20世纪80年代末期,儿童文学理论界开始对"儿童观"问题展开更深入的研究。学者们先后提出,儿童观是"儿童文学的原点"(朱自强,1988);童年是"儿童文学理论的逻辑起点"(方卫平,1990);儿童观是"儿童文学的美学原点"(王泉根,1991)等。而且对儿童与童年的思考,已不仅仅限于心理学意义上的"年龄特点",而是融合了哲学的、美学的、文化学的等多学科视野,从而获得了实质性的理论突破。突破之一,是对皮亚杰的儿童心理学,尤其是他的发生认识论作为儿童文学理论资源合理性的质疑:"对儿童文学理论而言,皮亚杰的发生认识论是否具有整体移植或套用的合法性?"[①]这是一个戳中当代儿童文学理论要害的好问题。因为,"当我们从文学、艺术的角度探讨儿童的身心发展问题时,关注的核心内容应该是情感和想象力(感性思维),而不是认识(理性思维)。在人的一生中,情感和想象力(感性思维)并非是像皮亚杰对认识(理性思维)的发展所揭示的那样呈线性进化的态势的。儿童所具有的情感和想象力这些浑然一体的生命感性能力,在其走向成人的过程中,有可能因得到艺术的守护而发展,也有可能因理性、概念的遮蔽或侵蚀而退化"[②]。这无疑是一种深刻的见解,而且也可视为是对茅盾当年追问的呼应与延伸。某种意义上,它质疑了儿童文学此前所依赖的方法论基础,同时也重构了儿童文学新的价值维度。

---

① 朱自强.儿童文学的本质[M].上海:少年儿童出版社.1997:251.
② 同上书.252.

第四章
透视与反思"教育幼儿的文学"

  当代幼儿文学的教育或教化问题是最为明显的。从历史的角度看,这与文以载道的传统文学观不无关联,也与传统的童年观多有牵连,更与特定时期的社会政治语境密切相关。而从世界儿童文学的发展历史来看,教育与娱乐、教育与审美的关系也是恒久的议题。因此,对我国当代深受教育工具论影响的幼儿文学文本作深入透视,从文学与教育学的双重视域进行分析,进一步反思它的阙失、困惑、束缚与突破等,意义深远。

  从20世纪50年代起,儿童文学被命名为"教育儿童的文学",很长一段时间内,这种"教育"主要体现在思想品德教育方面。在大量幼儿文学作品中,充斥着天真无知、有各种"缺点"的孩子,他们总是为自己的"缺点"犯错误、吃苦头,最后落得脸红惭愧。同时,成人则总是扮演正确的、权威的教育者,而且对孩子一般是"宽容的",也是善于说教的。作品往往使用貌似的"自然后果法"教训孩子知错改错,唤起孩子的羞耻心,使之在结尾变成听话的"好孩子";或者以"好孩子/坏孩子"相对照,给小读者提供不言而喻的认同榜样,使之自觉接纳"好孩子"的标准要求。

如果对当代幼儿文学作品做一个统计,那么孩子的"缺点"大体有如下数种:不讲卫生、骄傲、无知、不听话、不爱劳动、吹牛说谎、挑食或贪吃、自私不懂分享、不守纪律、胆小、爱哭等。这些作品通常都有鲜明的主题,很容易概括出其"主旨"或"中心思想",因此本章主要围绕当代幼儿文学的各种"主题"展开论述。以下引用的很多作品算不上完美,甚至存在明显的不足,某种程度上都留有时代的印记,是作家个人难以超越的时代局限,属于前文所说的"可分析性"作品,希望借助对它们的分析来发现幼儿文学更多的艺术可能性。

第一节 对"洁净与肮脏"的现代性反思

一、"不讲卫生"之"罪"与"罚"

近现代以来,关于"脏乱与整洁"这一主题的儿童故事,无论西方还是中国都有很多。其中,很大一部分是属于"糖衣药丸"式的作品。譬如,小猪或小狗因为不讲卫生,浑身脏兮兮的,大家都不跟他玩,甚至连家人也不认识他,最后他终于明白自己的错误并改正了这一缺点,才获得了大家的接纳。或者某个小朋友不爱洗手,吃东西后肚子痛,从而懂得了讲卫生的重要性。总之,大都是小主人公不讲卫生,然后遭遇一系列麻烦,吃些苦头,在身体上或情感上受到惩罚,而最终认识到先前的错误并加以改正。作品的目的就是要传达这样的道理。这一主题的故事或诗歌有多有少,文学性有高有低,但是始终存在。下面以几则故事和童话诗为例,分析此类作品的主题及其艺术表现。

《会变颜色的小花猫》①讲述一只小花猫"一点也不乖,他不听妈妈的话",爱在地上打滚,在草上翻跟头,"老把漂亮的身子弄得脏脏的"。先是因为无知跳进油漆桶,变成了小绿猫,又因"有点儿害怕,怕妈妈说他",就到黄泥土地上打滚,变成小黄猫。他一边往家走一边想,妈妈会不会生气呢?路上看到旧烟囱又忍不住玩起火车钻山洞的游戏,变成了小黑猫。回到家之后小猫想:反正我的衣服也脏了,妈妈也要说我,我就再玩一会儿吧!于是跳进面缸,变成了小白猫。妈妈生气地说:"这孩子,真不听话!这么脏,怎么舔得干净呀?我拿水给你冲一冲吧!"然后是语言的重复与情节的倒推,非常巧妙。妈妈给他冲了三次,每次都伴随着"喵呜——",妈妈吓一跳、妈妈又吓一跳、妈妈又吓了一跳,小白猫顺次变成小黑猫,再变成小黄猫,最后变成小绿猫。可以说,该童话在情节结构上有大的三段式反复,也有小的三段式反复,口语化的语言不乏生动,对小猫心理的把握也相当真实可信。可是浓重的教训味还是让作品留下了无法弥补的遗憾,除了前面提到的"不乖""不听妈妈的话"等,小猫的结局也很是悲惨:毛都让绿油漆粘在一起,水冲不掉,妈妈只好拿刷子使劲刷,拿爪子使劲抓,于是小猫就像在经历一场"酷刑":

"哎哟哟!喵呜——哎哟哟!喵呜——"
小猫疼得大叫。

---

① 安伟邦.会变颜色的小花猫[A].鲁兵主编.365夜[M].上海:少年儿童出版社.1981.

>   好容易把油漆弄下来了,可小猫身上的毛也一块一块掉了下来。
>
>   就这样,小绿猫又变成了小秃猫。

小绿猫变成"小秃猫",结尾似乎再次实现了"既在情理之中又在意料之外"的成功小逆转,然而这是伴随着剧烈疼痛的、属于身体惩罚的悲惨结局,惩罚的严重性冲淡了这种突转带来的文学性"美感"。每个把自己认同为小猫的孩子,都必然经历这一酷刑的疼痛。小猫的"缺点"在于不讲卫生,也与不乖、不听话有关,而他跳进油漆桶是由于无知,因此"缺点"显得比较全面。接下来小猫只因担心妈妈生气说他,于是想办法弥补自己的"错误",体现出仍然想做"好孩子"的愿望,中间偶尔的"贪玩"心理,以及最后发现无法弥补,索性再玩一次再脏一次,这些心理或想法也都很真实。对小猫而言,该不该做一件事情,并不是出自本心的认同与否,而只取决于妈妈是否生气。虽然这并不违背幼儿所具有的"他律"道德判断特点,但是问题在于,如果孩子的"好坏"仅仅取决于是否遵从成人权威,把遵守与违规变成一种权衡,在对违规的惩罚中感受不到爱与温情,而只有惨痛的教训,那么故事就难免变成一颗比较苦的"药丸"。

《脏娃的故事》①是另一个聚焦于"讲卫生"主题的故事。作品开门见山:

>   有个孩子,不爱洗脸洗澡,浑身脏里八几,大伙儿都管他叫"脏娃"。

因为两只耳朵积满了脏土,这孩子变成聋子,没法听故事、看电

---

① 樊发稼.脏娃的故事[N].北京日报.1982.8.1.

影,还因为听不到喇叭声而差点儿被汽车撞到。还有更大的"苦果":树籽掉进耳朵,长出了小树,害得他没法睡觉;白天小鸟还在他头上脸上撒了不少鸟粪;耳朵里的小树被风刮得东摇西摆,脏娃站立不住,掉进河里,差点儿丧命……经历这一系列的"苦头",最后脏娃"变成了一个讲清洁讲卫生的孩子"。故事采用了极度夸张的手法,甚至还有几分荒诞的色彩,除了孩子头上脸上的"鸟粪"之外,整体上文学的美感也显不足,是对"脏"进行的赤裸裸的教训。

还有因为不爱清洁导致牙齿坏掉的故事,如《小金鱼拔牙齿》。①这则童话的艺术特点在于亦真亦幻,全篇由"我"跟小金鱼的对话构架而成,小金鱼对"我"讲述了她为什么没有牙齿的故事。同时采用故事套故事的结构,开头和结尾是"我"跟小金鱼的对话,中间主体部分是小金鱼讲述的故事。童话里的小金鱼具有不讲卫生、不洗澡、不爱干净、爱吃糖、不刷牙等"缺点":

"可是呀,这是一条不听话的小金鱼。"

蟹大夫的手术很高明,一会工夫,小金鱼的牙齿全拔光了。

从此以后,小金鱼听奶奶的话了,他常常到大河里去洗澡,不乱吃东西,就连糖也不常吃。

对于给她糖吃的小女孩,"我"问到后来怎样了,小金鱼有点儿不高兴,回过头去说:"那我怎么知道呢! 她是个孩子呀! 又不是一条金鱼,难道也会不懂得爱清洁,不懂得保护牙齿吗?"

让小金鱼受到拔去所有牙齿的惩罚还不够,作者好像担心读者不能全面深入理解主题,最后又让金鱼略带怨气地教训故事外的小孩子一番,以近乎点题的语言把教育性变成了直白的教训,这才放心

---

① 包蕾.小金鱼拔牙齿[A].小金鱼拔牙齿[M].上海:少年儿童出版社.1957.

地结束故事。

此外,幼儿生活故事中也有些关于"讲卫生"主题的。例如《小拖鞋》[1],小拖鞋嫌小主人怪怪不洗脚,脏得让人受不了,于是就偷偷地藏了起来,害得怪怪弄脏了床单,被妈妈打了屁股,最后怪怪向妈妈认了错。这事被"诗人"知道了,编了一首歌谣:

> 小怪怪,不学乖,脏脚尽往鞋上踩。
> 小拖鞋,生气了,藏在床下不出来。
> 告诉妈妈教训你,看你下次改不改。

怪怪学会了这首歌谣,从此天天洗脚,改正了坏习惯。小拖鞋既是现实的物品,又是一个拟人化的形象,不但是怪怪的好朋友,还会生气,会藏起来,会故意让怪怪闯祸,分明又是一个童话。这则具有童话色彩的生活故事还具有寓言的气质,小拖鞋就担负着帮怪怪认识错误、改正错误的任务。

以上这些故事与20世纪30年代的《汤妹》《肮脏的小猪》等相比,情节更加丰满,人物塑造、语言表达以及叙事手法等都更为成熟,但仍然未脱浓重的说教气。如果说借助故事传达给孩子一个明确的"道理"是这类作品普遍的目标追求,那么这个目标就像一副镣铐或枷锁,一定程度上束缚了艺术之翼的自由翱翔。然而不能否认,同期也有些作品将这种"教育性"尽可能地文学化,或者说幼儿文学化,从而成为"戴着镣铐跳舞"也能跳得比较好的作品。例如鲁兵的童话诗《小猪奴尼》(1981)[2],柯岩的叙事诗《小弟和小猫》(1955)等。

《小猪奴尼》用儿歌的形式讲述了一个有趣的童话故事,音韵和

---

[1] 钱万成.小拖鞋[J].幼儿画报.1995(11).
[2] 鲁兵.小猪奴尼[J].东方少年.1981(2).

谐,具有儿歌的节奏韵律,语言多用直接引语,极为口语化:

> 有只小猪,名叫奴尼。妈妈说:"奴尼、奴尼,你多脏呀!快来洗一洗。"奴尼说:"妈妈、妈妈,我不洗,我不要洗。"妈妈很生气,来追奴尼。奴尼真顽皮,逃东又逃西,逃呀逃呀,掉进泥坑里。

整篇一韵到底,在声音上造成一种回环之美,使得这首童话诗极具整体感。情节结构采用三段式,一波三折,富于戏剧性和游戏性,夸张的修辞则产生了幽默的效果,成功地塑造了一个性格鲜明的小猪"奴尼"的形象。当奴尼在烂泥里玩了半天,一摇一摆回家去。妈妈来开门,居然"吓得打个大喷嚏"。妈妈说不认得他,让他出去:"你再不出去,我可不饶你。把你扫到簸箕里,当做垃圾倒了你。"奴尼吓得逃呀逃出两里地。然后是三个重复的情节,奴尼先后遇到织毛衣的羊姐姐、带孩子游戏的猫妈妈和在井边洗大衣的牛婶婶。前两位都嫌他脏,让他走开,牛婶婶说:

> "哎呀,哎呀,哪来这么个脏东西!快来,快来,给你冲一冲,给你洗一洗。"井水用了一百桶,肥皂泡泡满天飞。洗掉烂泥,是个奴尼。

无论是妈妈认不出自己孩子,要把奴尼当垃圾倒掉,还是"一百桶"井水和满天飞的肥皂泡泡,都以夸张的手法表现了奴尼的"脏"。故事的主题十分鲜明,让奴尼因不讲卫生遭遇一系列的"不良后果",最后以"明天我要学会自己洗"的承诺结束。总体来看,这颗"药丸"被包裹得很有吸引力,对孩子的"教训"也好像从故事自身生发出来:你不讲卫生的话,人家就不喜欢你,没人会跟你玩。奴尼仿佛是从"自然后果"中认识到错误,心悦诚服地改正"缺点"。这也是当时教育学的主导观点,让孩子从事实中以主动发现的方式学习。然而细究之,这所谓的"自然后果"是否真的"自然"?某种程度上,与其说是事理的或者故事逻辑的自然推演,毋宁说是作者有意安排的"后果",与卢梭的"自然后果法"不可等同。但是作品借助儿童式口语的简练平易、情节结构的重复、夸张的手法、幽默童趣的表现等,大大消解了故事的教训色彩。《小猪奴尼》堪称糖衣药丸类作品中的上乘之作。鲁兵的许多儿歌、儿童诗都具有这种"寓教于乐"的特点,再比如《下巴上的洞洞》《小刺猬理发》等。因此即使是教化孩子"缺点"的主题,依然能被读者喜欢,这也是他的某些作品至今仍在孩子们中间流传的原因所在。

柯岩的童诗也极具童趣,很多曾在幼儿园里广为传播,她写于1955年的《小弟和小猫》亦是关于"讲卫生"这一主题的。全诗分五节,开头交代小弟的特点,引出主题:

> 我家有个小弟弟,聪明又淘气,每天爬高又爬低,满头满脸都是泥。

然后换韵,其后四节一韵到底:

> 妈妈叫他来洗澡,装没听见他就跑;爸爸拿镜子把他照,他闭上眼睛格格地笑。

这两句将弟弟的"淘气"刻画得淋漓尽致,而且突出了"不讲卫生"的主题。第三、四节写姐姐抱来小花猫,运用拟人化手法写小花猫的可爱,弟弟想跟小猫玩,想抱抱小猫,却遭到了"拒绝":

> 弟弟伸出小黑手,小猫连忙往后跳,胡子一撅头一摇:"不妙,不妙,太脏太脏我不要!"

小猫的出场和介入,使得诗歌更为轻松幽默,冲淡了教育性主题的严肃性。结果:

> 姐姐听了哈哈笑,爸爸妈妈皱眉毛,小弟听了真害臊:"妈!妈!快给我洗个澡!"

这里通篇没有说教味,小猫的回答既点明了主题,又避免了成人说教的严肃,还营造出溢满童趣的氛围,小弟弟的转变也较为自然真实,称得上是一篇成功之作。

二、野性的无辜与漫不经心的教育

客观地讲,"教育工具论"主宰下的某些糖衣药丸式作品不乏艺术性,并在一定程度上反映了当时进步的儿童观和教育方式。为了跳出时代与地域的局限加以反观,不妨再从国外选取几篇关于"讲卫生"的故事来加以对照,以更好地反思此类作品在艺术与童年观念上的差异。谨以美国图画书《好脏的哈利》[①](1956年初版)和英国图画书"小脏狗"系列故事[②](2005年初版)为例。

哈利是一只有黑点的白狗,听到主人往浴缸放水的声音,就叼起洗澡的刷子偷偷埋在后院,然后跑到外面去玩,把自己弄得越来越脏,变成了一只有白点的黑狗。玩到累了饿了,他才想起回家,但家人都说不认识他,即使他表演以前的各种绝活,大家仍然摇头说这不是哈利。这一情节跟《小猪奴尼》很接近,妈妈也以不认识而将奴尼拒之门外。哈利突然想起什么,去后院挖出刷子冲向楼上的浴缸,姐

---

① [美]蔡恩/文.[美]格雷厄姆/绘.好脏的哈利[M].任溶溶译.北京:新星出版社.2012.
② [英]肯·布朗/文·图."小脏狗"系列故事[M].杨玲玲,彭懿译.济南:明天出版社.2010.

姐弟弟帮他洗完澡后,终于认出了他!故事如果到此为止,基本就是《小猪奴尼》的另一个版本,但是哈利的故事并未结束,最后一页写道:

> 回到家里可真好。吃饱以后,哈利在他最喜欢的地方睡着了。他快活地梦见了玩耍时的情景,虽然把身上弄得很脏。他睡得可香了,一点儿都没觉得他偷偷藏在垫子底下的刷子碍事。

正因为有了这样一个结尾,使得哈利的故事与小猪奴尼有了本质的不同。哈利的痛快玩耍占据了大量篇幅,最后的"惩罚"也很快被化解,并没有要哈利惭愧地承认"错误"并作出保证,从此变成一只"讲卫生"的小狗。故事通过哈利的梦肯定了孩子的"痛快玩耍",与身上"弄得很脏"相比,孩子玩耍的快乐同样重要!最妙的是,哈利"一点儿都没觉得他偷偷藏在垫子底下的刷子碍事"。这意味着,哈利可能仍然不爱洗澡,或许明天还是要跑出去玩耍,直到把自己弄得很脏,而故事并未对此作出进一步的批评。当然,读者也有理由相信,哈利回家后仍然会找出刷子,把身体重新洗干净,变成"有黑点的白狗",再进入甜美的梦乡。故事一方面表现了对孩子天性的尊重,没有简单按照成人社会的"卫生"标准要求、谴责和惩罚孩子,同时也以含蓄自然的方式表达了对文明秩序的必要遵守:哈利毕竟是洗干净了。

"小脏狗"系列故事绘本,题目就表明了其与"脏乱与整洁"这一主题的密切关系。它的讲述跟以往的同类故事又有很多不同,显示出独特的儿童观与教育观。首先,"小脏狗"并没有作为一个有缺点的形象被塑造。也就是说,小脏狗不是先在地被设定为一个有待"被教育"的孩子,他的"脏"不是必须被修理的"缺点",因此这个故事也不是以"治病"为目的的"药丸"。无论小脏狗把自己弄得多"脏",所到之处如何一片狼藉、鸡飞狗跳不得安宁,读者感觉到的仍然是他的"可爱"。对于他无意中闯的祸和遭受的不幸,我们甚至有一份欣赏与同情,而不是厌恶。小脏狗想找一位朋友一起玩(《小脏狗找朋友》),可每个动物都那么高傲地拒绝他,给出的理由仅仅是"你呀,不过是一只小脏狗"。小脏狗屡遭拒绝后的伤心乃至绝望如此深切,以至于当小猪邀请他玩,他还沉浸在难过与沮丧中:"不,我不过是一条小脏狗。"而他之所以把自己弄得这么脏,只是因为他玩得很开心:掏纸篓、扒煤桶、拉桌布、抖垫子……他觉得"太好玩了",没有意识到已经搞得"乱糟糟"。故事超越了以往的陈规旧套,并没有让小脏狗在遭到主人训斥和朋友拒绝后,明白整洁的道理并主动改正"缺点",而是得到小猪的邀请,"我也不过是一头小脏猪啊!我们一起去玩泥巴吧……"小猪没有扮演跟前面那些角色一样的"教训者",而是充当了身处困境中的小脏狗的忠实玩伴。小脏狗"起劲地帮忙"准备圣诞节(《小脏狗的圣诞节》),可是大家却说他毁了圣诞节,把他赶出家门。一只蜜蜂打扰他休息(《幸运的小脏狗》),他当然要打、要扑、要冲、要去追,自然又是乱作一团,当剧情陡转,蜜蜂群反追过来,他和小猪狼狈逃跑,慌不择路,又是一路狼藉,也难免弄脏了农夫老婆洗好的衣物。小脏狗发现一个好玩的地方——工具棚(《怪物小脏狗》),玩得油漆涂料满地满身,他想要分享这份快乐,叫朋友一块玩,可是小动物们都被他的样子吓坏了,以为他是个小怪物,只有小猪认出了他,带他来到小桥上,小脏狗看到溪水中自己的影子,吓得跳起来,一下子抱住了小猪,结果双双掉进水里……

故事里的小脏狗,分明就是一个幼儿,单纯、无知、顽皮、精力充沛,经常热心却帮倒忙,玩起来无所顾忌,甚至追苍蝇、追树叶、追自己的尾巴,总是兴高采烈兴致勃勃,不把自己累晕不罢休。在小脏狗的眼里和意识中,没有"脏"的概念,没有"破坏"的概念,更不会预料到事与愿违的"不良"后果。他只是在遵循自己的本性而行动,其动机或原因都是"非道德"的或者说是"超道德"的,而不是"反道德"的。所以当他被训斥被赶出家门被拒绝,他自己总是莫名其妙,感觉很无辜,很委屈。故事准确地刻画出小脏狗作为一个孩子的真实感受,完全站在孩子的角度表现这一切,理解这一切,这意味着认同了孩子不符合现代文明秩序的野性,以及野性的无辜。

其次,故事也并没有完全放弃教育的责任,任由孩子野性的无限张扬,只是采取了一种看似"漫不经心"的教育方式。故事在以孩子为本位、表现对野性理解的同时,又映衬以成人的眼光。在小脏狗看来极好玩的事情,在一般大人比如农夫老婆眼里,却一点儿都不好玩,那只意味着麻烦的收拾和清理——小脏狗出自天性造成的"脏乱"是需要修理的。由此二者之间形成一种张力,那么故事是如何把握和处理这种张力的呢?农夫老婆代表成人,对于作为孩子的小脏狗,她是有规矩的,是有基本规则的。每一个故事最后,小脏狗也都是洗干净了。然而这份干净不是强迫的。不需要低着头,不需要脸红,不需要难为情地承认错误,更不需要马上主动去改正这些"缺点",第二天就变成一个符合成人标准的"好孩子"。小脏狗每次在故事结束时要么掉进溪水里,要么冲进雪堆里,要么站在水管下,反正都是那么自然而然、顺理成章,又是那么开心地就洗干净了。不管怎样,每天结束时,"他已经是一只又乖,又干净,又聪明的小狗了"。他会在火炉边舒舒服服地睡着,会在梦里重温白天快乐玩耍的情景,还会梦见天亮以后"他和好朋友小脏猪玩得好开心"。这种暗示连小孩子也会明白:可以尽情地无所顾忌地玩,只是最后要把自己洗干净;等到第二天,小脏狗还是可以兴高采烈地玩耍,最后照样会回到"温暖又明亮的家里",干干净净、舒舒服服地睡去。这样的规则里满含着宽容和爱:不管惹了什么麻烦,添了多少乱,每次都是温暖的结局,每次都还是幸运的小脏狗!相信每一个孩子读到最后都会安心又满足。

这个有关"脏乱与整洁"的系列绘本,从童年观念、教育方式上来看都具有启示性。它也促使我们去思考,"脏"或者"讲卫生"何以成为众多儿童故事或绘本的主题?某种程度上,小脏狗的可爱,或许不在于其"脏",而在于其"小"。大大的脏狗,还会让人如此喜欢吗?脏且可爱,是大人对于孩子才会有的观念。

然而,什么是脏,什么是洁净?英国人类学家玛丽·道格拉斯曾指出,东西的洁净与肮脏实际上取决于人类的分类系统。例如,衣服上的食物、餐桌上的鞋子等,都会被认为是肮脏的,但为什么食物在盘子里就是干净的,鞋子在地上也不感觉脏呢?显然,食物、鞋子本身并不被看成脏的,我们之所以会认为脏是因为它们处在了不应处在的位置:"污秽就是位置不当的东西(matter out of place)","污秽是事物系统排序和分类的副产品,因为排序的过程就是抛弃不当要素的过程"。"污秽就是分类的剩余和残留。它们被排除在我们正常的分类体系之外。"①这就意味着,凡存在"脏"的地方就存在一个分类体系,"脏"意味着秩序被违反,因此,"除非我们以观念的秩序来理解'脏',否则我们无法了解它的真正意义。……现代人关于洁净、肮脏的卫生观念,同原始人的神圣观念在本质上是相通的,其存在目的是为了使社会秩序合法化"②。

因此,在更深的意义上,脏乱与洁净关涉文明与秩序、天性与教化的关系问题。孩子需要花费长长的童年时光,去学习这些文明社

---

① [英]玛丽·道格拉斯. 洁净与危险[M]. 黄剑波,卢忱,柳博赟译. 北京:民族出版社. 2008:45.
② 朱文斌. 分类体系的社会秩序建构——对《洁净与危险》的述评[J]. 社会学研究. 2008(2).

会的知识与行为。它体现了人类为维持社会秩序、保证社会事物各就其位、从而加强社会道德秩序结构的要求。哲学家齐格蒙·鲍曼曾指出,现代性表现为对秩序的一种永无止境的建构。这种理念是现代性所内在固有的。关于"讲卫生"的幼儿故事,可以视为对现代性秩序问题的一种表现、理解和态度。而对"讲卫生"的不同表现、理解和态度,则反映了不同的童年观和教育观。让孩子无条件认同并嵌入这一秩序,还是在孩子的天性与秩序之间设法取得某种平衡,这是我们的幼儿文学需要深入反思的。

第二节 对"骄傲"与"说谎"的"泛道德化"评判

一、作为缺点去惩罚:"傲慢"的定义者

新中国成立后的几十年,对于孩子"骄傲"的批评,是幼儿文学的重要主题之一,在儿歌、童诗、童话中皆有大量体现。"50年代的教育儿童的儿童文学,特别执著于批评儿童身上的'骄傲'缺点,这与当时社会对'骄傲'思想的批判态度有关。"①这类童话中的代表作可以举出严文井的《三只骄傲的小猫》《小花公鸡》,陈伯吹的《一只想飞的猫》,金江的《会飞的公鸡》,冰子的《骄傲的黑猫》,叶永烈的《圆圆和方方》,洪敬业的《大扫帚和小扫帚》,贺宜的《说大话的小黑鸡》等。

《三只骄傲的小猫》②,故事名称就给小猫们的"缺点"贴了标签,主题毫无悬念。猫妈妈想考考刚上完一年级的孩子们,问他们有了学问将来干什么,三只小猫都没有回答猫妈妈期待的"劳动",于是妈

---

① 朱自强.中国儿童文学与现代化进程[M].杭州:浙江少年儿童出版社.2000:316.
② 严文井.三只骄傲的小猫[M].北京:中国青年出版社.1954.

妈让他们补习这一课,自己想办法去捉鱼。三只小猫没捉到鱼,还把老鼠误认为有学问的爷爷,被老鼠灌输了一通反对劳动的思想。回到家里,猫妈妈说:"我的骄傲的孩子们,你们自以为有学问,看不起劳动,你们可都是一些无用的小傻瓜!"小猫们"脸都红了","他们现在可知道自己错了",后来"变成了既会用功又肯劳动的勤劳聪明的小猫"。然而,从小猫们的无知、不爱劳动或说不善劳动,很难看出与"骄傲"有何关联,更像是作者预设的、硬贴的标签。

1952年发表在《好孩子》杂志的另一篇童话《小花公鸡》①也有类似特点,被冠以"淘气、骄傲、不听话"之名的小花公鸡,在进小学的前一天晚上,被妈妈要求好好听老师的话,要好好念书。他答应妈妈一定要做一个好孩子。可是他调皮捣蛋,从课堂里溜了出来,还把辣椒误认为果子吞下去,辣得嗓子像着了火。老羊伯伯问他:"喂!骄傲的小花公鸡,怎么回事呀?"他很不好意思。此后小花公鸡可再不敢乱淘气了,变成了一个用心听课的好学生。如果不是老羊伯伯这句问话,还真无法把小花公鸡跟"骄傲"联系起来,这个评价有生拉硬套之嫌,亦是贴标签式的,而不是故事自然生发出来的人物性格特点。而且,其中的"小花公鸡"换成小兔子、小牛似乎也能成立,甚至换成一个小孩子也问题不大,因为"小花公鸡"只是一个符号式的、概念化的角色,不具备独特的物性特征,不具备自身的生命力。这是很多"主题先行"式作品或者说作为教育工具的文学作品的通病,貌似拟人化的童话,实则把童话当成生活故事来讲述。同时因为过于急切地、清楚地传达某种教训,故事情节与人物形象塑造以及细节的编织等都显得粗糙,而在一定程度上又把童话当寓言写了。

---

① 严文井.小花公鸡[A].洪汛涛主编.中国童话界·低幼童话选[M].南昌:江西少年儿童出版社.1985.

陈伯吹笔下那只"想飞的猫"①,因为"骄傲""吹牛",最后从树上摔下来,被大家嘲笑讥讽。单纯从语言的生动与个性化、心理的细腻刻画、情节的波折起伏等来看,这是一篇艺术性很强的童话。然而,因为"骄傲"主题的硬性植入,大大降低了它的文学价值。故事里猫喜欢胡闹、睡懒觉、说大话而又倔强、要面子,就是一个童话版的、散发野性活力的常态儿童形象。猫的"骄傲"与"吹牛",其实是孩子混淆想象与现实,将愿望当作真实,将渴望发生的事情当作已经发生的事情使然,这是儿童心理的正常表现,与"骄傲"无关,因此也与道德无关。它只是特定年龄阶段的一种心理"特点",而非"缺点"。故事为了传达给孩子关于"骄傲"的教训,将其不恰当地道德化了。值得一提的是,次年林间根据这则童话改编、李梗绘图的《想飞的猫》,通过压缩文字篇幅,配上图画,从而比原作具有更复杂的意蕴。"图画和文字之间产生的反讽,使得故事的教育功能大大弱化。画家分明对没有改正缺点的黑猫给予了无限的活力和神采,最后小猫沮丧的神情却似乎和'正确'相悖谬,这使得读者不由自主地想站在孤单、被嘲笑的小猫一边。"②将两个版本对照阅读,就会发现图画书版本更适合低幼的孩子。

金江的《会飞的公鸡》(1957)是一个反映骄兵必败的故事。会飞的公鸡唱着歌:"喔喔喔,谁也比不过我!"每天吃吃喝喝,既不出门走走,也不练习飞行,结果身体越来越胖,再也飞不起来了。"公鸡的脸羞得通红,赶紧逃跑。他跑过老远一段路,还听见后面的笑声。"所以现在的公鸡飞不高了,但他还戴着那顶红帽子,挺着胸,跨着大步走路。"不过不管什么时候,他还总是红着脸的。"本来会飞的公鸡,

---

① 陈伯吹. 一只想飞的猫[J]. 人民文学. 1955(12).
② 吴雯莉. 中国图画书研究[M]. 武汉:湖北少年儿童出版. 2012:59.

因为自高自大疏于练习,变成了今天飞不高的公鸡。故事能较好地将教育主题与物性特点相结合,语言也很生动,虽教训味较浓,但仍不失可读性。

冰子的第一篇童话《骄傲的黑猫》(1962)发表后,曾被译成多种外文,是一篇想象力丰富、艺术构思极为巧妙的童话。黑妞画了一只黑猫,获了金质奖章,黑猫因此"得意"起来,认为自己是世界上最美的猫了,她"一骨碌从墙上跳了下来,墙上的画纸留下个大窟窿"——语言有动感,细节真实可信。黑猫决定去全世界旅行,好让大家都知道她的漂亮。当她在池塘边自我欣赏时,被一只百灵鸟尖着嗓子嘲笑:"黑小子,摆什么丑姿势。"气昏了头的黑猫在百灵鸟的"激将法"下,陆续赶走了自己身上的花颜料、黑颜料、蓝颜料,最后,尴尬的黑猫"迟疑了一下,咬着嘴唇喃喃地说:'好吧,纸张,你也走吧……'",迟疑、咬着嘴唇、喃喃几个词,以及不再决绝的口气,都真实刻画出了黑猫内心的微妙矛盾。"现在的黑猫只剩几条粗的墨线了。风儿一吹来,墨线抖啊抖。"黑猫急了,可还是逞强嘴硬:"瞧呀,我多好看,成了一只透明猫啦!"一直到墨线崩断,黑猫垂头丧气地瘫在地上。白天鹅批评了百灵鸟嘲笑别人的态度,把黑猫送回了家。黑猫回家之后承认"都怪我不好",黑妞原谅了她,被赶走的颜料们也都拥了上去。然而,这样一篇具有经典品质的作品却因为掺杂其间的"说教"而留下些许遗憾。试列举几处:

> 她(黑妞)把奖章挂在黑猫胸前,揪了揪猫咪的鼻子:"有了奖章,可别骄傲啊。"

这时黑猫还只是一幅画,还没有生命,更不知骄傲为何物,作者就通过黑妞之口先在地把"主题"设定了。然后黑猫遇到的百灵鸟好像全知全能,第一次见面就知道黑猫的"底细",不但尖酸刻薄地予以

嘲讽,还"客观地"教训了黑猫一番:

> "哈哈,别吹了。"百灵鸟笑着说,"你的这份荣誉是靠大家才有的,没有黑妞,没有纸张,没有颜料,没有毛笔,就不会有你!"

最后,白天鹅用嘴咬住黑猫头上的黑线飞呀飞,飞到了黑妞的窗前。在黑猫伤心地承认错误之后,黑妞说:

> "唉唉,你这骄傲的傻瓜,快进来吧!"黑妞心痛地瞧着她。

结尾以"骄傲的傻瓜"再次"点题"。故事基本完整包含了"预设主题""解释主题""总结主题"的三部曲。也正是因为对骄傲"主题"的迁就,使得一篇具备经典品质的童话留下了"说教"的缺憾。

叶永烈的《圆圆和方方》[①]是一篇科学童话。圆圆和方方比本领,都说自己本领大。作品中比较特别的构思在于,通过圆圆和方方的梦来呈现以自己取代对方后的荒谬后果,从而明白自己的错误。可惜最后仍是难脱窠臼的说教:

> 方方不好意思地把自己做的梦告诉了圆圆。圆圆一听,脸也红了,不好意思地把自己做的梦也告诉了方方。从此,圆圆跟方方再也不吵了,互相尊重,互相学习。因为它俩懂得:圆圆有圆圆的优点,方方也有方方的优点。它们俩愉快地互相合作。

洪敬业的童话《大扫帚和小扫帚》[②],讲大扫帚骄傲,看不起小扫帚,后来由于扫不拢芝麻而被大公鸡讥笑(大公鸡显得很不厚道);作

---

① 叶永烈.圆圆和方方[N].红小兵报.1978.3.15.
② 洪敬业.大扫帚和小扫帚[J].江苏儿童.1981(4).

为对照,小扫帚则很谦虚,也很懂"道理":"我们大小两兄弟,各有各的用处。……大家有分工,缺了谁也不行。"最后,"大扫帚很不好意思地点了点头,不再说什么了。"

贺宜的童话《说大话的小黑鸡》①,题目里就点明了"缺点"。逞强、说大话、爱虚荣的小黑鸡,先是学小鸟上树却跌下来,然后不服气小白鸡捉住蚱蜢,于是自己去捉油葫芦,结果反被叮住了鸡冠,这两次都是小白鸡帮助了他。他又不服气小鸭子会捉鱼,自己跳下水去,差点儿淹死,被小鸭子救上岸。这只总是"不服气"的小黑鸡结局也很狼狈:"小黑鸡浑身是水,站在岸上发抖。"这时,故事还不忘让小鸭子教训他一句:"你不会游泳,干吗下水呀?"总之,小主人公最后不是脸红悔过,就是很狼狈地收场。作者贺宜不仅把儿童文学定义为"教育孩子们的工具",而且提出"每一篇儿童读物都应当有它的教育任务"②。作为当时主导性的儿童文学理论,这样的功能定位很能说明此类作品的问题根源所在。

洪汛涛的童话《三个运动员》③,可视为"龟兔赛跑"的当代版本,重申了骄兵必败的道理。故事将有缺点的孩子和好孩子形象作二元对照,好孩子是小熊,有缺点的孩子是小马和小猪。小马因骄傲而失败还断掉一条尾巴,小猪自卑没信心且因投机取巧而撞伤了腿,小熊则是从早到晚地勤奋苦练。最后小熊获得了赛跑第一名,而且是背着受伤的小猪冲到终点线。发奖典礼上,小马"低着头,红着脸,不好意思地躲在大树后面"。

此外,童话诗、儿歌中也有一部分是关于"骄傲"主题的。金逸铭

---

① 贺宜.说大话的小黑鸡[N].摇篮.1983.9.5.
② 贺宜.童话要正确地教育孩子[J].文艺报.1958(10).
③ 洪汛涛.三个运动员[M].上海:少年儿童出版社.1959.

的《字典公公家里的争吵》①是一首童话诗,标点符号们争谁最重要,结合各自特点吵闹。语言虽然生动幽默,但最后几段还是流于说教了,例如搬出"高明"的且年龄最大的"字典公公"(与孩子似的标点符号们形成对照),直接总结"点题":

  孩子们,你们都很重要,/少一个,我们的文章就没有这样美妙。
  滴水汇成了大江,/碎石堆成了海岛。
  大家不要把个人作用片面强调,/任何时候都不要骄傲!

  严文井的童话诗《气球、瓷瓶和手绢》②,也属于典型的教训类文本:气球跟瓷瓶是有"缺点"的孩子,争论谁最漂亮、谁最有能耐,谁也不服谁;而手绢是个"好孩子"形象,能正确地看待气球与瓷瓶的争论:"你们各有各的特点,但是都有些自以为是。"结果两个骄傲的家伙下场都很悲惨:"气球从此炸成了两瓣,摔到地上,再也不吭气了";瓷瓶"这个娇气的小家伙就碎裂成了十几片,也一声不吭了";最后只剩下"这个没自吹自擂的手绢成了丽丽的真正朋友"。作品在此继续夸奖手绢,并作进一步的"总结性评价":"跟那两个华而不实的伙伴正相反,她不喜欢叽叽喳喳,更不喜欢自夸。""她很扎实,又很有耐性。她最喜欢干净,可是从来干的是脏活儿。""她踏踏实实地一次又一次帮助别人干活儿,从不感到厌烦。"感觉就像一封表扬信。

  熊塞声的儿童戏剧《骄傲的小燕子》③也以二元对立的手法,刻画了傲慢的小燕子,与谦虚热情的青蛙形成鲜明对照。

  孩子的骄傲或者吹牛往往与"说谎"相连,因为吹牛意味着"言

---

① 金逸铭.字典公公家里的争吵[J].小朋友.1978(2).
② 严文井.气球、瓷瓶和手绢[N].中国少年报.1979(1076).
③ 熊塞声.骄傲的小燕子[N].新少年报.1957.9.16.

过其实",相当于"说假话",吹牛又表明不够"谦虚",因此几者之间关系密切,界限常常并不明显。吴怡的生活故事《打电话》①有点儿虚幻的童话色彩,前半部分是两个好朋友打电话互相问候新年好,诉说对彼此的想念,并夸赞了互赠的礼物。然后情节陡转,换了话题,方方说"妈妈奖给我一个五角星",因为是自己吃的饭、用筷子、吃得很干净。园园吞吞吐吐地说"今天我也自己吃的,也用筷子……我妈妈也表扬了我……"园园说了谎,小脸憋得通红,"因为他发现电话机旁的水仙花慢慢枯萎了"。当他说出困惑,电话那头的方方居然知道原因:"因为刚才你又说谎了。"方方说完就挂掉了电话,留给故事一个冷冰冰的结局。水仙花的枯萎不无诡异,仿佛是神花,能辨别谎话,还能因此枯萎,不合生活故事的情理,有不真实感。故事里方方分明是无所不知的教育者,送水仙花给圆圆好像是故意设陷阱,目的在于教育园园。

杨福庆的幼儿故事《捉泥鳅》②,讲夏天小牛到农村姥姥家,第一次见到泥鳅,可当小朋友们问他时:

> 他咕咕咽下两口唾沫,装作什么都懂的样子说:"泥鳅谁不懂呀?! 我还捉过一条呢!"

小朋友们不相信,说他吹牛。舅舅帮小牛带来一条泥鳅,他端给小朋友看,说是自己捉的,可他现场费了九牛二虎之力也没法从脸盆里把泥鳅捉起来,大家又笑话他吹牛。他只好自我解嘲地说:泥鳅不好看,我才不要捉它哩!我家的金鱼才叫好看呢!小牛家确实有金鱼缸,养着几十条金鱼:

---

① 吴怡.打电话[J].幼儿故事大王.1996(2).
② 杨福庆.捉泥鳅[J].巨人.1982(3).

可是,小牛说了一次谎,大家就不信他的话了。小朋友们都撇着嘴说:"又吹牛啦!又吹牛啦!吹牛匠,吹牛匠,吹得老牛把天上……"

虽然这故事的教育性主题也很明显,但是因为没有成人的教训和惩罚,完全从孩子的角度去写,很符合生活的真实,所以给人感觉教训味道不浓,而其开放式的结尾也引人回味。

骄傲、吹牛往往还与无知而不谦虚好学、不懂装懂有关。比如刘心武的童话《小猴吃瓜果》①,就让无知却不谦虚的小猴吃了苦头,结尾还启发读者总结教训:"你说小猴错在哪儿呢?"何培新的科学童话《我知道》②,最后小鼱鼠小林哭着对妈妈说:"我老是以为我知道,结果什么本领也没学好!"本篇曾收在"快乐的幼儿园"丛书(该丛书于1979年由浙江人民出版社和广东人民出版社出版)中,但实在是一点儿都不快乐的幼儿园故事。陈模的童话《什么"都知道"的小麻雀》③,讲小麻雀"不听话",为了让妈妈夸自己"聪明、能干",结果腿折断了,左翅也碰伤了;后来又想把窝修好,"让妈妈高兴高兴,夸我做得好",不料又是好心办"错事"。最后小麻雀冻病了,可怜地呻吟着,妈妈却教训它说:

"世界上的学问多着哩,不学是不能会的,你总说'我知道,我知道!'你吃亏就在这里呀!"

小麻雀好像听懂了一点,哭着说:"妈妈,唧唧,唧唧……我知道,我知道了!"

---

① 刘心武.小猴吃瓜果[M].上海:少年儿童出版社.1979.
② 何培新.我知道[A].任溶溶,鲁兵,圣野主编.1949—1979 幼儿文学选[M].北京:人民文学出版社.1981.
③ 陈模.什么"都知道"的小麻雀[A].陈模儿童文学选[M].北京出版社.1983.

龙世辉《初生的小麻雀》①,讲小麻雀不听爸爸妈妈的话而遭遇了危险,最后小麻雀全身哆嗦着说:

"啊! 原来世界上还有这么坏的东西! 不过,这一回我可什么都懂了! ……"

爸爸看它一眼,不禁摇摇头说:"怎么? 你什么都懂了? 你知道世界上有多少要懂的事吗?"

在上述作品中,不管是将儿童因为年龄小和经验不足而无法理解劳动的含义、不会捉鱼、不认识老鼠等视为"缺点"来教训,还是将"想飞的猫"自信满满的逞强与超越现实的愿望当作"吹牛"来惩罚,抑或对那些无知而又不谦虚好学、不懂装懂的小猴子小麻雀们施以教训,都是成年人凭借知识和经验凌驾于儿童之上的权威的体现。成人凭借在先的知识获取了比孩子更多的权力,同时又凭借权力赋予成人拥有的知识以价值优先性,凌驾于孩子的"低等知识"之上。这正是米歇尔·福柯所谓的"权力与知识的共生"。据此,成人就能握着权力/知识的权杖去定义孩子的"骄傲",把小猫、小鸡们争强好胜、超越于现实的愿望、缺乏经验的勇敢尝试等武断地命名为"骄傲""吹牛""说谎",并以似是而非的"自然后果法"对其进行身体与精神的惩罚,将其规训成脸红、惭愧、狼狈、"知错改错"的"好孩子"。因此,如果我们没有感受到三只小猫、小花公鸡、小黑鸡们是怎样"骄傲"的,没有厌恶"想飞的猫"如何"吹牛",也就没什么好奇怪的了。甚至我们应该反思,将孩子的正常心理行为评判为"骄傲"难道不是一种"傲慢"吗? 在这个意义上,我们是否感到了"作品后面有一种成人面对儿童的居高临下的优越感或曰骄傲心态"? 不客气地说,

---

① 龙世辉.初生的小麻雀[J].童话.1981(2).

"这样的艺术构思和立意,不仅缺乏艺术性,而且偏离了儿童教育的真义"①。

二、作为梦想去成全:另一种可能

有比较才能更清晰看到此类作品的优劣所在,这里不妨以一则儿歌、一则童话和一首童话诗为例,与之加以对照。张继楼的《小蚱蜢》(1979)当属儿歌中的经典,以寥寥数语塑造了一个得意洋洋、倒霉、可笑又可爱的小蚱蜢形象:

小蚱蜢,学跳高,一跳跳上狗尾草。
腿一弹,脚一翘,"哪个有我跳得高!"
草一摇,摔一跤,头上跌个大青包。

这首儿歌节奏明快,极富音乐性,句式结构对仗整饬又自然活泼,短小浅显而构思新颖。描述小蚱蜢的用语动作性很强,跳、弹、翘、摇、摔、跌,准确又传神,而"哪个有我跳得高!"一句话就把小蚱蜢得意洋洋的神态淋漓尽致地展现出来,且完全是幼童式的口语。作者曾言,童趣是儿歌的生命,没有童趣,再好的思想、再好的语言也没有吸引力。这首儿歌不但满蕴着童趣,值得肯定的还在于,它并未将小蚱蜢的言语行为定义为"骄傲",没有当作"缺点"表现,更没有说教。应该说,仅仅将其作为表现童趣的儿歌,完全可以;如果从中解读出教育性的主题,也未尝不可,但却不是"只有"或者"唯一"。它将"教育"的主题如果汁冰酪一般融在儿歌的节奏与韵律之中,或者说是将"教育"充分地文学化了。

这类主题的幼儿童话在新世纪亦有延续,在儿童观念与艺术层

---

① 朱自强.中国儿童文学与现代化进程[M].杭州:浙江少年儿童出版社.2000:313.

面值得对照分析。图画书《超级大谎话》①里讲一只名为叫叫的小鸡,当小狗说自己的遥控飞机可以飞得好高好高,叫叫就不服气地说:"这算什么,我家里的飞机更厉害,可以飞到月亮上去呢!"然后依次是小鸭子、小猪、小羊、小鸟,每次说自己的东西好,叫叫就说这有什么稀奇、有什么了不起,我家的怎样怎样,比你的强多了。最后小伙伴们都围过来说:"叫叫,你的家好棒!下个周末我们去你家玩吧!"叫叫回到家里,想到周末伙伴们要来玩,忽然就沮丧起来。它"越想越着急,原来谎话会让人这么不安"。前面的说大话、吹牛、想象或者虚荣心,到这里就一下子定性为"谎话"了。面对周末到来的小伙伴,尴尬的叫叫怎么收场呢?

"Sorry!我说谎了,我家没有大房子,也没有满屋的玩具,我的爸爸不是大力士,也不是董事长,我的妈妈不会做衣服和超级大蛋糕,还有,我唱歌也不好听……"一口气说完,叫叫觉得轻松极了!

小鸡在伙伴们面前"主动"承认了"说谎"的错误。或者叫"被迫"承认更合适。这时叫叫抬头看看小伙伴们,大家却都笑嘻嘻的。

大家说:"我们早就知道了,你不请我们进去玩吗?"

与此前的部分同类作品相比,叫叫的小伙伴们简直太友善了,既没有说教,也没有当场"戳穿谎言",表现得相当大度。这或许意味着成人对待儿童"缺点"的态度愈加宽容,可视为儿童观的进步。同时,儿童对话式语言的个性化、情节结构的重复与推进等,也都表明了作品的文学价值。然而深究之,"宽容"仍然是建立在对方"错误"的前

---

① 甘薇/文.吴波、谢晶/绘.超极大谎话[M].北京:中国轻工业出版社.2012.

提基础上,如果不把对方视为错误,何来宽容?又何须宽容?就是说,暂且不管出于什么原因,孩子"吹牛"就是一种"错误",区别只在于外界对待"错误"的态度之严厉程度或者方式。

这个故事可与另一本图画书《方形的蛋》①相对照。家禽俱乐部的太太们各自宣扬自己的本领和荣耀,母鸡乔吉特被问到时,情急之下便"撒谎"说自己下了一个方形的蛋。当那天早上同伴们都赶来要见识一下这个方形的蛋时,乔吉特和叫叫一定是同样的心情。可是故事没有让乔吉特丧失"尊严"当场悔过,而是安排在她捧着鸡蛋心情沉重地走出来的时候,小鸡恰到好处地出壳了,给了故事一个完全意料之外却又在情理之中的完美结局。而乔吉特在整个过程中的焦虑和煎熬也已经让她得到了教训,所以即使不再次当场打击她那点儿可怜的自尊,也足够她铭记一辈子了。对比一下,叫叫却没这么幸运,她的那点儿自尊必须当场粉碎。而且,叫叫的这帮小伙伴难道不是很可疑吗?他们凭什么"早就知道了"叫叫的真实状况?更可疑的是,为什么在"早就知道"的情况下还要到叫叫家去玩?只能理解为:这帮小伙伴就是要给叫叫一个当场尴尬、悔过自新的机会。可是,小伙伴们的成熟与宽容也使得他们不像叫叫的小伙伴,而更像成人,或者成人的"替身",他们肩负着帮叫叫改正"说谎"这一缺点的教育任务,更像是一种教育工具。所以,这样的小伙伴既不真实,也不可爱。

关于这一主题,有一首值得我们认真对待的童话诗,或者说一则具有诗歌气质的童话,即吕丽娜的《波比的老爸》②。波比是个六岁的男孩,他非常迷恋狮子,最大的梦想是请一头真正的狮子到家里来

---

① 〔法〕克莉丝汀·诺曼·菲乐蜜/文.〔法〕玛丽安娜·柏希侬/图.方形的蛋[M].王娣译.武汉:湖北少年儿童出版社.2013.
② 吕丽娜.波比的老爸[A].吕丽娜.秘密像花儿一样[M].北京联合出版公司.2016:8—12.

吃茶点。"凡是爱幻想的小男孩,都常常把幻想中的事当成真的。波比也是这样。"于是,波比对同桌丁丁说,他和一头真正的狮子一起喝过茶了。没多久班里所有的孩子都知道了,他们都说,"波比可真会吹牛。"波比很伤心,把他的伤心事告诉了他的老爸。老爸说:"告诉你的同学,星期六我们请狮子吃茶点,请他们都参加。"波比的老爸打电话向单位请了假,就出发去大森林了,他经历了很大一番波折,先后通过小鸟、野猫、熊的"三段式"情节,终于凭借"对孩子的爱"这一人类与动物界的普遍通行证而请到了狮子。星期六下午,在波比家,茶点已经准备好了,波比的小伙伴们也全都到了,波比努力不让大家看出他有多担心,激动人心的一刻终于出现了:

> 忽然,他从窗口看见,
> 一头真正的狮子正向他家的方向走来,
> 目光如闪电,鬣毛如黄金。
> 而坐在狮子背上的那个男人,
> 正是他亲爱的老爸。

这是真正的儿童观的转变!波比的幸运在于,他的老爸没有给他讲愿望和现实的区别,也没有教训他不要"吹牛",而是懂得、尊重、支持孩子的愿望,凭借自己的力量去成全孩子热烈的梦想。很多同类主题的故事中,会用大量篇幅去讲孩子如何吹牛、"说谎",如何遭受惩罚并认错改错;这首童话诗却用了多半的篇幅来讲述波比的老爸如何克服困难,用"爱"去帮助波比实现"不切实际"的梦想。可以说,比狮子的凶猛威风更伟大的,是作为老爸的那份爱。作品亦真亦幻,将本属现实的故事编织进诗意奇妙的幻想世界,又在虚幻的想象情节中浸透浓郁的真情,使得现实与幻想的自然交织与跨越成为作品的一大艺术成就。

第三节 对"不听话"与"不守纪律"的训诫

一、无知与不听话

"听话"教育由来已久,在提供给孩子的文学中更是大量存在。前文分析的部分文本中也存在对孩子"听话"的教导,以及对"不听话"的惩罚。关于听话观念的现代起源,可以一则童话《小红帽》的变迁来考察。在17世纪末法国的夏尔·贝洛的版本中,小红帽出门前没有得到妈妈关于危险的任何教导,她不知道离开大路走小路是危险的,最后被大野狼吞吃了,这是为她的"无知"付出了生命的代价。到19世纪德国的格林兄弟的版本中,小红帽出门之前得到了妈妈的一番叮嘱,被告诫不要离开大路,但她没有听妈妈的话,结果也被野狼吞吃了,这便是为她的"不听话"所付出的代价。① 对于后者,故事又给了小红帽一次吸取教训的机会,让猎人来救了她,她从狼肚子里出来后说:狼肚子里真黑啊!以后我再也不要不听妈妈的话,一个人离开大路到小路上去了。某种意义上,格林版的"小红帽"开启了近现代教育的一种主流观点:孩子是无知的,但无知不要紧,只要听大人的话就好。由此成人世界与童话故事所建构的儿童世界之间的差异已经概然有别,孩子因为天真无知而要乖乖听话的观念开启了近现代儿童教育的规训之路。这样的故事在20世纪中国的幼儿文学中仍相当多见。

吴宏修的《一辆不听话的小汽车》②,直接教训小汽车的不听话:

---

① [加]佩里·诺德曼、梅维丝·雷默.儿童文学的乐趣[M].陈中美译.上海:少年儿童出版社.2008:501—505.

② 吴宏修.一辆不听话的小汽车[M].上海:少年儿童出版社.1955.

"嘟嘟,要注意呀! 不听话,不但学不到本领,还要闯祸啦!"嘟嘟不听话,撞上了一辆大卡车,它受了重伤,瘫倒在马路当中。好多人围上去看,都叹着气说:"唉! 不听话,不遵守交通规则,就是要吃苦头啊!"嘟嘟被送进汽车医院,其他小汽车都学好本领做工去了,只剩下它住在医院里,"它心里难过极了"。后来老师来看望它了,对它说:"嘟嘟,别伤心,要记住这次教训。"嘟嘟点点头说:"老师,以后我一定听话,好好学本领。"由此可见,故事强调的不是"遵守交通规则",而是"要听话",否则就要吃苦头。

吴梦起的《小猫逛集》①,写小猫爱赶热闹,不听话,结果让小主人丽丽的一元钱白白被鱼贩子骗去了。"她把小脑袋藏在腋窝里,臊得脸都红啦!"杲向真的《小白兔上公园》②,从正反两个方面展示了听话与不听话的"后果":小白兔蹦蹦想上公园,先后征得了爸妈的同意。到了公园看到小动物们坐船,自己也想坐船,再次征得妈妈爸爸同意,但奇怪的是每次问妈妈时,妈妈总是不直接回答,而是说:"去问问你爸爸,看去不去/看坐不坐船。"他坐在船上后被爸妈禁止蹦跳,却因伸手捞小鱼而掉进水里,爸妈和其他划船的人都不会游泳,小白兔就要淹死了,幸好鸭子救起了他。这就是不听话的下场。经历这番惊险之后,

> 爸爸对蹦蹦说:"坐好,在船上不许乱蹦乱跳的!"
> 小白兔蹦蹦说:"好吧,我坐好。"
> 爸爸又划起船来,妈妈掌着舵,小白兔蹦蹦坐着一动也不动,天上的白云、岸边的绿树倒映在水里抖动着,小船在碧绿碧绿的湖面上轻轻地漂呀,漂呀……

---

① 吴梦起.小猫逛集[J].新少年.1982(8).
② 杲向真.小白兔上公园[N].贵州晚报.1982.3.19.

听话、"坐着一动也不动"的小白兔,就是成人眼中的好孩子、乖孩子。可是这么一副死板相的孩子,还有多少乐趣可言?虽然故事很诗意地描写此时的白云绿树倒影,还有湖面上漂呀漂的小船,读者感觉到的却是压抑和无趣。

还有更为极端的"听话"故事。邬朝祝的《猴儿安安》①里,妈妈对安安说,你还想吃的话,那还有一听饼干,你就放肆吃吧,只是不准拿到外边去乱丢。这显然不是妈妈的气话,更不是要安安"不顾死活"地放肆吃。可是,安安最听话,他就捧着那听饼干不出门,放肆吃,一片片吃下去,"只怕不像妈妈讲的'放肆吃'"。吃呀吃呀,肚子越吃越大,忽然"叭"的一声,肚子胀破了,开了一条大坼。正好梁上有个蜘蛛,被这胀破声震下来掉进肚子的坼里,肚子又合上了。蜘蛛在里面爬来爬去,安安的肚子就不舒服了,妈妈帮他揉呀揉,结果把蜘蛛从肚子里揉到喉咙又揉到了嘴里,蜘蛛蹦出来了。安安对蜘蛛说:

"我没有想害你呀,我听妈妈的话,想做好孩子,不知怎么乱了套了?!"

蜘蛛说:"你听话是好的,但听了话不想一想,去乱用,就不好了。打个比方,你把头上的帽子套到脚上,把脚下的鞋子套到手上,怎么不乱套呢!"

在幼儿文学中,这好像是最早对"听话"提出批评的童话之一,然而批评的却不是孩子的"听话",而是不会正确地"听话",最后还是归咎于孩子。换言之,孩子听话没错,错的是没有好好领会大人的话,去乱用大人的话。这也蕴含着另一层意思:大人怎么说都没错。这个叫作安安的小猴子,也是一个孩子,显然这孩子因为过于听话已

---

① 邬朝祝.猴儿安安[N].长沙日报.1981.5.22.

经变得像个傻子,而听话的原因竟是"想做好孩子"!由此可见,听话教育对孩子奴役、驯化的危害真是无以复加!

徐华的《雪花猫》①,似乎表现出了对"听话"教育的初步反思。雪花猫的小主人就像一个成人教育者,违背猫的天性,要雪花猫保持洁白干净的白毛,并一次、两次、三次……不断地借助物质的奖惩方式对它进行强化训练。雪花猫牢牢记住了小主人的话,为了吃到小鱼、大虾,不爬树、不上房、不打滚、不钻洞。可是后来雪花猫却被老鼠给戏耍了,老鼠偷吃了午餐,咬破了白床单,小主人这时却来埋怨小猫没用了:"我今天不喂你晚餐,还要你赔我的床单!你真没用,为啥不捉住老鼠呢?呜呜呜……"雪花猫也哭了:"咪呜——你说过:上房、钻洞会弄脏我的白毛。咪呜……"故事带给读者的,或许更多是对小主人教育方式的思考。

对"听话"教育的批评,并不意味着走向另一个极端,即无条件鼓励孩子的"不听话"。允许孩子一切都跟大人对着干,貌似尊重了孩子的自主性、主体性,其实是放弃了成人的教育责任,对孩子同样是有害无益。因此,正确理解"听话"与"不听话"的内涵就显得极为重要,其核心应在于,孩子在"听"与"不听"的过程中,是否拥有独立思考的权利和能力。这是成人应该帮助孩子获得的。无论如何,要孩子无条件听话的规训教育,是我们必须认真反省的。认清这一点,对幼儿文学无疑意义重大。

二、不守纪律与"时间表"

关于孩子的不守纪律问题,前文中亦有所涉及。比如严文井的童话《小花公鸡》(1952),小花公鸡不好好听课,偷偷从课堂溜出去,

---

① 徐华.雪花猫[N].成都晚报.1984.1.6.

错把辣椒当成红果子,为此吃了苦头。柯岩的《红灯绿灯和警察叔叔》(1964),属于幼儿游戏诗,同时又可作为分角色表演剧,也具有幼儿戏剧的特点,语言富有节奏和韵律。地点设在幼儿园大班,时间是游戏课,人物有红灯、绿灯、警察叔叔和各种车辆,皆由男孩女孩扮演。诗中的红绿灯本来各安其职,但红灯后来自高自大,不想闭眼睛,"我要从早睁到晚,看看我有多威风!"由于红灯的耍威风、任性、不讲理、胡闹,红绿灯都睁着眼睛,大家乱了套。众人合:

> 111,12345,没有纪律就乱了套。
> 555,54321,不遵守规则就玩不成。

警察出现,批评红灯:

> 羞不羞,小红灯,/自高自大瞎逞能。
> 为什么车、马都听你的话?/因为人民派你管交通。
> 这回把你修理好,/以后按照规矩办事情。
> 要是你再瞎胡闹,/拧下你来换个好红灯。

红灯这才认识到了错误:

> 哎呀呀,真脸红,/赶快闭上红眼睛。
> 以后我一定守纪律,/听警察叔叔的命令。

显然,这里的说教色彩很浓,诸如遵守规则、按照规矩办事情、一定守纪律、人民派你管交通等言辞都是很直白的教训。

沈寂的《宝鞋》[①],想象与情节构思非常奇妙,与张天翼的《宝葫芦的秘密》有相通之处,幼儿也可以欣赏。"宝鞋"的具体来历没交

---

① 沈寂.宝鞋[N].少年报.1980.3.26.

代,只含混地说"是一位白发老公公送给我的。你不用打听他在哪里,反正你一辈子也碰不到"。宝鞋的神奇在于,穿上它以后可以隐身。这可以看做"我"的愿望的一种投射,因为"我"一直在动脑筋:

  用什么办法,可以不管什么纪律;能让我自由自在,随随便便,爱干什么就干什么,爱怎么干就怎么干!

  于是,"我"就得到了那双来历不明的宝鞋。老公公为什么要送"我"宝鞋始终是个谜,所以也让人对其"真实性"有所疑惑。宝鞋带给"我"郊游时不守纪律的自由,但也导致"我"从树上摔下来伤了脚。"宝鞋只给我自由,不管医病。"同学们集合坐车,"我"却因为隐身而被无视,没能坐上汽车,半路拦车也不行,人家看不见我。"我"连自己也看不见,想脱下鞋还费了半天劲,又错过了汽车。因此"我"宁可光脚,也不穿宝鞋了。回家后"我"被妈妈骂了一顿,心里又恨宝鞋又恨自己:"我恨不该要那没有纪律的自由","有谁不怕倒霉,向我要,我可以送给他。你要不要?"

  显然,直白的教训让这个故事的主题毫无悬念,甚至影响了它的艺术水准。可是,它产生的阅读效果可能会与《宝葫芦的秘密》相似。对后者的调查表明,孩子们其实很想拥有宝葫芦这样一件宝物,根本不认同故事意图突出的对"不劳而获"思想的批判。《宝鞋》似乎也很难让读者认同其预设的教训,而更容易让人感觉,故事里的这个"我"太笨了,这么好的宝鞋不会用,只得到些倒霉遭遇,完全可以让宝鞋带来好运和幸福啊!因为这"宝鞋"比"宝葫芦"还要好,宝葫芦无法真正"无中生有",只能把别人的东西变成自己的,本质上属于掠夺或者偷窃;宝鞋却可以让人隐身,这是多棒的神奇魔法啊!如此妙不可言的"宝鞋"意象和想象,居然只得到这样毫不神奇的故事,仅仅用来传达如此苍白的教训,不能不说令人遗憾。

罗佳的《面包娃娃》①,看开头有点儿《木偶奇遇记》的味道,语言也利落生动,却没有沿着有趣的构思发展出完整精彩的童话故事,而是重蹈教训的覆辙。奶奶和小孙子做面包,把小面人放进火炉,结果却跳出个面包娃娃,还会说话:"不要吃我吧,我也要做个跟你一样的人。"小孙子说:"好啊,不过,你得跟我上学,你愿意吗?"面包娃娃眨着葡萄干眼睛说愿意,第二天就戴上红萝卜皮做的帽子跟小孙子上学去了。路上人们说:"瞧,这小面包,真像个人!"面包娃娃很高兴,不停地摘下帽子跟人行礼,心想:我已经是个人啦!可到了学校没多久它就不高兴了,老师念 a、a、o、o,它感觉没意思,打了个哈欠就睡着了,结果因为打呼噜发出面包香味而影响了上课。小孙子向老师解释道:

"老师,不是面包,是面包娃娃。我带它来上学。它上了学,就会变成一个真正的人了。"

面包娃娃老是忍不住打哈欠,小孙子只好把它藏到书包里。谁想它却悄悄地爬出来,从桌子底下溜出了教室。后来面包娃娃在草地上睡着了,被两只蚂蚁发现了:

"好像是个人呢!没错,是个孩子。"

"哈哈,你真傻!大白天,孩子们都上学了,能在这儿睡大觉吗?走,去把咱们的伙伴全叫来,把这面包搬回去。"

于是一千只蚂蚁把面包娃娃抬回家,面包娃娃还在打呼噜,什么也不知道。"面包娃娃不但没变成真正的孩子,这会儿连影子也不见了。"面包娃娃因为不守纪律,不在教室好好听课学习,不但没变成真正的人,还落了个被蚂蚁吃掉的悲惨下场。

---

① 罗佳.面包娃娃[N].幼儿文学.1984.1.1.

这则童话算得上意味深长,它有意无意地暗合了一种特定的童年观念:孩子应该在正确的时间待在正确的地方做正确的事,否则就是"长在错误地方的植物",即野草,就应该被修剪掉。这样的孩子甚至不被视为"真正的孩子",意即合乎规范的"标准化孩子"。故事中,面包娃娃被判定不是孩子的依据就是"大白天孩子们都上学了",所以在这儿睡大觉的一定不是孩子,从而被当作"假孩子"吃掉了。

近现代以来,关于孩子要按时睡觉、按时入幼儿园或上学的故事非常多,故事中的家长、老师们也显示出越来越多的"教育智慧",跟那些不按"时间表"行事的小刺头们斗智斗勇,常常为此精疲力尽。任何课程的核心组织原则都是"时间表",很多时候它会通过例如"逃课监督"这样的制度来对儿童施加进一步的控制。在20世纪90年代的英国,甚至商店店主也拥有对逃课在街头玩耍的儿童进行管制的权利,以防止儿童在错误的时间出现在错误的地点。正如康纳利和恩纽指出的:"一个脱离成人监管的儿童,出现在城市的中心街道上,就是去了一个不该去的地方。"[①]据此,在《面包娃娃》中,这个不按照"课程表"要求行事的面包娃娃,就受到了严厉的惩罚,变成了蚂蚁们的美食。这恰恰也是福柯所谓的现代社会"规训"教育的体现。

第四节 对"吃饭"与"分享"问题的理性教导

一、贪吃与挑食

在与"吃饭"有关的幼儿文学作品中,孩子的贪吃或挑食,都属于

---

① 〔英〕艾莉森·詹姆斯,克里斯·简克斯,艾伦·普劳特.童年论[M].何芳译.上海社会科学院出版社.2014:47.

"不好好吃饭"。而原因多在于孩子不知或不顾其危害,吃不吃、吃什么、吃多少,完全取决于自己的"随心所欲"。让孩子正确认识并学会科学饮食,就成为这类作品担负的教育任务。《想吃糖》①是一本图文结合讲故事的书,讲的是小妹妹喜欢吃糖,吃不到糖就坐在地上大哭;妈妈把糖放在柜子上,小妹妹想办法爬到柜子上去拿糖,糖却飞到了树上;小妹妹又爬到树上去拿糖,却被黄蜂蛰了。故事以小妹妹牙疼而告终,让她为自己的"贪吃"付出了代价。唐鲁峰的《贪吃的小黑鱼》②曾于1981年下半年在中央人民广播电台播出,讲的是小黑鱼嘴特别馋,常常惹是生非,鲤鱼爷爷批评过它好多次,但它就是不听鲤鱼爷爷的话,最后被捉进了鱼篓里,又难过,又后悔,扑愣扑愣直翻跟头。不管怎么用力跳,它再也没法回到湖里去了。这就是不听话又贪吃的下场——死路一条。

朱家栋的《珍珍的梦》③意在教育"这也不吃、那也不吃"的孩子。妈妈警告珍珍,这样下去,"个子长不了,力气也没啦",珍珍并不在意。一天天过去,"珍珍身体变小了,变瘦了,变轻了,力气小得连眼睛也睁不开了。忽然,珍珍觉得身子给什么东西抬了起来,像乘了小船似的,在浪里颠来颠去"。这也是很多故事从现实进入幻想世界的方式,即进入梦乡,此处进入梦境的写法倒也巧妙。梦中的珍珍经历了三次难堪,先是被邀请参加树林音乐会,刚唱了一句就没力气了,结果唱了好半天谁也没听见,听众都呼噜呼噜打瞌睡了,她甚至被一只躲在角落里的蚊子嘲笑:"这小姑娘的声音还没有我响呢!"然后珍珍参加了树林运动会,和乌龟、蜗牛赛跑,却得了倒数第一名。最后

---

① 叶超撰文,施明德绘图.想吃糖[M].上海:少年儿童出版社.1957.
② 唐鲁峰.贪吃的小黑鱼[A].洪汛涛主编.中国童话界·低幼童话选[M].南昌:江西少年儿童出版社.1987.
③ 朱家栋.珍珍的梦[M].广州:广东人民出版社.1979.

珍珍参加了树林游园会,钓鱼时她没有力气把大鱼拉上来,倒给大鱼拖下河去了。在自己"救命啊!救命啊!"的喊声中,珍珍醒过来了。她想起梦里遇到的那些事,赶快端起碗,大口大口吃起饭来。从此珍珍再也不扔饭扔菜了,样样都爱吃,身体棒得像个小运动员,谁见了都喜欢她。如果不是过于直白的主题意旨,故事中的情节构思,尤其是夸张手法所带来的幽默,像被蚊子嘲笑,比赛输给乌龟和蜗牛等,还是比较富有想象力和趣味的。

陈苗海的《咪咪小的猴子》[①],主题与"吃饭"无关,但不忘随机插播一两句教导:小橡皮猴去看真猴子,和它们一起玩耍,感觉很是新鲜。猴子们听说它已经六岁了,奇怪它为啥还这样小,它回答:"我是小橡皮猴,生下来就这么大。""今后还长大吗?""不会的,我一百岁,还这么大。""噢,我放心了,我还以为你是个不肯吃饭的坏孩子呢!"不管这代表的是成人的还是孩子的评价,"不肯吃饭"就是"坏孩子"。这样的论调直接把饮食问题变成了道德问题,主旨堪忧。类似的情况在幼儿文学中很普遍。

樊发稼的《阿挑历险记》[②],是关于"挑食"的童话。它由现实进入幻想,又由幻想回到现实,反复了三次。讲的是一个名叫阿挑的男孩很挑食,一开始他只喜欢吃鱼,结果变成了一条鱼,被鲨鱼吞到肚子里,一位渔民救了他。后来他只吃鸡肉,变成了一只鸡,差点儿被老鹰吃掉,一位猎人救了他。再后来他只喜欢吃猪肉,变成了一只猪,被龙卷风吹到沙漠里,一位好心的叔叔把他送回了家。经历了这几番历险,他不再挑食了。阿挑三次挑食,三次变身,又三次获救被送回家。应该说,这个故事一波三折,极富戏剧性,情节不枝不蔓,非

---

① 陈苗海.咪咪小的猴子[N].幼儿文学.1986.8.18.
② 樊发稼.阿挑历险记[J].大灰狼画报.1989(6).

常清晰,想象也大胆奇特,只是主题也具有一定的训诫味道。而小读者的读后感,可以说明孩子们从这篇童话中"收获"了什么,兹列举比较典型的两个段落①:

    这个故事让我想到了我整天这个不吃那个不吃的,要知道粮食是许多农民伯伯的汗水换来的,看来我也要改正挑食这个毛病,这样才能长得高,长得健壮。

    读了这篇故事,我知道了一个道理:如果我们老挑食就会和阿挑一样,缺少营养,也就长不大长不高了,所以我们要做到不挑食的好习惯。

  孩子们的读后感大都不谈作品的美、感动、幽默、想象等"文学性"的方面,一般在概述了作品内容后,就是"明白了一个道理",把自我与故事中的主人公相对照,或者自我批评,或者自我告诫。这或许跟成人对儿童阅读写作的引导有关,但也从一个侧面反映出,这类作品很容易总结出某个教育性主题,它就明摆在那里,无法回避,同时也几乎没有别的解读的可能性。

  还有两篇稍微有些不同的童话值得一提。一是北董的《大豆树》②,构思很奇妙,把孩子的"馋"形象化为一只小鸟,可谓是一种非常"陌生化"的修辞。

    "妈妈,馋是什么?""馋是一只小鸟,住在你心里。"
    "小鸟不乖,光想吃好东西!""你应该让它乖起来!"
    "我能吗?""试试看!"

---

① 阿挑历险记读后感. http://www.oh100.com/a/201202/60327.html.
② 北董. 大豆树[J]. 娃娃画报. 1993(3).

这等于是把孩子本能的欲望他者化,从而让孩子更容易去审视它、控制它。有一天小山羊捡到一粒豆子,非常想吃,口水都流出来了,但是她拍着肚子说:

"小鸟小鸟,乖一些!咱们把豆子种上吧!"

从豆子,到豆芽,到大豆树,到开花结豆荚成熟,小山羊每次都忍住了馋,管住了自己心里的那只"小鸟"。最后山羊妈妈问女儿:"宝贝儿,你心里的小鸟乖不乖呀?"小山羊说:"乖!乖!小鸟听我的话!它不让我流口水啦,妈妈!"克制与战胜本能的馋,把成人的外在控制变为孩子的自我控制,不失为一种好的教育方式。更关键的是,这种方式不再指向孩子相对于成人的无知低劣,而是指向了孩子的自我成长。这种孩子自我成长的努力和能力,焕发出一种自信和向上的气息,明显区别于以往同类作品中脸红、惭愧、沮丧的孩子给人带来的沉闷与压抑。

二是肖定丽《猫尾巴上的泥鳅》[1],也体现出教育观的些许变化。本故事的特别之处在于结尾。猫妈妈要去南泥湾捉泥鳅,猫宝宝不想去,他又懒又讨厌黑乎乎的臭泥巴,就找借口说要在家看着那串没晒干的泥鳅,免得邻家的馋嘴猫来偷吃,可猫妈妈说那就把泥鳅带到南泥湾去晒。猫宝宝没办法只得去了,一路上嘴巴撅老高,哼哼唧唧。南泥湾一棵树也没有,猫宝宝想了个妙主意,他把尾巴放平,把泥鳅挂在尾巴上晒,以此来逃避下沟捉泥鳅。风把泥鳅的香味吹进猫宝宝的鼻子里,他想:妈妈一定捉了满满一篓子泥鳅,自个背不动,我得帮她抬着,可自己尾巴上还挂着一串,怎么抬鱼篓呢?于是猫宝宝"一口气吃掉了一串泥鳅",肚子都有点儿胀痛了。然后他就睡着

---

[1] 肖定丽.猫尾巴上的泥鳅[J].幼儿故事大王.1995(2).

了。等妈妈来问的时候,"他恨不得像野鸭那样赶快飞走"。显然,他早先吃掉泥鳅只是借口,根本不是因为要帮妈妈抬鱼篓,否则就不会感觉这么难堪。猫妈妈在宝宝身边发现了一堆泥鳅骨头,什么都明白了。当故事讲到这里,按一般的构思,应该是猫宝宝挨批评,或者自己悔悟道歉,猫妈妈或者宽容或者批评惩罚,总之小猫犯了个错误,最后要改正。但是这个故事没有按常理出牌:

  她(猫妈妈)使劲地拍打着自己的脑门说:"我好笨,好糊涂,好傻,好……唉,乖乖的嘴巴那么馋,我怎么能把泥鳅挂在他尾巴上呢?我真是一个粗心的妈妈哟!"
  猫妈妈和猫宝宝垂着脑袋往家里走。他们走得像蜗牛一样慢,猫宝宝是因为肚子胀,猫妈妈是因为累。

  自责的不是犯错误的孩子,而是没有想到"孩子会犯错误"的妈妈,而孩子犯这种错误显然被认为是"正常的",或者说犯这种错误才像是孩子,不应该为此受批评,更不需要改正。管不住自己嘴馋的孩子,责任在妈妈。故事似乎在暗示:小猫没有错,错的是猫妈妈,不该让小猫把泥鳅挂在尾巴上。都怪妈妈笨、糊涂、傻、粗心,没有想到宝宝馋。这似乎是在显示妈妈的宽容和勇于自我反省。那么,孩子的责任呢?孩子一点成长收获都没有,收获的唯一"教训"就是:即使嘴馋,也不能一次吃太多,否则肚子胀得不舒服。同时,故事也促使孩子认同自己"没有自控能力",没有克服"嘴馋"等本能欲望的能力,而且自己也没有必要克服,这不是自己的"错",成人应该想办法预防和阻止。这些恰恰是在证明,孩子需要成人的管控。因此,故事看似宽容,实则隐含着另一种强制,等于变相地把孩子通过生活自主成长的权利给剥夺掉,转而交给成人代为负责代为掌管了。
  关于孩子的吃饭问题,某种意义上与现代营养学、儿童喂养科学、儿童医学等都有关。孩子应该吃什么、怎么吃、吃多少、什么时间吃、为什么吃,这些似乎都有现代科学作为理论依据。当然,同时也与社会经济状况有关,想必只有在物质相对丰富、超越了食不果腹的匮乏阶段,孩子的"挑食"问题才会成为一个文学主题。现代社会将饮食的节制与儿童的自制力相连,认为贪吃近乎儿童的本能,是对快乐原则的遵循。正如弗洛伊德所指出的,儿童耽溺饮食是停留在口腔期的征兆。有些现代人甚至认为孩子不知饥饱,需要替孩子决定食谱和饭量。丹尼尔则从文化规范角度去诠释:肥胖的身体意味着态度不正确、忽视身体形象,暗示在饮食及情欲上无所忌惮、失去节制。儿童文学中处理儿童与饮食关系的作品屡见不鲜,如英国的罗尔德·达尔的《巧克力工厂的秘密》,男孩查理对饮食的极度节制与其他四个在饮食、观看或商品消费上表现出欲望失控的孩子形成鲜明对照。查理的节制使他所向无敌、好运加身,而那些欲望无度的小孩,则——受到惩罚。[①] 从这个角度去审视,幼儿文学通过对贪吃或挑食等"不正常"饮食习惯的批评与惩罚,亦是在规训孩子的"本能",促使其从遵循快乐原则走向遵循现实原则,走向节制和理性,而且在某种程度上往往表明了这一过程需要成人的管控。

二、自私不分享

对孩子的所谓"自私"或者说不懂得"分享"的批评,是幼儿文学乃至儿童文学的常见主题。孩子的"自私"意味着以自我为中心,对某些东西"不合理"地过度占有,亦是本我"贪欲"的一种反映,像贪吃一样,是违背"节制"这一理性原则的。

[①] 刘凤芯.王小棣儿童电影与动画中的酷异儿童身影[A].蔡淑惠,刘凤芯主编.在生命无限绵延之间——童年·记忆·想象[M].台北:书林出版有限公司.2012:228.

沙孝惠的《冬天的早晨》①属于幼儿生活故事。幼儿园寒冷的早上,莉莉捧着塑料小暖壶取暖,拒绝伙伴们借用。小伙伴们就玩起游戏,玩得热火朝天身上热乎乎,可莉莉的小暖壶却越来越冷,一个人也无聊,她这才懊悔不该那样对待小朋友。后来薇薇招呼她一起玩,莉莉道歉:"刚才我太小气了,对不起!""改了就好,快玩吧!"大家高高兴兴地让莉莉参加游戏。故事真实再现了孩子们之间常有的小矛盾,莉莉的转变也自然可信。

阿东的《一只会咬人的恐龙》②,讲冰冰把自己的电动玩具恐龙带到幼儿园,小朋友们都想玩,冰冰提了很多条件,先是让大家排队,又找出各种理由不让以前和他闹过矛盾的小伙伴玩,大家都生气不玩了。恐龙突然不动了,小朋友们在一旁拍手:"噢,冰冰的恐龙死啦!冰冰的恐龙坏啦!"冰冰着急地拨弄,却被玩具恐龙狠狠地咬了手指头,火辣辣地疼。伙伴们都喊着"噢,恐龙咬冰冰"跑开了,只剩下冰冰一个人眼泪汪汪地站在那里,不明白恐龙为什么真的会咬人,还咬得这么疼!显然,这是故事的"刻意安排",是对冰冰自私狭隘的一种惩罚,"玩具恐龙"不过是行使教育职能的"工具恐龙",不太符合故事的逻辑真实。值得肯定的是,作品对孩子们的言语和行为描写都很真实,没有刻意拔高。

武玉桂的《小气奶奶》③是一个很棒的幼儿生活故事,构思奇巧,趣味十足。有个小姑娘特别小气,"她的布娃娃,别的小朋友连动也不让动,谁想多看几眼都不行;有一次,她吃甜饼,不小心掉了个渣渣儿,还赶紧从小蚂蚁那儿抢了回来……"开头以略带夸张的手法,寥寥几语就把小姑娘的"小气"刻画得具体形象又入木三分。很多年过

---

① 沙孝惠.冬天的早晨[N].北京日报·"小苗"专刊.1983.2.20.
② 阿东.一只会咬人的恐龙[J].幼儿故事大王.1996(2).
③ 武玉桂.小气奶奶[A].365夜新故事[M].上海:少年儿童出版社.1989.

去,小姑娘变成了老太太,还是那么小气,人们都叫她"小气奶奶"。有一次,小气奶奶感冒了去看医生,用儿歌的句式讲述病情,颇具喜剧色彩:

> 我呀——/伤风又感冒/吃了一瓶药。/为啥不出汗?/不知道,不知道。

医生开了个很奇怪的药方,让她去买个大橘子,这"药"的吃法更特别,看看一共有几瓣就送给几个小朋友吃。小气奶奶从来没送给过别人一丁点儿东西,现在为了治病只好照医生的吩咐去做。孩子们每拿走一瓣,小气奶奶就心疼地哆嗦一下,很快就后背有些发热,鼻子尖上微微地沁出汗珠儿,脑门也冒汗了:

> 最后,手心里一瓣橘子也没有了,小气奶奶差一点儿晕了过去,汗水把她的衣服全湿透了。当然,伤风感冒立刻就好了。

作品反常规的情节构思出奇制胜,细节的夸张充满幽默情趣。"小气奶奶"的形象鲜活而独特,对"小气"的表现与批评淋漓尽致却又不失温和宽厚,实属经典之作。

幼儿童话中也有大量此类主题的故事。金近的《新年的前夜》[①](1953),批评上托儿所的小花自私小气,大家帮助她种糖果,她却不舍得分给弟弟。结果11个布娃娃对小花说:"你只顾你自己,我们不帮你摘糖果啦!"于是都开着拖拉机喀拉喀拉地回百货公司去了。后来下大雨,糖果都给冲走了,有的还化掉了。小花醒来,发现原来是一场梦。从此,她学会了跟弟弟分享。故事教训意味比较浓,但是关于种糖果、摘糖果的想象和构思确实很奇妙,也很有童趣。

---

① 金近.新年的前夜[A].金近.哈哈笑的小喜鹊[M].合肥:安徽少年儿童出版社.1989.

倪树根的《小灰兔和萝卜》①,讲自私的小灰兔怕别人向他讨萝卜,就在萝卜上面盖上树叶子,跌进坑里后首先想到的还是萝卜。小猴问坑底是谁,怎么落到陷阱里了,小灰兔却误以为小猴子故意把坑说成陷阱,想骗自己的萝卜吃,拒绝顺着小猴放下的藤爬上去。结果小灰兔被猎人捉了去,惩罚实在是很严酷。

葛翠琳的《吃果子》②批评了小猴子的不懂分享。小兔小猴去采果子,小猴上了栗子树,只顾自己摘了吃、吃了摘,馋得小白兔直流口水。小猴子总算扔给它一个,还不小心把小白兔的上嘴唇扎破了。小兔和小猴上山找小松鼠,小松鼠正在为运动会采果子,小白兔咽下口水跑来跑去帮着运果子。小猴坐着看果子,却悄悄偷吃果子,吃了一个又一个,肚子都胀疼了。小刺猬不怕沉,把果子都驮在背上送到运动会去。大象爷爷分果子,小刺猬、小松鼠、小白兔都谦让,还把最后一个苹果分成四块,请小猴子吃。这时,"小猴脸红了,双手捧着苹果,难为情地低下了头"。故事中的小猴子与小松鼠、小刺猬等形成鲜明对照,这种人物形象的二元对立描写也是教育类幼儿文学惯用的手法。

王东的《小屋》③类似于吉卜林《原来如此的故事》,以童话的方式"溯源"牛如何变成蜗牛。森林里有座小屋,风雨来临时小牛最先钻进小屋,据为己有,把别的动物都拒之门外。即使天气晴朗的日子,他还是整天守着小屋寸步不离,害怕丢掉,最后干脆用树胶把小屋粘在自己身上驮着。后来小屋按照小牛的意愿缩小了,正好装下小牛的身体,这也是为了不让别的动物挤进来。"从此,小牛再也不担心别人借用小屋了,因为这座小屋不仅只能容下他一个,而且牢牢

---

① 倪树根.小灰兔和萝卜[A].王京图编.兔的童话[M].海口:海南出版社.1992.
② 葛翠琳.吃果子[A].葛翠琳.迷路的小鸭子[M].合肥:安徽少年儿童出版社.1991.
③ 王东.小屋[J].儿童文学.1992(7).

地粘在他身上了。"一年又一年,活泼健壮的小牛变成了背着沉重小屋的蜗牛。故事虽然也有明确的教训意味,对小牛的惩罚不可谓不严厉,但是情节的编织符合事理与情感逻辑,还有一定的哲学意味,隐含着关于"异化"的思想:人若是出于贪婪把不属于自己的东西占为己有,自我就会逐渐被所拥有的东西所奴役,最后异化为他者。

鲁兵《闻闻的大耳朵》①,则颇有点儿后现代文学的荒诞色彩。闻闻的大耳朵好像是专门听故事的,爸爸妈妈让他起床、吃饭,他似乎都听不见,晚上躺在床上听故事时,"大耳朵马上支棱起来,每一句话,每一个字,全听进去"。这是个爱听故事的小男孩。可是他把听到的故事以及故事里的小动物小精灵们都藏到小花枕头里,拉上拉链,不让他们出来。里面的故事太多了,枕头都鼓起来了,故事里的人物互相拥挤踩碰,直到孙悟空变成小虫子飞出来,拉开拉链,小动物小精灵们才都跑出来。有趣的是,除了借用经典故事里的猪八戒、孙悟空、小红帽等人物,作者还让自己的童话诗《小猪奴尼》里的主人公客串了一把:

只有小猪奴尼跑得顶慢。闻闻追上去,一把抓住奴尼的小尾巴说:"奴尼,奴尼,求求你,你别再跑了。"

不可思议的是,他们这一跑,闻闻听过的故事就记不清了,比如把三个和尚当作三个冬瓜,小红帽错记成小红袜、小红鞋,真是很糟糕。第二天晚上,妈妈给闻闻讲了个故事大王的故事,他才想明白,要把故事给小朋友听,才能记住那么多故事。闻闻改正了这个"缺点",故事里的小动物小精灵们"就喜欢闻闻了,跟闻闻做朋友了,闻闻也就把故事全记住了"。这则童话想象大胆,妙趣横生,语言也生

---

① 鲁兵.闻闻的大耳朵[J].小青蛙报.1995.8.6.

动传神。而且,作者还使用了后现代的艺术手法,比如"戏仿",即对经典文本的情节或人物进行游戏性的仿写和改写;还有"拼贴",即在一个作品里把几个不同故事的片段拼合在一起,把我国神话故事《西游记》里的孙悟空、猪八戒,与现代童话里的"小猪奴尼",德国《格林童话》里的"小红帽"、丹麦《安徒生童话》里的"豌豆公主"等,都拼合在一个故事里。这是幼儿文学中较早使用后现代艺术手法的作品。

季颖的《好东西》[①],也是关于自私与分享主题的优秀之作,读来毫无说教之感,而且颇具童趣。它塑造了一只天真可爱的小猴子形象,而且是个"幼儿"的形象。故事开头就设置了悬念:"小猴子有个好东西,一个顶好顶好的东西。"至于到底是什么好东西,谜底一直等到结尾才揭晓,非常吸引人。开篇悬念设好,故事马上转入小猴子的"限制视角",以小猴子的口吻讲出了他自己的"小心思":

> 这么好的东西,可不能给别人看见。如果大家都来要,那可怎么办?对,对,把它藏起来,藏在一个谁也找不着的地方。

结果藏来藏去,小猴子自己也找不着了,他急得哭了起来。小鸟、乌龟先后来问他的好东西是什么样的,并带他去找。小猴子每次描述好东西的一个特点:"金黄色的长头发","穿了好多层衣服","全身长满了珍珠"。几次寻找都以失败告终,误找了狮子、竹笋等。其中的小动物们像小猴子一样,都很幼儿化,幼儿心理与行为刻画都非常逼真,比如:

> 围过来看热闹的小动物们听了小猴子的话,一个个睁大了眼睛。哇!全身长满珍珠,那可真是个好东西!不过,这么好的

---

① 季颖.好东西[N].幼儿文学.1993.12.3.

东西,谁也没见过,谁也帮不了小猴子的忙。

　　就这样,小猴子丢了他的好东西,他多伤心啊。

　　到这里,故事的悬念逐渐达到顶点,故事里的小动物们,故事外的小读者们都迫不及待地想知道,这个好东西到底是什么?太神秘了。接下来,故事却故意搁置悬念,放慢节奏:"日子一长,小猴子把这件事忘记了。"夏天到了,花园里长出一棵东西,原来就是小猴子的好东西,一个老玉米棒子。"小猴子等玉米长结实了,掰下来分给小伙伴们,你一个,他一个,小猴子自己也有一个。"故事自始至终没有对小猴子的一句教训、一点儿惩罚,小动物们也都表现得很有热心肠,每个人物都具有艺术的真实性。故事仅仅视小猴子"把好东西藏起来"为孩子的一种心理特点,而并非一种"缺点"。它只是心平气和地讲述一个有趣的故事,如果有品德教育意义,那也完全是"副产品"。然而,谁又能否认这个故事具有教育意义呢?听完这个故事,孩子们不会不知道小猴子"应该"怎么做,怎么做才是"好的"。但这教育性被充分地文学化了,因此而成为一个极好的故事。

　　提到当代幼儿文学中关于"分享"主题的故事,不能不提方轶群的童话《萝卜回来了》[①]。美术名家严折西、陈永镇、严箇凡等都曾为其绘制过插图。天津红光幼儿园于1956年将其编成一本立体画册,专门供幼儿园教学使用。1959年,外文出版社出版了缅甸文、英文、法文等版本。后来它还被拍成了动画片,并被收入多种童话选集。直到今天,它仍是幼儿园的"经典"故事篇目,这些都表明本童话的影响力。《萝卜回来了》情节一点儿都不复杂,它采用单线循环的重复,形成一个闭合的环形结构,主题亦很明确,是从正面教育孩子学会

---

① 方轶群.萝卜回来了[M].上海:少年儿童出版社.1955.

"分享"的品质。在冰冷的大雪天,小白兔出门找吃的,他边找边想:

> 雪这么大,天气这么冷,小猴在家里,一定也很饿。我找到了东西,去和他一起吃。

小白兔找到两个萝卜,跑到小猴家,小猴不在家,也出门找吃的去了,小兔就吃掉了小萝卜,把大萝卜放在桌子上。后面都是类似的情节:小猴找到了花生,把萝卜带去送给了小鹿;小鹿找到了一棵青菜,把萝卜带去送给了小熊;小熊找到了白薯,把萝卜带去送给了小白兔。萝卜由此又回到了小白兔那里,结局尤为巧妙。每个小动物都是先想到别人,找到东西后就想着与朋友分享,都是"正面"角色,都是"好孩子"形象。它对孩子的教育意义是不言而喻的。作品呈现出一种诗意轻松的叙事风格,蕴含着温润与美好的情感。这篇童话曾受到日本学者松居直的高度肯定,认为这是个一流的、具有世界级水平、具有真正文学价值的好作品,无论在哪个国家都会当之无愧地得到承认。① 只是他觉得原来的图画不太合适,就找日本画家重新画了插图,于 1965 年出版了日文版本。"这个故事非常好,几乎可以作为幼儿图书的样板。我第一次见到中国出的那本书就感觉非常了不起。日本的孩子们也非常喜欢。……至于方先生的故事是怎么产生出来的,据说是他的亲身经历。……那是朝鲜战争时的一段精彩的故事。"②这本书后来入选到日本福音馆书店的杰作丛书,不断再版。

庄大伟的《当世界上只有皮皮一个人的时候》③,是一个很特别的童话。它以奇妙的想象,夸张的情节,简洁的叙述,塑造了皮皮这样一个"自私"的孩子,并让他受到了惩罚。故事一开始就讲皮皮为

---

① 季颖.关于日本儿童读物出版的情况介绍及其他[J].幼儿读物研究.1992(15).
② 〔日〕松居直.何谓图画书? 何谓编辑? [J].幼儿读物研究.1992(17).
③ 庄大伟.当世界上只有皮皮一个人的时候[N].少年报.1980.4.30.

什么希望世界上只有他一个人：在家里分吃苹果，如果没有弟弟，四只苹果就全归他一个人了；少先队大队部分电影票，要是没有其他同学，他就每次都能看电影啦；他想混进公园玩，被看门的老伯伯发现给拉了出来，他想，要是没有这老头……"不，要是世界上只有我一个人，那多带劲呀！"皮皮天天想，夜夜想：

> 要是世界上只有我一个人，该多好啊！我可以一个人吃，一个人玩……
>
> 果然有一天，世界上就剩下皮皮一个人了。

有了前面三个事件作为铺垫，皮皮"自私"的特点暴露无遗。从现实世界到幻想世界的"过渡"也很特别，凭借"愿望"，就完成了两个世界之间的跨越。"世界上就剩下皮皮一个人了"，这显然已进入幻想世界。皮皮马上开始享受一个人的世界：他神气地走在马路中间，不用担心汽车撞上他；走进食品店大吃一通，而且高兴地想到了世界上好吃的东西给他吃一百辈子也吃不完；大摇大摆地踱进儿童公园，门口没有人再来拦他。

但皮皮很快就体验到了一个人的世界的"坏处"：公园里荡秋千没人来推他；一个人也没法玩跷跷板；电影院没人放电影给他看；生病了发高烧，医院没有医生；跌进水泥池里出不来，没人拉他一把。他开始想念爸爸妈妈弟弟老师同学，甚至那个看门老伯伯，想好多好多人。他感受到了世界上只剩他一个人时的可怕，结尾写道：

> 想着想着，皮皮乌黑的大眼睛里，滚下两滴眼泪。
>
> 忽然皮皮想：要是这是场梦，一切都不是真的，那该多好啊……

似真似幻的结局没有确定是梦还是现实。虽然故事外的读者知道,那只是想象中的世界,然而对于皮皮而言,故事没能让他从幻想世界回归现实世界,而是把他留在了"只剩他一个人的世界"!或者说,故事把皮皮的幻想世界变成了他的现实世界。开放式的结尾虽然留有悬念,似乎有意模糊了现实与幻想世界的界限,但这仍是一个训诫意味非常明显、惩罚近乎严酷的故事。对于孩子的"自私",一般作品也会让孩子吃上一系列的"苦头",但大多只是让孩子借此意识到自己的"错误"并悔过。本故事却没有给孩子留下"改正"的机会,只给予了无可挽回的惨痛教训。

有趣的是,《当世界上只有皮皮一个人的时候》(以下简称《皮皮》)与丹麦的儿童小说《帕勒一个人在世界上》(以下简称《帕勒》)[①],在某些情节上实在太相似了。通过对照分析,我们可以反思其中的儿童观及艺术差异。《帕勒》是一本图画书,左面是文字,右面是图画。早晨帕勒醒来,发现爸爸妈妈都不在家,不知上哪儿去了,感觉很奇怪:

> 帕勒想,大清早的只有他一个人在家,真逗!

帕勒决定上街去找爸爸妈妈。他发现公共汽车里没有一个乘客,连售票员和司机都不见人影,"人们都到哪儿去了呢?"牛奶店卖牛奶的阿姨不在,店里也没有别的人。到处都很安静,街上没有车,更没有人。读者和帕勒一样,到现在才搞清楚他不可思议的处境:

> 帕勒一个人在世界上。

接下来,帕勒逛遍了所有商店。他走进糖果店,拿起几块巧克力

---

① 〔丹麦〕延斯·西斯高撰文.安尼·乌恩曼绘图.帕勒一个人在世界上[M].齐杜蘅译.长沙:湖南少年儿童出版社.1987.

就吃开了:

> 其实,他心里知道这样做不好,可现在只有他一人在世界上,白吃几块巧克力有什么关系呢?

帕勒现在才开始感觉到:"一个人在世界上太有意思啦!"他还走进水果店吃了几个大苹果,并拿了几个橘子放在口袋里。"人们都干吗去了呢"的疑惑仍在。帕勒走上有轨电车,坐在司机的座位上玩引擎,突然开动了电车。这里有两个有趣的细节,帕勒戴上司机的帽子:

> 嗬,真够大的!帽子一下子盖住了耳朵。
> 他够不着车铃,无法敲响它。他只好不断地大声嚷:"叮——叮——"

画面与声音都构成一种滑稽的效果,更有趣的是接下来一句:"其实,这并没有必要,因为街上没有一个行人。"与前面的大张旗鼓、煞有介事之间的反差制造出一种不动声色的幽默。现在帕勒很开心,他想做什么就能做什么,当然会感觉到"一个人在世界上多好啊"!

后面的情况就不那么好了。他开的电车撞碎了,自己也被摔到街上,然而也没糟糕透顶,帕勒并没有受伤,而且:

> 他要是还想当司机的话也可以,因为街上有的是车,只要他再找一辆就行了。

帕勒大摇大摆地走进银行,拿出了一袋钱。世界上只有他一个人,一切都是他的,他开心又骄傲,打算买好多好多东西。可是商店

里没人收他的钱:

> 他生气地把钱扔了一地,它们一点用处也没有。

他开动消防车,开了一会儿就没油了。他走进公园,穿过绿草地,不管那儿立着"草地上禁止散步"的牌子,因为"反正不会有任何人看见他"。这里的画面有一个细节,两只鸟儿分别站在牌子上和草地外面,以惊奇的眼神瞅着帕勒,与文字构成一种反讽:帕勒违反规则,还是被看见了。鸟儿的眼神也表明了作者对帕勒的态度。

帕勒去了游戏场,想玩跷跷板,可是没有伙伴和他一起玩。他又走进电影院,里面黑洞洞的,没人放映。他饿了,只能自己试着做饭,可是燕麦粥都烧糊了,一匙也舀不出来。

> 现在,他不觉得一个人在世界上有意思了。
> 他非常想念自己的小伙伴和爸爸妈妈,尤其想念妈妈。

"尤其想念妈妈",有和没有这一句,差别很大,它真实细腻地体察到了孩子此时的心情,非熟知孩子心理者不能写出。后来帕勒一家伙把汽车开到飞机场,爬上飞机就开,开到了云层里,飞机越飞越高,结果撞上了月亮,"可怜的帕勒被狠狠地、狠狠地摔了下来",他吓得大叫一声惊醒了,"原来,这不过是一个梦!"他把梦里的情形告诉了妈妈,庆幸这不过是一个梦。

不难发现,《当世界上只有皮皮一个人的时候》与《帕勒一个人在世界上》确实有很多相似之处。但是仔细辨别,两者的主题其实有着天壤之别。皮皮和帕勒都经历了"自己一个人在世界上"的生活,都体验了它短暂的美妙和越来越严重的糟糕;然而从原因上看,皮皮是出于"自私"的愿望,而帕勒并非出于"自私",或者说他是被"抛入"那个奇特的世界的,连他自己都很奇怪,一直在纳闷"人们都到哪里去了/都干吗去了？"后面一系列的经历并非对帕勒的惩罚，而是他被抛入那个世界后的可能状态，包括他真实的心理和行为。因此《帕勒》故事处理的是一个很大的问题：当一个人处在无人监管、完全没有规则约束的情境之下，可能会怎样？这样的处境对人的道德水平有何影响？个人与自己、他人、群体该有怎样的关系？这也不是简单的"慎独"或者"随心所欲不逾矩"所能回答的，尤其是涉及孩子与这个世界如何相处的问题时，更有它的特殊性。所以《帕勒》不是"教育"性主题所能涵盖的，它同时也是哲学的、社会学的、伦理学的。孩子从中读到的不是训诫，而是一个幻想世界的可能性，其中蕴含着细节和情感的真实、逻辑的真实。帕勒的言行和内心都表明他是一个小孩子，而图画也证实了这一点，他在家洗漱和在饭馆做饭时，都要踩着小凳子。而皮皮已是个大孩子，已经加入少先队，还因为不是"小朋友"而被禁止无票进入公园。不管是两个故事"不约而同"写了类似的情节，还是一者受了另一者的影响，进行了改写或再创作，我们都可以通过二者之间叙事差异的比较，透视其背后隐含的童年观念和对文化的深层理解。

第五节　孩子的其他"缺点"及其"治疗"

一、懒惰与劳动

在"万般皆下品，唯有读书高"的价值框架下，劳动或者说体力劳动并未被视为高贵的行为，但与懒惰相对的勤劳却始终是一种美德。不管农业社会还是资本主义社会，都需要并认可这种勤劳。马克思指出是劳动创造了人。汉娜·阿伦特则将劳动作为人区别于动物的标志，只有人能劳动，有劳动，劳动中蕴含着人的价值。而古希腊的亚里士多德却认为,高贵的人是不劳动的,而是沉思和参与公共事务。到了近代,劳动被认为是创造财富的途径,甚至是人的全面发展的条件。从20世纪50年代前后开始,培养孩子"热爱劳动"亦成为我国的重要教育任务,甚至政治任务,出现了很多以批评懒惰、不爱劳动为主题的幼儿文学作品。

金近的《斑鸠做窠》①(1948),意在批评不劳而获、坐享其成的懒惰思想。斑鸠找不到一只肯帮他做窠的鸟,自己又不肯学,就想找一个人家做好的窠,却总是找不到,于是就变成了一只永远没有窠的鸟。

吕德华的《蜗牛搬家》②(1956),写小蜗牛想要搬家,却不愿意吃苦受累,怕太阳晒、怕风沙吹打、怕天潮地滑,所以一直没有搬成家。

葛翠琳的童话剧《小白母鸡》③,批评小母鸡的懒和馋,教训意味也很浓厚。与其相对照的正面角色则有小蜜蜂、啄木鸟等,他们勤劳工作为大家,既友善又宽容。

> 小白母鸡:"那多累得慌啊!要是休息和玩儿多好呀!"
> 小蜜蜂:"工作给我们快乐和智慧,懒惰会让人变坏的。"
> 啄木鸟:"小母鸡,你太懒了,这可不大好啊!馋和懒就像树里的害虫一样,能把人毁了的。"

后来小白母鸡因为懒和馋,且不辨好坏,糊里糊涂地上当受骗,丢了尾巴不说,还差点儿丧命,最后受到教训,悔过自新:"呜呜……我错了……"

---

① 金近.斑鸠做窠[A].金近.哈哈笑的小喜鹊[M].合肥:安徽少年儿童出版社.1989.
② 吕德华.蜗牛搬家[M].北京:中国少年儿童出版社.1956.
③ 葛翠琳.小白母鸡[J].剧本.1979(5).

沈慕根的木偶戏《老公公种红薯》①也宣扬了热爱劳动的主题。故事主要讲了如何教育无知的小猴子种红薯,点题的语句如:

> 老公公:"你愿意和我们一起劳动吗?""还要花很多很多劳动啊!"
>
> 合唱:"我们爱劳动,不怕流汗多,我们爱劳动,本领学得多,勤快带来好结果,红薯丰收多快乐!"

严文井的童话《蚯蚓和蜜蜂的故事》②,讲了蜜蜂因劳动而生出翅膀,好吃懒做的蚯蚓则连腿也退化掉了,两个曾经模样差不多的好朋友因此有了不同的外貌和生活方式。其中有些细节描写相当生动,比如写蚯蚓的暗自得意:

> 这一下可好了,我可以躺下来吃个饱,再也不用动了。蜜蜂这个大傻瓜不知道在那儿干出了什么玩意儿,我看他不是摔伤了,也准得饿坏了。

但故事整体上未能摆脱说教,如写后来两个朋友再次相遇,已经认不出彼此,当蚯蚓从小山丁子欢迎的喊声里弄明白那就是好朋友蜜蜂时,他又难受又害羞,钻进洞里哭起来,小山丁子在洞口安慰他说:

> "不要哭!只要你今后再不懒惰,肯劳动,大家也会欢迎你的。"
>
> 蚯蚓不能说话,心里想:"对!今后我一定好好劳动,好好翻地,帮助植物长得强壮,多结好吃的东西。"

---

① 沈慕根.老公公种红薯[J].四川文艺.1978(8).
② 严文井.蚯蚓和蜜蜂的故事[M].上海:少年儿童出版社.1955.

陶永灿的《懒熊都都》①中,懒熊只爱睡觉,不愿去玉米地干活,妈妈生气地说:"不劳动你吃什么?去讨,只怕人家也不给!"于是懒熊就去讨饭了。广场上白兔家正在宴请宾客,可懒熊三次都未能讨到饭:他先是排在队尾,兔大婶从头开始发烤红薯,轮到懒熊时没有了;第二天懒熊站在第一个,兔大婶这次却从队尾开始发,轮到他时又没了;第三天懒熊站在队伍中间,以为万无一失,兔大婶和兔大伯却从两头同时往中间发,轮到他时又没了。懒熊有气无力地回家去,远远看见爸爸妈妈在山上点玉米,禁不住难过地低下了头。故事要传达的教训是:不劳动不但没饭吃,就是讨饭也讨不到。然而,从故事情节来看,懒熊讨不到饭的直接原因并非懒惰,而是运气不佳。故事为了显示懒惰的严重后果,把运气差也归因于懒惰,不能不说有点儿勉强,结尾也令人垂头丧气。

关于懒惰与劳动的主题,也有些艺术性较高的作品。比如包蕾的童话剧《小熊请客》②,至今仍在幼儿园中传诵和表演,堪称幼儿文学经典之作。故事情节采用三段式反复,语言富有韵律,对白大都是押韵的童诗,而且符合动物各自的物性特点。虽然也有直白的教训,比如狐狸的自白:"人人见我都讨厌,说我好吃懒做没出息。"还有小猫、小狗、小鸡等对狐狸的批评:"狐狸,狐狸!你没出息,你自己不做工,还想白白吃东西。"但总体而言,紧凑的戏剧冲突和充盈的童趣淡化了教训色彩,受到幼儿的喜爱。

鲁兵的童诗《小乖乖》③以幽默夸张的手法批评衣来伸手饭来张口的小孩子,什么事都要奶奶代劳。"等到哪天胡子白,撒尿还要喊奶奶。"奶奶出门很久没回来,小乖乖喊不应奶奶,喊起茶杯来:"茶

---

① 陶永灿.懒熊都都[J].幼儿故事大王.1996(8).
② 包蕾.小熊请客[M].上海:少年儿童出版社.1957.
③ 鲁兵.小乖乖[A].鲁兵.老虎的弟弟[M].合肥:安徽少年儿童出版社.1989.

杯,茶杯,我渴了,端水来。"并威胁要摔碎茶杯。喊水壶,威胁用脚踩。喊炉子烧水,喊火柴点火⋯⋯他自己啥也干不了,哭着喊奶奶,结果却是"乐得茶杯张嘴笑,喜得水壶嘴笑歪"。

被誉为"童话大王"的郑渊洁的《开直升飞机的小老鼠》①也与劳动主题有关。全篇五千多字,由前后连贯的五个部分构成,情节曲折,引人入胜,塑造了一只打破刻板印象的小老鼠形象,其他动物形象也大都性格鲜明,细节丰满,对话真实生动。故事先从小老鼠"舒克生在一个名声不好的家庭里"讲起,讲他第一次跟妈妈外出找东西吃,听到小布狗和木头羊喊小偷,对自己的身份产生了困惑。故事是从舒克的视角去感受和理解,所以更为真实可信。舒克第二天夜里自己出去找吃的,终于弄清了被喊"小偷"的原因:

"这些吃的东西是你劳动得来的么?"小布狗问舒克。

"不是你劳动换来的,就是偷!"木头羊耸耸鼻子。

"你出去打听打听,谁不知道你们老鼠是坏蛋!你敢大白天出去吗?人家都说,老鼠过街,人人喊打!"

舒克真没想到自己家的名声这么坏,他委屈极了,自己干吗生下来就是只老鼠呢!舒克哭了。

舒克决定反抗老鼠世代相传的生活方式,改变祖传的"小偷"身份,到外面去闯闯,通过劳动来换取食物,于是他驾驶一架电动直升飞机离家出走了。他先是救了掉进水洼的一只蚂蚁,蚁王用最高级的食物招待他,以此表示感谢,舒克吃了"有生以来最香的一顿饭"。然后,他又去帮蜜蜂运输蜂蜜,这里有个细节:舒克的飞机转弯时,盆里的蜜洒出来一点儿,舒克就用手指蘸着吃,很甜:

---

① 郑渊洁.开直升飞机的小老鼠[M].北京:中国少年儿童出版社.1986.

舒克想,这可不算偷吃,是它自己洒出来的。这么想着,他又操纵飞机在小河上面做了一个更急的转弯,这回洒出来的蜜更多了。"这倒不错,既没有偷,又能吃饱。"舒克很满意地想。

"不是你劳动换来的就是偷。"他仿佛又看见小木头羊冲他翘鼻子。舒克脸红了,羞愧地向下望望,悄悄地把蜜一点点弄回盒子里。

这一细节非常精彩,既写出了孩子刚开始"改正缺点"时的不坚定和易反复,而且对其微妙心理的捕捉也很到位,尤其是舒克给自己找的"正当"理由,很符合幼童的心理。这一节的标题为"舒克的飞机多转了一次弯",也是一语双关,意味深长。

故事里还有一条逻辑线索:开始时舒克羞于自己的老鼠身份,所以化装变成了"飞行员舒克";后来在救蚂蚁、帮蜜蜂运蜂蜜中,也是极力维持伪装,害怕被认出是老鼠。当他又救了小麻雀,被问是谁时:

"飞行员舒克。"舒克不大情愿地回答。他不明白,自己救了他,为什么不能理直气壮地说真名字——小老鼠舒克!

这次听到人家谢他,舒克心里不大是滋味儿。他多想听到"谢谢你,小老鼠舒克"呀!

这是一个了不起的转变,预示着舒克从小老鼠伪装为飞行员,然后又要回归真实自我的心理历程。而这样的回归需要一个特殊的情境。因舒克经常为大家办好事,大家决定宴请他,许多受过他帮助的朋友都来了。就在这时,舒克被他的最大敌人小花猫给抓住了,小花猫要把舒克带到朋友们面前,让小麻雀们看看他的真面目,然后再处决他。舒克急了,竟哀求小花猫现在就把他处死,千万别让朋友们知道自己是老鼠。舒克害怕失去朋友们的友谊,宁可死了,也要保住得来不易的好名声。然而,朋友们得知真相后,却纷纷谴责小花猫,为舒克辩护:"可他没干过坏事呀!""舒克就不是坏蛋!""他是我们的朋友舒克!""不许你伤害他!"

  舒克再也忍不住了,眼泪刷地一下流了下来。他不怕把脸上的牙膏冲掉了。
  舒克笑了,他把飞行帽摘掉,坐在了餐桌正中央。

如果说"不怕把脸上的牙膏冲掉"是一个幽默的细节,预示着舒克不再刻意伪装,那么"把飞行帽摘掉"就是一个明确的象征或者隐喻——舒克又从飞行员变回了真实的自己,并以小老鼠的身份得到了大家的认可和接纳。

林颂英的《懒猫》①,可以称得上教育类童诗中的佳作。它以小猫的口吻自叙,韵律自然,口语化、拟声词的运用都幽默有趣。结构也是三段式反复,前两节儿歌结构一致,音尺节奏也相同,第三节结尾略有变化,有画龙点睛之妙:

  "我是小花猫,/逮蝴蝶,本领高!/喵呜!喵呜!喵!"
  "蝴蝶蝴蝶飞得高,/要去逮,太累了!/算了算了我不要!"
  "我是小花猫,/逮小鸟,本领高!/喵呜!喵呜!喵!"
  "小鸟小鸟在树梢,/要去逮,太累了!/算了算了我不要!"
  "我是小花猫,/逮小鱼儿,本领高!/喵呜!喵呜!喵!"
  "小河水,太凉了,/掉下河去不得了!
  不妙,不妙,真不妙,/还是回家睡大觉!"

---

① 林颂英.懒猫[J].妇女.1981(11).

这首童诗虽然也可概括出某种教育主题,甚至"懒猫"之名也颇有点题之嫌,但是文中没有一句说教与训诫,或者说它的主题并不鲜明,也并不唯一。全诗只用寥寥数语就刻画出了一个性格鲜活、懒惰而又自信满满的小猫形象。它不肯努力,也没毅力,每次遇到困难都要放弃,却每次都要给自己找个"正当"借口、"充分"理由。它总是"自吹自擂",宣称逮蝴蝶、逮小鸟、逮小鱼都"本领高",可是自始至终没见它逮住一样东西。反讽的手法形成一种叙事的张力,更彰显了小懒猫的可笑复可爱性格。这与其说是对小猫的"批评",不如说是对这种小懒惰之可爱的欣赏。从这个意义上讲,教训的药丸已变成了美味的蛋糕。

二、胆小与勇敢

批评孩子的胆小,肯定面对困难与危险时的勇气,意在培养孩子勇敢品质的幼儿文学作品不在少数。金近的好几篇童话都是关于这个主题的。比如《小鸭子学游水》[①],赞美在兄弟姐妹中最弱小的"小黄毛",他勇敢锻炼、自强不息,获得了比赛冠军。鸭妈妈紧紧地拥抱着小黄毛说:"真想不到你会得第一。你是我们最勇敢的孩子啊!"再比如《小面人打猎》[②],既像写实的小说,又像幻想的童话,情节是从现实到幻想又到现实,但是现实与幻想之间的关系处理得有点儿生硬,给人以不真实之感。故事讲的是刘明到工艺美术服务部,请老师傅用面粉捏个小猎人,买回去放在家里窗台上。到这里都是写实的小说。接下来一下子变成了童话,小猎人跟塑料小白兔商量好,"要打死小老鼠",因为老鼠干坏事,偷走了塑料卷笔刀和上面的黄毛小

---

① 金近.小鸭子学游水[M].北京:中国青年出版社.1954.
② 金近.小面人打猎[A].金近.哈哈笑的小喜鹊[M].合肥:安徽少年儿童出版社.1989.

鸡。激战中小猎人把能吃的子弹换成砂子,打中小老鼠,却被老鼠咬了脚后跟。他还用削铅笔的小刀砍掉了老鼠的一只耳朵,最后骑上塑料小白兔追上小老鼠,"嚓嚓几刀,把小老鼠砍死了"。情节蛮惊险的。结尾又回到写实:刘明醒来发现卷笔刀小鸡被找回来了,小猎人脚后跟少了一块,子弹带空了,老鼠死在床底下,它的一只耳朵不见了,身上好几处刀伤。刘明知道这是小猎人的功劳,就跑向厨房告诉了妈妈这一切。然而,刘明去年儿童节就入队了,至少是二三年级的小学生了,却还相信小面人和塑料小兔能杀死真的小老鼠,不能不说有违逻辑的真实。

金近更成功的作品是《狐狸打猎人》①。该作品 1978 年被上海美术电影制片厂拍摄成动画片,两年后荣获南斯拉夫第四届萨格拉布国际动画电影节美术奖。该童话以夸张的手法,既嘲笑了胆小的猎人,也写出了狐狸的狡猾,以大胆的角色反转挑战了读者的常规思维,制造了重重悬念。整篇故事写得跌宕起伏,使人读来惊心动魄。故事开头就很有特点,能够紧紧抓住小读者的心:

> 有的小朋友看了这个童话的题目,一定要问:"狐狸怎么能打猎人呢? 你瞎说!"
>
> 我说,这个童话里的狐狸,真的能打猎人。不过,狐狸的这支猎枪是怎么得来的,那就要听了故事才会明白。好,还是先让我来讲故事吧。

这种在故事开头就与读者互动,使得读者的阅读期待受挫,从而吊起阅读故事的强烈兴趣,与意大利的科洛·科洛迪的《木偶奇遇记》开头的写法有异曲同工之妙。"狐狸打猎人"的故事起源于人们

---

① 金近.狐狸打猎人[J].儿童文学.1963(1).

的"以讹传讹",本来是岩石上画的一只狐狸,传来传去竟成了一个吓人的传说:

> 有人说,顶天山上有一只狐狸,一下子变狼了。有两颗大牙,有三只眼睛,有四只耳朵,还有五条腿。不管你跑得多远,他很快就能撵上你。

山上一只狡猾的狐狸听到这个传说高兴得不得了,就去找狼商量,借了一张狼祖宗留下来的狼皮,自己披上去吓唬人。一个好吃懒做没好好学本领的胆小猎人,就被狐狸假扮的狼吓得半死,丢了猎枪逃回家去。狐狸捡到猎枪,又去找猎人要子弹,猎人藏在被子里吓得发抖,任由狐狸拿走了子弹。可是狐狸和狼都不知道子弹怎么装进枪里去,狐狸就派狼去把那个胆小的猎人抓上山,半路上猎人被吓得倒在了地上。这时他听到枪响,还以为是那个传说中的"狼大王"开枪打他,就吓昏过去了。其实这是老猎人开枪打死了狐狸和狼,可那年轻的猎人还一动不动地躺在地上。故事结尾对主题进行了总结提炼:

> 他是不是还活着?是不是已经吓死了?那就不知道啦。其实,老猎人早就说过,一个猎人丢了猎抢,在野兽面前只会发抖,那末就算是活着也跟死掉的一样了。

总之,童话采用的夸张、颠倒的手法制造了强烈的戏剧性,情节曲折又线索清晰,同时也含有明确的教育意义,只是这教育性主题已融入故事自身的精彩讲述中,堪称一篇优秀的童话作品。

蒋应武的儿歌《小熊过桥》①也是跟"勇敢"有关的幼儿文学经典

---

① 蒋应武.小熊过桥[A].《小朋友》二百期作品选[M].上海:少年儿童出版社.1964.

之作,至今仍受到孩子们的喜欢,在幼儿园里时常被念诵、歌唱、表演。这首儿歌节奏明快,音韵自然,在短小的篇幅内讲述了一个完整的童话故事,情节单纯而富有童趣。作者开门见山:

小竹桥,/摇摇摇,/有个小熊来过桥。

小熊就像个初次走出家门的小孩子,遇到困难没有经验,害怕了就喊妈妈,这都是真情实感。小熊本来就"走不稳,站不牢,/走到桥上心乱跳",再加上"头上乌鸦哇哇叫,/桥下流水哗哗笑",小熊终于吓得忍不住大喊起来:

妈妈,妈妈你来呀!/快把小熊抱过桥!

就在小熊不知所措的危急时刻,河里的鲤鱼跳出水,对着小熊大声叫:

小熊,小熊不要怕,/眼睛向着前面瞧!

这既是及时的鼓励,也是解决过桥难题的有效方式。小熊按照鲤鱼说的,"一二三,向前跑",终于顺利过了桥:

小熊过桥回头笑,/鲤鱼乐得尾巴摇。

小熊克服了胆怯,勇敢地过了桥,如释重负"回头笑",读者也和鲤鱼一样分享了小熊的这份喜悦。儿歌中没有一句"勇敢"的教导,但情节本身就是对勇敢的生动演绎。儿歌内容贴近小读者的生活经验和情感体验,能让孩子们在阅读时感觉到仿佛陪同小熊一起经历过桥的"惊心动魄",一起感受"一二三,向前跑"的勇气,是一首令小读者备受鼓舞的优秀儿歌。

鲁兵的童诗《虎娃》①情节幽默，富有韵律，人物个性鲜明。妈妈为了逼迫虎娃独立生活选择了离开。因娇生惯养而胆小无知的虎娃认老鼠当了老大哥："我的大名叫老鼠，老鼠老虎是一家。渴了吧？饿了吧？叫我一声老大哥，吃的喝的全有啦。走，跟我外面遛遛去，瞧瞧我的本领有多大。"老鼠的江湖气派甚是滑稽可笑，重演了一出"鼠假虎威"。直到遇见狗熊，老鼠才吓得扔下"小老弟"自己溜啦。狗熊也一副江湖气地欺负虎娃，虎娃情急之下开始反抗，在反击中发现了自己的力量，最终打败了狗熊。故事生动阐释了勇敢抗击欺凌的意义，不无哲理性。

虞运来的幼儿生活故事《"勇敢"的小伙伴》②，通过比较小牛和小虎遇到危险时的表现，引导孩子区分什么是真正的勇敢。小虎长得像个小勇士，敢抓毛毛虫，可是当大山羊朝着琳琳冲过来时，小虎却尖叫一声，把手中的毛毛虫一丢，撒腿就逃。小牛却连忙冲上前去，捡起地上的羊绳，使劲把山羊牵到大树旁，牢牢地拴好。当琳琳向外公介绍"这两位同学是我们班里最勇敢的男孩子"时，外公捋捋胡须笑着说："是吗？"结尾写道："不知为什么，小虎的脸'腾'地红了起来。"在鲜明的对照中，真勇敢与假勇敢不言而喻。

严文井的《丁丁的一次奇怪旅行》③是一篇极有分量的作品，讲述了一个胆小的姑娘丁丁，如何在寻找勇气的过程中获得勇气的神奇故事。作品虽然也具有明确的教育性主题，但是在具体写法上却颇具先锋性，因此放在上一章第三节"现实与幻想融合的文体创新"部分作了专门讨论。

---

① 鲁兵.虎娃[M].上海:少年儿童出版社.1989.
② 虞运来."勇敢"的小伙伴[J].幼儿故事大王.1996(1).
③ 严文井.丁丁的一次奇怪旅行[M].上海:启明书局.1951.

三、爱哭及不良生活习惯等

除了上述"缺点",幼儿文学中的孩子还有很多问题,或者说还有很多"问题孩子"。而且有的孩子不止一个问题。爱哭、爱吵架、乱画乱刻、拖拉、捣乱以及其他不良生活习惯,可以说应有尽有。有些作品主题一望便知,但是隐含的童年观念却意味深长。

张彦的《狗大夫》①就颇具象征意义。童话里的狗大夫是一位神医,猪妈妈、兔爸爸、猫姑姑分别领着孩子来"看病"。小猪懒惰,不肯读书,不肯干活,光知道睡懒觉;小兔不想吃饭;小猫老爱跟小伙伴吵架、哭鼻子。对于这三个"小病人",狗大夫开了同一个处方:到山林医院住院治疗。山林医院的食堂设在五公里外的高山上,要病人自己去吃饭。妈妈没法把饭送到床边,小猪没法睡懒觉了;小兔没有零食吃只好去食堂;小猫自个儿爬不上山,只好跟在他们后面也去了。山高路远,他们三个不得不互相帮助,爬到山顶又累又饿,所以饭吃得香极了。这实在是很妙的药方,三个病人只半个月就都康复了。爸爸妈妈们送给狗大夫一面锦旗,上面写着:"包医包好,百病全消。"这篇童话的象征意义可以概括为一句话:孩子的"缺点"是一种"病",所以需要"医生"的治疗。某种意义上,这也可以视为"糖衣药丸"式作品的最佳注脚。

无独有偶,雨雨的《冬天的故事》(三则)②中的第二则名为《河马治病》,可以概括为"爱哭是一种病"。小猪最爱哭,一哭起来就没完没了,请过很多医生,"都治不好小猪爱哭的毛病"。河马爷爷知道了,说:"让我给小猪治治病吧。"河马爷爷张开嘴巴哇哇地放声大哭

---

① 张彦. 狗大夫[J]. 幼儿故事大王. 1994(8).
② 雨雨. 冬天的故事(三则)[A]. 冬天的故事[M]. 兰州:甘肃少年儿童出版社. 1996.

起来。小猪没听过这种声音,吓得一把抓住河马爷爷问:这是什么声音,怎么这么难听? 河马爷爷说:这是我的哭声。小猪说:哭声这么难听,那我以后再也不哭了。故事也很有童趣,小猪在他者的"镜像"中获知哭声是难听的,从而认识了自己,这也是符合幼儿心理和认知特点的。"爱哭"这种病在幼儿文学中属于"常见病"。

乱画乱刻也是坏习惯。张有德的童诗《张小花》[①]写张小花总是往桌子上、门上、墙上乱画,后来改正了:

> 小花听话不乱画,/站在门口等妈妈。/妈妈回来抱小花,/夸她是个好娃娃。

邓小秋的《木狗木猫木老鼠》[②]是童话故事,写孩子在课桌上乱刻,结果自作自受,教训色彩浓厚。但是故事整体不太符合儿童的心理:当孩子看到自己刻的东西变成活物,难道首先不是感觉惊奇吗? 怎么会愤怒呢,就因为损坏了家具? 这是典型的成人功利心理。主人公小敏第一句话是:"你这是来干什么呀?"(没有惊叹)第二句是:"哎,你发疯了吗?"(对小木狗在桌面上刻画的反应)然后小木狗刻的小猫也活了,还摇着尾巴去舔小敏,可是"小敏一点也不高兴,他眼睁睁地看着那漂亮的五斗柜面,被糟蹋得凹凸不平,乱七八糟"。然后"小敏真的生气了,使劲一挥手,将小木猫赶下床去了"。最后追根溯源,才把故事的教训主旨泄露出来,小木狗说:"要不是你,我又从哪儿来的呢? 我还不是学你的嘛!""我⋯⋯"小敏望着握在手里的铅笔刀,搔了搔头皮,怔住了⋯⋯由此可见,小木狗之所以复活,只有一个任务,就是来教导小主人一下,让他明白在桌子上乱刻的错误。

---

① 张有德.张小花[J].小朋友.1979(8).
② 邓小秋.木狗木猫木老鼠[N].少年报.1979.4.11.

林玲的《"妈妈来呀!"》①,是关于孩子不愿意上幼儿园的。文文第一天上幼儿园,由于想妈妈就哭了,越哭越凶,越叫越响,"像吹起了十只大喇叭"。妈妈于是带她去了好多地方,但每个地方的阿姨都被自己的宝宝"妈妈来呀"的哭喊声叫走了,最后开飞机的阿姨也要跳降落伞了,文文这才"醒悟":

> 阿姨别去!阿姨别去!我懂了!我上幼儿园,妈妈上班。我再也不哭再也不叫妈妈来了!
> 开飞机的阿姨说:"这才是好孩子,阿姨送你回幼儿园去。"
> 文文对老师和小朋友说:"我懂了,妈妈们都要上班干活,我们小朋友上幼儿园。"

问题是,孩子不想上幼儿园,想念妈妈,是因为"不懂"这些道理吗?尤其是第一次上幼儿园。而且,孩子要上幼儿园,仅仅是因为妈妈们要上班吗?难道不是为了孩子自身更好地成长吗?对比来看,当代《魔法亲亲》《妈妈心妈妈树》《比利得到三颗星》等同类主题绘本,都没有试图让孩子明白上幼儿园的道理,而是以智慧的方式认同并抚慰孩子的情绪,从而有效地缓解了孩子的分离焦虑。

严霞峰的《一块"银子"》②属于《咕咚来了》和《猴子捞月》的组合篇,只是人物换成了兔子。兔子把井里月亮的倒影误以为是银子,就去借来了竹竿打捞,猴子、松鼠、山羊、花鹿等先后来帮忙,可是都捞不上来。直到大象来了,不慌不忙问清了情况,仔细查看水井,又抬头望四周情景,才弄清楚是怎么回事。最后兔子胀红了脸说:"都怪我,要是我像大象那样,碰到问题就去仔细调查,认真研究,决不会

---

① 林玲."妈妈来呀!"[M].上海:少年儿童出版社.1980.
② 严霞峰.一块"银子"[N].摇篮.1982.1.1.

闹出这场笑话啦!"大伙都惭愧地说:"以后我们都应该像大象那样做才对哩!"这就使得童话在一定程度上被寓言化了。思想大于形象,是当时部分童话作品的共性。

金近的《小老鼠吹哨子》①涉及孩子的"捣乱"或说淘气问题。调皮的小老鼠到处捣乱,又是折花,又是往墙壁上撒尿,又是往水盆里吐唾沫。后来小老鼠捡到一个铜哨子,就拿着它去吓唬小兔子和小麻雀。八哥知道后说:"小老鼠真不是个好东西,我来吓唬他。"八哥从四个方向学猫叫,小老鼠以为有四只猫要抓他,不知往哪里逃,急得吱吱哭,哭得挺伤心。八哥教训他:"你也害怕啦?这就好。快回去想想吧。"小老鼠听了怪害臊的,低着脑袋溜走了。对待孩子的淘气,故事采取了毫不客气的修理态度,以其人之道还治其人之身,让淘气者品尝了苦果。

关于养成好习惯之类的作品也非常之多。鲁兵的童诗《太阳公公起得早》②,流行很广,是教育孩子早起锻炼身体的。当看到宝宝在院子里做早操,太阳公公夸了一句:"宝宝是个好宝宝!"作者的另一首童诗《下巴上的洞洞》③,其主旨在于教育孩子吃饭不撒饭粒,不糟蹋粮食。任溶溶的童诗《强强穿衣裳》④用夸张的手法写孩子拖拉的坏习惯,颇具幽默感。诗里写强强从早上7点多就起床穿衣服,穿了一整天,最后:

> 他再拿只袜子,/刚刚要穿上,/可是妈妈说道:/"脱掉衣裳,快上床!"

---

① 金近.小老鼠吹哨子[J].小朋友.1986(4).
② 鲁兵.太阳公公起得早[A].唱的是山歌[M].上海:少年儿童出版社.1957.
③ 鲁兵.下巴上的洞洞[A].不知道和小问号[M].成都:四川人民出版社.1979.
④ 任溶溶.强强穿衣裳[J].小朋友.1962(10).

圣野曾以儿歌《真是一个好宝宝》为例,批评此类主题的某些作品文学性不高:

> 小宝宝,要做到,/早起早睡身体好,
> 晒太阳,日光浴,/爱清洁,常洗澡,
> 早晚刷牙勿忘掉,/真是一个好宝宝。

圣野认为,这首儿歌显然是以一个家长或老师的语调,在对孩子们进行"养成好习惯"的教育时唱出口的,这类儿歌无以名之,姑且称之为"家教文学"。[①] 其实,不仅仅是这首儿歌,很多糖衣药丸类作品都具有"家教文学"的特点。

米歇尔·福柯曾指出,现代社会中规范的力量越来越贯穿在纪律当中,纪律分割了法律所不染指的领域:"工厂、学校、军队都实行一整套微观处罚制度,其中涉及时间(迟到、缺席、中断)、活动(心不在焉、疏忽、缺乏热情)、行为(失礼、不服从)、言语(聊天、傲慢)、肉体('不正确的'姿势、不规范的体态、不整洁)、性(不道德、不庄重)。"[②] 福柯从规训化社会归纳出的这些失范内容,在教育工具论主导下的幼儿文学中大都随处可见。然而,孩子对规范的遵守与违背,往往被作为"好孩子"与"坏孩子"的评判标准,这就"泛道德化"了。换言之,作品把对规范的裁决变成了对德性的裁决。可是,"伦理规范真正的功能是社会管理和控制的技术,和我们管理控制自然界或者管理生产和市场的技术是很接近的,或者说和游戏、比赛规则也是非常相似的,我们需要这样一些规则或者技术,这没有错,但这和道

---

① 圣野.幼儿文学的视角[J].幼儿读物研究.1992(16).
② [法]米歇尔·福柯.规训与惩罚[M].刘北成,杨远婴译.北京:生活·读书·新知三联书店.2003:201—202.

德价值基本无关"①。根据一个个既定规范编织的糖衣药丸式故事,只想让规范"内化"为孩子的自觉认同和服从,很多作品本身并不具备强大的艺术感染力,不能吸引孩子打动孩子,从而无力培养孩子真正的德性,也无法实现预设的教育目标。孩子在读这类作品时,往往只能收获一堆概念化的规范规则,仅仅"知道"成人希望他们怎样,不希望他们怎样,并从中预知遵守与违背这些规范会带来怎样的后果。可是,即使他们因此成为遵守规范的"好孩子",也不意味着某些规范变成了孩子真正神往的价值。

应该说,培养孩子整洁、谦虚、爱劳动、勇敢、分享等行为品质,以今天的标准看都是正确的教育观念,但是将文学作品变成演绎某种教育观念的工具,就异化了文学。这不意味着幼儿文学或儿童文学不能具有教育功能,关键在于如何处置文学性与教育性的关系。一方面,需要正确定义儿童文学的教育性,不能仅仅将其理解为狭隘的思想品德与行为习惯——从广义上讲,任何优秀的儿童文学都是具有教育意义的,善的熏染、美的浸润、真的启迪,都是教育;另一方面,应将教育观念充分地文学化,或者说要以文学的方式去表现教育性。

毋庸置疑,在教育工具论统治的时代,部分幼儿文学作品即使戴着镣铐跳舞也仍然跳得很好。然而,也有部分"糖衣药丸"式的作品,将孩子的"缺点"视为一种"病",把文学与孩子的关系变为"药"与"患者"的关系,而开药方的"医生"基本都是成人。小读者读到的主人公,不管是公鸡还是小猪、小猫,其实都是孩子自己的化身。这些人物总是有各种各样的缺点,总是会因此陷入各种困境,吃苦头、倒霉、受到教训,最终明白某个来自成人世界的"道理",惭愧、后悔、难为情、低下头、脸红、承认错误、改正缺点——这成了主人公"成长"所

---

① 赵汀阳.论可能生活[M].北京:中国人民大学出版社.2009:223.

遭受的较为普遍的历程和结局。"不少作品怀着教育儿童的动机和'自信',总是把儿童设定为一个被质疑、被否定的对象,作品中所潜藏、体现的童年观,也总是表现出一种否定性的、而非建设性的价值判断和情感取向——'与童年为敌',这甚至成为历史上许多原创儿童文学作品所呈现给我们的一种基本的文化姿态。"[1]正是这种或许本来无意"与童年为敌"的童年观,造成幼儿文学挥之不去的"药丸"味道。

可想而知,孩子从这样的作品中获得的除了无能感、罪恶感、羞耻感,还有多少阅读的乐趣、生命的感动和成长的力量？这部分作品的缺憾,很大程度上源于作品自身艺术性与教育性关系的扭曲,源于"作家并没将自己的生命感觉投注到儿童生命的深层去观照,而是更关心怎样说明自己手中的教育观念,所以,作品的艺术构成不仅平庸流俗,而且缺乏生活的逻辑,常常出现思想和艺术的混乱"[2]。这类作品即使是童话,想象力也很难飞翔起来,往往不同程度地存在故事情节模式化、人物形象概念化、主题意旨同质化等问题。这样的缺憾,在今天的幼儿文学中仍然未被很好地弥补或超越。

---

① 方卫平. 儿童文学不应"与童年为敌"[N]. 太原日报. 2011.8.1.
② 朱自强. 中国儿童文学与现代化进程[M]. 杭州:浙江少年儿童出版社.2000:324—325.

第五章
当代幼儿文学的译介与接受:三个案例

之所以将外国幼儿文学的译介与接受纳入本部史论,是因为当代西方幼儿文学中译本的巨大影响力。尤其是新世纪以来,图画书成为幼儿文学的主导形式,大量西方图画书的译介出版渐成燎原之势,堪比晚清至五四时期西方小说与童话的翻译热潮。

外国幼儿文学作品的中译本既在现实层面构成我国幼儿阅读的实体内容,同时也深刻影响着本土幼儿文学的创作发展。因此,"通过将外国儿童文学纳入本国的文学史、构筑一个儿童读者接受史,就有可能开启未来的方向"①。通过考察外国幼儿文学译介与接受中的文本选择、文本改编、文本的解读与使用等,不但可以比较艺术上的优劣,还可以反思隐含其中的幼儿文学观、童年观及教育观对本土幼儿文学的影响。这同时也将本土的幼儿文学置于更广阔的世界幼儿文学背景之下,有助于对幼儿文学作出更为客观、全面、深刻的理解和价值判断。

在当代幼儿文学研究领域,对于外国幼儿文学作品的翻译研究或者中译本的比较研究并不丰富。新时期以来,较早的一篇文章是对《小红帽》两个中译本的比较。该文以1979年刊登在《看图说话》第3期的《小红帽》,和人民美术出版社出版、根据格林童话改编的同名图画故事《小红帽》作为研究对象进行比较,认为前者的改编文字精炼简洁,深受小读者喜爱;而后者在内容上作了较大改动,将原著中颇有兴味的几个细节,如猎人剪开狼肚皮救出小红帽和祖母,小红帽搬石头填进狼肚、坠死恶狼等,都删掉了,改编者或许顾虑到直接写狼吃人的细节太残酷,甚至考虑到人从狼肚子里活着出来不符事理,而教训味也远比原作浓烈,因为"道理"是通过猎人之口说出来的:狼是凶恶的家伙,千万不能上当。而这点孩子们早已知晓,难怪他们读到这本书时会大叫"没意思"了。② 类似这样的改编,直到今天一直存在,下文对《三只小猪》不同译本的分析中有具体揭示。

鉴于译介文本蔚为大观,面面俱到的铺陈列举难以实现,故本章采用个案分析的方式,撷取几种译本的几个典型问题展开论述,虽属挂一漏万,却亦可收管中窥豹之效。概括地讲,本章主要讨论当代幼

---

① 〔日〕三宅兴子.英美儿童文学史在日本的接受问题——新文学史的构筑[A].黄英译.首届国际儿童文学论坛暨第三届中美儿童文学高端论坛(会议手册)[C].2016:81.
② 梅沙,叶穗.从《小红帽》的改编谈起(外一则)[J].儿童文学研究.1980(第五辑,"幼儿文艺专辑").

儿文学译介与接受中三个方面的问题:西方民间童话的改编、西方童话文本的解读与使用以及西方图画书文本的选取与认同等。

第一节　民间童话译本的改编:以《三只小猪》为例

如果说译介本身就表明了译者对所译文本一定程度的认同,改编则反映了编译者及其所属文化对该文本更具体的态度——有认同,亦有"为我所用"的"修正"。幼儿文学的改编通常包括两种情况,一是幼儿文学自身的改编,一是被改编成幼儿文学。前者主要指对已有的幼儿文学作品所作的改编;后者则是把本来不属于幼儿的文学改编成幼儿文学,比如对部分成人的或年长儿童的文学作品进行的改编。改编往往是一个持续的过程,可以说,某一个文本的变迁史也是这个文本的改编史。通过与源文本的比较,可以发现文本演变过程中某种观念的变迁史。玛丽亚·尼古拉耶娃曾指出:"说到儿童文学中的改编,通常我们的意思是指……作家有意识地通过使用较短的句子、较容易和较短的词语、不复杂的句法、大量的对话、直接的情节、有限的人物数和极少的抽象概念而努力让小读者理解他们的文本。"[①]考察文本改编背后的理论假设,是深刻反思童年假设与幼儿文学观念的重要方式。

讲给孩子听的童话故事不可避免地隐含着成人的童年想象和教育期待。经典民间童话的文字版本在流传过程中经历了各种改编,以独特的方式记录了童年及其教化观念的变迁。19世纪在《格林童话》的影响下,世界各国陆续掀起搜集整理本民族民间童话的热潮。

---

① 〔加〕佩里·诺德曼.隐藏的成人:定义儿童文学[M].徐文丽译.北京:中国社会科学出版社.2014:130—131.

其中,英国最著名的是约瑟夫·雅各布斯(Joseph Jacobs)于19世纪90年代编写的英国民间童话。这是他花费10年时间,"根据早期各种据称源自口头讲述的书面材料汇编而成的一本故事集",而且"非常清楚的一点是,这本故事集的隐含听众是儿童"①。雅各布斯在《英国童话》自序中坦承,其目标是"为英国孩子奉上一本适合倾听的英语童话书",希望自己笔下的童话"能像从一个好的老保姆口中讲出的故事……这本书旨在可以被大声朗读,而不仅仅是用眼睛看"②。以下将选取其中最为经典且至今仍在孩子们中间广泛流传的故事《三只小猪》,比较当代多个中译本,其中既包括从英文版直接翻译的,也包括从法、英、美、日、韩等几国译本转译的,来探寻和反思民间童话历史变迁背后的童年观及其对童话艺术表现的影响。

一、道德教化的加强

《三只小猪》的当代改编版与雅各布斯的版本相比,明显强化了故事的道德教化。首先,改编版赋予了小猪性格上的优缺点。雅各布斯没有对三只小猪的性格品质作任何介绍,小猪们也没有排行,只有一个排序:第一只小猪、第二只小猪、第三只小猪。后来的绝大多数版本都排出了老大、老二和老三,并且赋予了三只小猪明确的性格特点,通常是最小的那只猪最勤劳、智慧、勇敢,老大老二则具有贪吃、懒惰、邋遢等明显缺点。

之所以会有这样的角色设置,固然可认为是改编者无意间遵循了民间故事的"三兄弟"型常规,设定老大老二愚蠢贪婪,年龄最小的老三最终取得胜利,从此过上幸福生活;然而也未尝不可以推测,恰

---

① 〔加〕佩里·诺德曼,梅维丝·雷默.儿童文学的乐趣[M].陈中美译.上海:少年儿童出版社.2008:506.
② 彭懿.世界儿童文学阅读与经典[M].南宁:接力出版社.2011:52.

恰是因为要赋予三只小猪性格特点,所以才要有清晰的排行,甚至还给三只小猪都取了名字,就像迪斯尼版的《白雪公主》里让七个小矮人都有自己的名字一样,这使得古老的"共性化"角色有了现代的"个性化"味道。然而,从大到小的排行与优劣性格的赋予也可能导致某些隐喻意义的丧失。比如,原先的第一、二、三只小猪的排序,更多具有一种"从小到大"的含义,从精神分析学的角度分析,他们可被看作处在不同成长阶段的同一只猪,要从遵循快乐原则演进到遵循现实原则,前两只小猪的被吞吃不是一种毁灭,而是意味着要过渡到更成熟的阶段就要放弃此前不成熟的生活方式。① 从这个意义上讲,雅各布斯的《三只小猪》可以视为一个成长故事,而"从大到小"的排行却排除了成长这一象征意义。

在雅各布斯之后的某些版本里,优劣性格品质的赋予具有更复杂的意味,它成为小猪们不同行为方式及其命运的决定性因素,甚至改变了原有故事的主题。在雅氏版本里,三只小猪盖的房子之所以有区别,原因仅在于他们分别在路上遇到了不同的人,而这种遇到纯粹是偶然。第一只小猪遇见了扛稻草的人,所以就讨要稻草盖了草房子,第二三只小猪分别遇到扛着荆豆和拉着一车砖的人,所以就盖了荆豆房子和砖房子。盖草房子不是因为想偷懒,盖荆豆房子也不是出于贪吃,仅仅是因为偶然的际遇。在后来的版本里,却是三只小猪的性格差异决定了他们有意识地"选择"不同材料来盖房子。比如,当小猪们离家上路一起去找材料,先发现了稻草,老大就要用稻草盖房子,老三说稻草房子不结实,但大哥嚷着"累死啦",不再继续去寻找;接下来发现了木头,老二同样不听建议,嚷着"饿死啦",就用

---

① 〔美〕布鲁诺·贝特尔海姆. 永恒的魅力:童话世界与童心世界[M]. 舒伟等译. 重庆:西南师范大学出版社. 1991:31.

木头盖了房子;而老三走了好远的路,最后找到一堆石头,用石头盖起了房子。前两只小猪拒绝继续寻找坚固材料的理由是"累"和"饿",这在故事开头时的性格介绍中能找到对应的归因:"老大安东尼是个懒惰的家伙,就爱整天睡大觉。老二洛奇是个贪吃鬼,一天到晚抱着零食,不停地往嘴里扔。老三杰米呢,又勤劳又聪明,还很喜欢看书。"①可见,三只小猪之所以盖了不同牢固程度的房子,根源在于各自性格中的懒惰、贪吃或者勤劳聪明,这又直接导致了他们在遭遇危险时的不同结局,表明小猪们的幸与不幸皆源自他们的性格完美或缺陷,而非偶然性。从偶然到选择的必然,二者的根本区别在于:偶然性是没有道德意义的,而对选择具有影响力的性格品质是有道德意义的。由此,故事主题转向了对道德教化的传达。当道德品性在三只小猪的命运里发挥越来越重要的作用时,就把原来的偶然或自然故事变成了一个道德故事。

有的版本对材料获取方式划分了更为细致的道德等级:老大去找卖稻草的货郎讨要稻草搭房子;老二去找卖斧子的货郎讨要斧子,自己砍木头盖房子;老三则找到卖砖的货郎,有礼貌地请求人家教他做砖块。从直接讨要材料,到恳求劳动工具,进而变为学习做砖技术,故事把这些获取方式跟小猪们的勤奋程度联系起来,从而赋予获取材料的方式以三种道德水平:"老大是个懒家伙""老二比老大勤快""老三是三兄弟中最勤奋的一个"②。所以归根结底惨剧是懒惰导致的恶果,故事再次增强了教育性。

改编版对道德教化的强调,不仅体现在对讨要内容即材料、工具或技术的等级区分,甚至表现出对"讨要"方式本身的道德顾虑。雅

---

① 〔英〕约瑟夫·雅各布斯.三只小猪与大坏狼[M].红马文化编.北京:知识出版社.2008.
② 〔英〕Joanne Swan 改写.三只小猪[M].熊洁译.北京:外语教学与研究出版社.2010.

氏版里三只小猪获取材料的方式同出一辙,那就是直接请求给予:把那捆稻草/荆豆/这车砖给我吧,我想用它来盖一座房子。有的改编版把"讨要"改成出门上路去发现材料,这等于是去"捡"而非向人"要"材料;还有的则统一改成了"购买":猪哥哥买下了农民的整车稻草,猪弟弟买下老妇人的所有木棍,猪妹妹买下大爷所有的砖。这意味着改编者可能担心白白"讨要"是有问题的,不管讨要的是材料还是技术,改为花钱购买才更公平合理,以此避免对儿童造成"不劳而获"的不良道德影响。不论这种改编是否陷入了"以今衡古"的窠臼,毫无疑问的是它让故事更经得起现代道德标准的检验了。

强化道德教化的方式还体现在小猪离家的原因以及盖房子之前猪妈妈有没有告诫上。雅氏版中小猪们之所以走出家门是因为老母猪养活不了他们了,打发他们自己去闯天下,小猪们是迫于家庭贫困无奈离家。后来的有些版本改为猪妈妈说"你们长大了,应该独立生活了",小猪们才离家盖房子。这意味着即使猪妈妈能够养活得了,小猪们也得离家,这是对独立、自食其力的现代儿童教育理念的反映。更重要的是小猪们离家之前猪妈妈的告诫,试比较这则童话的开头部分:

> 从前,有一头老母猪生了三只小猪,她养活不了他们了,就打发他们到外面自己去闯天下。——〔英〕雅各布斯

> 猪妈妈对三个儿子说:"去建造自己的房子吧。但是,一定要当心那只大坏狼!你们的房子一定要盖得很坚固,不然,大坏狼就会很容易地进去,把你们吃掉。"——〔法〕玛丽·莫瑞

> "猪妈妈还告诫孩子们要提防一只大灰狼","要盖一座结实的房子啊!"——〔中〕余非鱼、红马文化

显然,雅各布斯的三只小猪没有得到老母猪的任何告诫就离家

上路了。而在其余几个版本里,小猪们盖房子前得到了猪妈妈对于坏毛病、房子要牢固和提防大野狼的告诫,而前两只小猪都没有听从妈妈的教导,依然我行我素。如果说雅氏版中的小猪用稻草盖房子是因为不知道什么样的房子牢固、不知道狼的可怕,被狼吹倒房子自己也被狼吃掉是因为无知付出的代价,那么后面几个版本里的前两只小猪在获悉了猪妈妈的告诫之后仍然落得悲剧下场,就是为"不听话"而付出的代价了。但不听话的小猪一般还有机会"悔悟",在故事结尾改正先前的缺点。所以,雅氏版通过故事强调了有关何种房子牢固与狼是危险的这些知识,而其他版本则更强调孩子要有良好道德品性、要听大人话的重要性,在故事结尾往往还会有明确的"点题":

  有了这次经历,安东尼不敢再贪睡,洛奇也不敢再贪吃。它俩决定向弟弟杰米学习,做一只又勤劳又聪明的小猪。"——[中]红马文化

  通过增加猪妈妈的告诫,进而在三只小猪不同的命运里印证猪妈妈告诫的"先见之明",在故事结尾让小猪悔过自新,从对无知的惩罚过渡到对不听话的惩戒,成人借助故事强调了对儿童的规训。正是在这个意义上,雅各布斯显示了其特别之处,他没有让小猪接受显而易见的"听话"教育。另一方面,那些说教式的道德训诫也"因道损文",某种程度上损害了童话故事的美学意味,使得作品更像一颗糖衣药丸,用以治疗孩子的各种缺点毛病。

二、暴力的弱化与情节的简化

  《三只小猪》在百年变迁中还有两个较为普遍的变化,一是故事中所谓"暴力"的弱化——主要体现在前两只小猪和狼的命运,二是

故事情节的简化。

在雅氏版里,前两只小猪都被狼吞吃了,而在后来的多数改编版里,前两只小猪都没有被吞吃,它们有惊无险地逃跑了,逃生路线大体是:老大逃到老二的房子里,然后两个再一起逃到老三那里,最后三只小猪共同战胜了狼。小猪被狼吃掉,现代人一般会觉得这是赤裸裸的"暴力",孩子可能会被吓到,或者因没有判别能力而去模仿暴力行为,从而认为儿童应该受到保护,需要被隔离在这些容易引起不安的事件之外。格林兄弟也曾遭遇类似的指责,因此删改了很多所谓的暴力情节,像《儿童的屠杀游戏》这样过于血腥的故事就直接从童话集里撤掉了。但是暴力并不能完全删除,它属于故事必不可少的有机成分,去掉之后故事或者无法存在,或者不完整,所以只能尽量弱化。由此也逐渐形成了童话描写暴力的独特方式:不渲染、不展开细节描写、几乎没有心理描写和痛感,不让人产生血腥和恐怖的感觉。比如,狼吃掉小红帽和她的外婆,都是"啊呜"一口吞下去就完事,而两人最后还能从狼肚子里安然无恙地出来。对照来看,很多成人文学作品对"暴力"的描写绝非如此"干脆利落",以莫言的《檀香刑》为例,它就用了足足21页的篇幅来描述一场500刀的"凌迟"酷刑,那血腥与恐怖自是与童话两样。然而,尽管狼一口吃掉小羊或者小红帽之类的"暴力"并不给人以血腥和恐怖感,在当今的童话改编版里,这种所谓的"暴力"仍然遭到了进一步弱化。

比如前两只小猪的狼口脱险。前两只小猪逃离狼口,对故事情节的进展造成了直接影响,一定程度上导致了情节的简化,因为需要安置这两个"多出来"的角色。在雅氏的故事里,前两只小猪被吃掉后,狼与第三只小猪之间展开的三次斗智斗勇,至少占了全部篇幅的一半:狼吹不动砖房子,就诱骗小猪去挖萝卜、摘苹果和去集市,结果智勇双全的小猪每次都能化险为夷,每次都是早于约定时间出门,不但躲过了狼,还挖回了萝卜、摘回了苹果、逛了集市,而当他远远地看到狼来了,就钻进黄油罐滚下山坡,从而吓走了狼。可是,如果他的两位猪兄弟加入进来,又该如何安排呢?绝大多数版本是完全删掉了这三次斗智斗勇,让狼在吹倒前两座房子而吹不动砖房子之后就直接爬烟囱了,而房子里是三只小猪点火烧水共同对付狼的场景。还有的版本让三只小猪一起去挖萝卜或摘苹果,但是无论如何没办法一同去集市,因为木桶或罐子里显然装不下三只小猪,所以几乎在所有的改编版里,都删除了去集市这个情节。也有个别版本试图兼顾两者,采取既保留第三只小猪的完整斗争经历,又保全两位猪兄弟性命的权宜之计:让前两只小猪逃跑,暂时下落不明,等到第三只小猪从容战胜狼之后再回来"团聚",但这也让故事产生了被硬性中断、两只小猪被悬搁的不踏实感。

然而,删减情节可能并非只是出于对前两只小猪的慈悲,虽然这是很重要的原因。还有一个原因也不能忽略,那就是对故事的"适宜"长度与复杂程度的现代考量。其实这是几乎所有民间童话普遍的当代遭遇:故事被改编得更短小,也更简单。孩子通常被认为维持注意力的时间有限,理解能力也很有限,给孩子的故事不能"太长"也不能"太复杂"。如今孩子有意注意的时长已被精确到分钟。而教育必须遵循儿童的年龄特征,这被视为现代教育的基本原则和常识。据此判断,雅氏的《三只小猪》显然有点儿"超标"了。于是后来的版本纷纷删繁就简:既然三只小猪的故事不能变成一只小猪的故事,那就只能让最后一只小猪做出牺牲,放弃他与狼的精彩对决。同时语言也遭到极大的压缩,即使基本情节还在,篇幅也严重缩水。

如此删改的结果是什么呢?前两只小猪保住了性命,确实使故事看起来少了点"暴力"色彩,为此付出的代价却是:第三只小猪的故事被删减,弱化了这只小猪的智勇形象,也使得故事不那么一波三折扣人心弦了,故事性减弱了。同时,删减也必然导致整个故事的情节更简化了。加之语言的压缩概括,藉由语言文字所生成的文学的美感、节奏和韵味也损失惨重。在极端的删减版本里,三只小猪的故事只剩下了故事梗概,主题也发生了偏离,突显了小猪们的齐心协力、团结起来力量大。相应地,前两只小猪得到的教训也没那么惨痛了。

"暴力"的弱化还体现在狼的结局上。雅氏版中狼最后被小猪咕嘟咕嘟炖熟当晚餐吃掉了,就像他吃掉前两只小猪一样。改编版只有少数坚持了这一"死法",更多的版本要么让狼受伤逃跑——被烟熏、被沸水烫伤、被火烧伤等方式,要么是掉进锅里烫死就告终,反正不被吃掉。问题不在于这两种结局好不好,而在于被猪吃掉的结局是否真的不好?顾虑之一可能是太暴力恐怖会吓到孩子,之二是担心影响小猪的正面形象。这些顾虑完全是杞人忧天。阅读实践证明,几乎每个看过这个故事的大人和小孩,都会开怀大笑,并没有悲伤或厌恶的表情,由此也证明这样的结局健康而幽默,一点儿也不残酷。[①] 除了童话对暴力的独特写法不会造成恐怖感,或许同样重要的原因在于:让狼被猪吃掉却不显得暴力的前提,恰恰是让狼吃掉前两只小猪并且不删掉跟第三只小猪的三次较量。从阅读心理来看,前两只小猪已经被吞吃,就剩唯一的小猪了,狼已经显示出它的威力和残忍,读者全部的担心就系于这只幸存的小猪身上了。可是,接下来狼又表现了它的狡诈和执着,一次一次诱骗小猪,哪怕小猪有一点儿闪失也就全完了,读者的心跟着跌宕起伏了三次。当气急败坏的狼要爬烟囱时,读者的紧张已经堆积到顶点——小读者正常都是把自己认同为那只小猪而非狼的,这意味着自己要被狼吞吃了。所以,当

[①] 〔日〕松居直.幸福的种子:亲子共读图画书[M].刘涤昭译.济南:明天出版社.2007:98.

小猪盖上锅盖咕嘟咕嘟把狼给炖了,读者感受到的是积压的所有紧张突然释放的快感,是劫后余生的庆幸。正因为有了前两只小猪被吞吃和三次斗智斗勇的层层铺垫和推进,最后小猪把差点儿吃掉自己的狼吃掉时,就不会让人感觉太残酷。反之,也正因为让前两只小猪活着并删除狼与第三只小猪的三次较量,才可能导致最后狼的被吃显得有点儿残酷:因为狼并没犯多大的"罪",不过是吹倒了两座太不结实的房子而已,虽然想吃小猪但都"未遂",并未真的干成"恶事",若被猪吃掉确实有点儿"过分"。那么,猪吃掉狼是否会对小猪正面形象造成负面影响呢?童话里总是善有善报恶有恶报,扬善必须惩恶,而且处于前习俗道德阶段的儿童,对于法律和权威的服从也使其认为恶狼受到严厉惩罚是罪有应得,这完全符合孩子的道德正义感。

此外,狼还有两种"幸运"却更糟糕的结局,一是承认错误得到原谅,跟小猪成为好朋友,从此幸福地生活在一起;二是被送进动物园。这无非也是基于时代的某种教育观:前一种似乎是为了培养孩子团结友爱的品德,后者则是为了培养孩子爱护动物而且是野生动物的意识。应该说,这两种改编都是荒谬的。根据故事的发展逻辑,狼和小猪显然不会成为朋友,这是改编者一厢情愿的主观武断。把狼送进动物园,则是更低级的错误,改编者混淆了现实逻辑与故事逻辑。在现实中保护动物没错,何况还是"野生"动物,但故事中的野狼并不是现实中需要保护的野生动物,它是"邪恶"的象征或者隐喻。对狼的惩罚不是惩罚野生动物,而是惩罚"恶"。"现在各地的幼儿园纷纷开展环境保护教育、生态教育以及介绍新科技成果的教育,更加需要科学知识与文学语言密切结合相互融合的新型的幼儿读物。传统童话里把某些野生动物看作'坏蛋'的写法不符合生态观点,因为在自然生态环境中每一种动物都有其合理的生存权利和维持生态平衡的功能。因此巧妙地处理科学知识与艺术形象的科学童话的创作尤为迫切。"①这段话的问题恰恰在于以生态学观点而非文学观点衡量传统童话。不能否认科学童话创作的重要性，但这不应是否定传统童话的理由和结果，基于教育学立场把童话的文学逻辑与现实逻辑混为一谈是不足取的。以上两种荒谬的改编，其根源都是为了强调某种道德教化，实际上却适得其反：置故事自身逻辑于不顾，如此虚假乱造的劣质故事不可能实现任何道德教育价值。

  以上几种对于狼结局的改编，都在不同程度上弱化了故事的"暴力"色彩，然而算不上高明，甚至相当蹩脚。在雅氏版本里，狼被吃掉的结局无论从阅读实践还是从理论上来看，对于孩子都是无害的，也是读起来最过瘾的一种结局。而对孩子的脆弱假设所导致的"保护"性删改，还可能造成孩子成长中的一种损失："让儿童丧失了一种基本的文学乐趣，即不需要实际受苦就能体验痛苦处境，从而当逆境与痛苦在实际生活中出现之前，就已经对此进行了历练。"②尽管《三只小猪》中的暴力是无害的，但在改编版里仍被持续弱化，这可以从两个方面来理解：一是儿童越来越被认为是脆弱的，即使不恐怖不血腥的暴力也难以承受；二是小猪被吃掉是身体的惩罚，没有了改过的机会，按照福柯的理论，现代社会需要的是驯顺有用的身体③，惩罚不以消灭肉体为目的，而是更针对心灵或者精神，更需要个体自我的良心谴责，从此"改过自新"。而前两只小猪最后的悔改，恰是现代社会所

---

① 赵寄石,马荣.幼儿教育对幼儿读物的需求[J].幼儿读物研究.1998(24).
② 〔加〕佩里·诺德曼,梅维丝·雷默.儿童文学的乐趣[M].陈中美译.上海:少年儿童出版社.2008:514.
③ 〔法〕米歇尔·福柯.规训与惩罚[M].刘北成,杨远婴译.北京:生活·读书·新知三联书店.2007.

施行的规训教育所期待的,就像格林版的《小红帽》一样,当小红帽被猎人救出时,她感叹道:"哇!狼肚子里好黑啊!以后,我再也不要不听妈妈的话,一个人离开大路到小路上去了。"最终,小红帽变成了社会期待的"好"孩子,理想化的孩子。

三、卡通图画主导的世俗化与幼稚化

教化的加强、暴力的弱化与情节的简化,不但体现在纯文字的童话作品中,也体现在当代日益普及的一种儿童阅读新形式——图画书(亦称绘本)中。前面分析的改编版大都是图画书,它是以图画和文字配合共同讲述故事的图书形式。由于图画承担了部分叙事任务,所以图画书文字通常较少,当然这并不必然导致情节简化,因为图画亦能使情节丰满。关键在于,图画书通常将其隐含读者设定为较低幼的儿童,尤其是还不能独立阅读文字的孩子。《三只小猪》由最初的民间口述故事到印刷文字主导的故事,再变为图画主导或者图文共同主导的故事,它的隐含读者群也发生了偏移,由最初的老少咸宜,到以儿童为主体,再到以低幼儿童为主体。而越是针对低幼儿童的版本,其情节往往也越简化。譬如,狼在吹倒稻草房子时,雅氏版里用了约一百字的篇幅,现在的幼儿童话版却常"概括"为十来个字:"狼来了,吹倒了草房子",甚至略去了精彩的对话,而文字略去的内容,图画也没有讲述。低幼版几乎无一例外,都删掉了第三只小猪与狼的三次较量。显然,这种简化取决于改编者对低幼儿童注意力、理解力及情感特点等方面的假设。图文并茂、色彩鲜艳、造型夸张的图画书被认为更能吸引孩子的注意力,容易激发阅读兴趣,也更容易被理解,但是只剩故事梗概的过度简化无疑也会限制孩子的想象力和感受的丰富性。

某些《三只小猪》图画书的插图正在变得越来越卡通化和世俗化,从而可能消解故事原有的神奇以及由神奇引发的想象。首先,有些图画书把故事的背景拉近,让童话人物生活在现时代。这样的图画书大都采用了拟人化的卡通风格,添加了当下生活中的诸多"道具",比如布制玩具、画夹画笔、吉他、乐谱、图书、地毯、捕蝶网、望远镜等,主人公小猪们穿戴的也常是时尚儿童服饰。除了人物的现代生活方式,叙述和人物的对话也颇具现代语言特色。这一切都喻示着,这是以当今社会为背景的中产阶级儿童富有世俗生活气息的现代童话故事,所以也比较容易引起这类小读者的共鸣。事实上,通常也只有这个阶层的家庭具有相应的阅读观念,并能够消费得起这类价格不菲的图书。此类插图或许带给读者一种暗示:故事发生的世界和读者所处的世界很相似,所以同类的故事在现实中也有可能发生。这更易于让故事具有"现实的"教育意义。而这种图画风格也进一步瓦解了童话的暴力色彩。但有趣的是,它使用了跟过去的艺术家截然不同的方式:"有些经典的童谣比如说一些民间故事,可能是很恐怖的。……现实主义的艺术家们找了无数条办法来消解这些诗句的黑色效应。一条常用的策略就是把故事往过去推。"①19世纪的艺术家们通过拉开与所处时代的距离,淡化了故事或童谣中那些所谓的恐怖;今天的插图画家们却通过变换图画中的很多元素,借助把故事往现在拉近,同样达到了消解恐怖的效果。

世俗化还表现在狼摧毁房子的方式上。在最初的版本里,狼是以"吹气"的方式摧毁草木房子,现在有些版本则改成先是吹气,然后

---

① 〔美〕艾莉森·卢里.永远的男孩女孩——从灰姑娘到哈里·波特[M].晏向阳译.南京:南京大学出版社.2008:179.

是撞,再用锤子砸,这似乎更符合现实的可能性。然而这也是以现实标准衡量童话隐喻方式的结果。想必正常人都不会相信吹气就能真的吹倒房子,即使是不结实的稻草房子,所以吹气在原来的故事里主要是一种隐喻,可以理解为祖先们不太牢固的茅屋经常遭受飓风的侵袭,这是一种人力难以对抗的自然破坏力,同时也是一种幽默的夸张,以突显草木房子的弱不禁风。改为撞和砸之后,只不过增加了一点儿无意义且无趣的"知识",增强了现实感,却也抹去了故事原有的象征和趣味。其实前面提到的小猪获取盖房子材料的方式,从偶遇到寻找、购买等,也是被世俗化的结果。

此外,所有的《三只小猪》图画书版本不约而同都删去的,还有雅各布斯置于故事开头的四句诙谐诗:

> 从前的猪儿出口就成诗,
> 猴儿会把烟草嚼,
> 母鸡吸鼻烟呛得直咳嗽,
> 鸭子走路呱,呱,呱,嘿!

这几句诗似乎营造了一种久远的时空背景,喻示这不是现实的而是幻想的第二世界的故事,有不可思议的神奇,因此起着给故事"定调"的作用。它宣布了一种叙事逻辑,拒绝现实常规的评判,就像瑞士民间文学研究者麦克斯·吕蒂所说:开头的"从前"这两个字,"创造了与现在和与现实的距离,发出了进入另一个世界的邀请,一个过去的世界,因而也是一个并不存在的世界"[①]。后来的版本之所

---
① [美]阿瑟·阿萨·伯格.通俗文化、媒介和日常生活中的叙事[M].姚媛译.南京:南京大学出版社.2000:73—74.

以删除了这首诗,或许是因为觉得它无厘头,跟故事内容没什么关系。从效果论来看,删去之后可以将其推远的时空背景重新拉近,更符合当下世俗的语境。当今流行的《三只小猪》图画书没有为这首诙谐童谣留下任何空间和画面。以上这些增强故事现实感、使其更世俗化的方式,一方面否认了隐喻的真实、情感的真实和逻辑的真实这些属于童话特有方式的真实,另一方面也强化了故事的现实教育意义,预示了故事在现实中发生的可能性。

必须指出的是,图画的卡通风格所营造的轻松幽默,不但消解暴力,也把故事"幼稚化"了,从而把一则古老童话变成了现代幼童轻喜剧。这一点从狼的形象所发生的巨变中即可窥一斑。雅氏版的插图只有极为写实的一幅,画面为老母猪和三只小猪待在猪圈前面,没穿衣服也没直立行走,读者似乎无法从中解读出多少内涵:"像这样的插图就不大可能干扰人们脑海中对故事的想象。……那时语言还是故事的主导。"①狼的形象是通过文字塑造出来的,凶残而狡诈,他吞吃前两只小猪且诱骗第三只小猪。与雅氏同时代的安德鲁·朗的版本里,狼被换成了狐狸,但跟狼一样高大威猛,共三幅黑白插图,其中有一幅是狐狸面孔狰狞露着锋利的牙齿,腰间佩带着尖刀,将小猪捆绑着背在身后带回洞穴,背景是阴森恐怖的黑森林,里面还隐藏着好几只凶险的狐狸(图17)。这样的插图与故事对读者有强烈的警戒和恐吓味道,狼(或狐狸)的形象(包括语言与情节所塑造出来的形象)是凶残、狡猾和可怕的。

---

① 〔美〕艾莉森·卢里. 永远的男孩女孩——从灰姑娘到哈里·波特[M]. 晏向阳译. 南京:南京大学出版社. 2008:174.

第五章 当代幼儿文学的译介与接受:三个案例 357

图 17 安德鲁·朗的《三只小猪》插图

而在现今的改编版里,狼却常常是呆萌、可笑又有点儿可怜复可爱的。最时尚的一只狼大概出自英国 Joanne Swan 的改写版(图18),狼的穿戴比小猪还要新潮、有品位:粉色绒线小圣诞帽,蓝色宽条纹长围巾,红色上衣,粉底蓝点宽松七分裤(裤脚还用蓝丝带扎起来系成蝴蝶结状),休闲运动鞋,鼻梁上架着小圆眼镜框,表情也很萌。相比之下,小猪的表情倒有些凶巴巴。而且,故事情节也被改成了不是狼要钻烟囱,而是三只小猪先想出烧沸水的对策,然后诱骗狼

钻烟囱——小猪帕特里克走到门边大声说:

图 18　Joanne Swan 改写的《三只小猪》封面

"那只狼在外面守着呢。他一点儿都不聪明。其实他可以从烟囱进来,吃掉我们。"狼正在偷听,"那倒是个好主意。我是只聪明的狼,"大坏狼想,"我不想在这儿干等着。我想吃掉那些小猪。"

于是狼就沿着烟囱爬下去了。这多像孩子们之间的"欺骗"游戏。狼分明就是一个有点儿顽劣、爱恶作剧但又单纯幼稚的幼童形象。单看狼那副"潮童"打扮,就让人不忍伤害,更无法想象要吃掉他! 所以当他掉进火里时,故事还感叹了一句:"哦,天啊! 可怜的狼!"

再如英国贝妮黛·华兹的水彩绘图版(图 19),狼看上去相当秀气,尖耳朵配上尖尖的长嘴巴,像只小狗或者小狐狸,表情丰富且乖巧可爱,吹气和爬烟囱时脸上的红晕像是害羞,画面使得整个故事具有梦境般美妙奇幻的效果。这类风格的图画书版本显得轻松、温和、幽默,由此也把一个原本神奇的带有警示恐吓意味的严肃故事变成了一个世俗化、娱乐化、有惊无险的淘气幼童的追逐游戏。

图19　贝妮黛·华兹的《三只小猪》图画

值得进一步探究的是,雅各布斯与安德鲁·朗出版这一故事的年代非常接近,且二人皆有英国民俗学家的身份,他们各自编写的《三只小猪》为何却有相当鲜明的差异?这些差异的根源及其意义值得深究。从插图上看(图17),安德鲁·朗的版本插图似乎更讲究,其风格也非常符合编者对民间童话的认识:通过民间传说中惊异和恐怖的故事可以看到人类过去真实的痕迹。而雅氏版的插图就显得随意了些,无法解读出丰富的意蕴。二者内容上的主要差异在于:在安德鲁·朗的版本里,坏蛋角色不是狼而是狐狸;小猪不是自己盖房子,而是猪妈妈在去世前根据小猪们各自的嗜好和选择分别准备了泥巴房子、白菜房子和砖房子;小猪们离家之前猪妈妈给出了长篇幅的告诫;老大、老二有明显而顽固的缺点(懒惰、贪吃);前两只小猪只是被狐狸捉回洞里,未被吃掉;第三只小猪战胜狐狸后救出两位哥哥,前两只小猪悔过自新;老三智斗狐狸的情节只有去镇上买罐子(而且不是被诱骗),之后狐狸就钻烟囱掉进罐子里烫死了。总起来看,安德鲁·朗版本的教育性更鲜明。当今改编的版本大多标注着原作者是雅各布斯,但值得玩味的是,这些改编版很大程度上继承和发扬了安德鲁·朗童话里明显的教育性。甚至有这样一种可能:某些译本实际翻译自安德鲁·朗的版本,却署名原作者为雅各布斯。这需要细加考证。

四、民间童话变迁的现代性根源及其后果

民间童话《三只小猪》从雅各布斯版到当今的版本变迁中,表现出道德教化的加强、暴力的弱化、情节的简化、卡通图画主导的世俗化与幼稚化等特点,其背后的童年假设和教育期待值得反思。在某种意义上,加强道德教化,意味着将儿童视为有道德缺陷的;弱化暴力,意味着儿童被视为是脆弱的;简化情节和压缩篇幅,意味着儿童被视为注意力和理解力都是有限的。当今流行的《三只小猪》图画书将以上各种假设融合,通过图文结合全方位体现了这些变迁,并进一步将故事低幼化,突出了儿童阅读与成人阅读之间的差异,强化了阅读界线。这表明当今图画书已变成专供低幼儿童阅读的典型图书,就像儿童文学已成为专门供给儿童阅读的文学样式一样。

这些变化都在显示一种倾向:包括图画书在内的儿童文学正在成为儿童唯一能够阅读的文学,同时也是只有儿童才阅读的文学。而这意味着,儿童被认为阅读能力低下,只适合阅读特意为其准备的浅显文学;这类文学也因其简单浅显而失去了对成人的吸引力,其读者只能是儿童。相反,成人则"适合"阅读以文字为主导的、情节复杂

的、篇幅更长的、反映严肃现实的、不排除暴力的文学。除非是陪读，比如亲子共读或师幼共读，成人很少去看儿童文学作品。儿童与成人被隔绝在彼此的阅读场景之外。儿童文学与成人文学的这种差异与隔离，将可能导致儿童文学成为一个"信息贫民窟"，"既是隔离的又是被隔离的"①。这也意味着，两个异质的阅读世界正在被建构起来，而界线与距离被视为一种必要。儿童世界与成人世界在观念与实践上相分隔，人们只强调二者的差异，并突显儿童年龄特征的"欠缺性"，对其联系和共性却置若罔闻。这恰恰是现代性的话语特征："现代性把儿童构建为成年的另一种文化形式。尤其是通过加剧童年和成年之间的二元对立关系，现代性最终将构成童年的意义框架准备就绪了。这些熟悉的对立面包括：童年—成年、私有—公共、自然—文化、非理性—理性、依赖—独立、消极—积极、不能胜任—能胜任、玩乐—工作。"②儿童阅读与成人阅读的二分法体现了儿童与成人的分隔，同时也是强化和导致这种分隔的原因。

某种意义上，一种文学作品是否能够流传，在流传过程中会发生怎样的变异，必定与不同社会的思想价值观念密切相关。根据卡尔·曼海姆的知识社会学理论，社会因素对知识的生产、传播和发挥作用的过程具有多方面影响，思想和知识都是由一定社会的多个方面决定的，需要从社会的各个方面具体考察思想以及考察作为思想的具体结果的知识。③ 作为明确以儿童为读者的童话文学，总是暗含着、也受制于特定时代的儿童教育思想。《三只小猪》在当代版本中

---

① 〔美〕约书亚·梅罗维茨.消失的地域：电子媒介对社会行为的影响[M].肖志军译.北京：清华大学出版社.2002：206.
② 〔英〕艾伦·普劳特.童年的未来——对儿童的跨学科研究[M].华桦译.上海：上海社会科学院出版社.2014：9.
③ 〔德〕卡尔·曼海姆.意识形态和乌托邦：知识社会学引论[M].霍桂桓译.北京：中国人民大学出版社.2013.

的诸种变异,主要是现代发展心理学及社会化理论所主导的童年假设的结果。发展心理学将儿童视为不成熟、不理性的个体,须经历一个朝预定目标前进的目的论式的发展过程来达到成熟;社会化理论则将儿童视为"前社会化"或者"有待社会化"的个体,从"儿童不是什么"和"儿童不能做什么"来定义儿童。两种理论都强调儿童的"未完成性"和"欠缺性"。

这两种理论主导下的儿童阅读实践,反过来也可能强化甚至以颠倒的方式"证实"这些假设。因为阅读的观念不仅仅是一种形而上的假设,它同时也是一种实践力,具有将假设变为现实的可能。它不只是像现代教育所宣称的在"适应"儿童的年龄特征,同时它也在"建构"儿童的年龄特征。[①] 譬如,如果只提供给儿童简单浅显的故事,久而久之儿童就只能理解这类不复杂的故事;如果故事中见到的总是无知脆弱需要被教化的儿童,那么它的隐含读者就会逐渐被说服,相信自己就是那个样子和应该成为某个样子。近几十年,儿童心理学与童年社会学等已开始对此前主流的发展论和社会化理论进行质疑和批判,并提出了许多与之相反或者更加辩证的假设。但儿童文学的改编与创作、儿童阅读的理论与实践很大程度上还拘囿在现代性话语装置中,不加反思地复制现代性话语。对此,我们亟需自觉与深刻的反省。

为孩子选择一个好的故事版本当然很重要,但是建立在同一个故事基础上的多个版本形成多元共存的局面,对于孩子来说也未尝没有正向意义。这是因为"同一个故事的众多书面版本之间可以互为图式。共同情节的相似性让它们之间的差异显得尤为突出,而这

---

① 杜传坤.建构的"儿童"——试论教育对儿童年龄特征的建构[J].学前教育研究.2009(3).

些差异大多隐含着不同的价值观与假设",而"儿童通过接触各种各样的新旧故事不仅可以获得各种有趣的体验,而且还不大会被灌输任何一种价值观。他们可以在一张内容丰富的清单中进行选择,从而在确立自己的价值观上享有更大的自由"①。因此,儿童阅读同一故事的不同版本也是必要的。总起来看,雅各布斯当年虽置身格林童话流行、浪漫主义运动、现代心理学兴起的多重背景影响下,却没有被这些主流因素所左右,以其独特的写作风格赋予了民间童话恒久的生命力。不管有意抑或无意,无论在文学性还是教育内涵的丰富性方面,雅各布斯的《三只小猪》皆与今天的改编版形成鲜明对照,从而为我们当代的童年书写提供了可以回望的重要参照。

综上所述,英国民间童话《三只小猪》在当代各国有多个编译版,通过对照分析这些直译或转译的中译版可以发现,与一百多年前约瑟夫·雅各布斯的版本相比较,当代版本体现出道德教化的加强、暴力的弱化、情节的简化、卡通图画主导的世俗化与幼稚化等特征。这些差异表明一种倾向,即幼儿文学正成为幼儿唯一能够阅读的文学以及只有幼儿才阅读的文学,同时有些儿童文学正在变成更低幼的幼儿文学,两个异质的阅读世界正在被建构起来,由此可能导致整个儿童阅读的"贫民窟"化。这主要是基于现代性话语框架的发展心理学及社会化理论所主导的童年假设的结果,而阅读实践反过来也强化了这些假设,对此我们有必要进行深刻反省。

附:本节涉及的《三只小猪》16 个主要中译本

- 《三只小猪》[A].〔英〕约瑟夫·雅各布斯著.英国童话[M].周

---

① 〔加〕佩里·诺德曼,梅维丝·雷默.儿童文学的乐趣[M].陈中美译.上海:少年儿童出版社.2008:514.

治淮、方慧敏译.根据Everyman's Library 1993年版译.北京:人民文学出版社.2006

- 《三只小猪》[A].〔英〕安德鲁·朗格编.绿色童话[M].杨群、兆彬译.天津:天津教育出版社.2012
- 《三只小猪》[M].〔英〕贝妮黛·华兹绘.杨武能、杨熹译.重庆:重庆出版社.2013("贝妮黛·华兹精品系列")
- 《三只小猪》[M].〔英〕Joanne Swan改写.熊洁译.北京:外语教学与研究出版社.2010(童话盒子·有声双语绘本.第一级)
- 《三只小猪》[M].〔日〕瀨田贞二改编.山田三郎绘.猿渡静子译.海口:南海出版公司.2009(注:本书的文字较好地保留了雅各布斯版本的原貌,插图也比较具有民间童话的古朴风格)
- 《三只小猪》[M].〔美〕朱莉·司马克改编.〔韩〕金素妍绘.王钰婷译.北京:商务印书馆.2013(大艺术家中英双语绘本,第一辑)
- 《三只小猪》[M].〔英〕雅各布斯原著.〔韩〕日红绘.李东春译.北京:农村读物出版社.2012(韩国插画师童话手绘本)
- 《三只小猪》[M].编文/〔法〕约瑟夫·雅各布(疑为国别标示错误).图/〔法〕埃里克·皮巴雷.周克希译.上海:华东师范大学出版社.2014("世界儿童文学名著绘本")
- 《三只小猪盖房子》[M].〔法〕玛丽·莫瑞编绘.宋箫译.北京:现代出版社.2014
- 《三只小猪》[M].〔法〕西蒙·雷杜捷绘图.郑迪蔚译.南昌:二十一世纪出版社.2014("世界经典童话新读")
- 《三只小猪》[M].创意:尼古拉·勒纳尔特.插图:卡尔洛斯·比斯盖特.翻译:马欣.2001年由比利时Editions HEMMA SA授权.北京:北京少年儿童出版社.2001("世界著名童话游戏")
- 《三只小猪》[M].〔英〕约瑟夫·雅各布斯著.北京:外语教学与

研究出版社.2009("萤火虫·世界经典童话双语绘本")

● 《三只小猪与大坏狼》[M].〔英〕约瑟夫·雅各布斯(疑为署名错误,应为安德鲁·朗版本).红马文化编.北京:知识出版社.2008

● 《三只小猪》[M].余非鱼编.长春:北方妇女儿童出版社.2012("我的第一个世界经典童话馆")

● 《三只小猪》[M].禾稼编著.长春:吉林美术出版社.2010("小小孩影院")

● 《三只小猪》[A].《幼儿童话》[M].徐文、稚春等编绘.长春:吉林美术出版社.1999

第二节 童话的解读及运用:以"彩虹鱼"故事为例

童话因其普遍存在的道德立场和隐喻叙事而可作为儿童道德教化的重要载体。然而如果对童话中的道德隐喻缺乏深入省察,不当的解读与使用可能会比低效或无效的道德教育更有害。当代瑞士童话故事"彩虹鱼"(汉译《我是彩虹鱼》)[1],作为"分享"主题的童话影响深远。分享是一种亲社会行为,是一种美德。据报道,在欧美差不多每个家庭、每家儿童书店里都能见到它的身影,自1992年初版以来陆续被译成几十种语言,销售上千万册,并荣获十多项国际顶级的童书大奖,受到无数儿童的喜爱。这条大海中"最美丽的鱼"有着闪亮的七彩鳞片,它的闻名不仅仅因为在儿童图书内文领域首次尝试"费用高昂的锡膜热压工艺",还在于它把一条最简单的讯息即"分享",作为一件"礼物"送给了世界上所有的人。

"彩虹鱼"故事是系列图画书,汉译已出版7册。本研究主要以

---

① 〔瑞士〕马克斯·菲斯特.我是彩虹鱼[M].彭懿译.南宁:接力出版社.2013.

其中的《我是彩虹鱼》为例进行分析,这也是本系列中最知名的故事。在诸多中译本的"专家导读"和幼儿园的阅读实践中,"彩虹鱼"都被视为一个典型的关于"分享"的故事,意在教导孩子像彩虹鱼那样学会分享。甚至作者马克斯·菲斯特本人也认同这一点,在2008年出版的《彩虹鱼的礼物》中,他以散文诗般优美的语言围绕"分享"这一"礼物",对此前几个故事进行了总结,从分享鳞片获得朋友到分享藏身之处、问题和建议、食物和秘密、负担和光亮,强调分享的相互性和互惠性。这些分享看起来确有正当之处,然则仔细辨析,《我是彩虹鱼》故事中鳞片的"分享"却很可疑,其中的道德隐喻值得深入分析。

一、童话对儿童道德教化的意义

故事是一种古老的德性教化形式。伴随着现代意义上的儿童被发现,童话故事从改编民间口传故事到文人创作,越来越注重儿童性与文学性,逐渐成为儿童的文学,童话从而在儿童道德教育方面愈益自觉地发挥作用。这种作用的发挥盖缘于童话的两大特征:一是童话故事普遍存在的道德立场,一是童话的隐喻叙事。民间童话通过讲述很久以前的故事来传递超越时空的善恶伦理观念,文学童话则以新的题材与人物形象表达现代清晰绝对的道德价值,即使是建立在互文性基础上的后现代童话,在对经典童话的戏仿与解构中也仍然隐含着多元、模糊、相对的道德观念,以颠覆传统叙述方式的方式或者以反对道德立场的方式确立它的道德立场。阅读童话故事时,如果抛开道德立场就会无法理解其意义。

童话对儿童道德教化之所以意义重大还在于它所使用的隐喻修辞与儿童的思维特点相契合。美国当代心理学家杰罗姆·布鲁纳曾提出两种思维模式,即例证性思维和叙事性思维,而且两者之间是不可相互转换的。前者依赖于对形式完备的命题的验证,告诉我们事物是怎样的,它是逻辑—科学的和范式的思维;后者主要集中在人物及其行动的原因、意图、目标和主观经验,"不是通向事物是怎样的,而是事物可能是怎样或曾经可能是怎样的"①。儿童所具有的主要是叙事性思维,他们经常运用自己的想象,把周围的一切看作是有生命、有联系、有故事的世界。而童话借助象征性符码和暗示,为经验有限的儿童打开了一扇通往可能性世界的门。这是一扇隐秘的门,只有相信门那边的存在为真才能进入。叙事性思维赋予了儿童这种信以为真的能力和兴趣,从而轻易就能跨入那个超越现实生活常规的关乎过去、现在以及未来的"隐喻空间"。

弗洛伊德发现,童话对儿童的精神生活影响深远,以至于当他长大成人后仍会把童话当作童年经验的屏蔽记忆。德国诗人席勒也坦言:更深的意义寓于我童年听到的童话故事之中,而不是寓于生活教给我的真理之中。就像《巫婆一定得死:童话如何形塑我们的性格》一书所主张的,儿童内心存在着善与恶的斗争,而童话通过善良战胜邪恶、巫婆必死的悲惨结局把善恶之争形象化了,这适于儿童具体形象思维的理解。② 童话可以跟孩子的潜意识对话,虚幻故事描绘的情节及主题映射了儿童的心理真实,对孩子的心灵而言是现实主义的,这就如同神话是原始人信以为真的历史事实一样。同时儿童也知道,童话中发生的事情无论与他的内心多么吻合,他都不必担忧,因为童话里的主人公最后都会过上幸福的生活。

童话给予儿童的不是有关道德的知识,而是自我道德化过程本身。童话以"情境化"的方式让儿童体验人类实际的或可能的伦理与

---

① 〔美〕杰罗姆·布鲁纳.故事的形成:法律、文学、生活[M].孙玫璐译.北京:教育科学出版社.2006:83.
② 〔美〕雪登·凯许登.巫婆一定得死:童话如何形塑我们的性格[M].李淑珺译.台北:张老师文化事业股份有限公司.2001.

道德价值,并以直观可感的形象表征美丑善恶。它从来不像寓言结尾的训诫一样直接说出教导,也不逼迫读者做出道德选择,而是邀请儿童去认同故事的主人公。这恰恰是童话在道德教化上的明智之处,因为"儿童的选择更多是基于谁引起了他的同情,谁引起了他的反感,而不是正确与错误",对一个儿童来说,"问题不是'我想做个好人吗?',而是'我想做一个像谁一样的人?'儿童在设想自己完全置身于某个人物的境地的基础上决定这个问题"[1]。借用科尔伯格的"角色承担"理论来说,童话故事提供给儿童扮演不同角色的机会,从而能够从他人立场和观点去考虑问题,去体验不同角色的感受,是很好的虚拟换位道德实践,有利于帮助儿童形成道德认知、道德情感和道德行为。

在某种意义上甚至可以说,"不是美德最终取得胜利这一事实促进了道德修养,而是主人公对儿童非常有吸引力,儿童在所有斗争中都把自己等同于主人公"[2]。亦如霍华德·加德纳所言,儿童并不学习道德原则,而是仿效有德行的人。由此也可以解释为什么灌输与说教对儿童来讲总是低效或无效,因为灌输的是关于道德的知识,是去情境化、去情感体验的冰冷枯燥干巴巴的道德教条,既不能吸引儿童,也不能真正养成儿童的德性,反倒有可能破坏某些美好的道德观念。相反,童话阅读中的体验却可以迁移到生活中,以此塑造儿童对于世界的经验,塑造儿童的道德生活和道德自我。可见,童话叙事对于儿童道德教化来说意义重大。然而,"彩虹鱼"是关于正当"分享"的好故事吗?

---

[1] 〔美〕布鲁诺·贝特尔海姆. 永恒的魅力——童话世界与童心世界[M]. 舒伟等译. 重庆:西南师范大学出版社. 1991:序言.

[2] 同上.

二、"彩虹鱼"故事的道德隐喻

《我是彩虹鱼》讲述了这样一个故事:在蓝色大海深处住着一条最美丽的鱼,他那五颜六色的鳞片就像彩虹一样,别的鱼都很羡慕,叫他彩虹鱼。彩虹鱼先是骄傲地拒绝了鱼群喊他一起玩耍的邀请,然后又很不委婉地回绝了一条小蓝鱼讨要闪光鳞的请求,当小蓝鱼把这件事告诉了朋友们,从此再也没有一条鱼搭理彩虹鱼。彩虹鱼变成了大海里最孤独的一条鱼。他不明白为何自己这么漂亮却没人喜欢,章鱼奶奶建议他把闪光鳞分给每条鱼一片。当小蓝鱼再次来恳求他时,彩虹鱼经过一番犹豫,终于"小心翼翼地把一片最最小的鳞片送给了小蓝鱼"。然后他立刻就被鱼群团团围住,大家都想要闪光鳞,彩虹鱼送了一片又一片,越送心里越快乐。最后大家齐声邀请他一起玩,彩虹鱼就欢快地朝朋友们游去。

彩虹鱼的道德困境

对彩虹鱼而言,"分享"与"不分享"的区别本质上是道德与不道德的区别,进一步讲,是幸福与不幸之别。彩虹鱼所面临的两难选择恰恰在于要在个体所属的"最美丽"和他者认同的"幸福"之间择其一端。在这里,他者的认同成了幸福的必要条件,而"不分享"的自私必定造成孤独的"不幸"。逻辑地看,美善二者未必不可以统一,但在这个现代童话故事里,彩虹鱼面临着不可兼得的道德两难——要么美,要么善。作为一种象征或隐喻,彩虹鱼是高贵而卓越的个体存在,"这可不是一条普通的鱼,就是找遍整个大海,也再找不到这么美丽的鱼了";他的闪光鳞则象征着一个人最宝贵最特别的拥有,一种属己的标志。面对小蓝鱼的索要和章鱼奶奶的建议,他都毫不犹豫地拒绝:"别开玩笑了!""开什么玩笑!"换句话说,彩虹鱼感觉这种索要和建议是不可理喻的,从"道理"上讲,他没有"分享"鳞片的义务。可是,为什么这种"不可理喻"的索要和建议却都变成了现实?当彩虹鱼拒绝了小蓝鱼之后,并没有产生任何危机感,直到小蓝鱼把这事告诉了大家,群鱼都不理睬他了,彩虹鱼才开始无法忍受孤独。可见分享若只限于两个人之间,被对方排斥并不会带来太大压力,但如果是遭到群体排斥,情况就严重了:一个人无法接受自己对于群体的缺席。这样看来,彩虹鱼的"分享"或"不分享"已经不再是个人简单的选择偏好问题,它背后隐含着个人与群体之间复杂的关系问题。

从彩虹鱼的角度来看,他付出闪光鳞片是真正有德性的分享吗?在这个故事中,彩虹鱼的闪光鳞是一种象征。一方面因其可以被索要或赠予的特点,可以代表一个人拥有的财富;然而另一方面,从更深的层面看,它也隐喻着个体的独特品质:正因为拥有五颜六色的闪光鳞片,他才被叫做"彩虹鱼",如果没有这些闪光鳞片,他就只是一条鱼,而不是"彩虹鱼"了,因此闪光鳞也意味着一种属己的本质。在故事中彩色鳞片的这两种象征并不矛盾,财富分享的方式和理由的正当性关涉个体品性,而品性本身不能以任何方式分享给他人。彩虹鱼最初把属己的宝贵与独特当作幸福的必要条件:"没有了闪光鳞,还怎么能获得幸福呢?"从开始的不情愿到后来的"越送越快乐",最后"把自己最宝贵的东西都分给了大家,可他却觉得非常幸福"。这种快乐和幸福难道不可疑吗?试想,假如彩虹鱼不需要付出他的闪光鳞就能被群鱼接纳,他还会自愿和主动地去分享吗?他还会把这"分享"本身当成一种快乐和幸福吗?作为美德与社会性品质的分享本身并没有错,问题在于分享的内容、方式和理由是否正当。按照亚里士多德的观点,德性是选择性的品质,并且选择必须出于自愿,而被迫与无知皆属于"非意愿性行为",因此也是违背德性品质的。彩虹鱼献出自己的鳞片,很难说是心甘情愿,而更多是被迫或者说"被迫自愿",这样的"分享"能否称得上是"道德"的要打一个大大的问号。

　　分享还应是个体从"自愿"分享中获得"愉悦和满足"的行为,但彩虹鱼在无奈的"分享"中获得愉悦和满足了吗?即使他最后获得的幸福感是真实的,那么这种幸福就是真实的吗?显然,为了获得朋友而被迫分享鳞片是功利性的,他用自己最宝贵的东西"交换"了小鱼们的接纳,而"忍痛割爱"交换来的朋友是真正的朋友吗?改变或放弃自我才能获得的"友谊"是真正的友谊吗?那些所谓的朋友理所当然地索要不属于自己的东西、享受无所付出的得到,而作为条件交换的是所谓的"友谊",这难道是道德的吗?所以说,这是迫于外界压力与某种利益诱惑下所做出的"伪分享",它在最高的层面上讲也只不过是一种功利性的不等价交换,并无丝毫道德可言。

以分享为名的自私、贪婪和掠夺

　　再从小鱼们的角度分析。群鱼先是"羡慕地睁大了眼睛",然后就是以小蓝鱼为代表的"乞要",遭拒之后群体以孤立的方式进行惩罚,得到满足之后则马上"尽释前嫌"给予"友谊"。这种索要开始或许只是很少量,让人接受的难度不算太大,"只要送给我一片最最小的闪光鳞就行",然后可能就是你的全部,当小蓝鱼闪动着鳞片在海里一游,"彩虹鱼立刻就被别的鱼团团围住了。谁不想要一片闪光鳞呢!"群鱼的索要是否合乎道德呢?群体要求彩虹鱼分享鳞片的理由仅仅在于"实在是太漂亮了"以及"你又有那么多",这如何能构成要求"分享"的充分正当性?在要求他人分享时,他们可曾顾及分享主体自身的权利、感受和需求?这难道不是群体贪婪而自私的要求吗?当非分的要求被拒绝,就采取集体的"冷暴力"对付孤立无援的个人,这又难道是道德的吗?故事中的章鱼奶奶这一角色也意味深长,她神秘地住在黑乎乎的洞穴中,未等彩虹鱼开口便已得知他的事情。接下来她只是很节制地说了两句话,而且还是以"建议"的方式:"我建议你把你的闪光鳞,分给每条鱼一片。这样一来,你虽然不是一条最美丽的鱼了,但你却能体会到什么才是幸福,如何获得幸福。"没有长篇大论,更没有挖苦训斥,当然也没有给彩虹鱼任何"讨论"的机会。彩虹鱼只来得及说了声"可是",章鱼奶奶就已经消失在漆黑的墨汁里了。这里的"建议"与其说是建议,不如说是道德劝谕。应该说,章鱼奶奶不但扮演了长者、智者、无所不知的教育者,同时她也是群鱼背后的支持者与协助者。她的建议代表了群体的意愿与规范,规范背后却是群体的威胁,你别无选择。因为我们是"我们",而你,只是"你"自己。没有你,我们的生活可以照样,可是你自己,却不能孤芳自赏到永远。

可见,这是以"分享"为名的群体对个人的掠夺,彰显出群体人性中的嫉妒、贪婪和自私。小鱼们拥有了本不属于自己的美丽鳞片,却显得不伦不类、更加丑陋了。这更像是一群"乌合之众",借助群体的"人多势众"满足了不正当的私欲。这是一种残酷的"分享",一种不对等的付出,而分享者个人收获的只是一份苦涩的"幸福"和虚假的"友谊"。这份代价太沉重。它以个人的"慷慨"牺牲成全了多数人的自私和贪婪,是一种名副其实的"遍体鳞伤"的付出。这怎么可能是有德性的真正分享?

此外,还有一些问题值得深思:"即使有一身让人眼花缭乱的闪光鳞片,却没有人赞美,又有什么用呢?""你虽然不是一条最美丽的鱼了,但你却能体会到什么才是幸福。"为什么美丽必须要有别人的赞美才有意义?为什么最美丽和幸福不能两全?一个人生活的意义为何必须依赖他者的认同?一个人为何必须放弃独特与卓越才能被群体接纳?谁有权利谴责彩虹鱼不分享自己的鳞片?在怎样的社会结构形式和价值基础上群体才会拥有对个人进行道德谴责的优先性?这些问题,须置于现代公共生活的理论框架下才能得到合理解释。

卓越个体的平庸化

彩虹鱼开始时拒绝分享鳞片,是一种自私吗? 首先,彩虹鱼并没有损害别人的利益。而他对自己鳞片的珍爱只是保证自己生存、肯定自身生命价值的表现,与其说是自私,不如说是自爱。可这仍然招致了妒忌和敌意,为什么? 原因就在于他违背了群体的要求,即"要求在受压制的平庸水平上的充分平等",古斯塔夫·勒庞将其称为群体中的"扯平"趋势。① 彩虹鱼放弃了让自己不平庸的闪光鳞,群体"扯平"了他的卓越之后才接纳了他。然而,这之后的彩虹鱼还是他自己吗? 失去了彩虹般鳞片的鱼如何还能叫做"彩虹鱼"? 这意味着彩虹鱼失去自我,变成了毫无个性的"群体人"。彩虹鱼需要反思的只是他当初的傲慢。但即使他不那么傲慢,就会有不一样的结局吗? 也未必。小蓝鱼在被"傲慢"伤害之后,不是仍然"忍不住"再次向他讨要鳞片吗? 群鱼不也是轻易就"尽释前嫌",也来继续索要吗? 可见,即使彩虹鱼拒绝的方式再委婉一些,也避免不了同样的结局。因为,真正"伤害"到这些小鱼的不是傲慢,甚至也不是美丽,而是那份与众不同。

当我们把第二个故事《条纹鱼得救了》②结合起来看,就会更清楚地看到这一点。彩虹鱼把闪光鳞分给群鱼之后,他们天天在一起玩,却不再去理睬别的鱼。一条小条纹鱼恳求带他一起玩,鱼群凶巴巴地拒绝了他:"这可是闪光捉迷藏啊,你又没有闪光鳞!"鱼群拒绝连一片闪光鳞也没有的鱼,却忘了他们自己曾经也是这个样子。曾经彩虹鱼有闪光鳞,其他的鱼没有,所以他们不跟他玩;现在小条纹

---

① 〔法〕古斯塔夫·勒庞.乌合之众:大众心理研究[M].冯克利译.北京:中央编译出版社,2004:6(注:此处引文出自书前所附罗伯特·墨顿的长文《勒庞〈乌合之众〉的得与失》)。
② 〔瑞士〕马克斯·菲斯特.条纹鱼得救了[M].彭懿译.南宁:接力出版社,2013.

鱼没有闪光鳞,其他的鱼都有一片闪光鳞,所以他们也不跟小条纹鱼玩。显然,群体是否接纳你,只有一个条件,那就是跟大家一样,不能与众不同,不管你有没有闪光鳞。

加入群体之后的彩虹鱼,其个体道德一度也变得跟群体一样平庸。当群体断然拒绝小条纹鱼加入游戏时,"彩虹鱼犹豫了一下,不过他不想离开伙伴们,就没有去反对锯齿鲨。虽然有点儿自责,彩虹鱼还是慢腾腾地朝伙伴们游去了"。彩虹鱼虽然纠结,但终究没有违背群体意见。之后,面对小条纹鱼的伤心,彩虹鱼想起过去自己孤零零时的心情,想起当时不分给别的鱼闪光鳞,"谁也不跟自己玩,可谁也不觉得奇怪",然而令人意外的是,尽管想起这些,他仍然没有做出不同的选择,结果却是"彩虹鱼立刻起劲地玩起捉迷藏来了"!这意味着什么?意味着今天的彩虹鱼跟曾经的群鱼一样也"不觉得奇怪"了,个体道德彻底被强大的群体力量所吞没和消融。彩虹鱼在犹豫和回想了那么多之后,为什么仍能"心安理得"地与群体一起拒绝小条纹鱼?从大众心理学角度来看,其根源在于:"群体是个无名氏,因此也不必承担责任。这样一来,总是约束着个人的责任感便彻底消失了。"[1]或者说,是道德责任脱离了道德自我,群体道德脱离了个人主义道德基础,亦如尼布尔所言,当个人进入群体之后,"他通过把责任转嫁给整个群体或分散给群体的每一成员而消减了个人的责任感"[2],从而造成个人道德责任感减弱,导致道德的平庸化。

西方启蒙运动之后的道德哲学方案都不同程度地注意到了最高的美德与最低的事实之间的矛盾冲突,而现代性对这一困难的解决,

---

[1] 〔法〕古斯塔夫·勒庞.乌合之众:大众心理研究[M].冯克利译.北京:中央编译出版社.2004:16.

[2] 刘时工.道德的个人与邪恶的群体——尼布尔对个人道德和群体道德的区分[J].华东师范大学学报.2001(3).

则是通过降低对人的要求、通过建立社会正义与激情、欲望的一致性来完成的。在现代政治哲学的设计中,教育被认为是屈从于现实政治需要的手段,一切都被拉平。古典政治哲学所追求的品质高贵与德性完美成了历史的废物,道德上的放任却成为自由选择的象征,现代政治哲学正是建立在这个低俗但稳固的基础之上,作为其结果,一种集体的平庸、普遍的市侩主义和媚俗主义形成了现代政治没有品格的"风格"。①

令人欣慰的是,故事很快发生了转机。当鱼群在大鲨鱼的袭击中躲进一条窄缝而外面就剩下条纹鱼时,彩虹鱼带头冲出去营救,大家尽管害怕得直哆嗦,但也都冒着生命危险加入了救援。鱼群用这种方式向条纹鱼道歉,并最终接纳没有闪光鳞的他加入群体。彩虹鱼的英雄行为或许印证了尼布尔关于"少数先知先觉者"的观点,他们能够超出群体自私局限,限制或减轻群体的自私冲动,从而促进个体道德感的回归与群体道德的进步。然而对这个故事而言,无法弥补的遗憾在于:大海里终究还是少了一条最美丽的鱼。

三、正确解读与审慎运用童话的道德隐喻

彩虹鱼故事揭示了群体与个人之间深刻的道德关系,也以文学的方式揭示了人性中相通的东西,像自私、嫉妒、贪婪、悔过等,涵蕴着普遍的道德与伦理的基础,具有打动人心的文学品质。每个人都可能是彩虹鱼,因为每个人都有自己独特的闪光鳞片;每个人也都可能是那群小鱼中的一条,羡慕别人拥有自己没有的"闪光"。但无论如何,这条鱼能游遍世界各大洲,肯定不是因为怀揣着一个"分享"的秘密——这个道理早就不是什么秘密了,而是凭借着它的故事,游进

---

① 高伟.论开放社会的公民教育[J].陕西师范大学学报.2013(2).

了孩子们的内心。"彩虹鱼"就像一个脱缰的好故事,不再俯首听命于作者、教育者和阅读专家为它设定的道德目标。在每一个心有戚戚的读者那里,都可获得属于自己的感受和诠释。也正因为隐含着如此复杂而深刻的美学与伦理学的阐释空间,所以这是一个值得反复阅读的好故事。但这绝不是一个关于正当"分享"的好故事。错误的使用不但无益于幼儿真正的分享品质的培养,还会破坏幼儿原有的同情心与正义感。

对童话道德隐喻的误读误用,主要原因盖有以下几方面:一是缺乏深度解读童话的意识。成人往往认为童话都是浅显易懂的,是用来"哄孩子"的简单小故事,其主题一目了然,因此低估了近现代以来优秀童话深刻丰富的内涵,尤其是对绘本童话这一新的图书形式,常会误以为它比纯文字书更为直观也更为浅显。这是严重的误识。

二是阅读指导者的功利性过强,将童话当作图解某种道德观念的形象工具,不尊重童话本身的生命价值,缺乏审美能力。比如对"糖衣药丸"类故事的偏爱。过去现在我们都不缺这类故事,但这类童话很多"编"得欠缺文学性,只有药丸之苦,而没有糖衣之甜。虽然此类童话也有些讲得很精彩,但如此一来故事有了自己的生命,就会脱缰而去,引得小读者沉浸其中,自己从故事里寻出一些营养甜点来,而将预设的药丸抛在脑后。一项实证调查也发现,幼儿园教师和家长为孩子们选择故事类图书表现出比较一致的价值取向,宁肯选择无趣但有明确教育意图的故事,也不选情节生动有趣却没有明显教育意图的,故事中的想象、幽默与美感等因其"不实用"而被排除在选择的标准之外。[①] 然而,如果童话故事不首先是一件艺术品,它又怎么可能触动孩子的情感,从而对其产生道德影响呢?

---

① 周兢.早期阅读发展与教育研究[M].北京:教育科学出版社.2007:16.

三是编译者为了传达某种当下的道德训条而随意改编经典童话,破坏了童话原有的道德隐喻。比如某些改编版《三只小猪》的结尾,有的把狼被猪咕嘟咕嘟炖了改为狼跟三只小猪成为好朋友,目的在于培养孩子"团结友爱"的美德;还有的改为将狼送进动物园,以此培养孩子"爱护动物"的美德。前者无视故事自身逻辑和内在规则,借童话的虚构随心所欲"瞎编",将一种明显的不可能硬性地赋予故事,使故事丧失了应有的真实感。后者更是缺乏最基本的童话常识,将现实中的狼跟故事里作为象征和隐喻的狼混为一谈,不懂得故事里的狼只是做尽坏事的恶人的象征,跟现实中的爱护动物风马牛不相及。试想,如此虚假劣质的童话改编如何能打动孩子,让孩子信服其预设的道德?

四是阅读指导者不懂得童话的文体性质,忽视童话阅读的情感体验,把童话当寓言读,非要孩子总结出某个道理。然而,"道德的基础是美好的情感而不是理性规范"[①],基于规范伦理学的道德教育总是收效甚微,童话必须凭借情感之美触动孩子的心灵,而感受的丰富也未必能用抽象语言准确地概括出来。在童话的美与善之间,儿童应先积累美感经验,涵养其审美能力,而后才是善恶观念的树立,正如卢梭在《爱弥儿》中所言:"有了审美的能力,一个人的心灵就能在不知不觉中接受各种美的观念,并且最后接受同美的观念相联系的道德观念。"[②]

要之,童话道德教化价值之发挥除了重视童话自身品质及其正确使用之外,必须重在培养孩子批判性的主体意识,在"对话"中促进儿童道德成长。比如,关于"彩虹鱼",成人可以跟孩子讨论:作为彩

---

① 赵汀阳. 论可能生活[M]. 北京:中国人民大学出版社. 2019:263.
② [法]卢梭. 爱弥儿[M]. 李平沤译. 北京:商务印书馆. 1978:557.

虹鱼,我们应该如何面对自己的独特闪光?如何面对他人和群体的嫉妒或排斥?作为小蓝鱼,我们该如何面对他人的独特闪光和自己的不闪光?作为群体的一员,应该如何既融入群体同时又能做自己?如何在群体中保持独立的道德判断?如何在群体中承担个人的道德责任?相信每个孩子只有学会并能够做与众不同的自己,才能学会接受与众不同的他人。同时,还可将同类道德主题的故事作参照阅读,从而将讨论予以扩展并引向深入。李欧·李奥尼的《蒂科与金翅膀》①跟"彩虹鱼"有相似之处:蒂科的朋友们能接受他没有翅膀的缺陷并给以悉心照顾,可当他有了金翅膀,朋友们立刻想当然地指责他"你觉得你比我们都强,是不是?""你就想和别人不一样",然后就都飞走了,最后又因"现在你和我们是一样的"而重新接纳了他。但蒂科内心并不平静,他在想:我们仍然是不同的,因为"各自都有属于自己的回忆,和看不见的金色梦想"。蒂科的金翅膀跟彩虹鱼的闪光鳞一样遭到了群体的排斥,但是蒂科有一种清醒和自知,彩虹鱼却没有。

一篇来自现场阅读教学的案例提供了有趣的佐证。"我是彩虹鱼"绘本教学活动分两次进行,第一次教学活动是教师给幼儿讲这个童话故事,第二次教学活动是幼儿自己创编话剧。可是在话剧创编活动中,有一位扮演小蓝鱼的幼儿却不愿意向扮演彩虹鱼的幼儿索取鳞片。本案例部分实录如下:

 教师:等一会儿,小蓝鱼这个时候不是应该向彩虹鱼要鳞片吗?

 幼儿:我不会跟它要鳞片。

---

① 〔美〕李欧·李奥尼.蒂科与金翅膀[M].阿甲译.海口:南海出版公司.2012.

教师：为什么？现在我们要演的就是小蓝鱼向彩虹鱼要鳞片，彩虹鱼不给，小蓝鱼很生气回去的故事呀。

幼儿：不要，我绝对不跟彩虹鱼要鳞片。

教师：小蓝鱼，为什么不要呢？

幼儿：要鳞片的话，彩虹鱼可能会死掉的。

教师：啊？没有鳞片的话彩虹鱼会死吗？为什么？

幼儿：鱼没有鳞片就活不了，我上回在书上看见了。并且彩虹鱼摘下鳞片时会非常疼的，那样我也会伤心的。①

这名幼儿在创编话剧时拒绝按照小蓝鱼角色的要求去表演，因为认为"小蓝鱼不应该向彩虹鱼索取鳞片"。这不但偏离了绘本讲读时的主题概括，也偏离了教师的"体验分享行为带来的美好情绪"的教学目标，因此令教师感到很困惑。其实，教师更应该感到高兴。因为孩子展示了自己对故事的真实情感体验，这恰恰提供给教师一个重新与孩子们讨论本故事的极好契机，从而能将对故事的感受与理解引向更深处。

事实上，如果充分信任孩子，他们就会回赠我们惊喜与感叹。笔者亦曾跟幼儿园大班孩子分享"彩虹鱼"的故事，对于"小蓝鱼做得对吗"这一问题，孩子们大都认为做得不对，理由是"彩虹鱼揪下鳞片会特别疼"，"小蓝鱼只关心自己身上的鳞片，只关心自己漂亮，不关心别人"，"他身上已经有一些鳞片了"等。然后我们进一步追问：假如彩虹鱼拔下鳞片的时候不疼，你觉得小蓝鱼做得对吗？多数孩子坚持认为这样还是不对："因为就算是别人不疼，你也不能光想自己吧，如果别人找你要你的鳞片，你拔下来也会不高兴的。""因为小蓝

---

① 安锦姬. 幼儿园绘本教学案例分析与基本理念解读——以"我是彩虹鱼"绘本教学为例[J]. 文教资料. 2015(29).

鱼本来就有鳞片,再贴上去多热啊!""如果他还想要彩色鳞片的话,可以买一件有彩色鳞片的衣服,不能要别人的。"孩子们的回答令我们激动不已,不管它再次印证了科尔伯格等人的儿童道德阶段理论还是超越了这些阶段理论,这样的讨论都非常有意义。

第三节 图画书中的爱与规训:以"违规—受罚"故事为例

图画书又名绘本,是文字与图画相配合共同来讲述故事的图书形式。作为一种成人给幼儿讲述故事的方式,图画书典型地反映了成人的童年假设与教育观念。作为近现代童年阅读的重要艺术形式,图画故事文本为我们提供了童年研究的新路径。本节选取了19世纪中期前后和20世纪90年代以来风靡全球的部分儿童图画书进行研究,其中有荣获德国"最知名儿童读物"的《蓬头彼得》《马克斯和莫里茨》《邋遢丽泽》,以及当代屡获图画书大奖的三位著名作家的代表作:英国佩特·哈金森的"比利"系列之一《比利得到三颗星》,美国大卫·香农的"大卫"系列《大卫,不可以》《大卫上学去》《大卫惹麻烦》,英国约翰·伯宁罕的《爱德华——世界上最恐怖的男孩》。之所以选择这类重在讲述调皮儿童"违规"与"受罚"的图画故事中译本,是因为其蕴含着近现代以来孩子的野性与成人文明秩序之间对抗冲突又相互妥协的深刻关系。考察儿童的违规行为和成人对待违规的态度及应对方式,意在分梳和反思其中的童年观念、文学观念及教育方式的嬗变与机理。国内译介这些绘本,很大程度上意味着对其中隐含观念的认同。然而,某些观念并非像看上去那么"清白无辜"。

一、孩子的违规与受罚

通过对颇具世界影响力的图画书的历史考察可以发现,首先,孩子的违规从"恶作剧"逐渐变为"小淘气",违规的严重程度明显降低。"恶作剧"意指戏弄或捉弄别人,故意使他人陷入窘境,并从观赏他人的尴尬、吃惊、惶恐等情绪中得到乐趣,可能会造成始料未及的严重后果。"淘气"则具有顽皮、爱玩爱闹、不听劝导之意,其反义词是老实、乖巧、听话等。与一个半世纪前的马克斯、莫里茨们相比,当代图画书中大卫、爱德华们的违规行为简直是小巫见大巫。马克斯和莫里茨的恶作剧都颇具震撼效果:吊死并偷走寡妇的四只鸡、锯开裁缝羊师傅门前的桥让其落水、往兰珀老师的烟斗里放火药引起爆炸、捉瓢虫放在弗里茨大叔的被褥下面、偷面包师傅的复活节面包、割破农夫的所有粮袋等。这些行为在今天看来都属"耸人听闻",情节严重。大卫、爱德华的违规则主要体现在不想吃煎蛋、上课吃口香糖、挖鼻孔、不会把房间整理干净、忘记刷牙洗脸、看动画片太久、不注意听讲、吃饭不排队、合影时做鬼脸等。两相对照,大卫们的违规行为丝毫没有前述恶作剧的震撼性,显得太过平常,同时违规的技法也不如前者更具创造性。当然,这种比较只是为了更清晰呈现违规的样态,既非鼓励儿童的恶作剧,也不是赞赏儿童的小淘气。

其次,孩子违规的后果或者下场也截然不同。马克斯、莫里茨的七个恶作剧,以及丽泽砸坏农妇的鸡蛋、把农场的蔬菜当杂草拔掉、装神弄鬼吓走女仆等,这些行为不但给他人造成经济损失,还导致了身体伤害甚至生命危险,涉及德性问题,确实堪称"恶"作剧,令人憎恶。然而大卫和爱德华的违规很少是对他人利益的侵害,更达不到此种程度的伤害,很难说是道德善恶层面的问题。同时,这些行为对淘气者本人也没造成多大危害,不像彼得们①玩火自焚、掉进池塘、被大风刮走等给自己带来严重的伤害。但是这些小小的淘气仍然屡屡被师长们喊"不",进而遭到一定程度的惩罚。

再者,对待孩子的违规,成人采取的态度也有所不同,主要体现在惩罚的严厉程度和惩罚对象两方面。成人对待彼得、马克斯、莫里茨们的违规,采取的是毫不客气近乎严酷的修理,对他们的遭殃表现出无动于衷的冷漠甚至幸灾乐祸。对那个因吮手指而被剪掉拇指的孩子,故事不担心妈妈会心疼,反而写"叫他怎把妈妈见"②,好像孩子应该为此而羞愧。对待马克斯、莫里茨的毁灭,村里人的反应也看不出多少怜悯:"这真是件悲惨的事儿!但他们完全是自作自受。""只怪他们太顽皮,还总喜欢捉弄别人。""感谢上帝,那些乱七八糟的恶作剧终于结束了。"③其实这俩孩子的毁灭分明是成人有意为之:故事中文字与图画呈现背离关系,互相拆台,文字讲着面包师傅、农夫和磨坊主的"粗心",可画面清楚呈现他们就是"存心"要置这俩调皮鬼于死地。譬如农夫用铲子把一孩子塞进粮食袋,同时双腿还紧紧夹住另一孩子免得被其逃脱,而文字写的却是"两个孩子也被粗心的默克装了进去"。文图之间的张力增加了趣味性和戏剧性,更透露出成人真实强烈的严惩态度。而丽泽被撞骨折住院之后,故事也没有表现同情,反倒庆幸"现在恶作剧终于可以停止了"④。

但是当今大卫、爱德华们的淘气下场,几乎却是毫发无损。例如同样的违规行为结局就明显不同:在捉弄动物这件事上,彼得们踢小

---

① 《蓬头彼得》内含10个淘气孩子的小故事,每个故事有不同的主人公,"彼得"只是其中之一,但因以其做了书名,所以用"彼得们"代表书中所有的淘气孩子。
② 〔德〕海因里希·霍夫曼.蓬头彼得[M].卫茂平译.武汉出版社.2011:14.
③ 〔德〕威廉·布什.马克斯和莫里茨[M].杨密译.武汉出版社.2011:20.
④ 〔德〕基利·施米特·泰希曼著,查理·格赖弗纳绘.邋遢丽泽[M].杨密译.武汉出版社.2011:19.

狗,结果被狗咬伤,卧床养伤还要喝苦药水;大卫拽小猫的尾巴,仅被喊"NO"。在不好好吃饭这件事上,彼得们瘦得一命呜呼;大卫不想吃煎蛋,却还可以皱着眉头抗议"我必须要吃吗",而且也没导致身体丝毫的"贵恙"。在不讲卫生这件事上,彼得们吮手指,被剪掉大拇指;丽泽抱怨水凉不想洗脸,就被妈妈一把按进水盆里;大卫挖鼻孔,却只是被妈妈喊"不可以"。可见成人对孩子违规的惩罚越来越有节制,惩罚之后往往还伴随着爱的拥抱、爱抚与奖赏。

　　惩罚对象也逐渐从可见的身体转移到内在的心灵情感。彼得们和马克斯、莫里茨遭受的惩罚基本都是针对肉体的:被剪掉拇指、被狗咬伤、瘦得一命呜呼、玩火自焚、掉进池塘、被大风吹走、被汽车撞骨折、被磨成小碎粒成为家禽的美食……而且在这些惩罚过程中基本看不到受罚者与施罚者的感受,大人孩子似乎都是无动于衷。但是到大卫就有了内心情感的触及,甚至是以情感惩罚为主了,如大卫面壁思过时流下的眼泪,放学被老师留下打扫卫生时的难过与尴尬。① 虽然在惩罚过程中身体也都参与了,但这些强制性的行为都是对违规者自由的剥夺,身体本身已不再是惩罚的对象,而只是藉以惩罚情感的媒介。让大卫真正在意与痛苦的是妈妈和老师"爱的撤销",而非面壁和劳动自身。因此惩罚变成了"能够使儿童认识到自己的过错的任何的东西,能够使他们感到羞辱和窘迫的任何东西:……一种严厉态度,一种冷淡,一个质问,一个羞辱,一项罢免"②。认识过错、羞辱和窘迫皆属于心灵或情感上的痛苦,而成人采取的诸如冷淡、质问、羞辱、罢免等方式,也迥异于拳脚棍棒式的武力惩罚。

　　此外,实施惩罚的主体更为隐蔽,受罚变得更像一种"自然后

---

① [美]大卫·香农. 大卫上学去[M]. 余治莹译. 石家庄:河北教育出版社. 2008.
② [法]米歇尔·福柯. 规训与惩罚[M]. 刘北成,杨远婴译. 北京:生活·读书·新知三联书店. 2007:202.

果"。彼得和莫里茨们受到的很多惩罚虽然也具有"自作自受"的性质,但有时惩罚方式和程度明显跟惩罚主体的"主观意志"相关,比如拿着大剪刀健步如飞地冲进屋里的裁缝,毫不客气地剪掉了康拉德的拇指;身穿红色长袍的巨人尼古拉先生,直接把嘲笑黑孩的三个孩子塞进墨水瓶;面包师傅、农夫默克和米勒师傅的惩罚更是"无法无天",竟然把马克斯和莫里茨放进火炉、装进口袋、磨成颗粒喂了家禽!然而,大卫们受到的惩罚主要与其对既有规范和纪律的触犯直接相关,惩罚主体即使现身,也只不过是一个无辜的"执行者"。譬如《大卫上学去》中,老师之所以让大卫放学后留下来打扫卫生,是因为他违背了几乎每个孩子都事先知晓并接受的"规范"和"守则",换句话说,惩罚大卫的并不是老师本人的主观意志,而是这些"规范"和"守则",甚至惩罚方式和程度也是可以预测的。受罚因此变成一种"自然后果"。这样一来,"由于惩罚在形式上是一种自然而然的后果,就不会显得像是某种人世权力的武断后果……实施惩罚的权力隐蔽起来了"①。惩罚主体隐藏到"自然的温和力量背后",因而让受罚看上去更具有必然性和客观性了。

那么,从"恶作剧"变为"小淘气",儿童违规严重程度的降低意味着什么?成人通过惩罚想要儿童认识到的是一种什么过错?惩罚的节制与温情意味着控制程度的降低,还是一种新的规训手段的创制?

二、儿童规训的机制与实质

孩子的违规从"恶作剧"到"小淘气",这一严重程度的降低,不

---

① 〔法〕米歇尔·福柯.规训与惩罚[M].刘北成,杨远婴译.北京:生活·读书·新知三联书店.2007:118.

能简单归因于今天的孩子更少野性。在更深层的意义上,这源于一种规训的机制。

首先是孩子恶作剧所需时空条件的缺失。彼得们玩火柴、吮手指、暴风雨天气出门等,都是在没有成人监管的情况下发生的,马克斯和莫里茨亦是避开成人来实施一系列的闹剧。他们有足够多的自由支配时间,能在生活空间里找到足够的工具或材料,包括锯子、火药和瓢虫等。而这一切条件大卫和爱德华们是不具备的,他们主要的生活空间似乎只有家庭、学校和幼儿园,他们的环境是按照现代教育原则精心设计过的,清除了一切无关与危险的元素。他们也总是处在成人的视线之内,随时被提醒被喊"NO"。大卫们的时间是被细致规划好的,几点到学校,几点睡觉,在什么时间应在什么地点干什么事情都是规定好的。大卫们没有更多自由支配的时间,没有更多自由活动的空间,当然也就没有更多自由支配的行动。这意味着,当代儿童违规的时空条件改变了,从自由时空变为被计划控管的时空,受到成人更多的规划,他们不具备150年前彼得、马克斯和莫里茨所拥有的恶作剧的时空条件。这种"圈养化"现象,也是现代教育制度确立以来儿童较为普遍的生存状态:"儿童被越来越多地划分在通过专门指定地点、单独设置的环境、专人监督并且按照年龄和能力构建起来的空间中。……甚至许多儿童的闲暇时间也常常被框定了。"① 这一过程也被称为"童年的制度化"。

其次是成人对违规过程的监控使得儿童违规的"完成度"降低,严重后果被避免。彼得、马克斯们的恶作剧基本都能有始有终地完整实施,并没有成人在彼得们玩火柴、鞭打大狗、暴风雨天气出门时

---

① 〔英〕艾伦·普劳特.童年的未来——对儿童的跨学科研究[M].华桦译.上海:上海社会科学院出版社.2014:33.

及时给以制止,因此这些故事也没有给儿童提供吸取教训改过自新的机会,彼得们或被烧成灰或被风吹走,丽泽被撞骨折,马克斯和莫里茨则被磨成了碎粒。相反,大卫们的父母和老师都会及时看到并干预他们的违规。丽泽爬上苹果树摔下来,伤己又损人,而大卫踩着椅子去拿高处的饼干桶时,还没摔下来就被妈妈发现并且喊"NO"了。也因此,大卫和爱德华们的顽皮不会导致过于严重的后果,因为在导致严重后果之前就被成人监控到并制止了。成人从监督儿童活动结果转变为监督活动过程,这是控制模式的改变,也意味着一种不间断的、持续的强制。可见,从彼得故事到大卫故事,成人是从缺席到始终在场,对违规过程的监控使得儿童违规的"完成度"大大降低,违规过程一般都会被中止,从而避免了严重后果的出现。

　　另一方面,孩子的违规从典型的"恶作剧"到时时处处的"小淘气",也不意味着今天的孩子更多野性、更喜欢违规。这在根本上与新的规范标准界定的生成有关。大卫们的违规尽管对人对己造成的伤害都微乎其微,但仍然受到了惩罚,细究之,是因为他们偏离了文明社会为"好孩子"制定的规范。尽管规范的内容会随时代情境而变,但折射出的很明显的一个趋向就是,规范的力量越来越贯穿在纪律当中,"其中涉及时间(迟到、缺席、中断)、活动(心不在焉、疏忽、缺乏热情)、行为(失礼、不服从)、言语(聊天、傲慢)、肉体('不正确的'姿势、不规范的体态、不整洁)、性(不道德、不庄重)"[①]。福柯从规训化社会归纳出的这些失范内容,在大卫和爱德华的淘气行为中大都可以找到,因此对他们喊出的"NO"主要是一种规范化裁决。这个"不规范"领域的边界并非如法律般清晰,所以大卫们动辄得咎。

---

① 〔法〕米歇尔·福柯.规训与惩罚[M].刘北成,杨远婴译.北京:生活·读书·新知三联书店.2007:201—202.

然而并不能由此证明今天的孩子更喜欢犯规,因为也存在着另一种可能:正是今天的纪律与规范更为繁琐和无孔不入,因而才会评判出更多的违规。同时,反过来,这些违规也可能是对过度规范的抵制,就如福柯所言:"正是由于这些繁琐的纪律,最终导致整个'文明'遭到抵制,'野性'从而产生。"①

儿童违规的时空条件越来越有限,违规的过程被随时监督和干预,对违规标准的界定由损人害己变为对人对己都无多少危害的"偏离规范",这些都是施行于违规儿童的规训机制。某种意义上可以说,正是由于这些规训机制的有效运作,儿童违规的严重程度才大为降低。历史地看,儿童的违规从"恶作剧"变为"小淘气",是对儿童实施规训的结果。

从彼得到大卫,儿童受罚的原因在于违规,而违规的实质在于"不听话"。要求孩子要"乖"、要"听话",这一点在大卫时代和彼得时代几乎是一致的。很大程度上,现代社会中违规的孩子主要错在"不听话"而非"无知"。大卫的妈妈在惩罚因在屋里打棒球而碰碎花瓶的大卫时重申:"我说过,大卫,不可以!"②彼得故事的首页有首说教诗,第一句即为"如果孩子很乖乖,圣诞老人就会来",书中的十个小故事几乎都在重复着要孩子听话的教导以及对不听话的修理。马克斯和莫里茨也被指责"不愿意听智者的教诲",丽泽得到的教训同样是"你总是不听话"。而要求孩子听话并给予奖赏,对不听话予以惩罚改造使之变乖,某种意义上正是儿童规训的实质。

通过考察童话故事《小红帽》的文本变迁,我们可以更清晰地看出"听话"观念的现代起源。本书第四章第三节对于"无知与不听

---

① 〔法〕米歇尔·福柯.规训与惩罚[M].刘北成,杨远婴译.北京:生活·读书·新知三联书店.2007:330.
② 〔美〕大卫·香农.大卫,不可以[M].余治莹译.石家庄:河北教育出版社.2007.

话"问题的探讨,揭示了17世纪末法国夏尔·贝洛的《小红帽》与19世纪上半叶格林童话里的《小红帽》的区别,前者为其"无知"付出了代价,而后者为其"不听话"付出了代价。格林童话代表了当时主流的儿童教育观:孩子是无知的,但无知不要紧,只要听大人的话。由此,孩子因为天真无知而要乖乖听话的观念开启了近现代儿童教育的规训之路。西方从与格林童话同时代的彼得们一路延续到今天的大卫、爱德华们,我国当代亦有大量"糖衣药丸"式、旨在培养"听话"式好孩子的训诫类作品。从中可以看出,成人对儿童有意违逆既定规则的态度始终没有妥协。

需要指出的是,福柯的规训理论对童年研究确实启发良多,但对这一理论的挪用也容易忽视儿童规训的特殊性。监狱、军队、工厂、医院和学校都是现代社会隔离与规训的场所,然而处在家庭与学校、幼儿园这一场域中的儿童,他所接受的规训与犯人、病人、士兵、工人等接受的规训还是有所不同:儿童接受的不仅仅是规训与惩罚,而是有"爱"交织其间的规训与惩罚。这种爱主要是母爱或"类母爱"(比如"教育爱"),儿童对其极为渴望与在意。当代成人对大卫们的惩罚往往伴随着拥抱、爱抚以及爱的语言,这种温情脉脉的爱的惩罚,往往更能触动儿童的心灵与情感,其力道远胜于简单的体罚和说教。因为后者只是"动手""动口"的教育,前者却是"动心"的教育。有时这种爱的惩罚甚至会以儿童自我惩罚的方式实现,比如大卫否认蛋糕上的黑手印是他干的,夜里却从噩梦中惊醒,向妈妈承认:"是!是我干的!对……不起。"[①]然后才在妈妈的爱抚中安然睡去。这里的噩梦可视为儿童将成人的既定规则内化认同之后,用以对违规的自我的惩罚。近现代以来儿童故事中的成人越来越温和且具有教育艺

---

① 〔美〕大卫·香农.大卫惹麻烦[M].余治莹译.石家庄:河北教育出版社.2009.

术,男性权威的语调转变为柔和诗意的母亲的语调,而这种转变被认为是从格林童话开始的。诗化的风格和抚慰人心的母性语调可以建立起"信赖的氛围",使读者的想象经历一种"似乎非伤害、非教育性、非人为操纵的驯化过程"①,从而也更容易掩盖其驯化的目的。这是否意味着,当爱变成一种教育手段,对孩子的规训会更为有效?

三、爱的手段化与童年规训的有效性

大卫听到的"大卫乖,我爱你"与小红帽、彼得们得到的"要听话"的教训有什么区别吗?"乖"与"听话"几乎是一致的,不同的是大卫还得到了妈妈更显在的爱。而在小红帽和彼得们的故事里,这种爱要么没有表现,要么不太明显,也未发挥多少作用。需要追问的是,当孩子日益变成经济上无用而情感上无价的存在,当现代教育中融入了对孩子更多的爱之后,成人对儿童的管制是更加宽松了还是更为严厉彻底了?

如果说故事里权威专制的男性语调还能激起儿童的抵制与反抗,那么故事里温和的母性声音则轻易就能将孩子融化进无限爱意之中,使其丧失反抗意识与反抗能力。譬如,爱德华在成人的呵斥声中尚能以变本加厉的违规进行无声的反抗——他因为踢东西被成人指责是世界上最粗鲁的男孩,从那天起他就变得越来越粗鲁,伴随着一系列的指责他变成了"世界上最恐怖的男孩"。但是当成人对爱德华的同一种行为给予阴差阳错的赏识,结果就完全不同了:他躲在拐角处伺机把一桶水泼到小狗身上,主人却说"谢谢你帮我把这条浑身都是泥巴的小狗洗得干干净净",并夸他"对动物很有爱心",从此爱

---

① 〔美〕杰克·齐普斯.童话·儿童·文化产业[M].陈贞吟等译.台北:台湾东方出版社,2006:90—91.

德华就变得越来越有爱心,在一系列的赏识中不知不觉地变成了世界上"最可爱的男孩"。① 再如那个不想去幼儿园的小妖怪比利,他以乱七八糟的画、可怕的歌声和吓人的乱舞来抗拒成人要他去幼儿园的要求,但是高明的老师不但没有训斥,反倒找出恰当的理由称赞并奖赏给比利"三颗星",②于是比利就从死活不肯去幼儿园变为死活不肯离开幼儿园了。可见,故事中的小刺头们最终都被成人温柔地收服,成为成人期待中的样子。但同时,变成"可爱男孩"与"好宝宝"的爱德华和比利们,也失去了自身鲜明的个性特色,变得和其他儿童没有什么区别,或者说像其他孩子一样普通和标准化了。

孩子的不乖就这样被成人的宽容和赏识之"爱"悄无声息地化解了,跟《蓬头彼得》里剪去孩子拇指的剪刀相比,两者之间或许只是"无形的剪刀"与"有形的剪刀"之区别,它们都是要修理掉孩子的不乖。而这把"爱"的无形剪刀,对孩子的掌控更加有力。"乖"与"爱",可谓是近现代以来儿童教育过程中的两个关键词。成人的一句"大卫乖,我爱你",也预示着在"乖"与"爱"之间建立了联结。"爱"是对"乖"的奖赏,也是教化"乖"的手段,爱的给予和撤销,其威力远胜于说教甚至体罚。当"爱"成为教育的一种手段,无论是亲子之爱还是教育爱,儿童往往更容易乖乖就范,在故事结尾变成一个"好孩子",同时让故事外的小读者分享和认同这一标准化的童年。总之,现代的儿童故事虽在教化方法上显示出无限的创造性,但在规训童年的观念上却是一以贯之的保守。

这种有效规训甚至使得孩子的违规也越来越像成人期待中的样

---

① 〔英〕约翰·伯宁罕. 爱德华——世界上最恐怖的男孩[M]. 余治莹译. 北京:北京联合出版公司. 2011.
② 〔英〕佩特·哈金森. 比利得到三颗星[M]. 高明美译. 台北:阿尔发国际文化事业有限公司. 2010.

子。成人在对大卫们的违规行为说"不"的同时,又分明表现出一种审美的趣味。尽管大卫做了那么多违规的事情,但仍让人感觉他是个可爱的孩子。成人一方面在修正孩子的小麻烦、小问题,一方面似乎又在欣赏儿童的小淘气。毫不含糊的修理态度表明对违规的反感和零容忍,也隐含着对失控的担忧和焦虑;审美的态度则暗示了成人胜券在握的自信。大卫的故事里或许有让孩子安心的东西:即使像大卫一样做出那些违规的行为,妈妈和老师依然会爱我。但故事也暗示故事外的小读者:你们在大卫的故事里看到了自己的"镜像",产生了共鸣,你们就像大卫一样,都是幼稚的,无法对自己的行为负责,无法自己管理自己,需要成人来订立规则,时刻监督和指导,否则你们就会不断地闯祸、犯错误,甚至伤害你们自己。由此观之,故事也在说服孩子相信自己就是那个样子,从而明白听话的重要性,同时也确信即使自己时常犯点儿小规也仍然可爱,"真正"的孩子都是这样的。这其实显示出成人既要孩子摆脱"不成熟",又想让孩子维持"孩子气"的矛盾心态。无论如何,当儿童连违规也越来越像成人想象和期待中的样子,意味着儿童规训已经达到相当的程度,因此成人在面对孩子违规时才会有一种从容的心态去审美。

当教育以爱的名义施行,教育的有效性就获得了最大限度的保障。19世纪后半叶,随着想象力的解放与对启蒙理性的深入反思,文学曾经质疑过以现代文明教化一个男孩的必要性。卡洛·科洛迪和马克·吐温分别从两个方向上展开思考并做出选择:小木偶匹诺曹接受了教化,克服天真与道德的"瑕疵"成为真正的男孩,小哈克则拒绝了文明的教化。[①] 其后对教化的质疑却很快被如何教化的热情所

---

① 〔美〕杰克·齐普斯.童话·儿童·文化产业[M].张子樟校译.台北:台湾东方出版社.2006:135—139.

取代,儿童故事也陷入对教化手段有效性的叙事探究之中。然而,方法与手段远不是儿童教育的最核心问题。施之于比利和爱德华的那些手段与方法完全可以用在相反的情况,即用来让孩子变成"坏"孩子与变成"好"孩子同样有效。所以手段与方法所服务的目的才是更根本的,那就是:我们要把孩子引向何方?想让孩子成为怎样的孩子?是借助高明的手段让孩子成为我们所希望的样子,还是帮助孩子成为他自己?尽管现代图画故事中不乏超越规训的尝试,显示出童年想象的更多可能性,但是如何超越、把从规训中解放出来的孩子安置在何处,目前对这些问题的思考还很初步。

野性十足的违规故事长期以来始终流行,既受到孩子的青睐又得到成人的认可,这一事实及其原因也颇值得玩味。对于孩子们而言,或许是故事里的彼得、马克斯们替他们做了现实中他们想做而不被允许做的事情,既释放了内心撒野的渴望又不会受到实际的惩罚,故而喜欢;如果现实中的儿童都像妖怪国度的比利一样可以无所顾忌地撒野,那么这样的故事就不会有太大吸引力,由此也反证了驯化儿童的现实环境始终存在。但成人也从未一劳永逸地驯服儿童,否则就不会持续需要这类故事提供训诫。可见,孩子们一直在尝试挑战既定的秩序和规范,成人也一直没有放弃规训儿童的努力,规训与对规训的抵制始终处在一种张力之中。然而,完全出自天然本性的"亲亲"与"慈幼"对于人类的文明而言似乎也是不够的,所以一个多世纪以来人们都在探索如何在尊重儿童天性的基础上施之以理性教育,但在这一过程中主要关注了有效性,而忽视了对教育前提基础与要义的思考,最终使爱也沦为了教育的手段。

爱的手段化是教育现代性需要深刻反省的重大问题。早在20世纪30年代,鲁迅先生就批判过"爱"的驯化。他在1933年10月30日的《申报》发表一篇题为《野兽训练法》的文章,抨击马戏团所寓言的现代殖民困境,文中抄录有当时来华的德国著名马戏团的经理、驯兽师施威德的演讲,其中有这样的话:"有人以为野兽可以用武力拳头去对付它,压迫它,那便错了,因为这是从前野蛮人对付野兽的办法……现在我们所用的方法,是用爱的力量,获取它们对于人的信任,用爱的力量,温和的心情去感动它们。"而"这套用'爱'驯化野蛮、启蒙战胜传统的现代文明语言,正是他(鲁迅——引者注)不遗余力批判外国殖民主义和本国专制的基础"①。不论是驯兽师用爱驯化野兽,还是成人用爱规训孩子,二者都是将爱作为手段,使被驯化者变成自己想要的样子。

当儿童被认为是成人塑造的对象,成人对儿童的所谓"爱"不过就是一种更为精致的加工方式;当儿童被认为只是成为成人的必经之路,成人对儿童的所谓"爱"不过是实现这一目的的更好保障;当儿童被认为是有着柔弱心灵的需要规训者,成人对儿童的所谓"爱"不过是显得更加人性化的控制。儿童世界的"爱"的生产与整个教育现代性的精神品格是完全一致的。然而,"爱是一种关系品质。……有爱的教育事实上都是将教师与学校教育、将教师与学生放置在一种关系之中,放置在彼此最真实的生命存在中。因此当教师去爱学生的时候,他不是把学生当成对象去爱,而是为了爱去爱。爱本身就是爱的理由,此外无它。这不仅决定了教育的本质,也最终决定了人对于人是什么和意味着什么"②。爱的这种关系品质亦适用于亲子之间。爱应该被视为教育自身的目的和依据,而不仅仅是教育的合理外衣或某种正当名义。

---

① 〔美〕安德鲁·琼斯.发展的童话:鲁迅、爱罗先珂和现代中国儿童文学[A].徐兰君,〔美〕安德鲁·琼斯主编.儿童的发现:现代中国文学及文化中的儿童问题[M].北京:北京大学出版社.2011:109.
② 高伟.爱与认识:对教育可靠基础的追问[J].教育研究.2014.6.

总而言之,考察近现代以来与儿童违规有关的图画故事书,会发现其中隐含着成人对童年野性进行驯化的历史,同时也包含着儿童试图挑战规范跳脱文明秩序的抗争。儿童的违规从"恶作剧"变为"小淘气",违规的严重程度大为降低,某种意义上这是儿童规训的结果。儿童因违规受罚的根本原因在于"不听话"而非"无知",儿童规训的实质亦在于此。故事中的惩罚从严厉到温情,并不意味着对儿童野性驯化的节制。爱的手段化降低了儿童的抵抗意识和反抗能力,提高了规训的有效性,使得童年越来越标准化。然而这只是教化方式方法的高明,其中想要规训儿童的目的并未见根本改变,这正是我们需要深刻反思的。在任何意义上,爱都不应成为规训儿童的另一副枷锁,恰恰相反,爱应该是把儿童从规训中解放出来的伟大力量,帮助儿童成为他自己,去过一种幸福而有意义的生活。

第六章
以新童年观引领幼儿文学

　　通过对 20 世纪幼儿文学历时性的考察与分析可以发现,幼儿文学与现代性问题密切相关。成人如何想象幼儿,如何看待童年,在深层上影响甚至决定着幼儿文学的精神特质与艺术样貌。幼儿文学表征成人的幼儿观,反映幼儿的自我,同时也建构幼儿的自我身份认同。幼儿文学在适应和满足幼儿需要的同时,其本身亦为现代性中"幼儿"的一种生产与建构方式。

　　本尼迪克特·安德森曾指出,身份不能通过回忆,而是要通过叙述来确立,现代民族国家的创建依赖小说与传媒,现代性建制在某种意义上创生了现代小说,小说反过来又强化了现代性的生成。① 如果说儿童是一种现代知识建构,那么儿童文学也必然参与了这一建构过程。因此,考察儿童文学(包括幼儿文学)如何再现童年,探讨其背后的伦理学、心理学及社会学基础,从而展开对于"现代性"问题的省察和反思,无疑具有重要的理论和现实意义。

那么,现代性对于幼儿的想象与建构是否存在需要进一步反思的问题? 答案是肯定的。对这些问题的反思,既是对百年幼儿文学历史的珍重与检视,同时也是对幼儿文学未来发展的深切忧思。鉴于现代性问题的检省在很大程度上对整个儿童文学都适用,本章内所述幼儿及幼儿文学的观点同样适用于儿童与儿童文学,反之亦然。幼儿文学最典型地体现着整个儿童文学的现代性问题。

第一节　幼儿文学对幼儿的建构

幼儿文学中隐含着成人的童年观念和教育理想,从幼儿文学角度考察幼儿的发现与建构是对童年研究的崭新尝试。"幼儿"不仅是生物学意义上的,也是社会文化意义上的,或者说是被象征性地置于生物学隐喻中的一种社会文化建构。成人对于幼儿身份的定义,基于幼儿/成人文化的冲突与不对称的二元对立话语体系,是成人对幼儿的一种文化想象。这种本质主义的想象只能是现代性的。想象在某种意义上即为建构,借助阅读实践可以把想象中的幼儿变成现实,虽然这种建构有一定限度。幼儿文学中所显示的童年经验能够超越主流意识形态所赋予的童年内涵,因此探讨其中的童年假设有助于

---

① 〔美〕本尼迪克特·安德森. 想象的共同体:民族主义的起源与散布[M]. 吴叡人译. 上海人民出版社. 2005.

成人在摆置自身作为幼儿的现代"立法者"与后现代"阐释者"时拥有一份更为审慎的自觉。

一、幼儿文学建构幼儿的可能

幼儿文学主要是由成人社会提供给年幼儿童的。成人对幼儿的看法,对幼儿文学本质及其功能的认识,都会极大影响幼儿文学的面貌与特色,并最终影响幼儿对自己的认知。

以图画书(或曰绘本)为例,这是一种以图画和文字共同讲述故事的图书形式(也有部分是无字图画书),非常适合还不能独立阅读文字的孩子。这种图书形式被认为"对儿童主体形成的过程影响甚巨",不但有助于语言生成及发展,促使其成长为意识的主体,也有助于孩子了解自我、他人与世界,同时"在主体对自我身份的提问,如'我是谁?''为什么你说我很乖?''为什么你说我很可爱?''为什么我是你描述的那样?'中,绘本也可立即作出回应"[①]。正是在与故事的"对话"中,在亲子共读和师幼共读时与成人的"对话"过程中,孩子逐渐了解"我是谁",从而建立起清晰的自我认知。

加拿大学者佩里·诺德曼指出,大人总是将小孩想象成动物,要教导他们做个文明人,因此童书当中许多角色都是动物——表示孩子像动物。他以英国当代绘本大师约翰·伯宁翰的代表作《甘先生出游》(汉译《和甘伯伯去游河》)为例,分析童书如何通过图画来渗透其意识形态的密码,认为这个绘本对隐含的幼年读者强化了一些寻常观念:孩子和动物一样,都是幼稚的,无法对自己的行为负责,因此需要成人的主导,读者在接受这些观念将之视为理所当然的同时,

---

[①] 陈福仁. 亚裔跨国/种族领养——以儿童绘本为例[A]. 蔡淑惠,刘凤芯主编. 在生命无限绵延之间——童年·记忆·想象[M]. 台北:书林出版有限公司. 2012:178.

也获得了复杂知识,关于他们生存的世界,也关于他们作为独立个体所具有的位置——知道自己是谁。① 诺德曼认为后者非常重要,因为图画书通过对事件的描述掌握了叙述观点的特权,使读者依照叙述者所诱导的去观看、去了解事件和人,从而能强有力地引导读者进入文化所接受的意识形态观念去确认他们是谁。

在这个由会说人话的动物所象征的人类童年国度里,孩子必须学着周旋在两者之间,一是像动物般顺从身体欲望的驱使,二是遵从成人的要求,压抑欲望,以社会许可的方式来行事,表现得和成人一样。这两种形式都是有教育性的,前者是比较隐性的,它通过类似评论者的角色来教孩子"怎样做才像小孩"②,包括非理性地顺应自己的天性欲望,表现得像动物那样。当孩子沉浸在故事中、将自我认同为某角色时,他就多了一重身份:"当孩子说那些关于他们可能是谁,希望自己是谁,想象自己是谁的故事时,他们正在尝试扮演别的角色,而这些角色将来终究会变成自我的一部分。"③

从心理学角度来看,儿童是有待成熟的个体。从社会学的角度来看,童年是"前社会化"的,相对于成人的成熟与社会化,"儿童在童年阶段必须发展出对于自我身份的确定与认同",才能顺利融入成人社会。与这种进化论和目的论导向的发展观、社会化观点相伴随,经典儿童文学也常将儿童想象为"尚未抵达成人稳定状态前不断质变的过渡"④,通常是以隐喻象征的方式呈现。幼童藉由文学阅读认知自己不同于成人的"异质性",并进而在二元对立的框架下逐渐确认

---

① 〔加〕佩里·诺德曼.解码图像:图画书如何运作[A].〔英〕彼得·亨特主编.理解儿童文学[M].郭建玲,周惠玲,代冬梅译.上海:少年儿童出版社.2010:239.
② 同上书.242.
③ Susan Engel.孩子说的故事:了解童年的叙事[M].黄孟娇译.台北:成长基金会.1998:82.
④ 刘凤芯.王小棣儿童电影与动画中的酷异儿童身影[A].蔡淑惠,刘凤芯主编.在生命无限绵延之间——童年·记忆·想象[M].台北:书林出版有限公司.2012:218—219.

自己的身份。

就阅读的外在形式而言,幼儿文学对幼儿身份构建具有另一种作用。在消费文化时代,文化消费已成为一种存在方式和获取认同的方式,这就意味着,幼儿身份认同部分地是建构自他所消费的东西,"我们消费的内容与方式,说明我们是谁,我们要成为怎样的人,以及别人如何看待我们"[①]。这种消费当然也包括孩子的阅读,阅读的内容与方式。譬如,其中的图画书阅读,通常是与中产阶级家庭的消费观念、育儿观念、阅读观念以及经济实力相匹配的。作为幼儿身份构建的外围力量,它是间接的但也是前提性的。

然而,文学所建构的儿童与现实儿童并不总是一致,英国精神分析和文化研究学者杰奎琳·罗丝曾指出,"成人透过书写,在书中建立起某种儿童形象,藉以掌握书外的儿童",这揭示了成人希望通过儿童文学书写将儿童塑造成符合期待的模型这一事实。[②] 与此同时,成人的这种企图也并不总是能实现,孩子不是柔软的面团,可任由成人以各种方式去塑造,这也是罗丝所谓"儿童文学的不可能"。不管如何,考察幼儿文学对幼儿的想象,发现其构建幼儿身份的路径,可以弥补现代以来童年研究的偏颇,深化对现代性问题的思考,同时也从根本上推进幼儿文学的长远发展。

二、幼儿如何在阅读中体验与建构自我

除了秩序井然的现实世界,孩子成长还需要一个"可能性"的世界。阅读,尤其是文学阅读,恰可以提供这样一个世界。阅读,借助

---

① 张盈堃.物体系:玩具的文化分析[A].张盈堃主编.儿童/童年研究的理论与实务[M].台北:学富文化事业有限公司.2009:189.
② 刘凤芯.王小棣儿童电影与动画中的酷异儿童身影[A].蔡淑惠,刘凤芯主编.在生命无限绵延之间——童年·记忆·想象[M].台北:书林出版有限公司.2012:220.

想象和语言的比喻修辞等工具,可以为孩子打开一扇通往可能性世界的门,那是一个超越现实生活常规的关乎过去、现在以及未来的"隐喻空间"。孩子在阅读体验中诠释其意义,不但从文本的镜像中获知自己现在是谁,而且了解自己可能是谁,在与文本他者的对话中不断发现与构建自己的主体性,从而逐渐塑造出一个更加丰盈的自我。

那么,存在一个本质的、能够直觉认识的、等待被语言表现的自我吗?精神分析学认为自我基本上是无意识、隐秘地创造出来的,是持续不断的建构与再建构的,自我不是"藏在主体性的幽深处等待人们去研究的某种本质"。在这个过程中,故事,尤其是儿童文学中的故事,由于提供了能指——因袭的语词和意象,从而参与了无意识过程,并对儿童发展中的主体产生实质作用。因此可以说,童年期所读所听的故事确立了我们最初的存在关系,同时也形塑了我们的主体。按照拉康的观点,主体是语言的结果,主体需要在特定文化的语言和意象中发现并创造自我,自我与他者相关,自我在与他者的联系中被建构,主体对他者的体验程度确定了自我存在的程度。而大量的他者语言是以故事的形式呈现的。孩子尤其容易受故事影响,他们在阅读中的体验将塑造并定义其自身与他者的关系,而这种关系决定了孩子的心理结构。或者说,"儿童将故事中显现出的成人幻想当做自己的理想镜像,并把它定为自己的主体结构"[①]。从叙事学角度看,文本具有现实读者和隐含读者,后者会被文本话语指派一个特殊的主体位置,现实读者在阅读时会通过认同作用而向隐含读者靠拢,并根据认同程度将后者的主体位置现实化,编织进自己的主体结构

---

① 〔美〕凯伦·科茨.镜子与永无岛:拉康、欲望及儿童文学中的主体[M].赵萍译.合肥:安徽少年儿童出版社.2010:7.

之中。

　　文学世界有一套不同于真实世界的叙事模式,它不是"确指"而只是"意谓"现实世界中的事物,它使读者远离此在的熟悉乃至于熟视无睹,从而打开一扇审视现实与自我的窗户。语言工具的修辞特性使得意义建构超越了常规,进入可能的领域。在那里,确定与可能处在一种辩证的永恒张力之中。那是实际发生的、希望发生的以及可能发生的事物之间的辩证关系,所以故事"不像几何学那样清白无辜",故事是"文化的流通货币",而文化是我们所希望之物的制造者和实施者。[1] 由此,故事是被发明出来的,而不是被发现的。在现实性与可能性织就的网中,故事显示了它的乌托邦气质,在唤醒孩子惊奇感的同时,激发其想象,解放其心智。故事既是现实的又是可能的规范行为与社会秩序的反射镜,它表达真实的向往、梦幻与需求,并能够呈现一种"替换性的结构"[2],让孩子在认同规范与秩序的同时,也看到改造与创造世界的可能性,自我便具有了更为积极丰满的内在结构。

　　从婴幼儿时期开始,个体就进入了叙事的世界——文本的与非文本的——并且在其中不断发展对世界的预期、对自我的认知以及对自我的制造。故事始终是在以一种含蓄的方式告诉我们:自我本来是、应当是、可能是什么,个体需要通过与文本中他者的对话去诠释自我,通过对故事的再叙述与重构来创造自我。因此,正如凯·扬和杰弗里·萨弗尔所言:"个体失去构建叙事的能力,就失去了他们

---

　　[1] 〔美〕杰罗姆·布鲁纳. 故事的形成:法律、文学、生活[M]. 孙玫璐译. 北京:教育科学出版社. 2006:3、12.
　　[2] 〔美〕杰克·齐普斯. 冲破魔法符咒:探索民间故事和童话故事中的激进理论[M]. 舒伟主译. 合肥:安徽少年儿童出版社. 2010:22.

的自我。"①尤为重要的是,童年期的自我是个极易渗透的空间,它能够以一种异常开放的特性欣然接受神话、传说、童话故事中展现的一切,这意味着孩子与他者之间的关系尚未定型,在很大程度上是由他者提供的以及他者本身的表述所塑造。阅读可以帮助孩子界定对他者的理解以及与他者相关的立场,并以此建构儿童的自我感。因此,童年期的阅读是塑造主体的关键,它对孩子社会身份以及无意识的建构都至关重要。

童年阅读的故事的主要特征在于对社会现实的充满想象力的把握和象征性的描述,它一般不直接说出教导也不逼迫读者做出道德选择,但可以通过隐喻的意象与儿童的无意识对话。比如英国民间童话《三只小猪》,孩子可以依次认同其中的每一只小猪,借助小猪与恶狼的意象及其命运表现而最终完成由遵循快乐原则到遵循现实原则的无意识建构。再如一些童话叙述的是愿望满足的故事,最终善战胜恶,主人公从此幸福地生活,这种总是被重复的模式结构其目的在于以"情境化"的方式让孩子体验人类实际的或可能的普遍伦理与价值理想,并以直观可感的形象表征美丑善恶。它给予孩子的不是"有关"道德的知识,而是自我"道德化"过程本身。

同时,它以陌生化的疏离方式实现了超越时空的意义表达,从而具有吸引孩子的无意识对话的永恒魅力。即使是后现代的文本,也很难从根本上弃绝这一点。它对现代性提供的稳定、清晰、自信的价值秩序进行了反思、批判乃至颠覆,文本呈现出符码意义的模糊化、多元化,甚至"去意义化",很难从中抽绎出我们此前熟知的明确主题。像这样颠覆的元素尤其体现在当代图画书中,而且往往是建立

---

① 〔美〕杰罗姆·布鲁纳.故事的形成:法律、文学、生活[M].孙玫璐译.北京:教育科学出版社.2006:71.

在传统文本基础上的一系列打碎重构的作品中,如《三只小猪的真实故事》《臭起司小子爆笑故事大集合》等,其幽默也主要建立在这种新旧文本的互文性基础之上。某种程度上可以说,后现代理论及其文本都挑战了自启蒙时代以来作为控制文化产物的大叙述,"拒绝对性和本质思考"①。后现代文本是通过悬置或者相对化、多元化、虚无化价值主题的方式,在意义消解中实现意义增殖,这是对童年施加的一种新的形塑力量。它打破了阅读期待的陈规,往往呈现出反讽的意味,但它又必须依赖传统的故事来获得自己的意义。它创造着后现代的读者,而这也意味着在创造后现代的儿童自我。

从儿童年龄与文本形式的维度看,儿童还会通过与阅读文本中他者的不同对话方式构建主体自我。有人曾根据拉康提出的参与主体建构的三个时刻,进一步推演了相对应的三类图画书,它们是:第一时刻:"看的时刻",对应着图画占主导的一类书;第二时刻:"理解时刻",对应着故事书,文本以直接或反讽的方式与图画并进,但因为太难而不能被幼儿独立阅读;第三时刻:"结论时刻",对应着儿童能够自己阅读的书,儿童破解了书写密码,口中充塞了他者的话语。②这三个时期并非时间阶段,而是儿童以不同方式联系他者的结构,因此这些书的阅读对儿童主体的建构非常重要。值得一提的是,对应第三时刻的是给初期获得独立阅读能力者看的书,这时儿童从一个依偎他人身体、依靠他人声音的阅读者,变成了书面语言符号秩序中的主动参与者,因此儿童的早期读物往往具有色彩丰富、生动幽默的符号表象,这样更有助于将儿童从与母亲的无望联系转向一种可能

---

① 〔英〕Deborah Cogan Thacker,Jean Webb.儿童文学导论——从浪漫主义到后现代主义[M].杨雅捷,林盈惠译.台北:天卫文化图书有限公司.2005:202—203.
② 〔美〕凯伦·科茨.镜子与永无岛:拉康、欲望及儿童文学中的主体[M].赵萍译.合肥:安徽少年儿童出版社.2010:34—35.

的主体立场。①

故事意味着叙事与意义,"每种文化中的个人主体及欲望是在该种文化所讲述的故事中且通过这些故事被建构、制约和容纳"②。孩子通过阅读建构意义的过程也是自我塑造的过程。但通过阅读建构意义与通过日常生活经验建构意义不同,这一点很重要。日常生活本身不提供意义,它必须经由对生活本身的叙事才能产生意义。或者反过来,如 Richardson 指出的:"叙事是人们将各种经验组织成有现实意义的事件的基本方式。"③我们的生活经验在被讲述的过程中被赋予意义,人类正是在叙事的模式中建构认同。当然,日常生活中的叙事同样能够塑造主体,但由于叙事方式、叙事的可能性与开放性的不同,它与通过阅读建构自我还是很不一样。孩子在阅读中的自我建构,具有更丰富多元的可能性,同时也隐含了成人文化期待的更多自觉性。然而二者之间亦有密切的联系:孩子必须凭借生活经验的积累才能去理解阅读的故事,因为故事不管以何种方式呈现,总是在反映或者表现生活,同时建构意义;而故事阅读中的体验亦会迁移到生活中,由此故事也在塑造孩子对于世界的经验,塑造孩子的现实生活与自我。归根结底,故事在某种意义上塑造了个体的童年。

接下来的问题是,我们应该如何对待孩子的"童年"？不可否认,成人对于孩子有不可推卸的养育和教育责任,负有关爱和保护的义务,应尽力使其度过一个"快乐而有意义"的童年。然而,成人对于童年的过度呵护也有其负面影响。下面将针对当代童年研究领域的一个众所周知的口号——"捍卫童年"进行反思,藉此尝试回答对待

---

① 〔美〕凯伦·科茨.镜子与永无岛:拉康、欲望及儿童文学中的主体[M].赵萍译.合肥:安徽少年儿童出版社.2010:49.
② 同上书.105.
③ 丁钢.声音与经验:教育叙事探究[M].北京:教育科学出版社.2008:50.

"童年"的应有态度。而这种态度,也将直接或间接影响幼儿文学以及整个儿童文学的艺术品质。

第二节 "捍卫童年":必要的界限与弱化差异

"捍卫童年"在当代成为一个备受瞩目的话题,意味着"童年"陷入了某种深刻的危机。童年指涉的是生命的某个阶段,是作为个体儿童所经历的那段时期。任何社会任何时代都不会无视儿童与成人的区别,只是对区别的内容、造成区别的原因、这种区别有何意义、童年应持续多久等问题往往有不同的看法。本来,童年期的存在是一个不可否认的生物学事实,但是人类从发现童年期到赋予童年期以价值,却经历了漫长的时间。在中国的封建社会,儿童无论是作为"小大人",还是"父为子纲"伦常下的"父之子",其童年的本体价值都未被主流文化认可。直到晚清至五四时期,随着儿童的现代发现,童年期才被赋予了独立价值。西方在18世纪之前的大约两千年里,童年也只是作为成人的"准备期"。无论被视为"不完全的成人"还是"成人的预备",儿童存在的全部意义仅在于其"有潜力"——成为成人的潜力,而童年自身毫无意义。一般认为,直到启蒙思想家卢梭提出"在人生的秩序中,童年有它的地位","要把儿童当儿童看待"等主张,童年这个阶段才开始成为一种价值性存在。也正是作为价值性存在之后,童年才有可能面临"消逝"的焦虑与"捍卫"的责任问题。

一、"童年消逝"的焦虑:源起及其变迁

西方文化中的童年作为一种价值性存在,维持了大约两个世纪之后,童年的"消逝""死亡""终结"之说开始甚嚣尘上。在诸多此类

研究中,最具代表性、影响最大的是美国学者尼尔·波兹曼的《童年的消逝》(1982)。本书承袭了法国学者菲力浦·阿利埃斯《儿童的世纪》(1960)中的观点。阿利埃斯认为在中世纪的社会里,并没有"童年"的概念。波兹曼由此论证,童年是一个被"发明"而非被"发现"的概念,并从媒体角度论证了印刷文化如何使童年得以产生,而当代电视文化又如何导致了童年的消逝。波兹曼的观点引发了广泛的焦虑,也激发了人们深入探究当代媒介文化与童年关系问题的热情。而我国继晚清及五四时期"发现儿童""以儿童为本位"的社会文化思潮之后,近年来再次迸发出儿童文化研究的热情,不少儿童文学界人士皆表达了对童年消逝的担忧,呼吁把童年还给儿童。在某种意义上,电子传媒文化的日益普及似乎在对儿童与成人间的紧张关系推波助澜,而诸如蒋方舟《正在发育》这类"低龄化"写作所显示出的"早熟",以及儿童自身对"纯真"身份的有意颠覆,无疑更加深了这种焦虑。

"儿童"与"童年"在不同的社会确实有不同的理解方式,借用当代美国社会学家普鲁特和詹姆斯的话说就是:"儿童的不成熟是生命的生理事实,但是如何理解不成熟以及如何赋予意义则是文化的事实。"①因此,无论是童年的"被发明"、童年的"消逝"还是童年的"捍卫",皆是基于儿童与成人之生物性差异基础上的文化层面的讨论。这些讨论体现了对于童年话语的不同的文化假设和期待。"捍卫童年"隐含着如下需要厘清的逻辑线索:童年于何时以何种方式开始存在? 被赋予何种价值? 又遭到何种损害以及导致何种后果?

西方在十六七世纪时,中产阶级就开始将儿童与青少年从成人

---

① 〔英〕柯林·黑伍德.孩子的历史:从中世纪到现代的儿童与童年[M].黄煜文译.台北:麦田出版社.2004:11.

世界中隔离出来,安置到学校中,这种隔离影响重大,也预示了此后几个世纪儿童与成人关系的走向。儿童从此作为"无知""弱小""易受伤害"的存在物,走上了被持续监督、远离成人世界并接受严格规训的漫漫长路。洛克洗刷了儿童的"原罪",在"道德的"与"实用的"特质方面把儿童看做"白板",因此后天的经验与教育至关重要,即使有一点儿天性需要被考虑到,也主要是为了更有效地让儿童接受文明改造,更顺利地被培养成理性的绅士。这种观念一直延续到启蒙运动。童年被视为一段接受教育的时光,童年概念成了一个"空的容器",只是"创造成人的基础"。卢梭显然不赞同洛克的理性教导,认为12岁之前的儿童期是理性的睡眠期,不能培养其道德,如果打乱大自然安排的秩序,就会造成一些早熟的果实,不但不甜美而且很快就会腐烂。对于儿童的"邪恶",也只应给予一些类似"自然后果法"的教育。当然,自然主义教育不是"放任自流"的教育,而是自有一套严密的教养方式和方法,目的在于使童年维持一种理想化的"自然人"状态。

18世纪末19世纪初的浪漫主义者秉承了卢梭对童年天性的认同,推进了童年的"纯真"概念,却更改了他对童年理性与道德的假设,而将儿童描绘成"一种具有深度智慧、细致美学观,以及能不断地深切察觉到道德真理的生物"[1],也据此重新定义了成人与儿童的关系:儿童是成人之父。华兹华斯的《童年回忆的不朽颂歌》对19世纪童年观念的冲击,甚至被认为足以跟弗洛伊德对现今童年观的影响力道相匹敌。有趣的是,恰恰是弗洛伊德人格理论的出现,驱散了浪漫主义对儿童的崇拜之情。弗氏以考察神经症为出发点,发现了作

---

[1] [英]柯林·黑伍德.孩子的历史:从中世纪到现代的儿童与童年[M].黄煜文译.台北:麦田出版社.2004:41.

为"小大人"的幼年期,由此摧毁了19世纪占支配地位的"像儿童样"的神话。① 弗氏跟同时代的美国教育家约翰·杜威重建了童年概念的基本范例,即儿童的知识、自我控制、逻辑思维能力必须被扩展,同时儿童的发展又有其自身规律,其天真可爱、好奇、活力等天性都不应被扼杀,因此全部的问题就在于"如何来平衡文明的要求和尊重儿童天性的要求"②。由此,童年的"纯真"天性被缚上了"文明"的缰绳:童年值得尊重,但不值得永久停留,需要理性教育促使其达至成年。童年与成年之间的这段距离必须被跨越,这被视为儿童的任务、成人的责任。

19世纪末20世纪初,随着学校教育的逐渐普及,儿童与成年人进一步分离,童年有延长的趋势,"童年的神圣化"观念和童工立法,以及欧美国家"童年再概念化"的过程,皆促成了儿童在经济上"无用"而情感上"无价"的时代之来临。同时西方19世纪大量科学家与教育家开始涉足童年研究,但直到20世纪中期旧式的童年思维仍占据主流,儿童仍被视为"不完全的有机体",成人的"准备期"。以不成熟、不理性、能力不足、未社会化和无文化等"欠缺性"作为儿童本质的观念,延续并强化了对于童年无知、脆弱、原始的假设,也强化了儿童与成人的"二分式"想象。整个20世纪上半叶,虽然有两次世界大战所造成的苦难,但西方仍延续了浪漫主义式的"纯真"的儿童观。比如在童书领域,人们依然小心维持着对那些"禁忌"题材与主题的默契,文字中满蕴着温情,显示出对童年特有的关照。可以说,这一时期把儿童世界与成人世界严格加以分离的思想仍占据主导地位,

---

① 〔日〕柄谷行人.日本现代文学的起源[M].赵京华译.北京:生活·读书·新知三联书店.2003:125.
② 〔美〕尼尔·波兹曼.童年的消逝[M].吴燕莛译.桂林:广西师范大学出版社.2004:90.

而"狭隘的、过度扩展的"童年概念也更加流行。

第二次世界大战之后的半个世纪,世界仍然处于动荡不安之中,随着科技的发展,人类社会逐渐步入一个消费主义的时代,传播技术发生了重大转变,电子媒体成为主要的文化媒体。成人世界对儿童世界维持特有秘密的屏障迅速瓦解,成人与孩子之间的既有关系受到挑战。在这种时代境遇之下,部分人对童年的未来走向持乐观态度,更多的人则产生了"童年消逝"的担忧。通常来讲,在一个复杂的社会中,成人关注孩子的哪个阶段,重视孩子的哪些特质,往往能够反映出代际之间关系的本质。那么,当代人焦虑的是何种童年的"消逝"呢?藉此又预示了儿童与成人关系的何种变化?

二、"捍卫童年":实质及其陷阱

被捍卫的"童年"当然是有所指的。启蒙思想家和浪漫主义诗人们所描绘的"纯真儿童"始终散发着令人难以抗拒的诱惑,即使主张理性教育与文明改造的人也不否认儿童的天性美德,然而这唯一"本真"的儿童,也意味着是与成人相区别的异类存在。既然童年被视为"原本如此"的纯真样子,那么就应该捍卫它"是其所是"的权利,这便是现代意义上的童年概念。现代童年观在理解与批判非现代童年形态时发挥了巨大作用,但是现代性作为一种参考框架的自我指涉与自我确证性也隐含着可能的遮蔽,因为它看不到自身的"历史性"。直到我们能够将现代性童年自身"对象化"并加以反思,才拉开了质疑童年"纯真"本质的帷幕。当代美国学者约书亚·梅罗维茨就指出,童年"纯真"的观念并未反映出儿童存在的一种本质或自然状态,相反,这种观念是被故意制造出来以证明成人与儿童之间社会分离的合理性,如同"儿童"与"儿童心理学"一样,它们都是些社会性建构,反映了一些非常特殊的文化价值。①

那么,是否存在"真的孩子",是否应该去寻找"真的孩子"？其实重要的不是该不该去"寻找",也不是能否"找到"的问题,而是如何看待"真的孩子"的问题。"真的孩子"概念显示了一种本质论的信仰,而"追寻"便是剔除所谓的遮蔽来揭示其本质的过程。现代童年观念最受人诟病的就是其后隐含的这种本质论立场。在后现代视野中,根本不存在这样一个"真的孩子"等着我们去发现,即使剔除了所有的遮蔽和误解,也不意味着本真的孩子就会显现在我们面前,所谓"真的孩子"只不过是我们基于特定的社会文化甚至特定的需要"想象"出来的。日本学者柄谷行人就曾指出:"有良心的人道主义教育家、儿童文学家们批判明治以来的教育内容,旨在寻找'真的孩子''真的人',其不知这不过是现代国家制度的产物而已。"②就像汉娜·阿伦特说构想乌托邦者乃是独裁者,柄氏认为构想"真的人"与"真的孩子"者亦只能是这样的"独裁者"。也就是说,在相当程度上,童年是一种"能代表成人期望的函数",其本身处于不断被定义的过程中,是社会与文化建构的结果。

以此建构论观之,童年本质论的局限在于将个别视为一般,将特定时空中的特质超历史化,将某种文化中的童年样态——比如"纯真"——绝对化为永恒普遍的童年本质。从这个意义上讲,所谓"童年的消逝",不过是某种文化中、某种意义上的童年之消逝,一种童年的消逝可能也意味着另一种童年的诞生。这种建构论并不否认孩子具有本质,只是反对将特定视野文化中的"真的孩子"视为超历史的普遍的"真的孩子"。"风景"只是在特定的时刻才成为"风景",此前

---

① 〔英〕大卫·帕金翰.童年之死.[M].张建中译.北京:华夏出版社.2005:27.
② 〔日〕柄谷行人.日本现代文学的起源.[M].赵京华译.北京:生活·读书·新知三联书店.2003:132.

它可能只是作为"背景",就像阿尔卑斯山曾经只是个"障碍物"。孩子就是这样一个"风景"。将个别化的东西普遍化、永恒化,当然亦只能是"独裁者"。因此,不存在一种"真正的"童年等着我们去捍卫,就像不存在一个"自然的"儿童等着我们去发现一样。建构论就这样解构了本质论的基础,也提供了一个重新审视童年之"消逝"与"捍卫"的另类视角。当然,激进的社会建构论将儿童完全视为话语的建构,忽视儿童自身的生物学基础和经验,同样有失偏颇。它将儿童与童年变成一个可任意为之的编织物,最终只会陷入相对主义和价值虚无的泥淖。从根本上说,本质论和建构论并非势不两立,而是一体两面的关系:本质是源于建构的本质,而建构是对于本质的建构。时刻保持一种自省是必要的,在反思童年本质论的"独裁"时,我们亦应避免陷入童年建构论的"独裁"。

"捍卫童年"还隐含着一种矛盾性:一方面,捍卫者高举童年特质的旗帜,呼吁尊重儿童的未成熟状态,这对于现实中社会规训的强制与压抑无疑是种批判力量;但另一方面,成人对儿童天性中"天真""无知""脆弱"的假设,又合理化了对童年的过度保护与控制,认同了社会规训的"正当性"。无论是对规训的公开挑战,还是对规训的不自觉地迎合,都进一步维护并强化了儿童与成人之间的"二分",加剧了二者之间的文化差异。在这个意义上,我们甚至可以质疑:是因为儿童与成人有本质不同才造成了隔离,还是二者的隔离造成了不同本质?这种隔离是必须的吗?是必然还是偶然?童年与成年的诸多问题,是因为没有"捍卫"好、隔离好童年,还是恰恰因为童年与成年的成功隔离才被制造出来?[①]

由"捍卫童年"而可能造成的"规训正当性",或者说对于童年过

---

① 杜传坤.中国现代儿童文学史论[M].北京:中国社会科学出版社.2009:344.

度保护与控制的"合理化",则是一个更为严重的问题。近现代以来对儿童的发现,起始于对其"原始人""小野蛮"的身份认定,其背后的意识形态设定却是:原始人和儿童都是天真的或愚蠢的,他们无法照顾自己。无论尊重这种"本质",还是强调在尊重的基础上提升其文明程度,都是将儿童当成无助与无能的群体。原始与纯真的童性不但使成人得以"沉溺于对未开化状态的怀旧之中",也使儿童有别于成人的理性,因而也"理所应当"拥有比成人更少的权力。后殖民话语由此宣称支配"他者"的权威常常是以保护幼稚者的名义获得的——原始与纯真的个体需要被保护,需要接受"适合"的教育,需要有知识的成人为其"立法"。

成人凭借知识占有的优势获得"立法权",或者说凭借权力而界定了自身所具有知识的价值而贬斥了儿童所拥有知识的价值,"权力与知识"的这种共生关系迫使儿童接受"被立法"的角色,从而走进一个安排好的制度化世界。儿童的时间被严格划分,几乎所有活动都被纳入成人严密的监视与安排之中。换句话说,儿童越来越生活在一个"规范化"的体制之内,去度过愈益"标准化的童年"。对儿童是否"违规"与"正常"进行评判的"法官"也无处不在,"我们生活在一个教师—法官、医生—法官、教育家—法官、'社会工作者'—法官的社会里。规范性之无所不在的统治就是以他们为基础的"[1]。所有这一切都是为了制造出"受规训"的个体,儿童就是这样一个"被规训"的对象化个体。不断被延长的童年和受教育年限,也预示着儿童被视为一个需要更多时间去填补知识空白、培养更多理性、褪掉更多幼稚的个体。结果便是学校教育延长的隔离与规训期,儿童与成

---

[1] 〔法〕米歇尔·福柯.规训与惩罚[M].刘北成,杨远婴译.北京:生活·读书·新知三联书店.2007:349.

人之间差异的进一步加大,以及儿童弱势地位的巩固与延续。

三、弱化差异:一种可能的选择

"捍卫童年"的初衷是美好的,但实际上,孩子却未必陶醉于这种被"捍卫"的状态。儿童并非都如彼得·潘一样渴望永恒的童年,那其实是成人自我重返童年的乌托邦梦想。相反,孩子往往都有渴望长大的"反儿童化"倾向。事实上,成人的"捍卫童年"常常与儿童的"逃离童年"形成反讽式的对照。朱迪·布卢姆写过一本童书——《超级骗子》,讲述了一个5岁孩子的故事,他早已知道圣诞老人不存在,却因为知道爸爸妈妈认为他相信,为迎合成人对自己"天真可爱"的愉悦想法,便假装相信圣诞老人的存在,以取悦父母。这是儿童的可爱,还是成人的天真?是成人在"欺骗"儿童,还是儿童在"欺骗"成人?我们的儿童文学是否还要继续"纯真"地"假装"下去?

此外,"捍卫童年"所显示的对童年的特别关注,有时候还会对儿童造成意想不到的伤害。因为从历史上来看,逐渐"发现儿童"之后,"整个近代社会在态度上反而对孩子生出不少要不得的关注与约束",这些重视和认定可能比漠视或误解更糟糕,因为这往往是对童年的许多"破坏性措置"的开始。① 现在,我们是否可以尝试着做一些改变?因为捍卫童年必定是以童年的特殊性为前提的,必定是以儿童与成人之间的差异与分隔为着眼点的,那么是否可以弱化这种所谓的本质差异,在更多的共性之中展开对话,寻求一种新型的儿童—成人关系?这就意味着,我们不必再处心积虑地去"捍卫童年"。

"弱化差异"的必要与可能或许已经隐现于现实改革和传统重估之中。比如,对于儿童"经济上无用而情感上无价"的新思考,通过

---

① 熊秉真.童年忆往——中国孩子的历史[M].桂林:广西师范大学出版社.2008:8.

修正儿童情感价值与功利价值之间的"负向关系",当代的改革群体尝试有选择性地增加儿童的"有用性",让儿童如成人般参与到一些生产性活动之中,特别是在新的家庭结构和平等民主观念下让孩子成为"无价的有用参与者"。这种新的协作体制有助于孩子确认自身的价值感、责任感和归属感,促进能力和个性更全面地发展,从而避免由经济依赖可能导致的心理障碍以及其他无法预测的社会和心理危险。① 再如,随着对"专门"给予儿童的玩具、文学、游戏、服饰、节目以及课程等的深入检视,发现其背后亦存在可疑的意识形态内涵。以"儿童图书"为例,这一概念隐含着两层含义:"它们是儿童能够阅读的唯一一种类型的书,并且通常只有儿童才阅读。从这个意义上说,儿童文学是一个信息贫民窟,既是隔离的又是被隔离的。"② 历史地看,大量儿童爱读能读的伟大作品都不是专门、有意为儿童所作,即使恰好契合了儿童的经验和理解力,其创作动机中的年龄维度也是相当模糊的。尽管目前"分级阅读"理念仍声势浩大,但人们也越来越认同,真正好的儿童文学是适合 8 岁到 88 岁阅读的,一本书如果在 80 岁时不值得读,那么在 8 岁时也没必要为其浪费时间。这种经典意识已经逐渐影响到当代儿童文学的眼光与气度。

"弱化差异"的可能性还可在传统中国文化中寻得呼应。不同于西方童年概念的儿童—成人截然有别且二元对立,传统中国对于儿童与成人、童年与成年间的区别虽早有认定,但并不将二者视为两极对立之关系,而是你中有我我中有你、彼此交融交替、周而复始、变动不居的过程。③ 这或许能为现代童年假设的困窘提供新的启示。某

---

① 〔美〕维维安娜·泽利泽. 给无价的孩子定价——变迁中的儿童社会价值[M]. 王水雄,宋静,林虹译. 上海:格致出版社、上海人民出版社. 2008:207—214.
② 〔美〕约书亚·梅罗维茨. 消失的地域:电子媒介对社会行为的影响[M]. 肖志军译. 北京:清华大学出版社. 2002:206.
③ 熊秉真. 童年忆往——中国孩子的历史[M]. 桂林:广西师范大学出版社. 2008:176.

种程度上,这些都在向我们显示,进一步融合儿童世界与成人世界,将儿童从隔离的"秘密花园"中解放出来,共同来理解、参与、建设这个"美丽新世界",是一种必要的可能。

需要指出的是,弱化儿童与成人间的"本质"差异,并不意味着否认这种差异存在的客观性与必要性,也并非鼓励儿童尽快发展成熟和社会化,更不是支持"童年的消逝"。其实,尽管后现代理论认为没有所谓自然的和普遍的儿童,而只有多样的儿童与儿童期,并据此批评传统儿童发展研究理论的缺陷,但也并不能完全推翻以皮亚杰为代表的儿童发展阶段理论,因为儿童个体之间虽然确实存在很大差异,但仍有明显的证据表明"在基于生物因素的儿童身体发展过程中确实存在着特定的普遍性"[1]。也正是儿童身心的这些"特定的普遍性",构成了儿童与成人之间界限的基础。同时,不管我们如何定义儿童和童年,儿童作为"实践的真实"永远不会消逝,童年也不会消逝。就连波兹曼本人后来也意识到这一点,尤其是从孩子们给他写的信件中,他获得了新的力量。孩子们说虽然自己看电视,但是并不认为自己就没有童年了,也不觉得自己就不是个儿童了。波兹曼在《童年的消逝》初版12年之后的"维塔奇书局版序言"中明确承认:儿童自身是保存童年的一股力量,那不是政治力量,而是一种道德力量,"儿童不仅懂得他们与成人不同的价值所在,还关心二者需要有个界限;他们也许比成人更明白,如果这一界限被模糊,那么一些非常重要的东西就会随之丧失"[2]。只是这条界限无法由成人一劳永逸地划定,必须经历与儿童自身持续不断的协商。

弱化儿童与成人间的"本质"差异,也不意味着成人可以放弃教

---

[1] 〔瑞典〕塞尔玛·西蒙斯坦.儿童观的后现代视角[J].幼儿教育.2007(2).
[2] 〔美〕尼尔·波兹曼.童年的消逝[M].吴燕莛译.桂林:广西师范大学出版社.2004:序言.

育责任。只是我们要做一个更平等的教育者,一个更清醒的建构者。基于生物学基础的文化建构是可行的,当然还应结合诸如阶层、性别、种族等其他变项,更要跟儿童自身展开对话。儿童不是软蜡软树枝也不是白纸,对儿童的建构不能随心所欲。同时,"儿童必然是既被建构也能建构的,而这个混杂边界值得探索"[①]。我们的建构论在很大程度上意指儿童被成人所建构,却忽略了儿童自身也是"能建构"的。成人的责任在于不断地了解儿童,在对话中积极引导,帮助儿童"自我建构"。或者说提供更多的机会,但把更多的选择权留给儿童。当我们一如既往地去认识儿童及其童年,目的却不是找到那个"真的"儿童去加以过度保护,不是找到理想化的童年而将其"固定化"并充当捍卫者,那么,儿童与成人之间将会建立起一种值得期待的新关系。就像当代儿童文学作家沃尔特·霍奇斯所言:"如果说,在每个小孩的内心都有一个渴望挣脱的大人,那么,在每个大人的内心也都有一个渴望回归的小孩。两者重叠之处,存在着一个共同的空间。"[②]而弱化差异,就意味着对这个"重叠"的共同空间的更多关注。在尊重必要界限的前提下,寻找可以对话的语言,才更具有现实意义。尽管这可能是一条"难以捉摸的界限",也可能是一种全新的语言,但却永远值得我们去追寻。

总之,对童年的"捍卫"本身没错,童年不乏天真、童年需要保护,这些观念都是对的;只是需要一种分寸与方式,并且警惕附带的条件,比如保护的同时进行控制或限制,认同天真的同时无视或否定童年的丰富与复杂等。对"捍卫童年"这个话题的讨论,关乎何种是更好的、更值得拥有的童年。虽然我们具备了心理学、社会学、教育学、

---

① 〔美〕戴维·拉德.理论的建立与理论:儿童文学该如何生存[A].〔英〕彼得·亨特主编.理解儿童文学[M].郭建玲,周惠玲,代冬梅译.上海:少年儿童出版社,2010:46.
② 同上.

人类学、精神分析等视角的童年研究,但这些主要是从"发展"与"社会化"着眼,旨在追求一种"更有效"的童年教育。我们对伦理学视角的关注还很不够,而这是一个更为根本的角度。后现代教育理论正尝试超越质量话语,走向意义生成话语,但是如何超越,超越之后如何生成意义,生成何种意义,这些问题的探索还都尚处初阶。而且,到今天为止,"捍卫童年"的命题及理论资源基本都是西方视野的,中国的儿童及其童年如何? 对于中国的儿童而言,曾经拥有过现在要捍卫的"童年"吗? 不言而喻,我们对童年问题的研究才刚刚开始。

第三节　超越二元对立的思维方式:现代性与童年想象

中国现代儿童文学已走过百年历程,从叶圣陶的《稻草人》问世到 2016 年曹文轩获得国际安徒生奖,原创儿童文学取得了越来越丰硕的成就。毫无疑问,这也是一条"光荣的荆棘路"。中国现代儿童文学建立在现代儿童观的基础上:儿童不是"缩小的成人"和"成人的预备",孩子的世界与成人截然不同,要把儿童当作"儿童",尊重其不同于成人的身心特点,满足其特有的身心需要,包括文学需要。儿童/成人之间确实存在差异,问题在于二者的差异是程度上的,还是性质上的? 对这个问题的回答固然重要,但借此反思其背后隐含的思维方式才是更关键的,因为它从根本上制约或决定着整个现代儿童文学的发展走向。

一、现代儿童文学的前提性假设

五四时期确立的以儿童为本位的文学是中国儿童文学走向现代的标志,其历史意义毋庸置疑。作为现代儿童观的核心理念,儿童本位论以儿童学、进化论、文化人类学等为理论依据,主张不仅要把儿童当作独立的、主体性的"人",而且要把儿童当作"儿童"。这不但颠覆了传统社会"父为子纲"的旧式儿童观,也奠定了一个世纪以来儿童文学的理论基调,无论对五四之后的革命与抗战儿童文学还是当代儿童文学,儿童本位论都或隐或显地发挥了重要作用。

在现代中国的语境里,不同时期和不同群体对"现代性"的理解并不相同,由此也赋予了现代儿童文学以历史性,而对儿童特殊性的认识表现出复杂性。例如20世纪三四十年代,战争影响了儿童文学的内容及其表现形式,儿童身份由五四时期的"小野蛮"转变为"小英雄""小战士""小主人"甚至"小先生",它似乎不再关注儿童与成人的异质性,而是强调儿童应负的与成人同样的社会责任和历史使命。但儿童这些新身份的关键不在于"英雄""战士"或者"先生",而在于其"小"。如陶行知30年代发起"小先生"运动,让小孩教小孩、青年和老人等"一切知识落伍的前辈",就反映了当时的知识分子"意识到儿童的年龄及天真可能恰恰是这些孩童向群众宣传抗日的优势所在"①。换言之,儿童在抗战宣传中作用的发挥,主要不在于其拥有的知识,而在于以其"年龄及天真"所构建的儿童身份。这样的儿童身份观念里,难道不恰恰隐含着现代儿童观的意旨吗?40年代以苏苏(即钟望阳)的《小癞痢》为代表的儿童小说,塑造了典型的抗战"小英雄"形象,作品除了成功运用符合儿童兴趣、情感与审美感受力的叙事艺术,很大程度上亦是借助了主人公"小癞痢"的孩子身份,使得不少小读者走进了抗日斗争的队伍,产生了深远的社会影响。

此外,儿童从传统社会的"劳动力"变成现代社会经济上"无用"

---

① 徐兰君.儿童与战争:国族、教育及大众文化[M].北京:北京大学出版社.2015:97.

而情感上"无价"的存在①,被视为现代儿童概念得以确立的标志之一。以此观之,在延安时期以及"十七年"的儿童文学中,当儿童也成为重要的劳动力并且"劳动"成为定义共产主义儿童道德品格之核心要素时,五四时期深受英美影响的"儿童本位论"似乎受到了较大挑战。但教育家徐特立曾表达过这样一种理解:"马克思曾反对儿童在工厂中当徒弟,而主张将儿童教育与生产联系起来。前者是生产而非教育,后者是生产又是教育。然而这又不是说生产等于教育,而是把生产转化为教育。"②换言之,若把生产活动当作教育的手段,作为劳动力的儿童本质上就是在接受教育,而非纯经济行为的劳动。儿童作为"被教育者",并没有背离现代儿童观。在重新赋予儿童经济"有用性"的同时,并没有放弃其情感"无价性",而是将其作为"无价的有用参与者",这无疑是对童年之纯粹性或异质性认识的一种丰富。

儿童本位论之于中国现代儿童文学影响深远且意义重大,承认这一点是对历史与现实的尊重。"不论从历史还是从现实来看,对于以成人为本位的文化传统根深蒂固的中国,'儿童本位'的儿童文学观,都是端正的、具有实践效用的儿童文学理论。……它不仅从前解决了,而且目前还在解决着儿童文学在中国语境中面临的诸多重大问题、根本问题。"③这种论说无疑是客观公正的。然而承认儿童本位论今天仍有实践效用,并不妨碍对这一理论做更深入的学理性反思,就像今天的孩子不管在现实中是否拥有了现代性童年,都不妨碍我们从理论上去反思现代童年观的诸多问题。唯其如此,理论也才能

---

① 〔美〕维维安娜·泽利泽.给无价的孩子定价——变迁中的儿童社会价值[M].王水雄,宋静,林虹译.王水雄校.上海:格致出版社、上海人民出版社.2008.
② 武衡,谈天民,戴永增主编.徐特立文存·第二卷[M].广州:广东人民教育出版社.1995:176.
③ 朱自强.论"儿童本位"论的合理性和实践效用[J].中国海洋大学学报.2014(3).

发挥对于实践的警示和引领作用。同时,任何一种理论都有其适用的范围和程度,只有辩证地认识到其局限,才能在实践中更好地规避其潜在的负面效应,这恰恰是维持理论生命活力的重要保障。不可否认的是,儿童本位论也是历史的,将其推向绝对化就会成为儿童文学发展的掣肘,因此对其源起、实质及可能的负面影响需要慎思明辨。同时,透过儿童文学,可以看出一个社会最真实的儿童假设;借由对儿童文学中儿童本位论的考察,深入理解现代童年观的复杂性与历史性,进而展开对"现代性"问题的深刻反思,也是当今儿童文学研究重要而独特的意义。

从前现代社会的"荒野文化"过渡到现代社会的"园艺文化",儿童才被视为与成人有本质差异的独立存在,是需要"园丁"为其"立法"并进行塑造的个体。自晚清以降,儿童的发现者们致力于把儿童与成人相分离,使童年越来越远离成年。只有当儿童作为与成人不同质的主体存在,以儿童为本位的观念才有存在的可能,因此儿童本位论建立在成人/儿童具有本质差异的二分式假设之上。儿童与成人的高度分离是现代性的重要形式。根据齐格蒙·鲍曼的观点,寻求社会秩序而排除矛盾是现代性的基础任务,对混合的恐惧反映出人们对分离的痴迷,由此制造出一系列的二元对立。把儿童与成人相分离,确保儿童待在"适合"他们的地方,做"适合"他们的事,包括读"适合"他们的书,"这种把童年从成年中分离出来的思想既是导致童年成为特殊研究领域的可能条件,同时也是后者所产生的结果"[①]。确实如此,与包括儿童学在内的童年研究一样,儿童本位的文学也参与了表现、制造、合理化甚至加剧成人与儿童"二分"的话语

---

① [英]艾伦·普劳特.童年的未来——对儿童的跨学科研究[M].华桦译.上海:上海社会科学院出版社.2014:35.

实践。

儿童文学中的儿童本位论从确立到发展，都深受西方现代童年观的影响。跨过柏拉图和亚里士多德关于儿童作为缺乏"理性"因而"欲望"与"意志"尚未得到掌控的"缺乏平衡的自我"或"幼兽"的观念，现代儿童观通常被认为肇始于启蒙运动前后。从洛克的"白板说"洗刷中世纪儿童的"原罪"，到以卢梭为代表的启蒙思想家使童年成为一种价值性存在，进而到浪漫主义诗人们的儿童崇拜，再经过弗洛伊德和杜威在天性与文明教化之间的价值平衡，儿童成为具有纯真美德但又需要理性教导的人。沿着这一话语脉络，心理学家们走得更远，不管是建立在行为主义儿童发展观上的心理学，还是后来以皮亚杰和维果茨基为代表的建构主义发展心理学，儿童都是被想象成以"欠缺"为主要特征的不成熟个体，是缺乏理性的、脆弱的、有待保护和教化的。可见，尽管儿童的生理不成熟是事实，但如何解释儿童的这些不成熟或者赋予何种意义却是文化层面的事情。

五四以来的儿童本位论几乎是同时奠基于卢梭和浪漫主义的纯真美好童年和儿童心理学的"欠缺"式童年两种理论假设之上，因此它也常将儿童崇拜与文明教导矛盾化地集于一身。儿童文学中的儿童纯真如小天使被欣赏羡慕，童年作为一段美好的田园诗般的时光被赞美缅怀，但同时儿童又是需要"认识人生"的被启蒙者、需要被文学"于不识不知之间导引"以启发"良知良能"的被教导者。这根源于现代儿童观的复杂性与矛盾性。即使在五四时期，儿童文学中的儿童本位论也并非铁板一块，而是内隐着不同价值取向的端倪，比如以周作人为代表的推崇想象、趣味与娱乐的儿童本位，以赵景深、郭沫若、郑振铎等为代表的兼顾或侧重教育价值的儿童本位。不过，在这些差异的背后，儿童本位论共有一个基本假设，即儿童复演了人类进化史上的早期阶段，是不同于文明化成人的"小野蛮"。不管是儿童与成人的异质性导致了二者的分离,还是分离造就了二者之间的异质性,儿童本位的文学都不过是这种"二分法"在文学领域的产物。

从逻辑上讲,儿童文学中的所谓"儿童本位"这个说法主要对应了"成人本位",然而"成人本位"实际上是儿童文学为了界定自身而发明的一个概念。成人文学从不声称自己是"成人文学","在仅仅被理解为文学时,写给成人的文学以本身而存在,主要以其自身得到讨论,而不是根据它所不是的一个对立面而得到讨论。但反过来说却几乎永远不对"①。"成人文学"从不依赖于儿童文学来解释自己,但有关儿童文学的话语总是以它如何不同于成人文学为前提。儿童文学在不断建构和维护一个有差异、有界限的合法化身份时,总是通过与成人文学相比较来作为立论的基础,其存在和本质取决于它所隐含的他者——"成人文学"。从这个意义上讲,儿童文学既是独立的又是依赖的。悖论在于,儿童文学越是强调自身的差异性,就越是无法摆脱对成人文学的依赖关系。

甚至可以说,当成人发明出"儿童文学"这个概念时,就意味着它是区别于"成人文学"的,而区别就在于其"儿童性"。某种意义上,对"儿童性"的认同和尊重就是"儿童本位"。虽然儿童文学也是文学,但当且仅当文学同时对儿童性有足够的理解和表现,它才成其为儿童文学。然而,以什么作为儿童与成人相区分的标准,或者到底怎样界定"儿童性",却是更复杂更困难的问题。这关乎儿童的本质,也关乎儿童文学的本质。比如,究竟应以儿童的认识、德性还是审美感受力为本位?儿童究竟是天真、无知、脆弱的,还是也包含相反特质?儿童的无知非理性是纯真美德还是需要去除的不成熟?如前所述,

---

① 〔加〕佩里·诺德曼.隐藏的成人:定义儿童文学[M].徐文丽译.北京:中国社会科学出版社,2014:359.

将程度上的差异变为种类上或性质上的差异,是古今儿童观的根本区别。正是基于足够大的"本质差异",儿童才需要一种特殊的文学类型,借以体现特有的"儿童性"。在现代性话语体系中,无论"儿童性"的内涵如何定义,都必然是迥异于"成人性"的,二者的"异质性"构成儿童本位论的基础,也构成现代儿童文学的理论前提。

二、二元对立思维方式的现代性隐忧

20世纪八九十年代以来,西方心理学界和社会学界对此前的旧式童年观进行了深入的批判性反思。新童年社会学的代表人物詹姆斯和普劳特就提出,研究者应该突破传统以发展心理学为基础的"发展论"和结构功能论为基础的"社会化论"。然而,我国的儿童文学对此关注不够。童年观念的滞后必将直接或间接影响儿童文学理论与创作的发展。儿童本位论与现代意义上"儿童的发现"几乎同时产生,内涵也很相近。历史地看——如前所述,"儿童的发现"未必就是一种福音,它可能导致对孩子的许多不必要的关注和约束,这些重视和认定可能比漠视或误解更糟糕,因为这往往是对童年的许多"破坏性措施"的开始,从而让人"忧喜交杂"。① 显然,这并非简单否定"儿童的发现"的正向意义,否则就不用"忧喜交杂"而是"只忧不喜"了,它只是对"儿童的发现"同时具有的可能危险表达了一种深邃高远的忧思。对待儿童本位论,同样需要这样一种意识和眼光。

儿童本位论如果被推向极端,就有可能背离其初衷,成为儿童文学发展的禁锢力量。当这一理论被置于近乎神圣的话语地位,其评判尺度就有不言而明的绝对权力。这一方面可能"导致我们对儿童文学现代性起源的认识论遮蔽,以及对历史上作家作品研究评判时

---

① 熊秉真.童年忆往——中国孩子的历史[M].桂林:广西师范大学出版社.2008:8.

一再的老调重弹",另一方面也可能"造成我们对90年代后儿童文学转型、低龄化写作、后现代写作等鲜活的儿童文学实践的阐释困境,捉襟见肘的理论话语时常透射出思维视野的促狭"①。此外,儿童本位论如果片面强调儿童与成人的差异而忽视共性,并使其成为社会相关领域的主流共识,也将会造成二者之间无法弥合的鸿沟。尤其在商业文化的裹挟之下,儿童文学对作为出版者、购买者、评论者等的成人所持儿童假设的刻意迎合与强化,极有可能导致童年书写的单薄、失真以及同质化。

儿童本位论所属的二分式现代性话语框架,不但隐含着儿童与成人的对立及其文学的对立,还可能隐含着现代与传统之对立。这种对立常常被用以凸显现代之正确和进步,痛斥传统之封建腐朽。前现代社会的儿童由此被视为可怜的"受虐者",生活在水深火热之中,而"现代"理所当然成为"传统"的拯救者。这恰恰是现代性修辞的重要组成部分。借用日本学者柄谷行人的"风景之发现"理论来讲,儿童本位的文学作为"风景"一旦确立之后,其"起源"便被忘却了,致使人们相信儿童文学的这种观念具有普遍性和不证而明的正当性,并以此为标准去评判和排斥前现代的儿童文学。现代性的霸权由此可见一斑。这种势不两立的二元化修辞,也切断了童年观念的历史脉络。尽管中国现代儿童文学的产生通常被认为是外源性的而非内发性的,但是很难想象一种文学完全靠外力影响就诞生出来,不应否认传统文化中"四端说""童心说"等思想作为文化血脉传承的可能。这些论说皆视儿童与成人并非单线直进之关系,而是相对、交融与连续的。所以中国古代幼教的主流文化虽然是"成人中心"或"长者为尚",认为儿童的存在主要是为了变成大人,童年阶段本身没

---

① 杜传坤.论现代性视野中儿童本位的文学话语[J].东岳论丛.2010(7).

多大价值,但在对待二者差异的态度上并不是那么截然对立,由儿童至成年的转变也就更平和,并非总是伴随剧烈矛盾冲突的断裂和突变。

在中国古代童蒙教育的有关论述中,亦不乏超越传统主流童年观的声音。例如王阳明与李贽,他们就主张客观存在的儿童也是值得尊重和关怀的,这与现代儿童观的内涵是一脉相承的。儿童本位论或者现代儿童观所强调的儿童的年龄特征,也并非近现代的全新发现。古人对年长与年幼儿童的差异早有关注,幼学传统中自古就有对幼教分级分段的考虑,明清以后的划分只是更为细致而已,划分教学内容与进度的维度除了年龄,甚至还有智愚和兴趣。这些源自传统的儿童观念足以使我们相信,五四时期"儿童的发现"并非只有西方文化影响的渊源,更有中国本土文化传统的赓续。现代儿童观只是将儿童—成人间程度上的差异变为性质上的差异,此种观念成为20世纪儿童观的主流,在显示其巨大进步性的同时,也引发了某种忧虑。

其实,"根据成对事物的关系进行理解……无疑是西方思想和文化的那个伟大正典传统之思维所特有的,这种思维往往根据二元的范畴来看世界","二元思维可能只是欧洲人,而且是父权制男性欧洲人思想的基础"。[①] 西方儿童文学就是在这种思想背景下形成的,而它又直接成为我国现代儿童文学确立所资借鉴的重要思想资源。某种意义上,儿童本位论正是为了反对传统的"父为子纲"而使用的一种现代性修辞,并被整合进现代国族想象与文化构建的过程之中。在儿童/成人、现代/传统非此即彼的对立冲突中,儿童本位论时常被

---

① 〔加〕佩里·诺德曼. 隐藏的成人:定义儿童文学[M]. 徐文丽译. 北京:中国社会科学出版社. 2014:240.

当作可以一劳永逸地根除问题的特效药,而这可能导致儿童文学理论研究的空洞化、简单化、口号化。对于儿童与成人之间的对立,杰奎琳·罗斯曾指出:"在最严格的意义上这些是结构性的对立,每个术语只有与它所对立的那个术语相比较才有意义。它们不反映关于儿童的一种本质真实……相反,它们产生了一种特定的童年概念,这个概念承载着我们关乎自己所体验的那些矛盾中一半的重量。"①这就意味着,如果以这样的结构性对立来定义童年的本质,那将是虚空不真实的。对于创作而言,以这样的对立来想象儿童及其童年,就可能在作品中将儿童或成人的世界"他者化"来突出儿童与成人的差异性,而拒斥共性与互融。如此一来,无论是以成人的睿智理性来映衬儿童的幼稚无知,还是丑化教师与父母形象以凸显儿童形象的美好,最终塑造出的概念化人物和"伪童真"都会大大削弱儿童文学的艺术魅力。

事实表明,当现代性所标榜的二元对立逐渐制度化,它便会走入一个封闭的话语空间,影响儿童文学理论发展与创作的多元创新。当战争、食品安全、离婚、环境污染等所谓成人世界的社会问题弥漫时,愿景中的适宜儿童"逍遥的花园"是否很大程度上只是一个乌托邦幻景? 更为严重的是,极端的儿童本位论很可能制造出成人/儿童两个界限分明的阅读世界,使得儿童文学逐渐成为极具特殊性的文学类型。这种特殊性必然体现在对所谓"非儿童本位"内容、主题及表现手法等的排除,以建构一个独立自足的"儿童世界"。令人担忧的是,儿童文学经历种种排除之后,是否最终只剩下苍白空洞的语言形式?

---

① 〔加〕佩里·诺德曼.隐藏的成人:定义儿童文学[M].徐文丽译.北京:中国社会科学出版社.2014:241.

当儿童文学被划归到儿童阅读的专属领地,通过从内容到形式的独特媒介代码,将儿童与成人隔离在彼此的阅读场景之外,就可能把儿童文学变成"儿童唯一能阅读"的文学以及通常"只有儿童才阅读"的文学。前者表明儿童没有能力阅读"复杂深刻"的文学,后者意味着儿童文学简单贫乏无法吸引成人。从这个意义上讲——如前所述,儿童文学是一个"信息贫民窟"。可想而知,当六七千字的《丑小鸭》被删改为三百字的"故事梗概"收进语文教材,当几千字的《三只小猪》被删改得不足百字并配上卡通图画讲给幼儿,孩子的阅读会是怎样的贫乏?然而更具讽刺意味的是,改编者们却往往声称这是对孩子年龄特点的尊重,坚信自己也是以儿童为本位的。此类儿童文学的"弱智化"和经典儿童文学的"非经典化"现象,难道与过度强调儿童区别于成人、幼儿区别于儿童的所谓"本质特点"无关吗?

更让人忧虑的是,儿童观不仅是一种形而上的假设,而且具有一种实践力。比如,假设儿童只能阅读浅显短小的文学,我们就会把复杂深刻长篇的文学从孩子身边拿走,以避免做一些"无用功",而这样也就剥夺了孩子成为相反情况的可能,孩子能读到的就是根据这一假设提供的文学,久而久之其阅读能力和审美趣味也就变成我们当初假设的样子。因此儿童观有可能借由儿童文学的阅读实践将其假设变为现实,从而以"贫乏"文学塑造"贫乏"的儿童。

这种阅读隔离还意味着另一种危机,就像游戏史中提到的"滚环"游戏。在中世纪末,它还不属于儿童游戏,或者说不仅仅是幼儿的游戏;到 17 世纪末成为儿童专属的游戏,而且自那时起,玩滚环的孩子年龄越来越小,最终这一游戏被抛弃。菲力浦·阿利埃斯指出,这也许可以证明一个真理:"如果玩具要引起儿童的注意,它应该要让孩子们想到这东西与成人世界有点联系。"①那么,同样的道理是否也适用于儿童文学？当儿童文学意味着是儿童唯一能够阅读的文学以及只有儿童才阅读的文学,是否儿童最终也要抛弃这样的文学？在这个意义上讲,对成人/儿童阅读差异的片面强调就可能成为现代儿童文学的桎梏,会导致其逐渐退化消解。这无疑应该引起我们的警醒。因此,在尊重儿童差异性的同时,是否应该接受儿童文学的另一种可能:"不再以儿童的身份捍卫儿童自主和儿童特殊世界的不可侵犯性,而是以人类的身份来捍卫儿童自主。儿童和成人都扎根在唯一的和相同的世界里。"②每一种文学都需要和外部的对话。把外部世界作"儿童文学化"的处理,而不是将其简单排除在外,才是儿童文学发展的生命力所在。

需要特别指出的是,质疑儿童本位论所属的二元对立的现代性话语框架,并不意味着否认儿童与成人之间差异存在的客观性与必要性,也非鼓励儿童尽快发展成熟和社会化,更不是主张"童年的消逝",而是意图呈现作为弥补或平衡的另一种可能:在尊重必要界限的前提下,"弱化儿童与成人间的'本质'差异,在更多的共性之中展开对话,寻求一种新型的儿童—成人关系"③。

三、尊重差异也认同共性的童年想象

既然儿童本位论或说现代儿童文学建立在儿童与成人的"异质性"假设基础上,那么它首先就需要回答这样一个问题:儿童区别于成人的本质究竟何在？显然,只有符合或者反映了这种本质的儿童

---

① 〔法〕菲力浦·阿利埃斯.儿童的世纪——旧制度下的儿童和家庭生活[M].沈坚,朱晓罕译.北京:北京大学出版社.2013:139.
② 〔意〕艾格勒·贝奇,〔法〕多米尼克·朱利亚主编.西方儿童史·下卷(自18世纪迄今)[M].卞晓平,申华明译.北京:商务印书馆.2016:494.
③ 杜传坤."捍卫童年":必要的界限与弱化差异[J].教育学报.2014(1).

文学才被视为是好的、合法的。不管儿童本位论捍卫的是何种内涵的"儿童性",譬如被现代社会视作儿童普遍本质的"纯真",一旦将其绝对化和超历史化就会陷入本质主义。

通常来说,本质主义有三个基本假设:一是事物必有其本质;二是本质的价值,即之所以寻找本质是因为本质是判定事物好坏的标准;三是本质是绝对的、排他的。反本质主义对此作出的批判在于:一是事物必有其本质,不过是一假设而非真理,本质不在现象背后,现象即本质;二是本质主义是意志论、工具论、功利主义和人类中心主义的,它了解本质的目的是为了控制对象;三是本质不是绝对的。需要指出的是,反本质主义不是不要本质、消解本质,而是试图通过对本质主义假设的批判,看到本质主义的视野中看不到的东西。儿童是否有本质,恰恰就是本质论预设的问题。虽然儿童本质观经常会发生变化,但某种本质观下的儿童本质却是绝对的。当然,不能完全否定本质论,也不能否定对事物本质的研究,就像对儿童文学本质的探索,不管有没有找到本质或发现了何种本质,都使儿童文学的某些问题清晰化了,这是很大的贡献。需要进一步探讨的不是儿童文学本质的有或无,也不是儿童文学的本质是什么,而是这样思考问题的方式有何局限。

本位论与本质论这两个概念有时被混为一谈。二者确实有一致的地方,比如当指涉事物的根本或源头时。本位论和本质论都是预设性的,相信只有先解决了本质问题,或者以什么为中心的问题,儿童文学的写作、阅读与研究才能获得依据,要在这个依据的指导之下才会有实践。更多的时候,本位论是个功能性概念,即"中心""主体"的意思,以儿童为本位意味着以儿童为主体、为中心。作为功能性概念,本位论具有较强的时代性,深受时代精神和价值取向的影响,可能从一个极端到另一个极端,这一点与严格意义上的"本质"有很大区别。因此,确立以谁为本位才是儿童文学的正宗只是一种话语之争。"中心"或"本位"是一个坚锐的立场,它总是以排除"对象"的存在价值为前提和标志。正因为本位论会从一个极端滑到另一个极端,所以说这种滑动只是立场的改变,比如从成人本位转变为儿童本位,仍然没有跳脱本位论的话语范畴,所以这不是思维方式的改变。鉴于此,后现代思想家主张"调整我们的研究范式,改变我们的提问方式:从认识论转向政治学与价值论,从形而上学转向知识社会学",主张人们应该关心的"不是关于真理的绝对客观标准,而是真理建立在什么样的信念和愿望之上"[①]。在这个意义上,对儿童本位论的批判是对思维方式的批判,是要改变提问的方式,改变话题。

超越儿童本位论,并不意味着必然走向建构论或建构主义。即使不将某种"本质"视为天生的,而是建构而成的,也未必能摆脱本质主义的思维方式。建构主义并不否认本质的存在,二者之间并不存在不可逾越的鸿沟,建构主义一不小心也会滑向本质主义。以法国历史学家菲力浦·阿利埃斯的《儿童的世纪》为例,它就既是建构主义的又是本质主义的。一方面它认为童年不是自古就存在,而是中世纪之后在家庭、学校等合力作用下的产物,因此是建构主义的;另一方面,它却把中世纪之后的这种现代意义上的童年视为绝对的、唯一的童年,并以此得出此前的儿童没有童年的结论,从而又陷入了本质主义。从这个角度讲,建构论只是本质论的一种策略。建构论表明本质是后天建构出来的而非天生的,但是并没有拒绝这种本质一旦建构出来可能就是绝对的、普遍的。同时,我们还应该警惕激进的社会建构论,它根本否认本质的存在,将儿童视为完全的话语建构

---

① 陶东风.文学理论:建构主义还是本质主义?——兼答支宇、吴炫、张旭春先生[J].文艺争鸣.2009(7).

物,忽略儿童的生物学基础以及儿童的经验和能动性,亦有失偏颇。

超越儿童本位论,也不意味着必然走向"主体间性"。儿童文学常常存在创作主体与接受主体的双向偏离。当成人作为创作主体刻意将其认知水平低幼化以迎合儿童的认知需要时,儿童文学可能会受到儿童的排斥;而当成人作为创作主体将成人世界灌输给儿童时,又将严重脱离儿童的认知水平和兴趣。当儿童作为接受主体被动地接受成人的规训时,儿童文学将失去其儿童性;而当儿童作为接受主体诉诸其内心需要时,其创作能力和话语权又恰恰缺失。因此,儿童文学需要在创作主体与接受主体之间平衡一种关系,需要在二者之间建立真正的对话关系。正是在此基础上我们提出:相较于以排除"对象"存在价值为前提的"本位"论,我们似乎可以追求儿童文学或儿童与成人(社会)之间的"主体间性"关系,不是主体/客体、我/他的二元对立,而是主体/主体或我/你的平等主体关系。然而从根本上来说,换一个主体或者改为双主体的"主体间性"亦未必能超越儿童本位论,因为"主体间性"仍是承认有两个主体的二元论,并未真正超越本位论,它和中心/边缘、主体/非主体的本位论一样都是二元论。"主体间性"只是二元论中的一个策略,这个策略仍是以承认两个极端为前提的,即成人—儿童这两个极端,主体间性可以说是一个居中策略。

综上所述,现代儿童文学所预设的二元对立有必要重新审视。凯瑟琳·琼斯曾指出:"成人/儿童的对立因而成了理解世界的一个问题而非一个前提。我们无法超越二元对立的思维,但我们可以挑战并抵制它:看看成人/儿童之对立是如何产生的,而不要只是把它作为'理解世界的一个想当然的模板'来接受。"①意识到这一点的成人就可以抵御它并帮助儿童抵制它。这为我们重新理解儿童文学、理解儿童本位论提供了启示。实际上,超越儿童本位论,其理论意义在于超越本位论。对儿童本位论的批判,不是批判"以谁"为本位,不是从一个立场走向另一个立场、从一个中心转向另一个中心。儿童本位论批判的实质不是立场批判,而是思维方式的批判,是要超越这种"中心论"的思维方式。当下最重要的就是突破二元对立的现代性话语框架,走向问题,走向实践。

儿童文学只有从二元对立的思维方式里走出来,尊重差异也认同共性,关于生命、死亡、苦难、爱、文明等这些人类大主题才能理直气壮地延续,以艺术的方式去表现深度与厚度,与孩子分享大美、大爱、大智慧,"为人类提供良好的人性基础",这才是现代儿童文学的生命力之源。当然,也是现代幼儿文学的生命力之源。

---

① 〔加〕佩里·诺德曼.隐藏的成人:定义儿童文学[M].徐文丽译.北京:中国社会科学出版社,2014:241.

参考文献

著述

[1]〔英〕Deborah Cogan Thacker, Jean Webb. 儿童文学导论——从浪漫主义到后现代主义[M]. 杨雅捷,林盈惠译. 台北:天卫文化图书有限公司. 2005

[2] Hugh Cunningham. *Children and Childhood in Western Society since 1500*. Longman publishing, New York. 1995

[3] Jack Zipes. *The Irresistible Fairy Tale: The Cultural and Social History of a Genre*. Princeton University Press. 2012

[4]〔荷兰〕J. 胡伊青加. 人:游戏者[M]. 成穷译. 贵阳:贵州人民出版社. 2007

[5] Margaret Meek edited. *Children's Literature and National Identity*. Trentham-Books. co. uk. 2001

[6]〔英〕Michael Wyness. 童年与社会——儿童社会学导论

[M].王瑞贤,张盈堃,王慧兰译.台北:心理出版社.2009

[7] Perry Nodelman. *The Hidden Adult:Defining Children's Literature*. The Johns Hopkins University Press. 2008

[8] Perry Nodelman. *Words about Picture:The Narrative Art of Children's Picture Books*. The University of Georgia Press. 1988

[9] Seth Lerer. *Children's Literature:A Reader's History,From Aesop to Harry Potter*. The University of Georgia Press. 2008

[10]〔美〕阿兰·布鲁姆.巨人与侏儒[M].张辉选编.秦露,林国荣,严蓓雯等译.北京:华夏出版社.2003

[11]〔美〕阿瑟·阿萨·伯格.通俗文化、媒介和日常生活中的叙事[M].姚媛译.南京:南京大学出版社.2006

[12]阿英原著.王稼句整理.中国连环图画史话[M].济南:山东画报出版社.2009

[13]〔意〕艾格勒·贝奇,〔法〕多米尼克·朱利亚主编.西方儿童史·上卷[M].申华明译.北京:商务印书馆.2016

[14]〔意〕艾格勒·贝奇,〔法〕多米尼克·朱利亚主编.西方儿童史·下卷[M].卞晓平,申华明译.北京:商务印书馆.2016

[15]〔美〕艾莉森·高普尼克.宝宝也是哲学家:学习与思考的惊奇发现[M].杨彦捷译.杭州:浙江人民出版社.2014

[16]〔美〕艾莉森·卢里.永远的男孩女孩——从灰姑娘到哈里·波特[M].晏向阳译.南京:南京大学出版社.2008

[17]〔英〕艾莉森·卢瑞.永远的孩子:童书作家的秘密花园[M].杨雅捷译.杜明城审定.台北:书林出版有限公司.2008

[18]〔英〕艾莉森·詹姆斯,克里斯·简克斯,艾伦·普劳特.童年论[M].何芳译.上海:上海社会科学院出版社.2014

[19]〔英〕艾伦·普劳特.童年的未来——对儿童的跨学科研究[M].华桦译.上海:上海社会科学院出版社.2014

[20]〔法〕保罗·阿扎尔.书,儿童与成人[M].梅思繁译.长沙:湖南少年儿童出版社.2014

[21]〔英〕彼得·亨特主编.理解儿童文学[M].郭建玲,周惠玲,代冬梅译.上海:少年儿童出版社.2010

[22]〔日〕柄谷行人.日本现代文学的起源[M].赵京华译.北京:生活·读书·新知三联书店.2003

[23]〔美〕布鲁诺·贝特尔海姆.永恒的魅力——童话世界与童心世界[M].舒伟等译.重庆:西南师范大学出版社.1991

[24]蔡淑惠,刘凤芯主编.在生命无限绵延之间——童年·记忆·想象[M].台北:书林出版有限公司.2012

[25]曹文轩.曹文轩论儿童文学[M].北京:海豚出版社.2014

[26]陈蒲清.中国古代童话小史[M].长沙:岳麓书社.2014

[27]陈映芳.图像中的孩子——社会学的分析[M].济南:山东画报出版社.2003

[28]〔美〕大卫·兰西.童年人类学(上、下册)[M].陈信宏译.杜明城审定.台北:猫头鹰出版社.2017

[29]〔英〕大卫·帕金翰.童年之死[M].张建中译.北京:华夏出版社.2005

[30]〔美〕戴维·艾尔金德.还孩子幸福童年——拔苗助长的危机[M].陈会昌等译校.北京:中国轻工业出版社.2009

[31]〔美〕丹尼丝·I.马图卡.图画书宝典[M].王志庚译.北京:北京联合出版公司.2017

[32]〔美〕蒂姆·莫里斯.你只年轻两回:儿童文学与电影[M].张浩月译.上海:少年儿童出版社.2008

[33]方卫平.童年写作的重量[M].合肥:安徽少年儿童出版社.2015

[34]方卫平主编.幼儿文学教程[M].北京:高等教育出版社.2012

[35]〔法〕菲力浦·阿利埃斯.儿童的世纪——旧制度下的儿童和家庭生活[M].沈坚,朱晓罕译.北京:北京大学出版社.2013

[36]〔荷兰〕佛克马,蚁布斯.文学研究与文化参与[M].俞国强译.北京:北京大学出版社.1996

[37]〔德〕弗兰克·施尔玛赫.网络至死[M].邱袁炜译.北京:龙门书局.2011

[38]〔法〕弗朗索瓦兹·多尔多.儿童的利益——学会如何尊重孩子[M].王

文新译.上海社会科学院出版社.2009

[39] 〔美〕冈尼拉·达尔伯格,彼得·莫斯,艾伦·彭斯.超越早期教育保育质量[M].朱家雄,王峥等译校.上海:华东师范大学出版社.2005

[40] 葛承训.新儿童文学[M].上海:儿童书局.1934

[41] 〔法〕古斯塔夫·勒庞.乌合之众:大众心理研究[M].冯克利译.北京:中央编译出版社.2004

[42] 〔美〕海姆·金诺特.孩子的心理[M].伍江,刘恕译.北京:生活·读书·新知三联书店.1987

[43] 〔日〕河合隼雄.孩子的宇宙[M].王俊译.上海:东方出版中心.2014

[44] 〔日〕河合隼雄.孩子与恶——生活在当下的孩子们[M].李静译.上海:东方出版中心.2014

[45] 〔日〕河合隼雄.孩子与学校[M].王俊译.上海:东方出版中心.2014

[46] 〔日〕河合隼雄,松居直,柳田邦男.绘本之力[M].朱自强译.贵阳:贵州人民出版社.2011

[47] 〔日〕河合隼雄.童话心理学[M].赵仲明译.海口:南海出版社.2015

[48] 洪子诚.问题与方法——中国当代文学史研究讲稿[M].北京:生活·读书·新知三联书店.2002

[49] 胡从经.晚清儿童文学钩沉[M].上海:少年儿童出版社.1982

[50] 〔美〕华特·索耶尔,戴安娜·考默尔.幼儿文学——在文学中成长[M].墨高军译.台北:扬智文化事业股份有限公司.1998

[51] 黄郇英.幼儿文学概论[M].台北:光佑文化事业股份有限公司.2002

[52] 黄云生.黄云生儿童文学论稿[M].桂林:漓江出版社.1996

[53] 黄云生.人之初文学解析[M].上海:少年儿童出版社.1997

[54] 黄云生.幼儿文学原理[M].南京:江苏教育出版社.1995

[55] 〔美〕加里·克罗斯.小玩意:玩具与美国人童年世界的变迁[M].郭圣莉译.上海:上海译文出版社.2010

[56] 简平.上海少年儿童报刊简史[M].上海:少年儿童出版社.2010

[57] 蒋风.儿童文学概论[M].长沙:湖南少年儿童出版社.1982

[58] 蒋风,韩进.中国儿童文学史[M].合肥:安徽教育出版社.1998

[59] 蒋风主编. 幼儿文学教程[M]. 南京:东南大学出版社. 1999

[60] 蒋风主编. 中国现代儿童文学史[M]. 石家庄:河北少年儿童出版社. 1987

[61]〔美〕杰克·齐普斯. 冲破魔法符咒:探索民间故事和童话故事中的激进理论[M]. 舒伟主译. 合肥:安徽少年儿童出版社. 2010

[62]〔美〕杰克·齐普斯. 童话·儿童·文化产业[M]. 张子樟校译. 陈贞吟等译. 台北:台湾东方出版社. 2006

[63]〔美〕杰克·齐普斯. 作为神话的童话/作为童话的神话[M]. 赵霞译. 上海:少年儿童出版社. 2008

[64]〔美〕杰罗姆·布鲁纳. 故事的形成:法律、文学、生活[M]. 孙玫璐译. 北京:教育科学出版社. 2006

[65] 金波. 幼儿的启蒙文学——金波幼儿文学评论集[M]. 南宁:接力出版社. 2005

[66]〔美〕凯伦·科茨. 镜子与永无岛:拉康、欲望及儿童文学中的主体[M]. 赵萍译. 合肥:安徽少年儿童出版社. 2010

[67]〔美〕凯瑟琳·奥兰丝汀. 百变小红帽——一则童话三百年的演变[M]. 杨淑智译. 北京:生活·读书·新知三联书店. 2006

[68]〔英〕柯林·黑伍德. 孩子的历史:从中世纪到现代的儿童与童年[M]. 黄煜文译. 台北:麦田出版社. 2004

[69] 梁士杰. 幼稚园教材研究[M]. 上海:商务印书馆. 1935. 北京:海豚出版社(修订版). 2012

[70]〔美〕列奥·施特劳斯. 自然权利与历史[M]. 彭刚译. 北京:生活·读书·新知三联书店. 2003

[71] 林文宝. 历代启蒙教材初探[M]. 台北:万卷楼图书有限公司. 1997

[72] 林真美. 绘本之眼[M]. 台北:天下杂志股份有限公司. 2010

[73] 刘东主编. 中国学术(第8辑)[M]. 北京:商务印书馆. 2001

[74] 刘纳. 嬗变——辛亥革命时期至五四时期的中国文学[M]. 北京:中国社会科学出版社. 1998

[75] 刘文杰. 德国浪漫主义时期童话研究[M]. 北京理工大学出版社. 2009

[76] 刘绪源. 儿童文学思辨录[M]. 北京:海豚出版社. 2012

[77] 刘绪源.美与幼童——从婴幼儿看审美发生[M].南京:江苏凤凰少年儿童出版社.2017

[78] 刘绪源.文心雕虎[M].上海:少年儿童出版社.2004

[79] 刘岩等.后现代语境中的文化身份研究[M].南京:凤凰出版社.2008

[80] 〔法〕卢梭.爱弥儿[M].李平沤译.北京:商务印书馆.1978

[81] 梅子涵,曹文轩等.中国儿童文学5人谈[M].天津:新蕾出版社.2001

[82] 梅子涵.阅读儿童文学[M].上海:少年儿童出版社.2008

[83] 〔法〕米歇尔·福柯.疯癫与文明[M].刘北成,杨远樱译.北京:生活·读书·新知三联书店.2010

[84] 〔法〕米歇尔·福柯.规训与惩罚[M].刘北成,杨远婴译.北京:生活·读书·新知三联书店.2007

[85] 〔法〕米歇尔·芒松.永恒的玩具[M].苏启运,王新连译.天津:百花文艺出版社.2004

[86] 〔美〕尼尔·波兹曼.童年的消逝[M].吴燕莛译.桂林:广西师范大学出版社.2004

[87] 〔加〕佩里·诺德曼,梅维丝·雷默.儿童文学的乐趣[M].陈中美译.上海:少年儿童出版社.2008

[88] 〔加〕佩里·诺德曼.说说图画:儿童图画书的叙事艺术[M].陈中美译.贵阳:贵州人民出版社.2018

[89] 〔加〕佩里·诺德曼.隐藏的成人:定义儿童文学[M].徐文丽译.北京:中国社会科学出版社.2014

[90] 彭斯远.《小朋友》90年(1922—2012)[M].上海:少年儿童出版社.2013

[91] 彭懿.世界儿童文学阅读与经典[M].南宁:接力出版社.2011

[92] 彭懿.图画书:阅读与经典[M].南昌:二十一世纪出版社.2006

[93] 〔英〕齐格蒙·鲍曼.立法者与阐释者:论现代性、后现代性与知识分子[M].洪涛译.上海:上海人民出版社.2000

[94] 钱理群.返观与重构——文学史的研究与写作[M].上海:上海教育出版社.2000

[95] 仇重,金近,贺宜,吕伯攸,何公超.儿童读物研究[M].上海:中华书

局.1948

[96]〔新西兰〕史蒂文·罗杰·费希尔.阅读的历史[M].李瑞林等译.北京:商务印书馆.2009

[97]舒伟.从工业革命到儿童文学革命:现当代英国童话小说研究[M].北京:中国社会科学出版社.2015

[98]舒伟.走进童话奇境:中西童话文学新论[M].北京:外语教学与研究出版社.2011

[99]〔日〕四方田犬彦.论可爱[M].孙萌萌译.济南:山东人民出版社.2011

[100]〔日〕松居直.我的图画书论[M].上海:上海人民美术出版社.2009

[101]〔日〕松居直.幸福的种子:亲子共读图画书[M].刘涤昭译.济南:明天出版社.2007

[102]〔美〕苏珊·恩杰.孩子说的故事:了解童年的叙事[M].黄孟娇译.台北:成长基金会.1998

[103]〔美〕泰勒·何德兰.〔英〕坎贝尔·布朗士.孩提时代——两个传教士眼中的中国儿童生活[M].魏长保,黄一九,宣方译.北京:群言出版社.2000

[104]王泉根.百年中国儿童文学编年史(1900—2016)[M].长沙:湖南少年儿童出版社.2017

[105]王人路编.儿童读物的研究[M].上海:中华书局.1933

[106]〔美〕威廉·A·科萨罗.童年社会学[M].程福财等译.上海:上海社会科学院出版社.2014

[107]〔美〕薇薇安·嘉辛·佩利.共读绘本的一年[M].枣泥译.北京:新星出版社.2013

[108]韦苇.点亮心灯——儿童文学精典伴读[M].上海:复旦大学出版社.2009

[109]韦苇.世界儿童文学史(第四版)[M].合肥:安徽教育出版社.2015

[110]〔美〕维维安娜·泽利泽.给无价的孩子定价——变迁中的儿童社会价值[M].王水雄,宋静,林虹译.王水雄校.上海:格致出版社、上海人民出版社.2008

[111]吴其南.成长的身体维度:当代少儿文学的身体叙事[M].上海:复旦大学出版社.2017

[112] 吴其南.20世纪中国儿童文学的文化阐释[M].北京:中国社会科学出版社.2012

[113] 吴雯莉.中国图画书研究[M].武汉:湖北少年儿童出版社.2012

[114] 吴晓东.文学性的命运[M].广州:广东人民出版社.2014

[115] 熊秉真.童年忆往——中国孩子的历史[M].桂林:广西师范大学出版社.2008

[116] 徐兰君.儿童与战争:国族、教育及大众文化[M].北京大学出版社.2015

[117] 徐兰君,〔美〕琼斯主编.儿童的发现:现代中国文学及文化中的儿童问题[M].北京大学出版社.2011

[118] 〔美〕雪登·凯许登.巫婆一定得死:童话如何形塑我们的性格[M].李淑珺译.台北:张老师文化事业股份有限公司.2001

[119] 闫旭蕾.教育中的"肉"与"灵"——身体社会学研究[M].南京:南京师范大学出版社.2007

[120] 杨联芬.晚清至五四:中国文学现代性的发生[M].北京:北京大学出版社.2003

[121] 一可,未名,王军编著.小人书的历史[M].重庆:重庆出版社.2008

[122] 〔美〕约翰·克莱佛雷,丹尼斯·菲利浦斯.西方社会对儿童期的洞见——从洛克到史巴克具有影响力的儿童模式[M].陈正乾译.台北:文景书局有限公司.2006

[123] 〔英〕约翰·洛克.教育漫话[M].傅任敢译.北京:教育科学出版社.1999

[124] 〔英〕约翰·洛威·汤森.英语儿童文学史纲[M].谢瑶玲译.台北:天卫文化图书有限公司.2003

[125] 〔美〕约书亚·梅罗维茨.消失的地域:电子媒介对社会行为的影响[M].肖志军译.北京:清华大学出版社.2002

[126] 张梅.晚清五四时期儿童读物上的图像叙事[M].北京:中国社会科学出版社.2016

[127] 张美妮,巢扬.幼儿文学概论[M].重庆:重庆出版社.1996

[128] 张倩仪.另一种童年的告别——消逝的人文世界最后回眸[M].北京:

商务印书馆.2001

[129] 张圣瑜编著.儿童文学研究[M].上海:商务印书馆.1928

[130] 张香还.中国儿童文学史(现代部分)[M].杭州:浙江少年儿童出版社.1988

[131] 张盈堃主编.儿童/童年研究的理论与实务[M].台北:学富文化事业有限公司.2009

[132] 张之伟.中国现代儿童文学史稿[M].上海:华东师范大学出版社.1993

[133] 张宗麟.幼稚园的演变史[M].上海:商务印书馆.1935.北京:海豚出版社(修订版).2012

[134] 赵景深编.童话评论[M].上海:新文化书社.1924

[135] 赵景深.童话论集[M].上海:开明书店.1927

[136] 赵景深.童话学ABC[M].上海:世界书局.1929

[137] 赵侣青,徐迥千.儿童文学研究[M].上海:中华书局.1933

[138] 赵汀阳.论可能生活[M].北京:中国人民大学出版社.2010

[139] 赵霞.思想的旅程:当代英语儿童文学理论观察与研究[M].南京:江苏凤凰少年儿童出版社.2015

[140] 郑光中编著.幼儿文学ABC[M].成都:四川少年儿童出版社.1988

[141] 郑光中主编.幼儿文学教程[M].成都:四川民族出版社.1998

[142] 周兢.早期阅读发展与教育研究[M].北京:教育科学出版社.2007

[143] 朱鼎元.儿童文学概论[M].上海:中华书局.1924

[144] 朱自强.儿童文学的本质[M].上海:少年儿童出版社.1997

[145] 朱自强.中国儿童文学与现代化进程[M].杭州:浙江少年儿童出版社.2000

资料汇编与连续出版物

[1] 本社编.1913—1949儿童文学论文选集[M].上海:少年儿童出版社.1962

[2] 本社编.1949—1979上海儿童文学选(第4卷·低幼儿童文学)[M].上海:少年儿童出版社.1979

[3] 本社编.中国儿童文学论文选1949—1989[M].杭州:浙江少年儿童出版

社.1991

　　[4] 冰心,熊塞声主编.1949—1979儿童文学剧本选(上、下册)[M].北京:人民文学出版社.1979

　　[5] 陈鹤琴.陈鹤琴全集(第3卷)[M].南京:江苏教育出版社.2008

　　[6] 儿童文学研究.1957年创刊,连续出版物,历经停刊、复刊、合刊,于2013年终刊

　　[7] 方卫平主编.中国儿童文化(1—9辑)[M].杭州:浙江少年儿童出版社.2004—2015

　　[8] 洪汛涛主编.中国童话界·低幼童话选[M].南昌:江西少年儿童出版社.1985

　　[9] 孔海珠.茅盾和儿童文学[M].上海:少年儿童出版社.1990

　　[10] 黎泽荣编.黎锦晖和儿童文学[M].上海:少年儿童出版社.1996

　　[11] 李楚材编.陶行知和儿童文学[M].上海:少年儿童出版社.1990

　　[12] 李东华选编.1949—2009儿童文学选[M].北京:中国青年出版社.2009

　　[13] 鲁兵主编.中国幼儿文学集成(1919—1989)(10卷)[M].重庆出版社.1991

　　[14] 任溶溶,鲁兵,圣野主编.幼儿文学选(1949—1979)[M].北京:人民文学出版社.1981

　　[15] 上海美术电影制片厂编.1949—1979美术电影剧本选[M].上海:上海文艺出版社.1981

　　[16] 沈百英编.幼稚园的故事[M].上海:商务印书馆.1933.北京:海豚出版社(修订版).2012

　　[17] 沈百英等编著.儿童文学读本(共8册)[M].上海:商务印书馆.1922.北京:海豚出版社.2012

　　[18] 沈雁冰等.儿童世界丛刊(套装共4册)[M].北京:海豚出版社.2014

　　[19] 盛巽昌,朱守芬编.郭沫若和儿童文学[M].上海:少年儿童出版社.1990

　　[20] 王蒙,王元化总主编.中国新文学大系1976—2000[M].秦文君主编.第24集:儿童文学卷二(其中含"低幼文学部分")[M].上海:上海文艺出版社.2009

　　[21] 王泉根评选.中国当代儿童文学文论选[M].南宁:接力出版社.1996

[22] 王泉根评选.中国现代儿童文学文论选[M].南宁:广西人民出版社.1989

[23] 王人路编著.分类幼稚画(上、下册)[M].上海:中华书局.1934.北京:海豚出版社(修订版).2012

[24] 王人路,郑振铎等.名家散失作品集(含王人路、郑振铎、吕伯攸、董纯才、黎锦晖、陈鹤琴、孙毓修、陈醉云、周建人等名家童书、故事画多册)[M].北京:海豚出版社.2013、2014

[25] 韦商编.叶圣陶和儿童文学[M].上海:少年儿童出版社.1990

[26] 文艺报·儿童文学评论专版.始自1988年.连续出版物

[27] 徐应昶等编著.幼童文库合集(套装共15册)[M].北京:海豚出版社.2015

[28] 幼儿读物研究.共出27期.内部刊物.1986—2003

[29] 袁鹰,邵燕祥主编.1949—1979上海儿童文学诗选[M].北京:人民文学出版社.1979

[30] 张美妮,巢扬主编.中国新时期幼儿文学大系(6卷)[M].西安:未来出版社.1998

[31] 张耀辉编.巴金和儿童文学[M].上海:少年儿童出版社.1990

[32] 浙江师范大学学报·儿童文学研究专辑.始自1985年.连续出版物

[33] 郑尔康,盛巽昌编.郑振铎和儿童文学[M].上海:少年儿童出版社.1982

[34] 中国青少年研究中心主编.百年中国儿童[M].广州:新世纪出版社.2001

[35] 中国著名作家幼儿文学作品选(本套书包括杲向真、葛翠琳、贺宜、黄庆云、金近、柯岩、鲁兵、严文井、金波等作家的多本幼儿文学作品选)[M].合肥:安徽少年儿童出版社.1989—1995

[36] 钟叔河编.周作人文类编④、⑤、⑥、⑧[M].长沙:湖南文艺出版社.1998

[37] 朱翙新编著.幼稚读本[M].上海:华成书局.1946.北京:海豚出版社(修订版).2012

[38] 卓如编.冰心和儿童文学[M].上海:少年儿童出版社.1990

后　记

本书是国家社科基金资助项目《20世纪中国幼儿文学史论》的最终成果。结题之后先放了一年，又断断续续修改了两年，总有不满意之处。一直有种感觉，署着自己名字的每部著作和每篇论文，都像自己的孩子，总想让它以最好的样子出现在这个世界上，所以强迫症般反复折腾修改。最后连自己都"忍无可忍"了，才就此作罢。出版进程虽然因此一拖再拖，却仍有不少遗憾与忐忑留存其中。

从课题申报立项到结项出版，经历了北师大访学、台湾地区短期游学、北大博士后进出站以及诸多的研讨会等，这些都对本课题的研究起到了助力作用。在北师大教育学部访学期间，旁听了文学院儿童文学的相关课程，尤其感谢儿童文学理论家王泉根先生，给了我很多鼓励和帮助,而且他组织主办的各种儿童文学活动都会叫上我,开拓了我的学术视野,弥补了"闭门造车"的孤陋寡闻。

为期两周的台湾地区游学,拜访了台东大学儿童文学研究所以及包括诚品在内的多家书店。感谢被儿童文学界亲切称为"阿宝"的林文宝先生,不但多次赠书,赠自己的治史"秘笈",还将他的三层书库慷慨赠我作为临时住所,让我体验了坐拥书城的奢华。杜明城先生帮我协调办理了台湾之行的各种手续,还多次赠他喜欢的书和我买不到的书,甚至将自己上课的多本讲稿相赠,而不断邮寄新书刊也成为此后的日常。离开时,朋友子鱼帮我从机场托运了足足二百斤的书!一时间有种天下论富舍我其谁的感觉。

在北大做博士后的两年,如同掉进兔子洞的爱丽丝,经历了生命中一段奇妙的旅程。北大的教室是开放的,感谢所有令我敬仰的老师,我经常走进他们的课堂,享受那些醍醐灌顶的美妙时光。特别感谢导师曹文轩先生,为我打开了一扇门,点亮了一盏灯,以他的渊博学识和温厚人格感染着我,指引我在儿童文学的路上不断前行。回想进站时曾开玩笑说:"我能不能大器晚成,就看您了",至今已出站数年,能否成器也仍然"未卜"。自己倒无多少雄心壮志,只希望不要让恩师太失望,后悔当年收了这块"朽木"。曹文轩先生对于本书的修改与出版一直很关注,提了许多宝贵的建议,包括对某些重要细节的提醒和反复斟酌,并且在无边的繁忙之中不辞辛苦为本书作序。读着序言,我心中却鼓声阵阵,担心拙作能否配得上恩师的赞誉。转念又安慰自己,就将此当作以后努力的方向吧!这所有的温暖与感动我将永远铭记。

感谢儿童文学史家、诗人、翻译家韦苇老先生。有次参会允我借住他家几天,他搜罗了书房里所有与幼儿文学有关的资料,让我复印了两大箱邮寄回家,还对我谈了他个人的许多真知灼见。就在三年前,这位已过耄耋之年却童心依旧诗心不改的可爱"八〇后",学会了用微信,名曰"韦苇正建微信。期待入圈。——"。两个月前还通过微信"催书":"杜之史,咋还不见呢。是真想看。"让我既惭愧又忐忑,默念"看后别失望啊!"关于本书的封面设计,老先生也提了些中肯建议,并嘱我要"弄点变化出来",在年长 40 岁的老先生面前,我反倒显得有些"落伍"了!

感谢儿童文学理论家、文学评论家刘绪源先生。10 年前与刘绪源先生结识,前五六年里往来了近 60 封电子邮件,后来就更多使用微信交流,有些文章刚写完就发过去,他看后就在微信里回复点评。写作本书之前,我绞尽脑汁起草了一份提纲,发给他指教,他的回复坦率而清晰,令我受益匪浅。初稿和正式结题的书稿,都曾发给刘绪源先生过目,他越来越多的肯定让我备受鼓舞。可是,说好的本书出版后送他指正,我却再也无法把书送他,他也再不能送书给我并在扉页题赠后有点调皮地签上"老兄"。刘绪源先生已经于 2018 年 1 月 10 日永远离开了我们。儿童文学界一直在追念这位真诚的学者,唯愿他在另一个世界依然读着喜欢的书,写着那些睿智而优雅的文字。

感谢国家图书馆少儿馆馆长王志庚先生。当我四处搜罗《幼儿读物研究》而难齐全、一筹莫展之时,在上海的一次学术会议上偶遇王志庚先生,最终他帮我补全了这份研究幼儿文学史绕不过去的内刊。感谢曾经的同事高伟教授,他以深厚的教育哲学功底推荐我阅读了相关的经典之作,给了我很多高屋建瓴的指点,让我能以更丰富的视角思考儿童文学。其实,应该感谢的还有很多人,包括书中正文与参考文献里提到的那些学者和作家,他们的著作和文章为本研究提供了多方面的学术资源和启示。相信这一切都以某种方式存在于本书的字里行间了。

还要感谢我的工作单位山东师范大学教育学部。我大学曾经在这里求学,文学院硕士、博士毕业后,又回到这里当老师,两种成长的足迹,都延续着与山师不解的缘分。学校与学部为本课题的研究及成果面世提供了大力支持,无以回报,唯有更加努力。

与儿童文学结缘,转眼已20载。个人的学科背景、学术兴趣和工作需要,都决定了我的儿童文学研究不是纯文学的。从第一本专著《中国现代儿童文学史论》到这本《20世纪中国幼儿文学史论》,再到下一本《中国儿童文学中的童年观念史》(也是2019年立项的国家社科基金资助项目),跨学科的特点越来越鲜明。这对我的知识结构无疑也是一种挑战。值得庆幸的是,恰好儿童文学本身就具备跨学科性质,需要跨学科研究。这些年自己一直在尝试打通"儿童"与"文学"等相关学科的知识壁垒,加深与拓展对儿童及童年的多维理解,融合"文学""教育学""哲学""社会学"等的多重视角。因此,个人也总是处于补课状态,补来补去,心中依然弥漫着跨学科的底气不足,却也时常陶醉于视域融合产生的美妙风景里。

总之,儿童文学带给我的那些磨砺和喜悦,前辈师长、同仁朋友带给我的那些温暖和感动,经常让我感觉生活很美好,亦使我在这条"光荣的荆棘路"上跋涉时不感到孤独。跨入儿童文学之门,遇见一生的美好。

最后,感谢北大出版社,特别感谢本书的责编魏冬峰女士,她一次次容忍我的拖延症,告诉我沉住气,我才能不慌不忙地改了这么久,减少了很多遗憾。而且,就在我自信地以为再也找不出一处错误时,她居然在"浏览"了一遍书稿后就批注了多处问题,包括错别字、标点、注释和个别表述,让我忍不住叹服一位优秀编辑的"火眼金睛"!

  感恩所有。

  愿一切安好。

杜传坤

2020.08.16